KB089934

허버트 조지 웰스

06 세계문학 단편선

허버트 조지 웰스

최용준 옮김

H
현대문학

차례

서문

    T. 넬슨 & 선스 회사의 왕성한 기업심 그리고 맥밀런의 친절한 배려 덕분에 내가 사람들에게 다시 읽히고 싶은 내 단편들 모두가 하나의 표지 아래 모여 세상에 나올 수 있게 되었다. 서로 연결된 사건이 나오고 『공간과 시간 이야기들』이라는 책의 상당 부분을 차지하는 단편 두 꼭지를 제외하고는 조금이라도 읽을 가치가 있는 단편은 모두 이 책에 포함됐다. 읽을 만한 가치가 있지 않나 싶은 다수의 단편들도 이 책에 들어왔다. 이 책은 배타적 단편집이 아니라 포괄적 단편집이기 때문이다. 그리고 작품을 선정하고 고치는 과정에서 내가 한때 단편을 부지런히 썼지만 이젠 그렇지 않다는 사실을 명확히 깨닫게 되었다. 나는 오랫동안 단편을 쓰지 않았으며, 지난 5~6년 사이에는 1년에 한 편도 쓰지 않았다. 50~60편의 단편 가운데 뽑아 여기에 실은 서른세 편은 지난 세

기부터 쓴 것들이다. 이 판본은 내가 처음 준비하며 생각했던 것보다 더 결정판이 되었다. 현재의 쇠퇴와 중단을 고려해 본다면 거의 부고 형식 이라 봐도 무방하다.

어쩌다가 내가 단편을 더는 쓰지 않게 되었는지 이유를 더듬어 보지 만 잘 기억이 나지 않는다. 하지만 한마디 하자면, 나뿐 아니라 다른 작 가들도 이런 일을 겪었다. 편집자들과 독자들의 더할 나위 없이 친절한 격려에도 불구하고 말이다. 한때 내 인생이 단편소설로 끓어오르던 시 기가 있었다. 당시에는 단편소설에 대한 아이디어들이 늘 머릿속에 떠올 랐고, 이제 내가 단편소설을 그만 쓰게 된 건 따로 마음을 먹어서가 아 니다. 그보다는, 더 지속적이고 더 엄격한 형식으로 관심을 돌렸기 때문 이라고 하는 게 맞다고 나는 생각한다. 내가 단편소설을 쓰기 시작한 건 내 친구인 C. L. 하인드 씨 덕분이다. 하인드 씨는 내게 《펠 맬 버짓》 에 실을 단편소설들을 쓰라고 촉구했으며, 자신이 원하는 것을 내가 쓸 수 있다고 설득했고, 내게 절대적인 신뢰를 보냈고 나를 북돋웠다. 당시 내겐 이 책에 실린 「퇴짜 맞은 제인」에 대한 약간의 스케치밖에 없었다. 사실, 루이스 하인드 이전 시기에 쓴 것 가운데 그나마 봐줄 만한 글 조 각이라고는 그것 하나가 다였다. 하지만 루이스 하인드의 격려에 무척 이나 고무된 나는 이 책에 실린 것처럼 여덟 내지 열 쪽의 얼마 안 되 는 공간에 감동적이고 흥미로운 이야기를 짜 넣는 실험에 푹 빠지게 되 었고, 사실 그 일이 아주 재미있다는 사실을 알게 되었다. 하인드 씨가 가리킨 방향에서 나는 흥미로운 가능성을 보았다. 나는 거의 모든 것을 시발점으로 삼아 거기서부터 생각을 전개할 수 있다는 걸 알게 됐고, 그러면 그 과정을 설명하긴 어렵지만, 최초의 핵과 다소 관계가 있는 불 합리한 또는 생생한 작은 사건이 어둠 속에서 불쑥 나오곤 했다. 카누를 탄 인간들이 햇빛 쨍쨍한 바다에서 갑자기 나타나 자기도 모르게 선사시대 괴물의 알을 부화시키기도 했다. 교외 정원의 꽃밭 한가운데에서 격렬한 대립이 일어나기도 했다. 나는 어느새 나도 모르게, 우리 상식에는 어긋나지만 논리적인 규칙에 의해 지배되는 신비로운 세계들을 멀리서 들여다보고 있곤 했다.

단편소설 작가들에게 1890년대는 멋지고 자극적인 시기였다. 키플링 씨는 표지를 펼치면 마치 창문 블라인드를 통해 동방의 먼지 자욱하고 번쩍이는 햇빛과 눈부신 색들을 보는 느낌이 들게 하는 작은 청회색 책 시리즈를 통해 멋지게 등장했으며, 배리 씨는 『술이 드리워진 창가』의 창문을 통해 작은 공간으로 무엇을 할 수 있는지를 잘 보여 주었다. 〈내셔널 옵서버〉는 서정적 간결함과 생생한 마무리를 단호히 강조하며 그 절정의 단계에 있었고, 프랭크 해리스 씨는 다른 작가들의 훌륭한 단편소설을 출간했을 뿐 아니라 그 자신도 더 나은 작품들을 써서 관록 있는 《포트나이틀리 리뷰》에 실었다. 《롱맨스 매거진》 역시 그 진가를 알아보던, 이제는 뿔뿔이 흩어진 단편소설 독자들의 총애를 받았다. 이윽고 《옐로우 북》과 〈내셔널 옵서버〉라는 넉넉한 발표 공간이 사라졌지만, 《뉴 리뷰》가 탄생했다. 조금이라도 괜찮은 단편소설이 오랫동안 눈에 띄지 않고 방치되는 일은 없었다. 싸구려 대중 잡지들은 여전히 단편소설에 대한 일반 독자들의 제한된 상상력을 깨며 그 개념을 확장시켰고, 최대 6천 단어라는 제약도 없었다. 사방에서 단편소설들이 터져 나왔다. 키플링은 단편소설을 쓰고 있었다. 배리, 스티븐슨, 프랭크 해리스도 그랬고 맥스 비어봄도 한 편의 완벽한 작품, 「행복한 위선자」를 썼다. 헨리 제임스는 자신의 아름답고 독특한 재능을 계속 내보였다. 그리고 마치 주머니에서 온갖 보석을 한 움큼 집어내듯 내 머리에 줄줄이 떠오르는 여러 이름들 가운데 조지 스트리트, 몰리 로버츠, 조지 기싱, 엘라 다시, 머리 길크리스트, E. 네스빗, 스티븐 크레인, 조지프 콘래드, 에드윈 퓨, 제롬 K. 제롬, 케네스 그레이엄, 아서 모리슨, 매리엇 왓슨, 조지 무어, 그랜트 앨런, 조지 에거턴, 헨리 할랜드, 펫 리지, (그 혼자만으로도 무궁무진해 보이는) W. W. 제이컵스 등이 있다. 감히 말하건대, 나는 별 노력 없이 도 훨씬 더 많은 이름을 떠올릴 수 있다. 어쩌면 내가 중년이라는 병에 굴복해서 그런 것일 수도 있지만, 내 생각에 최근 10년간의 성과물들은 이 목록에 비교가 안 되며, 더욱 주목할 만한 점은, 그 시절부터 이 분 야에서 살아남은 이들이 쓴 후반기 작품들은 조지프 콘래드 한 명을 제외하고는, 1900년 이전에 그 작가들이 썼던 작품들과 비교가 안 된 다. 내가 보기에 이런 단편소설들의 분출은 문학 발전의 단계뿐 아니라 작가 개인의 발전 단계와도 관련이 있다.

이제는 영어로 쓰인 단편소설에 대한 괜찮은 평론을 찾기가 어렵다. 나는 단편소설 창작이 줄어든 이유가 바로 여기에 있다고 생각한다. 모 든 부류의 예술가들은 인간의 반응을 요구하며, 비록 출판사가 지급하 는 수표에 마음이 든든해지기는 하지만, 그렇다고 단지 그 수표와 침묵 만을 기대하며 글을 쓰는 이는 거의 없다. 불태워 버리려는 목적으로 결 작들을 사들이려는 미친 백만장자는 작품들을 절대로 살 수 없을 것이 다. 돈과 주목 사이에서 갈등하는 예술가는 거의 없을 것이고, 1890년 대에 단편소설들이 쓰여진 결정적인 원인은 주로 사람들의 주목이었다. 사람들은 단편소설들에 대해 왕성히 이야기하고 비교하고 순위를 매겼 다. 그게 바로 중요한 부분이었다.

물론 모든 사람이 좋은 이야기만 하지는 않았고, 현재와 마찬가지로, 우리는 비분석적인 평론으로 상처를 받았다. 요즘 연극 평론에서 이러이러한 극작가의 작품은 아주 흥미롭고 즐겁지만 '그것은 연극이 아니다'라고 선언하는 것과 마찬가지로, 우리 쪽에서도 단편소설에 대한 이야기가 흘러넘치고 거기선 온갖 정체불명의 기준으로 작가들을 측정한다. 사람들은 단편소설을, 용기와 상상력이 있는 독자가 20분 정도를 투자해서 읽을 수 있는 형태로 보기보다는, 마치 소네트처럼 형식을 정할 수 있는 것으로 보려는 경향이 있다. 에드워드 가넷 씨였나 조지 무어 씨였나, 누군가는 격렬하게 반 키플링 경향을 보이며 단편소설과 일화 사이의 구별을 고안해 냈다. '단편소설은 역시 모파상이다. 일화는 지옥으로 꺼져 버려.' 이것은 변명을 허용하지 않기에 그 자체로 무척 잔혹한 비평이었다. 그리고 꽤 많은 바보들이 이 말을 마음대로 오용했다. 예술 분야에서 진부한 표현으로 욕하는 것만큼 그 폐해가 큰 것도 없다. 누구든 고의적으로 같은 말을 반복해 쓰지 않은 장편소설이나 소나타를 두고 '일관되지 않아!'라고 말할 수 있듯이, 누구든 자신이 읽은 단편소설을 '단순한 일화'라고 말할 수 있다. 내 생각에, 이 압축되고 흥미로운 형식에 대한 작가들의 열정이 사그라진 것과 맥 빠지게 하는 비난 사이엔 밀접한 관계가 있다. 작가는 다툴 여지가 없고 창작욕을 사그라들게 하는 비난에 무기력하게 노출된 것을 느끼자, 그에 대한 두려움 때문에, 자신의 환상이 만들어 낸 정원에서 점점 더 편안하고 행복할 수 없게 되었다. 마치 봄날 아침 흐릿하게 사방에 깔린 바다 안개를 만난 이가 몸을 떨며 서둘러 집에 들어가고 싶어 하듯이, 그 두려움은 작가의 마음에 스멀스멀 기어들었고, 바다 안개처럼 흐릿하면서 피할 수 없는 고통을 안긴 것이다…… 주위 환경에 그토록 민감한 것은 상상력 풍부한 작가들의 부조리한 운명이다.

하지만 사람은 비록 창작자로서는 죽어도 비평가로서는 여전히 살아 있을 수 있으며, 고백하건대, 나는 모든 예술 분야에서 비평가들의 느슨함과 다양함을 두 손 들어 환영하는 편이다. 내게 있어, 어떤 것에 확고한 형식과 정형성을 요구하는 것은 다산에 반대하는 불임의 본능적 반응처럼 보인다. 예술 작품에 담겨 있지 않는 가치로 예술 작품을 평가하려 드는 것은 두통에 시달리는 피곤한 인물이나 하는 짓이다. 내 생각에 오늘날 비평가들 상당수는 소화불량과 피곤한 감상으로 고통받고 있고, 그래서 자기 보호를 위해, 말하자면 더욱 많아지고 불규칙해져 가는 형태들을 자동적으로 퇴짜 놓는 그런 규칙들을 만드는 경향이 생기고 있다. 하지만 이 세상은 그렇게 피곤한 자들을 위한 곳이 아니며, 길게 보았을 때, 중요한 것은 새롭고 다양한 것들이다. 나는 작은 그림이 어때야 한다는 제약을 인정하기 거부하는 것만큼이나, 단편소설에 대한 확고하고 정형화된 형식을 인정하길 전적으로 거부한다. 단편소설은 한 시간 안쪽으로 읽을 수 있는 소설이며, 따라서 감동적이고 즐겁다. 그 소설이 풀줄기 사이를 자세히 봐야 보이는, 일본 판화 속 벌레들처럼 '사소한' 것인지 또는 모타로네 산에서 보는 이탈리아 평원의 풍경처럼 광대한 것인지는 상관없다. 그게 인간이든 비인간이든, 독자를 깊은 생각에 잠기게 하든 아니면 찬연하지만 단지 잠깐의 즐거움만 제공하고 마는지는 중요하지 않다. 다른 분야보다 단편소설을 통해 더 쉽고 더 풍부하게 이룰 수 있는 것이 있는데, 그것은 불가능을 가능하게 만드는 것으로, 단편소설 쓰기의 수많은 즐거움 가운데 하나다.

어쨌든, 이것이 현재 필자가 생각하는 단편소설이라는 예술이다. 단편소설은 뭔가를 아주 밝고 감동적으로 만드는 즐거운 예술인 것이다. 단편소설은 끔찍하든 애처롭든 즐겁든 아름답든 심히 계몽적이든, 15분에서 50분 사이에 소리 내어 다 읽을 수 있기만 하면 된다. 그 밖에 어떤 착안과 상상과 분위기로 무엇을 전달하느냐는 상관이 없다. 그것은 바쁜 일상의 한 단면일 수도 있고, 전례 없는 세계들의 단면일 수도 있다. 이 책의 단편소설들은 그러한 다방면의 기대감 속에 읽혀야 한다. 이 책의 각 단편소설은 그 자체로 하나의 작품이다. 그리고 친절하고 기업심 왕성한 출판인들에게 너무 누가 되는 얘기가 아니면 좋겠는데, 고백건대, 나로선 독자가 내킬 때마다 편리하게 볼 수 있게 한 권으로 묶어 파는 것보단 단편마다 따로 인쇄해 비싼 가격에 팔고 그 책을 산 독자가 작은 갈색 종이로 정성스레 표지를 싸서 방에 놓아 주는 쪽이 훨씬 더 좋다. 그리고 나는 이 책이 신사의 서재보다는 요양소 침대나 치과의 응접실, 기차에 있었으면 좋겠다. 처음부터 끝까지 한꺼번에 읽는 것보다는 잠깐 읽고 또 잠깐 읽고 했으면 좋겠다. 본질적으로, 이것은 꾸며 낸 이야기들의 모음집이며, 상당수는 쓰는 동안 무척 즐거웠다. 그리고 몇 편을 읽은 뒤 독자가 유쾌해지고 기분이 좋아졌다면, 그 정도만으로도 내가 글을 쓴 목적은 달성된 것 이상이라 하겠다. 나는 이 글들을 모두 다시 읽었으며, 내가 이것들을 썼다는 게 참으로 기쁘다. 나는 내 글들을 좋아하지만, 독자들이 이 친숙하고 오랜 행복들을 읽으며 나에 대해 얼마나 알게 될지는 전혀 모르겠다. 나는 내 단편들에 대해 어떤 요구도 사과도 하지 않을 것이다. 이 글들은 사람들이 원치 않게 될 때까지 읽힐 것이다. 학문적 사기꾼을 판결하는 자리가 아닌 이상, 사과라는 중간 단계는 존재하지 않는다.

이 이야기들 대부분에 날짜를 정하려 해보았지만 엄밀하게 시대순으로 배열되지는 않았다는 사실을 덧붙여야 할 것 같다.

H. G. 웰스

퇴짜 맞은 제인

The Jilting of Jane

서재에 앉아 글을 쓰는 지금, 우리의 제인이 빗자루와 쓰레받기를 쾅쾅 부딪치며 계단을 내려오는 소리가 들린다. 제인은 예전엔 이 악기들 소리에 맞춰 찬송가나 영국 국가를 흥얼거리곤 했지만, 요즘은 조용한 데다가 심지어 일하면서 조심하기까지 한다. 내가 이런 고요함이 찾아오길 열렬히 기도하던 시절이, 내 아내도 제인이 이렇게 조심해 주길 바라며 한숨짓던 시절이 있었지만, 막상 그 염원이 이루어지고 보니 생각했던 것만큼 즐겁지 않다. 사실, 이런 걸 인정하면 남자답지 못하게 유약한 걸 수도 있겠지만, 제인이 〈데이지〉를 노래하는 소리나 아내 유피미어의 가장 좋은 초록색 접시들만 빼고 어떤 접시든 깨뜨리는 소리가 들려 이 사색의 시기가 끝났음을 알게 되면 나는 남몰래 기뻐할 듯하다.

그러나 제인의 젊은이에 대한 마지막 소식을 듣게 되기 전에는, 그 젊은이의 마지막 소식을 듣기를 얼마나 고대했던가! 제인은 늘 내 아내에게 참으로 기탄없이 얘길 하곤 했고, 부엌에서 온갖 주제로 훌륭하게 이야기를 이어 나갔다. 이야기를 어찌나 잘하는지 나는 때때로 그 대화에 끼려고 서재 문을 열어 두곤 했다(우리 집은 작다). 하지만 윌리엄이 나타난 뒤로, 화제는 언제나 윌리엄, 오로지 윌리엄이었다. 윌리엄이 이렇고 윌리엄이 저렇고. 윌리엄 이야기를 할 만큼 다해서 드디어 모두 고갈됐구나 생각할 때면, 또다시 윌리엄 이야기가 시작되었다. 제인의 약혼은 3년 동안 지속되었다. 하지만 제인이 어떻게 윌리엄을 소개받고 어떻게 윌리엄에게 흠뻑 빠졌는지는 늘 비밀이었다. 나는 바나바스 복스 목사님이 일요일 저녁 기도 이후 야외 예배를 열곤 하던 길모퉁이에서 둘이 처음 만났다고 생각한다. 꼬마 큐피드들은 고교회* 예배 찬송의 중심이라는 파라핀 불길 주위를 나방처럼 획획 날아다니는 버릇이 있었다. 나는 제인이 저녁 식사 준비를 위해 집으로 돌아와야 한다는 생각은 까맣게 잊고 정신을 놓은 채 거기 서서 찬송가를 부르고 있을 때 윌리엄이 다가와 "안녕하세요!"라고 말했고 제인도 "그쪽도 안녕하세요!"라고 인사한 후, 예의를 충분히 차린 두 사람이 서로 얘기하기 시작했을 거라고 생각한다.

유피미어에게는 피고용인들이 뭐든 자기에게 얘기하게 내버려 두는 안 좋은 버릇이 있었고, 따라서 곧 윌리엄에 대한 이야기를 듣게 되었다. 제인이 말했다. "윌리엄이 얼마나 훌륭한 청년이라구요, 마님. 마님은 모르시겠지만요." 내 아내는 자신의 지식을 은근히 헐뜯는 이런 말은 무시하며 이 윌리엄이란 자에 대해 물어보았다.

*성공회의 가톨릭주의 전통을 강조하는 신학 조류.

제인이 말했다. "윌리엄은 메이너드 씨 가게, 그러니까 포목점의 보조 짐꾼이에요. 일주일에 18실링을 벌고요. 거의 1파운드죠, 마님. 그리고 수석 짐꾼이 나가면, 윌리엄이 수석 짐꾼이 될 거예요. 윌리엄의 친척들은 상당히 뛰어난 분들이에요, 마님. 절대 노동자들이 아니에요. 윌리엄의 아버지는 청과물 상점을 하셨어요, 마님, 그리고 버터 공장을 운영하셨고, 두 번 파산하셨죠. 윌리엄의 누이 중 한 명은 '임종의 집'에 있어요. 제겐 아주 걸맞은 상대가 될 거랍니다, 마님. 저는 고아니까요."

"그럼 넌 윌리엄과 약혼한 거니?" 아내가 물었다.

"아뇨, 마님. 하지만 윌리엄은 반지를 사려고 저축 중이에요. 자수정으로요."

"음, 제인, 네가 그 남자와 정식으로 약혼하면 일요일 오후에 이곳으로 불러 부엌에서 함께 차를 마셔도 된단다." 나의 유피미어는 자신의 하녀들에게 어머니 같은 의무감을 느끼기에 이렇게 말했다. 이내 제인은 과시적이기까지 한 태도로 자수정 반지를 끼고 집을 돌아다녔고, 그 반지가 잘 보이도록 관절에 끼는 새로운 방법도 개발했다. 나이 든 메이틀랜드 양은 제인의 태도에 기분이 상해, 내 아내에게 하인들은 반지를 끼면 안 된다고 말했다. 그러나 아내는 『물어보세요*Enquire Within*』*와 『모성 부인의 가정 관리서』**를 찾아보았지만, 그런 금지 항목은 찾지 못했다. 그래서 제인은 자신의 사랑에 더해진 그 행복을 계속 누렸다.

제인의 이 소중한 연인은 내 눈에는 훌륭한 사람들이 소위 '참으로 마땅한 젊은이'라 부르는 그런 자로 보였다. "윌리엄은요, 마님." 어느 날

---

* 1856년부터 1976년까지 출판된, 가정생활 전반에 대한 인기 안내서인 『뭐는지 물어보세요 *Enquire Within Upon Everything*』의 제목을 조금만 바꾼 것이다.)
** 원래는 비토리아 시대 영국 가정의 모든 면에 대한 안내서인 『비턴 부인의 가정 관리서』에서 첫 단어만 바꾼 것이다.)

제인은 맥주병 수를 세다가 만족감을 감추지 못하며 불쑥 말했다. "윌리엄은요, 마님, 철저한 금주가예요. 네, 마님. 그리고 윌리엄은 담배도 피우지 않아요. 담배는요, 마님," 제인은 마음을 읽는 사람처럼 말했다. "사방에 가루를 얼마나 날린다고요. 돈 낭비인 건 또 어떻구요. 그리고 그 냄새. 하지만, 꼭 피워야 하는 사람들도 있겠죠. 일부는요……"

윌리엄은 처음엔 검은 기성품 양복을 입고 다니는 다소 꾀죄죄한 부류의 젊은이였다. 회색 눈은 촉촉하게 물기를 머금고 있었고, 안색은 '임종의 집'에 있는 사람의 동생에게 걸맞은 색이었다. 유피미어는 윌리엄을 그리 좋아하진 않았고, 처음부터도 별로라고 생각했다. 윌리엄의 저명한 사회적 지위는 알파카 천 우산으로 보증되었고, 윌리엄은 그 우산을 절대 손에서 놓으려 하지 않았다.

제인이 말했다. "윌리엄은 채플*에 가요. 윌리엄의 아빠는요, 마님……"

"윌리엄의 뭐라고, 제인?"

"윌리엄의 아빠요, 마님, 그분은 성공회 교회에 나가요. 하지만 메이너드 씨는 플리머스 형제단**이고, 윌리엄은 거기에도 가야 예의 바르다고 생각해요. 메이너드 씨는 두 사람 다 바쁘지 않은 시간이면 윌리엄에게 다가와서 근검절약하라고 충고하고 윌리엄의 영혼에 대해 굉장히 다정하게 얘기해요. 그분은, 메이너드 씨는 윌리엄에게 아주 많은 관심을 보이고, 그런 식으로 윌리엄의 영혼을 구원한답니다, 마님."

얼마 후 우리는 메이너드 씨 가게의 수석 짐꾼이 떠났다는 소식을 들었고, 윌리엄이 수석 짐꾼이 되어 일주일에 23실링씩 받는다는 것도 알게 되었다. 제인이 말했다. "윌리엄은 화물 마차를 모는 남자에게 정말로

----

*영국에서 비非 성공회교도의 교회당.
**1800년대 영국 플리머스에 본부를 두고 생겨난 개신교 교파.

친절하게 대해요. 그 남자는 결혼했고, 아이가 셋이에요." 제인은 연인에 대한 자부심으로 가득 차서, 자기가 윌리엄에게 영향력을 행사해서 우리가 메이너드 씨 가게에서 직물을 사면 특별히 신속하게 받을 수 있도록 해주겠다고 약속했다.

이 승진 이후로 제인의 젊은이는 급속하게 유복해졌다. 어느 날 우리는 메이너드 씨가 윌리엄에게 책을 한 권 주었다는 것을 알게 되었다. 제인이 말했다. "『웃으면 복이 온다』는 책이에요. 하지만 희극은 아니에요. 출세하는 법을 알려 주는 책이고, 윌리엄이 제게 좀 읽어 줬는데 사랑스러웠어요, 마님."

유피미어는 내게 이 말을 해주며 소리 내어 웃었지만, 곧 갑자기 진지해졌다. 유피미어가 말했다. "있잖아요, 여보. 제인은 제 맘에 안 드는 말을 하나 했어요. 잠시 조용하더니 별안간 그러는 거예요. '윌리엄은 저보다 한참 위에 있어요, 마님, 그렇죠?'라고요."

"난 그 말이 뭐가 문제인지 모르겠는데요." 나는 그렇게 말했지만, 나중에 그게 무슨 뜻인지 알게 되었다.

그 무렵의 어느 일요일 오후, 내가 책상 앞에 앉아 있는데(아마도 훌륭한 책을 읽고 있었을 것이다) 뭔가가 창밖을 지나갔다. 등 뒤에서 놀란 외침이 들려서 돌아보니, 유피미어가 두 손을 움켜쥐고 눈을 크게 뜨고 있었다. 유피미어는 경외심에 사로잡힌 목소리로 말했다. "조지, 봤어요?"

그리고 우리는 동시에 천천히 그리고 엄숙하게 말했다. "실크 모자! 노란 장갑! 새 우산!"

유피미어가 말했다. "그냥 제 망상일지도 모르겠지만요, 윌리엄의 넥타이가 당신 것과 너무나 비슷했어요. 제 생각엔 제인이 윌리엄에게 계속 넥타이를 매게 하고 있는 거 같아요. 제인은 얼마 전에 당신 옷의 다른 부분들에 대해서도 의미심장한 암시가 느껴지는 말을 했어요. '주인님께선 참 멋진 넥타이를 매시네요, 마님'이라고요. 그리고 윌리엄은 당신이 새로 하는 건 모두 따라 하고 있어요."

이 젊은 한 쌍은 자신들이 자주 다니는 산책로로 가면서 다시 한 번 우리 집 창문 앞을 지나갔다. 둘은 서로 팔짱을 끼고 있었다. 하얀색의 새 면장갑을 낀 제인은 무척이나 자랑스럽고 행복하고 동시에 거북해 보였고, 실크 모자를 쓴 윌리엄은 훌륭한 신사처럼 보였다!

그때가 제인의 행복이 최고조에 달했던 때였다. 제인은 돌아와서 말했다. "메이너드 씨가 윌리엄과 얘기하고 계세요, 마님. 그리고 윌리엄은 다음 판매 때 손님들을 응대하게 될 거예요. 젊은 가게 신사들처럼요. 그리고 출세하게 되면, 윌리엄은 기회가 생기는 순간 판매원이 될 거예요, 마님. 윌리엄은 최대한 신사다워져야 해요, 마님. 설사 점원이 되지 못하더라도, 마님, 자신의 노력이 부족해서는 아닐 거래요. 메이너드 씨는 윌리엄을 엄청 좋아하게 됐어요."

"윌리엄이 출세하고 있구나, 제인." 아내가 말했다.

제인은 생각에 잠겨 말했다. "네, 마님. 윌리엄은 출세하고 있어요."

그러고는 제인은 한숨을 쉬었다.

다음 일요일, 나는 차를 마시며 아내를 심문했다. "이번 일요일은 다른 일요일들과 좀 다르게 느껴지는데, 무슨 일이 생겼나요? 커튼을 바꿨나요, 가구 배치를 다시 했나요? 뭐라 딱 집어 말할 수 없는 이 차이가 어디서 느껴지는 거죠? 내게 경고도 없이 머리 모양을 바꾼 건가요? 무슨 차이가 분명 느껴지는데, 아무리 생각해도 뭔지 모르겠군요."

그러자 아내는 낼 수 있는 가장 비통한 목소리로 대답했다. "조지, 오늘은 윌리엄이 우리 집 근처에 오질 않았어요! 그리고 제인은 2층에서 가슴이 터지도록 울고 있고요."

잠시 침묵이 이어졌다. 그때부터 내가 앞서 말했듯이, 제인은 집 안 곳곳에서 노래를 흥얼대던 것을 그만두었고 부서지기 쉬운 우리 재산들을 조심스레 다루기 시작했으며, 아내는 그것을 아주 슬픈 징조로 받아들였다. 제인은 다음 일요일에, 그리고 그다음 일요일에도, 외출을 허락해 달라고 말했다. "윌리엄과 산책하려고요." 절대 남의 비밀을 억지로 캐내지 않는 아내는 그러라고 했고, 아무 질문도 하지 않았다. 매번 제인은 얼굴이 발그레지고 아주 결연해져서 돌아왔다. 마침내 어느 날 제인은 다시 수다스러워졌다.

제인은 식탁보 얘기를 하다가 갑자기 숨을 죽이며 말했다. "윌리엄은 유혹당하고 있어요. 네, 마님. 그 여자는 여성용 모자를 파는 상인이고, 피아노를 칠 줄 알아요."

"난 네가 일요일에 윌리엄과 함께 나간 줄 알았는데." 아내가 말했다.

"윌리엄과 나가지 않았어요, 마님. 윌리엄을 따라갔죠. 전 그 둘 곁에서 걸었고, 윌리엄과 제가 약혼한 사이라고 그 여자에게 말했어요."

"세상에, 제인, 그랬단 말이야? 그 둘은 어떻게 하던?"

"마치 절 먼지 보듯 하며 제게 전혀 신경 쓰지 않았어요. 그래서 전 그 여자에게 대가를 치를 줄 알라고 말했어요."

"아주 유쾌한 산책은 아니었겠구나, 제인."

"누구에게도요, 마님."

"저도 피아노를 칠 줄 알면 얼마나 좋을까요, 마님? 하지만 어쨌거나 전 그 여자가 윌리엄을 뺏어 가게 놔두지 않을 거예요. 그 여자는 윌리엄보다 연상이고, 머리털은 진짜 금발이 아니에요, 마님." 제인이 말했다.

8월의 은행 공휴일에 위기가 닥쳤다. 우리는 그 소동의 자세한 사항들까지는 분명하게 알지 못하고, 불쌍한 제인이 말해 준 작은 단편들만 알 뿐이다. 제인은 먼지투성이가 되고 흥분해서 심장이 뜨거워진 상태로 집에 돌아왔다.

모자상의 어머니, 모자상, 윌리엄이 함께 사우스켄징턴에 있는 미술관에 갔던 것 같다. 어쨌거나, 제인은 차분하게 그러나 단호하게 거리에서 그 사람들에게 다가가 말을 걸었고, 문헌적 합의에도 불구하고 양도 불가능한 자신의 소유물이라 생각하는 것에 대한 권리를 주장했다. 내 생각에 제인은 윌리엄에게 손을 대는 지경까지 갔던 것 같다. 윌리엄 일행은 압도적으로 우월한 방식으로 제인을 처리했다. '승합마차를 부른' 것이다. 그리고 '소동'이 벌어졌다. 미래의 아내와 장모가 우리의 버림받고 저항하는 제인의 두 손에서 윌리엄을 빼앗아 사륜 승합마차로 집어넣은 것이다. '달려드는' 제인에게 위협이 가해졌다.

"불쌍한 제인!" 아내는 그렇게 말하며 마치 윌리엄을 저미듯 송아지 고기를 저며 댔다. "그 사람들은 정말 부끄러운 줄 알아야 해. 난 더는 윌리엄을 생각하지 않겠어. 윌리엄은 널 가질 가치가 없어."

"맞아요, 마님." 제인이 말했다. "윌리엄은 약해요."

"하지만 그런 짓을 저지른 건 그 여자예요." 제인이 말했다. 제인은 단 한 번도 '그 여자'의 이름을 발음하거나 자신의 계집애 같은 면을 인정하려는 모습을 보이지 않았다. "어떤 여자들은 도대체 어떤 정신머리인지를 모르겠어요. 다른 여자의 남자를 빼앗어 가려 하다니요. 하지만 어휴, 말해 봤자 제 마음만 아프죠." 제인이 말했다.

그 뒤로 우리 집은 윌리엄에게서 놓여났다. 그러나 제인이 현관 계단을 문질러 닦거나 방들을 쓰는 태도 안에는 무언가가, 일종의 사악함

같은 것이 깃들어 있었고 그 모습에서 나는 이 이야기가 아직 끝나지 않았다고 확신했다.

"내일 결혼식에 가봐도 될까요? 부탁드려요, 마님." 제인이 어느 날 말했다.

아내는 누구의 결혼식인지를 본능적으로 알아챘다. "그게 현명한 행동이라 생각하니, 제인?" 아내가 말했다.

"윌리엄의 마지막 모습을 보고 싶어요." 제인이 말했다.

"여보." 제인이 떠나고 약 20분 뒤 아내는 안절부절못하며 내 방으로 뛰어 들어왔다. "제인이 신발 수선집에 가서 버려진 장화와 신발을 몽땅 가져오더니, 그걸 죄다 가방에 넣어 들고 결혼식에 갔어요. 설마……"

"제인은 인격을 형성해 가는 중이에요. 최선의 행동을 하길 바라보죠." 내가 말했다.

제인은 창백하고 굳은 얼굴로 돌아왔다. 장화는 모두 그대로 가방 속에 있는 듯했고, 아내는 그 가방을 보고 성급하게 안도의 한숨을 내쉬었다. 우리는 제인이 위층으로 올라가 장화들을 상당히 힘주어 꺼내는 소리를 들었다.

"하객들이 엄청 많더만요, 마님." 제인은 이제 우리의 작은 부엌에 앉아 감자를 북북 문질러 씻으며 순수하게 잡담하는 말투로 말했다. "그 사람들에겐 참으로 멋진 날이었죠." 제인은 계속해서 수많은 세부 사항들을 말했지만, 분명히 어떤 주요 사건에 대해선 언급을 피하고 있었다.

"모든 게 끝내주게 훌륭하고 멋졌어요, 마님. 하지만 그 여자의 아버지는 검은 양복을 입지 않았고, 굉장히 부적절해 보였어요, 마님. 피딩쿼크 씨는……"

"누구?"

"피딩쿼크 씨는, 그러니까 윌리엄요, 마님. 하얀 장갑을 끼고, 목사님처럼 양복을 차려입고 멋진 국화를 꽂았더군요. 아주 근사했어요, 마님. 바닥에는 신분 높은 분들을 맞을 때처럼 빨간 카펫이 깔려 있었죠. 사람들이 그러는데, 피딩쿼크 씨가 집사에게 4실링을 줬대요, 마님. 둘이 탄 건 진짜 자가용 사륜마차였어요, 전세 마차가 아니구요. 둘이 교회에서 나오자 쌀이 뿌려졌고, 그 여자의 여동생 둘은 꽃을 뿌렸지요. 그리고 누가 슬리퍼를 던졌고, 그런 뒤 제가 장화 한 짝을 던졌어요……"

"장화를 던졌다고, 제인!"

"네, 마님. 그 여자를 겨냥해서요. 하지만 그 사람에게 맞았어요. 네, 마님, 아주 세게요. 분명 눈탱이가 시꺼메졌을걸요. 전 그거 하나만 던졌어요. 또 던질 용기는 없었어요. 장화가 그 사람에게 맞으니까 꼬맹이 남자애들이 몽땅 환호하고 난리였어요."

잠시 후. "장화가 그 사람에게 맞아서 유감이에요."

다시 한 번 침묵이 흘렀다. 감자들이 사정없이 문질러졌다. "그 사람은 늘 살짝 제 위에 있었어요. 아시죠, 마님? 그러더니 유혹당해 그쪽으로 가버렸어요."

감자들은 단순히 손질이 끝난 정도가 아니었다. 제인은 한숨을 쉬며 벌떡 일어나 대접을 테이블에 쾅 내려놓았다.

제인은 말했다. "상관 안 해요. 조금도 상관 안 해요. 그 사람은 자기가 무슨 실수를 한 건지 조만간 깨닫게 될 거예요. 그리고 전 이런 꼴을 당해도 싸요. 전 그 사람 때문에 우쭐했으니까요. 그렇게 높은 데를 바라보는 게 아니었는데. 그리고 전 상황이 이렇게 풀려서 참 다행이라고 생각해요."

아내는 부엌에서 까다로운 요리를 살피고 있었다. 장화를 던졌다는 고백을 들은 뒤, 아내는 분명 갈색 눈에 경악과 분노를 가득 담고 불쌍한 제인을 지켜봤을 것이다. 하지만 나는 아내의 눈길이 금세 다시 부드러워져서 제인의 시선과 마주쳤을 거라 생각한다.

"아, 마님." 제인은 놀랄 만큼 확 달라진 말투로 말했다. "이 모든 일이 달리 어떻게 됐을지를 생각해 보세요! 아, 마님, 전 아주 행복할 수 있었는데. 미리 알아야 했는데, 몰랐어요…… 이 모든 얘기를 다 들어 주시다니, 마님은 정말 친절하세요…… 저 너무 힘들거든요, 마님…… 힘들어……."

유피미어는 이제껏 자신을 낮춰 왔기에, 제인은 자신을 동정해 주는 아내의 어깨에 기대 펑펑 울며 마음속을 가득 채우고 있던 감정을 어느 정도 쏟아 낼 수 있었을 것이다. 나의 유피미어는, 하늘에 감사하게도, 이제까지 '자기 위치를 지키는 것'의 중요성을 단 한 번도 제대로 이해한 적이 없었다. 그리고 그렇게 흐느낀 이후로, 제인의 북북 문지르고 닦는 태도에서 신랄한 기색이 많이 사라졌다.

사실, 며칠 전 뭔가가 정육점 청년과 함께 지나갔다. 하지만 그 부분은 이 이야기와 거의 무관하다. 제인은 아직 젊고, 또한 시간과 변화에서 예외일 수는 없다. 우린 모두 각자의 슬픔을 품고 있지만, 나는 절대로 낫지 않는 슬픔 따위가 있다고는 믿지 않는다.

원뿔
The Cone

덥고 구름이 잔뜩 낀 밤이었으며, 한여름의 굼뜬 석양에 하늘 가장자리가 붉게 물들어 있었다. 그들은 바깥 공기가 더 신선할 거라는 생각에 창문을 열고 앉아 있었다. 정원의 나무와 관목들은 뻣뻣하고 음울했고, 그 너머 거리에는 푸르스름한 저녁 하늘을 배경으로 가스등이 밝은 오렌지색으로 타고 있었다. 좀 더 멀리로는 낮게 깔린 하늘 아래로 철로의 신호등 세 개가 빛났다. 남자와 여자는 낮은 목소리로 대화를 했다.

"그 친구가 눈치채지 않았을까?" 남자가 약간 초조한 기색으로 말했다.

몹시 거슬리는지 여자가 토라져 말했다. "아니에요. 그이는 늘 일과 연료비 생각뿐이에요. 상상력도, 시심도 없어요."

남자가 설교하듯 말했다. "철을 다루는 사람들은 마음이 없는 법이지."

"그이가 바로 그래요." 여자가 말했다. 여자는 불만 가득한 얼굴을 창

쪽으로 돌렸다. 멀리서 들려오던, 으르렁거리며 달려드는 소리가 점차 가까워지고 커졌다. 집이 흔들렸다. 탄수차가 덜컹거리는 금속성 소리가 들렸다. 기차가 지나가는 동안 요란한 연기 위로 불빛이 번득였다. 하나, 둘, 셋, 넷, 다섯, 여섯, 일곱, 여덟 개의 검은 직사각형, 여덟 개의 화차가 희끄무레한 제방을 가로지른 뒤 갑자기 터널 목구멍 속으로 하나씩 사라졌고, 터널은 기차와 연기와 소리를 단숨에 삼키는 듯했다.

남자가 말했다. "예전에 이곳은 참 맑고 아름다웠는데. 하지만 지금 은…… 지옥이야. 저 아래 들어선 도자기 공장과, 끊임없이 불길과 먼지를 하늘로 토해 대는 굴뚝들뿐이야…… 하지만 그게 무슨 상관이야. 이제 끝날 텐데. 이 냉혹함도 완전히…… 내일이면." 남자는 마지막 단어를 속삭이듯 말했다.

"내일." 여자 역시 그렇게 속삭였고, 여전히 창밖을 바라보았다.

"내 사랑!" 남자가 여자의 손을 잡으며 말했다.

여자는 깜짝 놀라 고개를 돌렸고, 둘은 서로의 눈빛을 탐색했다. 여자의 눈빛이 부드러워졌다. 이윽고 여자가 말했다. "내 사랑! 정말 신기해요. 이처럼 당신이 내 삶에 거리낌 없이 들어오다니요……" 여자가 말을 멈췄다.

"거리낌 없이?" 남자가 말했다.

"이 모든 게 너무나 아름다워요." 여자가 망설이다가 더 나지막이 말했다. "제게는 이 세상이 사랑으로 가득해요."

그때 갑자기 찰칵 소리와 함께 문이 닫혔다. 둘은 고개를 돌렸고, 남자는 깜짝 놀라 움찔했다. 어두침침한 방 안에 어두운 거구의 형체가 조용히 서 있었다. 희미한 빛에 어렴풋이 비친 얼굴의 지붕 모양 눈썹 아래로 표정이 풍부하지 못한, 어둠에 가려 잘 분간하기 어려운 이목구비가 보였다. 돌연 라우트의 온몸 근육이 팽팽히 긴장했다. 언제 문을 열었을까? 어디까지 들었을까? 전부? 어디까지 봤을까? 질문의 소용돌이가 일었다.

끝없는 기다림처럼 잠깐의 침묵이 흐른 뒤, 마침내 새로 온 자가 입을 열었다. "그래서?" 그자가 말했다.

"널 만나지 못할까 봐 걱정했어, 호록스." 창가에 있던 남자가 창턱을 잡으며 말했다. 목소리가 떨렸다.

흐릿했던 호록스의 형체가 그림자 밖으로 나왔다. 호록스는 라우트의 말에 아무 대꾸도 하지 않았다. 잠시 호록스는 둘을 압도했다.

여자의 심장은 싸늘하게 식어 있었다. "곧 당신이 올 거라고 라우트 씨에게 말하던 참이었어." 여자의 목소리는 조금도 떨리지 않았다.

호록스는 여전히 아무 말 없이 작업용 테이블 옆 의자에 갑자기 털썩 앉았다. 커다란 손은 주먹을 꽉 쥐고 있었다. 눈썹 그림자 밑으로 이글거리는 눈빛이 보였다. 호록스는 마음을 진정시키려 애썼다. 호록스의 시선은, 한때 자신이 신뢰했던 여자에게서 한때 자신이 신뢰했던 친구에게로 갔다가 다시 여자에게로 돌아왔다.

그 잠깐 동안 셋은 서로를 어렴풋이 이해했다. 하지만 이 숨 막히는 상황을 누그러뜨리기 위해 무슨 말이라도 할 엄두를 내지 못했다.

마침내 남편이 침묵을 깨고 말했다.

"나를 보고 싶었다고?" 남자가 라우트에게 말했다.

라우트가 움찔하며 말했다. "널 보러 왔어." 남자는 마침내 거짓말을 하기로 마음먹었다.

"그렇군." 호록스가 말했다.

라우트가 말했다. "달빛과 연기의 멋진 효과를 보여 주겠다고 내게 약속했잖아."

"달빛과 연기의 멋진 효과를 보여 주겠다고 네게 약속했지." 호록스가 생기 없는 목소리로 반복해 말했다.

라우트가 계속 말했다. "그래서 오늘 밤 네가 일을 나가기 전에 만나려고 왔어. 그리고 너와 함께 나갈 생각이었지."

또다시 침묵이 흘렀다. 지금 저 친구는 상황을 냉정히 받아들인다는 뜻일까? 결국, 다 알아 버린 걸까? 저 친구가 얼마나 오랫동안 방에 있었지? 문소리가 들린 순간 우리가 어떤 자세를 하고 있었더라…… 호록스는 어스름한 불빛으로 인해 그늘진 아내의 창백한 옆얼굴을 힐긋 보았다. 그러고는 라우트를 힐긋 보았고, 불현듯 정신이 든 듯했다. 호록스가 말했다. "물론이지, 극적인 상황에서 그걸 보여 주겠노라고 약속했지. 내가 약속을 깜박하다니 정말 이상하군."

"내가 귀찮게 하는 거라면……" 라우트가 입을 열었다.

호록스가 다시 흠칫했다. 뜨겁고 음울한 눈동자에서 갑자기 다른 빛이 스쳐 지나갔다. "전혀." 호록스가 말했다.

"당신이 그렇게 멋지다고 생각하는 불꽃과 어둠의 대비 효과에 대해 벌써 라우트 씨에게 말해 준 거야?" 여자는 처음으로 남편을 보며 말했고, 자신감이 천천히 돌아오며 목소리가 반 톤 정도 높아졌다. "기계는 아름답고, 그 외의 모든 것은 추하다는 당신의 끔찍한 이론 말이야. 저이는 상대가 라우트 씨라고 해서 봐주진 않을 거예요. 저이가 예술 쪽에서 유일하게 발견한 위대한 이론이니까요."

갑자기 호록스가 험악하게 아내의 말을 가로막았다. "나도 늦게 발견하는 편이지. 하지만 내가 발견한 건……" 호록스가 말을 멈췄다.

"뭔데?" 여자가 말했다.

"아무것도 아니야." 호록스가 갑자기 일어났다.

"너에게 보여 주겠노라고 약속을 했지." 호록스는 볼품없는 큰 손으로 친구의 어깨를 잡았다. "자, 그럼 가볼까?"

"좋지." 라우트가 말하고 역시 자리에서 일어났다.

다시 침묵이 흘렀다. 어스름 속에서 둘은 각각 다른 둘의 얼굴을 바라보았다.

호록스의 손은 여전히 라우트의 어깨에 놓여 있었다. 라우트는 어쩌면 이 일이 아무렇지 않게 넘어갈 수도 있겠다고 반쯤은 기대했다. 하지만 호록스 부인은 자신의 남편을, 남편의 목소리에 담긴 냉혹한 평온함의 의미를 더 잘 알았으며, 어지러운 마음 한편에 막연하면서도 구체적인 불길한 모습이 떠올랐다. "좋아." 호록스는 친구의 어깨에서 손을 떼고 문가로 돌아섰다.

"모자가 어딨더라?" 라우트는 어슴푸레한 방을 둘러보았다.

"제 작업 바구니에 있어요." 호록스 부인이 말했고, 발작적으로 웃음을 터뜨렸다. 두 사람의 손이 의자 뒤를 더듬었다. "찾았습니다." 라우트가 말했다. 여자는 남편 몰래 라우트에게 경고하고 싶었지만 결국 한마디도 할 수 없었다. '가지 마요! 그이를 조심하세요!'라는 말이 머릿속에서 맴돌았지만 그마저 곧 사라져 버렸다.

"찾았어?" 호록스가 문을 반쯤 열고 서서 말했다.

라우트가 호록스를 향해 걸어갔다. "호록스 부인에게 작별 인사라도 하는 게 어때?" 제철업자가 말했고, 그 목소리에는 좀 전보다도 훨씬 더 냉혹한 평온함이 담겨 있었다.

라우트가 흠칫하며 돌아섰다. "좋은 저녁 보내십시오, 호록스 부인." 라우트가 말했고, 둘은 가볍게 손을 잡았다가 놓았다.

호록스는 남자에게는 보인 적이 거의 없는 경건하고 정중한 자세로 문을 열고 기다렸다. 라우트가 밖으로 나갔고, 남편은 아내에게 한마디 말도 없이 그 뒤를 따라갔다. 라우트의 가벼운 걸음 소리와 남편의 묵직한 걸음 소리가 저음과 고음처럼 어우러져 복도를 내려가는 동안, 여자는 가만히 서 있었다. 요란한 소리를 내며 현관문이 닫혔다. 여자는 천천히 창가로 가서 몸을 앞으로 숙이고 밖을 바라보았다. 두 남자는 대문 쪽에 나타나는가 싶더니 가로등 아래를 지나 시커먼 풀숲에 가려졌다. 잠시 가로등 불빛에 드러난 둘의 얼굴은 무표정하고 창백할 뿐, 여자가 여전히 두려워하고 의심하며 부질없이 애타게 알고 싶어 하는 것에 대해서는 아무것도 알려 주지 않았다. 이윽고 여자는 커다란 안락의자에 무너지듯 웅크리고 앉아 휘둥그레진 눈으로 하늘에서 깜박이는 용광로의 붉은빛을 바라보았다. 한 시간 뒤에도 여자는 그렇게, 거의 변함없는 자세로 앉아 있었다.

저녁의 정적이 라우트를 무겁게 짓눌렀다. 둘은 어깨를 나란히 하고 침묵 속에서 길을 걸었다. 침묵이 계속되는 가운데, 둘은 계곡을 향해 난, 석탄재로 만들어진 샛길로 접어들었다.

기다란 계곡은 푸른 아지랑이와 옅은 먼지와 안개에 휩싸여 신비로워 보였다. 그 너머로 띄엄띄엄 빛나는 황금빛 가로등 불빛과 여기저기 창문에 밝혀진 가스등 불빛, 그리고 야근 중인 공장이나 붐비는 술집에서 나오는 누런 불빛들에 의해 핸리와 에트루리아의 거무스름한 덩치가 어렴풋이 드러났다. 덩어리처럼 모인 풍경 속에서, 저녁 하늘을 배경으로 높다랗고 호리호리한 수많은 굴뚝들이 선명하게 솟아 있었는데, '조업' 시즌답게 대부분 연기를 뿜어 올리고 있었으며 연기가 나지 않는 것은 몇 개 되지 않았다. 또한, 창백한 반점과 자라다 만 듯하고 유령 같은 인상을 주는 벌집 모양의 것들이 뜨거운 아래쪽 하늘을 배경으로 여기저기에 검고 또렷하게 보였는데, 도자기 공장과 바퀴 그리고 무지갯빛 석탄을 캐내는 채탄장들이었다. 더 가까운 곳에는 길게 철도가 나 있었고, 으르렁거리고 증기를 뿜으며 측선으로 들어온 기차들은 동체가 반만 보이는 상태에서 끊임없이 땅을 흔들고 규칙적으로 쿵쿵거리고 때때로 흰 연기를 뿜어내며 앞으로 나아갔다. 그리고 그 왼쪽으로는 철도와 그 너머 시커먼 덩어리처럼 보이는 낮은 언덕 사이로 제다 컴퍼니 블래스트 용광로의 어마어마하게 크고 칠흑처럼 새카만 실린더들이 연기와 발작적인 화염을 머리에 인 채 주위의 모든 풍경을 압도하고 있었다. 호록스가 관리인으로 있는 거대한 제철소의 중앙 건물이었다. 끊임없이 소용돌이치는 화염과 부글거리는 쇳물로 가득한 그 육중한 건물은 위협적인 모습으로 서 있었고, 아래쪽에서는 압연기들이 덜그럭거렸고, 무겁게 내리치는 증기 해머가 하얀 불꽃들을 여기저기에 튀겼다. 둘이 지켜보는 동안에도 한 트럭 분량의 연료가 거대한 실린더들 중 하나에 들어갔고, 그러자 붉은 불길이 일면서 연기와 검은 먼지들이 소용돌이치며 하늘로 솟구쳤다.

"넌 용광로에서 기막힌 색깔을 얻었겠지." 불안해질 지경이 된 침묵을 깨려고 라우트가 말했다.

호록스가 뭐라고 중얼거렸다. 호록스는 주머니에 손을 넣고 서서 마치 골치 아픈 문제에 골몰한 사람처럼 얼굴을 찡그린 채 희미하게 김이 올라오는 철로와 그 너머의 분주한 철공소를 바라보았다.

라우트는 또 한 번 호록스를 힐긋 보았다. "당장은 너의 월광 효과가 제 모습을 보이긴 어려울 거야." 라우트는 하늘을 바라보며 말을 이었다. "해가 완전히 지지 않아서 달빛이 약하니까."

호록스는 갑자기 깨달은 사람처럼 뭔가 기대하는 표정으로 라우트를 물끄러미 바라보았다. "해가 아직 지지 않았다고? ……아, 그럼, 그렇지." 호록스는 고개를 들어 한여름 하늘에 아직 희미하게 걸린 달을 바라보더니 갑자기 말했다. "가자고." 그러면서 라우트의 팔을 잡고 철로 쪽으로 난 내리막길로 향했다.

라우트는 주춤했다. 잠시 둘은 서로의 눈빛에서 금방이라도 말이 되어 나올 듯한 숱한 의미를 보았다. 라우트를 붙잡은 호록스의 손아귀에 힘이 들어갔다가 이내 느슨해졌다. 결국 라우트를 놓아주었지만, 라우트가 알아차리기도 전에 둘은 서로 팔짱을 긴 자세가 되어 길을 내려가기 시작했다. 한 명은 내키지 않는 걸음이었다.

"버슬럼 방면의 철로 신호기에서 나오는 멋진 효과를 보라고." 호록스는 갑자기 말이 많아졌고, 걷는 속도를 높이며 팔꿈치에 힘을 주었다. "연기를 배경으로 조그만 초록, 빨강, 흰색의 빛이 어떻게 어우러지는지를 말이야. 알아볼 수 있을 거야, 라우트. 아주 멋진 광경이라고. 그리고 우리가 언덕을 내려가면 광산 용광로들이 점점 우리 위로 우뚝해지는 모습도 잘 봐둬. 저기 오른쪽에 있는 놈이 내 귀염둥이야. 70피트짜리지. 내가 직접 저놈을 운반했는데, 5년 동안 쇠로 배를 채우고는 기분 좋게 끓고 있잖아. 놈은 내게 특별해. 저기 붉은 줄 있잖아. 넌 아마 따스한 오렌지색이라고 부르겠지. 저건 연철로야. 저기, 뜨거운 불빛 속에 검은 형체 세 개 말이야. 저기 증기 해머의 하얀 불빛 봤어? 저게 바로 압연기야. 어서 가자! 뗑그렁뗑그렁하며 바닥에서 덜컥거리는 것 좀 봐! 함석판이야, 라우트. 정말 놀라운 물건이지. 압연기에서 나온 함석판만 있으면 거울이 따로 필요가 없어. 저기 내리치는 것 좀 봐! 해머가 또 일을 하는군. 어서 가자!"

호록스는 숨을 고르기 위해 말을 멈추어야 했다. 호록스는 팔이 비틀려 얼얼할 정도로 세게 라우트와 팔짱을 끼고 있었는데, 무엇에 홀린 사람처럼 철로로 이어진 험한 내리막길을 줄곧 급하게 내려갔다. 라우트는 한마디도 하지 않았으며 다만 호록스에게 끌려가지 않으려고 기를 썼다.

"이봐. 팔 아프다고, 호록스. 왜 이렇게 끌고 가는 거지?" 라우트는 초조하게 웃으며 말했지만 목소리에는 힐책하는 기색이 은근히 배어 있었다.

마침내 호록스는 라우트의 팔을 놓아주었다. 호록스의 태도가 또 바뀌었다. 호록스가 말했다. "팔을 아프게 했어? 미안. 하지만 친하게 걷는 법을 가르쳐 준 건 너잖아."

"그럼 아직 제대로 배우지 못했군." 라우트가 거짓 웃음을 웃으며 말했다. "세상에! 멍이 들었어." 호록스는 사과하지 않았다. 둘은 이제 언덕을 거의 다 내려와 철로 울타리 가까이에 있었다. 둘이 가까이 갈수록 제철소들은 점점 더 거대해지고 좌우로 넓어졌다. 둘은 이제 용광로를 내려다보는 대신 올려다보고 있었다. 언덕을 내려오는 동안, 뒤쪽으로 보이던 에트루리아와 핸리는 시야에서 사라졌다. 둘의 정면에 있는 회전식 나무문 위에 표지판이 달려 있었는데, 아직 희미하게 글자가 보였다. '기차 조심.' 표지판의 반은 석탄이 섞인 진흙 얼룩이 묻어 보이지 않았다.

호록스가 팔을 흔들며 말했다. "멋진 효과야. 저기 기차가 오는군. 연기를 내뿜고 앞에 달린 둥그런 눈알에서 오렌지색 불빛을 번뜩이면서 박자에 맞춰 덜커덕덜커덕거리지. 멋진 효과라구! 하지만 연료비를 아끼려고 목구멍에 원뿔을 쑤셔 넣기 전의 광산 용광로가 더 멋있었어."

"뭐? 뭔 뿔?" 라우트가 말했다.

"원뿔 말이야, 원뿔. 좀 더 가까이에서 용광로를 보여 주지. 전엔 뻥 뚫린 용광로 목구멍에서 불길이 치솟곤 했어. 낮에는 붉고 검은 연기로 이루어진 거대한…… 그걸 뭐라고 하지? 맞아, 구름 기둥이 솟고, 밤에는 불기둥이 솟았지. 지금은 파이프를 통해 집어넣지. 그리고 연료를 태워 용광로에 열을 공급하고, 맨 위를 원뿔로 막아 둬. 너도 원뿔에 흥미를 느낄걸."

라우트가 말했다. "하지만 가끔씩 불길이 솟구치고 저기까지 연기가 올라가잖아."

"원뿔은 고정된 게 아니라 지렛대에 사슬로 연결되어 있고 평형추로 균형을 잡아. 곧 더 가까이에서 보게 될 거야. 물론 용광로에 연료를 공급하는 방법은 이것 하나뿐이야. 가끔씩 원뿔이 아래로 내려가는데 불길은 그때 나오는 거야."

라우트가 말했다. "알겠어." 라우트는 어깨 너머를 바라보더니 말했다. "달빛이 점점 밝아지는군."

"가자." 호록스가 불쑥 말하면서 또다시 라우트의 어깨를 붙잡고 철도 건널목을 향해 갑자기 움직이기 시작했다. 그리고 순식간에 일어나는 유의 사건이, 아주 생생하지만 너무나 빠르게 지나가기에 정말로 일어났는지 어리둥절해지는 그런 사건이 둘에게 일어났다. 건널목 한복판에서 호록스의 손이 갑자기 바이스처럼 라우트를 꽉 움켜쥐더니 반 바퀴쯤 휙 돌려세웠고, 덕분에 라우트는 철로를 제대로 볼 수 있었다. 기차가 둘에게 가까워지면서 램프로 줄줄이 밝혀진 객차 창문들이 둘을 향해 압축되듯 빠르게 다가왔고, 붉은색과 노란색 엔진 불빛이 둘을 향해 돌진하면서 점점 더 커졌다. 상황을 깨달은 라우트는 호록스를 향해 얼굴을 돌렸고, 철로 한가운데에서 자신을 붙잡은 손아귀를 온 힘을 다해 밀어냈다. 몸싸움은 순식간에 끝났다. 라우트를 그곳에 붙들고 있던 사람이 호록스란 건 분명한 사실이었지만, 라우트를 위험에서 맹렬하게 끌고 나온 사람이 호록스란 것도 마찬가지로 분명한 사실이었다.

"비켜." 기차가 덜커덕거리며 지나가는 동안 호록스가 숨을 헐떡이며 말했고, 둘은 제철소 출입문 근처에 서서 숨을 몰아쉬었다.

"기차가 오는 걸 못 봤어." 라우트는 불안했지만 겉으로는 평소처럼 그를 대하려고 애썼다.

호록스가 퉁명스레 대답했다. "원뿔." 호록스는 숨을 고르며 말을 이었다. "기차 소리를 못 들은 거 같군."

"못 들었어." 라우트가 말했다.

"절대로 널 치여 죽게 놔두지 않았을 거야." 호록스가 말했다.

"잠시 동안 겁이 났어." 라우트가 말했다.

호록스는 30초 정도 서 있다가 갑자기 제철소를 향해 다시 돌아섰다. "채광해 쌓아 놓은 이것들, 이 용재 더미들, 이걸 밤에 보면 정말 기막혀! 저기 화차, 저기 위쪽! 저 위까지 간 다음 용재 찌꺼기를 비우는 거야. 가슴이 두근거릴 정도로 새빨간 저 빛이 아래쪽으로 미끄러지는 것 좀 봐. 가까이 갈수록 용재 더미가 용광로 높이만큼 높아져. 저기 위쪽에 덜덜거리면서 올라가는 걸 봐. 그쪽이 아니야! 이쪽, 무더기 사이. 저건 연철로로 가는 거야. 먼저 도관을 보여 주고 싶어." 호록스는 라우트의 팔을 잡아끌었고, 둘은 나란히 걸었다. 라우트는 호록스의 말에 애매하게 응답하고 있었지만, 속으로는 스스로에게 물었다. 철로에서 과연 무슨 일이 벌어진 것일까? 착각이었을까, 아니면 호록스가 실제로 기차가 오는데도 자기를 철로 한가운데에서 붙잡고 있었던 것일까? 방금 전 살해당할 뻔한 것일까?

꾸부정하고 험상궂은 이 괴물이 뭔가 눈치챈 건 아닐까? 1,2분 정도 지났을 때 라우트는 정말로 생명의 위협을 느꼈지만, 이성적으로 생각하려 애쓰는 동안 그런 느낌도 사라졌다. 어쨌든 호록스는 아무 말도 듣지 못했을 터였다. 어쨌든, 호록스는 늦지 않게 라우트를 철로 밖으로 끌어냈다. 호록스가 오늘 이상하게 구는 것은 까닭 모를 질투심 때문으로, 라우트는 전에도 한 번 그런 모습을 본 적이 있었다. 호록스는 이제 잿더미와 도관에 대해 이야기를 하고 있었다. "어때?" 호록스가 말했다.

라우트가 말했다. "뭐가? 좋아! 달빛 속의 안개로군. 멋져!"

호록스가 갑자기 말을 가로막았다. "도관 말이야. 달빛과 불빛에서 보면 도관의 효과가 정말 엄청나. 한 번도 본 적 없지? 상상해 봐! 넌 저기 뉴캐슬에서 여자랑 시시덕거리느라 밤 시간을 너무 낭비하잖아. 정말 눈부신 효과에 대해 말하는 거야. 하지만 알게 될 거야. 끓는 물은……"

둘이 용재, 석탄, 광석 더미로 얽힌 미로에서 벗어났을 때, 근처에서 압연기 소리가 갑자기 크고 또렷하게 들려왔다. 어둠 속에서 지나가던 인부 세 명이 호록스를 보고 모자를 만지며 인사를 했다. 인부들 얼굴은 어둠 때문에 어렴풋했다. 라우트는 인부들에게 말을 하고 싶다는 부질없는 충동을 느꼈지만, 말을 떠올리기도 전에 인부들은 어둠 속으로 사라졌다. 이제 호록스는 바로 앞에 있는 도관을 가리켰다. 용광로의 시뻘건 불빛이 반사된, 기이한 곳이었다. 50피트 위쪽 용광로의 송풍구를 냉각시킨 물이 거의 끓다시피 하며 도관을 따라 요란스레 흘러나왔고, 흰색 줄처럼 소리 없이 물에서 피어오른 수증기가 둘의 몸을 축축하게 감쌌으며, 검붉은 소용돌이에서 끊임없이 솟구치는 유령처럼 허연 습기에 머리까지 젖을 정도였다. 더 커다란 용광로의 검게 번뜩이는 굴뚝이 수증기 밖으로 우뚝 솟아 있었고, 요란한 소음이 귓가를 때렸다. 라우트는 물가에서 떨어져서 호록스를 지켜보았다.

호록스가 말했다. "여기서는 붉은색이지. 시뻘건 핏빛 수증기는 죄악처럼 붉고 뜨겁지. 하지만 저쪽, 달빛이 비추는 용재 더미 사이를 지나면서 죽음처럼 하얗게 변해."

라우트는 잠시 그쪽으로 고개를 돌렸다가 황급히 호록스를 살폈다. "압연기 쪽으로 가자." 호록스가 말했다. 이번에는 팔을 붙잡는 손아귀의 힘이 그리 강하지 않아서 라우트는 약간 마음을 놓았다. 하지만 그와 동시에 라우트의 머릿속에 떠오른 게 있었다. '죽음처럼 하얗다'라니, '죄악처럼 붉다'라니, 대체 무슨 의미일까? 아마도 우연이겠지?

둘은 연철로 뒤에 잠시 서 있다가 압연기 사이로 걸어갔다. 액체를 함유한 쇠를 두드려 수분을 빼는 증기 해머의 끊임없고 규칙적인 소리에 귀가 얼얼했다. 반라의 시커먼 타이탄들이 뜨거운 봉랍처럼 생긴 플라스틱 막대를 바퀴들 사이로 빠르게 밀어 넣었다. "자, 어서 가자." 호록스가 라우트의 귀에 대고 말했다. 둘은 걸으면서 송풍구 뒤에 난 작은 유리창을 들여다보았다. 용광로 구덩이 속에서 불길이 몸부림쳤다. 불길은 잠시만 들여다봐도 한쪽 눈이 멀 것 같은 느낌이 들 정도로 거셌다. 어둠 너머로 초록빛과 파란빛 덩어리가 넘실거리는 가운데, 둘은 광석과 연료와 석회가 담긴 화차를 커다란 실린더 꼭대기까지 끌어 올리는 승강기로 향했다.

용광로 위로 튀어나온 좁은 난간에서 라우트는 또다시 의혹에 사로잡혔다. 여기까지 따라온 것이 잘한 일일까? 만약 호록스가 모든 걸 알고 있다면! 어째야 할까? 라우트는 온몸이 부들부들 떨려 왔다. 발아래는 70피트 낭떠러지였다. 위험한 곳이었다. 둘은 용광로 위로 왕관처럼 뻗은 철로에 닿기 위해 연료가 담긴 화차를 밀며 지나갔다. 톡 쏘는 악취와 함께 용광로에서 뿜어져 나온 유황 증기 때문에 멀리 핸리의 산비탈이 흔들려 보였다. 이제 흘러가는 구름 사이로 얼굴을 내민 달은 뉴캐슬의 굽이치는 숲 위 하늘 중간쯤에 떠 있었다. 도관은 증기를 뿜으며 발아래 흐릿한 다리 아래로 흘러들었다가 버슬럼 방면 평원의 희미한 안개 속으로 사라졌다.

호록스가 소리쳤다. "내가 말한 원뿔이 바로 저거야. 그리고 그 아래에는 소다수에 든 가스처럼 용광로의 공기가 섞여 거품이 부글거리는 불과 쇳물이 있고. 깊이가 60피트나 돼."

라우트는 난간을 꽉 움켜잡으며 원뿔을 내려다보았다. 열기가 엄청났다. 부글거리며 끓는 쇳물과 마구 뒤섞이는 용광로의 굉음은 호록스의 목소리에 마치 우레처럼 따라붙었다. 하지만 어쩔 수 없었다. 결국……

호록스가 외쳤다. "저 중간의 온도는 거의 1천 도나 돼. 네가 저기 떨어지는 날이면…… 촛불에 화약 가루를 살짝 뿌린 것처럼 순식간에 불꽃을 일으키며 타버릴 거야. 손을 뻗어 저놈이 토해 내는 열기를 느껴 봐. 난 이 정도 떨어진 높이에서도 화차에서 떨어진 빗방울이 끓어오르는 걸 봤어. 원뿔은 저기 있어. 너무 뜨거워서 바라보기만 해도 아찔해. 꼭대기 온도가 300도거든."

"300도!" 라우트가 말했다.

호록스가 말했다. "섭씨 300도야. 명심해! 눈 깜짝할 사이에 네 몸에서 피를 말려 버릴 거야."

"응?" 라우트가 말하며 돌아보았다.

"네 몸에서 피를 말려 버릴 거…… 안 돼, 이러지 마!"

라우트가 외쳤다. "놔줘. 팔을 놔." 라우트는 한 손으로 난간을 잡았다가, 이윽고 두 손으로 잡았다. 잠시 둘은 이리저리 흔들리며 서 있었다.

그런데 갑자기 호록스가 손을 거칠게 비틀어 라우트의 팔을 뿌리쳤다. 라우트는 호록스를 붙잡으려다가 놓치고 뒤쪽 허공으로 발을 헛디뎠다. 라우트가 허공에서 허우적거리는 동안 뺨과 어깨, 무릎에 뜨거운 원뿔이 닿았다.

라우트는 원뿔을 매단 사슬을 붙잡았고, 라우트가 매달리자 사슬이 아주 약간 밑으로 늘어졌다. 이글거리는 붉은 불빛이 라우트를 둥그렇게 에워쌌고, 깊숙한 혼돈의 복판에서 풀린 불덩어리가 라우트를 향해 혀를 날름거렸다. 라우트는 무릎에 강한 통증을 느꼈고, 두 손이 타는 냄새를 맡았다. 똑바로 몸을 가누고 사슬을 타고 올라가려는데 뭔가가 머리를 때렸다. 달빛에 검게 번뜩이는 용광로 입구가 주위에 솟아 있었다.

라우트는 철로 위 연료 화차 옆에 서 있는 호록스의 모습을 보았다. 호록스는 달빛 속에서 눈부시게 하얬으며, 손짓을 하며 외쳤다. "끝났어, 멍청한 놈! 끝났어, 바람둥이야! 발정 난 사냥개 같은 놈! 끓어라! 끓어! 끓어!"

갑자기 호록스는 연료 화차에서 석탄을 한 줌 집어 들더니 라우트를 향해 신중하게 하나씩 던졌다.

라우트가 외쳤다. "호록스! 호록스!"

라우트는 울부짖었고, 원뿔의 이글거리는 열기에서 벗어나려고 사슬을 붙잡고 올라갔다. 호록스가 던진 석탄이 하나씩 라우트를 때렸다. 불이 붙은 라우트의 옷은 까맣게 타들어 갔고, 라우트가 버둥거리는 동안 원뿔이 아래로 내려가자 숨 막히는 뜨거운 기체가 솟구쳤으며, 불길은 짧고 빠른 숨으로 라우트 주위를 태웠다.

라우트는 사람의 모습을 잃어 갔다. 한 차례 붉은 빛이 일었다가 사라진 뒤, 호록스는 검게 그을린 몸뚱이와 피로 얼룩진 머리로 여전히 사슬을 더듬거리며 고통스럽게 몸부림치는 재투성이 짐승을, 인간이 아닌 괴물의 형체를 보았다. 그 괴물은 간헐적인 비명과 함께 흐느끼기 시작했다.

그 모습을 지켜보던 제철업자의 분노가 갑자기 사라졌다. 호록스는 지독한 욕지기를 느꼈다. 타는 살 냄새가 코끝에 확 끼쳤다. 호록스의 이성이 돌아왔다.

호록스가 외쳤다. "신이여, 저를 용서하소서! 오, 신이시여! 제가 무슨 짓을 한 겁니까?"

호록스는 여전히 움직이며 더듬거리는 자기 발밑에 있는 자가, 이미 죽은 목숨임을 알고 있었다. 혈관의 피까지 끓어 버렸을 불쌍한 남자. 강렬한 고뇌가 호록스의 다른 모든 감정을 압도했다. 호록스는 잠깐 어찌할 바 모르고 서 있더니 곧 화차 쪽으로 몸을 돌려 황급히 그 내용물을 한때 인간이었던, 버둥거리는 것 위에 쏟아부었다. 한 무더기의 석탄이 퍽 소리와 함께 떨어져 원뿔 위에 흩어졌다. 퍽 소리와 함께 비명도 끝이 났고, 부글거리는 연기와 먼지와 불꽃이 한꺼번에 호록스를 향해 솟구쳤다. 잠시 뒤, 호록스는 다시 깨끗해진 원뿔을 보았다.

호록스는 뒤로 비틀거리다가 두 손으로 난간을 움켜잡고 온몸을 떨었다. 입술이 움직였지만 아무 말도 나오지 않았다.

아래에서는 목소리와 달려오는 소리가 들렸다. 작업장에서 뗑그렁거리던 압연기 소리가 갑자기 사라졌다.

도둑맞은 세균
The Stolen Bacillus

세균학자가 현미경 아래로 유리 슬라이드를 밀어 넣으며 말했다. "이 것도, 에…… 콜레라균…… 콜레라 병균의 표본입니다."

창백한 얼굴의 남자는 현미경을 들여다보았다. 남자는 확실히 이런 일에 익숙하지 않았고, 생기 없는 하얀 손을 다른 쪽 눈에 갖다 댔다. "보이는 게 거의 없는데요." 남자가 말했다.

세균학자가 말했다. "이 나사를 조절하세요. 아마도 현미경의 초점이 당신에게 맞지 않아 그럴 겁니다. 눈마다 많이 다르거든요. 이쪽이나 저 쪽으로 조금만 돌리면 됩니다."

방문자가 말했다. "아! 이제 보이네요. 결국 볼 건 그리 많지 않지만요. 분홍색의 작은 줄들과 조각들이 보이는군요. 그렇지만 저 작은 소립자 들, 저 그저 조그맣기만 한 것들이 증식해 도시 하나를 황폐화시킬 수도 있겠지요! 대단합니다!"

방문자는 일어섰고, 유리 슬라이드를 현미경에서 빼 손에 쥐고 창문 쪽으로 들어 올렸다. "거의 안 보이네요." 방문자는 그렇게 말하며 표본을 자세히 살폈다. 방문자가 멈칫하다가 말했다. "이게…… 살아 있는 건가요? 지금 위험한 건가요?"

세균학자가 말했다. "염색되고 죽은 겁니다. 다른 사람은 몰라도 저는, 우주에 있는 모든 세균들을 하나도 빠짐없이 다 죽여 염색하고 싶답니다."

창백한 남자는 희미하게 웃음 지으며 말했다. "제 생각에는 당신은 그런 것들을 살아 있는…… 활성화된 상태로 당신 주위에 두는 걸 좋아하지 않으실 것 같은데요?"

세균학자가 말했다. "그렇기는커녕, 우리는 감사한답니다. 가령, 여기……" 세균학자는 방을 가로질러 가서 밀봉된 관 여러 개 중 하나를 집어 들었다. "여기에 살아 있는 균이 있습니다. 이건 실제로 살아 있는 병균을 배양한 겁니다." 세균학자는 망설이다 다시 말했다. "말하자면, 병에 넣은 콜레라균이죠."

창백한 남자의 얼굴에 순간적으로 만족한 기색이 살짝 비쳤다 사라졌다. "가지고 계시기엔 치명적인 물건이네요." 남자는 조그만 관을 눈으로 삼킬 듯이 뚫어져라 바라보며 말했다. 세균학자는 방문자의 표정에 비치는 병적인 기쁨을 지켜보았다. 그날 오후 이 남자는 오랜 친구의 소개장을 들고 세균학자를 방문했고, 세균학자는 자신과 완전히 상반되는 남자의 기질 때문에 남자에게 흥미를 느꼈다. 방문자의 길고 부드러운 검은 머리와 쑥 들어간 회색 눈, 사나운 표정과 긴장한 태도, 변덕스럽지만 날카로운 관심을 보며, 세균학자는 자신이 주로 어울리는 평범한 과학 연구자, 즉 침착하고 신중한 이들과는 다른 신선한 느낌을 받았다. 상대가 자신의 연구 주제인 치명적 자연물에 이토록 예민하게 반응하고 있으니, 세균학자가 그 물질의 가장 인상적인 면을 골라 말해 주는 것은 아마도 당연한 일이리라.

세균학자는 손에 관을 든 채 생각에 잠겼다. "네, 이곳엔 전염병들이 감금되어 있지요. 그저 이런 조그만 관을 부숴 상수도에 넣고, 이 미세한 생명의 조각들에게, 그러니까, 염색한 뒤 현미경 렌즈를 가장 높은 배율로 올려야 겨우 보이는 냄새도 맛도 없는 이놈들에게 '가라, 번식하고 증식해라, 물탱크들을 너희들로 가득 차게 해라'라고 말하기만 하면 죽음이…… 불가사의하고 추적이 불가능한 죽음이, 신속하고 끔찍한 죽음이, 고통과 모욕으로 가득한 죽음이 희생자를 찾아 이 도시 여기저기로 퍼지지요. 남편을 아내에게서, 아이를 어머니에게서 빼앗아 가고, 정치가를 직무에서, 노동자를 고된 일에서 떠나게 하죠. 놈은 수도 본관을 따라 거리들로 스멀스멀 나아가다가, 마실 물을 끓이지 않는 집들을 여기서 하나, 저기서 하나 골라 응징하고, 광천수를 만드는 이들의 우물 속으로 슬그머니 들어가고, 샐러드를 씻는 물에 슬쩍 끼어들고, 얼음 속에서 휴면할 겁니다. 또한 말구유 속에서 어느 말이 마셔 주길 기다릴 거고, 공공 분수에서 부주의한 아이들이 마셔 주길 기다릴 겁니다. 흙 속으로 스며들어 예기치 못한 수천 곳들의 샘물과 우물에서 다시 모습을 드러낼 겁니다. 일단 상수도에 놈을 풀어놓으면, 놈을 다시 불러들여 잡을 틈도 없이 순식간에 수도를 초토화해 버릴 겁니다."

세균학자는 돌연 말을 멈췄다. 장황하게 꾸며 말하는 것이 자신의 약점이린 말을 들은 적이 있었던 것이다.

"하지만 아시다시피, 놈은 여기선 상당히 안전하게 있답니다…… 상당히 안전하게요."

창백한 남자는 고개를 끄덕였다. 남자의 눈이 번뜩였다. 남자가 목청을 골랐다. 남자가 말했다. "무정부주의자들…… 그 악당들은 바보, 눈먼 바보들입니다. 이런 유의 것을 손에 넣을 수 있는데 폭탄을 쓰다니요. 제 생각엔……"

부드러운 톡톡 소리, 손톱으로 가볍게 치는 소리가 문에서 들렸다. 세균학자는 문을 열었다. "잠시만요, 여보." 아내가 속삭였다.

세균학자가 실험실에 다시 들어왔을 때, 방문자는 시계를 보고 있었다. 남자가 말했다. "제가 선생님 시간을 한 시간이나 뺏은 것도 모르고 있었군요. 4시 12분 전입니다. 3시 반에 이미 여길 떠나야 했습니다. 하지만 선생님 물건들이 정말로 너무나 흥미로웠습니다. 아뇨, 정말로 조금도 더 지체할 수가 없습니다. 4시에 약속이 있어서요."

남자는 고맙다는 인사를 되풀이하며 방을 나갔고, 세균학자는 남자를 문까지 배웅한 뒤 생각에 잠겨 복도를 따라 실험실로 돌아왔다. 세균학자는 방문자의 인종에 대해 곰곰이 생각하고 있었다. 확실히 게르만 계통은 아니었고, 일반적인 라틴 인종도 아니었다. 세균학자가 중얼거렸다. "어쨌거나 음침한 작자인 거 같아. 배양한 병균들을 얼마나 흐뭇하게 바라보던지!" 그때 불안한 생각이 세균학자의 머리에 퍼뜩 떠올랐다. 세균학자는 증기조 옆 벤치로 몸을 돌렸고, 곧 아주 잽싸게 책상으로 다시 몸을 돌렸다. 이제 세균학자는 황급히 주머니들을 더듬은 뒤 문으로 돌진했다. "내가 현관 테이블에 놔뒀을지도 몰라." 세균학자는 말했다.

"미니!" 세균학자는 쉰 목소리로 소리쳤다.

"네, 여보." 멀리서 대답이 들렸다.

"내가 방금 당신과 얘기할 때 손에 뭘 들고 있었나요, 여보?"

침묵.

"전혀요, 여보. 왜냐하면 내가 기억하는데……"

"야단났군!" 세균학자는 소리친 뒤 당황하여 현관문으로 달려갔고, 집 밖 계단을 뛰어 내려가 거리로 나갔다.

문이 거세게 쾅 닫히는 소리를 들은 미니는 깜짝 놀라 창문으로 달려갔다. 거리에서 홀쭉한 남자 한 명이 승합마차에 타고 있었다. 세균학자는 모자도 쓰지 않고 실내용 슬리퍼를 신은 채로 남자와 승합마차를 쫓아 달려가며 미친 듯이 손짓하고 있었다. 슬리퍼 한 짝이 벗겨졌지만, 세균학자는 아랑곳 않고 계속 달렸다. 미니가 말했다. "저이가 미쳐 버렸어! 저이가 하던 그 무시무시한 과학 때문이야." 미니는 창문을 열고 남편을 부르려 했다. 그때 홀쭉한 남자가 갑자기 뒤를 흘끗 돌아보았고, 그 역시 남편이 정신이상이라고 생각하는 듯했다. 남자는 급히 세균학자를 가리키며 마부에게 뭐라고 말했고, 승합마차의 비막이 덮개가 쾅 내려지고, 획획하는 채찍 소리와 따가닥따가닥하는 말발굽 소리를 내며 뜨거운 추격전을 벌이는 승합마차와 세균학자의 모습이 순식간에 작아지더니 모퉁이를 돌아 사라져 버렸다.

미니는 잠시 더 긴장한 채 창밖으로 몸을 내밀고 있었다. 이윽고 미니는 고개를 도로 방 안으로 넣었다. 미니는 아연실색한 상태였다. 미니가 생각했다. '그이가 괴짜인 건 맞아. 하지만 런던을 뛰어다니다니, 한여름에, 그것도 양말만 신고!' 행복한 생각이 미니의 머리를 스쳤다. 미니는 서둘러 보닛을 쓰고 남편의 신발을 쥐고 현관으로 가서 나무못에서 남편의 모자와 가벼운 외투를 챙긴 뒤 문밖 계단으로 나갔고, 마침 다가오는 승합마차를 외쳐 불렀다. "이 길을 따라 해브록 크레센트 주위를 돌아 주세요. 그리고 혹시 면벨벳 양복을 입고 모자도 없이 뛰어다니는 신사가 없는지 좀 찾아 주세요."

"면벨벳 양복이라고요, 부인? 그리고 모자를 안 썼고요? 알겠습니다, 부인." 마부는 곧장 너무나도 사무적인 태도로 채찍을 휘둘렀다. 마치 평생 동안 매일 이 장소를 돌아다녔다는 듯한 분위기였다.

몇 분 뒤, 헤이버스톡 힐 마부 휴게소에 모여 있던 마부들과 한량들은 늙어 빠진 황적색 말 한 마리가 끄는 승합마차가 맹렬하게 달려오는 것을 보고 깜짝 놀랐다.

마부들과 한량들은 마차가 자기들 앞을 지나쳐 멀어지는 것을 조용히 바라보았다. "저거 해리 힉스지? 저치가 뭔 일이래?" '양반걸음'이라고 불리는 땅딸막한 신사가 말했다.

"어, 저분, 채찍을 쓰고 있어요, 해리 씨가 오른쪽으로 급히 방향을 바꾸네요." 말구종인 남자아이가 말했다.

불쌍한 토미 바일스 늙은이가 말했다. "어이쿠! 완전히 미친 놈이 여기 또 오네. 미친 게 아니면 내가 성을 간다."

양반걸음이 말했다. "저거 조지야. 그리고 네 말대로 미친놈처럼 마차를 몰고 있어. 저러다 마차에서 떨어지는 거 아니야? 혹시 해리 힉스를 쫓고 있는 건가?"

마부 휴게소 주위의 무리는 이제 활기를 띠었다. 무리가 입을 모아 외쳤다. "달려라, 조지!" "경주를 벌이는 거군." "저놈들을 잡을 수 있어!" "채찍을 더 내려쳐!"

"정말 잘 쫓아가네요, 정말 잘 쫓아가요!" 말구종 아이가 말했다.

양반걸음이 외쳤다. "내 손에 장을 지지겠어! 저기 봐! 내 당장이라도 손을 내주지. 또 온다. 오늘 아침 햄프스터드의 모든 승합마차가 미쳐 버린 게 아니라면 내 손에 장을 지진다니까!"

"이번엔 부인이 와요." 말구종 아이는 말했다.

양반걸음이 말했다. "여자가 남자를 따라가고 있어. 보통은 그 반대인 데 말야."

"저 여자가 손에 든 게 뭐지?"

"정장용 모자 같은데."

말구종 아이가 말했다. "진짜 끝내주게 재밌는걸요! 3대 1로 조지 노인에게 걸었어요. 다아아음 분!"

미니는 요란스러운 박수갈채를 받으며 지나갔다. 미니는 환호가 마음에 들지 않았지만 자신이 의무를 다하고 있다고 느꼈고, 조지의 힘찬 뒷모습에 시선을 집중한 채 헤이버스톡 힐과 캠던타운 하이 가를 질주했다. 조지는 정말 무슨 까닭에서인지 미니의 종잡을 수 없는 남편을 태우고 점점 더 멀어지고 있었다.

선두의 승합마차에 탄 남자는 구석에 웅크리고 앉아 있었는데, 단단히 팔짱을 끼고 손에는 엄청난 파괴의 가능성이 담긴 작은 관을 꼭 쥐고 있었다. 남자의 마음속에는 지금 공포와 희열이 기묘하게 뒤섞여 있었다. 무엇보다 목적을 달성하기 전에 붙잡힐까 두려웠지만, 그 뒤에는 모호하지만 훨씬 더 큰 공포, 자신의 끔찍한 범죄에 대한 공포가 자리 잡고 있었다. 하지만 희열이 그 공포를 훨씬 앞섰다. 이제까지 그 어떤 무정부주의자도 이 남자처럼 멋진 구상을 해낸 적이 없었다. 그간 남자는 라바숄, 바이앙 등 모든 출중한 사람들의 명성을 시샘해 왔지만, 이젠 누구도 이 남자 옆에 서면 하찮게 보일 뿐이었다. 남자는 단지 상수도를 확인하고 작은 관을 깨서 저수지에 붓기만 하면 됐다. 이런 계획을 짜고 소개상을 위조하고 실험실에 들어가다니 이 얼마나 대단하단 말인가. 그리고 기회가 오자 제대로 잡다니 이 또한 대단하지 않은가! 결국 세상은 이 남자에 대해 듣게 될 것이었다. 남자를 비웃고, 무시하고, 다른 사람들보다 못하다고 생각하고, 남자가 어울리는 사람들을 탐탁지 않게 보던 그 모든 사람들이 드디어 남자를 존중하게 될 것이었다. 죽음, 죽음, 죽음! 사람들은 언제나 남자를 하찮은 사람 취급했다. 온 세상이 작당해 남자를 깔아뭉개 왔다. 이제 남자는 한 사람을 고립시킨다는 게 어떤 건지 그자들에게 가르쳐 줄 셈이었다. 이 낯익은 거리가 어디지? 당연히, 그레이트 세인트앤드루 가지! 추격전이 어떻게 되었지? 남자는 승합마차에서 목을 길게 빼고 뒤돌아보았다. 세균학자는 겨우 50야드 뒤에 있었다. 좋지 않았다. 잡혀서 저지당할 것 같았다. 남자는 주머니를 뒤져 0.5소브린*을 찾았다. 그러고는 승합마차 위쪽 뚜껑문을 통해 그 돈을 마부의 얼굴 쪽으로 내밀었다. "저자를 따돌리기만 하면 더 주겠소." 남자가 외쳤다.

남자의 손에서 돈이 휙 빠져나갔다. "알겠습니다." 마부의 이 말과 함께 뚜껑문이 쾅 닫히더니, 말의 번쩍이는 옆구리에 채찍질이 가해졌다. 승합마차가 요동치자 뚜껑문 아래에 서 있다시피 하던 무정부주의자가 균형을 잡으려고 작은 유리관을 쥔 손으로 비막이 덮개를 잡았다. 바로 그 순간 남자는 그 연약한 것에 금이 가는 것을 느꼈고, 부서진 반쪽이 마차 바닥에 떨어졌다. 남자는 욕을 뱉으며 의자에 다시 털썩 앉았고, 비막이 덮개에 묻은 두세 방울의 액체를 울적하게 바라보았다.

남자는 몸을 떨었다.

'음, 아무래도 내가 첫 희생자가 되어야겠군. 쳇! 어쨌거나 난 순교자가 될 거야. 중요한 건 그거지. 하지만 그렇다 해도 더러운 죽음이군. 정말

---

*영국의 옛 1파운드 금화.

사람들 말만큼 많이 아플까.'

그때 어떤 생각이 남자의 마음속을 스쳤다. 남자는 자신의 두 발 사이를 더듬었다. 깨진 관 끝에 아직 액체 한 방울이 남아 있었고, 남자는 확실히 하려고 그것을 마셨다. 확실히 해두는 게 좋았다. 적어도, 실패는 하지 않을 것이었다.

이윽고, 이제 더는 세균학자에게서 도망칠 필요가 없다는 생각이 남자에게 떠올랐다. 웰링턴 가에서 남자는 마부에게 마차를 세우라고 말하고는 마차 밖으로 나왔다. 계단에서 발이 미끄러졌을 때, 남자의 머릿속에 묘한 느낌이 들었다. 이 콜레라 독이란 건 아주 신속한 물건이었다. 남자는 마부의 소멸(말하자면 그렇다는 것이다)을 예감하며 그에게 손을 흔든 뒤, 가슴 위로 팔짱을 끼고 포장도로에 서서 세균학자가 다가오길 기다렸다. 남자의 자세에는 어떤 비극이 깃들어 있었다. 임박한 죽음에 대한 지각이 남자를 기품 있게 만들었다. 남자는 대담하게 껄껄 웃으며 자신의 추격자를 맞았다.

"무정부주의 만세! 너무 늦었군요, 친구여, 제가 방금 마셔 버렸답니다. 콜레라가 이제 세상에 풀려났답니다!"

세균학자는 마차에 탄 채 안경 너머로 남자를 보며 묘하게도 활짝 웃었다. "당신이 마셔 버렸군요! 무정부주의자! 눈에 보입니다." 세균학자는 뭔가 더 말하려다가 입을 다물었다. 입가에 여전히 미소가 걸려 있었다. 세균학자가 내리려는 듯 마차의 비막이 덮개를 열자, 무정부주의자가 손을 흔들어 극적인 작별 인사를 한 뒤 워털루 다리 쪽으로 성큼성큼 걸어가며 자신의 감염된 몸을 최대한 많은 사람과 부딪치려 애썼다. 세균학자는 무정부주의자의 모습에 너무나 몰두해 있었기에, 자신의 모자와 신발과 외투를 든 미니가 포장도로에 나타났는데도 조금도 놀란 기색을 보이지 않았다. "챙겨 와줘서 정말 고마워요." 세균학자는 그렇게 말하고는, 멀어져 가는 무정부주의자의 모습에 여전히 열중한 채 생각에 잠겼다.

"당신도 마차로 들어와요." 세균학자는 여전히 무정부주의자를 골똘히 바라보며 미니에게 말했다. 미니는 남편이 미쳤다고 절대적으로 확신하면서, 독단으로 마부에게 집 방향을 일러 주었다. "신발을 신으라고요? 물론이죠, 여보." 세균학자가 말했다. 그때 마차가 방향을 돌리기 시작했고, 저 멀리 점잔 빼며 걷는 시커먼 형체는 점점 작아지더니 시야 밖으로 사라졌다. 갑자기 뭔가 기괴한 생각이 세균학자의 머리를 쳤고, 세균학자는 소리 내어 웃었다. 그리고 말했다. "그런데 이건 사실 아주 심각한 일이에요.

날 만나러 우리 집에 왔던 그 남자, 그자는 무정부주의자예요. 아니…… 기절하지는 마요. 기절하면 나머지 얘기를 해줄 수가 없잖아요. 난 그자가 무정부주의자인 줄도 모르고 그저 깜짝 놀래켜 주려고 배양한 신종 박테리아를 화제로 삼았어요. 내가 당신에게 말했던 그 전염병균, 온갖 원숭이들 몸에 푸른 반점을 만드는 원인이라고 생각되는 그 배양균을요. 그러면서 바보같이 그게 아시아형 콜레라균이라고 말했어요. 그 남자는 런던의 물을 오염시키기 위해 그걸 들고 도망갔고, 정말로 그자가 이 문명화된 도시의 것들을 파랗게 만들어 버릴지도 몰라요. 그리고 그 남자 본인도 그걸 삼켜 버렸어요. 물론, 무슨 일이 일어날지 확실하게 말할 순 없지만, 그 균이 새끼 고양이와 강아지 세 마리를 군데군데 파랗게 만들어 놓은 걸 당신도 봤죠? 그리고 참새도 밝은 파란색으로 만들어 버렸죠. 하지만 진짜 고민은, 내가 그 균을 좀 더 만들기 위해 모든 수고와 비용을 감당해야 한다는 거예요.

52

이렇게 더운 날에 외투를 입으라니! 왜요? 재버 부인을 만날지도 몰라서라고요? 여보, 재버 부인은 외풍이 아니잖아요. 그런데 왜 이 더운 날에 내가 재버 부인 때문에 외투를 입어야 하나요? 아! 알았어요."

기묘한 난초의 개화
The Flowering of the Strange Orchid

난초 구입은 늘 어느 정도 투기적 성격을 가지고 있다. 당신 앞에 갈색의 뒤틀린 조직 덩어리가 있는데, 그 나머지에 대해선 당신의 판단을 믿거나 경매인을 믿거나, 혹은 당신 마음이 기우는 대로 당신의 행운을 믿어야 한다. 이 식물은 죽어 가는 중이거나 죽었을 수도 있고, 그냥 훌륭한 구매이거나 구입가 대비 적정한 가치가 있는 구매가 될 수도 있고, 어쩌면 (그런 일이 벌써 한두 번 있었던 게 아니다) 기쁨에 차 바라보는 행복한 구매자의 눈앞에서 매일 서서히 새로운 변화, 전에 보지 못한 아취, 기묘하게 비틀린 입술꽃잎 혹은 어떤 미묘하기 그지없는 색깔 혹은 예상치 못한 의태를 펼쳐 나갈 수도 있다. 섬세한 초록색 이삭꽃차례*

*꽃자루가 없거나 짧아서 꽃들이 이삭 모양을 이루는 배열.

하나에서 긍지, 아름다움, 그리고 이익이 함께 피어나고, 심지어 불후의 명성까지 따라올 수 있다. 자연의 새로운 기적에는 새로운 종명이 필요할 수 있기 때문이다. 신종에 그 발견자의 이름을 붙이는 것만큼 편리할 데도 없지 않겠는가? '존-스미시아'! 이보다 더 끔찍한 이름들도 있었다.

윈터 웨더번이 이런 판매장들에 자꾸만 나타나는 것도 그런 행복한 발견에 대한 기대 때문이었을 것이다. 또한 웨더번이 난초 말고는 세상 그 무엇에도 흥미를 느끼지 못한다는 사실도 한몫했을 것이다. 웨더번은 수줍고, 외롭고, 다소 무능한 남자였고, 꼭 필요한 물건을 사지 못해 발을 동동거리지 않을 정도의 수입은 있지만 힘든 일자리를 구할 정도의 정신력은 없었다. 전에는 어쩌면 우표나 동전을 수집하거나, 호라티우스*를 번역하거나, 책을 제본하거나, 신종 규조류를 만들었을지도 모른다. 그러나 공교롭게도 지금은 난초를 키웠고, 야심 차고 조그만 온실을 하나 가지고 있었다.

웨더번은 커피를 마시며 말했다. "난 이런 공상에 빠지곤 해. 오늘 내게 무슨 일이 벌어질 거란 공상." 웨더번은 천천히 말했다(그러면서 움직이고, 생각했다).

"앗, 그 말은 하지 마!" 웨더번의 가정부가 말했다. 가정부는 웨더번의 먼 친척이기도 했다. '무슨 일이 벌어진다'는 말은 가정부에게는 딱 한 가지만 의미하는 완곡 어구이기 때문이었다.

"내 말을 오해했군. 난 전혀 안 좋은 뜻으로 말한 게 아냐…… 하지만 내 말이 무슨 의미인지는 나도 잘 몰라."

"오늘," 웨더번은 잠시 쉬었다가 다시 말했다. "피터 가족이 안다만제도

---

*Flaccus Quintus Horatius(BC65~BC8). 로마의 서정시인.

와 인도제도에서 온 식물들을 팔 거야. 뭐가 있나 가봐야겠어. 뜻밖에 좋은 걸 건질지도 몰라. 그 물건이 무슨 일이 될 수도 있겠지."

웨더번은 커피 잔을 다시 채워 달라며 가정부에게 건넸다.

"그 물건이란 게 요전번에 네가 말한 그 불쌍한 젊은 친구가 모았다는 것들이야?" 친척이 잔에 커피를 따르며 물었다.

"응." 웨더번은 그렇게 대답하고는 토스트 한 조각을 들고 묵상에 잠겼다.

곧 웨더번은 생각에 잠겨 혼자 중얼대기 시작했다. "내겐 어떤 일도 벌어지질 않아. 왜 그럴까? 남들에겐 잘도 벌어지는데. 하비를 봐. 지난주만 해도 월요일에 6펜스짜리 은화를 주웠고, 수요일에는 병아리들이 죄다 훈도병에 걸렸고, 금요일에는 호주에서 사촌이 돌아왔고, 토요일에는 발목이 부러졌지. 나에 비하면 완전히 흥분의 도가니잖아!"

웨더번의 가정부가 말했다. "나라면 그렇게 과도하게 흥분되는 일 없이 살고 싶은데. 네게 좋은 일일 수가 없어."

"골치 아프겠지. 그래도…… 알잖아, 내겐 아무 일도 일어나지 않는다는 거. 어릴 때도 사고 한 번 없었어. 자라면서 사랑에 빠진 적도 없고. 결혼도 안 했지…… 무슨 일이 생기면, 정말로 기억할 만한 일이 벌어지면 어떤 기분일까 궁금해.

그 난초 수집가는 겨우 서른여섯 살에 죽었어. 나보다 스무 살이나 어렸다고. 그리고 두 번 결혼했고, 한 번 이혼했어. 말라리아에는 네 번이나 걸렸고, 허벅지가 부러진 일도 한 번 있었지. 말레이 사람을 죽인 적도 있고, 독화살에 맞아 다친 적도 있어. 마지막엔 밀림 거머리들에게 물려 죽었지. 그 모든 게 아주 골치 아팠겠지만, 한편으론 분명히 무척 흥미로웠을 거야. 그 거머리들만 빼고는."

"내 보기엔 절대 좋은 일이 아닌데." 여자는 자신 있게 말했다.

"그럴지도 모르지." 웨더번은 그렇게 말하고는 손목시계를 보았다. "8시 23분이네. 난 11시 45분 기차로 갈 거야. 그래야 시간이 넉넉해. 알파카 재킷을 입어야겠어. 그게 아주 따뜻하니까. 그리고 회색 펠트 모자랑 갈색 신발을 신어야겠어. 내 생각에……"

웨더번은 창밖으로 화창한 하늘과 햇살 가득한 정원을 흘끗 본 뒤 소심한 표정으로 친척의 얼굴을 바라보았다.

"런던에 갈 거면 우산을 챙겨 가. 여기에서 역까지 거리가 얼만데." 가정부는 거절을 용납하지 않는 목소리로 말했다.

웨더번이 집에 돌아왔을 때는 가벼운 흥분 상태였다. 웨더번은 물건을 샀다. 뭔가를 살 때 빠르게 결정하는 경우가 매우 드물었지만, 이번에는 쉽게 마음을 정할 수 있었다.

웨더번이 말했다. "반다를 좀 사 왔어. 석곡도 하나 사 왔고, 팔래오노피스도 좀 있어." 웨더번은 수프를 먹으며 사 온 것들을 사랑스럽게 살폈다. 물건들은 웨더번 앞의 얼룩 한 점 없는 식탁보 위에 펼쳐져 있었고, 웨더번은 천천히 저녁 식사를 하며 가정부에게 그것들에 대해 설명하는 중이었다. 런던 나들이에서 있던 일을 가정부에게 재밌게 들려주는 것이 웨더번의 습관이자 낙이었다.

"오늘은 무슨 일이 생길 줄 알았어. 그리고 이 모든 걸 샀지. 일부는, 일부는, 알지? 일부는 놀랄 만한 걸 거란 확신이 들어. 왠진 모르겠지만, 일부는 놀랄 만한 것으로 드러날 거라고, 마치 누가 말해 주기라도 한 것처럼 확신이 들어."

웨더번이 뒤틀린 뿌리줄기 하나를 가리켰다. "저건 뭔지 안 밝혀졌어. 팔래오노피스일 수도 있고…… 아닐 수도 있어. 새로운 종일 수도 있고,

혹은 아예 새로운 속일지도 몰라. 불쌍한 배튼이 수집한 마지막 녀석이었어."

"난 그거 모양이 맘에 안 들어. 너무 추해." 가정부가 말했다.

"내 눈엔 모양 자체가 없어 보이는데."

"거기 튀어나온 것들이 맘에 안 들어." 가정부는 말했다.

"내일이면 화분 안으로 들어갈 거야."

"꼭 죽은 척하는 거미처럼 보여." 가정부는 말했다.

웨더번은 웃음 짓고는 고개를 삐딱하게 기울이며 뿌리를 살폈다. "확실히 예쁘지는 않아. 하지만 절대로 마른 상태의 모습을 보고 이것들을 판단하면 안 돼. 실은 아주 아름다운 난초로 드러날 수도 있다고. 내일은 얼마나 바빠질까! 이것들을 정확히 어떻게 해야 할지 오늘 밤에 알아 둬야겠어. 그래야 내일 일을 시작할 수 있지."

웨더번은 다시 이야기를 이었다. "사람들이 발견했을 때 불쌍한 배튼은 쓰러져 죽어 있었어. 혹은 죽어 가고 있었어. 맹그로브 늪에서. 내가 이 부분을 깜박하고 말 안 했군. 바로 이 난초들 중 하나가 배튼의 몸 아래에 깔려 있었지. 배튼은 무슨 풍토병으로 며칠 동안 몸이 안 좋았고, 내 생각엔 배튼이 거기서 기절했지 싶어. 맹그로브 늪들은 건강에 아주 안 좋거든. 사람들 말이, 피가 모두 밀림 거머리들에게 빨리고 없었대. 어쩌면 배튼이 생명을 바쳐 구하려던 게 바로 저 식물일 수도 있어."

"무슨 영화를 보겠다고."

"여자가 울어도 남자는 일을 해야 해." 웨더번이 지독하게 무게를 잡으며 말했다.

"불결한 늪에서 위안거리 하나 없이 죽어 간다고 생각해 봐! 클로로다인*과 키니네 말곤 아무것도 먹지 못한 채 열병을 앓는다고 상상해 봐!

남자들만 남겨지면 정말로 클로로다인과 키니네만 먹고 살게 될걸. 그리고 주위엔 적대적인 원주민들 말고는 아무도 없다고 상상해 봐! 안다만 제도 원주민들이 세상에서 가장 역겹고 비열하다잖아. 그리고 그 사람들은 좋은 간호사가 될 수도 없어. 필요한 훈련을 받지 않았으니까. 영국 사람들에게 겨우 난초를 갖다 주려고 그런 고생을 하는 게 말이 돼?"

웨더번이 말했다. "거기서 편할 거라곤 생각하지 않아. 하지만 그런 걸 즐기는 남자들도 있을 거야. 어쨌든 배튼의 일행이던 원주민들은 충분히 문명화되어 있어서, 배튼의 동료인 조류학자가 내륙에서 돌아올 때까지 배튼의 수집품을 모두 잘 간수해 줬어. 하지만 그 원주민들도 이 난초들의 종은 몰랐기에 그냥 시들게 놔뒀어. 그래서 이 모든 게 훨씬 흥미로워진 거야."

"그 사람들은 이 수집품들이 역겨웠던 거야. 이것들에 말라리아균이 들러붙어 있을까 봐 걱정되는걸. 그리고 생각해 봐. 이 못생긴 것 위에 죽은 사람이 누워 있었어! 세상에, 그런 장면은 상상해 본 적도 없어. 어휴! 정말이지, 이제 저녁을 한 입도 더 못 먹겠어."

"너만 괜찮으면 이제 이것들을 그만 식탁에서 창가 의자로 옮길게. 거기 놔도 똑같이 잘 보이거든."

그 뒤로 며칠 동안, 웨더번은 고온 다습한 작은 온실에서 유별나게 바빴고, 숯, 티크나무 덩어리들, 이끼, 그리고 난초 재배자가 쓰는 다른 모든 알 수 없는 것들을 가지고 법석을 떨었다. 웨더번은 자신이 무척이나 중요한 시간을 보내고 있다고 생각했다. 저녁이면 친구들에게 새 난초들 이야기를 하며 무언가 묘한 일이 생길 거란 기대감이 든다고 되풀이해

*진통 마취약.

말했다.

반다들과 석곡은 웨더번의 보살핌을 받고도 상당수가 죽었지만, 그 기묘한 난초는 이제 생명의 징후를 보이기 시작했다. 난초가 살아난 걸 알자마자 웨더번은 뛸 듯이 기뻐하며 곧바로 부엌에서 잼을 만들고 있던 가정부를 끌고 나와 그 난초 앞으로 데려갔다.

웨더번이 말했다. "저게 싹이야. 이제 저기서 잎들이 많이 생겨날 테고, 여기서 나오고 있는 이 작은 것들은 작은 공기뿌리들이야."

가정부가 말했다. "내 눈엔 저 갈색에서 조그만 하얀 손가락들이 삐죽이 나온 것처럼 보여. 난 맘에 안 들어."

"왜?"

"몰라. 널 잡으려는 손가락들처럼 보여. 뭐가 맘에 들고 안 들고는 내가 어쩔 수 있는 문제가 아니잖아."

"확실히는 모르겠지만, 내가 아는 난초 중에 저런 공기뿌리를 가진 건 없는 거 같아. 물론 내 망상일 수도 있겠지. 공기뿌리들의 끝부분이 살짝 평평한 거 보이지?"

"맘에 안 들어." 가정부는 갑자기 몸을 떨며 돌아서며 말을 이었다. "내가 무척 바보같이 군다는 거 알아…… 정말 미안해. 네가 저걸 이렇게 좋아하니 더더욱 그래. 하지만 그 시체 생각을 떨칠 수가 없어."

"하지만 시체 밑에 있었던 건 저 식물이 아닐 수도 있어. 그건 그냥 내 추측일 뿐이야."

가정부는 어깨를 으쓱해 보이며 말했다. "어쨌든 난 맘에 안 들어."

웨더번은 가정부가 하도 싫어해서 살짝 상처를 받았다. 그래도 내킬 때마다 가정부에게 난초 이야기를 꺼내는 것은 여전했고, 특히 그 난초 이야기도 계속했다.

어느 날 웨더번이 말했다. "난초들에겐 참으로 기묘한 부분들이 있어. 놀라움의 가능성들이 있다고. 알지? 다윈은 난초의 수정을 연구했고, 일반적인 난초의 구조는 나방이 난초 간에 꽃가루를 옮길 수 있도록 설계되어 있다는 걸 증명했어. 음, 꽃이 그런 식으로 수정에 쓰일 수 없는 난들도 많아. 가령 개불알꽃 중 일부가 그래. 그 난초들을 수정시킬 수 있다고 알려진 곤충은 아직 없어. 그리고 아예 씨앗을 찾지 못한 것들도 있고."

"그럼 어떻게 새 식물을 만들지?"

"땅으로 뻗는 줄기와 덩이뿌리로, 그리고 그런 종류의 움으로. 쉽게 설명되지. 수수께끼는, 그럼 꽃은 왜 있느냐는 거야."

그러면서 웨더번이 덧붙였다. "십중팔구, 내 난초가 그런 면에서 비범한 녀석일 수 있어. 만약 그렇다면, 내가 연구할 거야. 다윈처럼 연구하고 싶다는 생각을 종종 해왔거든. 하지만 아직까진 그럴 시간이 없거나, 뭔가 일이 생겨서 방해를 받았지. 이제 잎들이 펴지기 시작했어. 네가 가서 보면 참 좋을 텐데!"

하지만 가정부는 난초 온실이 너무 더워서 두통이 난다고 말했다. 가정부는 그 난초를 한 번 더 본 적이 있었는데, 이제 몇 개는 1피트 이상으로 자란 조그만 공기뿌리들을 보니 불행히도 뭔가를 향해 뻗치고 있는 촉수들이 연상됐고, 꿈에까지 등장해 놀랄 만큼 빠른 속도로 가정부를 향해 자라났다. 그래서 가정부는 그 식물을 다시는 보지 않기로 결심해 마음의 평화를 되찾았고, 웨더번은 혼자서만 그 잎들을 감상하며 찬탄해야 했다. 잎들은 일반적인 넓찍한 모양에 짙고 윤기 흐르는 초록색이었는데, 아래쪽으로 짙은 빨간색 얼룩과 점들이 나 있었다. 그렇게 생긴 잎은 처음 보는 것이었다. 그 식물은 온도계 근처 낮은 벤치에 놓여 있었고, 가까이에는 온수관의 수도꼭지에서 물이 똑똑 떨어지면서 공기를 계속 고온 다습하게 만드는 간단한 설비가 있었다. 이제 웨더번은 상당히 정기적으로, 그 기묘한 식물이 곧 피울 꽃에 대해 곰곰이 생각하며 오후를 보냈다.

마침내 그 엄청난 일이 벌어졌다. 웨더번은 작은 유리 온실에 들어가자마자, 거대한 팔래오노피스 로위에 가려 구석에 있는 사랑하는 새 난초가 보이지 않는데도 이삭꽃차례가 꽃을 피웠음을 알아차렸다. 공기 중에 퍼진 그 새로운 냄새가, 짙고 강렬고 달콤한 향기가, 식물들로 꽉 찬 덥고 습하고 작은 온실의 다른 모든 냄새를 압도했다.

웨더번은 그 냄새를 맡자마자 서둘러 그 기묘한 난초에 다가갔다. 그리고 보라! 늘어진 초록색 이삭꽃차례들에 활짝 핀 커다란 꽃 세 송이가 달려 있었는데, 바로 거기서 그 압도적인 달콤한 냄새가 흘러나오고 있었다. 웨더번은 그 앞에 서서 감탄하며 무아지경에 빠졌다.

그 금빛 나는 주황색 꽃차례에 달린 꽃들은 흰색이었고, 안으로 복잡하게 말려 있는 묵직한 입술꽃잎들은 금빛 도는 멋진 청보라색이었다. 웨더번은 그것이 완전히 새로운 속임을 곧바로 알아차렸다. 그리고 견딜 수 없이 강렬한 향기! 온실 안은 너무도 더웠다! 꽃들이 눈앞에서 빙빙 돌았다.

웨더번은 온도가 제대로 맞춰져 있는지 보려 했다. 웨더번은 온도계를 향해 한 발짝 뗐다. 갑자기 모든 게 흔들리고 있는 듯 보였다. 바닥의 벽돌들이 위아래로 춤을 추었다. 이윽고 등 뒤의 하얀 꽃들과 초록색 잎들, 아니 온실 전체가 옆으로 휙 넘어가는 것 같더니 곧 곡선을 그리며 위로 올라갔다.

* * * * *

4시 반에 가정부가 변함없는 관습에 따라 차를 끓였다. 그러나 웨더번은 차를 마시러 집에 들어오지 않았다.

"그 끔찍한 난초를 또 찬미하고 있나 보네." 가정부는 중얼거렸고, 10분을 기다렸다. "손목시계가 멈춘 게 분명해. 내가 가서 불러와야겠어."

가정부는 곧장 온실로 갔고, 문을 열고 웨더번의 이름을 불렀다. 대답이 없었다. 가정부는 공기가 아주 숨 막히며, 강력한 향기로 가득하다는 것을 알아차렸다. 이윽고 가정부는 온수관들 사이의 벽돌 바닥에 뭔가가 누워 있는 것을 보았다.

아마도 1분 정도, 가정부는 꼼짝 않고 서 있었다.

웨더번은 얼굴을 위로 한 채 그 기묘한 난초 아래쪽에 누워 있었다. 촉수 같은 공기뿌리들은 더 이상 공중에서 하늘거리지 않고 엉킨 회색 밧줄 뭉치처럼 한데 모여 쭉 뻗어 나와 있었는데, 그 끝이 웨더번의 턱과 목과 양손에 바짝 붙어 있었다.

가정부는 어찌 된 일인지 알 수가 없었다. 이윽고 가정부는 웨더번의 턱에 붙은 의기양양한 촉수들 중 하나 아래로 작은 핏줄기가 흐르고 있는 것을 보았다.

가정부는 알아들을 수 없는 비명을 지르며 웨더번에게 달려갔고, 그 거머리 같은 흡혈귀들에게서 웨더번을 떼어 내려 애썼다. 사촌이 촉수 두 개를 부러뜨리자, 붉은 수액이 똑똑 떨어졌다.

이제 이 난초의 압도적인 향기에 가정부도 머리가 어지러워지기 시작했다. 이것들이 웨더번에게 찰싹 달라붙어 있어! 가정부는 그 질긴 밧줄들을 힘껏 쥐어뜯었고, 웨더번과 하얀 꽃이 자기 주위를 빙빙 도는 듯한 느낌이 들었다. 가정부는 의식이 희미해지는 걸 느꼈지만, 정신을 차려야 한다는 것을 잘 알았다. 가정부는 일단 웨더번을 놔두고 가장 가까운 문을 황급히 열고 나갔고, 잠시 신선한 공기를 헐떡이며 마시고 나자 놀라운 영감이 떠올랐다. 가정부는 화분 하나를 집어 온실 끝의 창문에 던졌다. 그러고는 다시 온실로 돌아왔다. 가정부가 다시 치솟은 힘으로 웨더번의 축 늘어진 몸을 질질 끌어당기자 그 기묘한 난초는 바닥에 쾅 하고 떨어졌다. 그러고도 난초는 여전히 소름 끼치도록 집요하게 희생자에게 달라붙어 있었다. 가정부는 격노하며 난초와 웨더번을 한꺼번에 바깥으로 끌고 나왔다.

이윽고 가정부는 저 흡혈 뿌리들을 하나씩 잡아 뜯어야겠다고 생각했고, 1분 뒤엔 뿌리와 웨더번을 완전히 분리해 내어 저 소름 끼치고 공포스러운 것에서 그를 해방시켰다.

웨더번의 피부색은 허옇게 변해 있었고, 여남은 개의 동그란 자국들에서는 피가 흐르고 있었다.

허드레꾼이 박살 난 유리를 보고 깜짝 놀라 정원으로 걸어오다가, 빨갛게 물든 손으로 축 늘어진 누군가를 끌고 오는 가정부를 보았다. 허드레꾼은 잠시 말도 안 되는 생각을 했다.

"물을 좀 가져와요!" 가정부가 외치는 소리에 허드레꾼은 몽상에서 화들짝 깨어났다. 허드레꾼이 부자연스러울 정도로 민첩하게 물을 들고 돌아와 보니, 가정부가 무릎에 웨더번의 머리를 누이고 얼굴에서 피를 닦아 내며 흥분해 흐느끼고 있었다.

"어떻게 된 거야?" 웨더번이 그렇게 말하며 힘없이 눈을 뜨더니 곧바로 다시 눈을 감았다.

"가서 애니에게 여기로 좀 와달라고 하고, 해던 의사 선생님도 당장 불러 주세요." 가정부가 막 물을 가져온 허드레꾼에게 이렇게 말했지만 그는 주저하는 모습을 보였다. 그러자 가정부 덧붙였다. "돌아오면 다 말해 줄게요."

웨더번이 다시 눈을 떴고, 자신이 왜 이런 자세로 있는지 몰라 당황했다. 그 모습을 본 가정부는 설명해 주었다. "온실에서 기절했어."

"난초는?"

"내가 알아서 할게." 가정부가 말했다.

웨더번은 피를 상당히 많이 잃었지만, 큰 부상은 없었다. 사람들이 웨더번에게 분홍색 고기즙과 브랜디 섞은 것을 먹이고 위층 침대로 데려다 주었다. 웨더번의 가정부는 자신이 겪은 거짓말 같은 이야기를 단편적으로 해던 의사 선생에게 얘기해 주었다. "난초 온실에 가서 보세요." 가정부가 말했다.

열린 문을 통해 차가운 바깥 공기가 들어오고 있었고, 역겨운 향기는 거의 날아간 상태였다. 뜯겨진 공기뿌리 대부분은 벌써 시들어 벽돌 위의 수많은 짙은 얼룩들 속에 떨어져 있었다. 화분이 떨어지면서 꽃차례 줄기가 꺾여 꽃들의 꽃잎 가장자리는 흐늘흐늘하게 갈색으로 변해 있었다. 의사는 그쪽으로 몸을 숙였고, 공기뿌리 하나가 아직도 약하게 움직이는 것을 보고는 멈칫했다.

이튿날 아침, 기묘한 난초는 아직도 그 자리에 그대로 있었고, 검게 변해 썩고 있었다. 아침 산들바람에 문이 때때로 쾅 소리를 냈고, 정렬한 웨더번의 난초들은 모두 시들고 쇠약해져 있었다. 그러나 웨더번은 자신이 겪은 기묘한 모험 덕에 우쭐거리며 2층에서 활기차게 재잘대고 있었다.

아부 천문대에서
In the Avu Observatory

보르네오 섬 아부에 있는 천문대는 산의 돌출부 위에 서 있다. 북쪽에는 오래된 분화구가 있고, 분화구는 밤이면 깊이를 헤아릴 수 없는 푸른 하늘을 배경으로 검게 보인다. 버섯 모양의 둥근 지붕이 있는 이 조그만 원형 건물에서 보면, 산비탈은 가파르게 아래로 떨어지다가 검고 신비로운 열대 숲으로 이어진다. 그 숲 속에 관측자와 조수가 사는 작은 집이 있고, 천문대와 약 50야드 떨어진 그 집 너머로는 원주민 수행원들이 사는 오두막들이 있다.

관측 팀장인 사디는 가벼운 열병으로 누워 있었다. 사디의 조수인 우드하우스는 혼자 밤샘을 시작하기 전에 열대야의 소리 없는 응시 속에 잠시 머뭇거렸다. 밤은 아주 고요했다. 가끔 원주민 오두막들에서 목소리와 웃음소리가 들리거나, 신비에 싸인 숲 한가운데에서 낯선 동물의 울음소리가 났다. 야행성 곤충들이 어둠 속에서 유령처럼 나타나 우드하우스의 불빛 주위를 윙윙거리며 날았다. 우드하우스는 아마도, 아직도 발아래의 시꺼먼 혼란 속에 놓여 있는 그 모든 발견 가능성들을 생각했다. 박물학자에게 보르네오의 원시림은 여전히 생소한 질문들과 반신반의할 발견들로 가득 찬 신비의 땅이었던 것이다. 우드하우스는 손에 작은 랜턴을 들고 있었고, 랜턴의 노란 불빛은 청보라색과 검은색 사이의 끝없이 많은 색깔들로 옅게 물든 풍경과 강렬한 대조를 이루었다. 우드하우스의 손과 얼굴에는 모기들의 공격을 막기 위한 연고가 덕지덕지 발라져 있었다.

요즘 같은 천체 촬영의 시대에도 가건물에서 망원경과 가장 원시적인 기구들만 가지고 하는 일들이 있었고, 아직도 그런 일에는 경련이 날 정도로 오랫동안 꼼짝 않고 관측하는 업무가 수반되었다. 우드하우스는 이제 겪을 육체적 피로를 생각하며 한숨 쉬고 기지개를 편 뒤 천문대로 들어갔다.

독자는 필시 일반적인 천문대의 구조에 익숙하리라. 건물은 보통 원통형이고, 안쪽에서 돌릴 수 있는 아주 가벼운 반구형 지붕이 있다. 망원경은 중앙의 돌기둥 위에 놓여 있는데, 지구의 회전에 맞춰 위치를 바꿔 주는 기계장치 덕분에 일단 별 하나를 발견하면 연속적으로 관찰할 수 있다. 이 밖에도 돌기둥이 떠받치고 있는 지점 옆에는 바퀴들과 나사들로 이루어진 작은 상자가 있는데, 천문학자는 이것으로 망원경을 조절한다. 이에 더해 움직일 수 있는 지붕에 긴 틈이 있는데, 이 틈은 하늘을 관찰하는 동안 망원경의 눈을 따라 움직인다. 기울어진 나무 장치에 앉거나 누운 관측자는 망원경의 요구에 따라 천문대의 어느 지점으로도 나무 장치를 회전시킬 수 있다. 관측하는 별들이 밝게 보이도록 천문대 안의 모든 것은 가능한 한 어둠을 유지해야 한다.

　우드하우스가 원형 방으로 들어가자 랜턴 불이 확 타오르며 사방에 깔려 있던 어둠을 거대한 기계 뒤의 검은 그림자 쪽으로 몰아냈다. 어둠은 불빛이 약해질 때마다 자꾸만 도로 기어 나와 사방을 뒤덮으려는 듯이 보였다. 기다란 틈 사이는 깊고 투명한 푸른색이었고, 그 안에 여섯 개의 별이 열정적으로 빛나고 있었으며, 그 창백하고 어렴풋한 별빛이 검은 원통형 기계를 따라 흘렀다. 우드하우스가 지붕을 움직인 다음, 망원경으로 가서 바퀴 하나를 먼저 돌리고 다른 바퀴를 또 돌리자 거대한 원통이 새로운 위치로 천천히 돌아갔다. 이윽고 우드하우스는 본체 옆에 부착된 작은 망원경인 파인더를 흘끗 들여다보며 지붕을 조금 더 움직이고 위치를 좀 더 조정한 후, 기계장치를 작동시켰다. 밤공기가 무더웠기에 우드하우스는 재킷을 벗은 다음, 앞으로 네 시간 동안 처박혀 있어야 할 불편한 의자에 재킷을 밀어 넣었다. 이제 우드하우스는 한숨을 지으며 우주의 신비를 관찰하는 일에 몸을 맡겼다.

　천문대 안은 이제 아무 소리 없이 조용했고, 랜턴은 계속해서 빛이 약해졌다. 바깥에서는 이따금씩 어떤 동물이 놀라거나 고통스러워서, 혹은 짝을 부르느라 내지르는 소리가 났고, 말레이인과 다약족* 하인들의 소리도 간헐적으로 들렸다. 그때 남자 하인 한 명이 기묘한 영창 조의 노래를 부르기 시작했고, 다른 이들도 때때로 끼어들었다. 노래가 끝나자 다들 자러 간 듯했다. 그쪽에서 더는 아무 소리도 들리지 않았고, 속삭이는 듯한 고요함만 점점 더 깊어졌다.

　기계장치가 끊임없이 똑딱거렸다. 윙윙거리며 천문대 안을 돌아다니

---

*보르네오 섬 사라왁 주에 사는 비非이슬람교 종족.

던 모기는 우드하우스가 바른 연고 때문에 화가 나 더욱 날카로운 소리를 냈다. 이윽고 랜턴이 꺼지자 천문대 전체가 완전히 어둠에 잠겼다.

우드하우스는 이제 자세를 바꿨다. 망원경이 천천히 움직이다 보니 더이상 편하게 관찰하지 못하게 되었기 때문이다.

우드하우스는 은하수 안에 있는 작은 별 무리를 지켜보고 있었다. 우드하우스의 관측 팀장은 그중 하나에서 남다른 색 변화를 보았다고 했다. 혹은 그랬다고 상상하고 있었다. 이 관측소가 처음 세워졌을 때의 관측 목표에는 그러한 색 변화 관측이 없었고, 아마도 그 때문에 우드하우스는 이 현상에 깊은 관심을 보이게 되었을 터다. 확실히 우드하우스는 지상의 것들을 잊고 있었다. 우드하우스의 모든 관심은 망원경의 시야인 거대한 푸른 원에 집중되어 있었다. 원에는 암흑을 배경으로 빛나는 무수히 많은 별들이 가득 흩뿌려져 있었다. 혹은 그렇게 보였다. 그걸 지켜보는 동안에는 우드하우스 자신도 무형의 존재가 되는 것 같았고, 자신 역시 우주의 에테르 속을 떠다니는 것 같았다. 우드하우스가 관찰 중인 희미한 붉은 점은 무한히 멀리 있었다.

갑자기 별들이 가려졌다. 순간적인 암흑이 지나가고, 별들이 다시 나타났다.

우드하우스가 말했다. "묘한걸. 분명 새였을 거야."

같은 일이 또다시 일어났고, 그 직전에 거대한 원통이 마치 뭔가에 맞은 듯 떨렸다. 이윽고 우레처럼 강타하는 일련의 소리들이 천문대의 둥근 지붕에 울렸다. 망원경이 휙 돌아가며 지붕의 긴 틈에서 벗어나자 (망원경은 고정되어 있지 않았다) 별들이 옆으로 스쳐 지나가는 듯이 보였다.

우드하우스가 외쳤다. "간 떨어질 뻔했네! 대체 무슨 일이지?"

무슨 거대하고 모호하고 검은 형체가 날개 같은 것을 퍼덕거리며 지붕의 틈 속에서 버둥대는 듯이 보였다. 잠시 후, 긴 틈이 비워지며 눈부신 안개 같은 따뜻하고 밝은 은하수가 다시 나타났다.

지붕 안쪽은 완전히 깜깜했고, 할퀴는 소리만이 저 미지의 생물이 어디쯤 있는지를 알려 주었다.

우드하우스는 이미 의자에서 황급히 일어나 있었다. 갑작스럽게 일어난 일에 격렬히 몸을 떨며 땀을 흘리고 있었다. 저게, 정체가 뭐든 간에, 저게 안에 있는 거야, 밖에 있는 거야? 미지의 생물은, 그게 뭐든 간에, 컸다. 그것이 천창을 쏜살같이 가로지르자 망원경이 흔들렸다. 우드하우스는 다급히 튀어 나가 한 팔을 들어 올렸다. 그것은 우드하우스와 함께 천문대 안에 있었다. 지붕에 붙어 있는 듯했다. 저 악마의 정체가 뭐지? 저게 날 볼 수 있나?

우드하우스는 1분 정도 망연자실한 상태로 서 있었다. 정체가 뭐든 저 야수는 둥근 지붕 안쪽을 발톱으로 할퀴어 대고 있었고, 이윽고 퍼드덕거리는 그것이 우드하우스의 얼굴에 부딪힐 뻔했다. 바로 그 순간 그는 기름 먹인 가죽 같은 외피가 순간적으로 별빛에 번뜩이는 것을 보았다. 우드하우스의 물병이 그것에 부딪혀 작은 테이블에서 떨어지며 쨍그랑 부서졌다.

야릇한 새 같은 생물이 어둠 속에서 자기 얼굴 바로 몇 미터 위를 맴돈다고 생각하니 우드하우스는 형언할 수 없이 불쾌했다. 멍한 상태에서 정신을 차리며, 우드하우스는 그것이 야행성 새이거나 커다란 박쥐가 분명하다고 결론지었다. 우드하우스는 어떤 위험을 무릅쓰고라도 녀석의 정체를 알아내기로 마음먹고 주머니에서 성냥을 꺼내 망원경 받침대에 그으려 했다. 연기와 인광성 불을 일으키며 성냥이 잠시 환하게 타올랐다. 우드하우스는 우선 거대한 날개 하나를 보았고, 그다음엔 어렴풋이 번득이는 회갈색 털이 이쪽으로 휙 날아오는 것을 보았고, 곧 그 날개에 얼굴을 맞아 성냥을 떨어뜨리고 말았다. 놈은 우드하우스의 관자놀이를 노렸고, 발톱 하나가 뺨을 비스듬히 찢었다. 우드하우스는 비틀대다 넘어졌고, 불 꺼진 랜턴이 박살 나는 소리가 들렸다. 넘어지는 우드하우스를 놈이 또다시 쳤다. 우드하우스는 반쯤 정신을 잃었고, 얼굴에 따뜻한 피가 흘러내리는 것을 느꼈다. 우드하우스는 본능적으로 눈의 부상을 피하려고 얼굴을 돌리며 망원경 아래로 몸을 피하려 했다.

놈이 또다시 우드하우스의 등을 치자 재킷 찢어지는 소리가 났으며, 이윽고 놈이 천문대 지붕을 치는 소리가 들렸다. 우드하우스는 나무 의자와 망원경의 접안렌즈 사이로 최대한 깊이 들어간 뒤 몸을 돌려 거의 발만 밖으로 나오게 했다. 이러면 적어도 놈을 찰 수는 있었다. 우드하우스는 아직도 얼떨떨한 상태였다. 알 수 없는 야수는 어둠 속에서 여기저기에 쾅쾅 부딪치다가 이제 망원경에 달라붙었고, 망원경이 흔들거리자 장치들이 덜거덕거리는 소리가 났다. 한번은 놈이 푸드덕거리며 근처로 오자 우드하우스는 필사적으로 놈을 발로 찼고, 발을 통해 부드러운 몸통을 느꼈다. 우드하우스는 이제 끔찍하게 두려워졌다. 저런 망원경을 움직일 정도면 커다란 놈이 분명했다. 잠시 별빛을 배경으로 녀석의 시꺼먼 머리 윤곽과 뾰족하게 선 두 귀와 그 사이의 도가머리가 보였다. 우드하우스의 눈에는 녀석이 마스티프*만큼이나 커 보였다. 이윽고 우드하우스는 최대한 큰 소리로 도와 달라고 외치기 시작했다.

그 소리에 놈은 다시 우드하우스를 향해 내려왔다. 그때 우드하우스

*대형 체구를 가진 견종으로 경비견이나 사역견으로 쓰임.

의 손이 옆 바닥에 있는 뭔가에 닿았다. 우드하우스가 놈을 발로 찬 다음 순간, 날카로운 이빨들이 그의 발목을 꽉 물었다. 우드하우스는 다시 소리를 질렀고, 다른 발로 놈을 차서 물린 발을 빼내려 했다. 이윽고 우드하우스는 손에 닿은 게 깨진 물병이라는 걸 깨닫고 물병을 잡아챈 뒤 몸을 일으켜 앉으며 어둠 속에서 발 쪽을 더듬다가 벨벳처럼 부드러운 귀를 잡게 되었다. 마치 커다란 고양이의 귀 같았다. 놈의 귀 옆에 있는 물병을 쥐고 있던 우드하우스는, 덜덜 떨며 이 기묘한 야수의 머리에 물병을 내리쳤다. 우드하우스는 계속 내리쳤고, 잠시 후 놈의 얼굴이라 생각되는 어둠 속으로 깨져서 들쭉날쭉한 병의 끝부분을 찌르고 꽂았다.

작은 이빨들에 힘이 좀 풀리자 우드하우스는 곧바로 다리를 빼내 세게 찼다. 부츠 신은 발밑으로 소름 끼치는 털과 뼈가 느껴졌다. 놈이 우드하우스의 팔을 맹렬하게 물자, 우드하우스는 팔 너머에 있는 놈의 얼굴 같은 곳을 쳤다. 손에 축축한 털이 닿았다.

잠시 휴지기가 있었다. 그런 뒤 우드하우스는 발톱 소리를 들었다. 천문대 바닥 위로 무거운 몸통을 끌고 가는 소리였다. 이제 침묵이 흘렀고, 우드하우스가 헐떡이며 숨 쉬는 소리, 그리고 핥는 듯한 소리만 들렸다. 빛나는 먼지 같은 별들이 반짝이는 평행사변형의 푸른 천창만 제외하면 모든 것이 시꺼멨고, 천창을 배경으로 망원경 끝의 윤곽선이 보였다. 우드하우스는 무한히 길게 느껴지는 시간 동안 기다렸다.

놈이 다시 공격해 올까? 우드하우스는 성냥이 있나 하고 바지 주머니를 더듬었고 마지막 남은 성냥 하나를 찾아냈다. 우드하우스는 그 성냥을 그었지만, 바닥이 축축해서 성냥은 파밧, 하는 소리만 내고 꺼졌다. 우드하우스는 욕을 뱉었다. 문이 어디 있는지 보이지가 않았다. 싸우는 와중에 방향을 잃어버렸기 때문이었다. 성냥의 파밧, 하는 소리에 놀란 기묘한 야수가 다시 움직이기 시작했다. "잠깐!" 우드하우스는 갑자기 명랑해지며 외쳤지만, 놈은 다시 우드하우스를 공격하지는 않았다. 우드하우스는 자기가 부서진 물병으로 놈을 상처 입힌 게 분명하다고 생각했다. 발목에서 둔중한 아픔이 느껴졌다. 피가 나고 있을 가능성이 컸다. 일어나면 발목이 버텨 줄지 의심스러웠다. 깜깜한 바깥은 고요하기만 했다. 움직이는 소리 하나 없었다. 잠에 빠진 바보들은 둥근 지붕을 쳐대는 날개 소리도, 우드하우스의 외침도 듣지 못한 것이었다. 그간의 외침은 힘만 낭비했을 뿐 아무 소용 없는 짓이었다. 괴물이 다시 날개를 퍼덕이는 바람에 우드하우스는 깜짝 놀라 방어 태세를 취했다. 우드하우스는 의자에 팔꿈치를 부딪혔고, 의자가 쿵 소리를 내며 쓰러졌다. 우드하우스는 의자에 욕을 했고, 이어 어둠을 욕했다.

갑자기 직사각형 별빛이 이리저리 흔들리는 듯이 보였다. 내가 기절하려는 건가? 기절은 아무 도움도 되지 않을 터였다. 우드하우스는 정신을 다잡으려 두 주먹을 꽉 쥐고 이를 악물었다. 문이 어디 있었더라? 문득 천창으로 보이는 별빛으로 자신의 방위를 알 수 있다는 생각이 들었다. 지금 보이는 별들은 궁수자리니, 자신은 남동쪽에 있었다. 문은 북쪽에 있었다. 아니, 북서쪽이었나? 우드하우스는 생각해 내려 애썼다. 문을 열면 도망칠 수 있을 것이다. 놈도 상처를 입은 것 같았다. 계속되는 긴장은 너무나 지독했다. 우드하우스가 말했다. "이것 봐! 네가 오지 않으면, 내가 널 공격해 주겠어."

이윽고 놈은 천문대의 옆면을 기어오르기 시작했고, 우드하우스는 놈의 검은 윤곽선이 점차 천창을 가리는 것을 보았다. 후퇴하는 건가? 우드하우스는 문에 대해서는 까맣게 잊고 둥근 지붕이 움직이고 삐걱이는 것을 지켜보았다. 어쨌거나 이제는 많이 놀라거나 흥분되지 않았다.

우드하우스는 기분이 묘하게 가라앉는 것을 느꼈다. 윤곽선이 명확한 빛의 창은 검은 형체가 지나가면서 점점 더 작아지는 듯이 보였다. 묘했다. 우드하우스는 심한 갈증을 느끼기 시작했지만, 마실 것을 가져오고 싶진 않았다. 우드하우스는 마치 긴 깔때기를 미끄러져 내려가는 듯한 느낌이 들었다.

목에 타는 듯한 느낌이 들기 시작했고, 우드하우스는 지금이 대낮이며, 다약족 하인 한 명이 호기심 어린 표정으로 자신을 보고 있음을 인식했다. 거꾸로 된 사디의 얼굴도 보였다. 사디를 이렇게 보니 참 웃기게 생겼네! 우드하우스는 그렇게 생각하다가 이윽고 상황을 좀 더 제대로 이해하기 시작했다. 자신의 머리가 사디의 무릎 위에 있고, 사디가 자신에게 브랜디를 먹여 주고 있다는 걸 알아차린 것이다. 그런 뒤 우드하우스는 망원경의 접안렌즈에 붉은 얼룩이 잔뜩 묻어 있는 것을 보았다. 기억이 돌아오기 시작했다.

"천문대를 엉망진창으로 만들어 놨군." 사디가 말했다.

다약족 남자아이가 브랜디에 달걀을 풀고 있었다. 우드하우스는 달걀 넣은 브랜디를 받아 마시고 일어나 앉았다. 쑤시는 듯한 날카로운 아픔이 느껴졌다. 발목엔 붕대가 감겨 있었고, 팔과 볼도 치료가 되어 있었다. 붉은 얼룩이 진 박살 난 유리가 바닥에 널려 있고, 망원경 받침대는 뒤엎어져 있었으며, 맞은쪽 벽 앞엔 시꺼먼 웅덩이가 있었다. 문은 열려 있었고, 찬란한 파란 하늘에 우뚝 솟은 회색 산꼭대기가 보였다.

우드하우스가 말했다. "참 내! 누가 여기서 송아지를 잡아 잔치라도 벌였나요? 절 여기서 꺼내 줘요."

이제 우드하우스는 놈이 기억났고, 놈과 싸운 일도 기억났다.

우드하우스가 사디에게 말했다. "그건 뭐였죠? 제가 싸운 그놈은요?"

사디가 말했다. "그건 자네가 제일 잘 알지. 하지만 어쨌거나, 이제 그 걱정은 안 해도 돼. 좀 더 마시게나."

그러나 실은 사디도 궁금해하고 있었고, 제대로 침대에 누일 때까지 우드하우스를 안정시켜야 한다는 의무감과 호기심 사이에서 힘겹게 싸우고 있었다. 우드하우스는 사디가 권하는 고기 추출물이 풍부하게 들어간 약을 잔뜩 먹고 잠이 들었다. 둘은 나중에 다시 이야기를 나누었다.

우드하우스가 말했다. "그건 세계에서 가장 큰 박쥐에 가까운 거였어요. 날카롭고 짧은 귀가 있고, 털은 부드러웠고, 날개는 가죽 같았죠. 이빨은 작지만 극악하게 날카로웠고, 턱은 아주 강하진 않았어요. 턱의 힘이 조금만 더 셌다면 제 발목을 물어뜯어 버렸을 거예요."

"거의 그럴 뻔했어." 사디가 말했다.

"놈은 발톱을 상당히 자유롭게 써서 격렬한 공격을 퍼붓는 듯 보였어요. 이게 제가 그 야수에 대해 아는 전부예요. 말하자면 우리의 교제는 아주 깊었지만, 친하진 못했죠."

"다약족들이 큰 날원숭이란 것에 대해 얘기하더군. 클랑우탕 어쩌고 하는 거였어. 사람들을 공격하는 경우는 많지 않다고 하니, 자네가 놈을 놀래킨 거 같아. 다약족들 말이 큰 날원숭이와 작은 날원숭이, 그리고 칠면조 같은 소리를 내는 뭔가가 있다더군. 모두 밤에 날아다닌다고 해. 이곳에 큰 박쥐와 날아다니는 여우원숭이가 있다는 것도 알지만, 자네가 말한 만큼 큰 놈들은 절대 아니야."

"하늘과 땅에는 우리가 철학에서 꿈꾸는 것보다 더 많은 것들이 있죠."* 우드하우스가 그렇게 말하자 사디가 신음했다. "그리고 보르네오의 숲 속에는 특히 더 많아요. 보르네오가 새로운 동물들을 더 많이 토해 낼 거라면, 밤에 혼자 천문대에 있고 싶지 않네요."

* 셰익스피어의 『햄릿』에 나오는 말.

아이피오르니스 섬
Æpyornis Island

얼굴에 흉터가 있는 남자가 테이블 위로 몸을 숙이고 내 꾸러미 안을 들여다보았다.

"난초인가요?" 남자가 물었다.

"몇 개는요." 내가 말했다.

"개불알꽃류군요." 남자가 말했다.

"주로 그렇죠." 내가 말했다.

"뭐 새로운 기라도 있나요? 제 생각엔 아닐 거 같은데. 제가 25년…… 아니, 27년 전에 이 섬들을 조사했거든요. 당신이 여기서 뭔가 새로운 걸 찾는다면…… 흠, 그건 완전히 새로 생긴 걸 겁니다. 제가 조사하지 않고 남겨 둔 건 거의 없으니까요."

"전 수집가가 아니랍니다." 내가 말했다.

남자가 계속 말했다. "그때 전 젊었죠. 여길 아주 날아다녔죠." 남자는 날 가늠해 보는 듯했다. "전 2년 전엔 동인도제도에 있었고, 7년 전엔 브라질에 있었죠. 그러다 마다가스카르로 갔답니다."

나는 기나긴 허풍을 듣게 될 거라 생각하며 말했다. "저도 탐험가 이름을 몇 개는 안답니다. 당신은 누굴 위해 수집했죠?"

"도슨요. 부처란 이름은 들어 보셨겠지요?"

"부처…… 부처요?" 희미하게 기억날 듯 말 듯한 이름이었다. 이윽고 나는 부처 대 도슨 사건을 기억해 냈다. 내가 말했다. "우와! 당신이 4년 치 임금을 달라며 소송을 걸었던 그 남자로군요. 무인도에 난파되었던……"

흉터 난 남자가 고개를 숙여 인사하며 말했다. "소인, 인사드리오니다. 재미있는 사건이었죠, 안 그런가요? 여기 있는 제가, 그 섬에서 손가락 하나 까닥 안 하며 한 재산을 벌고 있었죠. 그리고 그 사람들은 제게 해고 통지를 할 수 없었고요. 전 그 섬에 있는 동안 종종 그 생각을 하며 즐거웠지요. 그 축복받은 산호섬 전체에 걸쳐 숫자들을 화려하게 써가며 제 재산이 얼마나 될지를 계산했답니다. 어마어마하더군요."

내가 말했다. "어쩌다 그렇게 된 겁니까? 그 사건이 제대로 기억나질 않네요."

"흠…… 아이피오르니스*라고 들어 보셨나요?"

"조금은요. 겨우 한 달쯤 전에 앤드루스가 자신이 연구 중인 새로운 종에 대해 얘기해 줬답니다. 제가 배를 타기 직전에요. 사람들이 넓적다리뼈를 하나 손에 넣었는데, 길이가 거의 1야드에 달한다고 하더군요. 그놈은 괴물이었을 게 분명합니다!"

*마다가스카르 섬에서 서식하던 화석 조류.

흉터 난 남자가 말했다. "당신 말이 맞습니다. 놈은 정말로 괴물이었으니까요. 신드바드의 로크 이야기는 아이피오르니스에 대한 전설 가운데 하나였죠. 그런데 사람들이 그 뼈를 찾아낸 게 언제죠?"

"3년이나 4년쯤 전…… 91년 같네요. 왜요?"

"왜냐고요? 왜냐하면, 제가 아이피오르니스의 뼈들을 찾았으니까요. 거의 20년 전에요! 도슨 가문이 제 임금 문제로 바보같이 굴지만 않았어도, 뼈 찾기 경쟁에서 완벽한 승리를 거뒀을 겁니다. 전 그 지옥 같은 소송이 끝없이 계속되는 걸 어찌할 수가 없었습니다."

남자는 잠시 말을 멈췄다. "어쩌면 같은 장소일 것 같습니다. 안타나나리보에서 북쪽으로 90마일 정도 떨어진 일종의 늪이었죠. 혹시 사람들이 뼈를 어디서 발견했는지 아시나요? 그 늪에 가려면 배를 타고 연안을 따라가야 하는데, 혹시 어딘지 들으셨나요?"

"아뇨. 앤드루스가 무슨 늪에 대해 말한 것도 같습니다만."

"분명 같은 곳일 겁니다. 그 늪은 동쪽 해안에 있습니다. 그리고 그 물속에는 그 무엇도 썩지 않게 해주는 뭔가가 있고요. 꼭 크레오소트 같은 냄새가 나죠. 거길 생각하면 트리니다드가 떠오른답니다. 그 사람들이 알도 좀 찾았나요? 제가 찾은 알들 중 일부는 길이가 1.5피트나 됐답니다. 아시다시피 그 늪은 구불구불 이어지다가 아주 약간만 끊겨 있습니다. 그리고 대부분은 소금기가 있었죠. 흠…… 대단한 순간이었습니다! 제가 그걸 발견한 건 참으로 우연이었죠. 우린, 즉 저와 원주민 두 명은 온통 밧줄로 연결해 만드는 그 위험한 카누들 중 하나를 타고 알을 찾으러 나갔는데 그와 동시에 뼈들을 발견했죠. 우리에겐 텐트와 나흘 치 식량이 있었고, 땅이 좀 더 단단한 곳에 텐트를 쳤습니다. 그때를 생각하면, 그 이상야릇한 타르 냄새가 아직도 코에 생생합니다. 재밌는 작업입니다. 철봉들로 진흙 속을 쑤시며 조사한답니다. 보통, 알들은 박살이 납니다. 아이피오르니스들이 정말로 살아 있던 때에서 시간이 얼마나 흘렀을까요. 선교사들은 아이피오르니스가 살아 있던 때에 대한 전설들이 원주민 사이에 전해진다고 하지만, 전 그런 이야기를 한 번도 직접 듣질 못했습니다.* 하지만 우리가 구한 그 알들은 확실히 갓 낳은 알처럼 신선했습니다. 신선했습니다! 그 알들을 배로 가져오다 깜둥이 녀석 한 명이 알을 돌에 떨어뜨렸고, 알은 박살이 났죠. 제가 그 자식을 얼마나 때려 줬는지 모릅니다! 그 알이 얼마나 신선했는지, 꼭 갓 낳은 알 같았습니다. 그 알에선 악취조차 나지 않았지만, 그 알을 낳은 어미는 아마도 400년 전에 죽었을 겁니다. 원주민 자식이 말하길, 지네가 자길 물었다더군요. 이야기가 딴 곳으로 새는군요. 어쨌든 우리는 하루 종일 걸려 진창을 파서 그 알들을 깨지지 않게 잘 꺼냈고, 다들 온몸이 불쾌한 검은 진흙투성이가 됐으며, 당연히도 전 찌무룩해졌습니다. 제가 아는 한, 그 알들은 그때까지 금 하나 없이 꺼내진 유일한 알들이었습니다. 나중에 저는 런던의 자연사박물관에 있는 알들을 보러 갔습니다. 모두가 금이 가서 모자이크하듯 다시 짜 맞춰 놓은 것들이었는데, 없어진 조각들도 있더군요. 제 것은 완벽했고, 전 돌아와 그 알들을 자랑할 생각이었습니다. 그러니 겨우 지네 한 마리 때문에 세 시간에 걸친 작업물을 떨어뜨린 멍청한 바보한테 화가 난 건 당연했습니다. 전 녀석을 흠씬 때려 줬습니다."

홍터 난 남자가 사기 파이프를 꺼냈다. 나는 내 담배쌈지를 앞으로 내밀었다. 남자는 멍하니 파이프를 채웠다.

---

*유럽인 중에 살아 있는 아이피오르니스를 본 사람은 없다고 알려져 있으며, 예외적으로 1745년 마다가스카르를 방문했던 머캔드루가 있으나 의문의 여지가 있다. ―원주

"나머지는요? 집으로 가져오셨나요? 전 기억이 나질……"

"그게 이 이야기에서 참으로 묘한 부분이죠. 제겐 남은 알이 세 개 더 있었습니다. 완벽하게 신선한 알들이었죠. 흠, 알들을 배에 실은 뒤, 전 커피를 끓이러 텐트로 갔고, 미개인 둘은 바닷가에 남았습니다. 지네에 쏘인 한 명은 빈둥거렸고, 다른 한 명은 쏘인 남자를 도와주었죠. 전 그놈들이 제가 처한 독특한 상황을 이용해 싸움을 걸 거라곤 정말 생각도 못했습니다. 하지만 지네에 쏘이고 저한테 차이기도 해서 그놈이 부아가 난 것도 같았습니다. 그놈은 늘 툭하면 시비를 거는 부류였죠. 그리고 그놈이 다른 한 명을 꼬드겼습니다.

그때 제가 앉아서 담배를 피우며 탐험할 때 가지고 다니던 알코올램프로 물을 끓이던 기억이 선합니다. 덧붙여 말하면, 해 지는 늦을 감상하고 있었습니다. 온통 까만색과 핏빛 붉은색으로 줄무늬가 져 있었지요…… 아름다운 광경이었습니다. 그리고 땅 위쪽으로는 언덕들이 있는 곳까지 회색 안개가 끼어 있었고, 그 뒤의 하늘은 아궁이 입구처럼 붉었습니다. 제 등 뒤로 50야드 거리에 저주받을 미개인들이 있었습니다. 그 평화로운 분위기와 전혀 상관없이…… 놈들은 사흘 치 식량과 범포 텐트, 작은 나무 물통에 든 물 외엔 아무것도 없는 저를 내버려 두고 배를 타고 달아날 음모를 꾸미고 있었죠. 전 등 뒤로 무슨 외침을 들었고, 놈들이 그 카누 같은 것에 타고 있었습니다. 그건 온전한 배라 할 수도 없는 것이었습니다. 카누는 땅에서 20야드쯤 떨어져 있었습니다. 전 어찌된 일인지 곧바로 깨달았습니다. 제 총은 텐트 안에 있었고, 게다가 제겐 총알이 전혀 없었습니다. 오리잡이용 산탄뿐이었죠. 놈들도 그 사실을 알고 있었습니다. 하지만 주머니에 작은 연발 권총이 있었기에, 전 권총을 꺼내며 해변으로 달려갔습니다.

'돌아와!' 전 총을 휘두르며 말했습니다.

놈들은 제게 뭐라고 재잘거렸고, 알을 깬 놈이 절 조롱했습니다. 전 다른 놈을 조준했습니다. 다치지 않아서 노를 들고 있었기 때문이죠. 하지만 총알은 빗나갔습니다. 놈들은 큰 소리로 웃었습니다. 하지만 전 당황하지 않았습니다. 냉정을 유지해야 한다는 걸 알았고, 그래서 저는 다시 놈을 조준했고, 놈은 총소리에 깜짝 놀랐습니다. 놈도 그때는 웃지 못하더군요. 전 세 번째에 놈의 머리를 맞혔고, 놈은 노를 쥔 채 배에서 떨어졌습니다. 연발 권총으로 쏜 것치고는 지독히 운이 좋았죠. 거리가 아마 50야드쯤 됐을 겁니다. 놈은 곧장 물속으로 가라앉았습니다. 놈이 정말 총에 맞았었는지, 아니면 그냥 기절해서 물에 빠진 건지는 모르겠습니다. 이윽고 전 남은 한 놈에게 돌아오라고 고함치기 시작했지만, 놈은 카누 안에서 몸을 움츠리고는 대답하길 거부했습니다. 그래서 전 놈에게 권총을 쏘았지만, 총알은 근처에도 가지 못했습니다.

정말이지 전 지독하게 바보가 된 느낌이었습니다. 전 그 썩은 검은 해변에 있었고, 제 뒤론 온통 평평한 늪이었고, 앞에는 해가 진 뒤의 평평하고 차가운 바다가 있고, 검은 카누는 계속해 바다를 나아갔습니다. 정말이지 저는 도슨 가와 잠라크 가와 박물관과 나머지 모두를 죽도록 저주했습니다. 목소리가 새된 비명이 될 때까지 그 깜둥이에게 돌아오라고 고래고래 고함쳤습니다.

이제는 상어와 만나지 않기를 바라며 헤엄쳐서 놈을 따라가는 수밖에 없었습니다. 그래서 전 대형 접칼을 펴서 입에 물고 옷을 벗은 뒤 물속으로 걸어 들어갔습니다. 물에 들어가자마자 전 카누를 시야에서 놓쳤지만, 방향을 대충 가늠하며 카누의 진로에 끼어들기로 마음먹었습니다. 전 카누에 탄 놈이 너무 상태가 안 좋아 카누를 조종할 수 없기를,

그리고 카누가 계속 같은 방향으로 떠내려가길 바랐습니다. 카누가 다시 수평선에 떠올랐고, 대략 남서쪽으로 향하고 있었습니다. 저녁놀이 지고 밤의 침침한 어둠이 내리고 있었습니다. 별들이 하늘로 나왔습니다. 저는 챔피언처럼 헤엄쳤지만, 곧 팔다리가 아프기 시작했습니다.

하지만 별들이 상당히 떴을 무렵, 전 놈에게 가까이 다가가 있었습니다. 하늘이 어두워지자, 물속에서 온갖 것들이 빛났습니다. 아시겠지만, 인광이었습니다. 때때로 전 인광 때문에 현기증이 났습니다. 뭐가 별이고 뭐가 인광인지 잘 구별이 안 됐고, 제가 머리를 위로 하고 헤엄치는지 발을 위로 하고 헤엄치는지도 알 수 없었습니다. 카누는 죄악처럼 시꺼멨고, 선수 아래 잔물결은 액체로 된 불 같았습니다. 전 물론 카누로 당장 기어 올라가지 않고 신중하게 행동했습니다. 제일 먼저, 놈이 무슨 꿍꿍이일지가 걱정됐습니다. 놈은 선수에서 완전히 몸을 웅크리고 누워 있는 듯이 보였고, 선미는 완전히 물 밖으로 나와 있었습니다. 카누는 떠내려가며 계속 천천히 원을 그리며 돌았습니다. 정말이지 왈츠가 따로 없었습니다. 전 선미 쪽으로 헤엄쳐 가서 선미를 잡아 누르며 카누에 올라갔고, 놈이 깰 거라 생각했습니다. 이윽고 전 손에 칼을 쥐고 덤벼들 태세로 카누 안으로 기어들기 시작했습니다. 하지만 놈은 꿈쩍도 안 했습니다. 그래서 전 작은 카누의 선미에 앉아 잔잔하고 인광이 빛나는 바다를 떠내려갔고, 그 수많은 별들 아래에서 뭔가 일이 벌어지길 기다렸습니다.

오랜 시간이 흐른 뒤, 저는 놈의 이름을 불렀지만, 놈은 결코 대답하지 않았습니다. 전 너무 지쳐서 계속 놈에게 가는 위험을 무릅쓸 수가 없었습니다. 그래서 우린 계속 그대로 앉아 있었습니다. 한두 번 졸았던 것 같습니다. 새벽이 되자, 온몸이 보라색으로 부푼 그놈의 숨통이 완전히 끊어졌음을 알게 되었습니다. 알 세 개와 뼈들은 카누 한가운데에 놓여 있었고, 물통과 커피와 비스킷은 〈케이프 아르구스〉 신문에 싸여 놈의 발치에 있었으며, 알코올램프 연료가 든 깡통은 놈의 몸 아래에 있었습니다. 노는 하나도 없었고, 사실, 연료 깡통 외에는 제가 쓸 수 있는 게 아무것도 없었습니다. 그래서 전 구조될 때까지 표류하기로 결심했습니다. 전 놈의 시신을 검시해 알 수 없는 뱀이나 전갈이나 지네에 의한 사망이라는 결론을 내린 후 시신을 배 밖으로 내보냈습니다.

그 뒤로 물 한 모금과 비스킷을 조금 먹고 주위를 둘러보았습니다. 그때의 저처럼 낙담에 빠진 상태에서는 그 누구도 아주 멀리까진 볼 수 없을 겁니다. 마다가스카르는 시야에서 완전히 사라져 있었습니다. 그 바다 위에서 땅은 전혀 보이지 않았습니다. 그때 남서쪽으로 향하는 돛 하나를 발견습니다. 스쿠너*처럼 보였지만, 선체는 나타나지 않더군요. 하늘 위에 높이 걸린 해가 제 위로 사정없이 빛을 내리쬐기 시작했습니다. 주여! 제 뇌는 끓어오르기 직전이었습니다. 바닷물에 머리를 담가보려 하다가, 눈길이 〈케이프 아르구스〉에 꽂혔고, 전 카누에 길게 누워 〈케이프 아르구스〉를 몸에 덮었습니다. 그 신문들은 참으로 훌륭했습니다! 전에는 한 번도 끝까지 읽어 본 적이 없었지만, 저처럼 그렇게 혼자 있게 되면 사람이 변하게 되지요. 전 그 고마운, 오래된 〈케이프 아르구스〉를 아마 스무 번은 읽었지 싶습니다. 열기 때문에 카누 안의 송진에서 악취가 나며 커다랗게 부풀어 올라 기포가 생겨났습니다.”

흉터 난 남자가 말을 이었다. “전 열흘을 표류했습니다. 이야기하기엔 시시한 부분이죠, 안 그런가요? 매일매일이 전날과 마찬가지였습니다.

*돛대가 두 개 이상인 세로돛 범선.

다만 아침과 저녁엔 지나는 배를 찾기 위해 관찰을 할 수 없었다는 점을 빼면 말입니다. 너무 눈이 부셔 마치 지옥 불을 보는 듯했거든요. 처음 사흘 동안은 돛들을 볼 수 있었지만 그 배들은 저를 전혀 알아차리지 못했고, 그 이후론 돛 하나 보지 못했습니다. 그러다가 엿새째쯤 되는 밤에 반 마일도 되지 않는 곳에서 배 한 척이 지나갔는데, 모든 빛을 환하게 밝히고 모든 현창들을 열고 있어, 꼭 커다란 개똥벌레처럼 보였습니다. 선상에선 음악도 울렸습니다. 저는 일어나 큰 소리로 외치고 또 외쳤습니다. 둘째 날, 아이피오르니스 알 하나에 구멍을 내고 껍질을 조금 벗겨 맛을 보니 먹을 만해서 무척 기뻤습니다. 살짝 풍미가 있었습니다. 제 말은 나쁘지 않았단 뜻입니다. 좀 오리알 같은 맛이 났습니다. 노른자 한쪽에 지름이 6인치쯤 되는 둥근 부분이 있었고, 그 안에 사다리처럼 생긴 피로 된 줄들과 하얀 자국이 있어 참으로 묘하단 생각을 했지만, 그땐 그게 무슨 의미인지 알지 못했고, 꼬치꼬치 따져 볼 마음도 없었습니다. 그 알과 비스킷들과 물 약간으로 저는 사흘을 버텼습니다. 커피 열매들도 씹었습니다. 커피 열매는 기운을 돋워 주니까요. 여드레째쯤 저는 두 번째 알을 열었고, 혼비백산했습니다."

흉터가 난 남자는 잠시 말을 멈췄다. 남자가 말했다. "네. 발육 중이었습니다.

아마도 제 말을 믿기 힘드시겠지요. 저도 눈앞에서 보면서도 그랬으니까요. 알은 차가운 검은 진흙 속에 아마도 300년쯤 잠겨 있었던 게 분명합니다. 그래도 제가 본 건 절대 착각이 아니었습니다. 거기엔 그…… 그걸 뭐라고 하죠? ……태아가 있었으니까요. 머리와 동그랗게 밀린 등이 보였고, 목 아래에서는 심장이 뛰고 있었고, 커다란 세포막이, 껍질 안과 쪼그라든 노른자 전체에 펼쳐져 있었습니다. 완전히 멸종한 새들 중 가장 큰 새의 알들을 제가 그 인도양 한가운데 작은 카누 안에서 부화시키고 있었던 겁니다. 도은 씨가 그 사실을 알았더라면! 그건 4년 치 임금의 가치가 있는 일이었습니다. 당신은 어떻게 생각하시나요?

하지만, 전 아직 모래톱을 발견하기 전이라 그 귀중한 것을 마지막 한 조각까지 먹어 치워야만 했고, 몇 입은 고약하고 불쾌하기 짝이 없는 맛이었습니다. 저는 세 번째 알은 그냥 두었습니다. 알을 들어 빛에 비춰 보았지만, 껍질이 너무 두꺼워 그 안에서 무슨 일이 벌어지고 있는지 도저히 알 수가 없었습니다. 피가 맥박 치는 소리를 들은 것도 같았지만, 조개에 귀를 대면 무슨 소리가 들리듯 제 귀에서 나는 소리일 가능성도 있었습니다.

이윽고 산호섬이 나타났습니다. 해돋이 속에서, 갑자기 짠 하고 제 앞에 나타나더군요. 전 곧장 산호섬을 향해 떠내려갔지만, 해변까지 반 마일쯤 남은 상태에서 더는 다가가지 못했습니다. 해류의 방향이 바뀌었기 때문입니다. 저는 섬에 닿으려고 죽을힘을 다해 두 손과 아이피오르니스 껍질 조각들로 물을 저었습니다. 결국 전 섬에 도착했습니다. 지름이 4마일 정도 되는 평범한 산호섬이었는데, 나무 몇 그루가 있었고, 샘도 하나 있었으며, 석호 가득 비늘돔들이 헤엄쳐 다니고 있었습니다. 저는 밀물 때에도 물이 닿지 않는 양지바른 곳에 알을 놓고는, 카누를 안전한 곳으로 끌어 올린 후 돌아다니며 섬을 조사했습니다. 산호섬은 기분 나쁠 정도로 지루한 곳이랍니다. 전 샘을 발견하자마자 모든 흥미가 사라지는 듯했습니다. 어릴 때 전 로빈슨 크루소가 되는 것보다 더 멋지고 모험 가득한 일은 없을 거라 생각했지만, 그 산호섬은 설교서만큼이나 지루한 곳이었습니다. 먹을거리를 찾아 섬을 돌아다니면서 온갖 생각을 했습니다. 하지만 정말이지, 첫째 날도 끝나기 전에 지루해 죽을 것 같았습니다. 그때 제 운이 증명됐습니다. 제가 도착한 바로 그날 밤, 날씨가 바뀌었거든요. 북쪽으로 지나가던 폭풍우의 날개가 그 섬 위로 날갯짓을 하며 억수 같은 비가 쏟아지고 바람이 한바탕 울부짖었습니다. 아시겠지만, 그 폭풍우에게 카누를 뒤집는 일 정도야 별일도 아니었습니다.

전 카누 아래에서 자고 있었고, 알은 요행히도 훨씬 높은 해변의 모래 속에 있었는데, 제가 기억하는 첫 번째는 조약돌 백 개가 한꺼번에 배를 치는 듯한 소리와 함께 제 몸을 덮친 물이었습니다. 전 안타나나리보에 대한 꿈을 꾸고 있다가, 도대체 이게 무슨 일이냐고 물어보려고 일어나 앉아 인토시를 어이, 하고 부르며 평소 성냥을 놓아두는 의자 위를 손으로 더듬었습니다. 그제야 거기가 어딘지를 기억해 냈습니다. 밤이라, 마치 절 먹어 버리겠다는 듯 밀려오는 인광성 파도 외에는 모든 것이 칠흑처럼 까맸습니다. 공기는 굉음을 냈습니다. 구름은 거의 제 머리 바로 위까지 내려온 것만 같았고, 비는 또 어찌나 퍼붓는지 저 위의 하늘이 침몰해 물을 몽땅 퍼내 땅으로 쏟아붓고 있는 것 같았습니다. 큰 노을이 사나운 뱀처럼 꿈틀대며 절 덮치려 했고, 전 얼른 도망쳤습니다. 이윽고 카누가 생각난 저는 물이 쉿쉿거리며 빠질 때 다시 카누 쪽으로 달려갔지만, 카누는 사라지고 없었습니다. 저는 이제 알을 떠올리고 더듬더듬 그쪽으로 갔습니다. 미친 파도들이 닿을 수 없는 곳에 있었던 알은 무사했고, 저는 그 알 옆에 앉아 알을 친구 삼아 꼭 껴안았습니다. 맙소사! 정말 대단한 밤이었습니다!

폭풍은 아침이 되기 전에 그쳤습니다. 새벽이 되자 하늘엔 구름 한 조각 없었고, 해변엔 온통 부서진 널빤지 조각들이 널려 있었습니다. 말하자면, 제 카누의 해체된 해골이었습니다. 하지만, 그 때문에 저는 할 일이 생겼습니다. 섬에 있는 나무 두 그루와 그 잔해들을 이용해 어설프게나마 일종의 폭풍 대피소를 지은 겁니다. 그리고 그날, 알이 부화했습니다.

부화했답니다, 선생님. 제가 그 알을 베개 삼아 베고 자고 있을 때였죠. 세게 탁 치는 소리가 나고 진동이 느껴져 일어나 앉았더니, 부리에 쪼여서 난 알 구멍에서 빠져나온 괴상하고 조그만 갈색 머리가 절 내다 보고 있더군요. 전 말했습니다. '맙소사! 환영한다.' 녀석은 살짝 힘들게 밖으로 나왔습니다.

처음에 녀석은 작은 암탉만 한 착하고 다정한 꼬맹이였지요. 대개의 새끼 새들과 아주 비슷했고, 단지 좀 더 클 뿐이었습니다. 녀석의 털은 처음엔 더러운 갈색이었고, 회색 딱지 같은 것들이 붙어 있었지만 금세 떨어져 나갔고 깃털은 거의 없었습니다. 솜털만 있었죠. 녀석을 만나게 돼 얼마나 기뻤는지는 말로는 도저히 표현할 수가 없네요. 정말이지, 로빈슨 크루소는 제대로 고독을 겪어 본 게 아니라니까요. 하지만 이제 제게도 흥미로운 동료가 생긴 겁니다. 녀석은 저를 보고는 닭처럼 고개를 앞뒤로 흔들며 눈을 찡긋하더니, 짹짹 울면서 바로 주위를 쪼아 대기 시작했습니다. 마치 300년이나 늦게 부화한 건 아무 일도 아니라는 듯이요. '만나서 반갑다, 맨 프라이데이!' 전 그렇게 말했죠. 카누 안에서 알이 발육한 걸 알자마자, 혹시라도 녀석이 부화하면 맨 프라이데이라고 부르겠다고 결심했었거든요. 녀석이 배가 고플까 봐 걱정된 저는 즉시 녀석에게 날것인 비늘돔 한 덩이를 주었습니다. 녀석은 물고기를 받아먹었고, 더 달라고 부리를 벌렸습니다. 저는 기뻤습니다. 그런 환경에서 녀석이 까다롭게 굴면, 전 결국 녀석을 잡아먹어야 했을 테니까요.

새끼 아이피오르니스가 얼마나 재미있는 녀석인 줄 알면 놀라실 겁니다. 녀석은 처음부터 절 졸졸 따라다녔습니다. 제가 석호에서 낚시를 할 때면 제 옆에 서서 지켜보곤 했고, 뭐든 하나 낚으면 꼭 반씩 나눠 먹었죠. 녀석은 민감하기도 했습니다. 절인 오이처럼 역한 초록색 빛깔에 무사마귀가 잔뜩 난 것 같은 뭔가가 해변에 널려 있었는데, 녀석은 그것 하나를 먹어 보곤 토해 버렸습니다. 그 뒤론 그것들에 다시는 눈길도 안 주더군요.

녀석은 눈에 보일 만큼 쑥쑥 자라났습니다. 제가 그렇게 사교적인 인간은 아니다 보니 녀석의 조용하고 다정한 품성이 저랑 꼭 맞더군요. 우리는 거의 2년을 그 섬에서 행복하게 지냈습니다. 사업에 대한 걱정도 없었습니다. 도슨 가에 제 임금이 쌓이고 있다는 걸 알았으니까요. 우린 가끔 돛을 보았지만, 우리 근처로 다가오는 일은 절대 없었습니다. 전 성게들과 온갖 예쁜 조개들로 섬을 꾸미며 지루함을 달래기도 했습니다. 색색의 돌로 지역 이름을 써놓았던 옛날 시골 기차역처럼, 섬 전체에 아주 공들여 커다랗게 '아이피오르니스 섬'이라고 써놓기도 했고, 온갖 수학 계산과 그림 그리기에 몰두하기도 했습니다. 또 누워서 그 축복받은 새가 성큼성큼 돌아다니며 크고 또 크는 모습을 지켜보면서, 혹시라도 여기서 빠져나가게 되면 녀석을 데리고 다니며 사람들에게 보여 주면서 벌어먹고 살 수 있겠다 생각하곤 했습니다. 녀석은 처음으로 털갈이를 한 뒤 볏과 푸른 육수*가 생기며 잘생겨지기 시작했고, 뒤쪽에도 초록색 깃털이 무수히 났습니다. 이윽고 저는 도슨 가가 녀석의 소유권을 주장할 권리가 있나 없나 고심하게 됐습니다. 날씨가 험악하거나 우기가 되면, 우린 카누의 잔해로 만든 대피소에 아늑하게 누워 있었고, 전 녀

---

*닭이나 칠면조 따위의 목 아래에 늘어진 살.

석에게 고향 친구들에 대한 거짓말을 들려주곤 했습니다. 폭풍이 지나가면 우리는 함께 섬을 돌아다니며 뭔가 떠내려온 게 없나 살폈습니다. 전원시 같다고 하실지도 모르겠군요. 담배만 있었다면, 정말 천국 같았을 겁니다.

두 번째 해가 끝나 갈 무렵, 우리의 작은 천국에 문제가 생겼습니다. 프라이데이는 이제 키가 부리까지 14피트 정도 됐고, 머리는 곡괭이 끝처럼 크고 넓적했으며, 가장자리에 노란 테가 둘러져 있는 거대한 갈색 눈 두 개는 사람처럼 중앙에 모여 있었습니다. 닭처럼 눈이 서로 반대편에 있지 않았지요. 녀석의 깃털은 훌륭해서(타조처럼 흰색과 회색이 섞인 상복 비슷해 보이는 느낌이 절대 아니었습니다) 색과 질감에 관한 한 화식조에 훨씬 더 가까웠습니다. 이윽고 녀석이 절 향해 곧추세운 볏을 자랑하며 더러운 성질을 내비치기 시작했습니다……

마침내 제 낚시가 다소 잘 안 되는 때가 오자, 녀석은 야릇하고 명상하는 듯한 식으로 제 주위를 어슬렁대기 시작했습니다. 전 녀석이 해삼이나 뭔가를 먹고 있는지도 모르겠다고 생각했지만, 사실 녀석으로선 그냥 욕구불만이 문제였습니다. 저도 배가 고팠고, 마침내 물고기를 한 마리 낚자 저 혼자 독차지하고 싶어졌습니다. 그날따라 둘 다 신경이 날카로웠습니다. 녀석은 물고기를 부리로 쪼며 움켜쥐었고, 전 그걸 놓으라고 녀석의 머리를 철썩 쳤습니다. 맙소사, 그러자 녀석이 제게 덤벼들었습니다!"

남자는 흉터를 가리켰다. "제 얼굴을 이렇게 만들어 놓은 겁니다. 이윽고 녀석이 절 찼습니다. 짐말 같았습니다. 전 일어났고, 녀석이 아직 물고기를 다 먹지 못한 걸 보고는 두 팔로 얼굴을 가린 채 전속력으로 달렸습니다. 하지만 녀석은 얼빠진 그 두 발로 경주마보다 빠르게 쫓아오면서 저를 걷어차기도 하고 제 위에 내려앉기도 했으며 곡괭이 같은 머리로 제 뒤통수를 박기도 했습니다. 전 석호를 향해 뛰어 들어가 몸을 목까지 물속에 담갔습니다. 녀석은 발이 젖는 걸 싫어했기 때문에 물가에서 멈췄고, 공작새처럼 소동을 일으키기 시작했습니다. 공작새보다 더 목 쉰 소리를 냈다는 게 차이라면 차이랄까요. 녀석은 점잔을 빼며 해변을 걷기 시작했습니다. 솔직히, 그 운 좋은 최후의 화석이 해변에서 건방 떠는 것을 보니 저 자신이 작게 느껴졌던 게 사실입니다. 제 머리와 얼굴은 온통 피범벅이었고, 그리고…… 음, 제 몸은 멍으로 가득한 젤리 덩어리 같았습니다.

저는 석호를 헤엄쳐 건너가 이번 일이 지나갈 때까지 녀석을 잠시 혼자 내버려 두기로 마음먹었습니다. 저는 가장 높은 야자나무에 기어올라 앉은 뒤 녀석과의 모든 일을 생각해 보았습니다. 그 전에도 후에도 그토록 심하게 다친 적은 없었습니다. 그 자식의 잔인한 배은망덕이 문제였습니다. 전 녀석에게 형 이상의 존재였습니다. 제가 녀석을 부화시키고 가르쳤으니까요. 게다가 녀석은 크기만 컸지 얼빠지고 시대에 뒤진 새이고, 전 인간, 시대와 모든 것의 후계자인 인간인데!

전 잠시 후면 녀석이 그런 시각에서 모든 일을 돌아보고 자기 행동에 좀 미안해할 줄 알았습니다. 그리고 괜찮은 물고기들을 잡아 아무렇지 않게 녀석에게 내밀면, 녀서이 좀 현명하게 굴 거라고 생각했습니다. 하지만 시간이 좀 흐른 후, 그 멸종한 새의 후손이 얼마나 뒤끝이 길고 심술궂은지 깨달았습니다. 놈은 악의 그 자체였습니다!

그 새의 마음을 다시 돌려놓기 위해 제가 쓴 온갖 수단들은 일일이 언급하지 않겠습니다. 차마 말을 못하겠습니다. 지금도 제가 그 극악무도한 골동품에게 받은 냉대와 구타를 생각하면 부끄러워 뺨이 다 달아오른답니다. 폭력도 쓰려 해봤습니다. 안전한 거리에서 산호 덩어리들을 녀석에게 던졌습니다만, 녀석은 그걸 그냥 꿀꺽 삼켜 버렸습니다. 접칼을 펴서 녀석에게 던졌다가 하마터면 칼을 잃어버릴 뻔하기도 했습니다. 하지만 녀석은 칼은 못 삼키더군요. 너무 커서요. 전 녀석을 굶기려고 낚시를 중단하기도 했지만, 녀석은 썰물 때 해변에서 벌레를 쪼아 먹으며 그럭저럭 버텼습니다. 저는 하루의 반은 석호에 목까지 담그고 있었고, 나머지 반은 야자나무에 올라가 있었습니다. 그리 높지 않은 야자나무에 올라가 있을 땐 녀석이 제 종아리를 붙들고 아주 신나게 즐기더군요. 견디기가 힘들었습니다. 야자나무 위에서 자본 적이 있으신지 모르겠군요. 야자나무 위에서 잘 때면 정말 끔찍한 악몽을 꿨습니다. 얼마나 수치스러웠을지도 생각해 보십시오! 그 멸종 동물이 골난 공작처럼 섬을 할 일 없이 돌아다니고 있을 때, 전 섬에 발바닥도 못 붙이고 있었으니까요. 피로하고 화가 나서 울기도 했습니다. 그래서 전 녀석에게, 난 이 무인도에서 지독하게 시대착오적인 무언가에게 쫓겨 다니며 살 생각은 눈곱만큼도 없다, 그러니 네 시대로 가서 거기 있는 항해자나 쪼라고 대놓고 말하기도 했습니다. 하지만 녀석은 부리로 절 덥석 물기만 했습니다. 다리와 목만 삐죽이 나온, 그 커다랗고 못생긴 새가요!

그런 상황이 얼마나 오래갔는지는 말하고 싶지 않습니다. 방법만 알았다면 당장이라도 녀석을 죽여 버렸을 겁니다. 하지만 마침내 녀석을 해결할 방법이 떠올랐습니다. 남미식 도구였습니다. 저는 해초 줄기와 이런저런 것들로 모든 낚싯줄을 한데 묶어 굵고 튼튼한 줄을 만들었는데, 줄 길이가 아마 20야드는 넘었을 겁니다. 저는 그 줄의 양쪽 끝에 단단한 산호 덩어리 두 개를 묶었습니다. 시간이 좀 걸렸지요. 때때로 녀석이 올 거란 예감이 들 때마다 석호에 들어가거나 나무에 올라가야 했으니까요. 저는 그 줄을 머리 위에서 재빨리 빙빙 돌리다가 녀석을 향해 날렸습니다. 처음엔 빗맞았지만, 다음번엔 줄이 녀석의 두 다리에 제대로 걸리며 다리를 감고 또 감았습니다. 녀석은 넘어졌습니다. 허리까지 석호에 잠겨 있던 저는, 녀석이 쓰러지자마자 물에서 나와 칼로 녀석의 목을 톱질하듯 켰습니다.

그때 일은 아직도 생각하기도 싫습니다. 녀석에게 뜨겁게 분노하고 있었는데도, 녀석의 목을 자르며 제가 살인자처럼 느껴졌습니다. 일어나서 하얀 모래 위에서 피를 흘리고 있는 녀석을 내려다보고 있으니, 녀석의 아름답고 커다란 두 발과 목이 마지막 고통 속에 꿈틀거리는 것을 보고 있으니…… 하!

그 비극과 함께, 외로움이 저주처럼 절 덮쳤습니다. 맙소사! 제가 그 새를 얼마나 그리워했는지 당신은 상상도 못 할 겁니다. 전 녀석의 시체 옆에 앉아 애도했고, 그 쓸쓸하고 조용한 모래톱을 돌아보며 몸을 떨었습니다. 막 부화했을 때 녀석이 얼마나 유쾌한 아기 새였는지를 떠올렸고, 녀석이 이상해지기 전까지 함께 즐기던 수천 가지 장난들을 생각했습니다. 그냥 상처만 입혔더라면 잘 얼러서 좀 더 나은 협정을 맺고 살 수 있지 않았을까 하는 생각도 했습니다. 산호초에 구멍을 팔 방법만 있었어도, 전 녀석을 묻어 줬을 겁니다. 저한테 녀석은 인간이나 마찬가지였습니다. 사실, 녀석을 먹는다는 건 생각도 할 수 없었고, 그래서 녀석을 석호에 넣어 뒀더니 작은 물고기들이 깨끗이 뜯어 먹더군요. 녀석의 깃털 하나 챙겨 두지 못한 게 안타까웠습니다. 그러던 어느 날, 요트를 타고 근처를 지나가던 누군가가 산호섬이 아직도 있는지 보고 싶다는 변덕을 부렸습니다.

그 친구는 그야말로 위기일발의 순간에 도착했습니다. 그때 전 외로움에 완전히 사로잡혀 바다로 걸어 나가 인생을 끝내야 하나, 아니면 녹색 끈으로 일을 마무리 지어야 하나 그것만 고민하고 있었거든요……

전 녀석의 뼈를 윈즐로란 작자에게 팔았습니다. 영국 박물관 근처의 상인이었죠. 윈즐로는 그 뼈를 다시 하버스란 자에게 팔았다더군요. 하버스는 녀석의 뼈들이 엄청나게 크다는 걸 이해하지 못한 듯했고, 그래서 그 뼈는 하버스가 죽은 뒤에야 관심을 끌게 됐습니다. 사람들은 그 뼈를 아이피오르니스라 불렀습니다. 뒤에 다른 말도 붙였는데 뭐더라?"

내가 말했다. "아이피오르니스 바스투스라고 불렀죠. 재밌네요. 제 친구도 제게 똑같은 이야기를 했거든요. 넓적다리 길이가 1야드는 되는 아이피오르니스 한 마리를 발견했을 때, 사람들은 최고로 큰 놈을 찾았다고 생각해서 그 아이피오르니스를 아이피오르니스 막스무스라 불렀지요. 그러다 누군가 넓적다리뼈가 4피트 6인치 정도 되는 또 다른 아이피오르니스를 찾아냈고, 그래서 그 새는 아이피오르니스 티탄이라 불렀습니다. 이윽고 하버스가 죽은 뒤 하버스의 수집품에서 당신의 바스투스가 발견되었고, 그 뒤엔 바스티시무스가 나타났지요."

흉터 난 남자가 말했다. "그 얘기는 저도 윈즐로에게 들었습니다. 아이피오르니스를 더 찾게 되면, 과학계에 한바탕 소란이 일어날 거라더군요. 여하튼 그런 일을 다 겪고, 참 묘하죠. 안 그런가요?"

데이비드슨의 눈과 관련된 놀라운 사건

The Remarkable Case of Davidson's Eyes

I

시드니 데이비드슨의 일시적인 정신이상 증상은 그 자체만으로도 충분히 진기하지만 거기에 웨이드의 설명을 덧붙이면 한층 더 진기해진다. 그런 상황이 되면 사람들은 미래에 일어날 아주 특이한 상호통신의 가능성들을 꿈꾸게 되어, 세계 반대편에서 추가로 5분을 보낸다든지, 아니면 우리의 가장 은밀한 작업을 뜻밖의 눈이 지켜보고 있을 가능성을 상상한다. 나는 우연히도 데이비드슨의 발작을 가까이서 지켜보게 되었고, 그래서 자연스럽게 그 이야기를 쓰게 되었다.

내가 데이비드슨의 발작을 가까이서 지켜보았다고 말하는 것은 내가 그 현장에 가장 먼저 가게 되었다는 뜻이다. 그 일은 하이게이트 아치웨이 바로 건너편에 있는 할로 전문대학에서 일어났다. 그 일이 일어났을 때 데이비드슨은 커다란 실험실에 혼자 있었다. 나는 저울들이 있는 작은 실험실에서 보고서를 작성하고 있었다. 그런데 심한 뇌우로 인해 내가 하던 일은 완전히 망쳐졌다. 커다란 굉음이 지나간 뒤 다른 방에서 유리 깨지는 소리가 나는 것 같았다. 그래서 하던 일을 멈추고 무슨 소리인지 파악하려고 몸을 돌렸다. 잠깐 동안 아무 소리도 들리지 않았다. 우박이 골이 파인 함석지붕을 후두둑 두드리고 있었다. 그때 뭔가가 박살 나는 듯한 또 다른 소리가 들렸는데, 이번에는 의심의 여지가 없었다. 무거운 뭔가가 벤치에서 떨어졌던 것이다. 나는 즉시 벌떡 일어나 커다란 실험실로 통하는 문을 열었다.

나는 이상한 웃음소리에 깜짝 놀랐고, 데이비드슨이 뭔가에 넋이 나간 얼굴로 방 한가운데 불안하게 서 있었다. 처음에 나는 데이비드슨이 술에 취한 줄 알았다. 데이비드슨은 나를 알아차리지 못했다. 데이비드슨은 다소 머뭇거리며 천천히 손을 내밀어 자기 얼굴 1야드쯤 앞에 있는 뭔가를 움켜쥐려 하고 있었다. 하지만 거기엔 아무것도 없었다. "이게 무슨 일이지?" 데이비드슨이 그렇게 말하더니 손가락을 쭉 펴고 다시 말했다. "스콧 맙소사!"*(이 일이 일어난 3, 4년 전에는 모두가 놀라움을 표현할 때는 스콧이라는 이름을 썼다.) 그러더니 데이비드슨은 마치 발이 바닥에 들러붙은 듯 어색하게 발을 들어 올리기 시작했다.

내가 외쳤다. "데이비드슨! 왜 그래?" 데이비드슨은 내 쪽으로 돌아서더니 나를 살폈다. 나를 보고 있다는 기색은 전혀 나타내지 않으면서 나를 상하좌우로 살폈다. 그러더니 말했다. "파도가 치고 놀랄 만큼 멋

---

* 원문은 'Great Scott!'으로 감탄할 때 쓰는 표현 가운데 하나이다.

진 배가 지나가는군. 맹세하건대, 저건 벨로스의 목소리로군. 어이!" 데이비드슨이 갑자기 목청껏 외쳤다.

나는 데이비드슨이 장난을 친다고 생각했다. 하지만 바로 그 순간, 우리가 가진 가장 좋은 전위계가 박살난 채 데이비드슨 발 주위에 흩어져 있는 것이 보였다. "무슨 일이야? 전위계가 박살났잖아!" 내가 말했다.

데이비드슨이 말했다. "벨로스 목소리가 다시 들리는군! 친구들은 떠나고 내 손은 모두 없어졌어. 그래, 전위계. 벨로스 너는 어느 쪽에 있는 거야?" 그러면서 갑자기 나를 향해 비틀거리며 다가왔다. "빌어먹을 물건, 버터처럼 잘리는군." 데이비드슨은 벤치로 똑바로 걸어가더니 움찔하며 뒷걸음질 쳤다. "전혀 버터 같지 않잖아!" 데이비드슨이 말하더니 비틀거리며 섰다.

나는 두려워졌다. 내가 말했다. "데이비드슨, 대체 무슨 일이야?"

데이비드슨은 사방을 둘러보았다. "맹세하는데, 벨로스의 목소리였어. 벨로스, 남자답게 모습을 드러내지그래?"

불현듯, 데이비드슨의 눈이 멀었을 수도 있다는 생각이 들었다. 나는 테이블 쪽으로 가서 데이비드슨의 팔에 내 손을 얹었다. 살면서 그렇게 놀라는 사람을 본 건 처음이었다. 데이비드슨은 펄쩍 뛰며 내게서 몸을 피하더니 공포에 뒤틀린 얼굴로 방어 자세를 취했다. 데이비드슨이 외쳤다. "맙소사! 저게 뭐지?"

"나야…… 벨로스. 이런 젠장, 데이비드슨!"

내 대답을 들은 데이비드슨은 벌떡 일어나 나를……, 뭐라고 설명하면 좋을까, 나를 뚫어져라 바라보았다. 데이비드슨은 내가 아니라 자기 자신에게 말하기 시작했다. "백주 대낮에 아무것도 없는 해변이니 도대체 숨을 곳이 없군." 데이비드슨은 주위를 마구 두리번거렸다. "바로 여기서 내가 죽는구나!" 그러고는 갑자기 몸을 돌리더니 허둥지둥 커다란 전자석을 향해 돌진했다. 얼마나 과격했는지 나중에 보니 어깨와 턱뼈에 끔찍할 정도로 멍이 들어 있었다. 그런 다음 데이비드슨은 한 걸음 뒤로 물러섰고 거의 훌쩍이는 소리를 내며 울기 시작했다. "대체 왜 이런 거지?" 얼굴은 공포로 하얗게 질린 채 몸을 떨며, 데이비드슨은 전자석에 부딪힌 왼팔을 오른손으로 움켜쥐고 서 있었다.

그즈음, 나도 흥분했고, 꽤 두려워졌다. 내가 말했다. "데이비드슨, 겁내지 마."

데이비드슨은 내 목소리에 놀라기는 했지만 방금 전처럼 크게는 아니었다. 나는 최대한 분명하고도 단호한 어조로 다시 한 번 같은 말을 반복했다. 그러자 데이비드슨이 말했다. "벨로스, 너야?"

"나인 게 안 보여?"

데이비드슨이 말했다. "난 심지어 나 자신도 볼 수 없는걸. 대체 우리가 어디에 있는 거지?"

내가 말했다. "여기, 실험실."

"실험실!" 데이비드슨은 당혹스러운 어조로 답하더니 손을 이마로 가져갔다. "나는 실험실에 있었어. 그런데 번쩍하고 빛이 났고, 아직도 거기 있다면 난 죽은 거야. 저 배는 뭐지?"

내가 말했다. "배는 무슨 배? 정신 차려, 이 친구야."

"배가 없다고?" 데이비드슨은 내 말을 따라 하더니 배가 없다는 내 말을 잊은 듯했다. 데이비드슨이 말했다. "내 생각에는 우리 둘 다 죽은 거 같아. 그런데 이상한 건 말이지, 아직도 내게는 육신이 남아 있는 것 같단 말이야. 단숨에 익숙해지지는 않는 모양이야. 그 낡은 작업장이 번개를 맞은 것 같아. 순식간에 일어난 일이야. 그렇지, 벨로스?"

"터무니없는 소리 그만해. 넌 지금 생생하게 살아 있다고. 실험실에서 우왕좌왕하고 있다고. 방금 넌 새 전위계를 박살냈어. 보이스가 오면 한 소리 들을 거야."

데이비드슨의 눈길이 나에게서 저온수화물 도표로 옮아갔다. "귀가 먹은 모양이야. 저기에 연기가 피어오르는 걸 보니 대포를 쏜 게 분명한데 대포 소리는 들은 적이 없거든."

나는 다시 한 번 내 손을 데이비드슨의 팔에 얹었고, 데이비드슨은 이번에는 전보다 덜 놀란 듯했다. 데이비드슨이 말했다. "우리 몸이 보이지 않게 된 것 같아. 맙소사! 곶을 돌아 배가 들어오고 있어. 결국 옛날과 다를 게 없어. 날씨만 다를 뿐이야."

나는 데이비드슨의 팔을 흔들었다. 내가 외쳤다. "데이비드슨, 정신 차려!"

II

바로 그때 보이스가 들어왔다. 보이스가 입을 벌리자마자 데이비드슨이 소리쳤다. "연로한 보이스! 당신도 죽었군요! 정말 재밌네!" 나는 데이비드슨이 일종의 몽유병자와도 같은 가수면 상태에 있다고 서둘러 설명했다. 보이스는 그 즉시 데이비드슨에게 흥미를 보였다. 우리 둘은 동료를 이상 상태에서 벗어나게 하기 위해 쓸 수 있는 온갖 방법을 다 써보았다. 데이비드슨은 우리의 질문에 답했고 우리에게 궁금한 걸 물어보았지만, 해변과 배에 대한 망상으로 주의가 산만해 보였다. 데이비드슨은 계속해서 배와 철기둥, 바람을 받은 돛에 대해 이야기했다. 어스름한 실험실에서 데이비드슨의 그런 말을 듣고 있자니 기분이 묘했다.

데이비드슨은 앞을 보지 못했고, 속수무책이었다. 우리는 양쪽에서 데이비드슨을 부축한 채 복도를 따라 보이스의 방으로 걸어가야 했고, 보이스가 거기서 데이비드슨이 늘어놓는 배 이야기에 장단을 맞추는 동안, 나는 복도를 지나 나이 많은 웨이드 학장에게 가서 데이비드슨을 좀 살펴봐 달라고 부탁했다. 학장의 음성은 데이비드슨을 약간 진정시키기는 했지만 그리 큰 도움은 되지 않았다. 학장은 데이비드슨에게 손이 어디 있느냐, 왜 이 지경이 되도록 걸어 다녔느냐고 물어보았다. 그러고는 미간을 찡그리며 한참 동안 생각하더니 데이비드슨의 손을 소파 쪽으로 가져가 그것을 만져 보게 했다. 그러고는 말했다. "그건 소파야. 보이스 교수 방에 있는 소파라고. 속을 말 털로 채운."

데이비드슨은 더듬어 보고 잠깐 생각하더니 느낄 수는 있지만 보이지는 않는다고 말했다.

"그럼 뭐가 보이지?" 웨이드가 물었다. 데이비드슨은 많은 모래와 부서진 조개껍질 말고는 아무것도 보이지 않는다고 말했다. 웨이드는 다른 물건들을 건네주고 그 이름을 알려 주면서 만져 보라고 했고, 그런 후 데이비드슨을 유심히 살폈다.

"배가 돛대만 보일 정도로 멀어졌군요." 데이비드슨이 난데없이 말했다.

웨이드가 말했다. "배는 신경 쓰지 말고 내 말을 잘 들어, 데이비드슨. 환각이 무슨 뜻인지 알아?"

"어느 정도는요." 데이비드슨이 말했다.

"지금 자네는 환각에 빠진 거야. 지금 자네가 보는 모든 건 환영이라고."

"버클리 주교의 주장이로군요."* 데이비드슨이 말했다.

웨이드가 말했다. "혼동하지 말고. 지금 자네는 살아서 보이스의 방에 있어. 그런데 눈에 이상이 생겨서 볼 수가 없게 된 거야. 촉각과 청각은 괜찮아. 하지만 시각에는 문제가 있어. 내 말 알아듣겠어?"

"제 눈에 이렇게 많은 것들이 보이는데요." 데이비드슨이 주먹으로 눈을 문지른 후 다시 말했다. "어쨌거나 그래서요?"

"그게 다야. 당황하지 마. 여기 있는 벨로스와 내가 마차를 불러 자네를 집까지 데려다 주지."

"잠깐만요." 데이비드슨은 잠시 생각했다. 그러고는 곧바로 말을 이었다. "저 좀 앉혀 주십시오. 죄송하지만 다시 한 번 말씀해 주시겠습니까?"

웨이드는 아주 참을성 있게 반복해 말했다. 데이비드슨은 눈을 감고 두 손으로 이마를 지그시 누르고 있었다. 데이비드슨이 말했다. "네, 맞습니다. 눈을 감으니까 학장님 말씀이 맞다는 걸 알겠습니다. 그리고 내 옆 소파에 앉아 있는 건 너였구나, 벨로스. 이제 난 영국에 다시 돌아왔어. 그리고 우리는 어둠 속에 있고."

그러더니 데이비드슨은 눈을 떴다. "그리고 저기 태양이 떠오르기 시작하고, 조선소와 파도가 밀려드는 바다, 하늘을 나는 새 한 쌍이 보이는군. 이렇게 생생하게 보이는 건 처음이야. 나는 모래톱에 목까지 잠긴 채 앉아 있군."

데이비드슨은 몸을 앞으로 구부리고 두 손으로 얼굴을 감쌌다. 이윽고 데이비드슨은 다시 눈을 떴다. "어두운 바다와 일출! 그런데 난 연로한 보이스의 방 소파에 앉아 있구나! 아, 신이시여, 절 도와주소서!"

*George Berkeley(1685~1753). 아일랜드의 철학자. 우리가 지각하는 것만이 실체라는 경험론을 주장했다.

III

그게 시작이었다. 데이비드슨의 눈에 생긴 그 이상한 병은 3주 동안 전혀 차도가 없었다. 눈이 먼 것보다 훨씬 심각한 증상이었다. 데이비드슨은 완전히 무력했으며, 갓 부화한 새처럼 밥도 먹이고, 데리고 다니고, 옷도 입혀 줘야 했다. 데이비드슨은 움직이려 할 때마다 물건들을 쓰러뜨리거나 벽이나 문에 부딪혔다. 하루쯤 지나자 데이비드슨은 우리를 보지는 못해도 목소리에 익숙해졌고, 자신이 집에 있으며 웨이드가 말해 준 게 옳다는 걸 순순히 인정했다. 데이비드슨과 약혼한 내 여동생은 기어이 데이비드슨을 보러 와서 날마다 몇 시간씩 옆에 앉아 바닷가 얘기를 들어 주었다. 내 동생의 손을 잡고 있는 게 데이비드슨에게는 아주 큰 위로가 되는 듯했다.

우리가 데이비드슨을 데리고 대학을 나와 마차에 태워 집(데이비드슨은 햄프스티드에 살았다)으로 데려갈 때, 데이비드슨은 땅으로 다시 내려설 때까지 완전한 암흑세계인 모래언덕을 통과하고 바위와 나무와 단단한 장애물을 지나는 느낌이라고 했다. 또한 자기 방으로 데려가는 동안에는 추락할 듯한 공포감으로 현기증이 나고 미칠 것만 같다고 했다. 위층으로 올라가는 것이, 그 친구에게는 상상의 바위섬 위로 30~40피트 들어 올려지는 느낌이기 때문이었다. 데이비드슨은 계속해서, 알을 모두 깨뜨려야 한다고 말했다. 결국 우리는 그 친구를 자기 아버지 진찰실로 데려가 거기 있는 소파에 뉘어야 했다.

데이비드슨은 그 섬이, 약간의 이탄질 토양을 제외하고는 헐벗은 바위가 많아 식물이 거의 자라지 않는 황량한 곳이라고 설명했다. 또 펭귄들이 잔뜩 있으며, 그 때문에 바위들이 하얗게 변해 있고 보기에도 흉하다고 했다. 바다는 종종 거칠어진다고 했으며, 한번은 가만히 누워 있다가, 소리 없는 섬광과 함께 심한 뇌우가 쳤다고 고함치기도 했다. 물개들이 바닷가로 나왔다고 한두 번 말하기도 했지만 처음 이삼일만 그랬다. 데이비드슨은 펭귄들이 자기 바로 옆으로 뒤뚱거리며 걸어가는 모습이 무척이나 재밌으며, 누워 있는 자신이 펭귄들에게 전혀 방해가 되지 않는 것 같다고 말했다.

특이한 일 하나가 기억난다. 데이비드슨이 담배를 몹시 피우고 싶어 했을 때였다. 우리는 그의 손에 파이프를 끼워 주고(그는 그걸로 하마터면 눈을 찌를 뻔했다), 파이프에 불을 붙여 주었다. 하지만 데이비드슨은 아무 맛도 느끼지 못했고, 그 뒤로 나는 나 역시 그러하단 걸 알게 되었다. (이게 일반적인 경우인지는 모르겠는데) 나도 연기를 보지 못하면 담배 맛을 즐길 수 없는 것이었다.

가장 특이한 환각 증상은 신선한 공기를 마시라며 웨이드가 데이비드슨을 휠체어에 태워 산책을 내보냈을 때 일어났다. 데이비드슨의 부모님은 휠체어 하나를 빌려 귀먹고 고집 센 하인인 위저리에게 산책을 맡겼다. 건강에 좋은 산책에 대한 위저리의 생각은 아주 독특했다. 도그스 홈에서 지내던 내 여동생은 킹스 크로스 방향에 있는 캠던타운에서 그 둘을 만났는데, 위저리는 흐뭇하게 뚜벅뚜벅 걸어가고 있었고, 눈이 안 보여 고통스러운 게 분명한 데이비드슨은 위저리의 관심을 끌려고 애를 쓰고 있는 것 같았다고 했다.

여동생이 말을 걸자 데이비드슨은 대놓고 훌쩍였다고 한다. "아, 이 끔찍한 어둠에서 절 좀 꺼내 주세요!" 데이비드슨은 더듬더듬 여동생의 손을 잡으며 말했다고 한다. "전 여길 빠져나가야만 해요. 그러지 않으면 죽고 말 거예요." 데이비드슨은 문제가 뭔지 제대로 설명하지 못했지만,

여동생은 데이비드슨이 집에 돌아가야 한다고 생각해 곧바로 그를 데리고 햄프스티드로 향하는 언덕을 올라갔는데, 그러자 그의 공포심이 사라지는 듯했다고 한다. 그때가 환한 정오 무렵이었음에도 불구하고, 데이비드슨은 별을 다시 보게 되어 무척 좋다고 말했다고 한다.

나중에 데이비드슨은 내게 이렇게 말했다. "마치 꼼짝 못하고 바다로 끌려가는 것 같았어. 처음에는 그리 불안하지 않았어. 물론 밤이었어. 사랑스러운 밤."

"물론이라고?" 그 말이 하도 이상해서 내가 물었다.

"물론. 여기가 낮일 때 그곳은 항상 밤이야…… 음, 여하튼 우리는 달빛에 환히 빛나는 잔잔한 물로 곧바로 들어갔어. 물로 들어가자 커다란 파도가 점점 더 커지고 고르게 넘실거리는 것 같았어. 표면은 마치 우리 피부처럼 반짝거렸어. 오히려 내가 아는 것과 반대로, 아래쪽이 텅빈 공간 같은 느낌이었다고나 할까. 물속으로 비스듬히 들어갔기 때문에 아주 천천히, 내 눈으로 물이 스며들었어. 물로 들어가자 눈 주위의 피부가 파열했다가 다시 치유되는 것 같았어. 달은 하늘에서 펄쩍 뛰어오르더니 희미한 녹색이 되었고, 희미하게 빛나는 물고기들이 나를 향해 돌진했어. 그리고 형광 유리로 만든 듯한 것들도. 나는 유성 광택으로 빛나는 헝클어진 해초를 뚫고 지나갔어. 그렇게 나는 바닷속으로 들어갔고, 별들은 하나씩 차례로 사라지고 달은 점점 푸른빛을 띠면서 어두워졌고, 해초는 반짝반짝 자줏빛이 감도는 빨강이 되었어. 그 모두가 희미하고 신비스러웠고, 모든 게 전율하는 것 같았어. 그리고 그동안 내내 나는 삐걱거리는 휠체어의 바퀴 소리, 스쳐 가는 사람들의 발소리, 멀리서 〈펠 맬〉 호외를 파는 남자의 목소리를 들을 수 있었어.

나는 계속해서 물속으로 점점 더 깊이 가라앉고 있었어. 그 암흑 속으로 빛 하나 들어오지 않아 내 주위는 칠흑처럼 컴컴했고, 인광체들은 점점 더 밝아졌어. 더 깊숙한 곳에 있는 해초들의 뱀처럼 꾸불꾸불한 가지들은 알코올램프의 불꽃처럼 흔들렸지. 얼마 뒤 해초는 더는 보이지 않았어. 물고기들이 다가와 나를 바라보고는 나를 향해 주둥이를 벌려 댔고, 내 속으로 들어오더니 그냥 통과해 갔어. 이전에는 그런 물고기들이 있으리라고는 상상해 본 적도 없었어. 그 물고기들은 형광 연필로 그린 것처럼 몸의 측면을 따라 빛나는 선들이 있었어. 구불거리는 수많은 팔을 써서 뒤로 헤엄치는 소름 끼치는 물체도 있었어. 이윽고 나는 흐릿한 빛 덩어리가 아주 천천히 나를 향해 다가오는 것을 보았어. 빛 덩어리는 물고기 떼와 가까워지자 표류하는 무언가의 주위에서 몸부림치더니 물고기 쪽으로 돌진해 와서 그놈들 안으로 녹아들었어. 난 그쪽으로 똑바로 나아갔어. 금세 혼란의 한가운데에서, 빛을 발하는 물고기들 옆으로 쪼개진 돛대 조각이 어렴풋이 모습을 드러냈고, 기울어진 어두운 선체와 물고기에 물어뜯겨 고통으로 몸부림치는 인광 물체들이 보였어. 그래서 나는 위저리의 관심을 끌어 보려 애썼지. 나는 공포심에 사로잡혔어. 윽! 난 분명 그 반쯤 먹힌 물체들과 정면으로 마주치고 말았을 거야. 네 동생이 오지 않았더라면 말이야! 벨로스, 그것들에게는 거대한 구멍이 나 있었어. 그리고…… 아냐, 이제 그만하자. 어쨌거나 그건 아주 무시무시했어!"

IV

데이비드슨의 특이한 상태는 3주 동안 계속됐고, 당시 우리는 데이비드슨이 오로지 환상의 세계만을 볼 수 있으며 자신을 둘러싼 현실은 전혀 보지 못한다고 생각했다. 어느 화요일, 데이비드슨을 방문했을 때 나는 복도에서 데이비드슨의 아버지를 만났다. "이제 그 아이는 엄지손가락을 볼 수 있어!" 기뻐 어쩔 줄 몰라 하며 노신사가 말했다. 노신사는 외투를 입느라 씨름하고 있었다. "벨로스, 이제 그 아이가 엄지손가락을 볼 수 있어! 이제 그 아이는 괜찮아질 거야." 노신사는 눈물까지 글썽였다.

나는 서둘러 데이비드슨에게 갔다. 데이비드슨은 조그만 책을 얼굴까지 들어 올린 채 희미하게 웃으며 책을 보고 있었다.

데이비드슨이 말했다. "정말로 굉장해. 저기 얼룩 같은 게 생겼어." 데이비드슨이 손가락으로 가리켰다. "나는 평소대로 바위 위에 올라앉아 있고, 펭귄들도 평소처럼 뒤뚱거리고 퍼덕거리며 걸어 다니고, 때때로 고래도 나타나지만 이젠 고래를 인식할 수 없을 정도로 너무나 캄캄해졌어. 그래도 저기에 뭔가를 놓아 봐. 그러면 난 그걸 볼 수 있어. 정말로 볼 수 있어. 아주 희미하고 여기저기 부서져 보이지만 그래도 흐릿한 유령처럼 보여. 오늘 아침 하인들이 내게 옷을 입히는 동안 찾아냈어. 지옥 같은 유령 세상에 뚫린 구멍을 발견한 거야. 내 손 옆에 네 손을 놓아 봐. 아니, 거기 말고. 아! 그래! 보여. 네 엄지손가락 시작 부분과 소맷부리 약간이! 마치 어스레한 하늘에 네 손끝이 유령처럼 삐죽 나와 있는 것 같아. 바로 그 옆에 십자가처럼 별들이 무리 지어 있어."

그때부터 데이비드슨의 상태는 좋아지기 시작했다. 환상에 대한 설명만큼이나 변화에 대한 데이비드슨의 설명도 기이할 정도로 설득력이 있었다. 예를 들면, 부분적인 데이비드슨의 시야 일부에서 유령의 세계가 점차 희미해지면서 투명해졌고, 그런 반투명 얼룩을 통해 데이비드슨은 주위의 현실 세계를 희미하게 보기 시작했다. 그런 얼룩들은 수도 늘어나고 크기도 커졌으며, 합쳐지고 확장되어 마침내 데이비드슨의 눈에서 사각지대는 몇 군데 남지 않게 되었다. 데이비드슨은 자리에서 일어나 이리저리 돌아다닐 수 있게 되었고, 다시 식사를 하고 책을 읽고 담배를 피우고 보통 사람처럼 행동하게 되었다. 처음에는 변화하는 손전등의 조망처럼 두 개의 장면이 겹쳐져서 매우 혼란스러워했지만, 얼마 뒤 데이비드슨은 환상과 현실을 구별하기 시작했다.

처음에 데이비드슨은 진심으로 기뻐했고 운동과 강장제로 완치해 보려고 지나칠 정도로 조바심을 내는 듯했다. 그러나 그 괴상한 섬이 데이비드슨에게서 멀리 사라지기 시작하자, 이상하게도 데이비드슨은 그 섬에 대해 흥미를 갖게 되었다. 특히 데이비드슨은 심해로 다시 들어가고 싶어 했고, 침몰해 표류하던 난파선 잔해를 찾기 위해 런던의 저지대를 이리저리 돌아다니며 많은 시간을 보내곤 했다. 데이비드슨은 현실 세계의 대낮에는 강렬한 햇빛으로 그늘진 세계를 모두 다 소멸시킬 수 있었지만, 어두워진 방에서 보내는 밤 시간이 되면 아직도 파도가 부딪쳐 하얗게 부서지는 섬의 바위들, 앞뒤로 뒤뚱거리며 서투르게 걷는 펭귄들을 볼 수 있었다. 그러나 그런 것들조차 점차 희미해지고 더 희미해졌으며, 데이비드슨은 내 여동생과 결혼한 직후 마지막으로 그것들을 보았다.

V

그리고 이제 가장 기이한 부분을 말할 차례다. 데이비드슨이 완치되고 약 2년 뒤, 나는 데이비드슨 부부와 식사를 했는데, 저녁 식사 후에 앳킨스라는 사람이 잠깐 그곳을 방문했다. 앳킨스는 해군 대위로 유쾌하고 수다스러운 인물이었다. 앳킨스는 내 처남과 친했으며 나하고도 곧바로 친해졌다. 앳킨스가 데이비드슨의 사촌과 약혼한 이야기가 나왔고, 앳킨스는 우리에게 약혼녀의 최근 모습을 보여 주기 위해 주머니에서 액자를 꺼냈다. 앳킨스가 말했다. "아, 그리고 이건 풀머 호야."

무심코 그걸 들여다보던 데이비드슨의 얼굴이 갑자기 밝아졌다. 데이비드슨이 말했다. "세상에! 맹세컨대……"

"뭐?" 앳킨스가 말했다.

"나 이 배를 본 적이 있어."

"어떻게 네가 그걸 봤다는 건지 모르겠군. 이 배는 지난 6년 동안 남해에서 나온 적이 없는걸. 그리고 그 전에는……"

데이비드슨이 이야기를 시작했다. "하지만 정말이야. 내가 환각 속에서 본 배가 바로 이거야. 확실히 봤어. 펭귄이 떼 지어 사는 섬 바깥에 이 배가 정박해 있었고, 대포를 발사했어."

데이비드슨의 발병에 대해 자세히 듣게 된 앳킨스가 말했다. "맙소사! 대체 어떻게 이 배를 볼 수 있었을까?"

그런 뒤 조금씩 사실이 밝혀졌다. 데이비드슨이 발병한 바로 그날 실제로 풀머 호가 앤티퍼디스 섬 남쪽에 있는 조그만 바위 앞에 밤새 정박했다. 선원들이 펭귄 알을 얻으려고 보트를 타고 섬에 상륙했고, 보트를 밤새 정박해 두었는데 출발이 지연됐고, 폭풍우가 몰아쳤고, 선원들은 아침까지 기다렸다가 보트를 타고 배로 돌아간 것이다. 앳킨스가 그 선원 중 한 명이었기에 섬과 보트에 대한 데이비드슨의 묘사를 하나하나 확인해 줄 수 있었다. 우리는 데이비드슨이 진짜로 그 장소를 보았음을 의심할 수 없게 되었다. 설명할 수 없는 어떤 놀라운 방법으로, 데이비드슨이 런던의 여기저기를 돌아다니는 동안 자신의 시야는 멀리 떨어져 있는 그 섬 곳곳을 돌아다닌 것이다. 어떻게 그런 일이 가능했는지는 완벽한 수수께끼이다.

데이비드슨의 눈과 관련된 놀라운 이야기는 이렇게 끝이 난다. 아마도 이것이 원거리 시각이 실재로 존재한다는 사실을 입증한 최고의 사례일 것이다. 웨이드가 내놓은 설명 외에는 다른 설명이 존재하지 않는다. 그리고 웨이드의 설명으로 인해 4차원과 공간의 이론적인 종류에 대한 논문이 나오게 되었다. '공간의 뒤틀림'이 있다는 견해는 나로서는 터무니없는 생각인 듯하다. 아마도 내가 수학자가 아니기 때문일 수도 있다. 어쨌든 그 장소가 8천 마일이나 떨어져 있다는 사실은 달라지지 않는다고 내가 말하자 웨이드는 종이 위에서 두 개의 점은 1야드 떨어져 있지만 종이를 접으면 하나로 모아질 수 있다고 답했다. 이 글을 읽는 사람은 웨이드의 논점을 파악할지 모르지만 확실히 나는 그렇지 못하다. 웨이드는 데이비드슨이 커다란 전자석의 양극 사이에서 몸을 구부리고 앉아 있다가 번개가 치는 바람에 역장에 급격한 변화가 생겼고 망막이 특별한 방식으로 뒤틀리게 되었다고 생각하는 듯하다.

이 때문에 웨이드는 사람들이 육체적으로는 이 세상 어딘가에 살면서 시각적으로는 또 다른 세상에서 살아갈 수 있을 거라고 생각한다. 심지어 자기 견해를 뒷받침할 실험도 몇 차례 시도했다. 그러나 이제까지 개 몇 마리의 눈을 멀게 했을 뿐이다. 몇 주 동안 웨이드를 보지 못했지만 그것이 웨이드가 한 작업의 최종적인 결과라고 생각한다. 최근 니는 세인트팽크러스에 설치할 시설과 관련된 작업에 몰두하느라 너무나 바빠 웨이드를 방문할 기회가 거의 없었다. 하지만 내가 보기에 웨이드의 이론은 전체적으로 터무니없는 것 같다. 그래도 데이비드슨과 연관된 사실들은 근거 자체가 완전히 다르다. 나는 지금까지 이야기한 모든 구체적인 사실들의 정확성에 대해 개인적으로 확언할 수 있다.

발전기의 왕

The Lord of the Dynamos

웅웅거리고 덜거덕거리며 전차를 계속 돌리는 캠버웰의 발전기 세 대의 수석 관리자는 요크셔 출신의 제임스 홀로이드였다. 홀로이드는 노련한 전기 기사였지만, 위스키를 좋아했고, 치열이 삐뚤빼뚤하며 몸집이 크고 머리가 붉은, 야수 같은 남자였다. 홀로이드는 신의 존재는 의심했지만, 카르노 사이클*은 받아들였고, 셰익스피어를 읽은 적이 있으며, 자신이 화학을 잘 못한다는 걸 알았다. 홀로이드의 조수는 신비로운 동양 출신으로, 이름은 아주마지였다. 하지만 홀로이드는 조수를 거물이라고 불렀다. 홀로이드는 그 깜둥이 조수를 좋아했는데, 깜둥이는 홀로이드가 걷어차도 참을 뿐 아니라(걷어차는 건 홀로이드의 버릇이었다),

---

*등온 변화와 단열 변화 과정으로 이루어진 이상적 열기관의 순환 과정으로. 1824년에 프랑스의 과학자 카르노가 제안했다.

기계를 꼬치꼬치 파고들지 않았고, 기계의 작동 방식을 배우려 하지도 않았기 때문이다. 깜둥이 정신의 이런 야릇한 가능성들이, 홀로이드는 단 한 번도 완전히 깨닫지는 못했지만 결국엔 어렴풋이 알아채게 된, 우리 문명의 절정과의 급작스러운 접촉을 초래했다.

아주마지를 정의하는 건 인종학을 뛰어넘는 일이다. 아주마지는 그 누구보다 흑인종에 가까웠지만, 머리털은 작은 곱슬보다는 큰 곱슬에 가까웠고, 코는 콧대가 높았다. 더욱이, 피부는 검기보다는 갈색이었고, 눈의 흰자위는 노란색이었다. 광대뼈는 넓고 턱뼈는 좁아서 얼굴이 독사처럼 삼각형이었다. 머리 역시 뒤통수가 평평하고 이마는 낮고 좁아서, 마치 유럽인들과는 반대되는 방식으로 뇌가 뒤틀린 것만 같았다. 아주마지는 키가 작았고, 영어가 아직도 짧았다. 대화를 할 때면 아주마지는 알려진 시장가치가 없는 기묘한 소리를 수없이 냈고, 드물게 하는 말들은 기괴한 문장으로 조각되고 꾸며졌다. 홀로이드는 아주마지의 종교적 믿음을 명료하게 밝히려 애썼고, (위스키를 마신 뒤면 특히 더) 미신과 전도를 반대하며 잔소리를 했다. 그러나 아주마지는 걷어차일지라도 자신의 신들에 대한 토론은 피했다.

아주마지는 흰 옷으로 대충 몸을 감싸고 해협 식민지 어딘가를 떠나 클라이브 경*의 기관실에서 일하며 런던으로 나왔다. 젊은 시절에 이미 여자들이 모두 하얗고 금발이며 길거리의 거지마저도 하얗다는 런던의 위대함과 부유함에 대한 이야기를 들었는데, 그 문명의 신전에 경배하려고 주머니에 새로 번 금화들을 넣고 온 것이었다. 아주마지가 도착한 날은 우울한 날이었다. 하늘은 암갈색이었고 바람에 시달리는 이슬비

---

*Robert Clive(1725~1774). 영국의 인도 식민 지배의 기반을 마련한 지휘관.

가 기름투성이 길거리에 스몄지만, 아주마지는 섀드웰*의 기쁨 속으로 용감하게 뛰어들었고, 이내 건강은 엉망이 되고, 옷은 문명화되고, 주머니엔 땡전 한 푼 없고, 가장 긴박하게 필요한 일들에 관한 것 빼고는 말 못하는 짐승이 되어 캠버웰의 발전동을 담당하는 홀로이드 밑에서 고된 일을 하며 괴롭힘을 당했다. 그리고 홀로이드에게 있어, 괴롭힘은 사랑의 몸짓이었다.

캠버웰의 엔진들에는 발전기가 세 대 있었다. 처음부터 있었던 두 대의 발전기는 작았고, 큰 것은 신형이었다. 작은 것들은 적당한 소리를 냈다. 띠들이 드럼들 위에서 웅웅거렸고, 때때로 브러시**들이 윙윙대고 쉬잇 소리를 냈으며, 그 막대기들 사이에서 공기는 끊임없이 후! 후! 후! 하고 휘저어졌다. 작은 발전기 한 대는 바닥에 완전히 고정되어 있지 않아 발전동을 계속 진동시켰다. 그러나 커다란 발전기는 자신의 철제 코어에서 지속적으로 나는 윙윙대는 단조로운 소리로 작은 발전기들이 내는 소리를 모두 집어삼켰다. 그곳을 찾는 방문자들은 엔진이 쿵쿵거리고, 커다란 바퀴들이 회전하고, 볼밸브들이 빙빙 돌고, 가끔 증기가 쉿쉿 뿜어져 나오는 등 깊고 격동적인 소리를 끊임없이 내는 커다란 발전기의 모습에 그만 머릿속이 어지러워졌다. 그중 마지막 소리는 공학적 관점에서 보면 결함이었지만, 아주마지는 그 괴물이 강력하고 자부심에 차 그런 소리를 내는 거라 여겼다.

가능하기만 했다면, 그 발전동의 소음들을 반주 삼아 독자에게 이야기를 계속했을 것이다. 끊임없이 흘러나오는 시끄러운 그 소리들은 하나하나가 모두 달라서, 귀로 다 구분할 수 있었다. 증기 엔진들이 간헐

*런던의 지역 이름.
**발전기에서 전류를 끌어내거나 끌어들이는 장치.

적으로 콧방귀를 뀌고 헐떡이고 분출하는 소리, 피스톤들이 빨아들이고 쿵 치는 소리, 거대한 동륜의 살들이 돌며 공기를 둔중하게 치는 소리, 가죽띠들이 더 조여졌다 풀어졌다 하면서 내는 선율과 발전기에서 나는 성마르고 떠들썩한 소음, 그리고 귀가 지치면 가끔 들리지 않다가 어느새 다시 감각으로 침입하는, 그 커다란 기계 전체에서 나오는 트롬본 선율이 있었다. 발아래 바닥은 안정적이고 조용하지 않고 계속 진동하고 덜덜거렸다. 그 혼란스럽고 불안정한 곳은 그 누구의 생각도 마구 흔들어 기묘한 지그재그로 만들어 놓기에 충분했다. 그리고 기술자들의 대대적인 파업이 석 달가량 진행되는 동안, 파업 탈퇴자*인 홀로이드와 흑인인 아주마지는 단 한 번도 발전동의 소동과 소용돌이에서 벗어나지 않았고, 발전동과 정문 사이의 작은 나무 오두막에서 먹고 잤다.

홀로이드는 아주마지가 오자 곧바로 자신의 커다란 기계를 주제로 신학적 설교를 늘어놓았다. 홀로이드는 발전동의 소음 속에서 자기 목소리가 들리게 하려고 고래고래 소리를 쳐야 했다. 홀로이드가 말했다. "저걸 봐. 자네의 이교도 우상이 어떻게 저 기계를 대적하겠어?" 그러자 아주마지는 그 기계를 바라보았다. 잠시 홀로이드의 말이 잘 들리지 않다가, 이윽고 다시 들렸다. "백 명을 죽여. 보통주에서 12퍼센트야. 이거야말로 신적이지."

홀로이드는 자신의 커다란 발전기를 자랑스러워하며 발전기의 크기와 힘에 대해 상세히 설명했는데, 결국 그의 말과 발전기의 끊임없는 회전과 소음이 검은 곱슬머리 두개골 안에 누구도 모를 묘한 사고의 흐름을 만들어 냈다. 홀로이드는 발전기 때문에 사람이 죽을 수 있는 10여

*영어로 파업 탈퇴자를 blackleg, 즉 검은 다리라고도 한다.

가지 경우를 너무나 생생하게 묘사하곤 했고, 한번은 예까지 들어 보여 아주마지에게 충격을 주었다. 그 뒤로, 아주마지는 휴식 시간이 되면 (그 일은 힘든 노동이었고, 아주마지의 일뿐 아니라 홀로이드의 일도 대부분 힘들었다) 가만히 앉아 그 큰 기계를 지켜보곤 했다. 가끔 브러시들이 불꽃을 튀기며 파란빛을 번쩍이면 홀로이드는 욕을 했지만, 그 외엔 모두 숨 쉬는 것처럼 매끄럽고 리드미컬하게 돌아갔다. 밴드는 큰 소리를 지르며 축 위를 돌아갔고, 그 뒤에는 언제나 피스톤의 득의양양한 쿵쿵 소리가 있었다. 그렇게 발전기는 그 크고 바람이 잘 통하는 발전동에서 하루 종일 아주마지와 홀로이드와 함께 있었다. 그 기계는 아주마지가 아는 다른 엔진들처럼(그 엔진들은 그저 영국 솔로몬제도의 감금된 악마들이었다) 어딘가에 갇혀 노예처럼 일하며 배를 움직이는 것이 아니라, 스스로 왕위에 앉아 있었다. 아주마지는 두 작은 발전기들은 무시했고, 큰 발전기에는 남몰래 '발전기의 왕'이란 이름을 붙여 주었다. 작은 놈들은 성마르고 불규칙했지만, 큰 발전기는 확고했다. 참으로 위대했다! 참으로 고요하고 편안하게 일했다! 랑군에서 본 부처상보다도 훨씬 더 위대하고 차분했으며, 그렇다고 꼼짝하지 않는 것이 아니라 살아 있었다! 거대한 검은 코일들이 돌고, 돌고, 돌았고, 링들은 브러시들 아래에서 돌았고, 코일의 깊은 저음의 선율이 전체를 침착하게 잡아 주었다. 이는 아주마지에게 묘한 영향을 끼쳤다.

아주마지는 노동을 좋아하지 않았다. 홀로이드가 위스키를 얻기 위해 조차장 짐꾼을 꾀러 나가면, 아주마지는 빈둥거리며 발전기의 왕을 지켜보곤 했다. 하지만 아주마지가 있어야 할 곳은 그 발전기 앞이 이니라 엔진들 뒤였고, 게다가 빼질거리다 들키면 홀로이드에게 억센 구리선으로 얻어맞았다. 아주마지는 그 거대한 물건 가까이에 서서 머리 위에서 돌아가는 커다란 가죽띠를 올려다보곤 했다. 띠에는 검은 부분이 있었는데, 아주마지는 왠지 소음 속에서 그 부분이 돌아오고 또 돌아오는 모습을 지켜보며 기쁨을 느꼈다. 그게 빙빙 도는 모습을 보면 묘한 생각들이 솟아났다. 과학적인 사람들은 야만인들이 돌과 나무에 영혼을 부여한다고 말하는데, 아직도 야만인인 아주마지의 눈엔 돌이나 나무보다 그 기계가 더 살아 있는 듯 보였다. 아주마지에게 있는 문명의 흔적은 그가 걸친 싸구려 기성복과 몸에 든 멍, 얼굴과 손에 묻은 석탄 검댕만큼이나 얄팍했다. 아주마지의 아버지는 운석을 숭배했었는데, 그와 같은 피가 그 엄청나게 큰 기계 신의 거대한 바퀴들에 튀어 있었다.*

아주마지는 홀로이드가 기회를 줄 때마다, 마음을 홀리는 그 커다란 발전기를 만져 보고 다뤄 보았다. 그리고 햇빛이 닿으면 눈이 부셔 어지러울 정도로 반짝거리게 그 발전기를 깨끗이 닦고 광을 냈는데, 그러면서 신비로운 섬김의 기분을 느꼈다. 아주마지는 발전기에 올라가 회전하는 코일들을 부드럽게 어루만지곤 했다. 아주마지가 섬기던 신들은 모두 멀리 있었고, 런던 사람들은 자신들의 신들을 숨겨 놓고 있었다.

마침내 아주마지의 흐릿한 느낌들이 좀 더 분명하게 생각이라는 형태를 이루었으며, 드디어 행동으로 옮겨졌다. 어느 날 아침, 포효하는 발전동에 들어온 아주마지는 발전기의 왕을 향해 이마에 손을 대고 절했고, 이윽고 홀로이드가 밖으로 나가고 없을 때 그 우레 소리를 내는 기계로 가서 자신이 당신의 하인이라 속삭이며 자신을 가엾게 여겨 달라고, 홀로이드에게서 구원해 달라고 기도했다. 그때 쿵쿵대는 발전동의 열린 아치형 길을 통해 섬광이 들어와, 회전하고 포효하는 발전기의 왕은 창백

*인도에는 크리슈나 신상을 실은 차바퀴에 치어 죽으면 극락에 갈 수 있다는 믿음이 있다.

한 금빛으로 찬란히 빛났다. 이제 아주마지는 자신의 주께서 자신의 섬김을 받아들이셨다는 것을 알았다. 그 뒤로 아주마지는 전처럼 외롭지 않았다. 사실 아주마지는 런던에서 무척 외로웠던 것이다. 아주마지는 일하는 시간이 끝났을 때조차 발전동 주위를 어슬렁거렸다. 참으로 흔치 않은 광경이었다.

이윽고 홀로이드가 아주마지를 다시 학대하자, 아주마지는 발전기의 왕에게 가서 속삭였다. "보소서, 오, 나의 주님!" 그러자 기계가 화난 듯 웡— 소리를 내며 아주마지에게 응답하는 듯했다. 그 뒤로, 아주마지는 홀로이드가 발전동에 들어올 때마다 발전기가 매번 다른 소리를 낸다고 느꼈다. "주님께서 때를 기다리셔." 아주마지는 혼자 중얼거렸다. "바보의 사악함이 아직 무르익지 않았구나." 아주마지는 심판의 날이 오길 기다리고 지켜보았다. 어느 날 홀로이드는 합선의 기미가 보이는 기계를 부주의하게 검사하다가(오후였다) 꽤 심한 전기 충격을 받았다. 엔진 뒤에서 아주마지는 홀로이드가 펄쩍 뛰며 사악한 코일을 욕하는 것을 보았다.

아주마지가 중얼거렸다. "홀로이드는 경고를 받았어. 확실히 우리 주님께선 아주 참을성이 많으셔."

홀로이드는 처음에는 자신의 '깜둥이'에게 발전기 작동에 대한 기초 개념들을 가르쳐서, 자기가 없을 때 발전동을 잠시 책임질 수 있도록 했다. 하지만 아주마지가 그 괴물 주위에서 어슬렁대는 모양을 보고는 의심을 품었다. 조수가 '뭔가를 꾸미고 있다'고 어렴풋이 감을 잡았고, 코일에 기름이 발라져 바니시가 부식한 일과 아주마지가 관계가 있다고 생각했다. 홀로이드는 기계의 시끄러운 소음 속에서 큰 소리로 명령했다. "너는 커다란 발전기에 가까이 가지 마, 거물. 그랬다간 그날로 아주 곡

소리 날 줄 알아!" 게다가 아주마지가 저 큰 기계에 가까이 가며 기쁨을 느낀다면, 아주마지를 기계 가까이 못 가게 하는 것이야말로 현명하고 온당한 행동이었다.

아주마지는 당장은 그 명령에 따랐지만, 시간이 흘러 다시 발전기의 왕 앞에서 절을 하다가 홀로이드에게 들켰다. 홀로이드는 몸을 돌려 도망치려는 아주마지의 팔을 비틀고 발로 찼다. 이내 아주마지는 엔진 뒤에 서서 증오스럽기 짝이 없는 홀로이드의 등을 노려보았고, 기계의 소음은 새로운 리듬을 띠며 아주마지의 고향 언어로 네 단어를 말하는 듯했다.

미치는 게 정확히 뭐라고 콕 집어 말하기는 어렵다. 하지만 나는 아주마지가 미쳤지 않나 싶다. 발전동의 끊임없는 소음과 회전이 아주마지의 작은 지식과 큰 미신적 환상을 마구 휘저어 결국 광란에 가까운 뭔가를 만들어 냈는지도 모른다. 어쨌거나, 홀로이드를 발전기 신 앞에 제물로 바친다는 생각이 떠올랐을 때, 아주마지의 마음은 온통 묘하게 흥분되고 의기양양해졌다.

그날 밤, 발전동에는 두 남자와 둘의 검은 그림자만 있었다. 발전동은 깜박거리며 보랏빛을 던지는 커다란 아크등으로만 밝혀져 있었다. 발전기 뒤에는 그림자들이 검게 드리워져 있었고, 엔진의 조속기들은 빛에서 어둠으로 빙빙 돌았으며, 피스톤들은 큰 소리를 내며 한결같이 쿵쿵거렸다. 발전동의 열려 있는 끝부분을 통해 보이는 바깥세상은 믿기지 않을 만큼 침침하고 멀어 보였다. 절대적으로 고요해 보이기도 했다. 기계의 소란함이 외부의 소리들을 모두 잡아먹었기 때문이다. 저 멀리에는 조차장의 검은 울타리가 있었고, 그 뒤로는 희미하게 보이는 회색 집들이 있었으며, 위로는 남색 하늘과 창백한 작은 별들이 있었다. 아주마지는 갑자기 발전동의 중앙을 가로질러 가서 아래에 가죽띠가 돌아가고 있는 작업장을 지나 커다란 발전기의 그늘 속으로 들어갔다. 홀로이드는 쩔까닥 소리를 들었고, 전기자의 회전이 바뀌었다.

홀로이드가 놀라 고함쳤다. "스위치에 무슨 짓이야? 내가 뭐랬어, 너……"

그때 아주마지가 어둠 속에서 나와 다가왔고, 홀로이드는 아주마지의 단호한 눈빛을 보았다.

다음 순간, 두 남자는 거대한 발전기 앞에서 맹렬하게 드잡이를 했다.

"이 커피색 대가리 멍청이가!" 홀로이드는 갈색 손에 목을 잡힌 채 혈떡이며 말했다. "그 콘택트 링들에서 물러나." 다음 순간 홀로이드는 발을 헛디뎠고, 휘청거리며 뒷걸음질 치다 발전기의 왕에 닿았다. 홀로이드는 본능적으로 기계에서 자신을 구하려고, 상대를 잡고 있던 손에서 힘을 풀었다.

발전동에 무슨 일이 일어났는지 알아보라고 역에서 보낸 심부름꾼은 미친 듯이 달려가다가 정문 옆 짐꾼 휴게실에서 아주마지와 마주쳤다. 아주마지는 뭔가를 설명하려 애썼지만, 심부름꾼은 그 흑인의 종잡을 수 없는 영어를 하나도 알아듣지 못했고, 그래서 서둘러 발전동으로 갔다. 기계들은 모두 시끄럽게 작동 중이었고, 이상한 곳은 전혀 없어 보였다. 하지만 털 타는 묘한 냄새가 났다. 이윽고 심부름꾼은 큰 발전기 앞에 달라붙어 있는 비틀린 모양의 수상한 덩어리를 발견하고 다가갔고, 그것이 홀로이드의 일그러진 잔해임을 알아보았다.

심부름꾼은 빤히 바라보며 잠시 망설였다. 이윽고 심부름꾼은 얼굴을 보았고, 발작적으로 눈을 감았다. 심부름꾼은 다시 홀로이드를 보지 않아도 되게 몸부터 돌린 뒤 다시 눈을 떴고, 조언과 도움을 청하러 발전동을 나갔다.

아주마지는 홀로이드가 '위대한 발전기'에 잡혀 죽은 것을 보았고 자기 행동의 결과가 살짝 두려워졌다. 그러나 이상하게도 기분이 한껏 고양되었고, 발전기의 왕이 자신을 총애함을 알 수 있었다. 아주마지는 역에서 달려오는 남자를 만났을 때 이미 계획을 정해 두었고, 신속하게 현장에 도착한 과학 매니저는 자살이라고 빤하고 성급한 결론을 지었다. 이 전문가는 질문을 두어 개 던진 것 빼고는 아주마지에게 거의 신경도 쓰지 않았다. 홀로이드가 자살하는 걸 봤나? 아주마지는 엔진 용광로에 있어서 홀로이드를 보지 못했고, 발전기 소리가 달라진 것을 느꼈다고 설명했다. 어려운 조사도 아니었고, 의심스러운 냄새도 나지 않았다.

전기 기사가 홀로이드의 뒤틀린 잔해를 발전기에서 떼어 냈고, 짐꾼이 서둘러 그것을 커피 자국이 얼룩진 식탁보로 덮었다. 누군가가 다행히도 영감을 받아 의사를 불러왔다. 과학 전문가는 기계가 다시 작동할 수 있을지만 주로 걱정했다. 전차 일고여덟 대가 통풍이 안 되는 터널 중간에 서 있었기 때문이다. 아주마지는 발전동에 들어온 권한 있는 사람들이나 무례한 사람들의 질문에 대답하기도 하고 그 질문을 잘못 알아듣기도 하다가, 과학 매니저에 의해 기관실로 돌려보내졌다. 물론 조차장 문 옆에 사람들이 떼거리로 몰려들었고(런던에서는 사람이 갑자기 죽으면 무슨 이유인지 늘 일단의 사람들이 현장 근처를 하루 이틀 맴돈다), 기자 두세 명이 어찌어찌 발전동으로 밀고 들어왔으며, 그중 한 명은 아주마지에게까지 왔다. 하지만 과학 전문가는 본인도 아마추어 저널리스트이면서 그들을 모두 몰아냈다.

이윽고 시체가 실려 나가고, 대중의 관심도 함께 떠나갔다. 아주마지는 자신의 용광로 앞에 아주 조용히 남았고, 석탄 속에서 격렬히 몸부림치다 조용해지던 사람의 모습을 보고 또 보았다. 살인이 있고 한 시간이 지나자, 발전동은 주목할 만한 일은 전혀 일어난 적이 없는 듯이 보였다. 자신의 기관실에서 밖을 엿보던 흑인은, 이제 발전기의 왕이 작은 형제들 옆에서 빙빙 돌고 회전하고, 동륜들이 쿵쿵 치며 돌아가고, 피스톤의 증기가 씩씩 뿜어져 나오는 것을 지켜보았다. 조금 전 저녁과 완전히 똑같았다. 결국 기계적 관점에서 볼 때 살인은 너무나 무가치한 사건이었고, 전류가 일시적으로 다른 곳으로 흐른 일에 지나지 않았다. 그런데 이제 홀로이드의 건장한 윤곽 대신 과학 매니저의 홀쭉한 몸과 홀쭉한 그림자가, 엔진들과 발전기들 사이 띠들 아래의 진동하는 바닥을 이리저리 오가고 있었다.

"제가 제 주를 섬기지 아니하였나이까?" 아주마지는 그늘에 숨어 들리지 않게 말했고, 거대한 발전기의 소리가 가득하고 분명하게 울렸다. 아주마지는 빙빙 도는 커다란 기계를 바라보았고, 홀로이드가 죽은 뒤로 살짝 중지 상태에 있던 기묘한 매혹 상태가 다시 시작되었다.

아주마지는 사람이 그렇게 신속하고 냉혹하게 죽는 것을 처음 보았다. 웅웅거리는 그 커다란 기계는 끊임없는 고동을 1초도 멈추지 않고 자신의 희생자를 살해했다. 정말로 강력한 신이었다.

아직 그 신을 모르는 과학 매니저는 아주마지에게 등을 돌리고 서서 종이에 뭐라고 갈겨쓰고 있었다. 과학 매니저의 그림자는 괴물의 발치에 걸려 있었다.

발전기의 왕은 아직도 배가 고프신가? 하인은 준비가 되어 있었다.

아주마지는 몰래 앞으로 한 발을 디뎠다가 발을 멈췄다. 과학 매니저가 갑자기 쓰기를 멈추고 발전기 끝부분으로 가서 브러시들을 검사하기 시작했기 때문이다.

아주마지는 주저하다가 소리 없이 스위치 옆 그늘 속으로 미끄러져 들어갔다. 그러고는 과학 매니저가 돌아오는 발소리가 들리기를 기다렸다. 아니나 다를까 과학 매니저는 다시 돌아왔고, 열 발자국 떨어진 곳에 웅크리고 있는 스토커를 전혀 눈치채지 못했다. 그때 큰 발전기가 갑자기 쉬잇 소리를 냈고, 다음 순간 아주마지는 펄쩍 뛰어 과학 매니저를 붙잡았다.

아주마지에게 붙들려 큰 발전기 쪽으로 흔들리던 과학 매니저는, 곧 무릎과 두 손으로 상대를 제압하고 자신의 허리를 잡은 상대의 손까지 풀어내며 발전기에서 몸을 빙글 돌렸다. 흑인도 고수머리로 상대의 가슴을 눌렀고, 둘은 아주 오랫동안 서로를 붙잡고 흔들며 헐떡거렸다. 과학 매니저가 할 수 없이 흑인의 귀를 사정없이 물어뜯자, 흑인은 섬뜩한 비명을 질렀다.

둘은 바닥을 굴렀고, 과학 매니저가 자신이 꽉 깨문 흑인의 귀가 찢긴 걸까 빠져나간 걸까 생각하고 있을 때, 흑인이 과학 매니저의 목을 조르려 했다. 과학 매니저가 두 손으로 할퀴고 발로 차려고 애쓰고 있는데, 빠르게 바닥을 울리는 반가운 발소리가 들렸다. 다음 순간, 아주마지는 과학 매니저를 놓고 쏜살같이 큰 발전기로 다가갔다. 우렁찬 소리 속에서 칙칙 하는 소리가 들렸다.

막 발전동에 들어온 회사 임원의 눈에, 두 손에 노출된 단자들을 들고 끔찍한 경련을 일으키는 아주마지가 보였다. 곧 아주마지는 얼굴이 심하게 뒤틀린 채 발전기에 축 늘어졌다.

"딱 알맞은 때 와주셔서 다행입니다." 과학 매니저는 여전히 바닥에 앉은 채로 말했다.

과학 매니저는 아직도 떨고 있는 아주마지를 보았다. "죽기에 멋진 방법은 아니어 보이는군요. 하지만 신속하긴 합니다."

임원은 여전히 시체를 뚫어져라 보고 있었다. 이해가 느린 사람이었다.

침묵이 흘렀다.

과학 매니저는 다소 어색하게 일어났다. 그리고 생각에 잠겨 손가락으로 옷깃을 쓸다가 고개를 몇 번 끄덕였다.

"불쌍한 홀로이드! 이제 알겠군." 이윽고 과학 매니저는 거의 기계적으로 그늘 속 스위치로 가서 전류를 철도 회로로 다시 돌렸다. 그러자 까맣게 탄 시체가 발전기에서 풀려나 얼굴을 아래로 하고 쓰러졌다. 발전기의 코어가 크고 분명한 소리를 내며 포효했고, 전기자가 공기를 때렸다.

발전기 신에 대한 숭배는 이렇게 때 이르게 끝을 맺었다. 아마도 모든 종교 중에 가장 단명했을 듯하다. 그래도 한편으로는 적어도 순교와 인간 제물을 자랑할 수 있었다.

나방
The Moth

필시 해플리에 대해 들어 본 적이 있을 것이다. 그 아들인 W. T. 해플리 말고 그 유명한 해플리, 해플리아 바퀴의 해플리, 곤충학자 해플리 말이다.

들어 봤다면, 적어도 해플리와 포킨스 교수 간의 그 대반목도 알 것이다. 그 결과의 일부는 낯설 수도 있겠지만. 못 들어 본 사람들에겐, 설명이 조금 필요할 것이다. 게을러서 어쩔 수 없는 독자는 눈으로 대충 보고 지나가도 좋다.

이 해플리-포킨스 반목처럼 참으로 중요한 문제를 모르는 사람이 그토록 많다는 건 정말 놀라운 일이다. 전대미문의 그 논쟁들, 지질학회를 발칵 뒤집어 놓은 그 논쟁들은, 진실로 믿건대, 지질학회의 회원들 사이에서 말고는 거의 알려져 있지 않다. 나는 적절한 일반교육을 받은 남자들이 지질학회 모임에서의 그 위대한 장면들을 교구회의의 시시한 말다툼 정도로 치부하는 말까지도 들었다. 하지만 잉글랜드와 스코틀랜드 지질학자들의 엄청난 증오는 벌써 반세기나 계속되었고, '과학의 몸체에 깊고 수많은 자국들을 남겼다'. 그리고 어쩌면 개인적인 일에 더 가까울 수 있는 해플리와 포킨스 간의 일도, 꽤 엄청난 열정을 불러일으켰다. 일반인들은 과학 연구자들에게 생기를 불어넣는 열정, 반박을 통해 상대에게 야기할 수 있는 격노에 대해선 전혀 모른다. 그건 새로운 형태의 신학자 간 증오였다. 가령, 어떤 사람들은 스미스필드의 레이 랭케스터* 교수가 쓴 백과전서의 연체동물문 항목을 놓고 기꺼이 후끈 달아오른다. 익족류까지 포함하는, 복족류의 그 환상적인 범위…… 아니, 해플리와 포킨스 일을 벗어난 이야기니 그만하겠다.

그 일은 아주아주 오래전 포킨스가 쓴 『미소나방류』(미소나방류가 무엇인지는 중요하지 않다)의 개정과 함께 시작되었는데, 포킨스는 거기서 해플리가 만들어 낸 새로운 종을 없애 버렸다. 늘 언쟁을 좋아했던 해플리는 포킨스의 분류 전체에 신랄하게 이의를 제기('『미소나방류』의 최근 개정에 대한 소견', 《곤충학회 계간지》, 1863)함으로써 대응했다. 포킨스는 자신의 '답변'('특정 발언에 대한 답변' 외, 《곤충학회 계간지》, 1864)에서 해플리의 현미경이 해플리의 관찰력만큼이나 하자가 있다고 암시하며 해플리를 '무책임한 간섭꾼'이라 불렀다. 당시 해플리는 교수가 아니었다. 해플리는 반박('덧붙인 소견들' 외, 《곤충학회 계간지》)에서 '실수 연발 수집가들'을 이야기하며, 마치 무심코 한 말인 것처럼 포킨스의 개정을 '어리석음의 기적'이라 표현했다. 혈전이었다. 그러나 이 위대한 두

---

*Ray Lankester(1847~1929). 영국의 동물학자.

남자가 어떻게 말다툼을 벌였는지, 그리고 그 불화가 점점 더 심각해져 결국은 미소나방류 문제 이후로 곤충학의 모든 공개된 문제에서 어떤 전쟁을 벌였는지 자세히 늘어놓는 건 독자에게 재미있을 리 없을 것이다. 기억할 만한 사건들도 있었지만. 때때로 영국 곤충학회 모임들은 굳이 말하자면 하원 의회와 쏙 빼닮아 있었다. 나는 대체로 포킨스가 해플리보다 더 진실에 가까웠다고 생각한다. 하지만 해플리는 언변이 무척 뛰어났고, 과학계 사람답지 않게 남을 비웃는 데 재능이 있었으며, 에너지가 엄청났고, 멸종된 종의 문제에 관해서 쉽게 모욕감을 느꼈다. 반면 포킨스는 우둔하게 생기고, 지루하게 말하고, 몸은 커다란 물통 같지 않다곤 말할 수 없었으며, 감사를 표하는 데 지나치게 신중하고, 박물관 자리에 부정하게 앉았다는 의심을 받았다. 그래서 젊은이들은 해플리 주위에 모여 갈채를 보냈다. 처음부터 악의가 깃든 긴 싸움이었고, 결국엔 무자비한 대립으로 변했다. 운이 계속 바뀌어 이번엔 이쪽이 다음엔 저쪽이 유리해지던 일, 이번엔 해플리가 포킨스의 성공에 괴로워했다가 다음엔 포킨스가 해플리에게 무색해지던 일은 이 이야기보다는 곤충학 역사에 속하는 일이라고 할 수 있다.

그런데 1891년, 한동안 건강이 나빴던 포킨스가 해골박각시의 '중배엽'에 대한 논문을 발표했다. 해골박각시의 중배엽이 뭔지는 이 이야기에서 티끌만큼도 중요하지 않다. 하지만 그 논문은 포킨스의 평소 수준에 한참 못 미쳤고, 해플리에게 오랫동안 갈망해 온 좋은 기회가 되었다. 해플리는 분명 이 기회를 최대한 활용하기 위해 밤낮없이 일했을 것이다.

공들여 만든 비평문에서 해플리는 포킨스를 너덜너덜할 정도로 찢어발겼다. 적을 맹렬히 공격하는 해플리의 헝클어진 검은 머리와 기묘하게 번쩍이는 검은 눈은 누구라도 상상할 수 있을 것이다. 포킨스는 여전히 악의에 차 있었지만 고통스럽게 침묵하다가, 불완전하고 무기력한 답변만 반복했다. 해플리를 상처 입히겠다는 포킨스의 의지는 오해의 여지 없이 분명했지만, 포킨스에게 그럴 능력이 없다는 점 또한 명백했다. 그러나 포킨스의 말을 들은 사람들 중 포킨스가 얼마나 아픈지를 깨달은 사람은 거의 없었다(그때 나는 그 모임에 없었다).

해플리는 적을 거꾸러뜨렸고, 포킨스를 끝장낼 생각으로 계속 잔인한 공격을 가했다. 그 공격은 나방의 전반적 발육에 대한 논문 형태로 이루어졌는데, 참으로 엄청난 양의 정신적 노동이 있었음을 보여 주는 그 논문은 격한 논쟁 조로 쓰여 있었다. 그토록 격렬함에도 불구하고, 편집부 단신에는 이것도 완화해 수정된 것이라 되어 있다. 포킨스의 얼굴은 분명 수치심과 혼란으로 가득해졌을 것이다. 빠져나갈 구멍은 전혀 없었다. 주장은 살인적이었고, 어조는 완전히 모욕적이었다. 경력의 만년을 보내는 이에게는 끔찍한 일이었다.

곤충학계는 마음 졸이며 포킨스의 답변을 기다렸다. 포킨스는 지금까지 늘 투지가 왕성했고, 따라서 대응을 할 터였다. 하지만 막상 답변이 오자 모두들 놀라고 말았다. 그 답변은, 독감에서 발전한 폐렴으로 인한 포킨스의 죽음이었기 때문이다.

그것이야말로 그런 상황에서 포킨스가 할 수 있는 가장 효과적인 답변이었고, 분위기는 대체로 해플리에게 불리해졌다. 가장 신이 나 두 논객을 응원하던 사람들조차 이 결과에 심각해졌다. 포킨스의 죽음에 패배의 초조함이 일조했다는 데엔 의심의 여지가 없었다. 사람들은 정색을 하고 과학적 논쟁에도 한계선이란 게 있다고 말했다. 장례식 전날에는 또 다른 결정적 공격이 언론을 통해 공개되었다. 나는 해플리가 그걸 막으려 애썼다고 생각하지는 않는다. 사람들은 해플리가 경쟁자를 사냥해 잡은 일만 기억하고 경쟁자의 결점은 잊어버렸다. 사람이 죽고 나니 그때까지 행해졌던 가차 없는 풍자가 다른 뜻으로 받아들여진 것이다. 그래서 일간 신문에 논평이 실리게 됐다. 바로 그 때문에 내가 여러분이 해플리와 그 논쟁에 대해 필시 들어 봤을 거라 생각한 것이다. 하지만 이미 말했듯, 과학 연구자들은 자기들만의 세계에 갇혀 산다. 내가 감히 단언컨대, 매년 피커딜리 거리를 따라 학술원으로 걸어가는 사람들 중 절반은 학술 기관들이 어디에 있는지 알지 못할 것이다. 심지어 연구란 온갖 부류의 사람들이 아무 일도 하지 않고 평화로이 있는 일종의 행복한 수용소라고 생각하는 사람들도 많이 있다.

해플리는 내심 포킨스의 죽음을 용서할 수 없었다. 우선 그것은 자신의 압도적인 공격에서 빠져나가려는 비열한 묘안이었고, 두 번째로는 자신의 마음에 묘한 구멍을 생기게 했기 때문이었다. 지난 20년 동안 해플리는 열심히, 때로는 밤이 새도록 일했다. 일주일 내내 현미경, 해부용 메스, 포충망, 펜을 손에서 놓지 않은 것은 거의 전적으로 포킨스 때문이었다. 해플리가 유럽에서 얻은 명성은 그 엄청난 반감이 거둔 부수적인 성과였다. 해플리의 작업은 점차 고조되다가 마지막 논쟁에서 절정에 달했었다. 그것이 포킨스를 죽였지만, 해플리 또한 그 작업으로 인해 맛이 가버려 의사는 해플리에게 일을 내려놓고 잠시 쉬라고 충고했다. 그래서 해플리는 켄트의 조용한 마을로 내려갔지만, 거기서도 밤낮으로 포킨스를 생각했고, 이젠 말할 수 없는, 포킨스의 좋은 점들까지 떠올렸다.

마침내 해플리는 자신이 몰두하는 대상이 무엇인지 명확해지기 시작했다. 그래서 그것을 저지하려고 처음에는 소설을 읽으려고 애써 보았다. 하지만 얼굴이 하얘져서 마지막 말을 하는 포킨스의 모습을 떨쳐

낼 수가 없었다…… 상상 속에서 그의 모든 말은 해플리를 염두에 두고 멋지게 시작되었다. 해플리는 다시 소설로 돌아갔다…… 하지만 전혀 집중이 되지 않았다. 해플리는 『섬 밤의 오락』을 읽었지만, 결국 「병 속에 든 악마」* 때문에 자신의 '인과관계의 감각'에 참을 수 없는 충격을 받기만 했다. 이제 해플리는 키플링으로 옮겨 갔지만, 책에 집중하지 못하고 자신이 불손하고 야비하게 굴었을 뿐 '아무것도 증명하지 못했다'는 사실만 깨달았다. 과학자로서의 자기 범위를 벗어나지 못했던 것이다. 이윽고 해플리는 비참한 마음으로 베전트**의 『안쪽 집』을 읽으려 애썼지만, 서장부터 곧바로 학술기관들과 포킨스가 생각났다.

그래서 해플리는 체스를 시작했고, 체스가 좀 더 마음을 진정시켜 준다는 걸 알게 됐다. 해플리는 곧 말의 움직임과 주요 첫 수들과 폰의 클로징 포지션***에 통달했고, 체스 상대인 목사를 이기기 시작했다. 하지만 원통 모양의 상대편 킹이 체크메이트****를 막으려고 무력하게 일어나는 모습이 헐떡이는 포킨스와 닮아 보이기 시작하자, 체스도 포기해 버렸다.

결국에는 주의를 딴 데로 돌리려면 새로운 과학 분야를 연구하는 게 훨씬 나은 방법일 듯했다. 최선의 휴식은 직업을 바꾸는 것이었다. 해플리는 규조류에 뛰어들기로 결심했고, 런던에 연락해 소형 현미경 하나와 넙치에 대한 전공 논문을 보내 달라고 했다. 해플리는 넙치로 원기왕성한 논쟁을 벌일 수만 있다면 새로운 삶을 시작해 포킨스를 잊을 수

---

*로버트 스티븐슨이 쓴 『섬 밤의 오락』에 나오는 단편 제목으로, 이 악마는 모든 소원을 이루어 주지만 몇 가지 제약 조건이 있다.
**Walter Besant(1836~1901). 영국의 소설가.
***폰을 중앙에 몰아 말의 움직임을 제한하는 방법.
****체스에서 킹이 붙잡히게 되는 상황.

있을지도 모른다고 생각했다. 금세 해플리는 평소처럼 격렬하게 일에 매달려 길가 웅덩이에 사는 그 극도로 작은 시민들에게 몰두했다.

규조류에 빠진 지 사흘째 날, 해플리는 자신이 머무는 켄트 지방 동물군에 새로운 동물을 추가시켜야 함을 알게 되었다. 해플리는 늦게까지 현미경을 보며 일하고 있었는데, 방에 빛이라곤 독특하게 생긴 초록색 갓을 씌운 작고 환한 램프가 다였다. 숙련된 현미경 사용자라면 누구나 그러듯, 해플리는 두 눈을 모두 뜨고 있었다. 과도한 눈의 피로를 막기 위한 유일한 방법이었다. 현미경에 댄 한쪽 눈에 잡히는 환하고 뚜렷한 원형 시야 안에서 갈색 규조류 하나가 천천히 움직이고 있었다. 다른 눈은 뜨고만 있을 뿐 딱히 뭔가를 보고 있지는 않았다. 해플리는 현미경의 놋쇠로 된 옆면, 테이블보의 빛을 받은 부분, 메모지, 램프의 밑부분, 그리고 그 너머의 어둠만 희미하게 의식하고 있었다.

갑자기 주의가 현미경에 대고 있지 않은 눈으로 쏠렸다. 테이블보는 판매원들이 태피스트리라 부르는 다소 밝은 색의 천이었다. 진홍색과 연푸른색이 약간 섞인 회색 바탕에 무늬는 금색이었다. 한 지점에서 무늬가 없어지면서 대신 여러 색깔의 떨림이 보였다.

해플리는 돌연 머리를 뒤로 젖혀 양쪽 눈으로 그곳을 바라보았다. 놀라서 입이 떡 벌어졌다.

커다란 나방 혹은 나비였다. 날개들은 나비처럼 펼쳐져 있었다!

그것이 방 안에 있다는 것부터가 희한했다. 창문이 닫혀 있었기 때문이다. 지금 위치로 날아오르면서 해플리의 주의를 끌지 않았던 것도 희한했다. 테이블보와 색이 어울린다는 것도 희한했다. 하지만 무엇보다, 이 위대한 곤충학자 해플리가 완전히 모르는 녀석이란 것이 가장 희한했다. 망상이 아니었다. 그놈은 램프 아래쪽을 향해 천천히 기어 오고 있었다.

"새로운 속이야, 맙소사! 그것도 영국에서!" 해플리는 눈을 떼지 못하며 말했다.

별안간 해플리는 포킨스를 떠올렸다. 포킨스가 이 사실을 알았다면 완전히 발광했을 것이다. 그런데, 포킨스는 죽었다!

그 곤충의 머리와 몸통의 무언가가 야릇하게도, 체스의 킹이 그러했던 것처럼, 포킨스를 생각나게 했다.

해플리가 말했다. "포킨스, 이 망할 놈! 어쨌거나 난 이 녀석을 잡아야 해." 해플리는 나방을 잡을 수단을 찾아 주위를 둘러보며 의자에서 천천히 일어났다. 곤충도 갑자기 날아오르다가 램프 갓 가장자리에 부딪혔다. 해플리는 '팅' 하는 소리를 들었다. 그리고 곤충은 어둠 속으로 사라졌다.

해플리는 램프 갓을 재빨리 벗겨 온 방을 환하게 했다. 녀석은 사라졌지만 해플리는 숙달된 눈으로 곧 문 근처 벽지 위에서 녀석을 찾아냈다. 해플리는 램프 갓으로 녀석을 잡을 자세를 취하며 그쪽으로 다가갔다. 하지만 공격 거리에 들어가기 전에, 녀석은 다시 날아올라 방 안을 퍼덕이며 날아다녔다. 녀석이 속한 종은 갑자기 몸을 움직여 돌면서 날아다니는 데 익숙한지, 녀석은 여기서 사라졌다가 저기서 다시 나타났다. 해플리는 한 번 공격했지만 녀석을 놓쳤고, 또다시 공격했지만 역시 놓쳤다.

세 번째 공격을 하다가 해플리는 자신의 현미경을 건드리고 말았다. 현미경이 흔들거리다가 램프를 치고는 요란한 소리를 내며 바닥에 떨어졌다. 램프도 테이블에 쓰러졌지만, 운 좋게도 불이 저절로 꺼졌다. 해플리는 어둠 속에 서 있었다. 이상한 나방은 해플리의 얼굴에 부딪쳤고,

해플리는 흠칫 놀랐다.

해플리는 미칠 듯이 화가 났다. 방 안에는 불빛 한 점 없었다. 그렇다고 방문을 열면 녀석은 도망칠 터였다. 어둠 속에서, 포킨스가 대놓고 큰 소리로 비웃는 모습이 보였다. 사근사근 아첨하는 듯한 웃음소리였다. 해플리는 격노해서 욕을 하며 발을 굴렀다.

문을 조심조심 두드리는 소리가 났다.

그리고 문이 열렸다. 1피트 남짓, 아주 천천히 열렸다. 분홍색 양초 불빛 뒤로 집주인 여자의 깜짝 놀란 얼굴이 나타났다. 여자는 회색 머리에 수면 모자를 쓰고 어깨에는 보라색 옷을 걸치고 있었다. 여자가 말했다. "그 무시무시하게 때려 부수는 소리가 뭐였죠? 뭐가……" 기묘한 나방이 열린 문틈 근처에 퍼덕거리며 나타났다. "그 문 닫아요!" 해플리가 외치며 갑자기 여자에게로 돌진했다.

황급히 문이 쾅 닫혔다. 해플리는 다시 어둠 속에서 혼자가 되었다. 잠시 정적이 흐른 뒤, 해플리는 집주인 여자가 황급히 아래층으로 달리는 소리와 문을 잠그는 소리, 그리고 뭔가 무거운 것을 질질 끌고 와서 문을 막는 소리를 들었다.

그제야 해플리는 자신의 행동과 모습이 이상하고 무섭게 보였을 거란 것을 깨달았다. 망할 나방! 망할 포킨스! 하지만 지금 급한 건 나방을 찾는 것이었다. 해플리는 더듬더듬 현관으로 가 성냥을 찾았고, 그 와중에 북소리 같은 소음을 내며 모자를 바닥에 떨어뜨렸다. 해플리는 불붙인 양초를 들고 거실로 돌아왔다. 나방은 전혀 보이지 않았다. 그럼에도 왠지 그 녀석이 머리 주위를 퍼덕이며 날고 있는 듯한 느낌이 잠시 동안 들었다. 해플리는 갑작스럽게 나방을 포기하고 침대로 갔다. 하지만 해플리는 흥분했다. 해플리는 나방, 포킨스, 집주인 여자에 대한 꿈을 꾸느라 밤새 잠을 설쳤다. 그 바람에 두 번 침대에서 일어나 찬물에 머리를 담갔다.

한 가지는 아주 분명했다. 집주인 여자는 그 이상한 나방에 대해 절대 이해하지 못하리란 것. 해플리가 나방을 잡는 데 실패했기에 더더욱 그럴 터였다. 곤충학자 말고는 그 누구도 해플리의 기분을 제대로 이해하지 못할 것이었다. 필시 해플리의 행동에 겁을 먹었을 여자에게, 해플리는 어떻게 해명해야 할지 알 수가 없었다. 결국 해플리는 전날 밤의 일에 대해선 아무 말도 말자고 결심했다. 아침 식사를 마친 뒤 정원에 있는 집주인을 발견한 해플리는, 집주인을 안심시켜야겠다고 생각했다. 그래서 정원으로 나가 콩과 감자, 벌, 애벌레, 과일 가격 따위에 대해 이야기했다. 여자는 평소처럼 대꾸했지만 살짝 의심하는 눈으로 해플리를 보았고, 해플리가 걸으면 그에 맞춰 같이 걸으며 둘 사이에 꽃밭이나 콩밭 같은 것이 놓이게 했다. 얼마 뒤 해플리는 그런 상황에 묘하게 짜증이 났고, 그런 마음을 숨기려고 집에 들어갔다가 바로 산책을 나갔다.

산책을 하면서도 묘하게 포킨스의 분위기를 풍기던 그 나방, 혹은 나비가 계속 떠올랐지만, 해플리는 안간힘을 다해 그 생각을 떨쳤다. 한번은 공원의 서쪽 가장자리를 둘러싼 낡은 돌담에 날개를 펼친 채 앉아 있는 녀석을 발견하기까지 했지만, 가까이 다가가 보니 그냥 회색과 노란색 이끼 두 덩어리였다. 해플리가 말했다. "이건 의태가 거꾸로 됐네. 나비가 돌처럼 보이는 대신, 여기에 나비처럼 보이는 돌이 있군!" 또 한번은 뭔가가 해플리의 머리 주위를 맴돌며 퍼덕거렸지만, 해플리는 강한 의지력으로 그 느낌을 마음속에서 몰아냈다.

오후가 되자 해플리는 목사를 찾아가 신학적 문제로 논쟁을 벌였다. 브라이어 관목으로 뒤덮인 작은 정자에 앉아 담배를 피우면서. 그러다가 갑자기 해플리가 나무 테이블 가장자리를 가리키며 말했다. "저 나방을 보십시오!"

"어디요?" 목사가 말했다.

"저기 테이블 가장자리에 나방 안 보이십니까?" 해플리가 말했다.

"전혀요." 목사가 말했다.

해플리는 벼락 맞은 듯이 놀랐다. 너무 놀라 숨도 쉬지 못했다. 목사는 해플리를 빤히 바라보았다. 목사는 아무것도 못 본 게 분명했다. "믿음의 눈이 과학의 눈보다 나을 것도 없군요." 해플리가 멋쩍어하며 말했다.

"무슨 말씀인지 모르겠군요." 목사는 말하며 이게 논쟁의 일부일까 생각했다.

그날 밤, 해플리는 그 나방이 자신의 덧이불 위를 기어 다니는 것을 발견했다. 해플리는 와이셔츠 바람으로 침대 가장자리에 앉아 자기 자신과 토론했다. 이건 순수하게 환각인가? 해플리는 자신이 맛이 가고 있음을 깨달으며, 예전에 포킨스에게 드러내 보였던 조용하고도 원기 왕성한 정신을 유지하려고 악전고투했다. 정신적 버릇이 워낙 고집스럽다 보니, 아직도 포킨스와 싸우고 있는 듯한 감정에 빠져 있었기 때문이다. 해플리는 심리학에 조예가 깊었다. 해플리는 시각적 환상이 정신적 긴장의 결과라는 것을 알고 있었다. 하지만 중요한 건, 나방을 볼 뿐만 아니라 나방이 램프 갓 가장자리를 치는 소리와 벽에 부딪치는 소리도 들린다는 거였다. 심지어 어둠 속에서 그 나방이 자신의 얼굴을 때리는 것도 느꼈다.

해플리는 곰곰이 생각해 보았다. 나방은 전혀 몽상 같지 않았고, 촛불 불빛 속에서 아주 또렷하고 진짜처럼 보였다. 털이 잔뜩 난 몸통과

짧고 깃털 같은 더듬이, 마디가 있는 다리들, 심지어 솜털이 날개에 비벼지는 곳까지 보았다. 그 작은 곤충 한 마리 때문에 이토록 두려워하다니, 갑자기 자신에게 화가 치밀었다.

해플리의 집주인 여자는 그날 밤 혼자 있기가 무서워 하녀를 데리고 잤다. 문도 잠갔고, 서랍장을 밀어 문을 막기까지 했다. 집주인 여자와 하녀는 침대에 든 뒤 계속 귀 기울이며 속삭였지만, 마음을 불안하게 할 만한 일은 일어나지 않았다. 11시쯤 둘은 촛불을 끄고 꾸벅꾸벅 졸다 잠에 빠졌다. 그러다가 깜짝 놀라 잠에서 깨어, 일어나 앉아 어둠 속에 귀를 기울였다.

집주인 여자와 하녀는 누군가가 슬리퍼를 신고 해플리의 방에서 서성이는 소리를 들었다. 이윽고 의자 넘어지는 소리, 벽을 세게 치는 소리가 났다. 이윽고 도자기로 만든 벽난로 장식이 불똥막이 울에 부딪혀 박살나는 소리가 났다. 그러고는 갑자기 방문을 열고 층계참으로 나온 해플리의 소리가 들렸다. 집주인 여자와 하녀는 서로를 꽉 껴안고 귀 기울였다. 해플리는 층계에서 춤을 추는 것 같았다. 이제 해플리는 서너 계단을 빠르게 내려가다가 다시 올라가더니, 이윽고 서둘러 현관으로 내려갔다. 집주인 여자와 하녀는 세워 둔 우산이 넘어지고 부채 모양 채광창이 깨지는 소리를 들었다. 이윽고 빗장이 뽑히고 사슬이 덜걱거리는 소리가 났다. 해플리가 문을 열고 나간 것이다.

집주인 여자와 하녀는 서둘러 창문으로 갔다. 밖은 침침한 회색이었다. 비를 쏟을 듯한 구름 한 덩어리가 달을 가리며 빠르게 지나가고 있었고, 집 앞 산울타리와 나무들은 희뿌연 길과 대조적으로 검게 보였다. 둘은 해플리를 보았다. 셔츠와 흰 바지를 입어 유령처럼 보이는 해플리는 길을 이리저리 뛰어다니며 허공을 때리고 있었다. 해플리는 멈춰 섰다가 보이지 않는 뭔가를 향해 아주 빠르게 돌진하곤 했고, 다시 그 뭔가를 향해 살금살금 빠르게 걸어가곤 했다. 마침내 해플리는 길을 내려가 시야에서 사라졌다. 시간이 좀 흐르고, 누가 문을 잠글 것인가를 두고 둘이서 옥신각신하고 있는데 해플리가 돌아왔다. 해플리는 아주 빠른 걸음으로 곧장 집으로 들어와 조심스레 문을 닫고 조용히 자기 침실로 올라갔다. 이제 모든 게 조용해졌다.

이튿날 아침, 해플리가 층계참에서 아래에 대고 외쳤다. "콜빌 부인, 어젯밤 저 때문에 놀라지 않으셨길 바랍니다."

"두말하면 입 아프죠!" 콜빌 부인이 대답했다.

"사실 전 몽유병 환자인데, 지난 이틀 밤은 수면제가 없었습니다. 정말로, 하나도 놀라실 일이 아니랍니다. 그렇게 멍청한 짓을 해서 죄송합니다. 구릉지 너머 쇼어햄에 가서 푹 잘 수 있는 약을 구해 오려고 합니다. 어제 그렇게 했어야 했는데."

하지만 구릉지를 반쯤 지났을 때, 백악갱 옆에서 다시 나방이 나타났다. 해플리는 체스 생각만 하려고 애쓰며 계속 걸어갔지만, 소용없었다. 나방은 해플리의 얼굴로 자꾸 날아들었고, 해플리는 자기방어 차원에서 모자로 녀석을 쳤다. 그러자 분노, 오래된 분노…… 포킨스에게 너무나 자주 느꼈던 그 분노가 다시 온몸을 휘감았다. 해플리는 펄쩍펄쩍 뛰면서 그 소용돌이치는 곤충을 때리며 계속 갔다. 갑자기 발밑이 사라지며 해플리는 곤두박질쳤다.

잠시 의식을 잃었던 해플리는 백악갱 구멍 앞 부싯돌 더미 위에 앉아 있는 자신을 발견했다. 다리 하나는 뒤로 비틀린 채 몸 아래 깔려 있었다. 기묘한 나방은 아직도 해플리의 머리 주위를 날아다녔다. 해플리가 손으로 그 나방을 치고 고개를 돌리자, 남자 둘이 다가오는 게 보였다.

한 명은 마을 의사였다. 해플리는 다행이라는 생각이 퍼뜩 들었다. 그러다가 저 기묘한 나방은 자기 외엔 누구도 볼 수 없으니, 나방에 대해선 반드시 함구하자고 굳게 결심했다.

하지만 부러진 다리를 고정한 뒤, 그날 밤 늦게, 해플리는 열이 올라 자제력을 잃고 말았다. 해플리는 침대에 똑바로 누워 눈으로 방을 이리 저리 보며 나방이 아직도 주위에 있는지 살폈다. 그런 행동을 하지 않으려 애썼지만 소용이 없었다. 곧 자신의 손 가까이에 있는 야간등 옆 초록색 테이블보 위에 앉아 있는 녀석을 발견했다. 녀석의 날개가 떨리고 있었다. 해플리는 갑자기 분노의 물결에 휩싸여 주먹으로 녀석을 쾅 내리쳤고, 간호사가 비명을 지르며 깨어났다. 해플리는 녀석을 놓쳤다.

"그 나방!" 해플리가 말했다. 그러다가 다시 말했다. "제 환상이었어요. 아무것도 아닙니다!"

해플리는 내내 그 곤충이 코니스* 주위를 돌고 방을 휙 가로지르는 걸 아주 명확하게 볼 수 있었고, 간호사는 녀석을 보지 못한다는 점과 자신을 이상하게 본다는 점도 알 수 있었다. 해플리는 자신을 계속 제어해야 했다. 자제하지 못하면 파멸이란 걸 알기 때문이었다. 하지만 밤이 끝나 가며 점점 더 열이 올랐고, 나방이 보인다는 바로 그 두려움 때문에 나방을 보게 되었다. 5시경, 회색 새벽이 밝았을 때 해플리는 다리가 고통으로 불타는 것 같은데도 침대에서 나와 나방을 잡으려 했다. 간호사는 해플리를 붙들고 씨름해야 했다.

이 일로 인해 사람들은 해플리를 침대에 묶었다. 이제 나방은 더욱 대담해져 한 번은 해플리의 머리에도 내려앉았다. 해플리가 그 녀석을 두

---

* 벽 위쪽에 튀어나오게 두른 장식부.

팔로 맹렬하게 쳐대자, 사람들은 해플리의 팔도 묶었다. 그러자 나방은 해플리의 얼굴 위를 기어 다녔고, 해플리는 울고 욕하고 소리 지르며 제발 나방 좀 떼내 달라고 헛되이 빌었다.

의사는 막 면허를 딴 얼간이 일반의에 불과해 정신과학에 대해선 아주 무지했다. 의사는 나방은 전혀 없다고만 말했다. 의사가 좀 재치만 있었어도, 해플리의 망상에 동참해 소원대로 얼굴에 거즈만 덮어 줬어도, 그를 파멸에서 구했을지도 모른다. 하지만 이미 말했듯이 의사는 얼간이였고, 해플리는 다리가 나을 때까지 침대에 묶여 있어야 했으며, 그동안 상상 속의 나방은 계속 해플리 위를 기어 다녔다. 해플리가 깨어 있으면 나방은 그를 계속 건드렸고, 꿈을 꾸고 있으면 괴물이 되어 나타났다. 해플리는 깨어 있을 땐 잠들길 간절히 바랐고, 잠이 들면 비명을 지르며 깨어났다.

그리하여 해플리는 이제 자기 말곤 누구도 볼 수 없는 나방 때문에 근심하며 정신병원 환자실에서 여생을 보내고 있다. 정신병원 의사는 그걸 환각이라 부른다. 하지만 해플리는 마음이 좀 편해져 말할 수 있을 때면, 그게 포킨스의 유령이라고, 따라서 고생해서 잡을 가치가 충분한 세상에 하나뿐인 표본이라고 말한다.

숲 속의 보물
The Treasure in the Forest

이제 카누는 뭍으로 다가가고 있었다. 만은 바깥쪽을 향해 점점 넓어졌고, 암초의 하얀 파도 속 틈이 어디서 작은 강이 바다로 이어지는지를 알려 주었다. 원시림의 초록이 더 깊고 더 짙어지며 먼 언덕 비탈을 따라 계속되었다. 숲은 해변 가까이까지 펼쳐져 있었다. 저 멀리에는, 희미하고 구름 같은 질감의 산들이 얼어붙은 파도처럼 솟아 있었다. 바다는 거의 알아차릴 수 없을 정도의 파도만 칠 뿐 잠잠했다. 하늘은 붉게 불타올랐다.

조각된 노를 잡은 남자가 손을 멈췄다. "여기 어디여야 하는데." 남자가 말했다. 남자는 노를 제자리에 놓고 두 팔을 똑바로 앞으로 내밀었다.

카누의 앞쪽에 앉아 있는 다른 남자가 뭍을 면밀히 살폈다. 그의 무릎에는 누런 종이가 놓여 있었다.

"와서 이것 좀 봐, 에번스." 두 번째 남자가 말했다.

두 남자 다 나지막하게 말했고, 입술은 딱딱하게 말라 있었다.

에번스라 불린 남자가 비틀대며 걸어와 동료의 어깨 너머로 종이를 보았다.

종이는 지도 모양을 띠고 있었다. 하도 접혀 있어서 종이는 구겨지고 닳다 못해 찢어져 있었고, 무릎에 그 지도를 놓고 있던 두 번째 남자는 색이 변하고 찢어진 조각들을 모아 들고 있었다. 종이에 연필로 그려진 만의 윤곽선은 거의 지워져 보일 듯 말 듯했다.

에번스가 말했다. "여기가 암초야. 여기는 골짜기고." 에번스는 지도의 선을 따라 엄지 손톱을 움직였다.

"구부러지고 휘감긴 이 선이 강이야. 이젠 물을 마실 수 있겠어! 그리고 이 별표가 거기야."

지도를 든 남자가 말했다. "이 점선 보이지? 암초 틈에서 야자나무들이 모인 곳까지 직선으로 쭉 이어져. 별표는 이 직선이 강과 만나는 곳에 있어. 석호로 들어가면서 그 장소를 표시해야 해."

잠시 말이 없던 에번스가 이야기했다. "이상한걸. 여기 이 작은 표시들이 뭐지? 집 같은 것의 설계도처럼 보이는데, 이쪽저쪽을 가리키는 이 작고 짧은 선들은 무슨 뜻인지 전혀 모르겠어. 그리고 여기엔 뭐라고 써 있는 걸까?"

"중국어야." 지도를 든 남자가 말했다.

"당연하지! 그 남자는 중국인이었으니까." 에번스가 말했다.

"그자들 모두 중국인이었지." 지도를 든 남자가 말했다.

둘 다 육지를 바라보며 몇 분간 앉아 있었고, 카누는 천천히 떠돌았다. 이윽고 에번스는 노 쪽을 보았다.

"이제 네가 노를 저을 차례야, 후커." 에번스가 말했다.

동료는 조용히 지도를 접고 주머니에 넣은 뒤 에번스에게 조심스레 노를 건네받아 노를 젓기 시작했다. 힘이 거의 소진된 사람처럼 동작에 기력이 없었다.

에번스는 눈을 반쯤 감고 앉아, 점차 가까워지는 거품 이는 산호 방파제를 바라보고 있었다. 태양이 천정 가까이에 있어 하늘은 마치 용광로 같았다. '보물'에 이토록 가까이 왔는데도 에번스는 생각처럼 우쭐해지지가 않았다. 지도를 손에 넣으려 싸웠을 때의 강렬한 흥분, 그리고 식량이 준비되지 않은 카누를 타고 내륙에서 긴긴 밤을 노 저어 온 항해 때문에, 에번스의 표현을 따르자면 '완전히 진이 빠져 버린' 것이었다. 에번스는 그 중국인이 얘기한 잉곳*들을 생각하며 기운을 내려 했지만, 생각이 자꾸 다른 곳으로 빠졌다. 강에서 물결치는 단물, 그리고 거의 참을 수 없는 지경까지 말라 버린 입술과 목구멍으로 자꾸 생각이 꽂혔다. 규칙적으로 암초에 밀어닥치는 파도 소리가 기분 좋게 느껴졌다. 물은 카누 옆면을 따라 철썩였고, 노를 한 번 저을 때마다 노 끝에서 물이 뚝뚝 떨어졌다. 이제 에번스는 졸기 시작했다.

에번스는 아직 섬을 희미하게 의식하고 있었지만, 의식 속에는 기묘한 꿈결 같은 장면도 뒤섞여 있었다. 또다시, 에번스와 후커가 그 중국인의 비밀을 우연히 알게 된 그날 밤이었다. 에번스는 달빛을 받은 나무들, 작은 불, 검은 형체의 중국인 세 명을 보았다. 한쪽은 달빛을 받아 은색이었고, 다른 쪽은 불빛을 받아 붉게 빛났다. 중국인들이 피진 영어**로 얘기하는 소리가 들렸다. 다들 서로 다른 지방 출신이기 때문이었다. 후

---

*녹인 뒤 거푸집에 부어 굳힌 금속 덩어리.
**상업적 편의 때문에 영어 단어를 중국어 어법에 따라 쓰는 혼성어.

커가 들려오는 그들의 말소리를 먼저 알아챘고, 에번스에게도 들어 보라고 손짓했다. 대화의 일부는 아예 들리지 않았고, 일부는 이해할 수가 없었다. 필리핀에서 떠난 스페인 갤리언선* 한 척이 가망 없이 좌초했고, 살아남은 선원들이 돌아올 때에 대비해 그 보물을 묻었다는 게 이야기의 배경이었다. 병, 싸움, 질서 문란 따위로 점점 수가 줄어든 선원들은 결국 보트를 타고 떠났다가 영영 소식이 끊겼다고 했다. 그러다가 겨우 1년 전, 해변을 헤매던 창히가 200년 동안 숨겨져 있던 잉곳들을 우연히 찾았고, 타고 온 정크선에서 혼자 도망쳐 각고의 노력 끝에 그것들을 아주 안전하게 다시 묻었다고 했다. 창히는 그것을 자신만이 아는 비밀스러운 방법으로 안전하게 묻었음을 심하게 강조했다. 그러고는 그곳으로 돌아가 잉곳을 도로 파내는 걸 도와줄 사람이 필요하다고 했다. 작은 지도가 펄럭이며 펼쳐졌고, 목소리들이 작아졌다. 궁지에 몰려 있던 궁상맞은 영국인 두 명에겐 참으로 멋진 이야기였다! 에번스의 꿈은 이제 창히의 변발을 손에 잡았던 순간으로 넘어갔다. 중국인의 목숨은 유럽인의 목숨만큼 신성하지 않았다. 창히의 교활한 작은 얼굴, 처음엔 놀란 뱀처럼 날카롭고 광포했지만 곧 공포에 질려 불안정하고 처량한 표정이 된 그 얼굴이 꿈속에서 에번스를 압도할 정도로 선명해졌다. 마침내 창히는 활짝 웃었다. 너무나 이해할 수 없는 놀라운 웃음이었다. 꿈에선 원래 때때로 그러하듯이, 갑자기 모든 것이 아주 불쾌해졌다. 엄청난 금 더미들이 보였고, 창히는 알 수 없는 말로 지껄여 에번스를 위협하며 어떻게든 에번스가 금에 가까이 가지 못하게 하려 했다. 에번스는 창히의 변발을 잡았다. 그 노란 짐승은 어지간히 몸집이 컸고, 어지

---

*16세기 초에 등장한 3~4층 높이의 대형 범선.

간히 버둥거리며 활짝 웃었다! 에번스도 계속 더 커지고 있었다. 이윽고 찬란한 금 더미들이 포효하는 용광로로 몸을 돌렸고, 놀랍게도 창히를 닮은 거대한 악마가, 거대한 검은 꼬리를 가진 악마가 에번스에게 석탄을 먹이기 시작했다. 에번스의 입이 끔찍하게 타기 시작했다. 또 다른 악마가 에번스의 이름을 외쳤다. "에번스, 에번스, 이 잠꾸러기 멍청이야!" 아니, 날 부른 게 후커였나?

에번스는 잠에서 깼다. 둘은 석호 입구에 와 있었다.

"저기에 그 야자나무 세 그루가 있어. 물건은 저 관목들과 일렬로 있어야 해." 동료가 말했다. "표시를 해야 해. 관목들 쪽으로 가서 직선으로 관목을 지나 개울에 닿으면, 목적지가 나올 거야."

개울 입구가 넓어지는 곳을 보자 에번스는 기운이 났다. 에번스가 말했다. "서둘러, 친구. 서두르지 않으면 바닷물을 마셔야 할 테니까!" 에번스는 손을 깨물면서, 돌들과 마구 뒤얽힌 초록 속에서 은빛으로 빛나는 것을 물끄러미 바라보았다.

그런 후 사나운 태도로 후커에게 몸을 돌렸다. "노를 내게 줘." 에번스가 말했다.

둘은 강어귀에 도착했다. 거기서 조금 더 올라갔을 때, 후커가 손으로 강물을 조금 떠서 맛을 보고는 퉤 뱉었다. 다시 조금 더 가서 물을 마셔보았다. "이 정도면 되겠어." 후커가 말했고, 둘은 게걸스레 물을 마시기 시작했다.

갑자기 에번스가 말했다. "빌어먹을! 너무 느려." 그러고는 카누 앞쪽으로 위험하게 몸을 숙이고는 강에 입을 대고 물을 빨아들이기 시작했다.

물을 충분히 마신 둘은 노를 저어 작은 샛강으로 들어간 후, 물 위에 드리워진 빽빽한 수초들 앞에 배를 대고 수초에 내려섰다.

"관목들을 찾아 목적지로 향하려면, 일단 이 수초를 헤치고 해변까지 가야 해." 에번스가 말했다.

"카누를 타고 돌아서 가는 게 낫겠다." 후커가 말했다.

그래서 둘은 다시 카누를 타고 바다로 돌아가 해변을 따라, 떼 지어 자란 관목들이 있는 곳까지 갔다. 둘은 거기서 내려 가벼운 카누를 해변 높은 곳까지 끌어 올린 뒤 밀림 가장자리를 향해 올라갔다. 이윽고 암초 입구와 관목들이 일직선상에 보였다. 에번스가 카누에서 들고 온 원주민 도구는 ㄴ자 모양으로, 꺾인 부분엔 광을 낸 돌이 붙어 있었다. 후커는 노를 들고 있었다. "이제 이쪽 방향에선 일직선이야." 후커가 말했다. "개울에 닿을 때까지 쭉 이 길로 가야 해. 그런 다음 보물을 찾으면 돼."

둘은 빽빽하게 엉킨 갈대와 넓은 양치류 잎과 어린 나무들 사이를 뚫고 지나갔고, 처음엔 나아가기가 힘겨웠지만, 금세 키 큰 나무들이 나왔고, 그 아래 땅도 훤해졌다. 이글거리는 햇빛이 아주 조금씩 서늘한 그늘로 바뀌었다. 마침내 나무들은 우뚝 솟은 거대한 기둥이 되었고, 머리 저 위에서 초록색 차양을 드리웠다. 칙칙한 흰색 꽃들이 나무줄기들에 매달려 있었고, 밧줄 같은 덩굴식물들이 나무에서 나무로 걸려 있었다. 그늘이 짙어졌다. 땅에는 얼룩진 버섯들과 적갈색 껍질들이 흔해졌다.

에번스가 몸을 부르르 떨었다. "타는 듯 더운 곳에 있다가 여기로 들어오니 춥기까지 하군."

"우리가 계속 직선으로 나아가고 있는 거겠지?" 후커가 말했다.

이윽고 둘은 저 멀리 음침한 어둠 속에 있는 구멍 하나를 보았다. 그 구멍을 통해 들어오는 뜨겁고 하얀 태양 광선들이 숲 속으로 내리꽂히고 있었다. 그곳에는 찬란한 초록색 덤불들과 색색의 꽃들도 있었다. 그리고 돌진하는 물소리가 들렸다.

"강이야. 강에 더 가까이 가야 해." 후커가 말했다.

강둑 쪽은 초목이 무성했다. 아직 이름 붙여지지 않은 거대한 식물들이 큰 나무들의 뿌리 사이에서 자라고 있었고, 방석식물들은 길고 가늘게 보이는 하늘을 향해 거대한 부채꼴 모양의 초록색 잎들을 펼치고 있었다. 노출된 줄기들에는, 꽃이 많고 잎이 반짝이는 덩굴식물이 달라붙어 있었다. 보물 사냥꾼들은 이제 넓고 조용한 웅덩이를 내려다보았고, 웅덩이에는 큰 타원형 잎들과, 수련과 비슷한 말랑말랑한 연분홍색 꽃이 떠다녔다. 굽어져 보이지 않는 저 앞에서 물은 급류가 되어 갑자기 거품을 일으키며 시끄러워졌다.

"음?" 에번스가 말했다.

후커가 말했다. "직선에서 살짝 벗어났어. 예상해야 했는데."

후커는 몸을 돌려 조용한 숲의 침침하고 서늘한 그늘 속을 들여다보았다. "개울 위아래로 돌아다녀 보면 분명 뭔가를 찾아내게 될 거야."

"네가 분명……" 에번스가 입을 뗐다.

"그자는 돌무더기가 있다고 했어." 후커가 말했다.

두 남자는 잠시 서로를 바라보았다.

"조금 하류 쪽으로 내려가 시작해 보자." 에번스가 말했다.

둘은 천천히 앞으로 나아가며 호기심 어린 눈으로 주위를 살폈다. 갑자기 에번스가 발을 멈췄다. "도대체 저게 뭐지?" 에번스가 말했다.

후커는 에번스의 손가락이 가리키는 곳을 보았다. "파란색인데." 후커가 말했다. 파란 무언가는 살짝 솟아오른 땅의 꼭대기로 올라와서야 보였다. 이윽고 후커는 그것의 정체를 알아차리기 시작했다.

후커는 갑자기 다급하게 앞으로 나아갔고, 마침내 그 생기 없는 것의 손과 팔에 붙은 몸이 보이기 시작했다. 도구를 쥔 후커의 손아귀에 힘이 들어갔다. 그것은 얼굴을 땅에 박고 누운 중국인의 시체였다. 그 제멋대로인 자세엔 오해의 여지가 없었다.

두 남자는 꼭 붙어 서서 그 불길한 시체를 말없이 바라보았다. 시체는 나무들 사이 공터에 누워 있었다. 근처에는 중국식 삽이 하나 있었고, 좀 더 떨어진 곳에는 흩어진 돌무더기와 막 판 구멍이 있었다.

"누가 벌써 다녀갔어." 후커가 목청을 고르며 말했다.

갑자기 에번스가 크게 욕을 하며 발을 구르기 시작했다.

후커는 얼굴이 하얗게 질렸지만 아무 말도 하지 않았다. 후커는 엎드린 시체 쪽으로 나아갔다. 시체는 목이 붓고 보라색으로 변해 있었고, 두 손과 발목도 부풀어 있었다. 후커가 "하!" 하며 돌연 몸을 돌려 구덩이 쪽으로 가더니 놀라서 외마디 비명을 질렀다. 그러고는 천천히 뒤따라오고 있는 에번스에게 외쳤다.

"이 멍청아! 괜찮아. 아직 여기 있어." 후커는 다시 몸을 돌려 죽은 중국인을 보다가 도로 구멍을 보았다.

에번스는 얼른 구멍으로 갔다. 에번스와 후커 옆에 있는 불운한 녀석이 파놓은 구멍 안에는 탁한 노란색 막대기들이 가득 들어 있었다. 에번스는 구멍으로 몸을 굽히고는 맨손으로 흙을 털어 낸 뒤 황급히 그 육중한 막대기들 중 하나를 꺼냈다. 작은 가시 하나가 손을 따끔하게 찔렀다. 에번스는 손가락으로 그 작은 가시를 뽑아낸 뒤 잉곳을 들어 올렸다.

"이렇게 무거운 건 금이나 납뿐이야." 에번스는 뛸 듯이 기뻐하며 말했다.

후커는 아직도 죽은 중국인을 보고 있었다. 후커는 혼란스러웠다.

후커가 마침내 말했다. "이자는 자기 친구들 몰래 앞질러 여기에 왔어. 혼자 먼저 왔다가 독사에게 물려 죽은 것 같아. 여길 어떻게 찾은 걸까?"

에번스는 두 손으로 잉곳을 들고 서 있었다. 죽은 중국인은 신경 쓰지 않았다. "이걸 내륙으로 조금씩 가져가서 한동안 묻어 둬야 할 거야. 그런데 카누까지 어떻게 가져가지?"

에번스는 재킷을 벗어 땅에 펼치고 잉곳 두세 개를 그 안에 던졌다. 작은 가시가 또다시 살을 찔렀다.

"우리가 가져갈 수 있는 건 이 정도가 다야." 에번스는 말했고, 갑자기 묘한 초조함이 밀려오는 걸 느꼈다. "뭘 그렇게 뚫어져라 보는 거야?"

후커는 에번스에게로 몸을 돌렸다. "이자를 참을 수가 없어……" 후커는 시체를 향해 고갯짓했다. "정말이지 꼭……"

에번스가 말했다. "말도 안 되는 소리! 중국인은 다 그렇게 생겼어."

후커는 에번스의 얼굴을 똑바로 보았다. "어쨌거나 난 이자를 묻어 준 다음 도울게."

에번스가 말했다. "바보같이 굴지 마, 후커. 그 썩어 가는 덩어리는 그냥 알아서 썩게 내버려 두라고."

후커는 망설였고, 이윽고 잉곳들을 덮은 갈색 흙으로 조심스레 눈길을 보냈다. "저것 땜에 왠지 겁이 나." 후커는 말했다.

에번스가 말했다. "중요한 건, 이 잉곳들을 어떻게 하느냐야. 잉곳들을 도로 여기 묻어야 할까, 아님 카누에 싣고 해협을 건너야 할까?"

후커는 혼란에 빠진 눈길로 높은 나무줄기들과 머리 위 저 높은 곳에서 햇빛을 받는 푸른 잎들을 올려다보며 생각에 빠졌다. 그러다가 다시 중국인의 퍼레진 몸을 바라보며 몸서리를 쳤다. 후커는 뭔가를 찾는 듯이 나무들 사이의 회색 어둠 속을 뚫어져라 보았다.

에번스가 말했다. "무슨 생각이라도 났어, 후커? 왜 그렇게 얼이 빠졌어?"

"하여튼 금을 갖고 나가자." 후커가 말했다.

후커는 두 손으로 재킷의 옷깃 양 끝을 잡았고, 에번스는 반대쪽 모서리들을 잡았다. 그러고는 둘은 그 무거운 덩어리를 들어 올렸다. 에번스가 말했다. "어느 쪽으로 가? 카누로 가?"

겨우 몇 걸음 나아갔을 때 에번스가 말했다. "이상해. 노 좀 저었다고 두 팔이 아직도 아파."

에번스가 다시 말했다. "젠장! 정말 아파! 쉬어야겠어."

둘은 재킷을 내려놓았다. 에번스의 얼굴은 창백했고 이마에는 작은 땀방울들이 맺혀 있었다. "왠지 이 숲은 갑갑해."

이윽고 에번스는 갑자기 터무니없이 화를 냈다. "하루 종일 여기서 기다린다고 무슨 소용이 있어? 좀 도우라고! 죽은 중국인을 본 이후로 넌 멍해져서 아무것도 안 하고 있잖아."

후커는 친구의 얼굴을 빤히 쳐다보았다. 후커는 이미 잉곳을 담은 재킷을 들어 올리는 일을 도왔고, 함께 말없이 100야드 정도 걸어온 상태였다. 에번스의 숨이 거칠어지기 시작했다. 후커가 말했다. "말을 할 수가 없어?"

후커가 다시 말했다. "무슨 일이야?"

에번스는 비틀거리더니, 갑자기 욕을 하며 재킷을 내던졌다. 그러고는 잠시 후커를 뚫어져라 보며 서 있다가 신음하며 자기 목을 움켜쥐었다.

"가까이 오지 마." 에번스가 그렇게 말하며 나무로 걸어가 거기 기댔다. 이윽고 좀 더 차분해진 목소리로 말했다. "조금만 있으면 괜찮아질 거야."

하지만 이내 나무줄기를 잡은 에번스의 손이 힘없이 천천히 나무에서 미끄러지더니, 그의 몸이 나무 밑으로 푹 쓰러졌다. 두 손은 주먹 쥔 채 경련하고 있었다. 얼굴은 고통으로 일그러졌다. 후커는 에번스에게 다가갔다.

에번스가 목 졸린 듯한 목소리로 말했다. "날 만지지 마! 만지지 말라고! 금을 재킷에 도로 넣어 놔."

"내가 해줄 수 있는 일이 없을까?" 후커가 말했다.

"금을 재킷에 도로 넣어 놔."

후커는 잉곳을 만지다가 엄지에 살짝 따끔함을 느꼈다. 손을 보니, 2인치쯤 되는 가는 가시가 박혀 있었다.

에번스는 알아들을 수 없는 비명을 지르며 뒹굴었다.

후커의 입이 딱 벌어졌다. 후커는 휘둥그레진 눈으로 잠시 가시를 바라보았다. 그러고는 에번스를 보니, 그는 이제 완전히 몸을 말고 땅을 뒹굴며 발작적으로 등을 구부렸다 폈다 했다. 후커는 우뚝 솟은 나무들과 이리저리 얽힌 덩굴식물 줄기 사이를 바라보았다. 그 침침한 회색 어둠 속에, 중국인의 퍼런 시체가 희미하게 보였다. 후커는 지도 모퉁이에 그려져 있던 조그만 짧은 선들이 떠올랐고, 이제 단박에 그 의미를 이해할 수 있었다.

"신께서 보우하시길!" 후커가 말했다. 그 가시들은 다약족이 입으로 불어 쏘는 독화살과 비슷했던 것이다. 후커는 창히가 보물을 안전하게 지키기 위해 무슨 방법을 썼는지 이제야 이해했다. 창히가 짓던 미소 또한 이해할 수 있었다.

"에번스!" 후커가 외쳤다.

하지만 에번스는 조용했고 꼼짝도 하지 않았다. 끔찍하게 뒤틀린 사지가 발작적으로 떨릴 뿐이었다. 깊은 정적이 숲을 감쌌다.

이제 후커는 엄지손가락의 조그만 분홍색 얼룩을 미친 듯이 빨기 시작했다. 필사적으로 빨았다. 곧 후커는 팔과 어깨에 묘한 통증을 느꼈고, 손가락들을 구부리기 힘들어졌음을 깨달았다. 후커는 빨아 봤자 아무 소용이 없다는 걸 깨달았다.

돌연 후커는 행동을 멈추고 잉곳 더미 옆에 앉았다. 그는 무릎을 세우고 그 위에 팔꿈치를 놓고 턱을 괸 채, 뒤틀려 여전히 몸을 떠는 친구를 바라보았다. 창히의 미소가 다시 마음속에 떠올랐다. 목구멍으로 퍼지는 둔한 고통이 천천히 심해졌다. 머리 한참 위에서 희미한 산들바람이 초록색 잎들을 흔들었고, 알 수 없는 꽃의 하얀 꽃잎들이 어둠 속에서 하늘하늘 떨어져 내렸다.

고 엘브스햄 씨 이야기
The Story of the Late Mr. Elvesham

믿어 주리라 기대하지 않으면서도 내가 이 이야기를 쓰는 것은, 만약 가능하다면, 다음 희생자를 위한 탈출 방법을 준비하기 위해서다. 그 사람에게는 어쩌면 내 불행이 이득이 될 수도 있으리라. 아무리 궁리를 해 봐도 내겐 희망이 없고, 나는 이제 어느 정도는 내 운명과 마주할 준비가 되어 있다.

내 이름은 에드워드 조지 이든이다. 나는 스태퍼드셔의 트렌섬에서 태어났고, 아버지는 그 지역의 정원사였다. 세 살 때 어머니가 세상을 떠나고 다섯 살 때 아버지까지 돌아가시자 삼촌인 조지 이든에게 입양되었다. 독학으로 공부한 독신의 삼촌은 당시 버밍햄에서 진취적인 저널리스트로 유명했다. 삼촌은 내게 여러 교육을 받게 했고, 출세를 향한 내 야망에 불을 지폈으며, 4년 전 임종 시에는 자신의 전 재산을 내게 물려주었다. 모든 비용을 지불하고 난 뒤 대략 500파운드 정도 되는 돈이었다. 내가 열여덟 살 때의 일이었다. 삼촌은 유서에서 그 돈을 공부에 쓰라고 조언했다. 나는 이미 의학 공부를 하기로 결정한 상태였고, 삼촌의 유산과 배려에 더해 장학금 경쟁에서도 행운이 따라, 런던에 있는 대학의 의과 대학생이 될 수 있었다. 그리고 이 이야기는 내가 유니버시티가 11A에 있는 건물 조그만 위층 방에서 살고 있을 때 시작된다. 슐브레드의 건물 뒤편이 내려다보이는 그 방은 아주 초라한 가구를 갖춘, 외풍이 심한 곳이었다. 나는 물려받은 돈을 최대한 아껴 오랫동안 쓰기 위해 그 조그만 방에서 지냈다

내 인생을 완전히 뒤틀어 버린 노란 얼굴의 왜소한 노인과 처음 만난 순간, 나는 신발 수선을 맡기러 토트넘 코트 로드에 있는 가게로 가려고 신발을 들고 있었다. 내가 문을 열었을 때, 그자는 연석 위에 서서 확신이 안 간다는 눈으로 문에 붙은 번호를 물끄러미 바라보고 있었다. 그러다가 내 얼굴을 보더니(그자의 두 눈은 회색이었고 아래쪽 가장자리가 불그스름했다) 즉시 주름이 자글거리는 상냥한 표정으로 바뀌었다.

그자가 말했다. "마침 집에 있었군. 자네 집 번지를 잊었거든. 어떻게 지내시나, 이든 씨?"

나는 그자의 친한 척하는 말투에 살짝 놀랐다. 한 번도 본 적이 없는 사람이었기 때문이다. 게다가 겨드랑이에 부츠를 끼고 막 집을 나서려는데 찾아온 손님이라 살짝 짜증이 나기도 했다. 그자는 그런 내 퉁명스러움을 눈치챘다.

"이건 또 누구야, 하는 생각이 드는 겐가? 안심하게. 난 자넬 본 적이 있네. 자네는 날 못 봤지만 말이야. 어디 가서 얘기 좀 할 수 있을까?"

나는 망설였다. 낯선 이를 들이기엔 내 방은 초라했다. 내가 말했다.

"길을 걸으면서 얘기하는 건 어떨까요? 마침 제가 볼일이 있어서 나가는 중이라서요." 말보다 손짓이 먼저 나갔다.

"그러지." 그자가 그렇게 말하고는 길 쪽으로 돌아서며 말했다. "어느 길? 어느 쪽으로 갈까?" 나는 복도에 부츠를 내려놓았다. 그자가 불쑥 말했다. "여보게! 내 볼일은 그리 오래 걸리지 않아. 나와 함께 점심이나 같이 하지, 이든 씨. 나는 노인이야. 아주 늙었지. 그리고 말주변도 없고 목소리도 새된데 거리를 오가는 마차며 사람들 소리로 시끄러우면……"

노인은 깡마른 손으로 설득하듯 내 팔을 잡았는데, 손이 살짝 떨리고 있었다.

내 나이 정도면 나이 많은 어른으로부터 점심을 사주겠다는 제안을 들어도 전혀 이상하지 않았다. 하지만 그런 느닷없는 초대가 전혀 기쁘지 않았다. 내가 입을 열었다. "저는 좀……" 노인이 내 말을 가로막았다. "하지만 나는 꼭 그러고 싶어. 그리고 내 백발을 봐서라도 그 정도 부탁은 들어줬으면 하는데."

그래서 나는 알겠다고 하고 노인과 함께 갔다.

노인은 나를 블라비티스키로 데려갔다. 나는 노인과 보조를 맞추기 위해 천천히 걸어야 했다. 그리고 나는 한 번도 먹어 보지 못한 진수성찬을 점심으로 먹으며 내 유도신문을 잘 받아넘기는 노인의 외모를 좀 더 자세히 살펴보았다. 말끔히 면도를 한 노인의 얼굴은 야위고 주름이 자글거렸고, 힘없고 주름진 입술은 틀니 위로 축 처져 있었으며, 숱이 적은 백발은 다소 길었다. 내 눈에 그 노인은 작아 보였고(하지만 대부분의 사람들이 내 눈에는 작아 보인다), 어깨는 둥글고 굽어 있었다. 내가 노인을 꼼꼼히 뜯어보는 동안, 노인 역시 나를 꼼꼼히 뜯어보았다. 노인은 묘하게 탐욕스러운 눈을 부지런히 움직이며 내 넓은 어깨에서부터 햇볕에 그을린 손까지 살펴보았고, 다시 시선을 들어 주근깨가 있는 내 얼굴을 보았다. 우리가 담배에 불을 붙였을 때 노인이 말했다. "이제 본론으로 들어가 볼까."

"우선 말하고 싶은 건, 내가 늙었다는 거야. 아주 늙었지." 노인은 잠깐 말을 멈췄다. "내게는 죽고 나면 물려줄 돈이 좀 있는데 정작 물려줄 자식이 없어." 나는 노인이 사기꾼이라는 생각이 들어 삼촌이 물려준 500파운드를 조심해야겠다고 다짐했다. 노인은 자신이 얼마나 외로운지, 자신이 가진 돈을 적절히 처분하는 게 얼마나 힘든지에 대해 계속 이야기했다. "이런저런 기금이며 자선단체며 연구소며 장학금, 도서관까지 고려해 봤지만 결국 이런 결론을 얻었어." 노인은 내 얼굴을 뚫어져라 바라보았다. "청년을 한 명 찾아내기로 말이야. 야망이 있으면서도 마음은 순수한, 가난하지만 몸과 마음은 건강한 청년을 말이야. 간단히 말해, 그 친구를 내 상속인으로 삼아서 내가 가진 모든 것을 주는 거야." 노인이 반복해서 말했다. "내가 가진 모든 걸 주는 거야. 그러면 그 친구는 더는 동정 따위 바랄 필요 없이 자신이 처한 모든 어려움과 고난에서 단번에 구제되어 자유와 신망을 얻게 되는 거야."

나는 흥미 없는 척 보이려 애썼다. 그리고 속이 빤히 들여다보이는 거짓말을 했다. "그런 사람을 찾기 위해 제 전문적인 도움을 받고 싶으신 거군요."

노인이 담배 너머로 나를 바라보며 싱긋 웃었고, 나는 그렇게 조용한 방식으로 나의 가식을 알아챘다는 것을 폭로하는 노인의 태도에 웃음을 터뜨렸다.

노인이 말했다. "그러면 그 사람은 정말 잘나가겠지! 내가 어떻게 모은 돈인데 그걸 다른 사람이 쓸 생각을 하니, 질투가 온몸을 휘감는군.

하지만 물론 조건이 있어. 의무가 있다 이거야. 예를 들어, 그 사람은 내 이름을 가져야만 해. 세상에 공짜라는 건 없으니까. 그리고 그자를 받아들이기 전에 그자가 처한 모든 상황을 알아야만 해. 그자는 건강해야만 해. 그래서 나는 그자의 유전형질을 알아야 하고, 부모며 조부모의 사인도 알아야만 하며, 또한 품행에 대해서도 아주 엄격하게 조사할 거야."

속으로 쾌재를 부르던 나는 그 말에 살짝 움찔했다.

내가 말했다. "제가 이해하는 바로는, 그 대상이 바로······"

노인이 거의 감정이 폭발하듯 격하게 말했다. "맞아, 자네야. 자네."

나는 아무 말도 하지 않았다. 하지만 마음속에서는 온갖 상상의 나래가 펼쳐졌고, 타고난 의심도 그 상상을 멈추게 할 수는 없었다. 고마운 마음은 티끌만큼도 들지 않았다. 나는 무엇을 어떻게 말해야 할지 알지 못했다. "하지만 왜 하필 전가요?" 마침내 내가 말했다.

노인은 해슬러 교수로부터 나에 대해 들을 기회가 있었다고 했다. 건전하고 맑은 정신의 젊은이라고 했다며, 자신은 가능하다면 건강하고 정신이 온전한 게 확실한 이에게 재산을 주고 싶다고 했다.

여기까지가 내가 그 작은 체구의 노인을 처음 만났을 때의 일이다. 노인은 자신에 대해서는 밝히지 않았다. 아직은 자기 이름을 알려 줄 수 없노라고 말했고, 내게 몇 가지 질문을 던지고 답을 들은 뒤 블라비티스키 현관에서 나와 헤어졌다. 나는 노인이 식사비를 내기 위해 주머니에서 금화를 한 움큼 꺼내는 걸 보았다. 노인은 이상하리만치 건강한 신체를 강조했다. 나는 노인과 합의한 대로 그날 로열 보험 회사에서 기액의 생명보험에 들었으며, 다음 주에는 그 회사의 의사에게 아주 철저하게 건강검진을 받았다. 하지만 노인은 거기에 만족하지 않았으며, 유명한 의사인 핸더슨에게 재검을 받아야 한다고 고집을 부렸다.

노인이 결정을 내리기 전, 성령 강림 주일의 금요일이었다. 노인은 꽤 늦은 시간에 나를 불러냈다. 거의 9시가 다 되었을 때로, 나는 1차 과학 시험 준비를 위해 화학식을 머리에 쑤셔 넣고 있었다. 노인은 희미한 가스등 불빛 아래 인도에 서 있었는데, 그림자 때문에 얼굴이 기괴해 보였다. 처음 보았을 때보다 등이 더 굽어 보였으며, 뺨도 더 야위어 있었다.

노인은 감격에 겨워 목소리가 떨렸다. 노인이 말했다. "모든 게 만족스러워, 이든 씨. 모든 게 아주, 아주 만족스러워. 오늘 밤 나하고 저녁 식사를 하며 자네가 상속자가 된 걸 축하하자고." 노인이 기침 때문에 잠시 말을 멈췄다가 다시 말했다. "오래 기다리지 않아도 될 거야." 노인이 손수건으로 입술을 닦고는 길고 앙상한 손가락을 펼쳐 내 손을 꽉 움켜잡았다. "분명 그럴 거야."

우리는 거리로 나가 마차를 불렀다. 경쾌하고 빠르면서도 부드럽게 움직이던 마차, 가스등과 기름등과 전등이 이루던 선명한 대비, 거리를 메운 사람들, 리젠트 가의 식당, 그곳에서 시중을 받으며 먹은 호화로운 식사, 나는 그 모든 장면을 기억한다. 처음엔 내 초라한 옷을 힐긋거리는 잘 차려입은 종업원들의 시선이 당황스러웠고 올리브 씨가 성가시기도 했지만, 샴페인으로 피가 뜨거워지자 자신감이 살아났다. 처음에 노인은 자기 이야기를 했다. 이미 마차에서 자기 이름을 말했었다. 노인은 그 유명한 철학자 에그버트 엘브스햄으로, 내가 꼬맹이 시절부터 학교에서 배워 아는 이름이었다. 그토록 일찍부터 지성으로 나를 압도했던 이가, 내게는 개념으로만 존재했던 그 위대한 인물이, 노쇠하고 친근한 인물이 되어 갑자기 내게 다가온 것이 믿기지 않았다. 감히 말하건대, 유명인사들 사이로 갑자기 뚝 떨어진 젊은이라면 누구든 내 실망을 이해하리

라. 엘브스햄은 시들어 버린 자기 인생이 내게 남겨 줄 미래를, 주택들과 저작권과 투자물들을 담담히 말했다. 철학자가 그렇게 부자일 수 있다니, 상상도 못한 일이었다. 엘브스햄은 내가 먹고 마시는 모습을 부러운 눈으로 지켜보았다. "자네가 가진 활력이 부럽군!" 엘브스햄이 말했다. 그러고는 한숨을 쉬었다. 내 생각에 그것은 안도의 한숨이었다. "오래 걸리지는 않을 거야."

샴페인 때문에 머리가 어지러워진 내가 말했다. "네. 아마도 제 앞에는 미래가 열리게 되겠죠. 선생님 덕분에 얻게 된 밝은 미래가요. 선생님의 이름을 갖는 영광도 누리게 됐고요. 하지만 선생님에게는 과거가 있습니다. 그 과거는, 제 미래 전부만큼이나 값진 것입니다."

노인은 아부가 섞인 내 칭찬을 (내 생각에) 반쯤은 슬픈 심정으로 받아들이며 웃음과 함께 고개를 저었다. 노인이 말했다. "그 미래가 진정으로 자네를 바꿀 수 있을까?" 웨이터가 리큐어를 가져왔다. "자네는 내 이름이며 내 지위를 갖는 걸 반대하지는 않겠지. 하지만 진정으로 기꺼이, 내 연륜도 가져가고 싶은가?"

"선생님의 성취도요." 내가 씩씩하게 말했다.

노인이 다시 싱긋 웃었다. "퀴멜 주, 두 잔." 노인이 웨이터에게 말하고는, 주머니에서 꺼낸 조그만 종이 꾸러미에 주의를 돌렸다. 노인이 말했다. "이 시간, 저녁 식사 뒤의 이 시간은 이런저런 사소한 것들을 하는 때지. 이건 내가 아직 출간하지 않은 지혜의 파편이야." 노인은 떨리는 노란 손가락으로 그 꾸러미를 열어, 종이 위에 있는, 분홍색이 살짝 도는 약간의 가루를 보여 주었다.

노인이 말했다. "이건 말이지, 아니, 한번 추측해 보게. 퀴멜 주에 이 가루를 조금만 넣으면 천국이 따로 없지."

노인의 커다란 회색 눈동자가 불가사의한 표정으로 나를 바라보았다.

그 위대한 학자가 리큐어용 조미료에 푹 빠졌다는 사실에 나는 약간 놀랐다. 하지만 나는 노인의 연약함에 흥미가 있는 척했다. 그런 사소한 아부 정도는 아무렇지 않게 할 수 있을 정도로 취해 있었기 때문이다.

노인은 조그만 유리잔 두 개에 가루를 나누어 넣더니, 낯설고 예상치 못한 위엄 어린 표정을 지으며 갑자기 자기 잔을 들어 올려 내게 내밀었다. 나도 노인의 행동을 따라 했고, 우리 둘은 잔을 부딪쳤다. "빠른 상속을 위해." 노인이 그렇게 말하며 잔을 입술로 가져갔다.

내가 황급히 말했다. "그게 아니죠, 그게 아니에요."

노인은 뺨 근처에서 리큐어 잔을 멈추더니, 이글거리는 눈으로 나를 보았다.

"만수무강을 위해." 내가 말했다.

노인이 망설였다. "만수무강을 위해." 노인은 갑자기 웃음을 터뜨리며 말했고, 우리는 서로의 눈을 바라보며 작은 잔을 기울였다. 노인은 내가 잔을 비울 때까지 나를 뚫어져라 바라보았고, 나는 이상하게도 강렬한 흥분을 느꼈다. 그 첫 모금은 내 두뇌를 광포한 격정으로 채웠다. 두개골 안이 휘저어지는 듯한 느낌이었고, 귓전에는 끊임없이 끓어오르는 콧노래 소리가 가득했다. 입으로는 아무 맛도 느끼지 못했지만 향이 내 목구멍을 채웠다. 나는 나를 태울 듯이 강렬한 노인의 회색빛 시선만 볼 수 있었다. 감정의 고조, 정신적 혼란, 머릿속을 채운 소음과 휘저음은 영원히 계속되는 듯했다. 반쯤은 잊어버렸던 사물들의 진기하고 어렴풋한 인상들이 내 의식의 가장자리에서 춤을 추다가 사라졌다. 마침내 노인이 유리잔을 내려놓고 갑자기 한숨을 쉬며 마법을 깨뜨렸다.

"어떤가?" 노인이 말했다.

"굉장하군요." 비록 맛을 느끼지는 못했지만 내가 말했다.

머리가 빙빙 돌았다. 나는 의자에 주저앉았다. 머릿속이 뒤죽박죽이었다. 이윽고 마치 오목거울을 통해 사물을 보는 것처럼 내 인지력이 또렷하고 정밀해졌다. 노인의 태도는 어딘가 초조하고 조급하게 변한 듯했다. 노인은 시계를 꺼내 인상을 쓰며 그걸 보았다. "11시 7분이군! 그리고 오늘 밤 난 꼭…… 7시 25분. 워털루! 당장 가봐야겠어." 노인은 계산서를 달라고 하더니 버둥거리며 외투를 입었다. 친절한 웨이터들이 우리를 도우려고 왔다. 다음 순간 나는 마차 승강장에서 노인에게 작별을 고하고 있었는데, 여전히, 어떻게 설명해야 할까? 마치 거꾸로 된 오페라글라스를 통해서 세상을 보는 듯한, 아니 보는 것만 아니라 느끼기까지 하는 듯한 명료하면서도 불합리한 감각을 느꼈다.

노인이 이마를 짚으며 말했다. "자네에게 그걸 주어서는 안 되는 거였는데. 내일 아침에는 머리가 쪼개질 것 같은 느낌이 들 거야. 잠깐만, 이걸 받아." 노인은 세들리츠*처럼 생긴 작고 납작한 것을 내게 내밀었다. "잘 때 이걸 물에 타서 마셔. 아까 그건 마약이었지. 꼭 자기 직전에 먹어야 하는 거 명심해. 그러면 머리가 맑아질 거야. 할 말은 전부 다 했군. 악수 한 번 더 하지. 미래를 위해!"

나는 주름이 자글거리는, 갈고리 같은 손을 움켜쥐었다. "잘 가게." 노인이 말했고, 축 늘어진 노인의 눈꺼풀을 본 나는 노인 역시 그 머릿속을 휘젓는 리큐어에서 아직 깨어나지 못했다고 결론지었다.

노인은 뭔가 다른 게 있다는 걸 기억해 내고 깜짝 놀라더니, 가슴 주머니를 더듬어 다른 꾸러미를 꺼냈다. 이번에는 실린더 크기에 면도기

---

*발포성 소화제.

거품 연고처럼 생긴 것이었다. 노인이 말했다. "맞아. 하마터면 잊을 뻔했군. 내일 내가 자네에게 갈 때까지는 열지 마. 하지만 지금 받아 둬."

그건 너무나 무거워 하마터면 나는 그걸 떨어뜨릴 뻔했다. "걱정 마십시오." 내가 말했고, 마부가 말에게 채찍을 휘둘러 주의를 주는 동안 노인은 마차 창문을 통해 나를 보며 씩 웃었다. 노인이 내게 준 꾸러미는 흰색이었으며 양쪽 끝과 가장자리는 붉은 봉함이 되어 있었다. 나는 혼잣말을 했다. "돈이 아니면 백금이나 납일 거야."

나는 꾸러미를 주머니에 조심스레 넣고, 어지러운 머리로 리젠트 가를 어슬렁거리는 이들을 지나, 포틀랜드 로드 너머 어두운 뒷길을 지나 집으로 향했다. 그 길을 마치 처음 걷는 듯하던 느낌이 아직도 생생하다. 나는 여전히 평소와는 한참 다른 낯선 정신 상태임을 느낄 수 있었고, 내가 먹은 것이 아편인지 궁금해졌다(나는 아편을 먹어 본 적이 없었다).

당시 내 낯선 정신 상태가 얼마나 기묘했는지 지금은 설명하기가 힘들다. 대충 말해서 이중 정신 상태 같은 느낌이었다고 할까. 리젠트 가를 걸어갈 때, 나는 그곳이 워털루 역이라는 기이한 확신이 들었고, 마치 기차에 올라타려는 사람처럼 폴리테크닉*으로 들어가야겠다는 이상한 충동이 들었다. 손등으로 눈을 비비고 다시 보니 리젠트 가였다. 그걸 어떻게 표현할 수 있을까? 노련한 배우가 당신을 아무 말 없이 빤히 바라보고 있다가 인상을 쓴다. 그리고 다음 순간! 완전히 다른 사람이 되는 것이다. 리젠트 가가 한순간 그런 식으로 보였다고 말하면 너무 지나친 표현인 걸까? 이윽고 그게 다시 리젠트 가인 것을 확신한 나는

---

*과거 영국의 과학기술 전문학교.

몇 가지 근거 없는 회상이 떠올라 정신이 이상하게 뒤죽박죽이 되었다. 나는 생각했다. '30년 전, 형과 말다툼을 한 곳이 여기였지.' 그러고는 웃음을 터뜨렸는데, 밤거리를 배회하던 무리들이 나 때문에 깜짝 놀라 발걸음을 재촉했다. 30년 전에 나는 태어나지도 않았고 나한테는 형도 없었다. 그러니 내 속에서 느껴지는 죽은 형에 대한 통렬한 후회는 분명 터무니없는 것이었다. 포틀랜드 로드를 따라갈 때 광기가 다시 고개를 들었다. 사라진 상점들을 떠올리며 예전 거리와 지금 거리를 비교하기 시작한 것이다. 내가 마신 걸 생각해 보면 뒤죽박죽 혼란스러운 생각이 드는 게 당연했지만, 정작 내가 당황했던 이유는, 기이하도록 생생하게 떠오르는 그런 환상의 기억들이 내 마음속으로 스멀스멀 기어 들었으며, 단지 스멀스멀 기어드는 기억뿐 아니라 빠져나가는 기억들도 있다는 것이었다. 나는 박물상인 스티븐슨의 가게 반대편에서 멈춰 서서 그 자가 나와 무슨 관련이 있는지 생각해 내기 위해 머리를 쥐어짰다. 승합마차 한 대가 기차처럼 우르릉거리는 소리를 내며 지나갔다. 나는 마치 추억이라는 어둡고 머나먼 구덩이에 빠져드는 것만 같았다. 마침내 내가 말했다. "맞아, 스티븐슨이 내일 내게 개구리 세 마리를 갖다 주기로 했지. 그걸 잊었다니 이상하군."

아직도 사람들이 아이들에게 디졸브 화면*을 보여 주는지 모르겠다. 나는 하나의 광경이 형체가 불분명한 유령처럼 생겨나 점점 자라나더니 마침내 다른 광경을 몰아내 버리던 것을 기억한다. 그처럼 새롭고 희미한 감각들이 자라나 내 원래의 감각들을 몰아내려 한다는 느낌이 들었다.

---

*한 화면이 사라지며 다른 화면이 점차 겹쳐지는 장면 전환 기법.

나는 어리둥절하고 약간은 겁먹은 상태로 유스턴 로드를 통과해 토트넘 코트 로드로 가면서도, 내가 평소 가지 않는 길로 가고 있다는 사실을 알아차리지 못했다. 보통은 얼기설기 연결된 뒷골목을 통해 지름길로 다녔었다. 유니버시티 가로 접어들자 내가 집 주소를 잊었다는 걸 깨달았다. 간신히 떠올린 11A라는 주소도, 이제는 기억나지 않는 누군가가 말해 줘서 아는 것 같은 느낌이 들었다. 나는 저녁 식사 때의 일을 기억하며 마음을 가라앉히려 했지만, 내게 식사를 사준 사람의 얼굴이 전혀 떠오르지 않았다. 마치 유리창을 통해 바깥을 내다보는 자신의 모습이 유리창에 반사된 모습을 보듯이, 그 사람의 얼굴은 그림자가 진 윤곽뿐이었다. 하지만 그자가 있는 곳에서는 발그레한 얼굴로 눈빛을 반짝이며 식탁 앞에 앉아 조잘대는 나 자신의 모습이, 신기하게도 제삼자의 눈으로 보는 것처럼 보였다.

내가 말했다. "받은 약을 먹어야지. 점점 터무니없어지는군."

나는 초와 성냥을 찾기 위해 복도의 엉뚱한 곳을 더듬었고, 내 방으로 가려면 어느 계단참으로 가야 하는지 확신이 서지 않았다. 나는 말했다. "취했군. 분명해." 그 주장을 증명이라도 하듯이 계단에서 주절주절 쓸데없이 중얼거렸다.

내 방에 들어가 안을 흘깃 보니 낯선 느낌이 들었다. "난장판이군!" 내가 말하고 주위를 물끄러미 바라보았다. 노력 끝에 나 자신으로 돌아온 듯한 느낌이 들었고, 이상한 환각도 이제 익숙한 단계로 접어들었다. 알부민에 대한 내 메모가 틀에 끼워져 있는 오래된 거울도 여전히 있었고, 낡은 내 일상복은 바닥에 던져져 있었다. 하지만 그 모든 것이 현실 같지가 않았다. 나는 바보 같은 느낌이, 말하자면, 나도 모르는 역에 막 멈춘 기차의 객실 안에서 창밖을 내다보고 있는 듯한 느낌이 스멀스멀 들기 시작했다. 나는 안심하기 위해 침대 난간을 꽉 움켜쥐었다. 내가 말했다. "나한테 천리안이라도 생겼나 보군. 초능력 연구회에 논문이라도 내야겠어."

나는 사이드 테이블 위에 둥그런 꾸러미를 놓아두고 침대에 앉아 부츠를 벗기 시작했다. 마치 내 현재의 느낌이 그리는 그림 위로 다른 그림이 덧칠해지며 자기 모습을 드러내려 애쓰는 듯한 기분이 들었다. 내가 말했다. "아, 짜증나네! 내가 정신이 나간 거야, 아니면 동시에 두 곳에 존재하는 거야?" 반쯤 옷을 벗은 채 나는 가루약을 유리잔에 넣고 마셨다. 가루약은 거품을 냈고, 물은 형광 호박색이 되었다. 잠이 들기 전, 내 정신은 이미 안정되어 있었다. 뺨에 닿는 베개를 느끼며 곧바로 잠에 빠져들었다.

* * * * *

이상한 짐승이 나타나는 꿈에서 화들짝 깨어났을 때, 나는 침대에 반듯하게 누워 있었다. 누구나 알듯이 그런 불길하고 격정적인 꿈을 꾸다가 깨어나면 두려움에 사로잡힌다. 입안에서 이상한 맛이 느껴졌고, 사지는 피곤했으며, 살갗에서는 불쾌감이 일었다. 나는 이물감과 공포가 사라지기를, 그리고 다시 잠이 들기를 기다리며 베개에 머리를 누인 채 가만히 있었다. 하지만 기대와 달리 기분 나쁜 느낌만 커져 갔다. 처음에는 주위가 이상한 것을 느끼지 못했다. 방에는 희미한 불빛이 있었는데, 너무나도 희미해서 거의 어둠과 마찬가지였고, 그 완벽한 어둠 속에서 가구들이 흐릿한 얼룩처럼 서 있었다. 나는 이불 바로 위로 가구들을 물끄러미 바라보았다.

둘둘 만 돈 뭉치를 강탈해 가기 위해 누군가가 방으로 들어왔다는 생각이 들었다. 하지만 한동안 누워 잠자는 척하며 숨을 고르던 나는 그것이 단순한 착각임을 깨달았다. 그럼에도, 뭔가 잘못되었다는 불편한 확신이 계속 나를 사로잡았다. 나는 간신히 베개에서 머리를 들어 어둠에 싸인 주위를 살펴보았다. 뭐가 잘못됐는지 알 수가 없었다. 나는 주위를 감싼 희미한 형상들을 보았다. 크고 작은 어둠 덩어리들은 커튼, 테이블, 벽난로, 책장 같은 것들이었다. 하지만 그 어둠 덩어리들이 뭔가 낯설게 느껴졌다. 침대 방향이 바뀌었나? 책장이 있어야 할 곳에 천을 씌운 파리한 것이 서 있었는데, 아무리 봐도 책장 같지는 않았다. 의자 위에 던져 놓은 셔츠라기엔 너무 컸다.

나는 어리석은 공포를 떨쳐 내고 이불 밖으로 나와 침대 너머로 다리를 뻗었다. 하지만 내 두 발은 바퀴 달린 낮은 침대에서 나와 바닥에 닿기는커녕 매트리스 가장자리에도 거의 닿지 않았다. 나는 한 걸음을 더 내디뎌서야 침대 가장자리에 앉을 수 있었다. 내 침대 가장자리에는 초가 있어야 했고 부서진 책상 위에는 성냥이 있어야 했다. 손을 뻗어 더듬어 보았지만, 아무것도 없었다. 어둠 속에서 손을 휘젓자 허공에 매달려 있는, 무거우면서도 부드럽고 두꺼운 뭔가가 내 손에 닿아 스치는 소리가 났다. 나는 그것을 잡아 끌어당겼다. 침대 머리맡 위로 늘어뜨려진 커튼 같았다.

이제 나는 완전히 잠에서 깨었고, 내가 낯선 방에 있다는 사실을 깨달았다. 나는 어리둥절해졌다. 나는 지난밤의 일들을 떠올리려 애썼고, 저녁 식사, 작은 꾸러미를 받은 일, 내가 취한 건 아닐까 궁금해했던 일, 천천히 옷을 벗던 일, 화끈거리는 얼굴을 베개에 묻었을 때 느꼈던 서늘함까지 이상할 정도로 생생하게 기억이 났다. 나는 돌연 의심이 들었다.

그게 어젯밤인가 아니면 그 전날 밤인가? 어쨌든, 나는 낯선 방에 있었고, 내가 이 방에 어떻게 들어왔는지 도무지 알 수가 없었다. 희미하고 파르스름한 윤곽이 점점 더 창백하게 밝아지자 나는 그것이 창문임을 알아보았고, 블라인드 사이로 비쳐 든 약한 새벽빛에 드러난 창문은 여전히 검기는 했지만, 타원형 화장대 거울 모양이었다. 나는 일어섰고, 무기력하고 불안정한 기묘한 느낌 때문에 깜짝 놀랐다. 나는 떨리는 손을 앞으로 뻗고 천천히 창문으로 걸어가다가 의자에 부딪혀 무릎에 멍이 들었다. 나는 블라인드 줄을 찾기 위해 유리 주위를 더듬거렸다. 창은 커다랬고, 멋진 놋쇠 돌출 촛대들이 설치되어 있었다. 블라인드 줄을 찾을 수가 없었다. 그러다가 우연히 술이 손에 닿았고, 스프링이 찰칵하면서 블라인드가 말려 올라갔다.

밖으로 보이는 풍경은 낯설기 그지없었다. 밤하늘에 두텁게 끼어 있던 구름은 새벽이 오자 복실복실한 회색 솜털 사이로 희미한 빛을 내비쳤다. 구름이 드리운 하늘 가장자리만 핏빛 붉은색으로 물들어 있었다. 그 아래 모든 것은 어둡고 희미했다. 저 멀리 어스레한 언덕들, 정상을 향해 이어진 흐릿한 건물들, 잉크를 뿌려 놓은 듯한 나무들이 보였고 창문 아래로는 장식무늬 같은 검은 덤불들과 연회색 오솔길들이 보였다. 너무나 낯설어서 한순간 내가 꿈을 꾸고 있다고 생각했다. 나는 화장대를 만져 보았다. 매끄러운 나무로 만든 것 같았으며 꽤 공들여 제작한 티가 났다. 화장대 위에는 조그만 컷글라스 병들과 솔빗이 하나 있었다. 그리고 기이한 형태의 조그만 물건이 하나 있었다. 만져 보니 말편자 모양에 매끄럽고 단단하게 튀어나온 부분들이 있는 깃으로, 접시 위에 놓여 있었다. 성냥이나 촛대는 찾을 수 없었다.

나는 다시 방 안을 둘러보았다. 이제 블라인드가 걷혀 있어서 유령처

럼 희미하던 가구들이 어둠 속에서 모습을 드러냈다. 방 안에는 커튼이
쳐진 거대한 침대가 하나 있었고, 그 발치에는 하얗고 커다란, 은은한
색의 대리석으로 장식된 벽난로가 있었다.

나는 화장대에 몸을 기댄 채 눈을 감았다가 다시 뜨고 생각에 집중
했다. 이 모든 게 꿈이라기엔 너무나 생생했다. 내가 마신 그 이상한 리
큐어 때문에 내 기억에 끊긴 부분이 생겼다고 여기고 싶었다. 나는 내가
상속받은 곳에 왔으며, 유산을 상속받은 뒤의 모든 기억을 갑자기 잃은
거라고 생각하고 싶었다. 아마도 조금만 더 기다리면 모든 게 다시 명확
해질 터였다. 하지만 엘브스햄 노인과 저녁 식사를 한 기억은 무척이나
생생했고 최근의 일이었다. 샴페인, 기민한 웨이터들, 가루약, 리큐어, 이
모든 게 몇 시간 전에 일어났다는 데 내 영혼이라도 걸 수 있었다.

그 순간, 너무나 평범하지만 너무나도 두려운 생각이 느닷없이 들었
고, 지금도 나는 그 순간을 생각하면 몸이 떨린다. 나는 큰 소리로 말했
다. "대체 내가 여기에 어떻게 온 거야?" 그리고 그 목소리는 내 목소리가 아
니었다.

내 목소리가 아니었다. 그 목소리는 가늘었고, 발음은 명확하지 않았
으며, 내 얼굴뼈에서 울리는 느낌도 달랐다. 이윽고 나는 확인을 하기 위
해 한 손을 다른 손 위로 가져가 쓰다듬었고, 노인 특유의 늘어지고 주
름진 피부와 앙상함을 느꼈다. 무슨 이유에서인가 내 목구멍에서 생성
된 그 끔찍한 목소리로 나는 말했다. "확실하군. 분명히 이건 꿈이야!"
그리고 나는 거의 무심결에 재빨리 손가락을 입에 넣었다. 치아가 사라
지고 없었다. 손가락 끝을 움직이자 오그라지고 굴곡 없는 잇몸의 흐늘
흐늘한 표면이 느껴졌다. 당혹스러움이 몰려들며 토할 것만 같았다.

나는 내 모습을 보고 싶은 욕망, 내게 찾아온 끔찍한 변화의 공포와

즉시 완전하게 마주하고픈 욕망을 느꼈다. 나는 벽난로 쪽으로 비틀거리며 걸어갔고 성냥을 찾아 더듬거렸다. 그러는 동안 밭은기침이 목구멍에서 토해져 나왔고, 나는 입고 있던 두꺼운 플란넬 잠옷을 움켜쥐었다. 성냥은 없었고, 돌연 나는 팔다리가 차갑다는 걸 깨달았다. 코를 쿵쿵대고 기침을 하고, 아마도 약간은 훌쩍이면서, 나는 더듬더듬 침대로 돌아갔다. 침대로 기어 올라가며 나는 나 자신에게 속삭였다. "이건 분명히 꿈이야. 분명히 꿈이야." 노인들이 잘하는 식으로 한 소리를 하고 또 했다. 나는 어깨까지, 귀까지 이불을 끌어 올렸다. 나는 말라비틀어진 손을 베개 아래에 쑤셔 넣었고, 잠을 자야겠다고 결심했다. 당연히 이것은 꿈이었다. 아침이 되면 꿈은 끝날 것이고, 잠에서 깬 나는 튼튼하고 활기찬 젊은이로 돌아가 학업에 임할 터였다. 나는 두 눈을 질끈 감고 고르게 숨을 쉬었지만 잠이 오지 않았고, 천천히 3의 배수로 숫자를 세기 시작했다.

하지만 일은 내가 원하는 대로 되지 않았다. 나는 잠을 잘 수가 없었다. 그리고 내게 일어난 변화가 냉혹한 현실이라는 확신이 점점 굳어져 갔다. 곧 나는 두 눈을 크게 떴고, 3의 배수로 수를 세던 것을 까맣게 잊고 앙상한 손가락으로 주름진 잇몸을 더듬고 있었다. 나는 갑자기 한 순간에 노인이 되어 있었다. 나는 설명할 수 없는 방식으로 인해 갑자기 노년으로 추락해 버렸다. 알지 못하는 속임수에 넘어가 내 삶과 사랑과 노력과 정력과 희망에서 가장 좋을 때를 잃어버린 것이다. 나는 베개에 얼굴을 묻고 이런 환각은 얼마든지 가능한 일이라고 자신을 설득하려 애썼다. 그리고 감지할 수 없을 정도로 천천히, 하지만 꾸준히, 새벽은 점점 더 밝아 왔다.

마침내, 나는 더는 잠들지 못한다는 사실에 절망하며 침대에서 일어나 주위를 둘러보았다.

서늘한 새벽빛에 방 전체가 보였다. 방은 넓고, 좋은 가구들이 놓여 있었다. 내가 이전까지 지내 온 그 어떤 방에 있던 가구들보다 좋은 가구들이었다. 벽감의 작은 대 위에 놓인 초와 성냥이 어렴풋이 보였다. 나는 이불을 걷고 여름임에도 이른 아침의 한기에 몸을 떨었다. 나는 침대에서 나와 초에 불을 붙였다. 그리고 못에 걸린 촛불 끄개가 덜그럭거릴 정도로 끔찍하게 몸을 떨며 비틀비틀 거울로 가 내 모습을 보았다. 그건 엘브스햄의 얼굴이었다. 나는 이미 어슴푸레 이런 일이 있으리라고 두려워하고 있었지만, 그래도 내 모습을 보자 공포가 밀려들었다. 육체적으로 약하고 불쌍해 보였던 엘브스햄이 이제 내 몸이 되어 버린 지금, 앙상한 목이 훤히 드러나고 여기저기 해진 조악한 플란넬 잠옷을 입은 그 처참한 노쇠 상태를, 나는 뭐라 설명할 수가 없었다. 움푹한 뺨, 지저분하게 헝클어진 백발, 진물이 흐르는 흐릿한 눈, 쉼 없이 떨리는 주름진 입술, 안쪽의 분홍색 살이 드러나 번들거리는 아랫입술, 그리고 끔찍할 정도로 시커먼 잇몸. 몸과 마음이 다르지 않은, 자연스레 나이를 먹은 당신으로서는 악마가 스며든 것 같은 이 상황이 내게 어떤 의미인지 도저히 상상할 수 없을 것이다. 젊은이였다가, 젊음의 욕망과 에너지로 가득 차 있다가 이렇게 무너지고 힘없는 육체에 갇혀 있는 게 어떤 의미인지를……

하지만 나는 지금 이야기하려던 목적에서 벗어나 있다. 한동안 나는 내게 닥친 변화에 완전히 이성을 빼앗겨 버렸던 게 분명하다. 다시 정신을 차리고 생각을 하게 된 건 대낮이 되고 나서였다. 설명할 수 없는 방식으로 나는 변했으며, 마법이 아니고서야 어떻게 그런 일이 일어났는지 나는 설명할 수가 없었다. 그리고 생각을 하는 동안, 엘브스햄의 사악한 재간에 생각이 미쳤다. 내가 그자의 몸에 있으니 그자가 내 몸을, 내 정력과 미래를 가지고 있다는 것은 자명해 보였다. 하지만 그걸 어떻게 증명한단 말인가? 그런 생각을 하는 나 자신조차 그 사실을 믿을 수가 없어서 머리가 빙빙 도는데. 나 자신을 꼬집어 보고, 이가 없는 잇몸을 만져 보고, 거울에 모습을 비춰 보고, 주위의 물건들을 만져 보고 나서야 나는 다시금 내 앞에 놓인 상황과 침착히 마주할 수 있었다. 내 모든 삶이 환각일까? 사실은 내가 엘브스햄이고 엘브스햄은 나인가? 지난밤에 내가 이든의 꿈을 꾼 것일까? 이든이 있기는 한 걸까? 하지만 만약 내가 엘브스햄이라면, 어제 아침에 내가 있던 곳, 내가 사는 마을 이름, 꿈이 시작되기 전에 있었던 일을 기억해야 마땅했다. 나는 내 생각들을 끌어안고 악전고투했다. 지난밤 기억이 얽혔던 기묘한 현상을 떠올렸다. 하지만 이제 내 마음은 맑았다. 이든으로서의 기억만 떠올릴 수 있을 뿐 그 어떤 기억의 유령도 없었다.

"이건 말도 안 돼!" 삑삑거리는 목소리로 내가 외쳤다. 나는 비틀거리며 일어나 연약하고 무거운 몸을 이끌고 세면대로 걸어갔고, 차가운 물이 담긴 세면기에 허연 머리를 담갔다. 이윽고 수건으로 물기를 닦아 낸 다음 다시 생각해 보았다. 소용없었다. 나는 확실히 이든이었지 엘브스햄이 아니었다. 하지만 엘브스햄의 몸에 든 이든이었다!

만약 내가 다른 시대의 사람이었다면, 마법에 걸렸다고 생각해 내 운명을 받아들였을지도 모른다. 하지만 이 회의적인 시대는 기적을 믿지 않았다. 이건 심리학에서 쓰는 속임수일 수도 있었다. 약과 빤히 바라보는 응시의 효과 때문이라면, 마찬가지로 약과 빤히 바라보는 응시를 이용한 치료법을 써서, 또는 그 비슷한 치료법을 써서 분명히 되돌릴 수 있을 터였다. 사람들은 누구나 과거의 기억을 잃는다. 하지만 마치 우산을 바꾸듯이 기억을 바꾸다니! 나는 웃음을 터뜨렸다. 아, 웃음조차 건강하지 못한, 노쇠한 이의 씨근거리고 소리 죽인 웃음이었다. 늙은 엘브스햄이 내 절망을 비웃고 있을 모습이 눈에 선했고, 평소엔 잘 느끼지 못하던 분노가 용솟음치며 내 몸을 휘감았다. 나는 바닥에 놓인 옷들을 차근차근 입기 시작했고, 옷을 다 입고 나서야 그것이 전날 내가 입었던 야회복이라는 것을 깨달았다. 나는 옷장을 열고 평상복들과 격자무늬 바지 한 벌, 구식 실내복 한 벌을 찾아냈다. 나는 나이 든 내 머리 위에 오래된 스모킹 캡*을 쓰고, 밭은기침을 조금씩 하며 계단참을 향해 비틀비틀 걸어갔다.

아마도 6시 15분 전쯤이었고, 블라인드가 단단히 쳐져 있는 집은 아주 조용했다. 계단참은 넓었고, 커다랗고 푹신한 카펫이 깔린 계단은 아래쪽 복도의 어둠 속에 잠겨 있었으며, 내 앞의 살짝 열린 문틈으로는 글을 쓸 때 사용하는 작은 책상, 회전식 책장, 튼튼한 의자 등받이, 잘 정돈된 제본 책들이 얹힌 책장 선반들이 보였다.

"내 서재로군." 나는 그렇게 중얼거리며 계단참을 가로질러 걸어갔다. 이윽고 내 목소리를 듣는 순간, 뭔가 떠오르는 것이 있었고, 나는 침대로 돌아가 틀니를 찾아 입에 끼웠다. 틀니는 오랜 습관처럼 자연스럽게 입에 맞았다. "한결 낫군." 나는 틀니를 뿌드득 갈며 말했고, 이윽고 서재로 돌아갔다.

책상 서랍은 잠겨 있었다. 회전식 상판 역시 잠겨 있었다. 열쇠가 어디 있는지 알 수 없었고, 내 바지에도 없었다. 나는 즉시 침실로 돌아가 야회복을 뒤져 보았고, 그다음에는 눈에 보이는 모든 옷의 주머니를 뒤져

---

*담배를 피울 때 머리에 담배 냄새가 배지 않도록 하기 위해 쓰는 모자.

보았다. 나는 아주 열심이었는데, 일에 몰두 중인 도둑을 떠올린다면 내가 열쇠를 찾느라 내 방을 어떻게 해놓았는지 쉽게 짐작이 갈 것이다. 열쇠만 없는 게 아니라 동전 하나 종잇조각 하나 나오지 않았다. 있는 거라고는 오직 어젯밤 저녁 식사 영수증뿐이었다.

기이한 피로감이 몰려들었다. 나는 앉아서 주머니가 까뒤집힌 채 여기저기 널려 있는 옷들을 물끄러미 바라보았다. 내 첫 번째 광란은 이미 사라진 상태였다. 매 순간, 나는 내 적이 만들어 놓은 엄청나게 지능적인 계획과 희망 없는 내 상황을 더욱더 확실히 깨닫기 시작했다. 나는 간신히 일어나 다리를 절며 다시 서재로 갔다. 하녀 한 명이 계단에서 블라인드를 걷어 올리고 있었다. 생각해 보니 하녀는 내 얼굴에 나타난 표정을 유심히 살펴본 듯하다. 나는 서재로 들어가 문을 닫았고, 부지깽이를 집어 책상을 내리치기 시작했다. 사람들이 달려왔을 때도 나는 계속 그 짓을 하고 있었다. 책상 상판이 갈라지고, 자물쇠가 부서지고, 편지함 밖으로 편지들이 튀어나와 사방으로 흩어졌다. 늙어 비틀어진 노인의 격분 속에서 나는 펜과 다른 가벼운 문방구들을 집어 던지고 잉크병을 엎었다. 벽난로 선반 위의 커다란 화병은 이미 깨져 있었다. 그게 어쩌다 깨졌는지는 모르겠다. 수표책이며 돈, 또는 내 몸을 회복시키는 데 조금이라도 도움이 될 만한 것은 아무것도 보이지 않았다. 나는 집사와 하녀 두 명이 달려와 나를 말릴 때까지 미친 듯이 서랍을 내리쳤다.

* * * * *

내 변화에 대한 이야기를 간단하게 말하면 위와 같다. 그 누구도 내 이 정신 나간 듯한 주장을 믿으려 하지 않을 것이다. 나는 실성한 사람

취급을 받으며, 심지어 지금 이 순간에는 감금되어 있다. 하지만 내 정신은 멀쩡하며, 완벽히 멀쩡하며, 이것을 증명하기 위해 나는 책상 앞에 앉아 내게 일어난 일들을 상세히 썼다. 이 글을 읽는 이에게 호소하니, 이야기의 문체나 방식에 정신이상의 어떤 기미가 있는지를 살펴봐 줬으면 좋겠다. 나는 늙은이의 몸에 갇힌 젊은이다. 그건 명백한 사실이지만 다른 사람들은 믿기 어려운 사실이다. 그 사실을 믿지 않는 사람들 눈에는 내가 실성해 보이는 것이 당연하며, 내가 내 비서들이나 나를 진찰하러 온 의사들, 하인, 이웃들의 이름과 내가 깨어났을 때 나 자신을 발견한 이 마을(여기가 어디든 간에)의 이름을 모르는 것 역시 당연하다. 나 자신의 집에서 길을 잃는 것도, 온갖 불편함을 겪는 것도 당연하다. 해괴망측한 질문을 하는 것도 당연하다. 훌쩍이고 고함을 지르는 것도, 절망에 빠져 발작을 일으키는 것도 당연하다. 내게는 돈도 수표책도 없다. 은행은 내 서명을 인정하지 않으려 들 터이다. 내 육체는 연약해졌어도 필체는 여전히 이든의 것이기 때문이다. 주위 사람들은 내가 직접 은행에 가지 못하게 할 것이다. 사실, 이 마을에는 은행이 없는 듯하며, 내 계좌는 런던의 어딘가에 있는 듯하다. 엘브스햄은 자신의 식솔들에게 자신의 변호사 이름을 비밀로 했던 듯하다. 나는 사람들에게 아무것도 확인시켜 줄 수 없다. 내 모든 주장은, 뛰어난 정신과학자인 엘브스햄이 지나치게 심리학에 심취한 결과 정신이상이 됐다는 이론만 확인시켜 주었을 뿐이다. 그래서 내가 다른 이의 인격을 꿈꾸고 있다는 것이다! 이틀 전 나는 앞길이 창창하고 건강한 젊은이였다. 이제 나는, 주위의 모든 사람들에게 미치광이 취급을 받으며 감시당하는 두려움과 회피의 대상, 분노로 가득하고 지저분하고 절망과 불행에 빠져 크고 호화롭고 낯선 집을 어슬렁거리는 노인이다. 그리고 엘브스햄이라는 자는 지금 70년을 축적한 지식과 지혜로 무장한 채 런던에서 활력 넘치는 육체를 가지고 새로운 삶을 시작하고 있다. 그자는 내 인생을 강탈했다.

무슨 일이 일어났는지, 나는 명확히 알지 못한다. 서재에는 주로 기억의 심리학과 관련된 원고들이 잔뜩 쌓여 있는데, 수학 기호인 것 같기도 하고 암호인 것 같기도 한, 내게는 완전히 낯선 상징들로 쓰여 있다. 어떤 문장들을 보면 엘브스햄이 수학에도 심취했음을 알 수 있다. 나는 바로 그 문장들이, 엘브스햄이 자신의 기억과 인격 전부를 자신의 늙고 쇠약한 뇌에서 나의 뇌로 옮기고 같은 수법으로 내 기억을 자신의 시들어 가는 몸으로 옮겼다는 증거라고 생각한다. 다시 말해, 엘브스햄은 실제로 육체를 바꾼 것이다. 하지만 어떻게 그러한 교환이 가능한지는 내 지식의 범위 밖이다. 나는 철이 들고 나서는 늘 유물론자였지만, 여기 갑자기, 인간이 물질로부터 분리될 수 있다는 확실한 증거가 나타났다.

이제 나는 자포자기한 심정으로 실험을 하나 하려 한다. 그리고 그 일을 하기에 앞서 이 글을 쓰고 있다. 오늘 아침 식사 시간에 몰래 챙긴 나이프를 이용해, 나는 부서진 책상에 달려 있는 비밀 서랍이 분명한 곳을 여는 데 성공했다. 그 안에는 흰 가루가 담긴 조그만 녹색 약병을 빼고는 아무것도 없었다. 약병의 병목에는 레이블이 하나 붙어 있었고, 거기에는 여시오라는 한 단어만 적혀 있었다. 그건 아마도, 거의 분명히 독일 것이다. 엘브스햄이 내게 독을 남긴 게 분명하다. 자신이 저지른 일의 유일한 산증인인 나를 제거하기 위해, 내가 발견할 수 있도록 독을 숨겨 놓았다고 나는 확신한다. 그렇지 않다면 이렇게 조심스레 숨겨 놓았을 리가 없다. 그자는 사실상 영생의 문제를 해결했다. 불운이 일어나지만 않는다면, 그자는 늙을 때까지 내 몸에서 살 것이며, 그리고 다시 그 몸을 버리고 다른 희생자의 젊음과 원기를 빼앗을 것이다. 그자가 얼마나 무자비한지를 떠올리면, 그런 짓을 얼마나 더 벌일지 생각만 해도 끔찍하다. 그자는 얼마나 오랫동안 몸을 바꾸며 살아온 것일까? 하지만 이제 나는 글을 쓰는 게 피곤하다. 가루약은 물에 녹은 듯하다. 맛이 나쁘지 않다.

* * * * *

엘브스햄의 이 글은 그의 책상 끄트머리에서 발견되었다. 엘브스햄의 시체는 책상과 의자 사이에 누워 있었다. 의자는 뒤로 밀려 있었다. 아마도 마지막 발작 때문이었으리라. 글은 평소에 사용하는 연필로 쓰여 있었으나, 평소의 세심한 성격과는 달리 휘갈긴 필체였다. 기록할 만한 사실이 두 가지 있다. 이든과 엘브스햄 사이에 모종의 관계가 있다는 것은 분명하다. 엘브스햄의 전 재산이 그 젊은이 앞으로 유증되었기 때문이다. 하지만 그 젊은이는 그 재산을 한 푼도 받지 못했다. 엘브스햄이 자살했을 때, 묘한 일이지만 이든은 이미 죽어 있었기 때문이다. 엘브스햄이 죽기 스물네 시간 전, 이든은 고어 가와 유스턴 로드의 혼잡한 교차로에서 마차에 치여 즉사했다. 그래서 이 환상적인 이야기에 빛을 비출 수 있던 유일한 사람에게 질문을 하는 것은 불가능해졌다. 더 이상의 첨언 없이, 나는 이 예사롭지 않은 이야기에 대한 판단은 독자 개개인에게 맡겨 놓겠다.

수술대에서
Under the Knife

'수술을 받다 죽으면 어쩌지?' 해던 네에서 집으로 걸어오는데 그런 생각이 자꾸만 반복해서 들었다. 순수하게 개인적인 의문이었다. 내게는 기혼남들의 고민 따윈 없었고, 난 내가 죽으면 몇 안 되는 가까운 친구들이 주로 애도의 의무 때문에 내 죽음을 귀찮아할 거란 걸 알 수 있었다. 그 문제를 곰곰이 궁리해 보니, 그 관습적 요구를 초월할 수 있는 사람은 거의 없을 거라는 사실에 약간의 굴욕감까지 느끼며 놀랄 수밖에 없었다. 프림로즈 힐에 있는 해던의 집에서 걸어 돌아오는 동안, 매력이 벗겨진 채 그 실체가 빛 아래 분명하고 노골적으로 드러나는 것이 있었다. 바로 어린 시절부터 알아 온 내 친구들이었다. 그제야 우리의 애정이 관습적인 것이며, 그것을 유지하기 위해 우리가 다소 힘들게 모여 친하게 지내 왔다는 걸 이해할 수 있었다. 훗날 경력을 쌓는 동안 생겨난 경쟁자들과 조력자들도 있었다. 나는 내가 냉정했고 감정을 드러내지 않았다고 생각한다. 아마도 그 두 가지는 서로 더불어 나타나는 것이리라. 어쩌면 우정의 깊이마저도 체력의 문제일 수 있다. 내게도 친구가 죽어 통렬히 슬퍼하던 때가 있었다. 하지만 그날 오후 집으로 걸어오며 내 상상 속의 감정적 면은 잠들어 버렸다. 나는 자기 연민에 빠질 수도, 친구들을 가엾게 여길 수도 없었고, 친구들이 나의 죽음을 비통해할 거라 생각할 수도 없었다.

나는 내 감정적 본성이 그렇게 죽어 버린 것에 흥미를 느꼈다(내 생리 현상이 침체되며 부수적으로 생긴 일이 분명했다). 그리고 내 생각은 그런 상황이 이끄는 대로 따라 흘러갔다. 뜨거운 청춘 시절에 나는 갑작스러운 출혈로 죽음의 목전까지 간 적이 있었다. 그날 오후 나는 열정과 애정을 모두 잃었으며, 침착한 체념과 아주 약간의 자기 연민만 남아 있었다. 예전의 야심과 다정함, 그리고 사람으로서의 모든 복잡한 도덕적 상호작용이 다시 돌아올 때까지 시간이 몇 주는 걸렸다. 그런 무감각이, 동물로서의 인간이 따라가야 할 기쁨-고통의 길에서 점차 미끄러져 벗어나는 것을 의미할 수도 있다는 생각이 문득 들었다. 나는 더 숭고한 감정들, 도덕적 감정이나 심지어 사랑의 미묘한 이타성조차 단순하고 기초적인 동물적 욕망과 두려움에서 진화한 것이라고, 그 점은 이 세상의 어떤 증명에도 뒤지지 않을 만큼 철저히 증명되었다고 믿는다. 그런 것들은 인간의 정신적 자유에 채워진 구속 장치이다. 그리고 죽음이 우리 위에 그늘을 드리워 우리의 행동 가능성이 줄어들 때, 서로 상호작용하면서 우리의 행동을 유발하는 복잡하고 균형 잡힌 충동인 성향과 반감도 함께 사라지는지도 모른다. 그럼 무엇이 남나?

나는 정육점 아이의 쟁반과 충돌할 뻔하며 갑작스레 현실로 돌아왔다. 나는 어느새 리젠트 파크 운하의 다리를 건너고 있었다. 그 다리는 동물원의 다리와 평행하게 세워져 있었다. 파란 옷을 입은 정육점 소년은 수척한 백마에 끌려 천천히 다가오는 검은 거룻배를 돌아보았다.*동물원 안에 있던 보모는 행복해하는 어린아이 세 명을 데리고 다리 쪽으로 왔다. 나무들은 밝은 초록색이었다. 봄의 희망은 아직 여름의 먼지에 물들지 않고 있었다. 물에 비친 하늘은 반짝거리고 화창했지만, 거룻배가 지나가며 남긴 긴 물결들과 떨리는 검은 줄들이 그 광경을 부숴 놓았다. 사람의 마음을 뒤흔드는 산들바람이 불었다. 하지만 내 가슴은 전처럼 봄바람에 뛰지 않았다.

그렇게 무뎌진 감정도 그 자체로 기대감이었을까? 나는 복잡하게 얽힌 암시들을 전처럼 명확하게 추론하고 분석할 수 있다는 것이 신기했다. 적어도 내게는 그렇게 여겨졌다. 사실 나를 찾아온 감정은 무딤이 아닌, 차분함이었다. 죽음을 예감하면서 안도하는 것은 무슨 이유일까? 사람은 죽음을 눈앞에 두면, 차가운 죽음의 손이 실제로 닿기 전부터 이리저리 얽힌 물질과 감각에서 본능적으로 몸을 빼기 시작하는 것일까? 묘하게도, 주위의 삶과 존재들로부터 내가 분리되는 듯한 고립감이 느껴졌다. 그래도 후회는 없었다. 태양 아래 놀며 인생사를 위한 힘과 경험을 모으는 아이들, 보모들과 이야기를 나누는 공원 관리인, 아기에게 젖을 먹이는 어머니, 서로에게 몰두한 채 내 곁을 지나가는 젊은 연인들, 햇빛을 향해 새잎을 간절히 펼치고 있는 길가의 나무들, 나뭇가지들 사이의 살랑거림…… 나도 한때는 그 모든 것의 일부였지만, 이젠 거의 관계없는 상태가 되었다.

---

*20세기 중반까지 영국의 강이나 운하에서는 말이 끄는 배가 사용되는 경우가 흔했다.

나는 브로드 워크를 좀 걷다가 지쳐서 발이 무거워졌음을 깨달았다. 그날 오후는 날이 뜨거웠고, 나는 길에서 벗어나 길가에 늘어선 초록색 의자들 중 하나에 앉았다. 나는 곧 졸다가 꿈에 빠졌고, 생각의 파도가 부활의 장면을 바닷가로 밀어 올렸다. 나는 여전히 의자에 앉아 있었지만, 내가 실은 죽고, 시들고, 누덕누덕하고, 마르고, 한 눈은 새들에게 쪼아 먹혔다고(남은 한 눈으로 보고 있다고) 생각했다. "일어나!" 누가 외쳤다. 그리고 곧바로 길의 흙과 풀 아래에 있는 곰팡이가 반란을 일으켰다. 이전에는 한 번도 리젠트 파크를 공동묘지로 생각한 적이 없었지만, 이제 나는 그곳 나무들 사이로, 몸부림치는 묘들과 기울어진 묘비들이 가득한 끝없는 평지를 볼 수 있었다. 문제가 좀 있어 보였다. 부활한 시체들이 일어나려고 몸부림치며 헐떡거렸고, 버둥대며 피를 흘렸고, 하얀 뼈에서 붉은 살이 떨어져 나갔다. "일어나!" 누가 다시 외쳤다. 그러나 나는 굳이 부활해서 이렇게 공포스러운 상황과 마주하고 싶지 않았다. "일어나!" 그들은 나를 그냥 내버려 두지 않을 것 같았다. "일어나라니까!" 화난 목소리가 말했다. 런던 말씨를 쓰는 천사라니! 그러나 표 파는 남자가 표를 사라고 나를 흔들고 있는 것이었다.

나는 표를 사서 주머니에 넣고 하품을 하고는 다리를 쭉 뻗었다. 그리고 무기력감이 다소 덜해진 것을 느끼며 일어나서 랭햄 플레이스 쪽으로 걸어갔다. 하지만 다시 금세 죽음의 미로에서, 계속해서 변화하는 그 생각의 미로에서 길을 잃었다. 메릴본 로드를 건너 랭햄 플레이스 끝의 초승달 모양 광장으로 들어가다가 번개처럼 돌진하는 승합마차를 간발의 차로 피한 후, 두근거리는 가슴과 멍든 어깨로 계속 내 길을 갔다. 죽음에 대해 그런 생각을 한 직후 그날 그렇게 죽게 됐다면 흥미로운 일이 됐을 거란 생각이 갑자기 머리를 쳤다.

하지만 그날과 이튿날 내가 겪은 일들을 계속 늘어놓아 여러분을 지루하게 만들진 않겠다. 나는 내가 수술대에서 죽으리라는 것을 점점 더 확실하게 알 수 있었다. 내 생각에, 가끔 나는 스스로에게 젠체하며 즐기는 경향이 있었다. 의사들은 11시에 오기로 되어 있었지만, 나는 일어나지 않았다. 구태여 씻고 옷을 입는 등의 준비를 할 필요를 못 느꼈고, 첫 우편으로 온 신문과 편지들을 읽었지만 그다지 흥미가 일진 않았다. 편지 한 통은 오랜 학교 친구인 애디슨이 내 새 책에 모순 두 개와 인쇄상 오류 한 개가 있으니 확인해 보라고 보낸 다정한 편지였고, 또 한 통은 랭그리지가 민턴에 대해 화를 토하는 편지였다. 나머지는 사업상 편지들이었다. 나는 침대에 앉아 아침을 먹었다. 옆구리의 이글거리는 고통이 훨씬 더 심해진 듯했다. 나는 그게 고통이란 걸 알았지만, 그러면서도, 여러분이 이해할지는 모르겠지만, 심하게 고통스럽다고 느끼진 않았다. 밤이면 상처 부위가 화끈거려 잠을 못 이루었지만, 아침이 되면 침대에서 편안함을 느꼈다. 밤에는 누워 지나간 일들을 생각했고, 아침이면 꾸벅꾸벅 졸면서 불멸의 문제를 생각했다. 해던이 말끔한 검은 가방을 들고 11시 정각에 나타났다. 그리고 모브레이가 곧 뒤따라왔다. 둘이 오자 나는 살짝 동요했다. 나는 둘의 행동에 좀 더 사적인 관심을 느끼기 시작했다. 해던은 작은 팔각형 테이블을 침대 옆으로 옮겼고, 널찍한 등을 내게 돌린 채 가방에서 물건을 꺼내기 시작했다. 철끼리 부딪칠 때 나는 가벼운 찰칵 소리가 들렸다. 내 상상력이 아주 정체된 것은 아님을 나는 알았다. "많이 아플까요?" 나는 아무렇지 않은 말투로 물었다.

해던은 어깨 너머로 대답했다. "전혀요. 먼저 클로로포름으로 마취를 할 겁니다. 당신 심장은 소처럼 건강하답니다." 해던이 말하는 동안, 마취제의 얼얼하고 달콤한 냄새가 확 풍겼다.

두 사람은 날 잡아당겨 길게 눕히고는 수술에 편리하도록 내 옆구리를 드러냈고, 나는 무슨 일이 벌어지는지 미처 깨닫기도 전에 클로로포름 가스를 마셨다. 클로로포름 냄새가 콧구멍을 찌르더니 숨이 막히는 듯한 느낌이 들었다. 나는 내가 죽을 것을 알았다. 이게 내 의식의 끝이란 것을 알았다. 그러다 갑자기 아직 죽음의 준비를 마치지 못했다는 느낌이 들었다. 빼먹은 의무가 있다는 느낌이 희미하게 들었다. 뭔지는 몰랐다. 내가 아직 해놓지 않은 게 뭐지? 해야 할 일도, 하고 싶은 일도 더는 남아 있지 않았다. 그런데도 이상하게 죽는 게 싫었다. 그리고 내 육체는 고통스러울 정도의 갑갑함을 느끼고 있었다. 물론 의사들은 자기들이 날 죽이게 되리란 걸 몰랐다. 아마도 나는 몸부림쳤을 것이다. 그런 뒤 나는 까딱도 하지 않게 되었고, 엄청난 침묵, 터무니없는 침묵, 그리고 꿰뚫을 수 없는 암흑이 나를 덮쳤다.

절대적인 무의식의 시간이 몇 초 혹은 몇 분 동안 이어졌던 게 분명하다. 이윽고 으스스하고 냉정하게 머리가 맑아졌고, 나는 내가 아직 죽지 않았음을 알 수 있었다. 나는 아직도 내 몸 안에 있었다. 하지만 몸에서 몰려와 의식의 기저를 이루는 그 모든 가지각색의 감각들은 모두 사라졌고, 나는 그 모든 것에서 자유가 되었다. 아니, 모든 것에서 자유로워지진 않았다. 무언가가 아직도 날 침대 위의 빈약하고 뻣뻣한 살에 붙들고 있었기 때문이다. 하지만 내가 몸 밖에 있는 것을, 몸과 별개가 된 것을, 몸에서 애써 빠져나오고 있는 것을 느끼지 못할 정도로 꽉 붙든 건 아니었다. 난 내가 보았다고 생각하지 않는다. 난 내가 들었다고 생각하지 않는다. 하지만 벌어지는 모든 일을 인식했고, 마치 들으면서 동시에 보고 있는 듯한 느낌이었다. 해던이 내 위로 몸을 굽히고 있었고, 모브레이는 내 뒤에 있었다. 외과용 메스(커다란 놈이었다)가 내 늑골 아래 옆구리 살을 자르고 있었다. 고통 없이, 불안함조차 조금도 없이 내가 치즈처럼 잘리는 것을 보니 흥미로웠다. 마치 모르는 사람과 체스를 할 때 느낄 법한 감정과 거의 비슷했다. 해던의 얼굴은 단호했고, 손은 침착했다. 하지만 나는 해던이 수술 집도에 대한 자신의 지식에 굉장한 의심을 느낀다는 걸 알고(어떻게 알았는지는 모르겠다) 놀랐다.

모브레이의 생각 역시 볼 수 있었다. 모브레이는 해던의 방식이 지나치게 전문가적이라고 생각하고 있었다. 거품 이는 명상의 개울 속 기포들처럼, 새로운 제안들이 쏟아져 나왔고, 작고 환한 얼룩인 모브레이의 의식 속에서 기포들이 하나씩 터졌다. 모브레이는 질투가 많고 남을 깎아내리려는 성향이 있음에도 불구하고, 해던의 신속하고 기민한 솜씨를 눈여겨보며 감탄하지 않을 수 없었다. 나는 내 간이 드러난 것을 보았다. 나는 내 상태에 혼란스러워졌다. 난 내가 죽었다고 느끼지 않았지만, 살아 있는 나와는 왠지 달랐다. 1년 넘게 나를 짓누르고 내 모든 생각을 물들이던 회색 우울이 사라졌다. 나는 그 어떤 감정적 색채 없이 인식하고 생각했다. 누구나 클로로포름을 마시면 이런 식으로 만사를 인식하게 되다가 마취에서 깨면 다시 잊게 되는 건지 궁금해졌다. 누군가의 머릿속을 들여다본 경험을 잊지 못한다면, 불편할 것 같았다.

비록 아직은 내가 죽었다고 생각하지 않았지만, 곧 죽을 것임을 여전히 분명하게 인식하고 있었다. 그런 생각이 들자 해던의 수술을 다시 살펴보게 되었다. 해던의 마음을 들여다보니, 해던은 간문맥 하나를 자르는 걸 두려워하고 있었다. 해던의 마음속에서 벌어지고 있는 흥미로운 변화들 때문에 나는 수술의 세세한 부분들까지는 주의를 기울일 수기 없었다. 해던의 의식은 검류계의 거울에서 반사된, 떨고 있는 작은 빛의 점과 비슷했다. 해던의 생각들은 그 아래로 개울처럼 흘러가고 있었는데, 어떤 것은 환하고 분명한 초점을 통해서 흐르고, 어떤 것은 가장자리의 어둑한 그늘 속에 있었다. 지금 이 순간, 작은 빛은 차분했다. 하지만 모브레이의 아주 작은 동작, 밖에서 들리는 아주 사소한 소리, 심지어 해던이 자르는 살아 있는 살의 느린 움직임에서 나타나는 희미한 차이조차도 그 빛의 점을 떨게 하고 회전시켰다. 새로운 감각-인상이 사고의 흐름을 통해 빠르게 밀려왔다. 그리고 보라! 빛의 점은 그쪽으로 휙 다가갔고, 겁에 질린 물고기보다도 더 빨랐다. 인간의 모든 복잡한 동작들이 그 불안정하고 변덕스러운 것에 의존한다고 생각하니 참으로 놀라웠고, 따라서 그 뒤로 5분 동안 나의 생명이 그 움직임들에 따라 결정된다고 생각하니 그 또한 참으로 놀라웠다. 해던은 점점 더 신경이 날카로워지고 있었다. 마치 혈관을 잘랐을 때의 조그만 장면은 머릿속에서 점점 더 뚜렷하게 보고 있지만, 제대로 자르지 못했을 때의 장면은 머릿속에서 몰아내려고 분투하는 것 같았다. 해던은 두려워했다. 너무 작게 자르면 어쩌지 하는 두려움이 너무 많이 자르면 어쩌지 하는 두려움과 싸우고 있었다.

이윽고 갑자기, 수문 아래에서 물이 탈출하듯이, 끔찍한 깨달음이 미친 듯이 솟구치더니 해던의 모든 생각을 소용돌이치게 했고, 동시에 나는 정맥이 잘렸음을 알았다. 해던은 쉰 목소리로 절규하며 뒤로 물러났고, 나는 갈색과 보라색이 섞인 피가 빠르게 맺히더니 곧 똑똑 흘러내리는 것을 보았다. 해던은 공포에 질렸다. 해던은 붉게 물든 메스를 팔각형 테이블에 내던졌다. 그리고 두 의사는 곧바로 내게 몸을 던져 그 재난을 수습하려고 허둥대며 헛된 노력을 기울였다. "얼음!" 모브레이가 헐떡이며 말했다. 하지만 내 몸이 아직 내게 찰싹 달라붙어 있음에도, 난 내가 살해당한 것을 알았다.

해던과 모브레이가 날 구하려고 뒤늦게 했던 노력들에 대해선 설명하지 않겠다. 하지만 나는 그 모든 것을 상세하게 보았다. 나는 내 평생 가장 날카롭고 신속하게 상황을 인식했다. 내 생각들은 믿을 수 없을 만큼 신속하게, 그러나 완벽히 선명하게 내 머릿속을 스쳐 갔다. 그 혼잡한 명료함은 적당량의 아편을 피웠을 때의 효과에만 비길 수 있다. 금세 모든 게 끝나고, 나는 자유로워질 것이었다. 나는 내가 불사의 존재인 걸 알았지만, 무슨 일이 벌어질지는 나도 몰랐다. 이제 나는 총에서 피어나는 연기처럼, 반만 물질적인 묽어진 버전이 되어 표류하게 될까? 갑자기 주변에 죽은 자들이 무수히 많아지고, 늘 생각했던 것처럼 내 주위 세계는 주마등처럼 변하는 환영이 될까? 떠돌다가 무슨 심령술사의 강신술회로 가서 거기서 우둔한 영매에게 영향을 미치려고 멍청하고 이해할 수 없는 노력을 하게 될까? 냉정한 호기심, 공평한 기대감의 상태였다. 이윽고 나는 내게 점점 더 큰 힘이 가해지고 있음을 깨달았다. 무슨 거대한 인간 자석이 나를 내 몸에서 빼내 위로 끌어당기는 듯한 느낌이었다. 그 힘은 점점 더 커졌다. 무시무시한 힘들이 원자인 날 놓고 싸우는 것 같았다. 짧고 끔찍한 한순간, 감각이 내게로 돌아왔다. 악몽을 꿀 때처럼 곤두박질치는 느낌이 천 배는 더 강해져 시꺼먼 공포와 함께 급류처럼 내 생각들을 휩쓸고 지나갔다. 이윽고 두 의사, 옆구리가 베인 벌거벗은 몸, 작은 방이 내 아래에서 휙 빠져나가 사라졌다. 소량의 거품이 소용돌이에 휩쓸려 사라지는 것 같았다.

나는 공중에 떠 있었다. 한참 아래에 있는 런던의 웨스트엔드가 빠르게 멀어지고 있었다(내가 위로 신속히 날아오르는 듯했기 때문이다). 웨스트엔드는 파노라마처럼 서쪽으로 지나가며 멀어졌다. 나는 흐릿한 연기 안개 사이로 무수한 굴뚝들, 사람과 탈것들이 점점이 찍힌 좁은 도로들, 작은 얼룩 같은 광장들, 천에 튀어나온 가시 같은 교회의 뾰족탑들을 보았다. 하지만 지구가 축을 중심으로 회전함에 따라 그 광경도 회전했고, 몇 초 뒤(그렇게 느껴졌다) 나는 일링 부근의 드문드문 흩어진 마을 위에 있었다. 템스 강은 남쪽으로 뻗은 푸른색 실처럼 보였고, 거기서 멀리 떨어져 대야의 가장자리처럼 솟아 있는 칠턴 구릉지대와 노스다운은 안개 때문에 희미해 보였다. 나는 위로 솟구쳤다. 처음엔 그렇게 위로 난폭하게 돌진하는 게 어떤 의미인지 짐작도 하지 못했다.

내 아래의 원형 풍경은 매 순간 점점 더 먼 곳을 포함했고, 마을과 들판의 세세한 부분들, 언덕과 계곡의 세밀한 모습들은 점점 더 흐릿해지고 창백해지고 불분명해졌으며, 언덕의 파란색과 목초지의 초록색에는 점점 더 많은 빛나는 회색이 섞여 들었다. 저 멀리 서쪽에 낮게 걸린 작은 구름 조각은 더할 수 없이 눈부신 흰색으로 빛났다. 위에 있는 나와 우주 사이의 대기층은 점점 더 얇아졌고, 처음엔 아름다운 봄의 푸른색이던 하늘은 중간중간 나타나는 그늘들 사이를 착실히 지나며 점점 짙어지더니, 이윽고 한밤중의 하늘처럼 어두워졌고, 서리로 뒤덮인 별빛의 암흑처럼 검어지더니, 결국 난생처음 보는 암흑처럼 시꺼메졌다. 그러고는 처음엔 별 하나가, 그다음엔 여러 개가, 마침내는 수없이 많은 별들이 하늘에 나타났다. 지구 표면에 있는 그 누구도 그렇게 많은 별들은 보지 못했으리라. 햇빛과 별빛 아래에선 하늘의 푸른색이 사방으로 정신없이 흩어지고 퍼지기 때문이다. 가장 깜깜한 겨울 하늘에도 산란된 빛이 있고, 낮에는 태양의 눈부신 발광 때문에 별을 보지 못한다. 하지만 이제 나는 그 무수한 별들을 보았고(어떻게 봤는지는 모른다. 필멸자의 눈으로 본 것이 아닌 것만은 확실하다), 더는 현혹이란 단점이 내 눈을 멀게 하지 못했다. 태양은 믿을 수 없이 낯설고 놀라웠다. 태양의 몸체는 눈을 멀게 할 듯 밝게 빛나는 하얀 빛의 원반이었다. 지구에 사는 사람들 눈에 보이는 것처럼 노란색이 아니라 창백한 하얀색이었으며, 그 가장자리는 온통 진홍색 줄무늬가 쳐진 붉은 불의 날름대는 혀들이 둘러싸고 있었다. 그리고 양쪽에 달린 은백색의 날개 두 개가 은하수보다 밝은 빛을 천공의 반에 이르는 범위까지 쏘아 대고 있었고, 그런 태양의 모습은 지구에 있는 그 무엇보다, 날개 달린 구 모양의 이집트 조각상과 닮아 있었다. 지구에서 살던 시절 그림으로만 보았지만, 나는 이것이 태양의 코로나임을 알았다.

다시 지구로 관심을 돌리자, 지구가 내게서 아주 멀어졌음을 알았다. 들판과 마을은 분간할 수 없게 된 지 오래였고, 시골의 다채로운 색들은 모두 단일한 밝은 회색으로 합쳐졌으며, 간혹 보이는 눈부신 흰색은 아일랜드와 잉글랜드 서쪽 여기저기 흩어져 있는 솜털 덩어리 같은 구름이었다. 이제 나는 프랑스 북쪽과 아일랜드, 브리튼 섬의 윤곽선을 볼 수 있었고, 수평선 너머 북쪽의 스코틀랜드만 볼 수 없었다. 그 부분의 해안은 구름 때문에 흐릿하게 보이거나 아예 보이지 않았다. 침침한 회색의 바다는 땅보다 색이 짙었다. 파노라마 전체가 동쪽으로 천천히 돌았다.

이 모든 일이 너무나 빨리 벌어져서 나는 지구에서 1천 마일쯤 떨어질 때까지 나 자신에 대해서는 아무 생각도 할 수 없었다. 하지만 이제 나는 내게 손도 발도 없으며, 몸의 어떤 부분이나 장기도 없다는 걸 인식했고, 내가 전혀 놀라거나 고통스러워하지 않는다는 것도 알았다. 내 주위는 온통 빈 공간이었고(나는 이미 공기를 뒤로하고 떠나왔던 것이다), 인간이 상상할 수 없을 만큼 추웠다. 하지만 내겐 전혀 문제가 되지 않았다. 태양광이 물질에 닿지 않고 진공을 통과하는 동안에는 빛도 열기도 내지 않는다. 나는 마치 신이라도 된 것처럼 고요하게 나를 잊고 사물을 보았다. 그리고 내게서 급속도로 멀어져 가는 저 아래에는(1초에 셀 수 없이 많은 마일들이 멀어져 갔다), 회색 바탕에 찍힌 작고 검은 점 하나가 런던의 위치를 나타냈고, 두 의사는 내가 이미 버린, 난도질당하고 낡아 해진 껍데기에 다시 생명을 불어넣으려 고군분투하고 있었다. 그때 나는 이제껏 알던 그 어떤 필멸자의 기쁨에도 견줄 수 없을 만큼 커다란 안도, 커다란 고요를 느꼈다.

그 모든 것을 인식한 직후에야, 지구가 무시무시한 속도로 돌진한 것이 어떤 의미인지 갑자기 이해할 수 있었다. 하지만 그 의미가 너무나 단순하고 자명했기에, 그것을 전혀 예상치 못했다는 점이 놀라웠다. 나는 갑자기 물질에서 끊어져 표류하고 있는 것이었다. 물질적이던 나의 모든 것은 지구에 남겨 둔 채, 우주를 빠르게 맴돌고, 중력에 의해 지구에 붙잡히고, 지구-관성에 참여하고, 태양 주위의 주전원들의 소용돌이 속을 움직이고, 광대하게 우주를 행진하는 태양과 행성들과 함께하고 있는 것이었다. 하지만 비물질에는 관성이 없었고, 물질이 물질을 당기는 힘도 전혀 느껴지지 않았다. 살이라는 옷을 벗은 비물질은, 있던 곳에 남아 (우주와 관계된 한은) 우주 안에서 움직이지 않는다. 내가 지구를 떠난 것이 아니었다. 지구가 나를 떠나고 있었고, 지구뿐 아니라 태양계 전체가 끊임없이 흐르며 날 지나갔다. 그리고 내 눈엔 보이지 않지만 내 주위 우주에는, 지구가 지나간 흔적을 따라 무수히 많은 영혼들이 흩어져 있는 것이 분명했다. 나처럼 물질의 옷을 벗고, 나처럼 각자의 열정을 벗고, 집단을 이루어 사는 짐승들의 온갖 감정을 벗고, 갑자기 다가온 낯선 해방에 놀라워하는 벌거벗은 지성들, 갓 태어난 경이와 생각으로 이루어진 존재들이었다!

나는 검은 천공에 뜬 낯설고 하얀 태양에서, 그리고 내 존재가 시작되었던 광대하고 빛나는 지구에서 점점 더 빠르게 멀어지면서, 내가 믿을 수 없는 방식으로 광대해지는 것을 느꼈다. 내가 떠난 세계보다 더 광대해지고, 내가 인간으로 산 시간보다 더 광대해졌다. 곧 나는 완전히 동그란 지구를 보았다. 지구는 보름달을 향해 차오르는 달처럼 반원을 지나 살짝 부풀어 있었지만, 아주 컸다. 그리고 불과 몇 분 전까지도 햇볕을 쬐는 작은 잉글랜드가 보였었는데, 이제는 정오의 번쩍거림 속에 아메리카 대륙의 은색 형체가 보였다. 천공에서 빛나는 지구는 처음엔 아주 커서 천공의 상당 부분을 차지했었다. 그러나 매 순간 점점 더 작아지고 멀어졌다. 지구가 작아짐에 따라, 커다란 하현달이 동그란 지구의 가장자리 위로 슬금슬금 모습을 드러냈다. 나는 별자리들을 찾아보았다. 사자자리와 태양 바로 뒤에 있는 양자리의 일부만 지구에 가려져 보이지 않았다. 나는 태양과 지구 사이에서 아주 환한 빛을 내고 있는 직녀성과 구불구불하고 누덕누덕한 은하수를 알아보았다. 시리우스와 오리온자리는 맞은편 천공의 깊이를 알 수 없는 암흑 속에서 눈부시게 빛났다. 북극성은 머리 위에 있었고, 북두칠성은 동그란 지구 위에 걸려 있었다. 그리고 태양의 번쩍이는 코로나 저 아래 너머에 평생 처음 보는 낯선 배치의 별들이 있었다. 내가 남십자자리라고 알고 있는 그 유명한 단검 모양 별자리였다. 그 모든 것이 지구에서 볼 때보다 더 크진 않았지만, 사람 눈에 거의 보이지 않는 작은 별들도 그 비어 있는 깜깜한 공간에서 일등성만큼 환하게 빛났고, 더 큰 세계들은 형언할 수 없는 영광과 색깔을 뿜내는 점들이었다. 알데바란은 핏빛 붉은색의 작은 불꽃 점이었고, 시리우스는 무수히 많은 사파이어들의 빛이 응축된 한 점이었다. 그 별들은 끊임없이 빛났다. 불꽃처럼 번득이지 않고 차분하게 찬연한 빛을 냈다. 마치 단단하고 밝은 다이아몬드 같았다. 끝없는 암흑 속에 흐려지는 부드러움이나 대기는 전혀 없었고, 오로지 그 날카롭게 반짝이는 빛의 점들과 얼룩들만 수없이 박혀 있었다. 이제 다시 바라보자, 작은 지구는 태양보다 크지 않아 보였고, 내가 지켜보는 동안에도 계속 작아지며 돌다가 아주 잠깐 동안에(내겐 그렇게 느껴졌다) 반으로 작아졌다. 그리고 그렇게 계속 신속하게 작아졌다. 저 멀리 반대쪽에는 조그만 핀 대가리 같은 것이 분홍빛으로 끊임없이 반짝였는데, 바로 화성이었다. 나는 전혀 움직이지 않으면서 허공을 헤엄쳐 갔고, 조금도 공포에 젖거나 놀라는 일 없이, 내게서 떨어져 나간 곳, 우리가 세계라 부르는 아주 작은 우주 먼지를 지켜보았다.

이제 나의 시간 감각이 변했다는 생각이 들기 시작했다. 나의 정신은 더 빨라지지 않고 무한히 느리게 움직였고, 각각의 인상 사이마다 여러 날이 흘렀다. 내가 그것을 알아차리는 동안에도 달은 지구를 한 바퀴 돌았다. 그리고 나는 궤도를 따라 화성이 움직이는 것을 명확히 인식했다. 더구나, 생각과 생각 사이의 시간이 꾸준하게 계속 더 늘어나는 것 같았고, 결국 천 년이 내 인식에서는 한순간에 지나지 않게 되었다.

처음에 별자리들은 무한한 우주라는 검은 배경에서 꼼짝 않고 빛났다. 하지만 이제 헤르쿨레스자리와 전갈자리 쪽의 별들이 수축하는 듯이 보였고, 반면 오리온자리와 알데바란과 이웃 별들은 뿔뿔이 흩어지는 것 같았다. 돌연 암흑에서 아주 작은 돌 조각들이 번쩍이며 무수히 날아왔다. 돌들은 햇빛 속의 먼지들처럼 반짝거렸으며, 희미하게 빛을 내는 구름에 싸여 있었다. 돌들은 내 주위에서 소용돌이치다가, 반짝거리며 저 멀리 뒤로 다시 사라졌다. 이윽고 나는 내가 가는 길의 한쪽 옆에서 작게 빛나는 밝은 점이 아주 급속하게 커지는 것을 보았고, 그것이

내 쪽으로 돌진해 오는 토성임을 알 수 있었다. 토성은 점점 더 커지며 자기 뒤의 천공을 삼켰고, 매초마다 새로이 엄청난 수의 별들을 가렸다. 나는 토성의 위아래를 빙빙 도는 납작한 물체를, 그 원반 같은 고리를 인식했고 작은 위성들 중 일곱 개를 인식했다. 토성은 자꾸만 자라났고, 거대하게 우뚝 솟았다. 이윽고 나는 충돌하는 돌들과 춤추는 먼지 입자들과 가스 소용돌이들이 무수히 흘러가는 흐름 속으로 뛰어들었고, 위로는 마치 달빛이 그린 동심호 같은 세 겹짜리 뚜렷한 고리를, 뒤끓는 소동이 일어나고 있는 아래로는 그 고리의 검은 그림자를 보았다. 그런 일들이 이 이야기를 하는 데 드는 시간의 10분의 1의 시간 동안 벌어졌다. 행성은 번개처럼 지나갔다. 몇 초 동안 토성은 태양을 가렸고, 그때 이후로 토성은 그저 빛을 배경으로 시꺼멓게 점점 작아지는 날개 달린 무언가일 뿐이었다. 지구, 내 존재의 어머니인 티끌은 더 이상 보이지 않았다.

태양계는 참으로 깊은 침묵 속에서 위엄에 찬 빠른 속도로 내게서 멀어져 갔다. 태양계는 내게 외피였기 때문이다. 이윽고 태양은 수많은 별들 중의 하나에 지나지 않게 되었고, 태양이 거느린 작은 조각 같은 행성들의 소용돌이는 더 먼 빛의 혼란스러운 반짝임 속에 묻혀 사라졌다. 나는 더는 태양계의 주민이 아니었다. 나는 외우주에 도착했고, 그 모든 물질세계를 파악하고 이해하는 듯했다. 안타레스와 직녀성이 인광성 안개 속에 사라진 곳 쪽으로 별들이 더욱 빠르게 다가갔고, 그 부분의 하늘은 소용돌이치는 성운 덩어리 같았으며, 텅 빈 암흑의 더욱 광대한 구멍들이 내 앞에서 입을 쩍 벌렸고, 별들은 점점 그 빛이 줄어들었다. 마치 내가 오리온자리의 허리띠와 칼 사이 어딘가를 향해 이동하는 듯이 느껴졌다. 그리고 그 근처의 빈 공간은 매초마다 더욱더 광대해졌고, 나는 엄청난 무의 심연 속으로 떨어졌다. 빠르게, 더욱 빠르게, 우주가 돌진해 지나갔고, 마침내 소용돌이치며 서두르는 아주 작은 조각들이 되었다가, 속도를 내며 조용히 빈 공간으로 돌입했다. 항성들은 점점 더 밝게 빛났고, 내가 가까이 감에 따라, 빙빙 도는 행성들은 유령처럼 그 빛을 받아 빛을 내고 다시 사라져 존재하지 않게 되었다. 희미한 혜성들, 운석 무리들, 깜박이는 아주 작은 물질들, 소용돌이치는 빛의 점들이 윙윙거리며 지나갔고, 대부분 내게서 수억 마일 정도 떨어져 있었고 그보다 더 가까이 있는 건 드물었다. 쏜살같은 별자리들, 순간적인 불화살들이 상상도 할 수 없는 빠른 속도로 무시무시하게 큰 검은 밤을 나아갔다. 한마디로, 태양 광선을 받은 먼지 가득한 바람 같았다. 별 없는 공간인 텅 빈 '저 너머'는 점점 더 넓어지고 커지고 깊어졌고, 나는 그 안으로 끌려 들어가고 있었다. 마침내 천공의 한 면이 검게 텅 비었고, 무시무시하게 돌진해 오는 별이 뜬 우주는 내 뒤 가까이에서 빛의 베일처럼 드리워졌다. 그리고 바람에 날려 가는 엄청나게 큰 만성절 전날 저녁의 호박 등처럼 내게서 멀어졌다. 나는 우주의 황무지로 나와 있었다. 텅 빈 암흑은 계속 더 넓어지기만 했고, 수많은 별들은 황급히 내게서 멀어지는 이글대는 얼룩처럼 보였으며, 믿기지 않을 만큼 멀리 있었고, 암흑, 그 아무것도 없음과 공허만이 내 주위를 둘러쌌다. 곧 내가 존재했던 점들 즉 물질로 이루어진 작은 우주를 가두고 있던 우리가 작아져서 빙빙 도는 반짝거리는 원반이 되었다가, 다시 흐릿하게 빛나는 더 작은 원반이 되었다. 얼마 있으면 원반은 점으로 수축되다가 결국엔 완전히 사라질 터였다.

갑자기 내 감정이 되살아났다. 압도적인 공포의 형태를 띤 감정이었다. 어떤 말로도 형용할 수 없는, 그 깜깜하고 광대한 공간에 대한 공포가 느껴졌고, 공감과 사회적 욕구가 열정적으로 부활했다. 서로에게 보이지 않는 다른 영혼들이 이 암흑 속 내 주위에 있나? 아니면 지금 느끼는 것처럼 난 정말로 혼자인 걸까? 나는 죽어 존재에서 벗어난 뒤 존재하지도, 존재하지 않는 것도 아닌 무언가가 된 걸까? 몸의 덮개, 물질의 덮개는 내게서 이미 찢겨져 나갔고, 누가 함께 있거나 보호해 준다는 환상도 사라졌다. 모든 게 검고 조용했다. 나는 이미 존재하길 그만두었다. 난 아무것도 아니었다. 주위에도 아무것도 없었고, 오직 무한히 작은 빛의 점만 심연에서 더욱 작아지고 있었다. 나는 애써 듣고 보려 했지만 한동안 무한한 침묵, 참을 수 없는 암흑, 공포, 절망만이 있었다.

이윽고 물질세계 전체가 수축되어 만들어진 빛의 점 주위로 희미한 빛이 보였다. 그 양쪽 일대는 절대적 암흑이 아니었다. 나는 몇 세대는 되는 듯한 시간 동안 그걸 지켜보았고, 그 오랜 기다림의 시간 동안, 희미한 빛 부분이 알아차릴 수 없을 만큼 조금씩 분명해졌다. 이윽고 그 일대에 아주 희미하고 옅은 갈색의 불규칙한 구름이 나타났다. 나는 지독하게 초조해졌다. 구름은 점점 밝아졌지만, 그 속도가 너무 느려서 거의 변화가 없는 듯이 보였다. 펼쳐지고 있는 저게 뭐지? 끝없는 밤의 우주에 이 낯선 불그스름한 새벽은 뭐지?

구름의 형태는 기괴했다. 아래쪽에는 덩어리 네 개가 튀어나와 있었고, 위는 직선처럼 보였다. 무슨 유령이 이렇지? 분명 내가 본 적이 있는 모양이었다. 하지만 그게 뭔지, 어디서 봤는지, 언제 봤는지 하나도 기억나지 않았다. 이윽고 깨달음이 나를 덮쳤다. 주먹 쥔 손이었다. 우주에 혼자 있는 내 앞에 그 거대하고 그늘진 손만 있었고, 그 손 위에 물질 우주 전체가 티끌처럼 놓여 있었다. 엄청나게 긴 시간 동안 그 손을 지켜본 듯한 느낌이 들었다. 집게손가락에서 반지가 반짝였다. 내가 떠나온 우주는 그 반지의 굴곡 위에 놓인 빛의 점일 뿐이었다. 손은 검은 장대 같은 것을 움켜쥐고 있었다. 나는 기나긴 영원 동안 반지를 끼고 장대를 쥔 그 손을 지켜보며, 경이롭고 두려운 마음으로 이제 무슨 일이 생길지 무력하게 기다렸다. 그러나 아무 일도 안 생길 듯했다. 영원히 지켜보아도 오직 손과 손이 쥔 것만 볼 수 있을 뿐, 그 의미는 전혀 이해하지 못할 것 같았다. 우주 전체가 그저 좀 더 큰 '존재' 위에서 굴절하는 작은 조각일 뿐인 걸까? 우리의 세계들은 다른 우주의 원자들일 뿐이고, 다른 우주는 다시 또 다른 우주의 원자이고, 그런 식으로 끝없이 계속되는 걸까? 그럼 난 뭐지? 난 정말로 비물질적인가? 몸의 모호한 확신이 내 주위로 몰려들고, 내 불안 속으로 들어왔다. '손' 주위의 끝없이 깊은 암흑은 이해할 수 없는 제안들로 가득 찬, 불분명하고 변동하는 상태였다.

이윽고 돌연, 무슨 소리가 들렸다. 종 울리는 듯한 소리였다. 무한히 먼 곳에서 들려오듯이 희미했다. 그 소리는 두꺼운 암흑으로 감싸인 듯 한풀 꺾여 들렸다. 깊이 진동하는 반향을 냈고, 한 번 울릴 때마다 광대한 침묵의 심연이 따랐다. 그리고 장대를 단단히 쥔 '손'이 다시 보였다. 그 '손' 한참 위에 있는 어둠의 꼭대기 쪽에, 침침한 인광을 내는 원이 보였다. 그 유령 같은 원에서 그 맥동하는 소리가 들리고 있었다. 그리고 때가 되자 마지막 맥동과 함께 '손'이 사라졌고, 많은 물이 내는 소리가 들렸다. 그러나 검은 장대는 그대로 남아 있었고, 거대한 붕대가 하늘을 가로질렀다. 이윽고 우주 가장 끝까지 달려가는 듯한 목소리가 말했다. "더 이상 고통은 없을 겁니다."

그 말을 듣자, 거의 참을 수 없을 정도의 기쁨과 환한 빛이 내게로 몰려왔다. 원이 하얗고 밝게 빛났고, 장대는 검게 빛났으며, 그 외의 많은 것들도 분명하고 선명하게 보였다. 원은 시계였고, 장대는 내 침대의 난간이었다. 해던이 내 발치에 있는 침대 난간에 몸을 기대고 서 있었고, 그의 손가락에는 작은 가위가 걸려 있었다. 해던의 어깨 너머로 보이는 벽난로 위 내 시계의 바늘들은, 포개져서 12시를 가리키고 있었다. 모브레이는 팔각형 테이블 위의 대야에서 뭔가를 씻고 있었고, 나는 옆구리에서 고통이라 말하기도 힘들 정도로 잦아든 감각을 느꼈다.

나는 수술 중에 죽지 않았던 것이다. 갑자기 내 마음에서 반년 치의 무지근한 우울이 빠져나간 것을 알 수 있었다.

바다의 침입자

The Sea Raiders

I

시드머스에서 기이한 사건이 있기 전까지 '하플로테우시스 페록스'라는 독특한 종은 과학계에 속의 특성 정도만 알려져 있었고, 아조레스 근교에서 획득한 반쯤 소화된 촉수의 강도와, 1896년 초 제닝스 씨가 랜즈엔드 부근에서 발견한, 이미 새들에게 쪼아 먹히고 물고기에게 뜯어 먹혀 썩어 가는 시체에 대한 정보가 다였다.

사실 동물학에서 심해에 서식하는 두족류 분야만큼 암흑 속에 갇혀 있는 분야는 없다. 1895년 여름에 모나코의 왕자가 새로운 형태의 두족류 여남은 개를 발견한 것도 순전히 우연이었다. 방금 전 언급한 촉수도 그때 발견한 것이다. 티르세이레에서 고래잡이 몇 명이 향유고래 한 마리를 죽였는데, 마지막 몸부림을 치던 고래가 왕자의 배를 칠 뻔했으나 20야드도 못 가 몸을 뒤집고 죽었다. 고래는 몸부림치며 뭔가를 잔뜩 토해 냈고, 왠지 그것들이 기묘하면서도 동시에 중요하다고 느낀 왕자는 잽싸게 움직여 그것들이 가라앉기 전에 건져 냈다. 사실 왕자는 보트를 내려 그것들을 건져 올 수 있을 때까지 스크루를 작동시켜 그것들을 소용돌이치는 물 위에 떠 있게 했다. 그렇게 건진 것들이 모두 두족류 또는 두족류 조각들이었는데, 일부는 어마어마하게 컸으며 대부분이 알려지지 않은 종이었다!

솔직히 말해 깊은 바닷속에 사는 그 거대하고 기민한 생물들은 아무래도 우리에게 영원히 미지의 존재로 남을 것만 같다. 물속에서는 너무나 민첩해 그물에 걸리지 않기에, 그런 종을 획득하려면 아주 드물게 일어나는 예기치 못한 우연에 기대야 하니 말이다. 예컨대 우리는 여전히 청어의 번식지나 연어의 항로를 알지 못하는 만큼이나 하플로테우시스 페록스의 습성에 대해 무지한 상태이다. 동물학자들은 놈이 어째서 우리 해안에 갑자기 나타났는지 설명을 못하고 있다. 놈을 저 심해에서 해안까지 몰아세운 것은 배고픔으로 인한 스트레스였을 가능성도 있다. 하지만 아무런 결론을 내지 못할 토론은 관두고 우리 이야기를 진행하도록 하자.

살아 있는 하플로테우시스 페록스를 본 최초의 인물은, 아니 4월 초 콘월과 데번 해안을 따라 일어난 일련의 해수욕장 익사 사건과 보트 사고들이 하플로테우시스 때문에 일어났다는 게 이제 거의 확실하니, 그 놈을 보고도 살아남은 최초의 사람이라고 할 수 있는 피선이라는 인물은, 은퇴한 홍차 무역상이었다. 피선은 당시 시드머스의 한 하숙집에 잠시 머물고 있었다. 피선은 오후에 시드머스와 래드럼 만 사이의 벼랑길을 산책하고 있었다. 그 방향의 벼랑은 몹시 높았고, 붉은색 표면 한 군데에 사다리 같은 계단이 만들어져 있었다. 피선은 그 근처에 있다가 어떤 광경에 눈길이 쏠렸다. 처음에는 햇빛을 받아 연분홍색으로 빛나는 음식 찌꺼기에 한 무리의 새들이 달려들어 다투는 줄로만 알았다. 조수가 빠져나간 참이었고, 그 물체는 까마득히 아래에 있었을뿐더러, 시커먼 해초에 뒤덮이고 은빛으로 반짝이는 조수 웅덩이가 점점이 흩어진, 멀찍이 떨어진 바위 암초들 사이에 걸쳐져 있었다. 그러나 물에 반사되는 빛 때문에 눈이 부셔 피선은 그 물체를 자세히 보지 못했다.

그러나 그쪽을 다시 유심히 살펴본 피선은 자신의 판단이 틀렸음을 깨달았다. 몸부림치는 그것 위를 무수한 새들이 선회했는데(대부분이 갈까마귀와 갈매기였고 특히 갈매기들은 햇빛이 날개를 때릴 때마다 눈이 부실 정도로 번쩍였다), 새들은 아래에 있는 물체에 비하면 아주 작아 보였기 때문이다. 피선은 자신의 처음 생각이 틀렸다는 점 때문에 더욱 호기심이 일었다.

달리 즐길 만한 일도 없었기에 피선은 래드럼 만 대신 무언지 모를 그 물체를 오후 산책의 목표로 삼기로 했다. 피선은 그것이 어쩌다가 궁지에 몰려 고통스레 퍼덕이는 거대한 물고기일지도 모른다고 생각했다. 피선은 서둘러 길고 가파른 계단을 내려가며 30피트쯤마다 걸음을 멈춰 숨을 고르고 그 이상한 움직임을 살펴보았다.

벼랑 밑에 다다르자 피선은 당연히 목표물에 더 가까워졌다. 하지만, 또 한편 그 물체는 태양 아래 눈부신 하늘을 등지고 검고 흐릿하게만 보였다. 뭔지는 몰라도 분홍색 부분은 이제 해초에 덮인 암초들에 가려져 있었다. 그래도 그 물체가 별개인지 아니면 서로 연결되었는지는 알 수 없지만 일곱 개의 둥근 몸체로 이루어져 있다는 것은 알 수 있었는데, 새들은 끊임없이 깍깍 울어 대면서도 그것에 너무 가까이 접근하는 것은 꺼리는 듯했다.

호기심에 끌린 피선 씨는 파도에 닳은 바위들 사이로 나아가다가, 돌 위를 두껍게 덮은 젖은 해초가 무척이나 미끄럽다는 사실을 깨닫고 멈춰 서서 신발과 양말을 벗고 바지를 무릎까지 걷어 올렸다. 물론 그 행동의 목적은 단 하나, 단지 잘못해서 주위에 있는 바위투성이 웅덩이에 빠지지 않으려는 것이었고, 아마도 피선은 모든 남자들이 그러하듯 한 순간 소년 시절의 흥분이 되살아나 기뻤을 것이다. 어쨌든 그 행동 덕분에 목숨을 구했다는 데는 의문의 여지가 없다.

피선은 이 나라가 온갖 형태의 동물들로부터 주민을 보호해 준다는 절대적인 믿음을 품고 목표물에 접근해 갔다. 둥근 몸체들은 앞뒤로 움직였지만, 피선은 아까 말한 암초 위에 올라가서야 자신이 얼마나 끔찍한 것을 발견했는지를 깨달았다. 피선 씨는 너무나 갑작스럽게 이 점을 깨달았다.

피선 씨가 암초 위에 올라가자 둥근 몸체들이 피선 씨를 보고 우르르 흩어졌는데, 그러자 분홍색으로 보이는 것이 남자인지 여자인지 확실하지 않은, 부분 부분 뜯어 먹힌 인간의 시체라는 것이 드러났다. 둥근 몸체들은 처음 보는 무시무시한 생물로, 문어를 약간 닮았으며, 거대하고 굉장히 길고 유연한 촉수를 땅 위로 돌돌 말고 있었다. 피부는 보기에 불쾌할 정도로 번들거리는 질감으로, 마치 광이 나는 가죽 같았다. 촉수에 둘러싸인 입의 아랫 방향으로 난 굴곡에 기묘한 혹들을 달고 있는 그 생물은, 지능적으로 보이는 커다란 눈 때문에 기괴한 얼굴처럼 보였다. 몸체는 커다란 돼지 정도 크기였고, 촉수는 길이가 몇 피트 정도 되는 듯했다. 피선의 말에 따르면, 그곳에 놈들이 최소한 일고여덟 마리는 있었다고 한다. 20야드 정도 저편에서 돌아오는 밀물의 파도 속에서 두 마리가 더 나오고 있었다.

놈들은 바위 위에 평평하게 늘어져 있었고, 사악한 호기심이 담긴 눈으로 피선 씨를 바라보았다. 하지만 이때 피선 씨가 겁에 질리거나 자신이 위험에 빠졌다는 사실을 알아차린 것 같지는 않다. 아마도 놈들이 축 처져 있었기에 그런 자신감을 가졌던 것이리라. 하지만 물론 피선은 그런 메스꺼운 생물이 사람 살을 뜯어 먹고 있다는 사실에 소름이 끼쳤고 흥분했고 분개했다. 피선은 놈들이 우연히 익사체와 마주친 줄로만 생각했다. 피선은 놈들을 쫓아낼 심산으로 소리를 질렀고, 놈들이 움직이지 않자 주위에서 커다랗고 둥근 돌덩이를 찾아 한 놈에게 집어 던졌다.

그러자 놈들은 천천히 촉수를 풀더니 한꺼번에 피선을 향해 움직이기 시작했다. 놈들은 서로를 향해 부드럽게 그르렁거리며, 처음에는 신중하게 기어 왔다.

순간 피선 씨는 자신이 위험에 처했음을 깨달았다. 피선 씨는 다시 한 번 소리를 지르고 부츠 두 짝을 던져 버린 뒤 곧장 펄쩍 뛰어 도망치기 시작했다. 놈들이 느리다는 판단하에 피선 씨는 20피트 정도 달려가서 멈춰 섰고, 돌아서서 보았다! 맨 앞에 선 놈의 촉수가 자신이 방금 전까지 서 있던 바위 위로 쏟아지고 있었다!

그 모습에 피선 씨는 다시 한 번 고함을 질렀지만, 이번에는 위협이 아니라 공포의 비명이었고, 뒤이어 해변까지 이어진 울퉁불퉁한 땅을 풀쩍 뛰고 성큼성큼 걷고 미끄러지고 허우적거리며 가로지르기 시작했다. 높고 붉은 절벽은 갑자기 너무나 멀리 있는 것 같았고, 흡사 다른 세상의 생물들처럼 자그맣게 보이는 일꾼 두 명은 계단을 고치느라 아래쪽에서 벌어지기 시작한 필사의 질주를 전혀 알아차리지 못했다. 피션 씨는 한 번은 10여 피트도 떨어지지 않은 뒤쪽 웅덩이에서 철벅거리는 놈들의 소리를 들었고, 한 번은 미끄러져 거의 넘어질 뻔하기도 했다.

놈들은 거의 벼랑 바로 아래까지 피션 씨를 뒤쫓았고, 피션 씨가 벼랑 계단참에 있던 일꾼들과 합류한 다음에야 겨우 추격을 포기했다. 세 사람은 한동안 놈들에게 연거푸 돌을 던지고는 서둘러 벼랑 꼭대기로 올라가, 도와줄 사람과 배를 구하고 또 그 혐오스러운 놈들에 의해 더럽혀진 시체를 구하고자 시드머스로 달려갔다.

II

그리고 피션 씨는 그날 겪은 위험으로는 아직 충분치 않다는 듯, 사건이 일어난 정확한 장소를 사람들에게 알려 주기 위해 배를 타고 다시 그곳으로 돌아갔다.

물이 빠져 있었기에 거기까지 가려면 상당히 돌아가야 했고, 겨우 계단 있는 곳에서 벗어나자 엉망이 된 시체는 이미 사라지고 없었다. 물이 차오르면서 진흙투성이 돌계단이 하나씩 잠기고 있었고, 배에 탄 일꾼 둘, 뱃사공, 피션 씨 이렇게 네 명은 이제 근해에서 용골 아래 물속으로 관심을 돌렸다

처음에는 아래쪽으로 이따금씩 물고기가 달려드는 컴컴한 다시마 숲 말고는 거의 아무것도 보이지 않았다. 넷은 모험심으로 한껏 부풀어 있었기에 실망감을 아낌없이 드러냈다. 하지만 바로 그때 바다 쪽에서 들어오는 물을 따라 헤엄쳐 오는 괴물 한 마리를 보았고, 피션 씨는 놈이

묘하게 빙글빙글 도는 모양을 보고 손에 잡힌 풍선이 뱅뱅 도는 모습을 연상했다. 그 직후, 흔들리는 다시마들의 움직임이 묘하게 달라지더니 한순간 쫙 갈라지면서 익사한 시체 조각을 두고 다투는 듯한 세 놈이 모호하게 모습을 드러냈다. 다음 순간 풍성한 황갈색 끈들이 몸부림치는 그놈들 위를 다시 덮었다.

그 광경에 극도로 흥분한 네 명은 모두 노로 물을 때리며 고함을 치기 시작했고, 즉시 해초 속에 거친 움직임이 일어나는 것을 보았다. 네 명은 더 자세히 보려는 마음을 접었지만 물이 잔잔해지자마자 갑자기 해초 사이로 바닥이 온통 눈으로 뒤덮인 듯한 광경이 보였다.

한 명이 외쳤다. "개새끼들! 여남은 마리는 되잖아!"

곧 놈들은 네 명 주위의 바다를 뚫고 솟구쳐 오르기 시작했다. 후에 피선 씨는 흔들리는 다시마 초원 속에서 벌어진 그 놀라운 분출에 대해 필자에게 상세히 묘사해 주었다. 피선 씨에게는 상당한 시간으로 여겨졌겠지만, 아마도 실제로는 고작해야 몇 초밖에 걸리지 않았을 것이다. 피선 씨는 잠시 동안 눈 이야기만 한 뒤에야 이리저리 나부끼는 해초 잎을 젖히던 촉수들 이야기를 했다. 놈들은 점점 커졌고, 급기야 서로 감긴 놈들의 몸 때문에 바다 바닥이 보이지 않을 정도가 되었으며, 여기저기에서 시커먼 촉수 끝이 파도를 뚫고 공중으로 솟구쳐 올랐다고 했다.

한 놈은 대담하게도 배 옆으로 다가왔고, 마치 배를 뒤집거나 배 안으로 기어오르려는 듯이 흡반 달린 촉수 세 개를 뱃전에 붙이고 네 개를 뱃전 위로 던졌다. 피선 씨는 즉시 갈고리 장대를 집어 들고 부드러운 촉수를 맹렬히 찔러 댔다. 피선 씨는 등을 얻어맞아 하마터면 반대편 뱃전에서 노를 가지고 비슷한 공격을 막고 있던 뱃사공 옆으로 떨어질 뻔했다. 하지만 곧 양쪽에 붙은 촉수는 힘을 풀고 미끄러져 철썩 소리를 내며 물속으로 들어갔다.

"여기서 빠져나가는 게 좋겠습니다." 피선 씨가 심하게 몸을 떨며 말했다. 피선 씨는 키 손잡이 쪽으로 갔고, 뱃사공과 일꾼 한 사람은 자리에 앉아 노를 젓기 시작했다. 다른 일꾼은 갈고리 장대를 들고 촉수가 더 나타나면 칠 준비를 한 채 배 앞쪽에 섰다. 다들 다른 할 말은 없어 보였다. 피선 씨가 모두가 생각하는 바를 말했기 때문이다. 겁에 질린 넷은 아무 말도 없이 하얗게 질리고 긴장된 얼굴로, 그리도 무모하게 우물거렸던 장소에서 결사적으로 탈출하려 했다.

하지만 노가 물속에 제대로 들어가기도 전에 끝이 점점 가늘어지는 시커먼 뱀 같은 촉수가 감겨들며 방향타까지 접근했다. 그리고 고리를 만드는 것 같은 동작으로 슬금슬금 흡반들이 뱃전에 다시 달라붙었다. 사람들은 움켜쥔 노를 힘껏 저었지만, 떠다니는 해초 뗏목 속에서 배를 움직이려는 거나 매한가지였다. "이쪽 좀 도와주십시오!" 뱃사공이 외쳤고, 피선 씨와 두 번째 일꾼이 달려들어 함께 노를 저었다.

이윽고 갈고리 장대를 들고 있던 남자(이름이 이완인지 이웬인지 그랬다)가 욕을 내뱉으며 펄쩍 뛰어오르더니 가능한 한 아래쪽까지 손을 뻗어 배 바닥을 따라 엉긴 촉수들을 내리찍기 시작했다. 동시에 노잡이 두 명은 노를 빼내는 데 더 나은 자세를 취하기 위해 일어났다. 뱃사공은 온 힘을 다해 노를 끌어당기는 피선 씨에게 자기 노를 넘겨주더니, 커다란 접칼을 펴서 뱃전 너머로 몸을 굽히고 노 자루에 달라붙은 원추형 팔을 썰기 시작했다.

흔들리는 배 위에서 비틀거리고 숨이 가빠지고 손의 혈관이 터질 것 같은 상황에서도 이를 악물고 노를 잡아당기던 피선 씨는 문득 바다 쪽으로 시선을 돌렸다. 들어오는 조수의 긴 파도 너머, 50야드도 떨어지지 않은 곳에 커다란 배 한 척이 있었고, 여자 셋에 어린아이 한 명이 타고 있는 게 보였다. 노를 젓는 그 배의 뱃사공도 보였고, 분홍색 리본이 달린 밀짚모자에 흰 옷을 입은 자그마한 남자가 고물 쪽에 서서 그들을 큰 소리로 부르고 있는 것도 보였다. 물론 피선 씨는 한순간 도움을 청하려 했지만 이내 어린아이에게 생각이 미쳤다. 피선 씨는 잡고 있던 노를 포기하고 두 팔을 들어 올려 미친 듯이 내저으며 '제발' 멀어지라고 외쳤다. 피선 씨가 그때 자신의 행동이 얼마나 영웅적이었는지를 알지 못한다는 점이야말로 피선 씨의 겸손과 용기를 잘 말해 준다. 피선 씨가 놓아 버린 노는 바로 물 밑으로 끌려 들어갔다가 20야드쯤 떨어진 곳에 다시 떠올랐다.

그와 동시에 피선 씨는 발밑의 배가 급하게 기울어지는 것을 느꼈고, 뱃사공인 힐에게서 터져 나온 길고 무시무시한 공포의 비명에 소풍 나온 사람들에 대해서는 까맣게 잊고 말았다. 돌아보니 힐이 공포에 젖어 얼굴에 경련을 일으키며 앞쪽 노받이 옆에 몸을 웅크리고 있었고, 오른팔은 뱃전 너머로 팽팽히 당겨지고 있었다. 힐은 짧고 날카로운 비명을 계속 질러 댔다. "악! 악! 악! 악!" 피선 씨는 힐이 물 밑에 있는 촉수를 자르다가 붙들린 거라고 믿었지만 지금에 와서는 정확히 어떤 일이 일어났는지 알기란 불가능하다. 배가 기울어져 뱃전이 물에서 10인치도 떨어지지 않은 상태였고, 이완과 또 한 명의 일꾼은 노와 갈고리 장대로 힐의 팔 양쪽 물속을 내리치고 있었다. 피선 씨는 본능적으로 반대편으로 가서 무게 균형을 맞췄다.

억세고 힘이 센 힐은 불굴의 의지를 발휘해 거의 몸을 일으켰다. 실제로 팔을 완전히 물 밖으로 들어 올렸다. 팔에는 뒤엉킨 갈색 촉수가 매

달려 있었고, 힐을 붙잡고 있던 짐승 한 놈의 눈이 한순간 물 위로 드러나 똑바로 피선 일행을 노려보았다. 배는 점점 더 기우뚱거렸고, 뱃전으로는 녹갈색 물이 폭포수처럼 쏟아져 들어왔다. 그때 힐이 쭉 미끄러지더니 옆구리를 뱃전에 걸치며 넘어졌고 그의 팔에 붙어 있던 촉수 무더기는 첨벙 소리를 내며 다시 물속으로 떨어졌다. 피선 씨가 몸이 거꾸로 뒤집힌 힐을 붙잡으려고 달려드는데 힐의 부츠가 피선 씨의 무릎을 걷어찼고, 다음 순간 새로운 촉수가 여러 개 솟구쳐 올라와 힐의 허리와 목에 휘감겼고, 잠깐 동안 배가 뒤집힐 정도로 격한 분투가 일어났다가 힐은 바다로 떨어져 버렸다. 배가 출렁하며 중심을 잡는 동시에 피선 씨는 반대쪽으로 내팽개쳐졌고, 그래서 피선 씨는 물속에서 벌어진 싸움을 볼 수 없었다.

잠시 동안 비틀거리며 균형을 잡던 피선 씨는 문득 조금 전의 사투와 밀려드는 조수가 배를 다시 해초에 덮인 바위들 가까이로 밀어붙여 놓은 것을 깨달았다. 4야드도 떨어지지 않은 곳에 바위 선반 하나가 아직 밀려드는 조수의 규칙적인 움직임 위로 솟아올라 있었다. 피선 씨는 순식간에 이완의 손에서 노를 낚아채어 강하게 한 번 저은 뒤 노를 떨구고 뱃머리로 달려가 펄쩍 뛰어내렸다. 피선 씨는 발이 바위 위로 미끄러지는 걸 느꼈고, 온 힘을 다해 더 안쪽 바위를 향해 다시 뛰었다. 피선 씨는 돌에 걸려 엎어졌다가 무릎을 꿇고 일어선 뒤 몸을 일으켰다.

"조심해!" 누군가가 외쳤고, 커다란 황갈색 몸이 피선 씨를 덮쳤다. 피선 씨는 그 일꾼에게 밀려 조수 웅덩이 위로 쓰러지면서, 목이 졸려 숨이 막히는 듯한 비명을 들었다. 힐의 비명 같았는데, 곧 힐의 목소리가 그렇게 새되고 다양할 수 있다는 사실에 자신도 모르게 놀랐다. 누군가가 피선 씨의 몸을 뛰어넘었고, 물거품을 안은 파도가 쏟아져 내렸다가 물러갔다. 피선 씨는 비틀거리며 일어서 물을 뚝뚝 떨어뜨리며 바다 쪽에는 눈길도 주지 않고 공포심에 떠밀려 되도록 빨리 해안을 향해 달렸다. 앞쪽에 있는 일꾼 둘은 여기저기 바위들이 있는 평지를, 비틀거리며 달리고 있었다. 한 명이 여남은 야드쯤 앞서 있었다.

피선 씨는 어깨 너머를 돌아보았고, 더는 추격당하지 않는다는 사실을 확인하고서야 돌아서서 바다를 바라보았다. 두족류들이 바다에서 솟구쳐 오르던 순간부터 피선 씨는 자기 행동을 스스로가 제대로 이해할 수 없을 정도로 빨리 움직였다. 이제 피선 씨는 마치 악몽 속에서 돌연히 뛰쳐나온 것만 같았다.

구름 한 점 없는 하늘에 오후의 태양이 빛났고, 그 무자비한 햇살 아래 바다가 넘실거리고 부드러운 물거품을 안은 파도가 낮고 길게 이어진 어두운 바위 등성이를 때리고 있었기 때문이다. 균형을 회복한 배는 해안에서 여남은 야드쯤 떨어진 곳에서 출렁이는 파도에 따라 부드럽게 오르락내리락하고 있었다. 힐과 괴물들, 생명을 건 난투의 긴장감과 소동은 마치 처음부터 존재하지 않았다는 듯이 사라져 있었다.

피선 씨의 심장은 맹렬히 뛰었다. 손가락 끝까지 다 두근거렸고 호흡은 깊어졌다.

뭔가 빠진 게 있었다. 피선 씨는 뭐가 빠졌는지 잠시 정확히 떠올릴 수가 없었다. 태양, 하늘, 바다, 바위…… 뭐였지? 그러다가 피선 씨는 소풍 나온 사람들이 탄 배를 기억해 냈다. 그 배가 사라지고 없었다. 피선 씨는 혹시 그 배를 본 것이 상상이 아니었나 생각해 보았다. 돌아보니 높다란 붉은 절벽 밑에 나란히 서 있는 두 일꾼이 보였다. 피선 씨는 마지막으로 한 번 더 힐을 구하려는 시도를 해야 할지 말아야 할지 망설였다. 육체의 흥분 상태가 갑자기 피선 씨를 지치게 해 목적도 없고 무기력한 상태로 만든 것 같았다. 피선 씨는 해변 쪽으로 몸을 돌려 절룩이며 간신히 둘이 있는 곳으로 걸어갔다.

피선 씨는 다시 뒤를 돌아보았고, 이제 그곳에는 두 척의 배가 떠 있었다. 멀리 있는 한 척은 바닥을 위로 하고 꼴사납게 뒤집혀 있었다.

III

하플로테우시스 페록스는 이렇게 데번셔 해안에 모습을 드러냈다. 지금까지는 이 사건이 가장 심한 경우이다. 피선 씨의 진술, 앞에서 언급한 바 있는 일련의 배 사고와 해수욕하던 사람들의 실종, 그리고 그해 콘월 해안에 유독 물고기가 없었던 점 등을 종합해 볼 때 그 게걸스러운 심해 괴물 무리가 연안 해안선을 따라 느릿느릿 배회하고 있었음은 확실하다. 놈들을 이쪽으로 몰고 온 것은 굶주림 때문이라고 여겨지지만, 나는 개인적으로 햄즐리의 이론을 더 믿는다. 햄즐리는 그 생물 무리가 우연히 심해에 가라앉은 배를 통해 사람 고기 맛을 좋아하게 되었고, 그래서 그 맛을 찾으려고 익숙한 서식지를 빠져나왔다고 주장한다. 처음에는 배를 습격하고 쫓다가 대서양 항로를 통해 우리 해안에 접근했다는 것이다. 그러나 여기에서 햄즐리의 설득력 있고 감탄할 만한 논지에 대해 다루는 것은 이 글의 목적에 맞지 않는다.

열한 명을 잡아먹음으로써 놈들은 식욕을 채운 듯하다. 지금까지 확인된 바로는 두 번째 배에 열 명이 타고 있었고, 놈들은 분명 그날은 더는 시드머스에 나타나지 않았으니 말이다.

그날 저녁부터 밤이 새도록 연안 경비선 네 척이 시턴과 버들리 샐터

턴 사이 해안을 순찰했는데, 그 배들에 탄 이들은 모두 작살과 날이 흰 무거운 단도로 무장했으며, 밤이 깊어지자 비슷한 장비를 갖춘 민간인 원정대들도 합류했다. 피션 씨는 어느 쪽에도 합류하지 않았다.

자정 무렵, 시드머스 남동쪽으로 몇 마일 정도 떨어진 바다에 나가 있던 배에서 격앙된 고함이 들려왔고, 등불이 이상하게 앞뒤, 좌우로 흔들리는 모습이 보였다. 가까이 있던 배들은 서둘러 그 경보에 응했다. 뱃사람 한 명, 목사 한 명, 학생 두 명으로 이루어진 대담한 탑승자들이 그 괴물이 배 아래로 지나가는 모습을 본 것이다. 놈들은 대다수 심해 생물들처럼 인광을 발하는 듯했고, 촉수를 말아 넣은 채 다섯 길 정도 되는 깊이에서 칠흑 같은 어둠을 꿰뚫고 달빛으로 이루어진 생명체처럼 유영하면서 흡사 잠든 것처럼 흔들거리며 쐐기형으로 대형을 이루어 남동쪽을 향해 서서히 나아갔다.

배 한 척이 옆에 다가오고 또 한 척이 다가오는 동안, 사람들은 단편적인 몸짓으로 이야기를 전했다. 마침내 여덟 척에서 아홉 척으로 이루어진 작은 함대가 모였고, 시장통 같은 소란이 밤의 정적을 흔들었다. 사람들은 괴물 떼를 쫓으려는 마음은 별로 없거나 아예 없었고 그런 불안한 추격에 마땅한 무기도 경험도 없었기에, 일단은 배를 돌려 해안으로 향했다. 그 결정에 모두들 얼마간 안도했으리라.

그리고 지금부터 할 이야기가 아마도 이 놀라운 습격 전체에서 가장 놀라운 부분일 것이다. 이제는 남서부 해안 전체에 비상이 걸려 있지만 우리는 놈들의 차후 행동에 대해 전혀 알지 못한다. 하지만 어쩌면 6월 3일 향유고래 한 마리가 사크 섬에 떠밀려 온 사건을 의미심장하게 볼 수도 있으리라. 시드머스 사건이 일어난 지 2주하고도 사흘이 지나, 살아 있는 하플로테우시스 한 마리가 칼레의 모래사장에 올라왔다. 목격자 몇이 그놈의 촉수가 경련을 일으키듯 움직이는 것을 보았으니 놈이 살아 있었던 것은 분명하다. 하지만 놈은 죽어 가고 있었던 듯하다. 포세라는 이름의 신사가 장총으로 놈을 쏘았다.

그것이 살아 있는 하플로테우시스의 마지막 출현이었다. 프랑스 해안에서는 더는 목격담이 없다. 6월 15일에는 거의 온전한 사체 하나가 토키 근처 해안에 밀려왔고, 며칠 뒤에는 해양 생물 연구소 소속 배 한 척이 플리머스 앞바다를 그물로 훑다가 단도에 깊은 상처를 입은 썩어 가는 표본을 건져 올렸다. 앞의 사체가 어떻게 죽음에 이르렀는지 말하는 건 불가능하다. 그리고 6월의 마지막 날, 뉴린 부근을 헤엄치던 예술가 에그버트 케인 씨가 갑자기 팔을 허우적거리며 비명을 지르더니 물속에 잠겨 버린 일도 있었다. 함께 수영하던 친구는 케인 씨를 구하려는 시도 없이 즉시 해안을 향해 헤엄쳐 갔다. 그것이 심해로부터의 기묘한 습격이 일으킨 마지막 사건이다. 그것이 진정 그 끔찍한 생물의 마지막인가 하는 점은 아직 명확히 말할 수 없다. 하지만 지금으로서는 그토록 기묘하게, 그토록 수수께끼처럼 솟구쳐 올라왔던 놈들이 햇빛이 닿지 않는 심해로 돌아갔다고, 그것도 영원히 돌아갔다고 우리는 믿으며, 또한 그랬기를 무척이나 바란다.

지워진 남자
The Obliterated Man

나는 에그버트 크래덕 커민스였다(왜 이제는 아닌지는 곧 듣게 될 것이다). 이 이름은 여전히 남아 있다. 나는 아직도(하늘께서 날 보우하사!) 《불타는 십자가》의 연극 비평가이다. 좀 있으면 뭐가 돼야 할지는 나도 잘 모르겠다. 나는 굉장한 고민과 마음의 혼란 속에서 글을 쓴다. 끔찍한 어려움 앞에서 나 자신을 명확히 할 수만 있다면 난 무슨 짓이라도 할 것이다. 당신은 나를 좀 참고 견뎌야 한다. 급속히 자신의 주체성을 잃게 되면, 사람은 당연히 자신을 표현하는 데 어려움을 겪게 된다. 조금만 있으면, 일단 이야기의 가닥을 잡게 되면, 아주 명명백백하게 밝히도록 하겠다. 어디 보자…… 어디까지 했더라? 나도 알면 좋겠다. 아, 알겠다! 죽은 나! 에그버트 크래덕 커민스!

과거에 나는 이 이야기처럼 '나'란 말로 가득한 건 뭐든 쓰길 굉장히 싫어했던 게 분명하다. 이 이야기는 앞에도 뒤에도 '나'란 단어로 가득하다. 마치 묵시록에 나오는 그 동물 같다(아마도 송아지 같은 머리를 가졌을 그 동물 말이다). 하지만 연극 비평가가 되고 대가들(G.A.S., G.B.S., G.R.S. 그리고 기타 등등)을 공부하면서 나는 취향이 바뀌었다. 그때를 기점으로 모든 게 바뀌었다. 적어도 이 이야기는 나에 대한 것이다. 따라서 나에 대한 변명이 좀 들어 있다. 그리고 정말로 자기중심적이지 않다. 말했듯이, 그때 이후로 나의 정체성은 완전히 변했기 때문이다.

과거에는, 그때는 나는 괜찮은 놈이었고, 다소 수줍음을 탔다. 옷은 회색을 선호했고, 잡초 같은 콧수염이 조금 났고, 얼굴은 '흥미로웠으며', 살짝 말을 더듬었다. 말을 더듬는 건 어릴 때 학교 친구에게 배운 것이었다. 나는 델리아라는 아주 멋진 여성과 약혼했다. 최근까지도 델리아는 담배 같은 존재였고, 나를 좋아했다. 내가 인간적이고 진짜였기 때문이다. 델리아는 나를 아기 양 같다고 생각했는데, 내가 말을 더듬었기 때문인 듯하다. 델리아의 아버지는 우표 쪽에서 유명한 권위자였다. 델리아는 대영박물관에서 책을 아주 많이 읽었다. (대영박물관은 문학적인 사람들이 짝을 찾기에 완벽한 장소이다. 당신도 조지 에저턴과 저스틴 헌틀리 매카시와 기싱과 그 외 작가들의 책을 읽어 봐야 한다.) 우리는 우리만의 지적인 방식으로 사랑을 나누었고, 너무나 희망찬 꿈들을 나누었다(이젠 모두 사라졌다). 그리고 델리아의 아버지는 나를 좋아했는데, 내가 우표에 대한 이야기를 정말로 열심히 듣는 것처럼 보였기 때문이다. 델리아에겐 어머니가 없었다. 정말이지, 나는 젊은이가 품을 수 있는 가장 행복한 기대감을 품었다. 당시, 나는 극장에는 전혀 가지 않았다. 샬럿 고모가 죽기 전에 나보고 절대 가지 말라고 했기 때문이다.

이윽고《불타는 십자가》의 편집자인 바나비가 나를 연극 비평가로 만들었다(나는 돌발적으로 도망치려 애썼으나 소용없었다). 머리통이 거대하고 머리털은 가늘고 곱슬곱슬한 바나비는 설득력 있는 태도를 지닌 훌륭하고 건강한 남자로, 웸블리를 만나러 가는 나를 계단에서 붙잡았다. 직전까지 식사 중이었던 바나비는, 평소보다 훨씬 더 명랑했다. 바나비가 말했다. "안녕, 커민스! 내가 원하는 바로 그 남자로군!" 바나비는 내 어깨인지 옷깃인지를 잡고 나를 끌고 작은 복도를 달려가 자기 사무실의 휴지통 너머 안락의자에 내던졌다. 그러고는 말했다. "제발 앉아 있어." 이윽고 바나비는 서둘러 방을 가로질러 가서 분홍색과 노란색 표들을 들고 와서 내 손에 쥐어 주었다. 바나비가 말했다. "〈오페라 코미크〉, 목요일. 금요일은 〈서리〉, 토요일은 〈경박〉. 그게 다인 거 같군."

"하지만……" 나는 말하기 시작했다.

"시간이 된다니 기쁘군." 바나비는 말하며 책상에서 무슨 교정쇄들을 획 낚아채 읽기 시작했다.

"전 잘 이해가 안 되는데요." 내가 말했다.

"뭐?" 바나비는 마치 내가 간 줄 알았는데 내 목소리가 들려 깜짝 놀랐다는 듯이 목청껏 말했다.

"제가 이 연극들을 비평하길 원하시는 겁니까?"

"그러라고 췄지…… 그럼 그게 내가 한턱내는 거라고 생각했어?"

"하지만 전 비평을 못하는데요."

"날 바보라고 부른 거야?"

"음, 전 평생 극장에 가본 적이 없어요."

"처녀지로군."

"전 연극에 대해 아무것도 몰라요, 아시잖아요."

"바로 그거야. 새로운 시각. 무관습. 상투성 전혀 없음. 우리 신문은 살아 있는 신문이고, 속임수 덩어리가 아냐. 이 사무실에 자동적이고 직업적인 기사 따윈 전혀 없어. 그리고 난 자네의 고결함을 믿어……"

"하지만 제겐 양심의 가책이……"

바나비가 불쑥 나를 잡아 문밖으로 밀어냈다. 바나비가 말했다. "가서 웸블리랑 얘기해. 웸블리가 설명해 줄 거야."

내가 어쩔 줄 모르며 서 있는데 바나비가 다시 문을 열고 말했다. "이걸 깜박했군." 바나비는 내 손에 네 번째 표를 쥐여 주더니(그날 밤 표였다. 20분 뒤 시작이었다) 문을 쾅 닫았다. 그때까지 나는 무척이나 차분한 바나비의 눈만 바라보고 있었다.

나는 논쟁을 싫어한다. 나는 바나비의 조언을 받아들여 연극 비평가가 되기로 결심했다(이건 자멸이었다). 나는 복도를 천천히 걸어 웸블리에게로 갔다. 바나비는 놀랄 만큼 설득력이 있는 사람이다. 4년에 걸쳐 아주 유쾌하게 지내는 동안 바나비가 내게 한 제안들 중, 결국 내가 받아들이지 않은 건 거의 없었다. 어쩌면 내가 양보하는 성격이라 그랬을 수도 있다. 확실히 나는 환경의 영향을 너무 쉽게 받는다. 사실 내 모든 불운은, 불행히도 내가 강렬한 인상에 민감한 탓에 생긴다. 이미 이야기했듯이 내가 말을 살짝 더듬는 것도 어릴 적 학교 친구의 영향이다. 하지만, 그건 그저 여담이다. 나는 옷을 차려입으려고 승합마차를 타고 집으로 갔다.

첫날 밤 관객들에 대한 내 생각이나(관객들은 참으로 묘한 조합이었지만, 그에 관한 이야기는 내 회고록을 위해 남겨 두겠다), 막간 동안 수많은 빨간 벨벳 복도들 사이에서 길을 잃어 제3막은 맨 위층 관람석에서 보게 된 굴욕적인 이야기로 독자들을 괴롭히지는 않겠다. 내가 강조하고 싶은 유일한 부분은 그 연극이 내게 미친 놀라운 효과다. 여러분은 내가 조용하고 한적한 삶을 살아왔으며 극장에 평생 처음 가봤다는 것, 그리고 내가 강렬한 인상에 극도로 민감하다는 것을 반드시 기억해야 한다. 되풀이해 말하는 한이 있더라도, 이 점은 꼭 강조해야겠다.

첫 번째 효과는 굉장한 놀람이었고, 공포의 기운은 없었다. 일찍이 극장에 좀 다녀 본 사람들 대부분은 연극의 경이로운 부자연성을 에누리해 본다. 그런 사람들은 멋진 동작, 현란한 감정, 기묘한 말투, 음악적인 콧방귀, 고민에 찬 비명, 입술 잘근거리기, 명백한 공포, 그리고 그 외에 무대에서 쓰는 감정의 상징들에 익숙하다. 그들에게 그런 것들은 결국 단순한 농아의 언어가 되고, 대화를 듣는 것과 같은 보조로 그런 상징을 머릿속으로 읽는다. 하지만 그 모든 것이 내게는 새롭기 짝이 없었다. 내가 본 것은 현대 희극이라 불렸는데, 사람들은 영국인이라 가정되었고, 현 시대의 유행을 따르는 미국인들처럼 입었으며, 나는 배우들이 인간을 묘사하려 애쓴다고 생각하는 자연스러운 잘못을 저질렀다. 나는 일종의 경탄과 함께 내 첫날 밤 관객들을 둘러보았고, (새로 연극 비평가가 된 사람들이 무릇 그러하듯) 연극의 개혁이 내게 달려 있음을 알게되었다. 나는 흥분으로 자꾸만 목에 걸리는 저녁 식사를 마친 뒤 사무실로 가 '새로운 촌평들'(내 모든 것이 그러하다. 내 기사는 그렇게 채워진다)로 얼룩덜룩하고 분노로 시뻘게진 칼럼을 썼다. 바나비는 기뻐했다.

하지만 그날 밤 나는 잠을 자지 못했다. 나는 배우들 꿈을 꿨다. 노려보는 배우들, 가슴을 쾅쾅 치는 배우들, 쫙 펼친 손을 내뻗는 배우들, 쓸쓸하게 웃고, 절망적으로 소리 내어 웃고, 절망적으로 쓰러지고, 백치처럼 죽는 배우들의 꿈을 꿨다. 나는 살짝 두통을 느끼며 11시에 일어나 《불타는 십자가》에서 내 비평을 읽고, 아침 식사를 하고, 면도를 하러 내 방으로 돌아갔다(이게 내 버릇이다). 그때 이상한 일이 벌어졌다. 내

면도기를 찾을 수가 없었다. 그때 내가 전날 면도기를 꺼내 놓지 않았다는 생각이 퍼뜩 들었다.

"아!" 나는 거울 앞에서 말했다. 그런 다음, "안녕!" 하고 말했다.

여행 가방에 생각이 미치자, 나는 상당히 무의식중에 왼팔을 쫙 뻗고 (손가락은 모두 펼쳤다), 오른손으로 횡격막을 움켜쥐었다. 나는 늘 심하게 수줍은 사람이다. 난 내가 방금 한 행동을 참으로 신선하다고 느꼈다. 나는 자기만족을 위해 그 행동을 되풀이했다. "우스꽝스럽군!" 그런 뒤 (다소 당혹해하며) 내 여행 가방으로 몸을 돌렸다.

면도를 한 뒤 내 마음은 내가 보았던 연극 장면으로 되돌아갔고, 나는 전신 거울 앞에서 재퍼리의 좀 더 과장된 동작들을 흉내 내며 혼자 즐거워했다. 내가 말했다. "정말이지, 누군가는 그걸 병이라 생각할지도 몰라요. 연극 무대 병!" (농담에는 많은 진실이 담겨 있다.) 내가 제대로 기억하고 있다면, 나는 집을 나가 웸블리를 만났고, 그 뒤엔 대영박물관에서 델리아와 함께 점심을 먹었다. 우리는 내 새로운 지위의 관점에서 우리의 미래에 대해 이야기했다.

하지만 그 지위는 내 추락의 시작이었다. 그날부터 나는 필연적으로 끈덕지게 극장에 다니게 되었고, 거의 느끼지 못하는 사이 변하기 시작했다. 면도기 때문에 했던 그 동작 이후로 내가 알아챈 다음 일은 내가 델리아를 만날 때 나도 모르게 황송해하는 태도로 절하고 있다는 거였다. 나는 옛날식으로 몸을 숙였고, 궁정풍으로 델리아의 손 위에 인사했다. 나는 곧장 내 행동을 깨닫고 허리를 폈고, 마음이 아주 불편해졌다. 그런 나를 호기심 어린 눈으로 보던 델리아가 기억난다. 이윽고 사무실에서 바나비로부터 대답하기 힘든 질문을 받자 나는 나도 모르게 이로 손가락을 무는 '신경질적인 짓'을 하고 있었다. 그런 뒤 델리아와 사소한 의견 차이를 겪자, 나는 손으로 이마를 움켜쥐었다. 그리고 나는 가끔 사회적 상호작용을 하면서 유달리 배우처럼 깡충거렸다! 나는 그러지 않으려고 애썼다. 터무니없이 바보 같은 연극적 행동에 나보다 더 날카롭고 민감한 사람은 없었다. 그런데도 나는 그렇게 행동했다!

그 모든 것의 의미가 내게 분명해지기 시작했다. 나는 연극이 내 민감한 신경 체계에 지나친 자극을 준다는 걸 깨달았다. 나는 내가 늘 환경의 암시에 지나치게 순종적임을 알고 있었다. 밤마다 영국 무대의 형식적 태도와 억양에 주의를 집중하자 점차 내 화법과 태도도 영향을 받았다. 나는 공감적인 모방의 영향에 굴복했다. 밤마다 내 감수성 강한 신경 체계는 뭔가 새롭고 놀라운 행동, 새로운 감정적 과장을 찍어 내듯 받아들여 고스란히 간직했다. 내 위에 덧씌워진 일종의 연극적 허식이 나만의 원래 개성을 완전히 지워 버리겠다고 위협했다. 나는 일종의 환상 속에서 나를 보았다. 어느 날 밤, 내 옆에 앉은 새로운 나는, 내가 보기에, 자세를 취하고 손짓을 하며 미끄러지듯 방을 가로질렀다. 새로운 나는 자신의 목을 움켜쥐었고, 손가락을 펼쳤고, 고급 마리오네트처럼 다리를 벌리며 걸었다. 새로운 나는 이런 태도를 취했다가 다음에는 저런 태도를 취했다. 어쩌면 새로운 나에겐 태엽 장치가 되어 있는지도 몰랐다. 그 일이 있은 바로 다음, 나는 연극 비평 일을 그만두려 했지만 소용없었다. 바나비는 나와 함께 있는 내내 고집스럽게 〈폴리휘들 이혼〉에 대한 얘기를 계속했고, 나는 내가 바라는 얘기를 할 기회를 얻지 못했다.

이윽고 나에 대한 델리아의 태도가 변하기 시작했다. 우리의 교제에서 편안함이 사라졌다. 나는 델리아가 나를 싫어하기 시작했다는 것을 깨닫는 고통 속에서도 내내 델리아 앞에서 활짝 웃고, 깡충거리며 돌아다니고, 얼굴을 찌푸리고, 수천 가지 방식의 자세를 취했다. 나는 다시 비평 일을 그만두려 했지만, 바나비는 《새 비평》의 'X'와 'Z'와 'Y'에 대해 얘기하면서 내게 독한 시가를 물려 주어 내 입을 막았다. 이윽고 나는 델리아를 만나러 어빙 풍으로 아시리아 관을 걸어갔고, 그렇게 위기를 재촉했다.

"아······! 그대여!" 내가 말했다. 연극 비평가가 되기 전(그리고 파멸로 향하기 전)에 비하면 내 평생 그렇게 쾌활하고 감정 넘치게 말해 보긴 처음이었다.

델리아는 다소 차갑게 손을 내밀며 내 얼굴을 유심히 바라보았다. 나는 새롭게 체득한 우아한 태도로 델리아 옆에서 걸으려 준비했다. "에그버트." 델리아가 가만히 서서 나를 부르더니 생각에 잠겼다. 이윽고 델리아는 나를 보았다.

나는 아무 말도 하지 않았다. 이제 무슨 일이 벌어질지 감지할 수 있었다. 나는 발을 질질 끌며 걷고 더듬거리며 진심을 말하던 예전의 에그버트 크래덕 커민스, 델리아가 사랑하던 그 사람이 되려고 애썼지만, 그러는 와중에도 내가 솟구치는 감정과 신비로운 불변성을 가진 새로운 존재가 되었음을 느꼈다. 이제까지 이 세상에 존재했던 어떤 인간과도 전혀 달랐다. 무대 위의 인간만 빼고는. 델리아가 말했다. "에그버트, 당신은 당신이 아니에요."

"아!" 무심결에 나는 내 횡격막을 꽉 잡고 고개를 돌렸다(배우들이 하는 식이었다).

"그거요!" 델리아가 말했다.

"*무슨 말씀이신가요?*" 나는 목소리로 이탤릭체를 구사하며 속삭였고(배우들이 어떻게 그렇게 하는지는 당신도 알리라), 델리아에게 몸을 돌리며 얼굴엔 당혹감을 담고, 오른손은 내리고, 왼손으론 이마를 짚었다. 나는 델리아가 무슨 말을 하는지 아주 잘 알았다. 내 행동의 연극적 비현실성을 너무나 잘 알고 있었다. 하지만 나는 모르는 척 헛되이 몸부림쳤다. "무슨 말씀이신가요? 정말 모르겠군요!" 나는 일종의 목쉰 소리로 속삭여 말했다.

델리아는 정말로 날 싫어하는 듯한 표정이 되었다. 델리아가 말했다. "뭣 때문에 계속 꾸민 자세를 취하는 거죠? 전 그런 거 싫어요. 전엔 그러지 않으셨잖아요."

"그러지 않았다!" 나는 천천히 두 번이나 따라 말했다. 나는 아시리아관을 짧고 날카롭게 이리저리 노려보았다. 내가 재빨리 말했다. "우리뿐이군요. 들어 보십시오!" 나는 집게손가락을 델리아 쪽으로 쑥 내밀고 델리아를 노려보았다. "전 저주에 걸렸습니다."

나는 양산을 쥔 델리아의 손에 힘이 들어가는 것을 보았다. 델리아가 말했다. "당신은 무슨 나쁜 영향 같은 걸 받고 있어요. 그걸 버려야 해요. 당신처럼 변하는 사람은 처음 봤어요."

나는 애처로운 태도로 넘어가며 말했다. "델리아! 절 가엽게 여겨 주세요, 아악! 델리아! 가여웁······게 여겨 주세요!"

델리아는 비난의 눈으로 나를 보았다. 델리아가 말했다. "어째서 당신이 이런 바보짓을 계속하는지 전 모르겠네요. 어쨌거나, 전 당신처럼 행동하는 남자와는 정말로 사귈 수가 없어요. 당신은 수요일에 우리 둘 다를 꼴불견으로 만들었어요. 솔직히, 전 지금 같은 당신은 싫어요. 그 말을 하려고 여기서 만나자고 했어요. 확실히 우리 둘만 있을 수 있는 곳은 여기뿐이니까······"

"델리아! 설마······" 나는 꽉 쥔 두 손의 관절들이 하얘질 정도로 강렬하게 말했다.

델리아가 말했다. "맞아요. 여자의 운명은 가장 최고의 때에도 충분히 슬퍼요. 하지만 당신과는……"

나는 손으로 내 이마를 움켜쥐었다.

"그럼, 안녕." 델리아가 감정 없이 말했다.

"아, 델리아! 설마?" 내가 말했다.

"잘 있어요, 커민스 씨." 델리아가 말했다.

나는 격렬히 노력하여 자신을 억제하고 델리아의 손을 잡았다. 나는 뭐라 해명하려 애썼다. 델리아는 내 씰룩이는 표정을 보고는 주춤했다. "어쩔 수 없어요." 델리아는 절망적으로 말했다. 이윽고 델리아는 내게서 몸을 돌려 빠르게 아시리아 관을 걷기 시작했다.

하늘이시여! 내 안에서 인간의 고뇌가 어찌나 울부짖었는지! 나는 델리아를 사랑했다. 하지만 표현할 길이 없었다. 새로 획득한 나 자신이 이미 원래의 나를 너무 깊이 덮어 싸버렸다.

"안녀엉히!" 나는 멀어져 가는 델리아를 지켜보며 마침내 말했다. 그러는 내가 얼마나 미웠는지 모른다! 델리아가 사라진 뒤, 나는 꿈꾸는 듯이 되풀이해 말했다. "안녀엉히!" 그리고 절망적으로 주위를 둘러보았다. 이윽고 나는 비통한 외침을 내지르고 두 주먹을 공중에 휘두르며 날개 달린 조각상의 좌대로 비틀비틀 다가가, 두 팔에 얼굴을 묻고 어깨를 들썩였다. 그때 내 안의 뭔가가 '얼간이!' 하고 말했다. (나는 내 고뇌에 찬 외침을 듣고 온 박물관의 경찰에게 내가 술 취한 게 아니라 일시적 언짢음을 겪고 있을 뿐이라고 설득하느라 무척 애를 먹었다.)

그러나 그 엄청난 슬픔조차 날 내 운명에서 구해 주진 못했다. 나는 안다. 모두가 안다. 나는 매일 점점 더 '연극적'이 되어 간다. 그리고 그런 연극적 방식의 신랄한 멍청함을 나보다 더 고통스럽게 의식하는 사람은 없다. 조용하고 소심하지만 즐거운 에그버트 크래딕 커민스는 사라진다. 나는 에그버트를 구할 수 없다. 나는 3월의 바람에 휘날리는 죽은 잎처럼 떠밀린다. 내 재봉사마저도 내 어지러운 기분에 동참한다. 재봉사는 무엇이 어울리는가에 대해 독특한 감각을 지니고 있다. 나는 이번 봄에 둔한 회색 양복을 맞추려 하지만, 재봉사는 화려한 파란색을 억지로 떠맡기고, 나는 재봉사가 내 새 정장 바지 양쪽에 장식 줄을 넣은 걸 본다. 내 이발사는 내게 머리에 '웨이브'를 넣으라고 계속 강요한다.

나는 배우들과 어울리기 시작한다. 나는 배우들을 몹시 싫어하지만, 내가 지나치게 눈에 띄지 않는다고 느끼려면 이 방법밖에 없다. 배우들의 말이 내게 영향을 미친다. 나는 내가 연극적으로 간결하게 말하고, 돌진했다 쉬었다 하며 말하고, 절하고 점잔 빼는 태도에 방점을 찍는 경향이 점점 더 커지는 것을 눈치챘다. 바나비 역시 이 점을 알아차렸다. 나는 어제 웸블리를 "나의 붕우여"라고 불러 웸블리를 화나게 했다. 나는 결말이 두렵지만, 도망칠 수가 없다.

사실, 나는 지워지고 있다. 나는 청년기를 온통 이름 없이 한적하게 살았고, 극장에 처음 갔을 때는 옅은 색의 희미한 선들로만 은은하게 스케치되어 있는 사람이었다. 그러다가 연극의 눈부신 색깔들이 나를 완전히 지워 버렸다. 사람들은 표정과 동작법에 얼마나 많은 전염성이 깃들어 있는지를 잊고 있다. 나는 전에 무대에 반한 사람들의 변화를 듣고는 그걸 비유적 표현이라고 생각했었다. 농담으로 병이라고 말하기도 했었다. 하지만 그게 병이라는 건 절대 농담이 아니다. 그건 병이다. 그리고 나는 그 병에 심하게 걸렸다! 내 안 깊숙한 곳에서 나는 내 정체성에 가해진 해에 항의한다. 그러나 소용없다. 일주일에 세 시간 혹은 그 이상 동안, 나는 새로운 연극에 정신을 집중해야 하고, 그러고 나면 연극의 암시들이 나를 붙드는 힘은 더욱 지독하게 강해진다. 내 행동이 너무나 현란해지고 내 열정은 너무나 직업적이 되어서, 처음에 말한 것처럼, 그런 식으로 행동하는 게 정말로 나 자신인지 의심스럽다. 나는 점점 더 무겁게 나와 내 자아를 짓누르는 그 연극적 덮개의 정수를 느낄 뿐이다. 나는 내가 납으로 만든 긴 외투를 걸친, 존 왕의 대수도원장* 같다고 느낀다.

나는 사실 저항을 완전히 그만둬야 하는 건 아닐까, 내겐 너무나 맞지 않는 이 평범한 삶의 슬픈 세계를 떠나 나의 자아 소실을 완성하기 위해 커민스란 이름을 버리고 직업상 적합한 가명을 지은 후, 속임수를 쓰고 너덜너덜해지고 꾸민 자세를 취하고 남인 척하는 일, 즉 무대에 오르는 일을 해야 하는 건 아닐까 생각한다.

그것만이 내게 남은 유일한 의지처인 듯 보인다. '거울을 들어 자연을 비추는 것.'** 고백하건대, 평범한 삶에서는 이제 누구도 나를 제정신을 가진 온전한 사람이라고 생각하지 않기 때문이다. 오직 무대 위에서만 사람들이 나를 진지하게 여겨 줄 거라고 나는 확신한다. 그게 끝이 될 것이다. 나는 그게 이 일의 끝이 될 거란 걸 안다. 그러나 솔직히 말하자면 ―이 솔직함이 일반인과 배우의 차이다― 나는 무대에 서기가 싫다. 나는 아직도 대체로 샬럿 고모의 의견에 동의한다. 고모는 순수한 마음을 가진 남자에게 있어 연극은 정성을 기울일 가치가 없으며 참여할 가치는 더더욱 없다고 했었다. 지금 이 순간에도 나는 연극 비평가 직을

---

* 영국의 옛이야기에 나오는 존 왕은 대수도원장의 부유함을 질투해 대답하기 힘든 세 가지 질문을 과제로 냈고, 대수도원장을 닮은 목자가 그를 대신해 대수도원장의 옷을 입고 왕에게로 간다.
** 셰익스피어는 이야말로 연극의 원래 목적이라고 햄릿의 입을 빌려 말했다.

사임하고 쉬어 볼 생각이 있다. 단지 바나비를 제어할 수 없을 뿐이다. 바나비는 사직의 뜻을 담은 내 편지를 언제나 못 본 체한다. 바나비는 편집자에게 편지를 쓰는 건 저널리즘의 예의에 어긋나는 일이라고 말한다. 내가 만나러 가면 바나비는 내게 커다란 시가와 강한 위스키와 탄산수를 주고, 그러고 나면 꼭 무슨 일이 벌어져 내가 그만두고 싶은 이유를 설명하지 못하게 된다.

플래트너 이야기
The Plattner Story

고트프리트 플래트너 이야기가 믿을 만한 것이냐 아니냐는 증거를 어떻게 보는가의 문제이기 때문에 딱 잘라 뭐라 말할 수는 없다. 한편으로 우리에겐 일곱 개의 증거(정확하게 말해 6과 2분의 1쌍의 눈과 하나의 부인할 수 없는 사실)가 있고, 다른 한편으로는 우리에게, 뭐랄까, 편견과 상식과 타성이 있다. 이 일곱 명의 목격담만큼 진실처럼 들리는 이야기는 없다. 또한 고트프리트 플래트너의 신체 구조가 역전되었다는 것만큼 절대로 부인할 수 없는 사실도 없다. 그리고 이 목격자들의 증언만큼 터무니없는 이야기도 없다! 그 일에 대한 증언 가운데 가장 터무니없는 건 고트프리트 자신의 증언이다(나는 일곱 명의 증인 가운데 그를 포함시켰다). 하늘은 내게 공정함에 대한 열망을 심어 주셔서 초자연적인 도움을 받는 걸 결코 허락치 않았고, 그러니 나는 유사피아*의 지지자들처럼 무작정 고트프리트를 믿고 따를 수만은 없다! 솔직히 나는, 고트프리트 플래트너의 이번 일이 뭔가 왜곡되었다고 믿는다. 하지만 무엇이 왜곡되었는지, 솔직히 말해서 잘 모르겠다. 놀라운 것은, 그 일이 뜻밖에도 가장 신뢰할 만한 곳에서 일어났기에 이야기에 신빙성이 더해진다는 점이다. 하지만 독자에게 가장 공정한 방법은 내가 더는 이러니저러니 의견을 붙이지 않고 그 일을 이야기하는 것이리라.

고트프리트 플래트너는, 이름과는 달리, 자유민으로 태어난 영국인이다. 고트프리트의 아버지는 1860년대에 영국으로 건너온 알자스 사람으로, 나무랄 데 없는 집안의 품위 있는 영국 여자와 결혼했고, 건전하고 평범한 삶을 살다가(내가 알기로는 주로 세공한 쪽마루를 까는 일에 전념했다) 1887년에 죽었다. 고트프리트는 스물일곱 살이다. 그는 세 개나 되는 언어권에 속한 집안 덕분에 영국 남부의 조그만 사립학교에서 현대어 교사로 일한다. 보통 사람 눈에 고트프리트는 다른 작은 사립학교에서 근무하는 현대어 교사와 하나도 다를 바가 없는 사람이다. 옷은 아주 비싼 것도 유행을 따른 것도 아니지만, 그렇다고 형편없는 싸구려나 초라한 것도 아니다. 용모는 키나 태도와 마찬가지로 별로 눈에 띄지 않는다. 사람들이 대개 그러하듯 고트프리트도 완벽한 대칭이 아니다. 오른쪽 눈이 왼쪽 눈보다 조금 더 크고, 턱은 오른쪽으로 약간 비스듬하다. 만약 당신이 평범한 사람이라면, 고트프리트의 옷을 벗겨 심장이 뛰는 걸 느껴 본다 할지라도 그의 심장이 일반인의 심장과 어떻게 다른지 발견하지 못할 것이다. 하지만 바로 여기에서 당신과 훈련받은 관찰자의 차이가 나타난다. 당신은 고트프리트의 심장이 아주 정상이라고

---

*Eusapia Palladino(1854~1918). 이탈리아에서 태어난 심령술사로, 유럽 각지를 돌아다니며 공중 부양, 신체 확장, 꽃 보내기와 같은 영적 능력을 발휘했다고 한다.

생각하겠지만, 훈련받은 관찰자는 아주 다른 점을 발견할 것이다. 그리고 일단 그 사실을 당신에게 알려 주면, 당신도 쉽게 그 특이점을 알아차릴 수 있다. 그것은 바로 고트프리트의 심장이 몸 오른쪽에서 뛴다는 사실이다.

일반인들은 고트프리트의 심장이 오른쪽에 있다는 점에만 관심을 갖겠지만, 고트프리트의 신체 구조에서 남다른 부분은 그것뿐이 아니다. 어느 저명한 외과 의사가 조심스럽게 언급한 바에 따르면, 그의 몸의 다른 장기들 역시 다 이와 비슷하게 잘못 놓여 있다. 오른쪽 간엽은 왼쪽에 있고, 왼쪽 간엽은 오른쪽에 있으며, 두 개의 폐도 비슷한 방식으로 반대로 위치한다. 더욱 독특한 점은 최근에 고트프리트의 오른손이 왼손이 되어 버렸다는 사실이며, 고트프리트가 아주 능숙한 배우라면 모를까 그렇지 않고서야 그 사실을 믿지 않을 도리가 없다. 이제부터 우리가 (가능하면 편견 없이) 생각해 보려는 그 사건 이후로, 고트프리트는 왼손에 펜을 잡고 종이의 오른쪽에서 왼쪽으로 글씨를 쓰지 않는 한 글씨를 쓰는 데 엄청난 곤란을 겪게 되었다. 고트프리트는 오른손으로는 던질 수가 없고, 식사하면서 나이프와 포크를 쓸 때에도 혼란을 겪고 있으며, 도로교통 규칙에 있어서도(고트프리트는 자전거를 탄다) 위험한 혼란을 겪고 있다. 그 사태 전에 고트프리트가 왼손잡이였다는 증거는 전혀 없다. 놀랄 만한 사실이 더 있다. 고트프리트는 세 장의 자기 사진을 갖고 있다. 첫 번째 사진은 대여섯 살 때 찍은 것으로, 고트프리트는 격자무늬 프록코트 밖으로 통통한 다리를 내밀고 인상을 찡그리고 있다. 그 사진 속에선 왼쪽 눈이 오른쪽 눈보다 조금 크며, 턱은 왼쪽으로 아주 약간 비뚤어져 있다. 현재 상태와는 반대의 모습이다. 열네 살 때 사진은 대여섯 살 때의 사진을 반박하는 듯하지만, 그건 당시 유행하던 싸구려 젬 사진으로, 금속판에 비친 모습을 그대로 인화한 것이라 거울에 비친 것처럼 모든 것이 반대로 나왔을 뿐이다. 세 번째 사진은 스물한 살 때의 모습으로, 그 사진이야말로 고트프리트의 오른쪽과 왼쪽이 뒤바뀐 현상을 증명하는 가장 강력한 증거이다. 하지만 환상적이고 아무 의미 없는 기적이라고 짧게 말할 수 있을 뿐, 어떻게 사람에게 그런 변화가 일어났는지를 설명하기란 정말이지 쉽지 않다.

물론, 보기에 따라서는 고트프리트 플래트너가 자신의 심장 위치가 바뀐 걸 앞세워 교묘한 속임수를 쓰고 있다는 말로 이 모든 일을 설명할 수도 있다. 사진은 조작할 수 있고, 왼손잡이 흉내를 낼 수도 있다. 하지만 사람의 성격에 대해서만큼은 그러한 이론을 주장할 수 없다. 플래트너는 노르다우*의 관점에서 보더라도, 조용하고 실리를 중시하며 남의 일에 참견하지 않는 양식 있는 사람이다. 고트프리트는 맥주를 좋아하며, 담배도 적당히 피우고, 매일 걷기 운동을 하며, 학생을 지도하는 수준이 무척 높다는 평가를 받고 있다. 비록 아마추어이기는 해도 훌륭한 테너 목소리를 갖추고 있는 그는, 대중적이고 유쾌한 성향의 노래를 부르는 걸 좋아한다. 독서를 좋아하지만 책에 빠져 살지는 않으며(주로 읽는 분야는 실현 불가능한 낙관주의 성향으로 가득한 소설이다), 숙면을 하고 꿈은 거의 꾸지 않는다. 즉 고트프리트는 이 세상에서 환상적인 이야기를 지어낼 가능성이 가장 적은 사람이다. 실은, 그런 이야기를 지어 세상에 내보내기는커녕 그런 쪽으론 아예 입을 다물고 만다. 고트프리트를 만난 사람들은 그가 가진 매력으로 수줍음을 꼽으며, 제아무리 의심이 심한 사람이라도 고트프리트의 수줍은 태도를 보면 눈 녹듯

---

*Max Nordau(1849~1923). 유대인 의사이자 작가로, 초기 유대 민족주의자이며 시온주의자들의 가치관 형성에 주도적인 역할을 했다.

의심을 풀곤 한다. 고트프리트는 자신에게 그토록 이상한 일이 벌어졌다는 사실을 부끄러워하는 듯이 보인다.

사후에 부검을 해보자는 생각에 고트프리트 플래트너가 반감을 가진 것은 참으로 안타까운 일이 아닐 수 없다. 플래트너의 몸 전체에서 오른쪽과 왼쪽이 바뀌었다는 명백한 증거를 찾을 수 있는 기회가 늦춰질 수도 있고, 어쩌면 영원히 사라져 버릴 수도 있으니 말이다. 플래트너의 이야기의 신빙성이 주로 그 점에 달려 있기 때문이다. 일반인이 이해하는 한, 공간에서 사람을 이리저리 움직여 좌우를 뒤바꿀 방법은 존재하지 않는다. 우리가 무슨 짓을 하든, 오른쪽은 여전히 오른쪽이고 왼쪽은 왼쪽일 뿐이다. 물론 완전히 얇고 납작한 상태라면 가능하다. 종이에서 그림(오른쪽과 왼쪽이 구분되면 어떤 그림이든 상관없다)을 오려 낸 뒤 그것을 들어 올려 뒤집기만 하면 된다. 하지만 얇지 않다면 문제가 달라진다. 수학자들은 입방체인 몸의 오른쪽과 왼쪽을 바꿀 수 있는 유일한 방법은, 우리가 알고 있는 공간에서 몸을 완전히 제거한 다음, 즉 그 존재를 없앤 다음, 바깥 공간 어딘가에서 뒤집는 거라고 말한다. 이 표현이 좀 난해하다는 데는 의심의 여지가 없지만, 수학 이론에 밝은 사람이라면 누구든 이 말이 진실이라고 독자에게 장담할 것이다. 전문 용어를 빌려 이야기하자면, 플래트너의 진기한 좌우 전환은 그의 몸이 우리 공간을 벗어나 우리가 네 번째 차원이라고 부르는 곳으로 갔다가 다시 우리 세계로 돌아왔다는 증거이다. 스스로 정교하고 동기 없는 거짓말의 희생자가 되고 싶지 않다면, 결국 이 현상이 실제로 일어났다고 믿을 수밖에 없다.

보이는 사실들은 이 정도까지만 얘기하도록 하자. 이제 고트프리트 플래트너가 이 세상에서 일시적으로 사라져 버린 현상에 대해 이야기해 보겠다. 그 일은 서식스빌 사립학교에서 일어났으며, 플래트너는 거기서 자신의 과목인 현대어는 물론이고 화학, 상업지리, 회계, 속기, 미술, 그리고 학부모들이 변덕을 부릴 때마다 그들이 원하는 모든 과목을 가르치고 있었다. 플래트너는 그 다양한 과목들에 대해서는 거의, 혹은 전혀 알지 못했지만, 이사회나 초등학교에서 원하는 건 지식보다는 높은 도덕성과 신사다운 말투라는 점을 감안하면 꼭 불가능한 일만은 아니었다. 특히 화학은 플래트너가 유난히 아는 게 없는 과목이었는데, 본인 말에 따르면 세 개의 기체(그게 뭐든 간에) 외엔 아는 게 전혀 없었다. 하지만 학생들 역시 아무것도 아는 게 없는 상태에서 시작했기 때문에, 그리고 결국 플래트너로부터 모든 지식을 얻게 될 터이기에 플래트너는 (또는 누구든) 여러 학기 동안 불편할 게 없었다. 이윽고 휘블이라는 꼬마가 입학을 했고, 꽤 짓궂은 친척에게서 교육을 받은 듯, 질문하는 버릇이 단단히 들어 있었다. 그 꼬마는 플래트너의 수업에 눈에 띄는 지속적인 흥미를 보였으며, 화학에 대한 자신의 열의를 보이려고 시도 때도 없이 온갖 것들을 가져와 분석해 달라고 했다. 자신이 남에게 지식욕을 일깨워 줄 수 있다는 증거를 보고 기뻐진 플래트너는 그 남자아이가 가지고 온 것들을 분석해 주고 심지어 그 구조에 대한 전반적인 설명까지 해주었다. 플래트너는 그 학생으로 인해 너무나 고무된 나머지, 저녁 예습 시간에 감독을 하면서 자신이 구한 분석화학 책을 공부하기도 했다. 그러면서 화학이 재미있는 학문임을 깨닫고 깜짝 놀랐다.

지금까지는 아주 평범한 이야기이다. 하지만 이제 문제의 녹색 가루가 등장한다. 불행히도 그 녹색 가루의 공급원은 사라진 듯하다. 휘블 도련님께서는 다운스 근처의 폐쇄된 석회 가마터에서 봉지에 담긴 그 초록색 가루를 발견했다는 횡설수설을 늘어놓았다. 만약 당시 가마터에서 그 가루에 성냥불을 붙였다면 플래트너에게, 그리고 아마도 휘블 도련님 가족에게도 아주 멋진 일이 되었으리라. 그 꼬마 신사께서는 그 가루를 봉지째 들고 오지 않고, 흔히 볼 수 있는, 눈금이 새겨진 8온스짜리 약병에 담아 신문지로 입구를 막고 가져온 모양이다. 휘블은 오후 수업이 끝났을 때 그걸 플래트너에게 주었다. 다른 네 명의 학생은 끝내지 못한 과제를 마무리하기 위해 기도 시간 뒤에도 남아 있었는데, 플래트너는 화학 수업을 진행하는 조그만 교실에서 그 학생들을 감독하고 있었다. 이 나라의 대부분의 소규모 학교들처럼, 서식스빌 사립학교도 극도로 단순한 기구들만 화학 수업에 사용하고 있었다. 기구들은 벽감에 놓인 조그만 찬장에 보관되어 있었고, 찬장 크기는 그저 보통 여행 가방 정도였다. 하는 일 없이 아이들을 감독하느라 지루했던 플래트너는 초록색 분말을 가지고 나타난 휘블을 은근히 반기는 눈치였고, 찬장을 열어 화학 기구를 꺼낸 다음 곧장 분석 실험에 들어갔다. 휘블은 말하길, 다행히도 자기는 멀찍이 떨어진 소파에 앉아 플래트너를 지켜보았단다. 네 명의 악동들 역시 제 할 일에 몰두하는 척하면서, 그 구경거리를 흥미로운 눈으로 몰래 지켜보았다. 아무리 '세 가지 기체'만 사용했다지만, 그 화학 실험은 무모하기 그지없었다는 게 내 생각이다.

플래트너의 일련의 행위들에 대한 아이들의 진술은 사실상 완전히 일치한다. 플래트너는 우선 약간의 초록색 분말을 시험관에 넣고 물, 염산, 질산, 황산을 차례로 섞기 시작했다. 아무 반응이 일어나지 않자, 플래트너는 병에 든 분말을 석판 위에다 조금(사실은 병에 든 것의 거의 반을) 쏟아 놓고 거기에 성냥불을 그었다. 왼손에는 약병을 쥐고 있었다. 분말은 불이 붙자 연기가 나면서 녹기 시작했고, 얼마 지나지 않아 귀가 멀 듯한 굉음과 눈부신 섬광을 동반한 폭발이 일어났다.

섬광 때문에 아무것도 볼 수 없게 된 다섯 소년은 더 큰 재난을 모면하기 위해 재빨리 책상 아래로 몸을 숨겼고, 덕분에 크게 다친 아이는 아무도 없었다. 창문은 운동장까지 날아갔고, 칠판걸이에 걸려 있던 칠판은 곤두박질쳤다. 석판은 박살이 났다. 천장에서는 벽토가 떨어져 내렸다. 학교 건물이나 물건들에 다른 손상은 없었지만, 학생들 눈에 플래트너의 모습이 보이지 않았고, 학생들은 플래트너가 쓰러져 책상 아래에 뻗어 있을 거라고 생각했다. 학생들은 플래트너를 일으킬 생각으로 자기들이 있던 곳에서 뛰어나왔는데, 텅 빈 공간을 보고 깜짝 놀랐다. 갑작스러운 폭발음에 여전히 놀란 아이들은 플래트너가 다쳤을 거라고 생각하며 열려진 문으로 서둘러 뛰어나갔다. 맨 먼저 교실 밖으로 뛰어나가던 카슨은 교장인 리제트 씨와 하마터면 부딪힐 뻔했다.

리제트 씨는 뚱뚱하고 성격이 불같은 애꾸눈이었다. 학생들의 진술에 따르면, 비틀거리며 교실로 들어서던 리제트 씨는 신경질적인 교장들이 흔히 쓰는 완화된 욕지거리를 내뱉고 있었다. 더 나쁜 욕은 할 수 없기 때문이었다. 리제트 씨가 말했다. "불쌍한 모험꾼 양반! 플래트너 씨는 어딨지?"* 아이들은 교장이 쓴 단어들에 동의했다. ('비틀비틀하는 사람,'** '질질 짜는 애새끼,'*** '모험꾼 양반'은 리제트 씨가 교육 사업을 하며 일상적으로 조금 변화시킨 단어들로 보인다.)

플래트너 씨는 어딨지? 이 질문은 그 뒤 며칠 동안 수없이 반복됐다. '원자 단위로 쪼개져 버렸다'라는 과장된 표현이 이번에는 실제로 일어난 것만 같았다. 플래트너 씨가 있었다는 흔적은 전혀 보이지 않았다.

---

* 교장은 '플래트너 씨는 어딨지?Where's Mr. Plattner?'와 '불쌍한 모험꾼 양반Wretched mumchancer'의 발음이 비슷한 것을 이용해 간접적으로 욕을 하는 것이다.

** '비틀비틀하는 사람wobbler'은 '걸신들린 듯이 먹는 아이들gobbler'과 발음이 비슷하다.

*** '질질 짜는 애새끼snivelling puppy'는 '자고 있는 학생Sleeping pupil'과 발음이 비슷하다.

피 한 방울, 옷 한 조각 보이지 않았다. 그 어떠한 잔해도 남기지 않고 완전히 사라진 게 분명했다. 쥐도 새도 모르게 사라져 버렸다는 속담은 이런 걸 두고 하는 말이었다! 의심의 여지 없이, 플래트너는 폭발로 인해 완전히 사라져 버린 것이다.

이 사건으로 서식스빌 사립학교는 물론이고 서식스빌과 다른 곳들까지 시끌시끌했다는 사실을 굳이 여기에 자세히 쓸 필요는 없을 것이다. 몇몇 독자들은 이 이야기를 듣고 지난 여름휴가 동안 느꼈던, 멀리 사라져 버린 흥분감이 되살아나기도 하리라. 리제트 교장은 자신의 권한을 이용해 이 사건에 대한 이야기가 퍼져 나가는 것을 최소화시킨 듯하다. 리제트 교장은 플래트너라는 이름을 입에 올리기만 해도 시를 스물다섯 줄씩 베끼는 벌칙을 내리겠다면서, 자기는 플래트너 선생의 행방을 명확히 안다고 교실에서 선언했다. 리제트 교장은 설명하길, 화학 실험 수업을 최소화하려고 공들여 사전 조치를 취해 놓았음에도 불구하고 그런 일이 일어났기에, 또다시 폭발 사고가 나서 학교의 명예가 손상될까 두려웠다고 했다. 또한 플래트너의 기묘한 실종과 관련해서 뭔가 이상한 소문이 날까 두려웠다고도 했다. 리제트 씨는 평상시에도 그런 소동이 충분히 일어날 수 있음을 주지시키기 위해 교장의 지위를 이용해 그야말로 모든 조치를 취했다. 특히 다섯 명의 목격자들에게 아주 철저하게 따져 물었고, 덕분에 그 목격자들은 자신들이 보고 들은 명백한 증거에 대해 의심하기 시작했다. 하지만 이러한 노력에도 불구하고 이야기는 과장되고 왜곡된 상태로 아흐레 동안 그 지역 사람들의 궁금증을 자아냈고, 몇몇 부모들은 그럴듯한 이유를 들며 아이들을 전학시켰다. 이 사건에서 언급하고 넘어가야 할 점 가운데 하나는, 플래트너가 돌아오기 전까지 주위가 흥분에 빠져 있던 아흐레 동안, 기이하게도 이 옷의 많은 사람들이 플래트너가 등장하는 꿈을 너무도 생생하게 꾸었으며 그 꿈들이 신기하게도 똑같았다는 점이다. 그들의 꿈에서 플래트너는 때로는 혼자서 때로는 무리에 섞여 화려한 무지개 광채를 통과해서 돌아다녔다고 했다. 그리고 그 모든 꿈에서 플래트너의 얼굴은 창백하고 고민에 차 있었고, 어떤 경우에는 꿈꾸는 이에게 의사 표현을 하려고 몸짓을 하기도 했다고 한다. 소년 가운데 한두 명은, 분명히 악몽의 영향이었겠지만, 플래트너가 가끔 엄청난 속도로 자신들의 눈 아주 가까이까지 다가와서 눈 속을 들여다보는 것 같다고 말했다. 또 어떤 아이들은 공 모양의 흐릿하고 특이한 생명체가 쫓아와서, 플래트너와 함께 그것들을 피해 달아났다고 말하기도 했다. 하지만 그 모든 환상은 폭발이 일어났던 월요일에서 일주일이 지나고 맞은 수요일 날 플래트너가 돌아오자, 온갖 의문과 추측을 남긴 채 잊혀졌다.

플래트너의 귀환 역시 돌연한 실종만큼이나 독특했다. 리제트 씨가 벌컥 화를 내며 대충만 말한 이야기에 플래트너 씨가 머뭇머뭇 말한 자세한 이야기를 채워 넣어 보건대, 일몰 시간이 가까워 오던 수요일 어스름, 저녁 예습 시간을 끝낸 리제트 씨는 자신의 정원에서 너무나도 좋아하는 딸기를 따 먹느라 여념이 없었다. 다행히도 넓고 고풍스러운 정원은 담쟁이덩굴로 뒤덮인 높고 붉은 벽돌담으로 둘러싸여 있어서 외부의 시선으로부터 완전히 차단되어 있었다. 리제트 씨가 유난히 열매가 많이 달린 덩굴 너머로 허리를 막 굽혔을 때, 쿵 하는 소리와 함께 허공에서 섬광이 일더니 미처 뒤돌아보기도 전에 커다란 몸뚱아리가 리제트 씨의 등 위로 격렬하게 떨어졌다. 리제트 씨는 손에 들고 있던 딸기들을 뭉개며 고꾸라졌고, 그 바람에 실크해트(리제트는 학자풍 복장에 대한 고풍스러운 생각에 집착한다)가 이마 아래로 푹 내려오면서 한 개밖에 없는 눈을 거의 다 가려 버렸다. 리제트 씨 옆으로 미끄러져 딸기밭 사이에 주저앉아 버린 무거운 비행 물체의 정체는, 우리들로부터 오랫동안 사라졌던 고트프리트 플래트너였다. 플래트너는 아주 단정치 못한 차림이었다. 옷깃도 모자도 없었으며, 내의는 더러웠고, 손에는 피가 묻어 있었다. 너무나도 화가 나고 놀란 리제트 씨는, 두 손과 두 발을 짚고 엎드린 자세로 여전히 모자에 눈이 가려진 채, 플래트너의 무례하고 무책임한 행동을 거칠게 나무라기 시작했다.

이 참으로 목가적이지 못한 풍경이 플래트너 이야기의 별전의 대미이며, 통속적인 광경으로 끝난다. 여기서 리제트 교장이 플래트너를 해임시킨 내용들을 시시콜콜 늘어놓는 건 필요 없으리라. 그에 대한 자세한 사항은 '비정상적 현상 조사 위원회'에 제출되어 있는, 온전한 이름과 날짜와 참고 사항까지 적혀 있는 보고서를 뒤져 보면 알 수 있다. 사람들은 플래트너의 오른쪽과 왼쪽이 바뀌어 버린 기이한 전도 현상을 처음 하루 이틀 정도는 잘 알아차리지 못했는데, 그러한 뒤바뀜 현상과 관련되어 나타난 최초의 증거는 칠판에 글씨를 쓸 때 오른쪽에서 왼쪽으로 써나간 것이었다. 플래트너는 자신이 처한 새로운 국면에 대한 염려 때문에, 눈에 확연히 드러나기 시작한 기현상에 대해서는 말하려 하지 않고 숨기려고만 했다. 심장의 위치가 바뀐 사실은 그로부터 몇 달 뒤, 마취를 하고 치아를 뽑는 과정에서 발견되었다. 그제야 플래트너는 마지못해, 《해부학 저널》에 실을 간단한 설명을 위해 자신에 대한 엉성한 외과적 진찰을 허락했다. 저널에는 물리적인 내용만 담겨 있다. 이제 우리는 플래트너의 진술에 대해 생각해 보도록 하자.

하지만 먼저 이 이야기의 앞부분과 이제부터 이어질 내용 사이에 뚜렷한 차이가 있다는 걸 짚고 넘어가자. 지금까지 내가 말한 내용은 범죄 전문 변호사라도 인정할 만한 증거에 바탕을 둔 것이다. 모든 목격자들은 여전히 살아 있다. 만약 시간이 넉넉하다면 내일이라도 당장 그 소년들을 찾아가 만날 수 있고, 용기가 있다면 저 무시무시한 리제트 씨까지도 만나서 만족할 때까지 얼마든지 반대신문을 하고 이리저리 덫을 놓고 시험해 볼 수 있다. 고트프리트 플래트너뿐 아니라 자리가 바뀐 그의 심장과 그의 세 장의 사진 역시 원한다면 언제든 볼 수 있다. 폭발의 결과 플래트너가 아흐레 동안 실종된 일도 증명됐다고 간주할 수 있다. 또한 자세한 사연이야 어떻든 상황상 리제트 씨를 격노하게 만든 플래트너의 귀환도 증명됐다고 간주할 수 있다. 마치 거울에 비춘 것처럼 플래트너의 좌우가 뒤바뀐 일도 증명된 바라 할 수 있다. 내가 이미 언급했듯이, 마지막 사실 때문에 우리는 거의 필연적으로, 플래트너가 아흐레 동안 어떤 다른 공간에 있었음이 분명하다는 결론에 도달한다. 그 증거는 대부분의 살인자들을 교수대에 매단 증거들보다 훨씬 더 강력하다. 하지만 고트프리트 플래트너가 어디에 있었는가에 대한 진술은, 플래트너 자신이 한 혼란스럽고 거의 자가당착적인 진술이 전부이다. 플래트너의 말을 부정하고 싶지는 않지만, 수많은 작가들이 애매모호한 초자연적 현상을 글로 쓰는 것에 실패했다는 사실을 짚고 넘어가야만 하겠다. 지금 우리는 실질적으로 부정할 수 없는 사실에서 출발해, 이성적인 인간이라면 자기 생각대로 믿거나 거부할 권리가 있는 종류의 이야기로 넘어가고 있는 중이다. 앞서의 플래트너의 진술은 아주 그럴듯하다. 하지만 앞으로의 진술 내용은 상식적인 경험과는 어긋나기 때문에, 믿을 수 없다는 쪽으로 마음이 기울 수도 있다. 나는 독자의 판단 기준을 그 어느 쪽으로도 기울게 하고 싶지 않고, 따라서 플래트너에게 직접 들은 이야기를 그대로 옮기도록 하겠다. 이미 말했을 수도 있지만, 플래트

238

너는 치즐허스트에 있는 내 집에서 자기 이야기를 했고, 그날 저녁 플래트너가 집을 나가자 나는 서재로 가서 기억하는 모든 내용을 적었다. 그 뒤 친절하게도 플래트너는 내가 타자기로 친 글의 복사본을 읽어 주었고, 따라서 내용의 정확성은 틀림없다.

플래트너는 폭발이 일어난 순간, 자신은 분명 죽었구나 생각했다고 말했다. 두 발이 바닥에서 떨어지며 몸이 무시무시한 속도로 뒤쪽으로 밀려나는 것을 느꼈다고 했다. 정신과 의사들은 그가 뒤편으로 날아가서 나가떨어지는 동안 그런 생각은 물론 화학 실험 기구가 든 찬장이나 칠판걸이에 부딪히지 않을까 하는 생각까지 명확히 했다는 점을 흥미로워한다. 플래트너는 발뒤꿈치가 바닥에 부딪혀 비틀거리다가 걸터앉는 자세로 넘어졌는데, 부드럽고도 단단한 무언가가 엉덩이에 닿았다. 한동안 플래트너는 충격으로 꼼짝도 할 수 없었다. 그리고 곧 머리털이 타는 것 같은 냄새를 아주 생생하게 맡을 수 있었고, 리제트 씨가 자신을 찾는 목소리도 들리는 듯했다. 당시 플래트너의 정신이 아주 혼란스러웠으리라는 건 독자도 이해하리라.

플래트너는 처음에는 자신이 여전히 교실에 있는 느낌이었다고 했다. 소년들이 무척이나 놀란 것과 리제트 교장이 교실로 들어온 것도 아주 또렷하게 인식할 수 있었다고 했다. 그 부분에 대해 플래트너는 강하게 확신한다. 그들의 말소리는 안 들렸는데, 플래트너는 폭발로 인해 귀가 멀었기 때문이라고 생각했다. 주위가 이상하게 어둡고 흐릿해진 것도 폭발로 인해 일어난 엄청난 검은 연기 때문이라고 생각했다. 그 상황에서는 당연히 할 수 있는 착각이다.

어두침침함 속에서 리제트 교장과 소년들이 유령처럼 흐릿하고 소리 없이 움직였고, 플래트너의 얼굴은 여전히 불꽃이 일으킨 열기로 따끔거렸다. 플래트너는, 본인의 표현에 따르자면 '모든 게 엉망진창이 되어' 있었다. 처음으로 분명하게 든 생각은 자신이 살아 있는 듯하다는 것이었다. 플래트너는 어쩌면 눈과 귀가 멀었을 거라고 생각했다. 플래트너는 팔다리와 얼굴을 조심스레 만져 보았다. 이윽고 의식이 좀 더 또렷해지자, 플래트너는 자기 주변에 있던 낯익은 책상들과 교실 가구들이 사라져 버린 것을 발견하고 놀라움에 휩싸였다. 보이는 것이라고는 어둑하고 불명확한 회색 형체들뿐이었다. 이윽고 플래트너의 입에서 고함이 터지게 만들고 멍했던 정신을 번쩍 깨우는 일이 일어났다. 소년 둘이 서로 몸짓으로 이야기를 하며 한 명 한 명 차례로 플래트너를 그냥 통과해 지나간 것이다! 그 누구도 플래트너가 있다는 걸 전혀 알아차리지 못한 기색이었다. 플래트너가 느낀 바를 상상하는 건 쉬운 일이 아니다. 플래트너의 말에 따르면, 학생들은 자기 정면으로 다가왔는데, 한 줌의 안개만큼도 저항이 느껴지지 않더라고 했다.

　그 일이 있고 플래트너가 처음 한 생각은 자신이 죽었구나 하는 것이었다. 하지만 주위의 물체들을 온전히 볼 수 있고 여전히 자기 몸이 있다는 사실에 플래트너는 살짝 놀랐다. 그래서 다음으로 내린 결론은, 자신이 죽은 게 아니라 다른 이들이 죽었다는 것이었다. 폭발로 서식스빌 사립학교가 부서지면서, 자신을 제외한 학교 안의 모든 사람들이 죽었다고 생각한 것이다. 하지만 그 생각 역시 전혀 만족스럽지 않았다. 플래트너는 충격에 휩싸인 채 다시 주위를 둘러보았다. 주위의 모든 것이 터무니없이 어두웠다. 처음에는 칠흑 같은 어둠 속에 완전히 갇혀 버린 것 같았다. 머리 위는 검은 허공이었다. 그나마 존재하는 빛은 하늘 한 귀퉁이의 희미한 초록색 이글거림뿐이었고, 그 빛으로 인해 물결치는 검은 언덕의 지평선이 눈에 확 띄었다. 내 생각에, 이것이 플래트너가 받은 최초의 인상이었을 것이다. 눈이 차츰 주위의 어둠에 익숙해지자, 플래트너는 초록빛의 희미한 형체를 구분하기 시작했다. 그것을 배경으로, 교실의 가구와 사람들이 희미하고 만질 수 없는, 인광을 발하는 유령처럼 서 있었다. 플래트너가 손을 내뻗자, 손은 아무런 저항도 받지 않고 벽난로 옆 교실 벽을 뚫고 들어갔다.

플래트너는 다른 이들의 주목을 끌기 위해 엄청난 노력을 했다고 한다. 리제트 교장을 향해 고함쳤고, 왔다 갔다 하는 소년들을 붙잡으려 애썼다. (보조 교사가) 당연히 싫어할 수밖에 없는 리제트 부인이 교실에 들어왔을 때에야, 플래트너는 그 모든 시도를 포기했다. 플래트너는 그 세계에 있으면서 그 세계에 속하지 않는 느낌이 무척이나 끔찍했다고 말한다. 플래트너는 당시 자신의 심정을, 창밖으로 지나가는 쥐를 지켜보는 고양이의 마음에 빗대 멋지게 표현했다. 플래트너는 자신을 둘러싼 흐릿하지만 낯익은 세계와 소통하려 할 때마다, 보이지 않고 이해할 수 없는 어떤 장벽에 가로막혔다. 이윽고 플래트너는 자신의 손에 아직 깨지지 않은 약병이 쥐어져 있고, 그 안에 녹색 가루가 남아 있음을 깨달았다. 플래트너는 그 병을 주머니에 넣고 주위를 느껴 보기 시작했다. 벨벳 같은 이끼가 덮인 바위 위에 앉아 있는 듯했다. 주위는 어둠에 잠겨 잘 보이지 않았지만 안개가 낀 듯 뿌옇고 흐릿하게 교실이 보였고, 자신이 높다란 언덕 꼭대기에 있다는 느낌이 들었다(아마도 차가운 바람이 불어왔기 때문인 듯하다). 하늘 가장자리를 따라 비치는 녹색 빛은 점점 더 넓어지고 강렬해지는 듯했다. 플래트너는 두 눈을 비비며 일어섰다.

플래트너는 가파른 비탈을 몇 걸음 내딛다가 발이 걸려 하마터면 넘어질 뻔했고, 그래서 도로 들쭉날쭉한 바위에 앉아 새벽이 올 때까지 기다리기로 했다. 플래트너는 자신을 둘러싼 세계가 어두운 만큼이나 완전한 침묵에 싸여 있음을 알게 되었다. 언덕 정면으로 차가운 바람이 불어왔지만 풀들이 바스락거리는 소리나 나뭇가지들이 살랑거리는 소리는 들리지 않았다. 그래서 비록 볼 수는 없어도, 자신이 서 있는 언덕 비탈이 바위가 많고 외떨어져 있다는 사실을 파악할 수 있었다. 매 순간 녹색 빛이 점점 더 밝아지자, 희미하고도 투명한 핏빛이 머리 위의 암흑과 황량한 바위투성이 풍경 속에 섞여 들었는데, 그 색은 시간이 지나도 전혀 누그러지지 않았다. 뒤이은 상황을 감안해 보면, 그 붉은색은 대조로 인한 시각적 효과였으리라 나는 생각한다. 뭔가 검은 것이 아래쪽 하늘의 창백한 황록색을 배경으로 한순간 펄럭이는가 싶더니, 발 아래 검은 심연으로부터 희미하지만 날카로운 종소리가 들려왔다. 밝아 오는 빛과 함께 도에 넘치는 희망이 커져 갔다.

플래트너가 한 시간 또는 그 이상 거기 앉아 있는 동안, 그 기묘한 녹색 빛은 매 순간 밝아지며 이글거리는 손가락을 천천히 위쪽의 천정으로 뻗어 나갔다. 녹색 빛이 밝아짐에 따라, 우리 세상의 흐릿한 모습은 상대적, 혹은 절대적으로 희미해졌다. 아마도 양쪽 다였을 것이다. 그 시간은 우리 세상에서 일몰 무렵이었음이 분명하기 때문이다. 우리 세계가 보이는 한도 내에서, 플래트너는 언덕 비탈을 몇 걸음 내려가 교실 바닥을 통과했고, 이제 플래트너는 아래층의 더 커다란 교실 공중에 떠 있는 것 같았다. 기숙사 아이들이 보였지만, 아까 리제트보다는 흐릿하게 보였다. 아이들은 저녁 과제를 하고 있었는데, 특히 몇몇 아이들이 어떤 자습서에서 유클리드 예제 답을 베끼는 모습이 눈에 띄었다. 플래트너는 그때까지 그런 자습서가 있으리라고는 생각조차 해본 적이 없었다. 시간이 흐를수록 녹색 여명은 점차 밝아졌고, 아이들의 모습은 점차 흐릿해져 갔다.

계곡 쪽을 내려다보니 바위 저 아래 먼 곳에서 불빛이 스멀스멀 기어 내려가는 것이 보였는데, 반딧불처럼 작은 그 녹색 빛이 짙은 어둠을 깨고 있었다. 그와 동시에 거대하고 아름다우며 녹색으로 이글거리는 덩어리에서 가지들이 뻗어 나와 저 멀리 넘실거리는 현무암 언덕들 위로 솟았고, 불그레한 기운을 띤 짙은 검정 어둠과 녹색 빛 속에서 플래트너 주위에 있는 무시무시한 언덕들이 한꺼번에 그 수척하고 황폐한 모습을 드러냈다. 플래트너는 공 모양의 수많은 물체들이 높은 땅 위에서 마치 엉겅퀴 관모처럼 가볍게 떠다니는 걸 깨달았다. 공 모양의 그것들은 가장 가까운 것도 저 멀리 계곡 맞은편에 있었다. 아래쪽의 종소리는 참을성 없이 고집 피우듯이 점점 더 빠르게 울렸고, 몇몇 빛은 사방팔방으로 움직였다. 책상에서 공부를 하는 소년들의 모습은 이제 거의 알아볼 수 없을 정도로 흐릿해졌다.

다른 우주에서 녹색 태양이 떠 있을 때에는 우리 세계의 모습은 사라졌다는 플래트너의 주장은, 흥미로운 부분이다. 그 다른 세계의 밤 동안에는 우리 세계가 너무도 생생하게 보여 돌아다니기가 힘들 정도였다고 했다. 만약 그게 사실이라면, 이 세계에 속한 우리는 왜 다른 세계를 힐끗이나마 볼 수 없는 것일까. 아마도 우리 세계의 빛이 상대적으로 더 밝기 때문이리라. 플래트너의 설명에 따르면, 다른 세계의 한낮은 가장 밝을 때조차 우리 세계에서 보름달이 떴을 때보다 밝지 않으며, 밤에는 아주 깜깜하다고 한다. 그래서 우리 세계가 아주 조금만 밝아도 어두운 방에서조차 다른 세계의 사물들을 볼 수 없는 것이다. 희미한 인광은 극도로 깜깜한 암흑 속에서만 보이는 것과 같은 이치이다. 플래트너의 이야기를 들은 뒤, 나는 한밤중에 사진가의 암실로 들어가 오랫동안 앉아서 다른 세계의 무엇인가를 보려고 시도해 보았다. 녹색의 비탈과 바위 형태가 분명 희미하게 보이기는 했지만, 인정하건대, 너무나도 희미했다. 독자들이 시도해 본다면 나보다 더 제대로 볼 수 있을지도 모르겠다. 플래트너는 이 세상으로 돌아온 뒤에도 다른 세계의 꿈을 꾸고 다른 세계의 장소들을 본다고, 알아볼 수 있다고 내게 말하지만, 그건 필시 그러한 장면들을 본 기억 때문인 듯하다. 시각이 유별나게 예민한 사람이라면 가끔 우리 주위의 그 이상한 다른 세계를 얼핏 볼 가능성도 있다.

하지만 이건 본론에서 벗어나는 이야기이다. 녹색 태양이 떠오르자 어두워 뚜렷하지는 않지만 골짜기 쪽에 검은 건물들이 길게 늘어선 거리가 있음을 알아보게 되었고, 플래트너는 잠시 망설인 뒤 그곳으로 가려고 가파른 비탈을 내려가기 시작했다. 비탈은 무척 가파를 뿐 아니라 돌들도 깔려 있어, 계속 발이 걸려 길고 지루하게 느껴졌다. 플래트너가 내려가며 내는 소리(종종 뒤꿈치가 돌에 부딪쳐 불꽃이 일었다)가 우주에서 유일한 소리 같았다. 종소리가 사라졌기 때문이었다. 내려갈수록 무덤과 능묘와 묘지와 그와 유사한 다양한 건물들을 알아볼 수 있었는데, 대부분의 매장소는 하얀색인 데 반해, 그 건물들은 모두 검은색이었다. 이윽고 교회에서 사람들이 나올 때처럼, 가장 큰 건물에서 엷고 둥글고 창백한 녹색 형체들이 우르르 나오는 게 보였다. 그것들은 건물의 넓은 길 주변 여러 방향으로 흩어졌는데, 몇몇은 옆 골목으로 들어갔다가 언덕 비탈에서 다시 나타났고, 어떤 무리는 줄지어 선 작고 검은 건물들로 들어갔다.

그들이 자신 쪽으로 둥둥 떠오자 플래트너는 걸음을 멈추고 물끄러미 그들을 바라보았다. 그들은 걷지 않았고, 팔다리가 없었으며, 머리는 인간이었지만 그 아래로는 올챙이 같은 몸이 흔들거렸다. 플래트너는 그 낯선 모습에 너무도 놀라서, 경계해야겠다는 생각조차 하지 못했다. 그들은 언덕 위로 부는 차가운 바람을 등지고 바람에 날리는 비누 거품처럼 플래트너에게 다가왔다. 그들 가운데 가장 가까이에 있는 자를 본 플래트너는, 그것이 보기 드물게 눈이 크기는 하지만 사람 머리 모양을 띠었으며, 이제껏 필멸자의 얼굴에서는 한 번도 본 적이 없는 비통과 고뇌로 가득한 표정을 짓고 있는 것을 알게 되었다. 플래트너는 그것이 자신에게 주의를 돌리지 않아 깜짝 놀랐다. 그것은 플래트너의 눈에는 보이지 않는, 움직이는 무언가를 지켜보며 따라가는 듯했다. 잠시 어리둥절했던 플래트너는, 곧 그 생물이 엄청나게 큰 눈으로 살펴보고 있는 것이 자신이 막 떠나온 세계에 있는 무언가라는 생각이 들었다. 그것이 계속 다가와 더욱 가까워지자, 플래트너는 너무나 겁에 질려 비명조차 지를 수 없었다. 그것은 플래트너에게 바짝 다가와 아주 약하게 칭얼거리는 소리를 냈다. 이윽고 그것은 플래트너의 얼굴을 살짝 토닥이듯 치더니(감촉이 무척이나 차가웠다) 플래트너를 지나 언덕 정상을 향해 올라갔다.

플래트너는 그것의 머리가 리제트 교장과 너무나 닮았다는 엄청난 확신이 퍼뜩 들었다. 이윽고 플래트너는 무리를 지어 언덕 비탈을 올라가는 다른 머리들에게 주위를 돌렸다. 그 어느 것도 플래트너에게 일말의 주의조차 기울이지 않았다. 실은 한두 개가 플래트너의 머리 쪽으로 다가와 첫 번째 것과 거의 비슷한 행동을 했지만, 플래트너가 급히 몸을 틀어 피했다. 첫 번째 것과 마찬가지로 그들 대부분도 헛된 후회의 표정을 지으며 불행에 가득 찬 소리를 희미하게 내고 있었다. 한두 명은 흐느꼈으며, 언덕 위로 빠르게 전진하는 한 명은 거친 분노의 표정을 짓고 있었다. 하지만 다른 것들은 냉정했고, 몇몇은 만족한 눈빛을 하고 있었다. 적어도 한 명은 거의 절정의 행복을 느끼는 듯했다. 플래트너는 이때 자신이 본 것들에서 더 이상의 유사점을 보지 못했다고 기억한다.

플래트너는 그 묘한 생물체들이 언덕 위로 흩어지는 모습을 몇 시간쯤 지켜보았고, 골짜기에 모여 있는 검은 건물들에서 더 이상 그 생물체들이 나오지 않자 다시 비탈을 내려가기 시작했다. 주위의 어둠이 훨씬 더 짙어져 걷기가 무척 어려웠다. 머리 위 하늘은 이제 밝고 창백한 녹색이었다. 플래트너는 허기도, 갈증도 느끼지 않았다. 나중에 허기와 갈증을 느끼게 되었을 때는 골짜기 가운데를 흐르는 차가운 냇물과 바위 위에 듬성듬성 낀 이끼를 찾아냈고, 절박한 마음에 먹어 보았더니 꽤 먹을 만했다.

플래트너는 설명할 수 없는 일들의 실마리를 막연하게나마 찾기 위해 골짜기 아래로 난 무덤들 사이를 더듬어 나갔다. 오랜 시간이 지난 뒤, 플래트너는 아까 녹색 머리들이 나온 거대한 능묘 모양 건물 입구에 이르렀다. 그곳에서 플래트너는 일종의 현무암 제단 위에서 타오르는 한 무리의 녹색 불빛과 머리 위 종탑에서 건물 중앙으로 길게 내려뜨려진 종 줄을 발견했다. 벽 둘레로는 불로 지진 글씨들이 새겨져 있었다. 플래트너가 알지 못하는 문자들이었다. 플래트너가 주위의 것들을 파악하기 위해 헤매는 동안, 거리 아래쪽 저 멀리서 쿵쾅거리며 물러나는 걸음 소리가 메아리쳐 들려왔다. 플래트너는 다시 어둠 속으로 달려 나갔지만, 아무것도 보이지 않았다. 플래트너는 종 줄을 잡아당겨 볼까 생각했지만, 결국 그 걸음 소리를 따라가기로 했다. 하지만 멀리까지 달려갔음에도, 그 걸음 소리를 따라잡을 수가 없었다. 고함을 쳐보아도 소용없었다. 골짜기는 끝없이 이어져 있는 듯했다. 벼랑 위쪽 가장자리를 따라 창백한 녹색 태양이 떠 있었지만, 우리 세계로 치면 아득히 멀리서 오는 별빛만큼이나 어두웠다. 이제 저 아래에는 머리들이 하나도 보이지 않았다. 아마 모두가 오르막을 오르느라 바쁜 모양이었다. 위를 올려다보니 그들이 이리저리 움직이는 게 보였는데, 일부는 제자리에 둥둥 떠 있었고, 일부는 공중을 빠르게 날아다녔다. 플래트너의 말에 따르면 '거대한 눈송이'가 연상됐다고 한다. 단지 검고 창백한 녹색인 게 다를 뿐이었다. 플래트너는 단호하면서도 확실한, 그러나 도저히 따라잡을 수 없는 걸음 소리를 쫓아다니고, 끝도 없이 이어지는 악마의 제방 같은 새로운 영역을 탐험하고, 무자비한 높이를 오르락내리락하고, 정상 부근을 헤매고, 둥둥 떠다니는 얼굴을 지켜보며 거의 일여드레를 보냈다. 플래트너는 날짜를 세지는 않았다고 한다. 어떤 눈이 자신을 지켜보는 것을 한두 번 정도 알아챈 적은 있었지만, 살아 있는 사람과 이야기는 한 번도 나눠 보지 못했다. 플래트너는 언덕 비탈의 골짜기 바위들 사이에서 잤다. 거기에서는 우리 세계의 사물이 안 보였다. 우리 세계의 관점에서 보자면 그곳은 한참 지하였기 때문이다. 높은 곳에 있으면, 하루가 시작되자마자 곧바로 우리 세계를 볼 수 있었다. 가끔 플래트너는 자기도 모르게 어느새 진초록색 바위에 발이 걸려 비틀거리거나 가파른 벼랑에 앞길이 막히곤 했는데, 그동안 주위에선 서식스빌 거리의 녹색 가지들이 흔들렸다. 혹은 어느새 서식스빌 거리를 걷고 있거나 남들에게 보이지 않는 상태에서 남의 집 사생활을 지켜보고 있었다. 이윽고 플래트너는 우리 세계의 거의 모든 인간들이 그 떠다니는 머리들의 일부와 관련이 있다는 걸 알게 되었다. 즉, 이 세계에 속한 모든 사람들이 육체가 없고 무력한 그자들에게 가끔씩 관찰당한다는 사실을 알게 된 것이다.

그자들은, 인간을 관찰하는 그자들은 누구일까? 플래트너는 알 수가 없었다. 하지만 플래트너를 발견해 따라다니던 두 명은 플래트너의 어린 시절 기억 속 아버지와 어머니를 닮아 있었다. 가끔 다른 얼굴들도 플래트너를 향해 눈길을 돌리곤 했는데, 그 눈들은 어린 시절이나 성인이 된 이후 그에게 영향이나 상처나 도움을 준, 지금은 죽은 이들의 눈을 닮아 있었다. 그것들이 자신을 바라볼 때마다, 플래트너는 이상한 책임감에 짓눌렸다. 플래트너는 용기를 내 어머니에게 말을 걸어 보았지만, 어머니는 아무 대답도 하지 않았다. 어머니는 슬프고, 굳건하고, 부드럽게 (하지만 약간은 나무라는 듯이) 플래트너의 눈을 바라보았다.

플래트너는 담담히 이야기를 한다. 애써 설명하려 하지 않는다. 우리는 그 인간 관찰자들의 정체가 무엇인지, 혹은 그자들이 정말로 죽은 자라면 왜 자신들이 영원히 떠난 세계를 그토록 가까이에서 열심히 지켜보는지에 대해 그저 추측만 할 수 있을 뿐이다. 어쩌면, 순전히 내 생각이지만, 우리는 우리 삶이 마감되어도, 선과 악이 더는 우리가 선택할 대상이 아니게 되어도, 우리가 행한 일들의 결과가 어떻게 되는지를 여전히 지켜봐야 하는지도 모른다. 만약 인간의 영혼이 죽음 뒤에도 계속된다면, 인간의 관심 역시 죽음 이후에도 계속될 게 분명하다. 하지만 이건 어디까지나 플래트너가 본 것이 무슨 의미가 있는지에 대한 내 추측일 뿐이다. 플래트너는 어떤 해석도 제시하지 않는다. 자신도 아는 바가 없기 때문이다. 독자는 이 점을 확실히 이해해야 한다. 하루하루, 플래트너는 지치고 약하고 배고픈 몸과 어지러운 머리를 이끌고, 끝을 찾아 우리 세상 밖, 묘한 빛이 비추는 세상을 헤매고 다녔다. 낮, 즉 우리들 세상이 낮일 때는 서식스빌의 낯익은 풍경이 유령처럼 플래트너 주변에 나타나 그를 괴롭히고 걱정케 했다. 플래트너는 자기 두 발이 어디에 놓여 있는지 볼 수가 없었고, 가끔씩 관찰하는 영혼들 가운데 하나의 차가운 느낌이 얼굴에 와 닿곤 했다. 그리고 어둠이 내린 뒤에는 플래트너를 둘러싼 관찰자 무리, 그리고 그 관찰자들의 눈에 담긴 고통들이 형언하기 어려울 정도로 플래트너의 마음을 괴롭혔다. 플래트너는 너무나 가까이 있으면서도 여전히 멀기만 한 지상의 삶으로 돌아가고 싶은 갈망에 조바심치며 지쳐 갔다. 자신을 둘러싼 것들이 풍기는 이질감은 엄청난 정신적 고통을 안겨 주었다. 플래트너는 자신을 따라다니는 이상한 존재들이 뭐라 말할 수 없을 정도로 귀찮아졌다. 플래트너는 그것들에게 자신을 보지 말라고 고함치고, 욕하고, 도망치곤 했다. 그것들은 늘 아무 말 없이 물끄러미 바라볼 뿐이었다. 울퉁불퉁한 땅을 달려 도망쳐 보았지만 그것들은 운명처럼 플래트너를 따라왔다.

아흐레 저녁이 되어 갈 때, 플래트너는 골짜기 아래 저 멀리에서, 보이지 않는 무엇이 자기 쪽으로 다가오는 걸음 소리를 들었다. 당시 플래트너는 그 이상한 세계로 떨어져 들어오게 된 바로 그 언덕의 넓은 꼭대기를 헤매고 있었다. 플래트너는 서둘러 골짜기 아래쪽으로 방향을 틀어 황급히 더듬대며 나아가다가, 학교 부근의 후미진 골목에 있는 어느 집 방에서 벌어지는 일을 목격하게 되었다. 방에 있는 둘은 아는 얼굴이었다. 창문들이 열려 있고 블라인드도 올라가 있어서 햇빛이 안으로 거침없이 비쳐 드는 그 직사각형 모양의 방은, 검은 풍경과 진녹색의 여명 속에서 마치 환등기로 비춘 그림처럼 무척이나 또렷하게 보였다. 게다가 햇빛 외에도 방 안에는 촛불 하나가 막 켜진 참이었다.

침대에는 소름 끼치도록 얼굴이 하얗고 비쩍 마른 남자가 마구 구겨진 베개를 베고 누워 있었다. 남자는 꽉 움켜쥔 두 손을 머리 위로 들어 올리고 있었다. 침대 곁 작은 테이블에는 약병 몇 개, 토스트 약간과 물, 빈 유리잔이 하나 있었다. 이따금 비쩍 마른 남자의 입술이 떨어지며 무슨 말을 하려 했지만, 한마디도 제대로 말하지 못했다. 하지만 여자는 방 맞은편 구석에 놓인 서랍 달린 책상에서 서류를 찾느라 남자가 뭘 원하는지 알지 못했다. 그 장면들은 처음에는 굉장히 또렷했지만, 녹색 여명이 밝아짐에 따라 점점 흐릿하고 투명하게 보였다.

쿵쿵 울리는 걸음 소리들이 점점 가까이 다가왔고(다른 세계에서는 그토록 커다랗게 들리는 걸음 소리라도 우리 세계에서는 전혀 들리지 않는다), 플래트너는 어둠 속에서 엄청난 수의 흐릿한 얼굴들이 몰려와 방 안의 둘을 지켜보고 있는 걸 깨달았다. 이전에는 인간 관찰자들이 그렇게나 많이 모여 있는 걸 본 적이 없었다. 한 무리는 방 안의 환자만 바라봤고, 다른 무리는 찾을 수 없는 뭔가를 찾으려 하는 탐욕스러운 눈의 여자를 무한한 고통 속에 지켜보았다. 플래트너 주변에 모여 있는 그자들은 그의 시선과 마주치고 그의 얼굴과 부딪히기도 하며, 알아들을 수 없는 애도의 소리를 냈다. 플래트너는 그들의 모습을 가끔씩만 뚜렷하게 볼 수 있었고, 다른 때에는 그들이 움직여서 생긴 녹색 장막 때문에 장면이 흐릿하게 떨렸다. 방은 아주 조용한 게 분명했고, 플래트너 말에 따르면 촛불의 연기도 완벽한 수직을 그리며 올라가고 있었지만, 각각의 걸음 소리와 그 울림은 마치 천둥처럼 귀를 때려 댔다. 그리고 특히 여자와 가까운 곳에 있는 두 얼굴들이 눈에 띄었다! 하나는 여자의 얼굴로 하얗고 단정했는데, 한때는 차갑고 엄했을 터이나 이제는 지상에서는 알지 못하는 지혜 덕분에 부드러워진 인상이었다. 다른 하나는 그 여자의 아버지였을 것이다. 둘은 여자의 비열한 행동을 막지도 저지하지도 못한 채, 그저 지켜보는 데만 여념이 없었다. 그 둘 뒤에는 제대로 가르치지 못한 선생들과 좋은 영향을 끼치지 못한 친구들인 듯한 얼굴들도 있었다. 그리고 남자 위에도 한 무리가 있었다. 하지만 부모나 선생은 없는 듯했다! 한때는 거칠었을 얼굴들은 이제 슬픔의 힘에 의해 정화되어 있었다! 그리고 맨 앞쪽의 여자아이처럼 생긴 얼굴은 분노나 후회가 아닌 인내와 피곤함의 기색만 띠고 있었고, 플래트너가 보기에는 구원을 기다리는 듯했다. 플래트너의 묘사력으로는 그 무리의 으스스한 모습을 제대로 설명하지 못한다. 그것들은 종소리에 한군데로 모여들었다. 순식간에 모두 모여들었다. 플래트너는 너무 흥분한 나머지 떨리는 손으로 자기도 모르게 주머니에서 녹색 가루가 든 병을 꺼내 들고 있었던 듯하다. 하지만 플래트너는 정말로 자신이 그랬는지는 기억하지 못한다.

갑자기 걸음 소리가 사라졌다. 플래트너는 다시 소리가 들리기를 기다렸지만 침묵만 이어졌고, 그러다가 갑자기, 예기치 못한 종소리가 날카롭고 얇은 검처럼 그 침묵을 베었다. 그 소리에 무수한 얼굴들이 흩어졌고, 플래트너 사방에서 커다란 비명이 들리기 시작했다. 여자는 아무 소리도 듣지 못했다. 여자는 이제 촛불에 뭔가를 태우고 있었다. 두 번째 종소리가 울리자 모든 것이 흐릿해졌고, 얼음처럼 차가운 한 줄기 바람이 관찰자 무리를 관통해 불어왔다. 관찰자들은 봄의 회오리바람에 날리는 낙엽처럼 플래트너 주위를 맴돌았고, 세 번째 종소리가 울리자 알 수 없는 뭔가가 관찰자들을 지나 침대로 뻗어 갔다. 빛줄기라는 말을 들어 봤을 것이다. 그것은 어둠 줄기와 같았으며, 그것을 다시 본 플래트너는 그것이 어둠에 싸인 팔과 손임을 알 수 있었다.

녹색 태양이 황량한 검은 지평선 위로 떠올랐고, 방의 모습은 아주 희미해졌다. 플래트너는 침대의 허연 남자가 발버둥치고 경련하는 것을 볼 수 있었다. 그리고 여자가 깜짝 놀라 어깨 너머로 돌아보는 모습도 보았다.

관찰자 무리는 바람 앞의 녹색 먼지처럼 높이 솟구치더니 골짜기의 사원을 향해 빠르게 내려갔다. 그때 갑자기 플래트너는 짙은 어둠에 싸인 검은 팔이 자기 어깨 너머로 손을 뻗어 포획물을 움켜쥔 의미를 깨달았다. 플래트너는 무서워서 감히 고개를 돌려 팔 뒤편에 있는 그림자를 볼 수가 없었다. 플래트너는 두 눈을 감고 온 힘을 다해 달렸고, 스무 걸음쯤 갔을 때 바위에서 미끄러져 넘어졌다. 플래트너는 손을 짚으며 넘어졌고, 그 바람에 병이 깨지면서 폭발이 일어났다.

다음 순간, 플래트너는 정신이 멍한 상태로 피를 흘리며 학교 뒤편 담으로 둘러싸인 오래된 정원에서 리제트 교장과 얼굴을 맞대고 앉아 있었다.

플래트너의 경험담은 이렇게 끝난다. 나는 이런 종류의 사건에 윤색을 하려는 소설가로서의 자연스러운 경향에 저항했고, 성공했다고 믿는다. 나는 가능한 한 플래트너가 해준 이야기를 들은 그대로 말하려 애썼다. 스타일을 갖추려 하지도 않았고, 일부러 감명을 주려거나 의미를 해석하려 하지도 않으려고 세심한 주의를 기울였다. 가령, 플래트너가 개입되는 식으로 임종 장면을 고치는 것쯤은 문제도 아니었다. 하지만 아주 진귀한 체험담을 왜곡하는 불쾌함과는 별개로, 내 생각에 그러한 낡아 빠진 방법들은 창백한 녹색 빛 아래의 어두운 세계, 그리고 그 세계를 떠다니는, 우리 주위에 널려 있지만 보이지는 않고 가까이 갈 수도 없는 인간 관찰자들이 주는 감명을 망칠 것이다.

덧붙이자면, 플래트너가 돌아오던 순간에 학교 정원 바로 너머에 있는 빈센트테라스에서 실제로 사람이 죽었고, 그것은 증명할 수 있는 사실이다. 죽은 이는 세금 징수원이자 보험 중개인이었다. 그 사람보다 한참 젊은 미망인은 지난달에 올비딩의 수의사인 휘퍼 씨와 결혼했다. 이 이야기의 일부가 서식스빌 안에서 입에서 입으로 여러 형태로 전해졌기 때문에, 그 여자는 전 남편의 마지막 순간에 대한 플래트너의 세부 진술을 자신은 단호히 부인한다는 사실을 내가 명확히 밝혀 준다면 자기 이름을 써도 좋다고 동의했다. 플래트너가 여자의 행동을 비난하지 않았음에도 불구하고, 여자는 자신은 유언장을 태우지 않았다고, 남편의 유언장은 결혼 직후에 만든 것 하나뿐이었다고 굳이 밝혔다. 분명한 것은 그 방을 전혀 본 적이 없는 플래트너의 그 방 가구에 대한 설명이 신기할 정도로 정확했다는 점이다.

지루하게 반복하는 위험을 무릅쓰고 한 번 더 말하자면, 강조하건대 나는 뭔가를 쉽사리 믿는 사람이 아니며 미신을 좋아하는 사람도 아니다. 내 생각에, 아흐레 동안 플래트너가 우리 세계에서 사라진 것은 증명이 되었다. 하지만 그렇다고 플래트너의 이야기가 사실이라고 증명된 것은 아니다. 외계에 대한 환상을 본 것이라고 생각해도 무리는 아니다. 독자는 적어도 그 점을 명심해야만 한다.

붉은 방

The Red Room

내가 말했다. "분명히 말씀드립니다. 제게 두려움을 줄 만한 유령이 있을 겁니다." 나는 유리잔을 들고 난로 앞에 서 있었다.

"이건 자네가 선택한 거야." 앙상한 손의 남자가 탐탁지 않은 표정으로 나를 힐긋 보았다.

내가 말했다. "28년 동안 살아오며 아직까지 한 번도 유령을 본 적이 없습니다."

앉아서 난로를 뚫어져라 바라보던 노파가 흐릿한 눈을 크게 떴다. 노파가 입을 열었다. "아, 28년 동안 살면서 이런 집은 한 번도 못 봤을 거야. 이제 스물여덟이면 볼 게 아주 많이 남아 있지." 노파는 천천히 고개를 저었다. "슬픈 일들을 아주 많이 봐야 할 거야."

나는 노부부가 자기들 집에 대한 영적인 공포를 조장하려고 단조로운 주장을 펼치고 있는 건 아닐까 하는 의심이 들었다. 나는 빈 유리잔을 테이블에 내려놓고 방 안을 둘러보았고, 맞은편의 낡고 기묘한 거울에 터무니없이 몽땅하고 넓게 비치는 내 모습을 보았다. 내가 말했다. "어쨌거나 오늘 밤 뭔가를 본다면, 전 훨씬 더 현명해지겠죠. 뭐든 다 받아들이겠다는 생각으로 여기에 왔으니까요."

"이건 자네가 선택한 거야." 앙상한 팔의 남자가 다시 말했다.

바깥에서 지팡이가 포석에 부딪치는 소리와 질질 끌리는 걸음 소리가 들렸다. 경첩이 삐걱거리더니 문이 열렸고, 방 안에 있는 노인들보다 더 구부정하고 더 주름진 노인이 들어왔다. 목발 하나에 몸을 의지한 노인은 햇빛 가리개로 눈을 가리고 있었고, 반쯤 돌아간 연분홍색 아랫입술은 썩어 가는 누런 치아를 드러내며 축 늘어져 있었다. 노인은 곧장 테이블 맞은편에 있는 안락의자로 걸어가더니 힘겹게 자리에 앉아 기침을 하기 시작했다. 앙상한 팔의 남자가 싫은 기색이 역력한 표정으로 노인을 흘겨보았다. 노파는 아는 체도 하지 않고 변함없이 난로를 응시했다.

"난 분명히 말해 줬네. 자네가 스스로 선택한 거라고." 기침 소리가 잠시 멈추자 앙상한 팔의 남자가 말했다.

"제가 선택한 겁니다." 내가 대답했다.

햇빛 가리개를 쓴 남자는 그제야 내 존재를 알아차리고 잠시 고개를 돌려 곁눈으로 나를 보았다. 순간적으로 본 노인의 작고 빛나는 눈동자는 이글거렸다. 노인은 다시 쿨럭거리며 기침을 시작했다.

"한잔하려나?" 앙상한 팔의 남자가 그 노인에게 맥주를 내밀었다. 햇빛 가리개를 쓴 노인은 떨리는 손으로 한 잔 가득 맥주를 따랐고, 반 잔 정도 분량을 전나무 테이블에 흘렸다. 벽면에 비친 노인의 기괴한 그림자가 맥주를 따라 마시는 노인의 행동을 흉내 냈다. 고백하건대, 나는 이처럼 기괴한 관리인들을 만나리라고는 예상치 못했다. 노쇠함 속에 어떤 비인간성이 잠복해 있는 것 같았고, 격세유전이라는 말이 떠올랐다. 노인들에게서 인간적인 부분이 날마다 조금씩 사라진 것 같았다. 이들 세 명의 기분 나쁜 침묵과 구부정한 몰골, 서로 간의 노골적인 냉기가 나는 불편했다.

내가 말했다. "유령이 나온다는 그 방을 보여 주시면, 저는 그곳에서 쉬겠습니다."

기침을 하던 노인이 갑자기 고개를 획 뒤로 젖히는 바람에 나는 깜짝 놀랐고, 햇빛 가리개 아래의 붉은 눈이 다시 한 번 나를 힐긋 노려보았다. 하지만 아무도 내 말에 대꾸하지 않았다. 나는 1분쯤 기다리며 세 명의 얼굴을 번갈아 바라보았다.

나는 좀 더 소리 높여 말했다. "유령이 나온다는 그 방을 보여 주시면, 저를 대접하는 수고를 덜어 드리겠습니다."

"문밖 널빤지 위에 초가 있어. 하지만 오늘 밤에 붉은 방에 간다면……" 앙상한 팔의 남자가 내 발치를 바라보며 말했다.

("하필 오늘 밤에!" 노파가 말했다.)

"혼자 가게."

내가 답했다. "알겠습니다. 어느 쪽인가요?"

노인이 말했다. "통로를 따라 조금만 가면 문이 하나 나오는데 거길 들어가면 나선형 계단이 나오고, 그걸 반쯤 올라가면 계단참이 있고, 베이즈 천으로 덮인 문이 있어. 거길 통과해 긴 복도를 따라 끝까지 가면 계단 위 왼쪽에 붉은 방이 있어."

"제가 제대로 들은 거죠?" 나는 노인에게 들은 말을 따라 하며 확인을 부탁했다. 노인이 한 곳을 바로잡아 주었다.

"정말 갈 건가?" 햇빛 가리개를 한 남자가 기묘하고 부자연스럽게 기울인 얼굴로 나를 바라보며 말했다.

("하필 오늘 밤에!" 노파가 말했다.)

"그러려고 여기에 왔으니까요." 나는 그렇게 말하고 문 쪽으로 갔다. 그러자 햇빛 가리개를 한 남자가 일어나 비틀거리며 테이블을 돌아가더니 다른 두 명이 있는 난로 근처로 다가갔다. 나는 문간에서 뒤를 돌아보았다. 난롯불을 등져 어둡게 보이는 노인들은 서로 바짝 어깨를 맞대고 어깨 너머로 내게 의미심장한 눈길을 보냈다.

"안녕히 주무십시오." 내가 문을 열며 말했다.

"이건 자네가 선택한 거야." 앙상한 팔의 남자가 말했다.

나는 촛불이 환해질 때까지 문을 활짝 열고 있다가 이윽고 문을 닫고 냉랭한 복도를 걸어갔고, 걸음 소리가 메아리쳤다.

고백하건대, 별일 아니라고 마음을 다잡으면서도, 주인이 떠난 저택을 지키는 유별난 세 노인과 그들이 모여 있는 방에 있는 예스럽고 칙칙한 가구가 마음에 걸렸다. 잘은 몰라도 그 노인들은 다른 시대, 더 옛날 시대, 영혼과 관련된 것들이 우리 시대와는 달리 확실하지 않았던 시대, 예언과 마녀를 믿고 유령을 부정하지 않았던 시대에 사는 사람들 같았다. 옷의 마름질과 모양새도 잊힌 시대의 것으로, 그 세 명 자체가 유령 같은 존재였다. 그 셋이 있는 방의 장식과 물건들도 으스스했다. 그 셋은 지금의 세계에 들어와 아직 우리와 함께하지 못하고 주변만 배회하고 있는, 다른 세계의 실종자들 같았다. 그러나 나는 애써 그런 생각을 떨쳤다. 외풍이 들어오는 기다란 지하 복도는 싸늘하고 먼지가 많았으며, 촛불의 흔들림에 그림자들이 움츠러들고 떨렸다. 나선형 계단을 따라 메아리가 오르내렸고, 그림자 하나가 뒤에서 덮치듯 따라붙는가 하면 앞쪽 어둠 속으로 사라지기도 했다. 계단참에 도착했을 때 부스럭거리는 소리를 들은 것 같아 잠시 귀를 기울였다. 아무 소리도 들리지 않는 것에 안심하고 베이즈 천으로 덮인 문을 열자 복도가 나타났다.

짐작했던 것과는 달리, 거대한 계단 위 커다란 창문으로 들어오는 달빛이 짙은 어둠의 그림자에 묻혀 있거나 은백색 빛에 잠겨 있는 모든 것들을 환히 드러내 주었다. 모든 것이 제자리에 있었다. 집은 18개월 전이 아니라 바로 어제 버려진 것만 같았다. 돌출 촛대마다 초가 꽂혀 있었고, 카펫이나 윤기 나는 바닥에 고르게 쌓여 있는 먼지는 달빛에는 도드라져 보이지 않았다. 나는 발을 내딛으려다가 동작을 멈추었다. 계단참 한쪽 구석에 있어서 잘 보이지 않는 청동 상이 흰 패널 벽에 던진 아주 또렷한 그림자가, 마치 웅크리고 숨어 있는 사람 같았기 때문이다. 아마 30초 정도 꼼짝 않고 서 있었던 듯하다. 이윽고 주머니 속의 리볼버 권총을 잡고 앞으로 다가가 보니, 그것은 달빛에 빛나는 가니메데와 독수리 상*에 불과했다. 한동안 안도감을 느껴서인지 상감세공한 테이블을 지나칠 때 그 위에 있는 도자기 중국 인형의 머리가 조용히 흔들려도 그리 놀라지 않았다.

붉은 방과 그곳으로 향하는 계단은 어두운 모퉁이에 있었다. 나는 문을 열기 전에 내가 서 있는 후미진 곳을 살피고 싶어 촛불을 이리저리 비추어 보았다. 그러면서 생각했다. 마침내 내 앞사람들이 발견한 곳에 왔군. 그들의 이야기가 떠올라 돌연 불안감이 들었다. 나는 달빛 속의 가니메데를 어깨 너머로 힐긋거리고 창백한 정적이 내려앉은 계단참으로 얼굴을 반쯤 돌린 채, 살짝 서둘러 붉은 방의 문을 열었다.

*가니메데는 그리스 신화에서 제우스의 술 시중을 드는 미소년으로, 제우스가 독수리로 변해 소년을 납치했다.

나는 들어가자마자 자물쇠에 꽂혀 있던 열쇠를 돌려 방문을 잠근 후, 젊은 공작이 죽었다는 로레인 성의 크고 붉은 방이자 내가 불침번을 서게 될 공간을 살피기 위해 촛불을 높이 들었다. 공작은 방문을 열고 나오다가 내가 방금 올라온 계단으로 곤두박질쳐 죽었으니, 어쩌면 그 방이 공작의 죽음을 부른 원인이라고 하는 게 맞을 수도 있었다. 유령이 출몰한다는 저택의 전통을 파헤치려던 공작의 용감한 시도와 불침번은 그렇게 끝이 났고, 공작의 뇌졸중은 미신을 끝장내는 데는 거의 도움이 되지 않았다. 그 방에 얽힌 일화 가운데 좀 더 오래되고 믿기 어려운 것이 또 있는데, 소심한 아내를 겁주려고 농담을 했다가 비극적인 결말을 맞은 남편의 이야기였다. 그늘진 퇴창, 벽장, 벽감이 있는 어둡고 커다란 방을 훑어보니, 그 검은 구석 자리와 꿈틀거리는 어둠 속에서 온갖 소문이 시작됐음을 충분히 이해할 수 있었다. 방의 크기에 비해 촛불은 약해서 맞은편까지 비추지 못했고, 빛의 작은 섬 너머로 수수께끼와 암시의 바다가 펼쳐져 있었다.

나는 모호하고 기묘한 암시들에 사로잡히기 전에 그런 생각을 떨쳐 버리려고 곧장 방 안을 체계적으로 조사하기로 마음먹었다. 다시 한 번 방문이 잠겨 있는지 확인한 뒤 방 안을 돌아다니며 가구를 하나씩 꼼꼼히 살피고, 침대의 장식 천과 커튼을 활짝 열어 보았다. 창문을 연 다음 몸을 밖으로 내밀어 창밖의 널찍한 굴뚝을 꼭대기까지 살펴보고, 덧문을 닫기 전 창문의 걸쇠에 문제가 없는지도 확인하고, 또 짙은 색 참나무 패널 벽을 두드리며 혹시 숨겨진 출입구가 있는지도 살폈다. 방 안에 있는 두 개의 커다란 거울에 한 쌍씩 달린 돌출 촛대에 초가 꽂혀 있었고, 벽난로 선반의 도자기 촛대에도 더 많은 초들이 꽂혀 있었다. 나는 촛불을 하나씩 밝혔다. 그러자 땔감이 보였다. 노파가 땔감을 준비해 두었다니 뜻밖이었다. 떨리는 몸을 진정시키려고 벽난로에 불을 지폈고, 불길이 환히 타오르는 동안, 불을 등지고 서서 방 안을 다시 한 번 둘러보았다. 화려한 무늬의 무명천을 씌운 안락의자와 테이블을 방책처럼 끌어다 놓고, 그 위에 언제든 사용할 수 있도록 리볼버 권총을 올려놓았다. 꼼꼼히 살폈기에 적잖이 마음이 놓였지만, 외진 구석의 어둠과 완벽한 정적은 여전히 상상을 부추겼다. 벽난로 불의 일렁임과 타닥거리는 소리도 아늑함과는 거리가 멀었다. 특히 어둠에 잠긴 맞은편 벽감에서 뭔가 살아 있는 것이 침묵과 적막 속에서 금방이라도 살금살금 기어나올 것만 같은 묘한 기분이 들었다. 마침내 직접 확인할 요량으로 촛불을 들고 그곳으로 갔으며, 특별한 것이 없음을 알고 안심했다. 나는 촛불을 벽감 바닥에 세워 두었다.

그때쯤, 나는 머리로는 이상한 점이 없다는 것을 알면서도 신경은 바짝 곤두선 상태였다. 그러나 정신은 더없이 맑았다. 초자연적인 일은 일어날 수 없다고 단정한 나는 시간을 보내기 위해 저택의 전설을 주제로 인골즈비 풍*의 압운시를 짓기 시작했다. 몇 구절을 소리 내어 읊었지만 그 울림이 기분 나빴다. 똑같은 이유로, 유령의 존재와 그 출몰의 불가능함에 대해 혼잣말을 하는 것도 곧 포기해 버렸다. 아래층에 있는 세 명의 기묘한 노인들이 다시 떠올라 나는 그 셋을 계속 생각해 보려 애썼다. 방의 칙칙한 붉은색과 검은색이 심란했다. 일곱 개의 촛불을 켜놓았지만 방은 희미할 뿐이었다. 벽감에 놓아둔 촛불은 외풍에 흔들렸고, 벽난로 불은 줄곧 다르게 흔들리는 그림자와 명암을 드리웠다. 방을 더 환하게 할 방법을 궁리하다가 복도에서 초를 본 것이 떠올랐다. 그래서

---

*Thomas Ingoldsby(1788~1845). 영국의 시인이자 소설가 Richard Harris Barham의 필명.

방문을 열어 둔 채 초를 하나 들고 달빛 속을 별 어려움 없이 걸어가 열 개 정도의 초를 갖고 곧바로 돌아왔다. 방 안 여기저기에 장식된 자질구레한 온갖 자기류에 초를 담아 불을 켠 뒤 바닥이나 퇴창 등 어둠이 유독 짙은 곳에 갖다 놓았는데, 마침내 열일곱 번째 촛불을 놓고 나자 방 안 어느 구석도 불빛이 닿지 않는 곳이 없게 되었다. 이렇게 많은 초들을 켜두는 것은, 유령에게 초에 걸려 넘어지지 않도록 조심하라는 경고의 의미도 될 수 있을 듯했다. 꽤 밝아진 방에 줄줄이 이어진 작은 불꽃에서 기분 좋은 안정감이 느껴졌고, 촛불을 향해 코를 킁킁거리는 것만으로도 편안하게 시간을 보낼 수 있었다. 그러나 밤을 새워야 한다는 것이 부담스러웠다. 자정이 지났을 때, 내가 보지 못하는 사이 갑자기 벽감의 촛불이 꺼지며 그 뒤편에 검은 그림자가 솟구쳤다. 예상 밖의 낯선 이가 있는 것 같은 느낌에 깜짝 놀라 그쪽을 바라보니 어둠에 잠겨 있었다. 나는 큰 소리로 말했다. "세상에! 저기는 외풍이 꽤 심하군!" 나는 테이블에서 성냥을 집어 들고 벽감에 다시 불을 밝히기 위해 느긋하게 방을 가로질렀다. 첫 번째 성냥은 켜지지 않았고, 두 번째 성냥으로 불을 켰을 때, 앞쪽 벽에서 뭔가가 깜박이는 것 같았다. 무심코 고개를 돌리니, 벽난로 옆 작은 테이블에 놓아둔 촛불 두 개가 꺼져 있었다. 나는 즉시 일어났다.

내가 말했다. "이상해! 내가 깜박 정신이 나갔었나?"

벽난로로 돌아가 촛불을 다시 켜는 동안, 한쪽 거울의 오른쪽 돌출 촛대에서 촛불이 깜박이다가 곧 꺼져 버렸고, 그와 거의 동시에 왼쪽 촛불도 꺼졌다. 착각이 아니었다. 누군가 손가락으로 촛불의 심지를 잡은 것처럼 불꽃도 연기도 없이 불이 꺼지고 어둠만이 남았다. 내가 입을 벌리고 서 있는 동안 침대 발치의 촛불도 꺼졌고, 그러자 어둠이 한 걸음

성큼 내게 다가선 것 같았다.

내가 말했다. "이건 말도 안 돼." 그렇게 말하는 동안에도 벽난로 선반 위의 촛불 두 개가 차례로 꺼졌다.

"어떻게 된 거야?" 나는 기묘한 고음으로 외쳤다. 그때 옷장에 놓아둔 촛불에 이어 다시 켜놓았던 벽감의 촛불도 꺼졌다.

내가 말했다. "침착해야 해! 초에 불을 붙여야 해." 나는 충격 속에서도 짐짓 익살스레 말하며 벽난로 선반의 촛불을 켜기 위해 잠시 성냥을 더듬거렸다. 손이 너무 떨려서 거칠거칠한 성냥갑을 두 번이나 잡았다 놓쳤다. 벽난로 선반이 다시 어둠에서 벗어나는 동안, 맞은편 창문 끝의 촛불 두 개가 꺼졌다. 하지만 손에 든 성냥불로 큰 거울 쪽 촛불과 문 근처 바닥의 촛불을 다시 켠 덕분에 어둠을 막았다. 그러나 곧 구석마다 켜져 있던 촛불 네 개가 일제히 꺼졌고, 나는 떨리는 손으로 다급히 성냥에 불을 붙였지만 어느 쪽으로 가야 할지 정하지 못하고 우두커니 서 있기만 했다.

멍하니 서 있는 동안, 보이지 않는 손이 휩쓸고 지나간 듯 테이블 위의 촛불 두 개가 꺼졌다. 겁에 질린 나는 외마디 외침과 함께 벽감으로, 구석으로, 창문으로 뛰어다니며 촛불 세 개를 다시 켰고, 그동안 벽난로 옆의 촛불 두 개가 꺼졌다. 나는 좋은 생각이 떠올라 구석 자리의 철 테두리가 둘러진 속이 깊은 상자 안에 성냥을 내려놓고 침대 쪽 촛대를 집어 들었다. 덕분에 나는 성냥을 켜느라 시간을 쓰지 않아도 되었다. 하지만 촛불이 꺼지는 과정은 변함없이 되풀이되었고, 두려워하며 어떻게든 막으려 애써도 어둠의 그림자는 이쪽저쪽에서 나를 향해 한 설음씩 다가오고 있었다. 마치 거친 폭풍우 구름에 별들이 휩쓸리다가 가끔씩 별빛 하나가 잠시 비쳤다가 사라지는 식이었다. 나는 다가오는 어둠 때문에 광적인 공포에 사로잡혀 침착성을 잃고 말았다. 촛불 사이를 숨 가쁘게 이리저리 뛰어다녔지만, 가차 없이 다가오는 어둠을 막기에는 역 부족이었다.

테이블에 부딪혀 허벅지에 멍이 들었고, 의자를 쓰러뜨렸으며, 비틀거 리다가 테이블보를 휩쓸며 쓰러졌다. 들고 있던 초가 데굴데굴 멀리 굴 러가 버리자, 일어서면서 다른 초를 움켜잡았다. 테이블에 놓인 그 초를 너무 갑작스레 집어 든 바람에 촛불이 꺼졌고, 곧바로 나머지 촛불 두 개도 꺼졌다. 그러나 방 안에는 아직 어둠을 막아 주는 붉은빛이 남아 있었다. 벽난로 불이었다! 그 벽난로 불에 초를 밀어 넣어 불을 붙이면 되었다!

그러나 내가 몸을 돌려 여전히 가구를 붉게 물들이는 너울거리는 난 롯불을 향해 벽난로의 쇠살대 쪽으로 두 걸음을 옮겼을 때, 불길이 사 그라지더니 이내 꺼졌고, 가구에 비치던 붉은빛도 순식간에 사라져 버 렸다. 내가 쇠살대 사이로 초를 밀어 넣었을 때 어느새 다가온 어둠의 숨 막히는 포옹이 내 시야를 가려 내 머릿속에 남아 있던 마지막 이성 마저 박살났다. 손에서 초가 떨어졌다. 거대한 어둠을 물리치려고 나는 부질없이 두 팔을 휘저으며 온 힘을 다해 비명을 질렀다. 한 번, 두 번, 세 번. 곧이어 나는 비틀거리며 일어섰던 듯하다. 갑자기 달빛 비치는 복 도를 떠올린 나는 머리를 숙이고 두 팔로 얼굴을 막고 문으로 달려갔다.

그러나 방문의 위치를 찾지 못하고 침대 구석에 호되게 부딪히고 말 았다. 나는 비틀거리며 뒤로 물러서 몸을 돌렸지만, 큼지막한 다른 가구 들과 계속 부딪혔다. 어둠 속에서 거친 비명을 지르면서 이리저리 버둥 거리다가 여기저기 다쳤고, 마침내 이마에 육중한 충격을 받고 영원히 계속되는 듯한 끔찍한 추락의 느낌 속에 빠졌다가 일어서려고 마지막 필사적인 노력을 했으며, 그러고 나서는 더는 기억이 없다.

눈을 떴을 때는 대낮이었다. 머리에는 대충 붕대가 감겨 있었고, 앙상한 팔의 남자가 나를 살펴보고 있었다. 나는 주위를 둘러보며 어떻게 된 일인지 기억을 더듬었지만 한동안 아무것도 떠올릴 수 없었다. 구석을 보니 노파가 있었는데, 그 노파는 더는 넋 나간 표정이 아니었고, 조그맣고 파란 유리병에 든 약물을 유리잔에 몇 방울 떨어뜨리고 있었다. 내가 물었다. "여기가 어딥니까? 당신들이 기억나는 것 같기는 하지만 누군지는 모르겠습니다."

그 사람들은 내게 이야기를 해주었고, 나는 마치 설화를 듣듯이 유령이 출몰한다는 붉은 방에 대해 들었다. 앙상한 팔의 남자가 말했다. "새벽에 젊은이를 발견했어. 이마와 입술에 피를 흘리고 있더군."

아주 천천히 기억이 회복되면서 내가 겪은 일들이 떠올랐다. 노인이 말했다. "이제 그 방에 유령이 나온다는 말을 믿겠나?" 한편으로는 침입자를 대하듯, 그러나 한편으로는 봉변당한 친구를 슬퍼하듯, 노인은 더 이상의 말은 삼갔다.

내가 말했다. "네, 그 방에 무언가가 출몰합니다."

"그럼 그걸 본 거로군. 우리는 이곳에서 평생을 살았지만 그걸 직접 눈으로 본 적은 없어. 감히 그럴 엄두가 안 났거든. 말해 주게. 그게 정말로 늙은 백작……"

"아닙니다. 아닙니다." 내가 말했다.

유리잔을 든 노파가 말했다. "내가 말했잖아. 겁에 질린 가엾은 젊은 백작 부인이라니까……"

내가 말했다. "아닙니다. 그 방에는 백작의 유령도, 백작 부인의 유령도 없습니다. 그 방에 유령은 없습니다. 하지만 더 끔찍한, 훨씬 더 끔찍한 것이 있습니다……"

"그게 뭐지?" 방에 있는 이들이 물었다.

내가 말했다. "필멸자인 불쌍한 인간들을 늘 따라다니는 가장 끔찍한 것, 있는 그대로의 모습의 공포입니다! 빛도 소리도 이성도 없지만 인간의 눈과 귀를 멀게 하고 압도하는 공포입니다. 저를 따라 복도를 지나온 것도, 방에서 저와 싸운 것도 바로 공포였습니다……"

나는 갑자기 말을 멈추었다. 침묵이 흘렀다. 나는 머리에 감긴 붕대를 만져 보았다.

햇빛 가리개를 한 남자가 한숨을 쉬더니 말했다. "그래. 그럴 줄 알았어. 어둠의 힘이지. 여자에게 그런 저주를 내리다니! 그것은 언제나 그곳에 숨어 있지. 낮에도, 심지어 눈부신 여름 한낮에도 벽걸이에서, 커튼 사이에서 그걸 느낄 수 있어. 그것은 늘 등 뒤에 있지만 마주할 수는 없지. 어둠이 깔리면 복도를 따라 사람을 쫓아다니지만 감히 돌아볼 수 없지. 그 여자의 방에 공포가 있어. 검은 공포가 말이야. 그리고 이 죄악의 저택이 존재하는 한 그것도 계속 여기에 있을 거야."

보라색 버섯
The Purple Pileus

쿰스 씨는 사는 게 지겨웠다. 자신의 우울한 집에서 걸어 나온 쿰스 씨는, 자신의 존재뿐 아니라 다른 모든 존재에 질려 버려 중심가를 피해 개스워크 도로를 빠져나온 뒤 스탈링의 시골집들로 가는 운하 위 나무 다리를 건넜고, 곧 인간 주거지의 풍경과 소리에서 벗어나 축축한 소나무 숲에 혼자 있게 되었다. 쿰스 씨는 평소라면 삼갔을 악담을 더 이상 참지 못하고 크게 거듭 뱉었다.

쿰스 씨는 얼굴이 창백하고 몸집이 작은 남자로, 눈은 검었고, 콧수염은 가늘고 새까맸다. 옷깃은 살짝 해졌지만 꼿꼿이 세워져 있어 마치 이중 턱이 있는 것처럼 보였고, 외투는 (허름하긴 해도) 가장자리에 아스트라한*이 대어져 있었다. 장갑은 밝은 갈색이었는데 손가락 관절을 덮는 부위에는 검은 줄무늬가 있었고, 손가락 끝부분은 갈라져 있었다. 기억도 안 날 만큼 까마득한 과거 시절에(그러니까 결혼 전에), 아내는 쿰스 씨의 외모가 군인 같다고 말한 적이 있었다. 그러나 이제 아내는, 부부간에 하는 말로는 몹시 불쾌하게도, 쿰스 씨를 '하찮은 굼벵이'라 불렀다. 이것 말고도 아내는 쿰스 씨를 여러 가지 표현으로 불렀다.

지긋지긋한 제니 때문에 또다시 말다툼이 일어났다. 아내의 친구인 제니는 쿰스 씨가 초대도 하지 않았는데 꼬박꼬박 일요일마다 집에 와 저녁을 먹었고, 오후 내내 소동을 일으켰다. 제니는 몸집이 크고 시끄러운 여자였고, 화려한 색깔을 좋아했으며, 귀에 거슬리는 소리로 크게 웃었다. 그리고 이번 일요일에 제니는 자기만큼이나 허식덩어리인 놈팡이를 옆구리에 달고 옴으로써 이제까지의 침입에 정점을 찍었다. 풀 먹인 깨끗한 옷깃에 예배용 프록코트를 입은 쿰스 씨가 자기 테이블 앞에 앉아 말없이 격노하고 있는데, 아내와 손님들은 어리석고 바람직하지 못한 이야기를 나누며 큰 소리로 웃어 댔다. 그런데도 쿰스 씨는 그 상황을 참아 냈고, 저녁을 먹은 뒤('평소처럼' 늦었다) 제니 양이 하는 일들도 모두 참아 냈다. 하지만 제니 양이 피아노로 가서 마치 오늘이 주중인 것처럼 밴조 곡을 치는 것만큼은 참을 수가 없었다! 인간으로서 그런 일은 두고 볼 수 없었다. 옆집에도 바깥에도 들릴 그 소음을 내버려 두는것은, 자기 집이 나쁜 평판을 얻는 것을 용인하는 꼴이었다. 그래서 쿰스 씨는 그만하라고 말해야 했다.

쿰스 씨는 자신의 얼굴이 창백해지는 것을 느꼈고, 호흡에도 변화가 생기는 것을 느꼈다. 쿰스 씨는 창가 의자 중 하나에 앉아 있었는데, 새로운 손님이 자신의 안락의자를 차지하고 있었기 때문이다. 쿰스 씨는

---

*러시아 아스트라한 지방에서 나는 새끼 양의 털가죽. 혹은 그걸 본떠 짠 두꺼운 모직물.

고개를 돌려 경고 조로 말했다. "일요일, 일요일이라고!" 사람들이 '험악하다'고 부르는 어조였다.

제니는 별 반응 없이 계속 피아노를 쳤지만, 피아노 위에 쌓인 악보들을 들춰 보던 아내는 쿰스 씨를 노려보며 말했다. "이젠 뭐가 문젠데? 사람들이 좀 즐거워하면 안 돼?"

몸집이 작은 쿰스 씨가 말했다. "합리적인 즐거움이라면 개의치 않아. 하지만 난 어…… 이 집에서 일요일에 주중용 노래가 울려 퍼지는 건 좌시하지 않겠어."

"제가 지금 피아노 치는 게 뭐가 문젠데요?" 제니가 손을 멈추고 피아노 의자에서 몸을 빙글 돌리며 말했다. 옷의 주름 장식이 크게 바스락거렸다.

말다툼으로 번질 것처럼 보이자, 전 세계의 모든 소심하고 겁 많은 남자들처럼, 쿰스 씨는 지나치게 강경한 말을 했다. "그 피아노 의자에 좀 가만히 앉아 있어요! 뚱땡이용 의자가 아니란 말입니다."

제니가 격노해서 말했다. "남 몸무게에는 신경 끄시죠. 제 연주가 뭐가 어쨌다고요?"

"일요일에는 음악을 연주하지 말라는 뜻인가요, 쿰스 씨?" 새 손님이 그렇게 말하며 안락의자에 등을 기대고 담배 연기를 뿜더니 동정하는 웃음을 지었다. 그 순간 아내가 제니에게 "저 사람은 신경 쓰지 마. 계속해, 제니"라고 말했다.

"그렇습니다." 쿰스 씨가 새 손님에게 말했다.

"왜인지 여쭤 봐도 될까요?" 담배를 피우는 새 손님은 곧 벌어질 논쟁을 기대하며 그렇게 말했다. 새 손님은 멋들어진 밝은 진흙색 옷에 진주 달린 은핀을 꽂은 하얀 넥타이를 한, 날씬한 젊은이였다. 검은 정장을 입는 게 훨씬 나았을 거라고 쿰스 씨는 생각했다.

쿰스 씨는 말하기 시작했다. "왜냐하면, 제 생활과 맞지 않으니까요. 전 사업가입니다. 전 제 거래처들을 돌봐야 합니다. 합리적인 즐거움은……"

쿰스 부인이 비웃으며 말했다. "거래처! 그게 저이가 늘 말하는 거죠. 우린 이래야 한다, 우린 저래야 한다……"

"내 거래처들을 돌볼 생각이 아니라면, 왜 나랑 결혼한 거야?" 쿰스 씨가 말했다.

"그러게." 제니가 그렇게 말하며 다시 피아노로 몸을 돌렸다.

"당신 같은 사람은 처음 봤으니까." 쿰스 부인이 말했다.

"결혼한 뒤로 당신은 180도 달라졌어. 전에는……"

그때 제니가 다시 신나게 밴조 곡을 연주하기 시작했다.

"이것 봐!" 마침내 반란을 일으키기로 마음먹은 쿰스 씨가 일어나 목소리를 높였다. "결단코 이런 건 용납하지 않겠어." 쿰스 씨의 프록코트가 들썩거렸다.

"폭력은 안 됩니다." 진흙색 옷을 입은 길쭉한 젊은이가 허리를 세우며 말했다.

"당신 따위가 뭔데?" 쿰스 씨가 사납게 말했다.

그러자 모두가 한꺼번에 말하기 시작했다. 새 손님은 자신은 제니의 약혼자이니 제니를 보호할 거라고 말했고, 쿰스 씨는 어디서 그러든 환영이지만, 자기 집에서만은 안 된다고 말했다. 쿰스 부인은 손님들을 모욕하다니 부끄러운 줄 알라며 (이미 얘기했듯) 당신은 정말 하찮은 굼벵이가 되어 간다고 했다. 쿰스 씨는 손님들에게 집에서 나가라고 명령했지만, 손님들이 가려 하지 않자 결국 자기가 나가겠다고 말했다. 쿰스 씨는 시뻘겋게 달아오른 얼굴로 눈에는 눈물까지 고여 복도로 나가 버둥거리며 외투를 입고는(프록코트 소매가 팔에 콘서티나*처럼 쭈글쭈글하게 걸렸기 때문이다) 실크해트의 먼지를 털고 그것을 썼다. 다시 들려오는 제니의 서투른 피아노 연주가 그를 집에서 몰아냈다. 쿰스 씨는 집이 흔들릴 정도로 가게 문을 쾅 닫았다. 짧은 이 사건으로 쿰스 씨의 마음이 즉시 결정되었다. 여러분도 쿰스 씨가 왜 존재에 혐오감을 느끼게 됐는지 이제 이해할 것이다.

쿰스 씨는 전나무 아래 진창길을 걸어가면서(때는 10월 하순이었고, 도랑들과 전나무 잎 더미들이 버섯들과 어우러져 참으로 멋졌다) 자신의 우울한 결혼사를 간략히 돌아보았다. 짧고 진부했다. 쿰스 씨는 이제 아내가 자신과 결혼한 이유가 단순한 호기심과 성가시고 고되고 불분명한 작업실에서의 삶에서 탈출하기 위해서였음을 확실하게 이해했다. 아내 계층의 대다수가 그러하듯 아내는 너무 멍청해서, 남편의 사업을 돕는 게 자신의 의무임을 깨닫지 못했다. 아내는 즐거움을 탐했고, 수다스러웠으며, 친목을 좋아했고, 아직도 자신이 가난의 제약에 시달린다는 사실에 실망하고 있었다. 쿰스 씨가 걱정하는 말을 하면 아내는 격앙했고, 행동을 아주 살짝만 통제하려 해도 아내는 '바가지'를 긁어 댔다. 왜 전처럼 다정할 수 없을까? 자기 수양에서 정신적인 자양분을 얻는 작고 무해한 쿰스 씨는 자제와 사업적인 경쟁심만으로 '충분한' 사람이었는데, 얼마 후 여자 메피스토펠레스**인 제니가 나타나 아내에게 늘 '남자들' 이야기를 재잘거리고 극장에 가자고 하고 '모든 걸' 해보자고 했다. 게다가 아내의 이모들과 (남녀) 사촌들은 밑천을 모두 먹어 치우고, 쿰스 씨를 면전에서 모욕하고, 가게를 뒤집어 놓고, 선량한 손님들을 화나

---

*육각형 모양의 아코디언.
**파우스트 전설에 나오는 악마.

게 하면서 전반적으로 쿰스 씨의 인생을 황폐하게 만들었다. 그래서 쿰스 씨가 분노와 노여움과 일종의 공포에 사로잡혀 평소와 달리 큰 소리로 욕하며 집에서 도망친 건 이번이 처음이 아니었다. 최선은 아니어도 그런 식의 제일 편한 방법으로 에너지를 쏟아 낸 것이다. 하지만 바로 이 일요일 오후처럼 이렇게까지 삶에 질린 건 처음이었다. 하늘의 어스레한 빛도 그런 기분에 한몫했을 수 있다. 쿰스 씨는 결혼의 결과로 사업가로서 참을 수 없는 좌절이 찾아온 걸 깨닫기 시작했다. 곧 파산할 거고, 그 뒤엔…… 어쩌면 아내는 파산이 너무 늦은 걸 유감으로 생각할지도 몰랐다. 그리고 운명은, 벌써 내가 넌지시 말했듯, 사악한 냄새를 풍기는 버섯들을 숲 속 길 오른쪽과 왼쪽에 빽빽하고 다양하게 심어 둔 상태였다.

아내가 불성실한 배우자란 걸 알게 되면, 작은 가게 주인은 침울한 기분에 빠지게 된다. 쿰스 씨의 자본은 모두 사업에 묶여 있었고, 아내와 이혼한다는 건 어딘가에 존재한다는 실업자들의 무리에 합류한다는 걸 뜻했다. 이 남자에게 이혼이란 사치는 전혀 불가능했다. 그래서 좋든 싫든 결혼이라는 훌륭하고 오랜 전통에 붙들려 있었고, 상황은 비극의 절정을 향해 치닫고 있었다. 벽돌공은 아내를 발로 차 죽이고, 공작은 아내를 배신한다. 하지만 별 볼 일 없는 사무원들과 가게 주인들 사이에선 요즘 목을 따서 아내를 죽이는 것이 가장 흔했다. 그래서 쿰스 씨는 면도칼, 권총, 빵칼 따위를 써서 자신의 꺾인 희망들에 영광스러운 종말을 고하고자 검시관 앞으로 자기 적들의 이름을 거론하며 간곡히 용서를 비는 감동적인 편지를 쓰리라 생각했다. 그 상황에서 그런 상상를 한 건 그리 이상한 일이 아니었으니 여러분도 최대한 관대하게 받아들여 주기를 바란다. 잠시 후 맹렬한 화가 가라앉자 우울이 찾아왔다. 쿰스 씨가 아래까지 단추를 다 채우고 입고 있는 외투는, 처음으로 산 하나밖에 없는 외투로, 바로 이것을 입고 결혼했었다. 쿰스 씨는 바로 이 길에서 연애하던 일이 떠올랐고, 자본금을 만들려고 오랫동안 몹시 절약하며 저금한 일과 결혼에 대한 꿈에 부풀었던 일도 떠올랐다. 그 모든 게 이렇게 되다니! 이 세상에 동정적인 지배자란 건 없는 걸까? 쿰스 씨는 다시 죽음이라는 화제로 돌아갔다.

방금 건너온 운하 한가운데까지 들어가도 서 있으면 고개가 물 밖으로 나와 익사하지 못하는 것은 아닐까 생각하고 있는데, 보라색 버섯이 눈에 들어왔다. 쿰스 씨는 잠시 무감각하게 버섯의 갓을 바라보다가 그것을 주우려고 허리를 숙였다. 그게 지갑 같은 가죽으로 만든 물건인 줄 알았던 것이다. 이윽고 쿰스 씨는 그것이 보라색 버섯임을 깨달았다. 유난히 독이 있어 보이는 보라색이었다. 버섯은 미끄덩거리고 반들거렸으며, 시큼한 냄새가 났다. 쿰스 씨는 버섯에서 1인치 정도 떨어진 곳에서 주저하다가, 퍼뜩 독을 먹고 죽는 것이 좋겠다는 생각을 했다. 쿰스 씨는 버섯을 따서 손에 쥔 채 다시 허리를 폈다.

버섯에선 코를 찌르는 강한 냄새가 났지만 역겨운 냄새는 아니었다. 쿰스 씨가 한 조각을 뜯어내자, 크림처럼 하얀 신선한 단면이 10초 만에 거짓말처럼 노란빛 도는 초록색으로 변했다. 유혹적이기까지 한 변화였다. 쿰스 씨는 두 조각을 더 뜯어냈고, 역시 색이 변했다. 참으로 놀라운 그 버섯은, 아버지가 종종 말했던 치명적인 독버섯 같았다. 치명적인 독이라!

지금처럼 경솔하게 무슨 결정을 내려 보기는 처음이었지만, 쿰스 씨는 생각했다. 안 될 게 뭐 있어? 그러고는 떼어 낸 버섯 조각을 조금 씹어 보았다. 사실 아주 작은 조각이었다. 부스러기에 지나지 않았다. 혀가 너무나 얼얼해져서 쿰스 씨는 하마터면 뱉을 뻔했지만, 이윽고 맵고 풍미 가득한 맛이 느껴졌다. 서양고추냉이를 조금 더한 독일 겨자 같았고……음, 버섯 맛이었다. 쿰스 씨는 흥분하며 버섯을 꿀꺽 삼켰다. 이 맛이 마음에 드는 걸까 아닌 걸까? 쿰스 씨의 정신이 묘하게 경솔해져서, 다시 한 조각을 더 먹어 보았다. 정말로 맛이 나쁘지 않고 괜찮았다. 쿰스 씨는 즉시 당면한 문제들을 잊어버리고 죽음을 가지고 놀았다. 또다시 한 조각을 떼어 찬찬히 한입 가득 먹어 치운 것이다. 묘하고 따끔거리는 느낌이 손가락 끝과 발가락에서 느껴지기 시작했다. 맥박이 빨라지기 시작했다. 귓속에서 피가 물방아를 도는 물줄기 같은 소리를 냈다. "한 조각 더 머거 보자." 쿰스 씨는 말했다. 쿰스 씨는 몸을 돌려 주위를 보았고, 발이 흔들리는 걸 알 수 있었다. 쿰스 씨는 여남은 야드 떨어진 곳에 있는 작은 보라색 무더기를 보고 그쪽으로 힘겹게 나아갔다. 쿰스 씨가 말했다. "아두 머띤 노민걸. 아디 더 머거야 해." 쿰스 씨는 비트적거리다가 두 손을 버섯 무더기 쪽으로 쭉 뻗은 채 앞으로 넘겨졌다. 쿰스 씨는 더는 버섯을 먹지 못했다. 넘어진 즉시 기억을 잃었기 때문이다.

쿰스 씨는 돌아누운 다음 놀라운 표정으로 일어나 앉았다. 그러고는 도랑 쪽으로 굴러간 실크해트를 주워 조심스럽게 먼지를 털었다. 쿰스 씨는 손으로 이마를 눌렀다. 무슨 일이 벌어진 건 확실했지만, 그게 뭔지는 알 수 없었다. 어쨌거나 쿰스 씨는 더 이상 우울하지 않았다. 마음이 밝고 즐거웠다. 그리고 목이 타는 것 같았다. 쿰스 씨는 갑자기 유쾌해져 껄껄 웃었다. 내가 우울했나? 알 수 없었다. 하지만 어쨌든 더는 우울하지 않았다. 쿰스 씨는 휘청거리며 일어나 기분 좋게 웃으며 우주를 바라보았다. 이제 기억이 나기 시작했다. 아주 잘 기억나진 않았지만, 머릿속에서 기억의 회전목마가 돌기 시작했다. 이제 쿰스 씨는 자신이 집에서 불쾌했던 이유가 단지 사람들이 유쾌해지고 싶어 했기 때문이란 걸 알 수 있었다. 그들이 옳았다. 삶은 가능한 한 즐거워야 했다. 쿰스 씨는 집으로 돌아가 그들과 화해하고 싶었다. 그들을 위해 이 유쾌한 독버섯을 집으로 좀 가져갈까? 모자 가득 가져가야지. 몇 개는 하얀 점이 박힌 빨간 버섯이었고, 몇 개는 노란색이었다. 예전의 쿰스 씨는 우울한 망나니였고, 즐거움의 적이었다. 이제 쿰스 씨는 그에 대해 사과할 생각이었다. 상의 소매를 뒤집고 조끼 주머니에 노란 금작화를 꽂으면 유쾌할 것 같았다. 그는 꽃을 꽂은 뒤 즐거운 저녁 시간을 보내러 (노래 부르며) 집으로 돌아갔다.

쿰스 씨가 집을 나간 뒤, 제니는 연주를 그만두고 피아노 의자 위에서 다시 몸을 돌렸다. "아무것도 아닌 일로 웬 소동이람!" 제니가 말했다.

"아시겠죠, 클래런스 씨? 제가 이제까지 뭘 참으며 살아야 했는지요." 쿰스 부인이 말했다.

"좀 성마르신 분이더군요." 클래런스 씨가 판결을 내리듯 말했다.

쿰스 부인이 말했다. "제 마음은 조금도 이해하려 하지 않아요. 그게 제 불만이에요. 그이는 가게 외에는 관심이 없어요. 제가 누구랑 조금 어울리거나, 생활비로 사고 싶은 작은 것 하나만 사도 난리를 치고요. 그이는 '절약'하라고, '필사적으로 노력하라'고 계속 말해요. 그이는 밤새 뒤척이면서 어떻게 하면 제게서 한 푼이라도 더 짜낼까 그 생각만 해요. 한번은 도싯 버터*를 먹자고 했다니까요. 제가 거기에 굴복했다면…… 아시겠죠!"

"물론이야." 제니가 말했다.

---

*우유와 버터가 많이 나는 '낙농의 주'인 영국 도싯 지방에서 나는 도싯 버터는 원래는 대중적으로 쓰였으나 작품의 배경 무렵엔 외국 버터들에 밀려 인기가 급락했다.

클래런스 씨는 안락의자에 느긋이 기대며 말했다. "남자가 여자를 존중한다면…… 여자를 위해 희생할 준비가 되어 있어야 하는 겁니다. 제경우엔요……" 클래런스 씨가 제니를 보며 말했다. "저라면 멋지게 그럴 수 있는 위치에 오르기 전까진 결혼할 생각도 안 할 겁니다. 그건 지독하게 이기적이니까요. 남자라면 싸움이 난무하는 난장판을 혼자 헤치고 나가야 하는 겁니다. 절대로 여자를 끌어들이지 말고요……"

제니가 말했다. "난 완전히 동의할 수 없어. 왜 남자가 여자의 도움을 받으면 안 되는지 모르겠다고. 남자가 여자를 비열하게 대우하지 않는다는 가정하에 말이야……"

쿰스 부인이 말했다. "못 믿으실 거예요. 하지만 전 그이를 택할 만큼 멍청했답니다. 제대로 알 수도 있었는데 제가 멍청했어요. 아버지가 아니었다면, 제 결혼식엔 마차도 없었을 거예요."

"맙소사! 쿰스 씨가 마차를 빼자고 주장한 건 아니겠죠?" 클래런스 씨는 상당히 충격받은 얼굴로 말했다.

"자기 재고인지 쓰레기인지 때문에 그 돈이 필요하다더군요. 하, 제가 단호하게 버티지 않았다면, 일주일에 한 번 절 도와줄 여자도 부르지 않았을 거예요. 돈 때문에 얼마나 안달을 하는지. 그이는 서류랑 전단지들을 가지고 거의 울먹이며 제게로 와요. 그이는 말하죠. '이번 해만 헤쳐나가면 우리 사업은 반드시 성공할 거야.' '올해만 헤쳐 나가면 돼.' 저는 말하죠. '그다음엔 또 다음 해만 헤쳐 나가면 된다고 하겠지. 내가 당신을 몰라?' 전 말해요. '마르고 꼴사나워질 때까지 내 몸을 비틀어 짜며 일하는 내가 당신 눈엔 안 보여? 하숙집 하녀가 필요했으면 하녀랑 결혼하지 왜 나랑 했어? 왜 훌륭한 숙녀를 택한 거냐고?'라고요."

쿰스 부인은 그렇게 이야기했다. 하지만 조금도 유익하지 못한 이 대화를 계속 전하진 않겠다. 쿰스 씨가 아주 마음껏 씹혔으며, 그들은 불 주위에 앉아 안락한 시간을 보냈다고 말하는 걸로 충분하다. 이윽고 쿰스 부인은 차를 끓이러 가고 제니는 클래런스 씨가 앉아 있는 의자 팔 걸이에 요염하게 앉았다. 그때 밖에서 찻잔 덜그럭거리는 소리 같은 게 났다. "이게 무슨 소리야?" 쿰스 부인이 쾌활하게 말하며 들어와서는, 둘 이 키스를 한 것을 두고 놀려 댔다. 다들 둥글고 작은 테이블 주위에 앉 았을 때, 쿰스 씨가 돌아왔음을 암시하는 첫 번째 소리가 들렸다.

현관문의 걸쇠가 덜걱거리는 소리였다.

쿰스 부인이 말했다. "주인님이 돌아오셨네. 사자처럼 나가서 양처럼 돌아온다는 쪽에 걸겠어요."

가게 안에서 뭔가가 쓰러졌다. 소리가 의자 같았다. 이윽고 복도에서 무슨 복잡한 스텝을 연습하는 듯한 소리가 났다. 곧 문이 열리고 쿰스 씨가 나타났다. 하지만 모습이 바뀌어 있었다. 얼룩 하나 없던 옷깃은 목 에서부터 아무렇게나 찢어져 있었다. 조심스럽게 먼지를 털고 쓰고 나 갔던 실크해트는 옆구리에 끼워져 있었는데, 안에 으깨진 버섯이 반쯤 담겨 있었다. 양복 상의는 안팎이 뒤집혔고, 조끼는 노란색 바늘금작화 다발로 장식되어 있었다. 그러나 예배용 옷이 겪은 이 작고 엉뚱한 변화 는 쿰스 씨의 얼굴에 나타난 변화에 비하면 정녕 아무것도 아니었다. 쿰 스 씨의 얼굴은 납처럼 하얬고, 비정상적으로 커진 눈은 번득였으며, 창 백한 푸른 입술은 음산한 미소를 지으며 말려 올라가 있었다. "즐거워!" 쿰스 씨가 말했다. 쿰스 씨는 춤추던 걸 멈추고 문을 연 참이었다. "합리 적인 즐거움. 춤." 방 안으로 들어온 쿰스 씨는 환상적인 스텝을 세 번 밟 고는 멈춰서 절을 했다.

"짐!" 쿰스 부인이 비명을 질렀고, 클래런스 씨는 입을 딱 벌린 채 돌처럼 굳었다.

쿰스 씨가 말했다. "차는 즐거운 거지. 의자들도 던져 버려, 아우여."

"취했군." 제니가 작은 소리로 말했다. 그렇게 심하게 창백해지고 눈이 커져 번쩍이는 취한 남자는 처음 보았기 때문이었다.

쿰스 씨는 진홍색 들버섯 한 움큼을 클래런스 씨에게 내밀었다. 쿰스 씨가 말했다. "즐거운 것 좀 먹어 봐요."

그 순간 쿰스 씨는 다정했다. 그다음, 사람들의 놀란 얼굴을 본 쿰스 씨는 광인 특유의 신속한 속도로 돌변해 미친 듯이 화를 냈다. 마치 집을 떠날 때의 말다툼을 돌연 기억해 낸 듯했다. 쿰스 부인이 평생 처음 들어 보는 벽력같은 목소리로 쿰스 씨가 외쳤다. "내 집이다. 내가 이 집의 주인이다. 내가 주는 것을 먹으라!" 쿰스 씨는 전혀 힘들이지 않고 마치 속삭이듯 고함쳤으며, 폭력적인 몸짓도 없이 그저 한 손 가득한 버섯을 내밀었다.

클래런스 씨는 본인이 겁쟁이임을 증명했다. 쿰스 씨의 눈에 어린 미친 격노를 똑바로 볼 수가 없어, 의자를 밀며 벌떡 일어나 몸을 돌리고 웅크린 것이다. 그러자 쿰스 씨는 클래런스 씨에게로 돌진했다. 제니는 기회가 온 것을 알고 유령 같은 비명을 내지르며 문으로 도망쳤다.

쿰스 부인도 제니를 따라갔다. 클래런스 씨가 날쌔게 피하려고 다탁에 거세게 부딪히며 그 위를 넘어가는데, 쿰스 씨가 클래런스 씨의 옷깃을 움켜쥐고 그의 입에 버섯을 쑤셔 넣으려 했다. 클래런스 씨는 기꺼이 옷깃을 버리는 쪽을 택했고, 얼굴에 붉은 광대버섯 조각들을 붙인 채로 복도로 몸을 날렸다. "그이가 못 나오게 문을 닫아야 해요!" 쿰스 부인은 그렇게 외치며 문을 닫으려 했지만, 부인의 지원부대가 부인을 버렸다. 제니는 가게 문이 열린 것을 보고 그쪽으로 사라지며 문을 잠가 버렸고, 클래런스 씨는 다급히 주방으로 들어갔다. 쿰스 씨는 문에 몸을 쿵쿵 부딪쳤고, 쿰스 부인은 열쇠가 집 안에 있다는 걸 깨닫고는 재빨리 2층으로 올라가 여분의 침실에 숨은 뒤 문을 잠갔다.

이제 삶의 기쁨으로 새로이 전향한 자가 복도에 나타났고, 장식물은 살짝 흩어졌지만, 모자에 담긴 버섯은 아직도 옆구리 아래에 있었다. 쿰스 씨는 세 갈래 길에서 잠시 망설이다 주방으로 마음을 정했다. 그러자 열쇠를 만지작거리던 클래런스 씨는 집주인을 감금하려던 계획을 포기하고 설거지 방 속으로 도망쳤다. 하지만 뜰로 나가는 문을 열기도 전에 붙잡히고 말았다(클래런스 씨는 그때 일어난 일에 대해서는 유달리 입을 꽉 다물고 있다). 일시적인 노여움이 사라지자 쿰스 씨는 도로 다정한 놀이 친구가 되었고, 주위에 식칼과 고기 칼들이 있었기에 클래런스 씨는 쿰스 씨의 기분을 최대한 맞춰 주며 비극적인 일을 피하자고 했다. 쿰스 씨가 완전히 만족할 때까지 클래런스 씨와 놀았다는 사실에는 이론의 여지가 없다. 오랫동안 알아 온 사이였어도 그보다 더 즐겁고 친밀하게 놀 수는 없었으리라. 쿰스 씨는 버섯을 먹어 보라고 쾌활하게 강요했고, 다정한 난투가 좀 있었으며, 이윽고 쿰스 씨는 자신이 손님의 면전에서 벌인 난리법석에 양심의 가책을 느꼈다. 싱크대 아래에서 끌려 나온 클래런스 씨의 얼굴에 검은 구두약이 묻어 있었기 때문이다. 클래런스 씨는 그 정도로 계속 그 미치광이의 기분을 맞춰 준 것이다. 마침내 쿰스 씨는 다소 헝클어지고 다치고 낯빛이 변한 상태의 클래런스 씨가 양복 입는 걸 도와준 뒤 뒷문으로 나가게 안내해 주었다. 가게로 나가는 문은 제니가 막고 있었기 때문이다. 쿰스 씨의 두서없는 생각은 이제 제니에게로 향했다. 제니는 가게 문을 열고 나갈 엄두를 못 냈고, 쿰스 씨가 열쇠로 열고 들어오지 못하게 계속해서 걸쇠를 잠가 놓았다. 제니는 그날 저녁 내내 가게를 차지하고 있었다.

쿰스 씨는 즐거운 일을 찾으려고 다시 주방으로 돌아왔는데, 엄격한 금주회원인 쿰스 부인이 건강을 위해 가지고 있는 거라고 주장하는 흑맥주를 적어도 다섯 병은 마시는 것 같았다(혹은 자신의 처음이자 유일한 프록코트 앞면에 맥주를 엎질렀다). 쿰스 씨는 결혼 선물로 받은 아내의 디너 접시 여러 장으로 병목을 깨면서 즐거운 유행가 몇 곡도 불렀는데, 그러다가 병 하나에 손가락을 꽤 심하게 베였다(이 이야기에 유일한 유혈 사태이다). 그와 동시에 경험한 적 없던 흑맥주의 알코올로 인해 생리 기능에 체계적인 격변이 일어나면서 버섯의 독기가 다소 누그러진 듯하다. 그러나 우리는 이 일요일 오후의 최종적인 사건들에 대해 입을 다무는 게 좋겠다. 쿰스 씨가 석탄 창고에서 깊은 치유의 잠에 빠지며 사건은 끝이 났다.

그 뒤로 5년의 시간이 흘렀다. 또다시 맞은 10월의 어느 일요일 오후에, 쿰스 씨는 다시 운하를 지나 소나무 숲 속을 걸어갔다. 이 이야기의 처음이나 지금이나, 쿰스 씨는 여전히 검은 눈에 검은 콧수염을 기른 조그만 남자였지만, 이중 턱은 이제 전처럼 눈의 착각만은 아니었다. 쿰스 씨의 외투는 이제 새것이었고, 거기에는 풀 먹인 조악한 둥근 옷깃 대신 모서리가 젖혀진 멋들어진 벨벳 라펠이 달려 있었다. 모자는 광택이 났고, 장갑도 (비록 손가락 한쪽이 갈라져 정성스레 수리되어 있었지만) 꽤 새것이었다. 고개를 뻣뻣이 쳐들고 있는 쿰스 씨는, 자신이 잘났다고 생각하는 사람 특유의 정확한 태도를 보이고 있었다. 쿰스 씨는 이제 세 명의 점원을 거느린 고용주였다. 옆에는 쿰스 씨를 더 크게 만든 뒤 햇볕에 태운 듯한 동생 톰이 나란히 걷고 있었다. 동생은 막 오스트레일리아에서 돌아온 상태였다. 형제는 예전의 고생들을 회상하고 있었고, 쿰스 씨는 막 재정에 대해 얘기하던 차였다.

동생 톰이 말했다. "작지만 아주 훌륭한 사업체야, 형. 요즘 같은 경쟁 시대에, 이만큼 일으켜 세우다니 형은 엄청 운이 좋아. 자기 일처럼 발 벗고 나서서 도우는 아내를 둔 것도 얼마나 운 좋은 일이야."

쿰스 씨가 말했다. "우리끼리 얘기지만, 늘 이렇진 않았어. 늘 이런 식은 아니었다고. 그 여자는 전엔 좀 경솔했어. 여자들은 재밌는 동물이야."

"그럴 수가!"

"그래. 넌 상상도 잘 안 되겠지만, 내 마누라는 노골적으로 사치스러 웠고, 늘 날 모욕했었어. 난 너무 쉽고 충성스러운 편이었고. 마누라는 온 세상이 자기를 중심으로 돌아간다고 생각했지. 집이 완전 숙박소 같았어. 마누라는 자기 친척이며 사업상 알게 된 여자들이며 그 여자들의 놈팡이들까지 늘 불러들였으니까. 그 사람들이랑 일요일에도 우스꽝스러운 노래들을 불러 댔어. 그러니 아내에게 우리 사업은 뒷전이 됐지. 놈팡이들에게 추파도 던지더라! 정말이지 톰, 집이 내 집이 아니었어."

"상상도 안 되는걸."

"정말 그랬다니까. 음…… 난 아내를 설득했어. 난 말했지. '난 공작이 아니니까, 아내를 애완동물처럼 보살필 수가 없어. 내가 당신과 결혼한 건 도움을 받고 함께하기 위해서였어.' 이런 말도 했어. '당신은 날 도와주고 함께 사업을 이끌어야 해.' 마누라는 들으려 하지 않았어. 그래서 내가 말했지. '좋아, 난 부드러운 남자지만 한번 화나면 무서워. 그리고 이제 화가 나려고 해.' 하지만 마누라는 내 경고를 들은 척도 인 했어."

"으흠?"

"여자들은 원래 그래. 마누라는 내가 화를 못 내는 사람이라고 생각했어. 그런 유의 여자들은, 우리끼리 얘기지만 톰, 한번 호된 맛을 봐야 남자를 존경할 줄 알게 돼. 그래서 내가 갑자기 본때를 보여 줬지. 마누라랑 함께 일했던 제니란 여자와 그 여자의 놈팡이가 왔을 때였어. 말다툼을 좀 한 후 난 이곳으로 왔어. 딱 오늘 같은 날이었어. 그리고 난 모든 계획을 짰어. 그런 뒤 집으로 돌아가 일에 착수했지."

"형이?"

"응. 난 정말로 돌았었거든. 마누라를 때리고 싶진 않아서 집에 돌아가서 그 놈팡이를 박아 버렸지. 내가 뭘 할 수 있는지 보여 주려고 말야. 놈은 몸집이 컸어. 하지만 난 놈을 가볍게 갈겨 준 뒤 주위의 것들을 박살 내고 마누라를 위협했지. 아내는 2층으로 도망쳐서 방에 숨은 뒤 문을 잠갔고."

"그래서?"

"그게 다야. 이튿날 마누라에게 말했어. '이젠 알겠지? 내가 화가 나면 어떻게 되는지.' 그 뒤론 더는 말할 필요가 없었어."

"그래서 그 후론 계속 행복했던 거야?"

"말하자면. 상대에게 단호하게 구는 것 이상 좋은 건 없거든. 그날 오후의 일이 없었다면, 난 지금 길을 터벅터벅 걸어 다니고, 그 여자는 계속 내게 불평해 대고, 처가 식구들은 내가 마누라를 가난의 구렁텅이로 끌고 들어갔다고 불평했겠지. 처가 방식은 내가 좀 알거든. 하지만 이제 우린 괜찮아. 그리고 네 말마따나 작지만 아주 괜찮은 사업체도 있지."

형제는 생각에 잠긴 채 계속 길을 걸었다. "여자들은 아주 재밌는 동물이야." 동생 톰이 말했다.

"단호하게 다뤄 주길 바라지." 쿰스 씨가 말했다.

이윽고 동생 톰이 말했다. "이 근처엔 이런 버섯이 정말 많네! 도대체 이런 건 어디에 쓸까."

쿰스 씨는 버섯을 보았다. "어떤 현명한 목적에 쓰라고 하늘에서 내려주신 거야." 쿰스 씨가 말했다.

쿰스 씨는 저 보라색 버섯이 작고 얼빠진 남자를 미치게 만들어 계획을 단호하게 행동으로 옮기게 해준 것에, 결국 인생을 완전히 바꾸게 해준 것에 무한한 감사를 느꼈다.

현미경 아래의 슬라이드
A Slip Under the Microscope

    실험실 창밖으로 촉촉한 회색 안개가 보였고, 실험실 안은 갑갑한 온기가 느껴졌으며, 길쭉한 방에 있는 두 개의 테이블에는 초록색 갓을 씌운 가스등이 하나씩 놓여 있었는데, 그 가스등에서 나오는 노란 불빛이 방을 비추고 있었다. 테이블마다 유리병이 두 개씩 있었고, 그 안에는 난도질당한 가재, 홍합, 개구리, 기니피그 따위가 담겨 있었다. 학생들의 공부 재료였다. 그 방 옆면을 따라가면 창문 맞은편에 표백된 해부체들이 알코올에 담긴 채 선반에 올려져 있었고, 선반 아래와 정육면체 격납장들 위에는 하얀 나무 액자에 든 아름답게 그려진 해부도들이 일렬로 전시되어 있었다. 실험실 문에는 모두 칠판이 덧대어져 있었고, 칠판에는 전날 한 해부 작업에 대한 도해가 반쯤 지워진 채 남아 있었다. 안에는 준비실 문 근처에 조용히 앉아 있는 시범 조교뿐이었는데, 그가 끊임없이 낮게 중얼대는 소리와 조직 절편기가 짤깍거리는 소리만 조용한 실험실 안에 울렸다. 하지만 실험실 사방에는 수많은 학생들의 흔적이 흩어져 있었다. 손가방들과 광택 나는 도구 상자들이 있었고, 한쪽에는 신문지로 싼 커다란 그림이, 다른 쪽에는 곱게 제본되었지만 이곳 분위기와 묘하게 어울리지 않는 『유토피아로부터의 소식』*이 놓여 있었다. 학생들이 실험실에 오자마자 서둘러 인접한 계단식 강의실로 가느라 황급하게 놓아둔 것들이었다. 문이 닫혀 있어 한층 작게 들리는 교수의 신중한 억양은 특징 없는 중얼거림처럼 들렸다.

곧 닫힌 창문을 통해, 작은 예배당의 시계가 11시를 알리는 소리가 희미하게 들려왔다. 조직 절편기의 짤깍거리는 소리가 멈췄고, 시범 조교는 손목시계를 보고 일어나더니 두 손을 주머니에 찔러 넣고 천천히 실험실을 가로질러 계단식 강의실 문으로 향했다. 시범 조교는 잠시 서서 귀를 기울이다가, 윌리엄 모리스가 쓴 작은 책에 시선이 쏠렸다. 시범 조교는 책을 주워 제목을 응시했고, 웃음을 지은 뒤 책을 펼쳐 면지**에 적힌 이름을 보았으며, 손으로 책장을 후루룩 넘기고는 책을 닫았다. 바로 다음 순간 웅얼거리던 교수의 소리가 멈추며 연필들이 계단식 강의실의 책상에서 덜거덕거리는 소리, 활발히 움직이는 소리, 발들이 여기저기 부딪히는 소리, 수많은 목소리가 한꺼번에 터져 나왔다. 이윽고 단호한 발소리가 문으로 다가왔고, 문이 조금 열리다가 멈추더니, 새로 들어오던 이는 불분명하게 들리는 질문에 주의를 기울였다.

시범 조교는 몸을 돌려 천천히 조직 절편기 앞을 다시 지나갔고, 준

---

*영국 빅토리아 시대 작가인 윌리엄 모리스가 사회주의적 이상을 담아 진보된 미래 사회를 그린 작품.
**책의 앞뒤 표지 안쪽에 붙어 있는 백지.

비실 문을 통해 실험실을 나갔다. 그러는 동안 한 명, 그다음엔 여러 명의 학생들이 공책을 들고 계단식 강의실에서 실험실로 들어왔고, 작은 테이블들로 가기도 하고 문가에 무리 지어 서기도 했다. 학생들은 유난히 이질적인 구성이었다. 옥스퍼드와 케임브리지는 아직도 여러 부류의 학생들을 섞는 것을 얼굴 붉히며 저어했지만, 이 과학 대학은 벌써 수년 전부터 이 문제에서 미국을 앞지르고 있었다. 사회적으로도 여러 계층의 학생들이 섞여 있었다. 이 대학은 명성이 높고, 나이 제한이 없으며, 스코틀랜드 대학들보다 훨씬 더 다양한 학생들을 뽑았다. 이 수업을 듣는 스물한 명의 학생들 중 일부는 계단식 강의실에 남아 교수에게 질문을 하거나 칠판의 도해가 지워지기 전에 옮겨 적거나 그날의 강의를 설명하기 위해 교수가 만든 특별한 표본을 꼼꼼히 살폈다. 실험실로 들어온 아홉 명 중 셋은 여자였다. 그중 작고 금발이며 안경을 썼고 회색 도는 초록색 옷을 입은 한 여자는 창밖의 안개를 응시하고 있었고, 건강해 보이는 인상에 예쁘지 않은 나머지 둘은 해부할 때 입는 갈색 홀랜드 천* 앞치마를 펼쳐 걸쳤다. 남자들 중 둘은 실험실을 가로질러 자기 자리로 갔는데, 창백하고 턱수염이 검은 이는 한때 재봉사였다. 나머지 한 명은 호감 가게 생긴 혈색 좋은 스무 살 청년으로 몸에 잘 맞는 갈색 양복 차림이었다. 이 젊은 웨더번은 안과 의사 웨더번의 아들이었다. 나머지 남자들은 강의실 문 근처에 무리 지어 있었다. 그중 안경을 쓴 곱사등이 난쟁이는 굽은 나무로 만든 의자에 앉아 있었다. 키가 작고 검은 젊은이와 담황갈색 머리에 혈색이 불그스레한 젊은이는 슬레이트 싱크대에 나란히 기대서 있었고, 또 한 명이 이 둘을 마주 보고 서서 대화

* 무표백의 삼베 또는 삼과 무명을 섞은 천.

를 주도하고 있었다.

이 마지막 사람은 힐이란 자였다. 힐은 건장한 몸집의 젊은 친구였고, 웨더번과 동갑이었다. 힐은 얼굴이 하얬고, 눈은 짙은 회색이었으며, 머리털은 뭐라고 딱히 형언할 수 없는 색이고, 얼굴 모양은 돌출되고 울퉁불퉁했다. 힐은 두 손을 주머니 깊이 찔러 넣은 채 필요 이상으로 크게 말했다. 힐의 닳은 옷깃은 부주의한 세탁부가 풀을 잘못 먹인 탓에 푸른색이었고, 옷은 기성복이었으며, 부츠 옆면은 거의 발가락 부분까지 천이 덧대어져 있었다. 힐은 말하거나 들으면서 가끔 계단식 강의실 문을 힐끔거렸다. 그들은 막 들은 동물학 개론 강의의 우울한 결론에 대해 토의 중이었고, 그 강의는 동물학 개론의 마지막 강의였다. "난세포에서 난세포로 이어지는 게 고등 척추동물의 목적입니다." 교수는 특유의 우울한 말투로 말했고, 이로써 그때까지 얘기하던 비교해부학의 개요를 깔끔하게 마무리 지었다. 안경 쓴 곱사등이는 교수의 결론을 따라 말하며 이해한 티를 시끄럽게 내어 금발 머리 학생을 화나게 했고, 결국 세계 어딜 가도 학생들 마음에는 묘하게 소중한, 일반론에 대한 모호하고 산만한 토론이 시작되었다.

금발 머리 여학생이 도전에 응하며 말했다. "그게 우리의 목적이에요. 어쩌면…… 과학에 관한 한은 인정해요. 하지만 세상엔 과학으로만 설명할 수 없는 것들이 있어요."

힐이 자신 있게 말했다. "과학은 체계적 지식이에요. 체계에 들어오지 않는 생각은…… 어쨌거나 부정확한 생각인 게 분명합니다." 힐은 자기가 말하고도 이게 현명한 말인지 우둔한 말인지 확신하지 못했지만, 청중은 힐의 말을 진지하게 받아들였다.

"제가 이해할 수 없는 건 힐이 유물론자냐 아니냐 하는 겁니다." 곱사등이가 무턱대고 말했다.

"물질을 초월한 게 하나 있죠." 힐이 즉각 말했고 이번엔 자기가 훨씬 그럴듯한 말을 했다고 느꼈으며, 등 뒤 문간에 누가 있는 것도 인식했기에 그 여자를 위해 목소리를 살짝 높였다. "바로, 물질을 초월하는 뭔가가 있다는 망상입니다."

금발 여학생이 말했다. "마침내 우리가 당신의 복음을 듣는군요. 모든 것이 다 망상이다. 이거죠? 개의 삶보다 나은 삶을 살고자 하는 우리의 모든 열망, 자신을 넘어서는 무언가를 위해 우리가 하는 모든 일들이 말이에요. 하지만 당신이 얼마나 모순되는지 알아요? 가령, 당신의 사회주의. 왜 인종의 이익 때문에 괴로워하죠? 왜 빈민굴의 거지들 때문에 걱정을 하냐고요. 왜 구태여 그 책을⋯⋯" 여학생은 고갯짓으로 윌리엄 모리스의 책을 가리켰다. "실험실의 모두에게 빌려 주려는 건데요?"

"여자들이란." 곱사등이가 불분명하게 말하고는, 켕겼는지 뒤를 돌아보았다.

갈색 옷을 입은 갈색 눈의 여자가 실험실에 들어와 곱사등이 뒤의 테이블 건너편에 서 있었는데, 한 손에는 앞치마를 말아 들고 어깨 너머로 돌아보며 토론을 듣고 있었다. 여자는 곱사등이가 있는 걸 몰랐다. 힐에게서 힐의 대화 상대에게로 시선을 옮기고 있었던 것이다. 힐이 여자의 존재를 의식하고 있다는 건 오로지 그 사실을 애써 무시하려는 태도에서만 드러났다. 그러나 여자는 그 점을 알아차렸고, 그 사실 때문에 기뻐했다. 힐이 말했다. "전 이유를 모르겠어요. 어째서 인간이 물질 이상의 것은 전혀 모른단 이유로 짐승처럼 살아야 하고, 지금부터 100년 뒤에는 존재할 걸 기대하지 못하는지요."

"그럼 왜 안 되는데요?" 금발 학생이 말했다.

"왜 안 되느냐고요?" 힐이 말했다.

"그럴 유인이 뭔데요?"

"당신네 종교적인 인간들은 모두 그런 식이죠. 그건 모두 유인의 문제입니다. 인간은 정의를 위해 정의를 추구해선 안 되는 건가요?"

침묵이 흘렀다. 힐은 목소리에 힘을 주며 대답했다. "하지만 유인은, 제가 말하는 유인은……" 힐은 시간을 벌려 했다. 이윽고 곱사등이가 힐을 구하려고 끼어들어 질문했다. 곱사등이는 토론 모임에서 질문으로 악명이 높았고, 질문들은 한결같이 동일한 형태를 띠었다. 정의에 대한 요구였다. "당신은 정의를 뭐라고 정의하죠?" 이 단계에서 곱사등이가 말했다.

힐은 이 질문에 돌연 자기 만족감이 사라지는 것을 느꼈지만, 질문을 받는 동안 막 죽인 기니피그 여러 마리의 뒷다리를 잡고 준비실 문으로 들어오는 실험실 조수인 브룩스를 보자 안심이 됐다. "이번 실험에 쓸 재료의 마지막 분량이에요." 이제까지 아무 말도 않던 그 젊은이가 말했다. 브룩스는 실험실을 계속 걸어가 테이블마다 기니피그를 두 마리씩 철퍽철퍽 내려놓았다. 나머지 학생들이 멀리서부터 희생양의 냄새를 맡고 계단식 강의실 문을 통해 몰려 나왔고, 학생들이 표본의 선택권을 확보하러 서둘러 자기 자리로 가면서 토론은 급작스럽게 끝났다. 로커들이 열리고, 해부용 도구들이 꺼내지고, 열쇠고리의 열쇠들이 부딪쳐 짤랑대는 소리가 났다. 힐은 이미 자기 테이블 앞에 서서, 해부용 메스들이 든 상자를 주머니에서 꺼내고 있었다. 갈색 옷의 여자가 힐 쪽으로 한 발 나와 테이블 위로 몸을 숙이며 부드럽게 말했다. "제가 당신 책 돌려 드린 거 봤어요, 힐 씨?"

그 소란한 와중에도 갈색 옷의 여자와 책은 힐의 의식 속에 생생하게 존재하고 있었다. 그러나 힐은 그제야 책에 눈길을 주고 처음 본 척하는 어색한 연기를 펼쳤다. 힐은 책을 집으며 말했다. "아, 네. 봤습니다. 책이 마음에 드시던가요?"

"책에 대해 몇 가지 묻고 싶은 게 있어요. 나중에요."

힐이 말했다. "물론이죠. 기꺼이요." 힐은 어색하게 말을 멈추었다가 다시 말했다. "마음에 드시던가요?"

"멋진 책이에요. 이해할 수 없는 부분이 좀 있긴 했지만요."

이윽고 갑자기 기묘한 나팔 소리가 났고, 실험실이 조용해졌다. 시범 조교였다. 시범 조교는 그날의 지시를 시작할 준비를 마치고 칠판 앞에 서 있었는데, 그에겐 일반적인 대화에서 쓰는 '에,' 하는 소리와 트럼펫 소리 중간쯤 되는 소리를 써서 침묵을 요구하는 버릇이 있었다. 갈색 옷의 여자는 자기 자리로 슬그머니 돌아갔다. 그 여자 자리는 힐 바로 앞이었다. 힐은 곧바로 여자를 잊고 테이블 서랍에서 공책을 꺼내 펼치고 주머니에서 몽당연필을 꺼내 곧 있을 시범을 받아 적을 준비를 했다. 시범과 강의는 대학생들에게는 성경이었던 것이다. 교수의 책만 빼면 책은 무시해도 됐다(무시하는 게 차라리 편리하기까지 했다).

힐은 랜드포트 신기료장수의 아들이었고, 당국에서 랜드포트 기술 대학에 뿌린 선전물에 우연히 걸려들었다. 힐은 주당 1기니로 런던에서 버텼고, 잘만 쓰면 그 돈으로 의복, 즉 때때로 필요한 방수 옷깃까지 살 수 있다는 걸 알게 되었다. 잉크와 바늘과 솜, 그리고 도회지에 사는 남자에게 필요한 이런저런 필수품도 살 수 있었다. 이번이 힐의 첫해이자 첫 학기였지만, 랜드포트에 사는 갈색 피부의 아버지는 벌써 아들을 '교수'라고 자랑해서 여러 술집에서 반감을 샀다. 힐은 원기 왕성한 젊은이였고, 모든 종파의 성직자들을 은근히 경멸했으며, 세상을 개조하겠다는 드높은 야심이 있었다. 힐은 대학을 장학생으로 다닐 수 있는 것을 절호의 기회로 여겼다. 힐은 일곱 살에 책을 읽기 시작했고, 그 뒤론 구할 수 있는 책은 좋은 것이든 나쁜 것이든 모조리 읽어 치웠다. 힐의 세상 경험은 포트시 섬이 전부였고, 그것도 공립 초등학교 7학년을 마친 뒤 낮에 일했던 도매 부츠 공장이 거의 전부였다. 힐은 연설에 상당한 재능이 있었고, 분쇄기들과 광산 모형들이 있는 아래층 야금술 강의실에서 열리는 대학 토론 모임에서 이미 그 재능이 드러났다. 힐이 일어설 때마다 책상들이 격렬히 두들겨 맞는 것을 보고, 토론 모임 관계자들이 그의 재능을 알아본 것이다. 그리고 지금 힐은, 좁은 샛길을 지나 발아래 광대한 골짜기가 나타나듯 인생이 열리는 감정적 나이였고, 놀라운 발견들과 엄청난 성취들에 대한 기대로 가득했다. 자신이 라틴어도 프랑스어도 모른다는 걸 안다는 점을 빼면, 힐은 어디까지가 자신의 한계인지 전혀 몰랐다.

처음에 힐은 대학에서 생물학 공부와 사회적, 신학적 이론화에 똑같이 관심을 쏟았고, 이 이론화에 지독히 진지하게 몰두했다. 커다란 박물관 도서관이 문을 닫는 밤이면, 힐은 첼시에 있는 자기 방 침대에 앉아 양복을 입고 목도리를 두른 채 강의 공책을 써 내려가고 해부에 대한 메모를 수정했다. 그러다 소프가 휘파람으로 불러내면(집주인 여자는 다락방에 찾아오는 손님에게 문을 열어 주길 거부했다), 둘은 가스등 불빛 아래 어둑하고 번쩍이는 거리를 헤매며 아무렇게나 그 자리에서 생각나는 것들, 즉 신의 개념, 정의, 칼라일, '사회 개조' 따위에 대해 이야기하곤 했다. 힐은 논쟁하며 소프뿐 아니라 지나가는 사람들까지도 의식했기에, 행인이 의미 있는 시선으로 자신을 보면 그 예쁘게 화장한 얼굴을 흘끗거리다가 논쟁의 맥락을 놓치곤 했다. 과학과 정의! 그러나 최근에는 세 번째 관심사가 인생에 슬그머니 끼어든다는 한두 번의 신호들이 있었다. 자기도 모르는 사이 생각이 자꾸만 중배엽 체절의 운명이나 원구가 가질 수 있는 의미에서, 자기 앞 테이블에 자리를 잡는 갈색 눈의 여자에게로 옮겨 가는 것이었다.

갈색 눈의 여자는 유료 학생이었다. 그 여자는 상상할 수도 없이 높은 사회적 지위를 갖고 있었지만, 굳이 자신을 낮추고 힐과 이야기했다. 여자가 받았을 교육과 갖췄을 교양을 생각하면, 힐의 영혼은 내심 비참함을 느꼈다. 처음에 여자는 토끼 두개골의 익설골이 어렵다고 힐에게 이야기했고, 힐은 적어도 생물학에 있어선 겸손할 이유가 전혀 없음을 알게 되었다. 그 뒤, 젊은 사람들이 원래 그러하듯, 둘의 이야기는 한 출발점에서 시작해 일반론까지 갔고, 힐이 사회주의 문제로 여자를 공격하자(어떤 본능이 힐에게 여자의 종교에 대한 직접적인 공격은 삼가라고 일렀다) 여자는 소위 미학 교육이란 것을 힐에게 해줘야겠다고 결심했다. 여자는 힐보다 한두 살이 많았지만, 힐은 나이 차이가 난다는 생각은 한 번도 하지 않았다. 『유토피아로부터의 소식』을 대여해 준 일을 시작으로 서로 간의 책 대여가 시작되었다. 힐은 자기만의 어떤 터무니없는 기본 원칙상, 한 번도 시에 '시간을 낭비'해 본 적이 없었고, 갈색 눈의 여자에게 이는 무시무시한 결핍으로 여겨졌다. 어느 날 점심시간, 여자는 해골들이 진열되어 있는 작은 박물관에서 우연히 남자와 마주쳤고, 점심 식사로 둥근 롤빵을 먹는 것을 창피해하는 남자를 두고 나갔다가 돌아와서 살짝 은밀한 분위기를 풍기며 브라우닝의 시집 한 권을 빌려 주었다. 힐은 여자 쪽으로 비스듬히 서서 다소 어색하게 책을 받았다. 다른 손에는 빵을 쥐고 있었기 때문이다. 그리고 돌이켜 보니, 그때 힐의 목소리엔 자신의 소망과 달리 즐겁고 맑은 기운이 전혀 없었다.

그 일은 비교해부학 시험이 끝난 뒤에 벌어진 일로, 이튿날 대학 측은 크리스마스 휴가를 위해 학생들을 몰아낸 다음 조심스레 문을 잠갔다. 정신력을 처음으로 시험받기 위해 벼락치기를 한 흥분이 잠시 동안 힐을 지배했고, 다른 관심사는 까맣게 잊었다. 모두들 시험 결과 예측에 열을 올리는 동안, 힐은 아무도 자신을 하비 기념 메달의 경쟁 후보로 여기지 않는다는 사실을 알고 깜짝 놀랐다. 하비 기념 메달을 누가 받을지는 이번과 다음 두 차례의 시험으로 결정됐다. 대충 이때부터, 이제까지 힐의 인식 가장 끄트머리에서 있는 듯 없는 듯 살던 웨더번이 장애물로 등극하기 시작했다. 상호 동의하에 소프와의 야간 방랑은 시험까지 3주 동안 중단되었고, 힐의 집주인 여자는 그 하숙비에 등불용 기름을 그렇게 많이 줄 수 없다고 지적했다. 힐은 가재의 부속기관, 토끼의 두개골 뼈들, 척추동물의 신경들 따위가 적힌 작은 쪽지들을 손에 들고 대학까지 왔다 갔다 하면서, 맞은편에서 오는 행인들을 성가시게 했다.

그러나 크리스마스 휴일 동안에는, 시와 갈색 눈의 여자가 힐을 지배했고, 이는 지극히 자연스러운 반응이었다. 아직 나오지 않은 시험 결과는 부차적인 문제가 되었기에, 힐은 아버지의 흥분에 크게 놀랐다. 힐이 설령 읽고 싶어 했을지라도 랜드포트에는 비교해부학에 대한 읽을거리가 전혀 없었고 그렇다고 그에 관한 책을 사기엔 힐은 너무 가난했지만 시집들은 도서관에 광범위하게 있었고, 그 책들은 힐의 공격을 멋지게 받아 주었다. 힐은 넘쳐 나는 롱펠로와 테니슨의 유려한 시에 흠뻑 빠져들었고, 셰익스피어로 자신을 강화했다. 포프에게서 마음이 맞는 영혼을 발견했고, 셸리에게선 거장을 보았으며, 엘리자 쿡과 헤먼스 부인의 사이렌 같은 목소리를 듣고는 도망쳤다. 그러나 힐은 브라우닝은 더 이상 읽지 않았다. 런던으로 돌아가면 헤이스먼 양에게서 브라우닝의 책을 더 빌리고 싶었기 때문이다.

힐은 윤이 나는 검은 가방에 브라우닝의 책을 넣고 하숙집에서 대학까지 걸어갔고, 마음은 시에 대한 가장 멋진 일반 명제들로 가득했다. 사실, 힐은 작은 연설을 준비해 그 연설로 귀환을 화려하게 빛내려 했다. 그날 아침은 런던치고는 이례적으로 날씨가 좋았다. 투명하고 단단한 서리가 끼어 있었지만 하늘은 더할 나위 없이 파랬고, 엷은 안개가 모든 것의 윤곽선을 부드럽게 만들었으며, 집 건물들 사이를 비추고 있는 따뜻한 햇볕은 거리를 황갈색과 금색으로 물들였다. 대학 현관에 도착한 힐은 장갑을 벗고 서명했지만, 손가락이 추위에 곱아서 서명 아래 특징적 밑줄이 흔들리고 말았다. 힐은 헤이스먼 양이 자기 주위에 있다는 상상을 했다. 힐은 계단에서 몸을 돌려, 게시판 아래에서 서로 밀쳐대는 사람들을 내려다보았다. 생물학 성적 우수자 명단이 게시되어 있는 듯했다. 힐은 브라우닝과 헤이스먼 양을 잠시 까맣게 잊고, 밀치락달치락하는 그 속으로 끼어들었다. 그리고 마침내, 자기 위 계단에 서 있는 남자의 소매에 뺨이 눌린 채 명단을 읽었다.

1등급
H. J. 소머스 웨더번
윌리엄 힐

그 후로 이어지는 2등급 명단은 우리의 현재 관심사 밖이다. 물리학 성적 우수자 명단에 소프가 있는지 찾아보려 하지 않은 깃은 힐다운 일이었다. 힐은 곧장 드잡이에서 빠져나왔고, 평범한 2등급 사람들에 대한 우쭐함과 웨더번의 성공에 대한 통렬한 실망이 뒤섞인 묘한 감정을 느끼며 계속 위층으로 올라갔다. 꼭대기에 도착해 통로에 상의를 걸고 있는데, 옥스퍼드를 졸업한 젊은이자 남몰래 힐을 뻔뻔한 데다가 벼락치기로 버텨 나가는 최악의 부류로 생각하는 동물학 시범 조교가 따뜻한 축하 인사를 건넸다.

힐은 실험실 문에서 아주 잠시 발을 멈추고 숨을 고른 뒤 안으로 들어갔다. 실험실 안을 똑바로 바라보니 여학생 다섯 명 모두가 늘 모이는 자리에 무리 지어 있었고, 한때 수줍던 웨더번은 다소 우아하게 창문에 기대어 블라인드 장식 술을 만지작거리며 다섯 명의 여학생과 얘기하고 있었다. 이제 힐은 한 여자에게 충분히 용감하게, 심지어 거만하게까지 얘기할 수 있었고, 방에 가득한 여자들에게 연설을 할 수도 있었지만, 한 무리의 여자들에게 둘러싸인 채 편안하게 서서 그들의 말을 음미하다가 교묘히 말을 받아넘기고 재치 있게 응답하는 건 완전히 자신의 능력 밖이었고, 그건 힐 자신도 잘 알았다. 계단을 올라오며 힐은 웨더번에 대해 관대해졌고, 어쩌면 감탄했으며, 겨우 첫 판을 싸운 사람으로서 사람들 앞에서 진심을 담아 악수할 생각도 있었다. 그러나 크리스마스 전에 웨더번은 한 번도 힐과 얘기를 나누러 실험실 끝까지 오지 않았다. 힐을 감싼 막연한 흥분의 안개는 곧장 웨더번에 대한 강렬한 반감으로 바뀌었다. 아마 힐의 표정도 바뀌었을 것이다. 힐이 자기 자리로 가는데 웨더번이 무심하게 힐 쪽으로 고갯짓을 했고, 나머지 사람들도 모두 돌아보았다. 헤이스먼 양은 힐을 아주 힐끗 보고는 다시 고개를 돌렸다.

"동의할 수 없어요, 웨더번 씨." 헤이스먼 양이 말했다.

"1등급이 된 걸 축하해야겠군요, 힐 씨." 안경을 쓰고 초록색 옷을 입은 여자가 몸을 돌려 힐을 보고 활짝 웃으며 말했다.

"별것도 아닌걸요." 힐은 그렇게 말하며 얘기 중인 웨더번과 헤이스먼 양을 응시했고, 둘이 무슨 얘기를 했는지 듣고 싶어 안달이 났다.

"2등급에 속하는 불쌍한 우리들은 그렇게 생각하지 않는답니다." 안경 쓴 여자가 말했다.

웨더번이 뭐라 하고 있었을까? 윌리엄 모리스에 대한 이야기였을까! 힐은 안경 쓴 여자에게 대답하지 않았고, 힐의 얼굴에서 미소가 사라졌다. 힐의 귀에는 아무것도 들리지 않았고, 어떻게 하면 끼어들 수 있을지도 전혀 생각나지 않았다. 빌어먹을 웨더번! 힐은 자리에 앉아 가방을 열고 모두가 보는 앞에서 곧바로 브라우닝의 책을 돌려주어야 하나 주저하다가, 이제 시작해서 2월에 끝나는 초급 식물학 단기 과정을 위한 새 공책들을 꺼냈다. 그러는 동안 뚱뚱하고 육중하며 얼굴이 희고 눈이 창백한 회색인 남자가(식물학 교수인 빈던이었는데, 1월과 2월 동안만 큐에서 이곳으로 왔다) 계단식 강의실 문을 통해 들어와 웃음을 머금은 채 두 손을 문지르며 사근사근한 태도로 힐의 옆을 지나 실험실을 가로질렀다.

* * * * *

그 뒤로 6주 동안, 힐은 아주 급속하고 이상하리만치 복잡한 감정적 진전을 경험했다. 대부분의 경우, 힐은 웨더번에게 관심을 집중했다. 헤이스먼 양은 이 사실을 결코 의심하지 않았다. 헤이스먼 양은 자신이 아는 몇몇 사람들의 집에서 웨더번을 만났으며, "웨더번의 똑똑함은 유전이에요. 웨더번의 아버지는 아시다시피 탁월한 안과 전문의시거든요"라고 힐에게 말했다. (헤이스먼 양은 상대적으로 프라이버시가 지켜지는 박물관에서는, 힐에게 사회주의와 브라우닝과 일반 명제들에 대해 상당히 많은 이야기를 했다.)

"제 아버지는 신기료장수랍니다." 힐은 꽤 뜬금없이 말했고, 말하면서도 참으로 품위가 없다는 것을 인식했다. 하지만 헤이스먼 양은 이 번쩍이는 질투에 기분이 상하지 않았다. 힐이 질투하는 근본적 원인을 헤이스먼 양도 이해했던 것이다. 힐은 웨더번의 유리한 처지를 느끼고 자신의 불리함을 깨달으며 씁쓸해했다. 이 웨더번이란 자는 저명한 아버지를 두었다는 이점 때문에 점수를 많이 잃는 게 아니라 오히려 고결하게 여겨졌다! 그리고 힐은 실험실의 난도질당한 기니피그들 속에서 헤이스먼 양에게 서투르게 자신을 소개하고 얘기해야 했던 반면, 이 웨더번이라는 자는 음험한 방식으로 헤이스먼 양의 높은 사회적 지위에 접근했고, 힐이 이해는 할 수 있을지 몰라도 절대 입으로 뱉을 수는 없는 세련된 은어로 그녀와 대화할 수 있었다. 물론, 힐이 그러길 원했다는 건 아니다. 이윽고 힐의 눈에, 웨더번이 매일 해지지 않은 소맷부리와 깔끔하게 재단된 옷을 입고 정확하게 이발하고 수수하지만 완벽한 모습으로 오는 것이 그 자체로 본데없고 남을 조롱하는 짓으로 보이기 시작했다. 더구나 웨더번은 치사하게도 남몰래 잠시 천한 행동을 하기도 하고, 겸손을 조롱하고, 또한 힐로 하여금 웨더번 자신이 그해를 대표하는 인물임에 의심할 여지가 없다고 생각하게 유도하고, 그러다가 갑자기 힐 앞에 끼어드는 식으로 경솔하게 거만을 떨었다. 이에 더해, 웨더번은 점점 더 공공연히 헤이스먼 양이 있는 모든 대화에 끼려 들었고, 감히, 실은 일부러 기회를 찾아서까지, 사회주의와 무신론을 경멸하는 의견을 말하곤 했다. 웨더번은 사회주의 지도자들의 교묘하고 얕고 대단히 인상적인 개성들로 힐을 자극해 무례하게 굴게 만들었고, 결국 힐은 웨더번을 증오하는 것만큼이나, 버나드 쇼의 우아한 자기중심주의와 윌리엄 모리스의 한정판들과 호화로운 벽지들, 그리고 월터 크레인*의 매력적이지만 터무니없는 이상적인 노동자들을 증오하게 되었다. 그 전 학기에는 힐에게 영광만 안겨 주던 실험실에서의 연설들이 이제는 웨더번과의 불명예스러운 드잡이, 위험한 일로 변질되었고, 힐은 오로지 자신의 명예가 걸려 있다는 모호한 인식에서 연설에 집착했다. 힐은 토론 모임에서라면 책상 두들기는 우레 같은 소리와 함께 자신이 웨더번을 박살 낼 수 있다는 것을 분명히 알고 있었다. 하지만 웨더번은 절대 토론 모임에 참석하지 않았고, 따라서 박살 날 일도 없었다. 웨더번이 '늦게 저녁 정찬을 들기' 때문으로, 구역질나는 겉치레였다!

이런 것들이 힐의 인식에 아무런 여과 없이 무작정 밀어닥쳤을 거라 상상해선 안 된다. 모든 일들을 일반화하는 것은 힐의 타고난 성품이었다. 힐에게 웨더번은 독립적인 장애물이라기보다는 어떤 유형에 가까웠고, 한 계급의 대표였다. 힐의 마음속에서 끝없는 동요 후에 형체를 이룬 경제 이론들은 웨더번과 접촉하며 갑자기 구체화되었다. 이제 그의 눈에 세상은 온통 웨더번, 우아하게 차려입고 입담 좋고 대범해 보이지만, 결국은 피상적일 뿐인 웨더번들, 주교인 웨더번들, 국회의원인 웨더번들, 교수인 웨더번들, 집주인인 웨더번들로 가득했고, 계급을 시험하려는 질문이나 던지는 자들, 억센 토론은 피하고 경구나 읊어 대는 도피자들로 들끓는 도시들로 가득했다. 그러나 힐의 상상 속에선 신기료장수에서 승합마차 호객꾼까지, 낡고 엉망이 된 옷을 입은 모두가 인간이고 형제이고 함께 고된 삶을 헤쳐 나가는 동지였다. 그래서 힐은, 말하자

---

*Walter Crane(1845~1915). 영국의 화가이자 판화가로, 윌리엄 모리스와 함께 '아트 앤드 크래프트' 운동을 추진했다. 이 운동은 산업화에 따른 대량생산을 부정하고 무명의 직공 노동자들이 만든 중세 수공예에서 예술 본래의 모습을 찾자고 주장했다.

면, 영락한 자와 억압받는 자들의 투사가 되었다. 비록 표면상으로는 그저 주제넘고 버릇없는 젊은이에 실패한 투사처럼 보였지만. 여학생들이 오후의 차 시간에 다시 작은 승강이를 시작했고, 힐은 두 뺨이 붉어지고 기분이 엉망진창이 되었으며, 토론 모임은 힐의 연설에 새롭게 깃든, 빈정대는 씁쓸함을 느끼게 되었다.

이제 다가오는 시험에서 힐이 웨더번을 박살 내 헤이스먼 양 눈에 웨더번보다 더 빛나 보이는 일이, 인류를 위해서라도 얼마나 긴요한 일인지 여러분도 이해할 것이다. 또한 헤이스먼 양이 어쩌다가 보편적인 여성의 오해 몇 가지에 빠졌는지도 인식할 것이다. 웨더번은 힐의 제대로 감추지 못한 경쟁의식을 특유의 드러나지 않는 방식으로 되받아쳤고, 이 때문에 힐-웨더번 논쟁은 헤이스먼 양의 뭐라 꼭 집어 얘기할 수 없는 매력에 바치는 찬가가 되었다. 헤이스먼 양은 해부용 메스와 몽당연필의 토너먼트에서 미의 여왕이었다. 헤이스먼 양은 착한 여자였기에 이 일로 마음이 불편해졌고, 러스킨과 당대 소설들을 통해, 남자의 행동은 온전하게 여자의 태도에 의해 결정된다는 것을 고통스럽게 깨달았고, 헤이스 먼 양의 절친한 친구는 이 사실에 남몰래 곤혹스러워했다. 그리고 만약 힐이 어떤 경우에도 헤이스먼 양에 대한 사랑을 화제에 올리지 않았다면, 헤이스먼 양은 그렇게 입 다무는 것을 힐의 겸손 때문이라고 믿었을 것이다. 그렇게 두 번째 시험이 다가왔고, 점점 더 창백해지는 힐의 얼굴은 그가 열심히 공부하고 있다는 소문을 확인시켜 주었다. 사우스 켄징턴 역 근처의 무효모 빵집에 가면, 둥근 빵을 썹고 우유를 마시며 빼곡하게 쓴 공책에 정신을 집중하는 힐을 볼 수 있었다. 힐의 침실에는 거울 주위로 움과 줄기에 대한 명제들이 있었고, 세면용 대야 위에는 비누에만 시선을 주려 해도 눈에 들어오는 도표가 있었다. 힐은 토론 모임을 여러 번 빠졌지만, 인근 미술관의 널찍한 길들에서, 혹은 대학 꼭 대기층의 작은 박물관에서, 혹은 대학 복도에서 헤이스먼 양과 훨씬 더 자주 아주 평온하게 마주치곤 했다. 힐과 헤이스먼 양은 특히 미술관 근 처에 있는, 커다란 단철 상자와 문들로 가득한 작은 전시관에서 만나곤 했는데, 그때 힐은 헤이스먼 양의 기분 좋은 관심에 가볍게 자극받아 브 라우닝과 자신의 개인적 야심에 대해 얘기하곤 했다. 헤이스먼 양은 힐 이 허욕에서 자유롭다는 특징에 주목했다. 힐은 자신이 평생 1년에 100 파운드도 안 되는 수입으로 살 거라는 전망을 상당히 차분하게 받아들 였다. 하지만 힐은 유명해지기로 마음먹었고, 이 세상을 자기가 봐도 금 세 알 수 있을 만큼 훨씬 살기 좋은 곳으로 만들자고 결심했다. 힐은 브 래들로와 존 번스*를 선도자이자 본보기로 삼았다. 가난하고, 심지어 무 일푼이지만, 위대한 사람들이었다. 하지만 헤이스먼 양은 그런 삶이 미 적인 면에서 불완전하다고 생각했고, 비록 스스로 깨닫지는 못했지만, 좋은 벽지와 실내장식, 멋진 책들, 우아한 옷들, 콘서트, 그리고 정성 들 여 요리되고 공손히 대접되는 식사를 완벽한 삶이라고 여겼다.

마침내 두 번째 시험 날이 되었고, 까다롭고 성실한 식물학 교수는 부 정행위를 막으려고 길고 좁은 실험실의 모든 테이블을 재배치하고, 자 신의 시범 조교를 테이블 위 의자에 앉혀(시범 조교는 자신이 힌두교 신 이 된 것 같은 기분이 들었다고 말했다) 모든 부정행위를 지켜보게 했 고, 문밖에는 '문을 닫을 것'이라고 공지를 붙여 놓았는데 그 이유는 아 무도 알 수가 없었다. 10시부터 1시까지 오전 내내 웨더번의 깃펜이 끼 긱거리며 힐의 펜 소리에 도전했고, 다른 이들의 깃펜은 지칠 줄 모르고

*두 사람 다 영국 19세기 말~20세기 초의 자유주의적 정치 운동가.

다 함께 그 뒤를 쫓았으며, 오후에도 상황은 마찬가지였다. 웨더번은 평소보다 다소 조용했고, 힐의 얼굴은 하루 종일 뜨거웠으며 그의 외투는 마지막 순간까지 복습한 교과서들과 공책들로 불룩했다. 이튿날 아침과 오후에는 실기 시험이 있었고, 학생들은 주어진 것들을 자르고 슬라이드들을 감정해야 했다. 아침에 힐은 자신이 단면을 두껍게 자른 걸 알았기에 기분이 울적해졌고, 오후에는 애매한 슬라이드를 받았다.

슬라이드 판독은 식물학 교수가 늘 하는 유의 일이었다. 그리고 슬라이드 판독 시험은 소득세처럼 속이기가 쉬웠다. 조직 표본이 놓인 작은 유리 슬라이드는 가벼운 철 클립으로 현미경의 재물대에 고정되어 있었고, 실험실 앞에는 슬라이드를 움직이면 안 된다는 말이 분명하게 쓰여 있었다. 학생들은 한 명씩 차례로 가서 보고 스케치한 뒤 자신의 답지에 생각하는 답을 적고 자리로 돌아가게 되어 있었다. 이제, 슬라이드를 움직이는 건 누구든 손가락을 우연히만 움직여도 가능한 일이었고, 찰나에 일어날 수 있었다. 교수가 슬라이드를 움직이면 안 된다고 포고한 이유는, 판독 대상이 특정한 나무줄기의 특징을 지녔기 때문이었다. 지금 있는 위치에서는 식별하기 어렵지만, 일단 슬라이드가 움직여지면 조직 표본의 다른 부분들이 보이게 되면서 그 특성이 아주 명확해졌다.

힐 차례가 되었고, 힐은 염색 시약과 씨름하느라 얼굴이 붉어진 채 현미경 앞 작은 의자에 앉아 최대한 빛을 받으려고 반사경을 돌렸고, 이윽고 순전히 버릇에서 슬라이드를 움직였다. 그러나 곧바로 금지 사항을 떠올리고는 바로 다시 손을 움직여 슬라이드를 제자리로 돌려놓고는, 자신의 행동에 너무 놀라 돌처럼 굳어 버렸다.

이윽고 힐은 천천히 고개를 돌렸다. 교수는 실험실 밖에 있었다. 시범 조교는 임시로 만든 높은 연단 위에 올라 앉아 《미생물학 계간지》를 읽고 있었다. 다른 학생들도 모두 바빠 힐에게서 등을 돌리고 있었다. 방금 일어난 일을 깨끗이 자백해야 할까? 힐은 그것이 무엇인지 확실하게 알았다. 껍질눈으로, 양딱총나무의 특징적 조직 표본이었다. 힐의 두 눈이 무언가에 집중하고 있는 동료 학생들을 두리번거리자, 갑자기 웨더번이 눈에 묘한 표정을 담고 힐을 흘끗 돌아보았다. 비정상적으로 힐을 원기 왕성하게 지탱해 주던 정신적 흥분은, 요 이틀간 묘한 긴장감에 진 상태였다. 힐의 답지가 옆에 있었다. 하지만 힐은 표본의 답을 적지 않았고, 한 눈으로 현미경을 보며 서둘러 표본을 스케치하기 시작했다. 힐의 마음은 갑자기 덮친 그 기괴한 윤리학 문제로 가득했다. 양딱총나무라고 써야 할까? 아니면 이 문제에는 답하지 말고 넘어가야 할까? 그럴 경우, 웨더번이 필시 두 번째 시험에서 1등을 차지할 것이었다. 슬라이드를 움직이지 않았다면 자신은 그것이 무엇의 표본인지 알아보지 못했을까? 웨더번이 조직 표본의 정체를 알아보지 못했을 가능성도 있었다. 하지만 웨더번 역시 슬라이드를 움직였었다면? 힐은 시계를 올려다보았다. 마음을 정해야 할 때까지 15분의 여유가 있었다. 힐은 답지와 답을 설명하는 데 쓴 색연필들을 모아 자기 자리로 돌아갔다.

힐은 자신이 쓴 답들을 읽어 내려갔고, 이윽고 손마디를 질근거리며 생각에 잠겼다. 이제 와서 고백하면 이상해 보일 것이었다. 힐은 웨더번을 이겨야 했다. 힐은 자신의 본보기인 별처럼 빛나는 신사들, 즉 존 번스와 브래들로는 잊어버렸다. 게다가, 슬라이드의 나머지 부분을 흘끗 본 것은 정말로 우발적으로 벌어진 어쩔 수 없는 일이었으니, 불공평한 이점이라기보다는 일종의 신의 계시라고 생각했다. 기도의 효험을 믿고 매일 1등급이 되게 해달라고 기도한 브룸이 부정직하다면 모를까, 우연히 본 걸 이용하는 자신이 부정직한 것은 아니었다. "5분 남았습니다."

시범 조교가 논문을 접고 예리하게 관찰하며 말했다. 힐은 2분 남을 때까지 시곗바늘을 지켜보았다. 이윽고 힐은 답지를 폈고, 귀가 뜨겁게 달아올랐지만 아무렇지 않은 척하며 자신이 그린 껍질눈에 이름을 적었다.

두 번째 합격 명단이 나오자 웨더번과 힐은 순위가 바뀌었고, 사생활에서 시범 조교를 알고 지내는(사생활에서는 시범 조교도 사실 인간이었다) 안경 쓴 초록색 옷의 여자는, 두 시험을 합친 결과 힐이 1점을 더 앞섰다고 말했다. 200점 만점에서 167점 대 166점이었다. '벼락치기'라는 의심은 벗겨지지 않았지만 다들 힐에게 어느 정도 감탄했다. 그러나 힐은 사람들의 축하와, 자신에 대한 헤이스먼 양의 평가가 더욱 좋아진 것, 그리고 웨더번을 꼭대기에서 결정적으로 끌어내린 것마저도 침울한 기억 때문에 얼룩이 지는 것을 느꼈다. 힐은 토론 모임에서 다시 연설하면서 처음엔 놀라운 에너지가 샘솟고, 곧 승리를 향해 행진하는 민주주의의 선율이 자신의 목소리에 돌아온 것을 느꼈다. 힐은 무시무시한 열정을 품고 효과적으로 비교해부학을 공부했고, 미적 교육도 계속했다. 그러나 그러는 내내, 작은 모습 하나가 계속해서 생생하게 마음속에 나타났다. 슬라이드를 남몰래 조작하는 비열한 한 사람의 모습이었다.

그 누구도 힐의 행동을 보지 못했고, 힐은 더 높은 힘이 존재해 그걸 지켜보진 않았다고 확신했다. 그럼에도 힐은 걱정이 되었다. 기억은 죽은 것이 아니라 살아 있다. 기억은 쓰지 않으면 축소되지만, 계속해 안달하면 온갖 묘한 방식으로 공고해지고 발전한다. 참으로 묘하게도, 슬라이드를 움직인 게 사고였다는 걸 당시엔 선명히 알았음에도, 날이 갈수록 그 부분의 기억이 혼란스러워지다가 급기야는 정말로 완벽하게 무심결에 슬라이드를 움직인 것인지(힐은 확신한다고 자신을 납득시켰으나) 확신할 수 없게 되었다. 또한 힐의 식사마저 병적인 자각에 한몫한 듯하다. 아침은 종종 서둘러 먹었고, 점심은 둥근 롤빵 하나였으며, 5시 이후에는 마침 모든 사정이 맞아 주면, 보통 브롬프턴 로드의 뒷골목에 있는 간이 스테이크 집에서 돈이 허락하는 한의 고기를 먹었다. 힐은 이따금씩 3펜스나 9펜스짜리 싸구려 식사를 큰맘 먹고 사 먹었는데, 보통은 감자나 스테이크를 먹고 싶은 마음을 억눌렀다. 겸손과 억누른 감정의 갑작스러운 분출이 결핍기와 명확한 관계가 있다는 것은 분명하다. 그러나 이 일이 감정에 미친 영향과는 별도로, 힐의 내면에는 아주 어릴 때 불경한 랜드포트 신기료장수에게 혁대와 혀를 통해 되풀이해 배운, 거짓말에 대한 명백한 반감이 존재했다. 내가 공공연한 무신론자에 대해 확신하는 한 가지 사실이 있다. 무신론자들은 바보이고 통찰력이 떨어지고 성스러운 곳에 대해 욕을 하고 말을 거칠게 하고 유해한 악당일진 몰라도(보통은 그러하다), 거짓말을 하는 건 어려워한다는 것이다. 만약 그렇지 않다면, 그런 사람들에게 타협이라는 개념이 조금이라도 있다면, 그런 사람들은 그냥 자유주의 국교도라 해야 맞다. 게다가 그 기억은 헤이스먼 양에 대한 태도까지 바꾸어 버렸다. 헤이스먼 양은 이제 너무나 확연히 웨더번보다 힐을 선호했기에, 힐은 자신이 헤이스먼 양을 좋아한다고 확신했고, 사적 관심에 대한 소심한 말들로 헤이스먼 양의 관심에 답하기 시작했다. 한번은 제비꽃 한 다발을 사서 주머니에 넣고 낡은 단철들의 전시관에 가서 더듬더듬 설명하며 시들고 죽어 버린 꽃다발을 꺼내기도 했다. 그 기억은 힐의 삶의 즐거움 중 하나였던, 자본가들의 부정직함을 공공연히 비난하는 일도 망쳤다. 그리고 결국 그 기억은 웨더번에 대한 힐의 승리를 망쳤다. 그 전에 힐은 자기 생각엔 웨더번보다 우월한 사람이었고, 단지 자길 몰라봐 주는 점에 화를 냈다. 이제 힐은 자신이 정말로 열등하다는 더 어두운 의심 때문에 안달하기 시작했다. 힐은 자신의 우월함을 정당화할 변명거리를 브라우닝에서 찾았다고 생각했지만, 분석해 보자 변명거리는 모두 사라져 버렸다. 마침내(묘하게도, 부정직한 행동을 야기한 것과 정확히 똑같은 동기에 의해), 힐은 빈던 교수에게 갔고, 모든 일을 깨끗이 털어놓았다. 힐은 무료 학생이었기에, 빈던 교수는 힐에게 앉으라고 하지 않았고, 힐은 교수의 책상 앞에 선 채로 고백을 했다.

"흥미로운 이야기로군." 빈던 교수는 이렇게 말했지만, 그 일이 자신의 체면을 어떻게 손상시킬지를 천천히 깨닫자 곧 화가 치솟았다. "정말로 놀라운 이야기야. 자네가 그랬다는 게 이해가 안 가고, 이렇게 자백하는 게 이해가 안 가. 자넨…… 케임브리지 졸업생이라면 절대 꿈꾸지 않을…… 그런 유의 학생이야. 예상했어야 하는데…… 어째서 부정행위를 했나?"

"부정행위를 하진 않았습니다." 힐이 말했다.

"하지만 방금 부정행위를 했다고 말하지 않았나?"

"제가 분명 설명드리길……"

"자네는 부정행위를 했거나, 하지 않았거나 둘 중 하나야."

"무의식중에 그런 거라고 말씀드렸습니다."

"난 형이상학자가 아니네. 난 과학을 섬기는 자야. 사실을 섬긴다고. 자넨 슬라이드를 움직이면 안 된다는 말을 들었어. 그런데 슬라이드를 움직였어. 그게 부정행위가 아니라면……"

힐은 히스테리 섞인 목소리로 말했다. "제가 부정행위를 했다면 여기 와서 이렇게 말씀드렸겠습니까?"

빈던 교수가 말했다. "자네가 회개한 점은 물론 높이 사네. 하지만 그런다고 원래의 사실이 달라지진 않아."

"네, 교수님." 힐은 아주 겸손한 목소리로 말했다.

"지금 이 순간에도 자네는 엄청난 문제를 일으켰어. 시험 성적 명단을 다시 써야 하니까."

"그런 것 같습니다, 교수님."

"그런 것 같다고? 당연히 다시 써야지. 그리고 내가 양심상 자네를 합격시킬 방법을 모르겠군."

힐이 말했다. "절 합격시키지 않으신다고요? 낙제시키실 건가요?"

"그게 시험 규칙이야. 아니면 우리가 어떻게 되겠나? 달리 뭘 기대했지? 자기 행동의 결과를 책임지지 않을 생각이야?"

"전, 어쩌면……." 이윽고 힐이 다시 말했다. "절 낙제시킨다고요? 전 그 슬라이드 때문에 받은 점수만 빼실 거라 생각했습니다."

빈던이 말했다. "말도 안 돼! 게다가, 그래도 자네는 여전히 웨더번 위에 있게 돼. 그 점수만 뺀다고? 비상식적이야! 행정 규칙에서 명백히 명시하길……"

"하지만 제가 자백한 거잖아요, 교수님."

"규칙에선 그 일이 어떻게 밝혀졌나에 대해선 아무 얘기도 하고 있지 않아. 그저……"

"전 파멸할 겁니다. 이번 시험에서 낙제한다면, 대학은 제게 다시 장학금을 주지 않을 겁니다."

"이렇게 될 줄 알았어야지."

"하지만 교수님, 제 상황을 제발 고려하셔서……"

"난 아무것도 고려할 수 없어. 이 내학의 교수들은 기계들이야. 규칙은 우리가 우리 학생들을 어떤 자리에 추천하는 것조차 허용하지 않아. 난 기계이고, 자넨 날 작동시켰어. 난 어쩔 수 없이……"

"너무 가혹합니다, 교수님."

"그럴지도 모르지."

"이번 시험에서 낙제하면, 전 그냥 고향으로 돌아가는 편이 낫습니다."

"자넨 그쪽이 지당하다고 생각하는군." 빈턴의 목소리가 살짝 부드러워졌다. 빈턴은 자신이 불공평했음을 인식했고, 아까 자신이 한 말과 모순되지 않는다면 수정안을 내고 싶어졌다. 빈턴이 말했다. "내 개인적으로는 자네의 고백을 듣고 화가 누그러졌네. 하지만 자넨 이미 기계를 작동시켰고, 이제 기계는 갈 길을 가야 하네. 자네가 무너진 점이 참으로…… 참으로 유감이네."

힐은 감정에 휩싸여 대답도 하지 못했다. 그러다가 갑자기 너무도 생생하게, 늙은 랜드포트 신기료장수인 아버지의 주름살 깊은 얼굴이 떠올랐다. "하느님 맙소사! 제가 얼마나 바보였는지요!" 힐은 느닷없이 뜨겁게 말했다.

"자네에게 좋은 교훈이었기 바라네." 빈턴이 말했다.

하지만 묘하게도, 두 사람이 경솔한 행동이었다고 생각하고 있는 것은 같은 것이 아니었다.

침묵이 흘렀다.

"하루만 생각할 시간을 갖고 싶습니다, 교수님. 그런 뒤 알려 드리겠습니다. 고향으로 돌아가는 것에 대해서요." 힐은 문으로 가며 말했다.

* * * * *

이튿날 힐의 자리는 비어 있었다. 안경을 쓰고 초록색 옷을 입은 여자가 평소처럼 그 소식을 가장 먼저 알게 되었다. 웨더번과 헤이스먼 양이

명가수들의 공연에 대해 얘기하고 있는데 안경 쓴 여자가 다가왔다.

"들었어요?" 안경 쓴 여자가 말했다.

"뭘요?"

"시험에서 부정행위가 있었대요."

웨더번은 갑자기 얼굴이 벌게지며 말했다. "부정행위! 어떤 부정행위요?"

"그 슬라이드……"

"움직였대요? 그럴 리가!"

"정말이에요. 우리가 움직여선 안 됐던 그 슬라이드가……"

웨더번이 말했다. "말도 안 돼요. 어떻게 그런! 사람들이 그걸 어떻게 알아냈대요? 누가 그랬대요……?"

"힐 씨였어요."

"힐!"

"힐 씨!"

"설마…… 그 고결한 힐은 절대 아니겠죠?" 웨더번은 평정을 되찾으며 말했다.

헤이스먼 양이 말했다. "전 안 믿어요. 당신은 그걸 어떻게 알았죠?"

안경 쓴 여자가 말했다. "제가 알아낸 게 아니에요. 하지만 이젠 그게 사실인 걸 알아요. 힐 씨가 빈던 교수에게 가서 자기 입으로 고백했어요."

웨더번이 말했다. "그럴 수가! 하고많은 사람 중에 힐이라뇨. 하지만 전 늘 박애주의를 신조로 삼는 자들이 못 미더웠죠……"

"정말 확실해요?" 헤이스먼 양이 숨죽이며 말했다.

"확실해요. 정말 무섭지 않아요? 하지만 알잖아요. 뭘 기대하겠어요?

힐 씨 아버지가 신기료장수인데요."

그러자 헤이스먼 양은 안경 쓴 여자를 깜짝 놀라게 했다.

"전 신경 안 써요. 전 안 믿을 거예요." 헤이스먼 양은 열이 올라 음울하게 달아오른 얼굴로 말했다. "힐 씨가 제게 말해 주기 전까진, 직접 말해 주기 전까진 믿지 않겠어요. 그때도 거의 못 믿겠지만요." 그리고 돌연 헤이스먼 양은 안경 쓴 여자에게 등을 돌리고 자기 자리로 걸어갔다.

"그래도 사실인걸요." 안경 쓴 여자가 웨더번을 보고 웃으며 말했다.

그러나 웨더번은 대꾸하지 않았다. 안경 쓴 여자는 사실 남에게 대꾸받지 못하고 살 운명을 가진 사람들 중 하나였다.

수정알
The Crystal Egg

1년 전만 해도 세븐 다이얼스 근처에 'C. 케이브, 박물학자겸 골동품 상'이라는, 비바람에 닳은 누런 글씨가 새겨지고 지저분해 보이는 작은 가게가 있었다. 그곳 창에는 이상할 정도로 온갖 물건들이 진열되어 있었다. 상아 몇 개, 짝이 모자라는 체스 말 세트, 가늠자와 무기들, 눈알 한 상자, 호랑이 두개골 두 개, 인간 두개골 하나, 좀이 슨 원숭이 박제 몇 개(하나는 램프를 들고 있었다), 구식 캐비닛, 쉬파리가 알을 깐 타조 알 또는 그 비슷한 것, 낚시 도구 약간, 아주 지저분하고 텅 빈 유리 어항이 있었다. 그리고 이 이야기가 시작되는 순간에는 알 모양으로 깎아 아주 반짝이게 윤을 낸 수정 한 덩어리가 있었다. 그리고 길을 가던 누 명이 창문에 붙어 서서 가게 안을 들여다보고 있었는데, 한 명은 키가 크고 마른 성직자였고, 다른 한 명은 검은 턱수염을 기른 젊은이로 얼굴이 거무스름하고 옷차림이 점잖았다. 거무스름한 얼굴의 젊은 남자는 열정적인 몸짓으로 말하고 있었으며, 동행이 그 물건을 살까 걱정하는 듯 보였다.

둘이 거기에 있는 동안, 케이브 씨가 가게 안으로 들어섰다. 케이브 씨의 흩날리는 턱수염에는 홍차와 함께 먹은 빵과 버터가 묻어 있었다. 케이브 씨는 두 사람과 그 둘이 관심을 가진 물건을 보더니, 우울한 표정을 지었다. 케이브 씨는 마치 죄라도 지은 듯이 어깨 너머를 힐긋 보더니 조심스레 문을 닫았다. 케이브 씨는 창백한 얼굴에 유난히 물기 어린 푸른색 눈을 가진, 몸집이 작은 노인이었다. 머리털은 탁한 잿빛이었고, 몸에는 남루한 푸른색 프록코트를 걸쳤으며, 오래된 실크해트를 쓰고, 뒤축이 심하게 닳은 모직 슬리퍼를 신고 있었다. 케이브 씨는 둘이 이야기를 나누는 모습을 계속 지켜보았다. 성직자는 바지 주머니에 손을 깊숙이 넣고 돈이 얼마나 있는지 확인하며 이를 드러낸 기분 좋은 웃음을 지었다. 케이브 씨는 둘이 가게로 들어오는 모습을 보자 더욱더 우울한 표정을 지었다.

성직자는 아무 인사도 없이 대뜸 수정알의 가격을 물었다. 케이브 씨는 거실로 통하는 문을 초조한 눈으로 힐긋거리더니 5파운드라고 답했다. 성직자는 자기 동행과 케이브 씨에게 값이 너무 비싸다고 말했고(사실 그건 케이브 씨가 그 물건을 사들일 때 생각했던 값보다 훨씬 더 비싼 금액이었다), 흥정이 벌어졌다. 케이브 씨는 가게 문으로 걸어가더니 문을 열었다. "5파운드입니다." 이득 없는 논쟁은 하고 싶지 않다는 듯이 케이브 씨가 말했다. 케이브 씨가 그렇게 말했을 때, 거실로 통하는 문 위쪽 창유리에 걸쳐져 있는 블라인드 위로 여자의 얼굴 위쪽이 나타나더니 두 손님을 호기심 어린 눈으로 바라보았다. "5파운드입니다." 케이브 씨가 떨리는 목소리로 말했다.

거무스름한 청년은 계속 방관하면서 케이브를 날카롭게 쏘아보았다. 이제 그 청년이 말했다. "5파운드를 드리세요." 성직자는 진심인지 알아보려고 청년을 힐긋 보았고, 다시 케이브 씨를 보았으며, 케이브 씨의 얼굴이 새하얘진 것을 알게 되었다. "너무 비싼데." 성직자가 말하며 주머니에 손을 넣고 돈을 헤아리기 시작했다. 성직자에게는 30실링 조금 넘게 있었고, 아주 친해 보이는 동행에게 도움을 청했다. 그 틈을 타 케이브 씨는 생각을 수습했고, 사실 그 수정은 팔 물건이 아니라고 격앙된 태도로 설명하기 시작했다. 손님 둘은 그 말에 당연히 놀라며 왜 흥정을 하기 전에 그 말을 하지 않았는지 물었다. 케이브 씨는 당황했지만, 자기주장을 계속하며 그 수정은 이미 임자가 나타났기에 팔 수 없는 물건이라고 말했다. 그것을 가격을 올리려는 시도로 받아들인 둘은 금방이라도 가게를 떠날 듯한 태도를 취했다. 하지만 그 순간, 거실로 통하는 문이 열리면서 검은 앞머리와 작은 눈의 여주인이 모습을 드러냈다.

여자는 천한 인상에 뚱뚱했으며, 케이브 씨보다 젊고 몸집이 훨씬 더 컸다. 여자는 육중한 몸을 움직이며 걸어왔고 얼굴이 시뻘게져 있었다. 여자가 말했다. "그 수정은 파는 거예요. 그리고 5파운드면 돼요. 이 신사분의 제안을 받아들이지 않다니, 당신이 무슨 생각을 하는지 모르겠군요, 케이브!"

여자의 출현에 크게 당황한 케이브 씨는 안경테 너머로 화난 듯 여자를 쏘아보았지만, 자신감을 잃은 목소리로 자기에게는 자신이 원하는 대로 거래할 권리가 있다고 우겼다. 그리고 논쟁이 시작되었다. 손님 둘은 흥미롭고 어느 정도는 재미있어하며 그 장면을 지켜보았고, 가끔씩 이런저런 제안을 하면서 케이브 부인을 거들었다. 궁지에 몰린 케이브 씨는, 아침에 수정을 사고 싶다는 사람이 나타났다며 앞뒤도 안 맞고 믿기 어려운 이야기를 늘어놓았고, 그의 흥분 상태는 고통으로 변해 갔다. 하지만 케이브 씨는 자신의 유별난 고집을 꺾지 않았다. 그 괴상한 논쟁에 종지부를 찍은 것은 젊은 동양인이었다. 그 동양인은 자신들이 이틀 뒤에 다시 올 테니 케이브 씨가 꾸며 낸 구매 제안자에게 공평한 기회를 주라고 했다. 성직자가 말했다. "그리고 그때는 5파운드에 사겠습니다." 케이브 부인은 남편을 대신해 사과하면서 남편이 가끔씩 '조금 이상하다'고 말했고, 두 손님이 떠나는 동안 부부는 방금의 일에 대해 시시콜콜 따져 가며 한바탕 논쟁을 벌일 준비를 했다.

케이브 부인은 남편에게 단도직입적으로 말했다. 격한 감정에 부들부들 떨던 작은 체구의 불쌍한 남자는 한편으로는 다른 손님이 있다고 말하고 다른 한편으로는 수정알이 사실 10기니는 충분히 받을 물건이라면서 뒤죽박죽인 주장을 폈다. 아내가 말했다. "그러면 왜 5파운드를 부른 거예요?" "내 일은 내가 알아서 하게 좀 내버려 둬요!" 케이브 씨가 말했다. 케이브 씨는 의붓아들과 의붓딸이 하나씩 있었고, 그 둘과 같이 살았는데, 그날 저녁 식사 때 이 문제를 놓고 다시 논쟁이 벌어졌다. 케이브 씨의 상술을 높게 쳐주는 이는 아무도 없었고, 더할 나위 없는 바보짓이라고 입을 모았다. "제가 알기로는 아버지는 전에도 그 수정을 안 판다고 했어요." 팔다리가 나긋나긋한 열여덟 살짜리 촌뜨기 의붓아들이 말했다. "하지만 5 파운드나 되는데!" 따지기 좋아하는 스물여섯 살 먹은 의붓딸이 말했다.

케이브 씨가 한 대답들은 궁색했다. 케이브 씨는 자기 장사를 하는 법은 자신이 가장 잘 안다고 약하게 웅얼웅얼 주장할 뿐이었다. 그들이 얼마나 거세게 몰아세웠던지, 케이브 씨는 식사를 하다 말고 밤이 되었으니 가게 문을 닫아야겠다며 일어났는데, 얼굴은 시뻘겠고, 안경 뒤쪽에는 난처함에서 비롯된 눈물이 맺혀 있었다. 왜 그렇게 오랫동안 창가에 수정을 진열했을까? 정말 바보 같은 짓이었어! 그 사실이 케이브 씨의 가슴을 갑갑하게 조여 왔다. 케이브 씨는 한동안 생각해 보았지만 수정을 안 팔 방법이 도무지 떠오르지 않았다.

저녁 식사 뒤, 케이브 씨의 의붓딸과 의붓아들은 말끔히 차려입고 외출을 했으며, 아내는 뜨거운 물에 설탕 약간과 레몬 등등을 넣어 마시면서 수정알과 관련해 곰곰이 생각해 봐야겠다며 위층으로 올라갔다. 케이브 씨는 가게로 가서 늦게까지 있었다. 겉으로는 금붕어 어항에 쓸 장식용 정원을 만드는 것 같았지만, 사실은 나중에 설명될 은밀한 이유가 있었다. 이튿날, 케이브 부인은 수정알이 창가가 아니라 낚시 관련 중고 서적들 뒤로 치워진 것을 알게 되었다. 케이브 부인은 그 수정알을 눈에 잘 띄는 곳에 옮겨 놓았다. 하지만 부인은 논쟁을 하느라 골머리를 앓고 싶지 않았기에 더는 그 사실에 대해 거론하지 않았다. 케이브 씨는 원래 논쟁을 좋아하지 않았다. 둘은 언짢은 기분으로 그날 하루를 보냈다. 케이브 씨는 평소보다 더 정신이 나간 듯했으며, 평소와 다르게 짜증을 잘 냈다. 그날 오후, 아내가 낮잠을 자는 사이, 케이브 씨는 수정을 창가에서 다시 치웠다.

이튿날, 케이브 씨는 의대 병원에 해부용으로 쓸 돔발상어를 배달해야 했다. 남편이 없는 동안, 케이브 부인은 다시 수정알 문제를 생각해 보았고, 5파운드면 횡재나 다름없다는 결론을 내렸다. 가게 문에 달린 종이 울리며 부인을 가게로 불러냈을 때, 부인의 머릿속에는 벌써 녹색 실크 드레스 한 벌과 리치먼드 여행 등 기분 좋게 돈 쓸 생각이 가득했다. 가게로 온 손님은 전날 배달되었어야 할 개구리들이 도착하지 않았다고 따지러 온 실험실 교사였다. 케이브 부인이 일을 제대로 처리하지 못한 남편에 대해 좋지 않은 말을 하자, 다소 거친 태도로 말하던 신사는 간단한 몇 마디를 교환한 뒤 (자신의 관점으로 볼 때는) 완전히 예의 바른 태도로 돌아갔다. 이윽고 케이브 부인의 눈은 자연히 창가로 향했다. 수정알을 보는 건 5파운드짜리 보증서이자 자신이 누릴 큰 기쁨을 보는 것과 마찬가지였기 때문이다. 그런데 수정알이 보이지 않아, 부인은 깜짝 놀랐다!

케이브 부인은 전날 그것을 발견했던 계산대의 사물함 뒤쪽으로 갔다. 그러나 그곳에도 수정은 없었다. 부인은 곧 가게를 샅샅이 뒤지기 시작했다.

오후 1시 45분경, 돔발상어를 배달하고 가게로 돌아온 케이브 씨는 가게가 꽤 어질러져 있고 극도로 분개한 아내가 카운터 뒤 박제 재료들 사이에 무릎을 꿇고 있는 것을 발견했다. 출입문이 딸랑거리며 케이브 씨가 돌아온 것을 알리자 아내의 얼굴이 계산대 위로 나타나더니 대뜸 "어디다 숨겼어요?"라고 물으며 비난했다.

"뭘 숨겨요?" 케이브 씨가 물었다.

"수정이요!"

그 말에 케이브 씨는 깜짝 놀라 창가로 달려갔다. 케이브 씨가 말했다. "여기 없어요? 맙소사? 어찌 된 일이야?"

바로 그때 케이브 씨의 의붓아들이 안쪽 방에서 가게로 들어와서는 마구 욕을 퍼부어 댔다(아들은 케이브 씨보다 1분 정도 먼저 집에 돌아와 있었다). 의붓아들은 조금 떨어진 큰길에 있는 중고 가구상에서 견습생으로 일하고 있었는데, 집에 와서 보니 식사 준비가 안 된 것을 알고 짜증을 부린 것이다.

하지만 수정이 없어졌다는 말을 듣자 식사는 까맣게 잊고 어머니에게서 의붓아버지에게로 분노의 화살을 돌렸다. 물론 맨 처음 한 생각은 케이브 씨가 수정을 숨겼다는 것이었다. 하지만 케이브 씨는 수정의 행방을 전혀 모른다고 완강히 부인하면서, 요구하지도 않았는데 자신의 말이 진실임을 침을 튀겨 가며 맹세했고, 마침내 처음으로, 아내와 의붓아들이 그걸 몰래 팔려고 숨겼다는 비난까지 하게 되었다. 그렇게 신랄하고 감정적인 논쟁이 시작되었고, 케이브 부인이 히스테리와 광란의 중간 단계인 독특한 신경과민 상태가 되면서 논쟁은 끝이 났으며, 덕분에 그날 오후 의붓아들은 가구상에 30분 늦게 돌아가고 말았다. 케이브 씨는 아내의 분노를 피해 가게에 있었다.

그날 저녁, 흥분을 가라앉히고 논리적으로 따져 보자며 의붓딸의 주도로 그 문제에 대한 이야기가 다시 나왔다. 저녁 식사는 우울하게 지나갔고, 고통의 시간은 절정에 달했다. 케이브 씨는 마침내 극도로 화를 냈으며, 거칠게 출입문을 닫으며 밖으로 나갔다. 남은 식구는 케이브 씨가 없는 틈을 타서 그에 대해 온갖 이야기를 거침없이 해댔고, 수정을 찾아 다락방에서 지하실까지 샅샅이 뒤졌다.

이튿날 전에 들렀던 손님 둘이 다시 왔다. 둘은 거의 눈물을 흘리기 직전의 케이브 부인과 마주쳤다. 케이브 부인은 자신이 결혼한 뒤로 내내 남편 때문에 어떤 고난들을 참아 내야 했는지 그 누구도 상상도 못할 거라며 난리를 쳤다. 또한 부인은 수정이 사라졌다며 횡설수설했다. 성직자와 동양인은 소리 없는 웃음을 주고받은 후, 아주 신기한 일이라고 말했다. 케이브 부인이 자신의 살아온 내력에 대해 전부 들려줄 기세를 보이자 둘은 가게를 떠나려 했다. 그때까지도 케이브 부인은 아직 희망의 끈을 놓지 않고 있었으며, 성직자에게 주소를 물으며 만약 케이브 씨로부터 뭔가를 알아내면 연락을 하겠노라고 했다. 케이브 부인은 주소를 분명히 받았지만 그 뒤에 잘못 둔 모양이었다. 부인은 그것을 어디에 두었는지 전혀 기억하지 못한다.

그날 저녁, 케이브 가족은 감정이 고갈되어 보였고, 오후 내내 집을 나가 있던 케이브 씨는 우울한 표정으로 혼자서 식사를 했다. 지난 며칠 동안 격정에 차 논쟁을 하던 때와는 너무나도 대조적이었다. 케이브 가족에게는 한동안 아주 팽팽한 긴장감이 돌았지만, 수정도, 손님도 다시 나타나지 않았다.

이제, 까놓고 말해서, 케이브 씨가 거짓말을 했다는 것을 인정해야만 하겠다. 케이브 씨는 그 수정이 어디에 있는지 아주 잘 알고 있었다. 수정은 웨스트본 가의 세인트캐서린 병원에서 실습 조수로 일하는 저코비 웨이스 씨 집에 있었다. 한쪽이 검정 벨벳으로 가려진 식기대 위, 미국산 위스키 옆에. 사실, 지금 하는 이야기의 세세한 부분은 웨이스 씨의 이야기를 바탕으로 한 것이다. 케이브 씨는 돔발상어를 병원으로 배달하러 가며 그 꾸러미에 수정을 숨겨 갔고, 보관 좀 해달라며 젊은 연구자에게 억지로 떠맡겼다. 웨이스 씨는 처음에는 좀 의아해했다. 웨이스 씨와 케이브 씨의 관계는 좀 독특했다. 웨이스 씨는 성격이 별난 사람을 좋아했고, 그래서 케이브 씨를 몇 번 자기 집에 초대해 같이 담배를 피우고 술을 마셨는데, 그 자리에서 케이브 씨는 자신의 꽤 흥미로운 인생관과 함께 특히 자기 아내 이야기를 털어놓았다. 웨이스 씨는 케이브 부인도 몇 번 만난 적이 있었다. 케이브 씨 집을 방문했을 때 마침 케이브 씨가 자리에 없었기 때문이다. 케이브 씨가 계속 부인에게 시달림을 받는다는 이야기를 듣고, 웨이스 씨는 공정하게 판단한 결과 수정을 숨겨 주기로 결정했다. 케이브 씨는 나중에 기회가 닿으면 왜 자신이 그 수정에 그토록 집착하는지 자세히 설명해 주겠다고 약속했으며, 그 수정을 통해 뭔가를 보았노라고 말했다. 케이브 씨는 그날 저녁 다시 웨이스 씨를 찾아왔다.

케이브 씨는 복잡하게 얽힌 이야기를 하기 시작했다. 그 수정은 다른 골동품 상인의 재산이 공매로 나왔을 때 산 물건들 가운데 하나로, 그게 어느 정도의 값이 나가는 물건인지 알 수 없어서 그냥 10실링이라고 가격을 붙여 놓았다고 했다. 수정은 몇 달 동안 계속 그 가격표를 붙인 채 케이브 씨의 수중에 있었고, 어느 날 케이브 씨는 '가격을 조정해야겠다'는 생각을 하다가 독특한 발견을 했다.

당시 케이브 씨는 건강이 아주 나빴는데(케이브 씨의 신체 상태가 쇠퇴기에 접어들었을 때 이 모든 경험을 했다는 것을 명심하기 바란다), 자신의 아내와 의붓자식들로부터 받는 멸시와 천대 때문에 심각한 정신적 고통을 받고 있었다. 케이브 씨의 아내는 허영과 낭비벽이 있는 데다가 냉혹했으며, 음주벽도 나날이 심해져 갔다. 의붓딸은 천박하고 드센 정도가 도를 넘었으며, 의붓아들은 양아버지를 지독히 증오해 기회만 있으면 적개심을 드러냈다. 케이브 씨는 사업에서도 큰 스트레스를 받았고, 웨이스 씨가 볼 때, 케이브 씨는 가끔씩 진탕 놀며 스트레스를 확 풀어 버리는 사람이 아니었다. 케이브 씨는 유복한 가정에서 자라 제대로 교육을 받았는데, 그런 그가 몇 주 동안이나 우울증과 불면증에 시달리게 되었다. 가족을 걱정시키는 게 싫었던 케이브 씨는 견디기 어려울 정도로 머리가 복잡해지면 몰래 아내 곁을 빠져나와 집 주위를 서성거렸다. 그리고 8월 말 새벽 3시경, 가게로 돌아온 그에게 행운이 찾아왔다.

지저분하고 좁은 가게는 칠흑처럼 어두웠는데, 딱 한 곳에서만 이상한 빛이 나고 있었다. 그 빛에 다가간 케이브 씨는 그게 계산대 한쪽 구석 창가에 둔 수정이라는 걸 알게 되었다. 덧문 틈으로 들어온 엷은 빛이 수정에 닿아 있었고, 그 빛이 마치 수정 내부를 꽉 채운 것처럼 보였다.

케이브 씨는 이 현상이 자신이 젊은 시절에 배운 광학 법칙과 맞지 않는다는 생각을 했다. 수정에 의해 굴절된 빛줄기들이 내부에 하나로 모이는 건 이해할 수 있었지만 이렇게 난반사 현상을 보이는 건 자신의 물리 지식에 비추어 볼 때 옳지 않았다. 케이브 씨는 수정 가까이로 다가가 수정 속과 주변을 들여다보면서 젊은 시절에 자신의 천명을 결정하게 한 과학적 호기심을 잠시 되살렸다. 케이브 씨는 빛이 안정되어 있지 않고 수정알 내부에서 꿈틀거리는 것을 알고 놀랐다. 수정은 마치 발광 기체가 든 텅 빈 공간처럼 보였다. 다른 각도로 보려고 수정을 돌리던 케이브 씨는, 밖에서 들어오는 빛과 수정 사이에 자신이 있는데도 수정이 여전히 빛을 내고 있다는 사실을 퍼뜩 깨달았다. 깜짝 놀란 케이브 씨는 수정을 들고 가게에서 가장 어두운 곳으로 갔다. 수정은 4,5분 정도 계속 밝게 빛나다가 천천히 그 빛을 잃어 갔고 마침내 어두워졌다. 낮이 되어 엷은 햇살에 수정을 두자 수정은 거의 순식간에 그 광채를 회복했다.

적어도 여기까지는, 웨이스 씨는 케이브 씨의 놀라운 이야기를 확인할 수 있었다. 웨이스 씨가 직접 수정을 직경 1밀리미터 이하의 광선에 반복적으로 노출해 보았기 때문이다. 그리고 벨벳으로 감쌌을 때처럼 완벽한 어둠 속에서, 수정은 어김없이 아주 희미한 인광을 뿜어냈다. 하지만 그 인광은 특별한 종류로, 모든 이의 눈에 보이지는 않는 것 같았다. 하빈저 씨(파스퇴르 연구소를 아는 과학 분야의 독자라면 그 이름이 낯설지 않을 것이다)는 아무 빛도 볼 수 없었기 때문이다. 그리고 웨이스 씨 자신의 경험치 역시 케이브 씨가 말한 것에 미치지 못했다. 케이브 씨에게도 수정의 빛은 그 환한 정도가 무척 크게 달라지곤 했다. 체력이 극도로 떨어지고 피곤한 상태에서 가장 생생하게 잘 보였기 때문이다.

처음부터, 그 수정의 빛은 케이브 씨를 완전히 매료시켰다. 그것은 그 어떤 감상적인 문학 작품 이상으로 케이브 씨의 고독한 영혼을 달래 주었고, 그는 자신이 발견한 그 진기한 현상을 누구에게도 말하지 않았다. 케이브 씨는 자신이 누리는 기쁨의 존재를 인정하고 나면 기쁨이 사라질지도 모른다는 속 좁은 생각을 하며 살아온 듯하다. 케이브 씨는 새벽이 다가와 난반사되는 빛의 양이 증가하면, 수정은 전혀 빛을 내지 못한다는 사실을 알게 되었다. 그리고 한동안, 밤 시간을 제외하고는, 가게의 어두운 구석에 놓인 수정 안에서 아무것도 볼 수 없었다.

하지만 광석 수집품의 배경으로 쓰던 낡은 벨벳 천을 떠올린 케이브 씨는, 수정에 그 천을 두 겹으로 덮은 뒤 머리 위로 들어 올렸다. 그러자 낮인데도 수정 안에서 빛이 움직이는 걸 볼 수 있었다. 케이브 씨는 아내가 그 사실을 알아내지 못하도록 아주 조심했고, 아내가 위층에서 잠을 자는 오후 시간에만, 계산대 아래 빈 공간에서 그 일을 실행했다. 그러던 어느 날, 수정을 돌려 보던 케이브 씨는 뭔가를 보았다. 섬광처럼 나타났다 사라졌지만, 케이브 씨는 강한 인상을 받았다. 아주 한순간이지만 수정은 케이브 씨에게 광활하고 낯선 세계를 보여 주었던 것이다. 그리고 빛이 사라지자 케이브 씨는 수정을 다시 돌려 보았고, 다시 같은 장면을 보았다.

이제부터 케이브 씨가 뭘 발견했는가에 대해 모두 말한다면 지루하고 불필요한 일이 될 뿐이다. 그에 대해서는 다음 내용이면 충분하다. 수정은 광선 방향으로부터 약 137도로 안을 들여다볼 경우, 광활한 낯선 세계의 영상을 깨끗하고 지속적으로 제공했다. 몽상 같은 것이 절대로 아니었다. 현실감 있는 장면이었으며, 빛의 상태가 좋을수록 더 또렷하고 사실적이 되었다. 동영상이었다. 말하자면, 어떤 물체들이 수정으로 된 알 속에서 움직였다. 느렸지만 현실의 사물들처럼 질서정연하게 움직였고, 빛이 비치는 방향과 보는 방향에 따라 영상이 바뀌었다. 타원형 유리를 통해 어떤 장면을 바라보다가 유리를 돌리면 다른 각도가 보이는 것과 비슷했다.

웨이스 씨가 내게 확인해 준 바에 따르면, 케이브 씨의 진술은 아주 상세했고, 환각이 아닌지 의심케 하는 감정적 요소는 전혀 없었다. 하지만 웨이스 씨가 희미한 유백광의 수정 속에서 비슷한 명징함을 보려고 온갖 애를 썼음에도 결국 실패하고 만 점도 기억해야만 한다. 둘이 본 장면의 선명도 차이는 굉장히 컸으며, 따라서 케이브 씨가 본 장면은 웨이스 씨에게는 단지 뿌옇고 흐릿하게만 보였다.

케이브 씨의 설명에 따르면, 그 영상은 언제나 광활한 평원이었고, 늘 아주 높은 탑이나 망루 같은 곳에서 그곳을 내려다보는 듯했다. 붉은빛의 거대한 절벽들이 평원의 동쪽과 서쪽에서 경계를 이루고 있는 모습에서, 케이브 씨는 전에 본 어떤 그림을 떠올렸다. 하지만 그게 어떤 그림인지 웨이스 씨는 알아내지 못했다. 그 절벽들은 남북으로 뻗어 있었는데(케이스 씨는 밤하늘의 별을 통해 방향을 알 수 있었다), 거의 무한히 멀리까지 이어지다가 서로 만나기 전에 저 멀리 안개 속으로 사라졌다. 케이브 씨는 동쪽 절벽에 더 가까이 있었다. 처음 영상을 보았을 때 해가 절벽 위로 떠오르고 있었으며, 햇빛에 비해서는 검고 그림자에 비해서는 파리한 무리 하나가 솟아올랐다. 케이브 씨는 그게 새라고 생각했다. 케이브 씨 아래로는 건물들이 엄청난 규모로 펼쳐져 있었다. 케이브 씨는 위에서 그것들을 굽어보는 듯했다. 그리고 그림의 흐릿하고 굴절된 가장자리로 가면서 그 건물들은 불분명해졌다. 또한 넓고 반짝이는 운하 옆에는 모양이 특이하고 이끼처럼 짙은 녹색과 아름다운 회색의 나무들도 있었다. 그리고 빛깔이 화려하고 덩치가 엄청나게 큰 뭔가가 그림을 가로질러 날아갔다. 하지만 케이브 씨가 처음 보았을 때 그 영상은 섬광처럼 나타났을 뿐이고, 케이브 씨가 손을 흔들고 머리를 움직이면 나타났던 영상이 사라지고 안개가 뿌옇게 깔리며 흐릿해졌다. 그리고 처음에는, 한 번 방향을 잃어버리면 다시 그 영상을 찾기가 무척 어려웠다.

    케이브 씨는 처음 그것을 본 후 일주일쯤 지나서야 다시 깨끗한 영상을 보게 되었다. 그 일주일 동안 케이브 씨가 얻은 것이라고는 감질나는 순간순간의 영상과 몇 가지 유용한 경험이 전부였다. 그리고 다시 보게 된 깨끗한 영상에선 계곡 전체가 시야에 들어왔다. 풍경은 전과 달랐지만, 케이브 씨는 보는 방향만 다를 뿐 정확히 같은 위치에서 그 낯선 세계를 보고 있다는 묘한 확신이 들었다(이후 계속된 관측을 통해 이 생각이 옳다는 여러 증거를 얻게 되었다). 지난번에는 어느 거대한 건물의 지붕을 내려다보았는데, 이번엔 시점이 달라지면서 그 건물의 기다란 앞면이 좀 더 멀어진 상태로 보였다. 케이브 씨는 그 지붕을 알아보았다. 건물 앞에는 엄청나게 길고 넓은 테라스가 있었고, 그 중앙에는 거대하지만 아주 우아한 기둥들이 일정한 간격으로 서 있었으며, 기둥들에는 석양을 반사하는 작고 반짝이는 뭔가가 박혀 있었다. 케이브 씨는 웨이스 씨에게 그 장면을 설명하면서도 그 작은 것들이 무엇인지 알지 못했고, 그 뒤로 시간이 좀 흐르고서야 정체를 알게 되었다. 테라스에는 울창하고 우아한 식물들이 가득했고, 그 너머로는 넓은 풀밭이 펼쳐져 있었으며, 그 넓은 풀밭에는 딱정벌레처럼 생겼지만 훨씬 더 큰 생물들이 한가로이 있었다. 다시 그 너머로는 분홍색 돌들로 화려하게 장식된 길이 나 있었고, 그 뒤로는 붉은 풀들이 빽빽이 나 있었으며, 그 사이로 넓고 거울 같은 수면이 저 멀리 절벽들과 정확히 평행으로 흐르는 계곡을 지났다. 하늘에는 커다란 새들이 무리 지어 장엄한 곡선을 그리며 날았다. 그리고 강 너머에는 풍부한 색감과 금속성 장식무늬와 면을 가진 화려한 건물들이 서 있었는데, 그 주위로 이끼 같기도 하고 지의류 같기도 한 나무들이 숲을 이루며 둘러싸고 있었다. 그리고 갑자기 뭔가가 펄럭이며 반복해서 시야를 가로질렀다. 마치 보석으로 치장한 부채가 펄럭이는 것 같기도 하고, 날개를 펄럭이는 것 같기도 했는데, 얼굴, 아니 더 정확히는 아주 커다란 눈이 달린 얼굴의 윗부분 같은 것이 수정의 안쪽 면에서 케이브 씨의 얼굴 가까이로 다가왔다. 케이브 씨는 그 눈이 너무나도 사실감 있게 다가왔기에 깜짝 놀란 나머지 수정에서 머리를 떼고 뒤를 돌아보았다. 케이브 씨는 수정을 들여다보는 데 너무나도 푹 빠져 있었기에, 자신이 메틸알코올과 퀴퀴한 곰팡이와 익숙한 부패의 냄새로 가득한 차갑고 어둡고 작은 가게에 있다는 사실을 깨닫고 무척 놀랐다. 그리고 케이브 씨가 눈을 껌벅이는 동안 이글거리던 수정의 빛이 흐릿해지더니 사라졌다.

이상이 케이브 씨가 받은 대체적인 첫인상이다. 케이브 씨 이야기는 이상할 정도로 솔직하고 상세하다. 맨 처음 수정 속 계곡의 모습이 아주 잠깐 섬광처럼 보였을 때부터, 케이브 씨의 마음은 이상하게 영향을 받았고, 자신이 본 세세한 풍경을 음미하기 시작하면서 놀라움은 열정으로 바뀌어 갔다. 케이브 씨는 장사에는 흥미를 잃어 집중할 수가 없었으며, 수정을 볼 수 있는 시간이 생기기만을 기다렸다. 계곡을 처음 보고 몇 주가 지난 어느 날 그 두 명의 손님이 가게로 왔고, 케이브 씨는 그 손님들의 제안에 스트레스를 받고 격앙했으며 간신히 수정을 팔지 않았다는 내용은 앞서 이야기한 바와 같다.

이제 그 수정은 케이브 씨의 비밀이면서 여전히 끝없는 경이의 대상이었고, 마치 아이가 금지된 정원을 엿볼 때처럼 살금살금 다가가서 몰래 엿보는 물건이 되었다. 하지만 젊은 과학자 웨이스 씨는 매사가 명쾌하고 논리에 맞는지 따져 보는 습관이 있다. 자기 눈으로 직접 인광을 보고 케이브 씨의 진술이 옳다는 것을 확인한 웨이스 씨는, 그 문제에 체계적으로 접근해 나갔다. 하지만 케이브 씨는 그저 자신의 눈앞에 펼쳐진 경이로운 세계를 음미하느라 여념이 없었다. 케이브 씨는 날마다 밤 8시 반에 웨이스 씨를 찾아와서 10시 반까지 있다 갔고, 때로는 웨이스 씨가 없는 낮 시간에도 찾아왔다. 또한 일요일 오후에도 왔다. 웨이스 씨는 처음부터 자세한 기록을 했으며, 바로 그런 과학적 방법 덕분에, 수정으로 들어오는 빛의 방향과 수정에 나타나는 영상의 방향 사이의 관계가 밝혀졌다. 그리고 빛이 들어갈 수 있는 작은 구멍들만 뚫린 상자에 수정을 넣고, 황갈색 블라인드도 검은 커튼으로 바꿈으로써, 관측 조건을 크게 개선했다. 그 결과 오래지 않아 둘은 원하는 어떤 방향에서도 계곡을 살펴볼 수 있게 되었다.

방법에 대한 설명을 했으니, 이제 수정 안에 있는 그 환상적인 세상에 대해 간단히 이야기를 해보자. 모든 관찰은 케이브 씨가 했고, 관찰 방법 역시 케이브 씨가 수정을 관찰하고 본 것을 보고하는 식이었으며, 그동안 웨이스 씨는 (어둠 속에서 글 쓰는 재주를 익힌 과학도로서) 케이브 씨의 설명을 짤막하게 메모했다. 수정에서 빛이 사라지면 둘은 수정을 상자 속 적절한 곳에 놓은 뒤 전등을 켰다. 웨이스 씨는 질문을 했고, 의문점을 해소하기 위해 이런저런 식으로 관찰을 해보라고 제안했다. 하지만 그런다고 안 보이던 게 보이거나 보이던 게 안 보이거나 하진 않았다.

케이브 씨의 관심은 관찰 초기에 매번 아주 많이 보였던 새처럼 생긴 생물에게로 빠르게 옮겨 갔다. 케이브 씨가 받았던 첫인상은 곧 수정되었고, 한동안 케이브 씨는 그것들이 주간에 활동하는 박쥐라고 여겼다. 그런 뒤엔 참으로 엉뚱하게도, 그것들이 게루빔*일 거라고 생각했다. 그 생물들은 머리가 둥글고 기이하게도 사람의 얼굴을 했으며, 두 번째로 관찰할 때 케이브 씨를 기겁하게 한 눈도 바로 그 생물들 가운데 하나의 눈이었다. 몸에는 넓은 은빛 날개가 달렸고, 깃털은 없지만 갓 잡은 물고기만큼이나 다채롭고 은은한 색으로 반짝였고, 웨이스 씨가 들은 바로는 그 날개들은 새나 박쥐의 날개와는 구조가 달라서, 몸에서 뻗어 나온 구부러진 늑골에 의해 지지되었다. (구부러진 늑골에 달린 일종의 나비 날개라는 게 가장 근접한 설명인 듯하다). 몸통은 작았으며, 입 바로 아래에는 긴 촉수처럼 생긴, 뭔가를 잡기에 적합해 보이는 기관 두 다발이 붙어 있었다. 웨이스 씨는 그 설명이 믿기지 않았지만, 넓은 계곡을 그토록 멋져 보이게 하는, 사람이 만든 것과 비슷한 거대한 건물과 정원의 주인이 그 생물들이라는 주장에 결국은 설득당하고 말았다. 그리고 케이브 씨는 그 건물들에 문이 따로 없으며(그 밖에도 여러가지 독특한 점들이 있었다), 둥근 모양의 커다란 창들이 활짝 열려 있고, 그 창을 통해 그 생물들이 드나든다는 것을 알게 되었다. 그 생물들은 날

*창세기에 나오는 천사.

326

개를 거의 회초리처럼 가늘게 접고 건물 안으로 훌쩍 뛰어들어 촉수로 착지했다. 그 생물들 중엔 좀 더 날개가 작은 것들도 많았는데, 꼭 거대한 잠자리와 나방과 딱정벌레처럼 생겼고, 잔디 위에는 엄청나게 크고 색이 화려한 땅딱정벌레들이 이리저리 한가롭게 기어 다녔다. 게다가 둑길과 테라스 위에는 날개 없는 거대한 파리와 비슷한, 머리가 커다란 생물이 손처럼 생긴 촉수를 이용해 빠르게 폴짝거리며 뛰어다녔다.

더 가까운 쪽 건물의 테라스에 서 있는 기둥의 반짝거리는 물체에 대해서는 앞서 슬쩍 언급한 바 있다. 유난히 또렷이 보이던 어느 날, 그 기둥 가운데 하나를 유심히 살펴본 케이브 씨는 기둥에 있는 그 반짝이는 물체가 자신이 들여다보고 있는 수정과 똑 닮았다는 생각이 들었다. 그리고 더욱 자세히 살펴본 결과, 케이브 씨는 자기 눈에 보이는 스무 개 가까운 기둥마다 그런 게 하나씩 박혀 있다고 확신했다. 그리고 그 반짝이는 물체들 속에도 비슷한 풍경이 담겨 있다고 확신했다.

때때로, 하늘을 날아다니는 커다란 생물들 가운데 하나가 기둥으로 와 날개를 접고 수많은 촉수로 기둥을 감싼 채 한동안 수정을 열심히 바라보곤 했으며, 15분 정도나 그러고 있을 때도 있었다. 그리고 웨이스 씨의 제안에 따라 몇 번 더 관찰을 한 뒤, 두 관찰자는 자신들이 들여다보는 수정은 그 환영의 세계의 테라스 가장 끝에 있는 기둥 꼭대기에 있으며, 케이브 씨가 관측하는 동안 그 다른 세계의 거주자 가운데 누군가가 케이브 씨의 얼굴을 본 것이라 확신하게 되었다.

너무나도 독특한 이 이야기에는 꼭 언급해야 할 내용이 참으로 많다. 이 모든 걸 웨이스 씨의 교묘한 거짓말이라 간주하지 않는 한, 우리는 다음 두 가지 주장 가운데 하나는 믿어야만 한다. 우선, 케이브 씨의 수정이 두 세계에 동시에 존재하는데, 한 세계에서는 그것이 이동 가능하고 다른 한 세계에서는 고정되어 있다는 주장으로, 이건 터무니없어 보인다. 또 다른 주장으로는, 이 세계에 있는 수정이 다른 세계에 있는 수정과 독특한 동조 관계에 있기 때문에, 적절한 조건 아래에서 다른 세계의 관측자는 그쪽 수정을 통해 이 세계의 수정에 비치는 세계를 볼 수 있으며, 그 반대도 마찬가지란 주장이다. 사실, 지금으로서는 두 개의 수정이 어떻게 서로 공명하는지 알지 못하지만, 이 모든 게 불가능하지만은 않다는 것 정도는 안다. 수정들이 공명한다는 웨이스 씨의 가정은, 적어도 내게는 아주 그럴듯해 보인다.

그렇다면 그 다른 세계는 어디에 있는 걸까? 이 의문에 대해서도 웨이스 씨의 비상한 지능이 재빨리 빛을 발했다. 수정 속에서 해가 진 뒤 하늘은 빠르게 어두워졌고(사실 아주 짧은 여명이 있었다), 별이 빛났다. 별들은 우리가 보는 것과 같아 보였고, 별자리도 같았다. 케이브 씨는 곰자리, 플레이아데스 성단, 알데바란, 시리우스를 알아볼 수 있었다. 그렇다면 수정 속의 다른 세계는 태양계에 속한 것이 확실해서, 기껏해야 지구에서 몇억 마일 정도밖에 떨어지지 않았을 터였다. 이 단서에 더해, 웨이스 씨는 다른 세계의 한밤중 하늘이 지구의 한겨울 하늘보다 더 짙은 푸른색이며, 태양이 약간 더 작아 보인다는 사실을 깨달았다. 그리고 저 세계엔 '우리 달과 비슷하지만 더 작고, 표면이 아주 달라 보이는' 작은 위성이 두 개 있었다! 하나는 아주 빠르게 움직였기 때문에 보고 있는 동안에도 그 움직임을 뚜렷하게 볼 수 있었다. 그 위성들은 절대로 높은 곳에 떠 있지 않았으며, 뜨자마자 곧 졌다. 즉 위성들은 모행성에 너무나 가까이 있어 공전을 할 때마다 식 현상이 일어났다. 그리고 비록 케이브 씨는 알지 못했던 사실이지만, 그 모든 현상은 화성의 조건과 완전히 일치했다.

사실, 케이브 씨가 수정을 통해 본 것이 화성과 그곳에 사는 생명체라는 것은 아주 그럴듯한 결론처럼 보인다. 그리고 만약에 그게 사실이라면, 수정 속 저 멀리 보이는 하늘에서 유난히 반짝인 저녁별은 더도 덜도 아니고 딱 우리들이 사는 이 친숙한 별이었던 셈이다.

　화성인들은(만약 그자들이 화성인이라면) 케이브 씨가 관찰하는 것을 한동안 알지 못한 듯하다. 한두 번인가 한 명이 와서 수정을 들여다보았지만 마치 보이는 풍경이 마음에 들지 않는다는 듯 곧 다른 기둥으로 가버렸다. 그동안 케이브 씨는 그들에게 주목받지 않았기에 별다른 방해 없이 날개 달린 화성인들의 행동을 지켜볼 수 있었고, 케이브 씨의 보고는 어쩔 수 없이 모호하고 단편적이기는 했지만 시사하는 바가 아주 컸다. 어려운 준비 과정을 거치고 눈에 심한 피로를 느껴 가며 한 번에 길어야 4분 정도씩 세인트마틴 교회 첨탑에서 런던을 살펴볼 수 있게 된 화성인이 인류에 대해 어떤 인상을 받을지 한번 상상해 보라. 케이브 씨는 날개 달린 화성인과 강둑이나 테라스 주위로 폴짝거리며 뛰어다니는 화성인이 동일한 생물들인지, 그리고 후자가 마음대로 날개를 뗐다 붙였다 할 수 있는지 여부는 밝혀내지 못했다. 케이브 씨는 어렴풋이 유인원을 연상시키는, 서툴게 걷는 두 발 생물을 몇 번인가 보았는데, 그들은 몸이 희고 부분적으로 반투명했으며, 지의류 나무들 사이에서 먹을 것을 찾아 먹었고, 한번은 폴짝거리는 둥근 머리 화성인을 보더니 도망쳤다. 둥근 머리 화성인은 촉수로 그들 가운데 한 명을 잡았는데, 그때 갑자기 영상이 흐려졌고, 케이브 씨는 어둠 속에서 그 뒤를 궁금해하며 애를 태웠다. 또 한번은 엄청나게 큰 뭔가(처음에 케이브 씨는 곤충이라고 생각했다)가 수로 옆 둑길을 따라 엄청난 속도로 다가오는 모습을 보기도 했다. 그것이 좀 더 가까이 오자, 케이브 씨는 그게 반짝이는 금속으로 만들어진 아주 복잡한 구조의 기계임을 알게 되었다. 다시 보려 하자 그 기계는 이미 시야에서 사라지고 없었다.

그 뒤 웨이스 씨는 화성인들의 관심을 끌어 보고 싶다는 생각에 사로잡혔고, 다음번에 화성인 하나가 기묘하게 생긴 눈을 수정에 가까이 대자 케이브 씨는 큰 소리로 웨이스 씨를 부르고 얼른 뒤로 물러났고, 둘은 즉시 불을 켜고 몸짓으로 신호를 보내기 시작했다. 하지만 케이브 씨가 마침내 수정을 다시 살펴보았을 때, 그 화성인은 사라지고 없었다.

이러한 관찰들은 11월 초까지 계속되었고, 수정에 대한 가족들의 의심이 가라앉았다고 느낀 케이브 씨는 수정을 가지고 다니면서, 밤이든 낮이든 틈날 때마다 자신의 삶에서 순식간에 가장 큰 의미가 된 일에 몰두했다.

12월이 되자, 웨이스 씨는 다가오는 심사와 관련해 일이 바빠졌고, 어쩔 수 없이 케이브 씨와의 자리를 일주일, 그리고 다시 열흘인가 열하루인가(어느 쪽인지 웨이스 씨는 확실히 기억하지 못한다) 미루어 케이브 씨를 보지 못했다. 웨이스 씨는 조사를 재개하고 싶은 마음이 굴뚝같았기에 이윽고 일이 덜 바빠지자 세븐 다이얼스로 갔다. 길모퉁이까지 온 웨이스 씨는 새 파는 집의 창문에 셔터가 내려져 있는 걸 알아차렸고, 구두 수선소 역시 닫혔음을 알아차렸다. 케이브 씨 가게도 닫혀 있었다.

웨이스 씨가 문을 두드리자 검은 옷을 입은 케이브 씨의 의붓아들이 문을 열어 주었다. 의붓아들은 즉시 케이브 부인을 불렀고, 웨이스 씨는 싸구려이긴 하지만 품이 넉넉하고 디자인 또한 아주 인상적인 상복을 입은 부인과 만나게 되었다. 케이브 씨가 죽어서 이미 땅에 묻혔다는 사실을 듣고도, 웨이스 씨는 별로 놀라지 않았다. 케이브 부인은 눈물을 흘렸고, 목소리는 살짝 잠겨 있었다. 부인은 하이게이트*에서 막 돌아온 참이었다. 부인의 머릿속은 자신의 앞날과 장례식의 장엄한 세부 묘사에 대한 생각으로 가득한 듯했지만, 마침내 웨이스 씨는 케이브 씨의 죽음에 뭔가 특별한 점이 있다는 것을 알아냈다. 케이브 씨는 웨이스 씨를 마지막으로 방문한 이튿날 이른 아침에 가게에서 죽은 채로 발견되었고, 돌처럼 차갑게 굳은 두 손에는 수정이 쥐어져 있었다. 케이브 부인의 말에 따르면, 케이브 씨의 얼굴은 웃고 있었으며 광물 배경으로 쓰던 벨벳 천이 발치 바닥에 놓여 있었다. 케이브 씨는 죽고 대여섯 시간이 지난 뒤에 발견된 듯했다.

웨이스 씨는 케이브 씨의 죽음에 큰 충격을 받았다는 듯 병약한 노인에게 나타날 수 있는 평범한 징후를 소홀히 넘겼음을 자책하기 시작했다. 하지만 사실 웨이스 씨의 생각은 거의 수정에 쏠려 있었다. 웨이스 씨는 조심스레 그 주제에 접근했다. 케이브 부인의 성격을 잘 알았기 때문이다. 하지만 수정이 팔렸다는 말을 듣고 말문이 막힐 정도로 깜짝 놀랐다.

케이브 씨의 시체를 위층으로 옮기고 나서 부인이 제일 먼저 느낀 충동은, 5파운드에 수정을 사겠노라고 했던 성직자에게 수정을 찾았노라고 편지를 쓰자는 것이었다. 그러나 딸과 함께 사방을 샅샅이 뒤져 본 뒤, 부인은 결국 성직자의 주소를 잃어버렸다는 결론에 도달했다. 고인이 세븐 다이얼스에서 오래 살았던 만큼 품위 있고 공들인 방식으로 장례를 치러야 했지만, 가족은 그럴 돈이 없어 그레이트포틀랜드 가에 사는 친한 동종 업계 지인에게 도움을 청했다. 지인은 참으로 친절하게도 제대로 가격을 쳐주고 물건들을 인수했다. 그 지인이 자신이 평가한

---

*런던 북부에 있는 공동묘지.

금액에 따라 인수한 물건들 중에는 수정알도 포함되어 있었다. 웨이스 씨는 몇 번에 걸쳐 적당한 위로의 말을 하고 약간의 조의금까지 준 뒤, 서둘러 그레이트포틀랜드 가로 갔다. 그러나 웨이스 씨는 수정이 이미 키 크고 얼굴이 검은 은발 신사에게 팔렸다는 얘기를 듣게 되었다. 그리고 거기서 적어도 내게는 시사하는 바가 적지 않은 이 괴상한 이야기는 갑자기 끝난다. 그레이트포틀랜드 가의 상인은 키가 크고 얼굴이 검은 은발 신사가 누구인지 몰랐고, 자세한 인상착의를 설명할 수 있을 정도로 특별히 주의를 기울여 본 것도 아니었다. 심지어 그 신사가 가게를 나선 뒤 어느 쪽으로 갔는지조차 알지 못했다. 한동안 웨이스 씨는 계속 가게에 남아, 격노해 씩씩거리며 주인에게 아무 희망도 없는 질문들을 끈질기게 해댔다. 하지만 결국 모든 것이 자기 손을 떠났음을, 한밤의 환영처럼 사라졌음을 불쑥 깨달았고, 그럼에도 집으로 돌아와 보니, 자신이 썼던 메모들이 여전히 볼 수 있고 만질 수 있는 상태로 어수선한 테이블 위에 남아 있어 오히려 살짝 놀랐다.

당연히 웨이스 씨는 아주 실망하고 곤혹스러워했다. 웨이스 씨는 그레이트포틀랜드 가의 상인을 다시 방문했고(역시 아무 소용 없었다), 골동품 수집가들이 잘 볼 만한 잡지에 광고를 싣기도 했다. 또한 〈더 데일리 크로니클〉과 《네이처》에 편지를 썼지만, 그 두 간행물은 그의 이야기를 거짓이라고 의심하여 보도에 앞서 재고해 달라고 요청해 왔으며, 뒷받침할 만한 증거도 없는 상황에서 그러한 이상한 이야기를 주장한다면 연구자로서의 명성이 크게 훼손될 거라는 충고까지 했다. 더구나 직장에서 시급히 해야 할 일들도 있었다. 그렇게 한 달 정도가 지났고, 가끔씩 골동품 판매상들에게 연락을 해본 것을 제외하면, 웨이스 씨는 아쉽지만 수정알 찾기를 포기하기에 이르렀고, 그 뒤로 현재까지 수정알의 행방은 묘연하다. 하지만 웨이스 씨는 가끔 내게 말하길, 자신은 여전히 더 급한 일들을 제쳐 두고 다시 수색을 재개하고 싶은 열정이 폭발할 때가 종종 있다고 하고, 나는 그 말을 꽤 믿는 편이다.

수정알이 다시 나타날지 아니면 영원히 사라진 채로 있을지, 그 재료는 무엇이며 출처는 어디인지는 현재로서는 오리무중이다. 만약 현재 수정을 구입한 자가 수집가라면, 웨이스 씨가 그 물건을 찾는다는 사실을 어떻게든 상인들을 통해 알고 있을 터이다. 웨이스 씨는 케이브 씨의 상점에 왔던 성직자와 '동양인'을 찾아낼 수 있었다. 그 둘은 다름 아닌 제임스 파커 목사와 자바의 젊은 왕자인 보소-쿠니였다. 나는 그 둘에게 특별히 고마움을 전한다. 왕자의 목적은 단순한 호기심과 사치였다. 왕자가 그 수정을 그토록 사려고 열을 냈던 건 단지 케이브 씨가 그걸 파는 것을 너무나 꺼렸기 때문이다. 그 수정알을 우연히 사 간 사람은 전문 수집가가 아니라 평범한 사람일 가능성도 있고, 어쩌면 그것은 내게서 1마일도 떨어지지 않은 어느 응접실에 장식품으로 진열되어 있거나 문진으로 쓰이고 있을지도 모른다. 그 놀라운 기능은 전혀 알려지지 않은 채. 사실 내가 이 이야기를 글로 옮긴 것은, 그 수정을 사 간 사람이 평범한 소설 독자라면 이 글을 읽을 가능성도 어느 정도 있기 때문이다.

이 일에 대한 내 의견은 웨이스 씨의 의견과 일치한다. 나는 화성의 기둥 위에 놓인 수정과 케이브 씨의 수정이, 비록 현재로서는 설명할 수 없지만, 어떤 물리적 공명 상태에 있다고 믿으며, 우리 둘은 화성인들이 우리를 가까이서 관찰하기 위해 수정알을 (아마도 옛날에) 그쪽 행성에서 이곳으로 보냈다고 믿는다. 아마 다른 기둥들에 있는 수정들의 짝 역시 우리 지구에 있을 것이다. 환상에 관한 어떠한 이론도 현실을 충족시킬 수는 없는 법이다.

별
The Star

　새해 첫날, 세 군데의 천문대가 거의 동시에 발표하길, 태양의 가장 바깥쪽을 도는 행성*인 해왕성의 움직임이 좀 이상해졌다고 했다. 오길비**는 해왕성의 운동 속도가 변화한 것 같다는 의심을 이미 12월부터 제기하고 있었다. 그러한 뉴스는 해왕성의 존재조차도 모르는 세상의 대다수 사람들에겐 그다지 대수로운 게 아니었고, 마찬가지로 섭동을 받은 해왕성 근처에서 희미한 반점 같은 존재가 새롭게 발견되었다는 사실도 천문학계 이외의 학자들에겐 전혀 색다른 흥분을 불러일으키지 못했다. 그러나 과학자들은 그 미지의 천체가 급속하게 커지고 밝아진다는 사실이 알려지기 전부터, 그 천체가 보통 행성의 움직임과는

---

*이 작품은 1897년에 쓰여졌으며 명왕성은 1930년에 발견되었다.
**웰스의 『우주 전쟁』에 등장하는 천문학자이다.

전혀 다른 양상을 보이고 있으며 해왕성과 그 위성의 궤도 교란이 예측 불허의 추이를 보인다는 점에 주목했다.

과학적인 지식이 별로 없는 사람은 태양계가 얼마나 고립된 세계인지 잘 깨닫지 못한다. 태양은 조그마한 행성들과 조약돌 같은 소행성들과 그리고 희미한 혜성들을 거느리고 상상조차 할 수 없는 거대한 공허 속에서 헤엄친다. 해왕성의 궤도 너머에는 인간의 눈길이 닿는 끝까지 텅비어 있는 너무나도 광대한 공간이 존재하는데, 온기도 빛도 소리도 없는 그 완벽하게 빈 공간은 100만 마일 곱하기 2천만 배의 거리에 걸쳐 펼쳐져 있다. 이 거리조차 가장 가까운 이웃 별까지의 거리를 최소치로 어림잡은 것이다. 허깨비나 다름없는 몇몇 혜성들을 제외하면, 20세기 초엽에 이르러 이 이상한 우주의 방랑자가 나타나기 전까지, 적어도 인간의 지식으로는 광막한 우주 공간을 가로질러 모습을 드러낸 물체는 전혀 없었다. 이 방랑자는 우주의 바깥쪽 암흑의 신비로부터 아무런 경고도 없이 태양계로 뛰어든 거대하고 육중한 천체였다. 이튿날이 되자 그것은 성능이 어지간한 관측 장비로도 똑똑히 볼 수 있었는데, 사자자리의 레굴루스 근처에 간신히 직경을 알아볼 수 있는 희미한 반점으로 보였다. 얼마 지나지 않아서는 오페라글라스로도 볼 수 있을 정도였다.

새해의 셋째 날에는 지구상의 모든 신문 독자들이 하늘의 변고가 갖는 중요성에 처음으로 주목하게 되었다. '행성의 충돌', 런던의 한 신문은 이런 제목을 달고는 그 이상한 새 행성이 어쩌면 해왕성과 충돌할지도 모른다는 듀케인의 견해를 지면에 실었다. 여론을 주도하는 쟁쟁한 필자들이 모두 이 문제에 대해 상세한 설명을 내놓았다. 그리하여 1월 3일에는 지구상의 거의 모든 수도마다 하늘에 어떤 천재지변이 임박했다는 막연한 위기감이 퍼졌다. 해가 지고 지구에 밤의 그림자가 드리워지면서 수천수만의 사람들이 언제나 있었던 친숙한 별들을 보기 위해 하늘로 시선을 돌렸다.

런던에 새벽이 찾아들면서 쌍둥이자리의 폴룩스와 다른 별들도 점점 빛을 잃어 갔다. 대낮의 일광이 창백하게 쌓여 있는 겨울의 새벽에, 가스등과 촛불의 노란빛이 창 안을 밝히며 일찍 일어난 사람들을 비추었다. 하지만 하품하던 경관은 그것을 보았고, 시장에서 바삐 오가던 사람들도 발을 멈춘 채 입을 딱 벌리고 멍하니 서 있었고, 서둘러 일터로 발길을 재촉하던 사람들, 우유 배달을 가던 사람들, 신문 수레를 끌던 사람들, 밤새 유흥에 빠져 지칠 대로 지친 몸을 추스리며 집으로 향하던 주객들, 거리를 떠돌던 부랑자들, 담당 구역을 돌던 야경꾼들, 시골의 들판을 터벅터벅 걷던 일꾼들, 빈집을 슬쩍 엿보던 좀도둑들, 그리고 새로운 하루를 기다리던 먼바다의 선원들까지, 어스레한 여명이 밝아 오는 온 나라의 모든 사람들이 갑자기 서쪽 하늘에 나타난 거대하고 창백한 하얀 별을 보았다!

그 별은 하늘의 어떤 별보다도 밝았다. 가장 밝을 때의 금성보다도 더 밝았다. 새로운 하루가 시작되고 한 시간이 지나자, 별은 단순히 깜박이는 광점이 아니라 이미 하얗고 광대한 빛을 내는, 작고 똑똑하게 식별되는 둥근 천체가 되어 이글거렸다. 아직 과학의 힘이 미치지 못한 곳의 사람들은 하늘에서 이글거리는 그 천체가 전쟁과 전염병을 의미한다며 두려움에 찬 눈으로 바라보았다. 우악스러운 보어인들도, 검은 피부의 호텐토트족들도, 황금 해안의 흑인들도, 프랑스 사람들도, 스페인 사람들도, 포르투갈 사람들도, 모두 다 일출의 따뜻한 온기 속에서 그 이상한 낯선 별이 지는 모습을 바라보았다.

그리고 저 멀리 떨어진 두 천체가 서로 가까워짐에 따라, 그간 애써 흥분을 억눌러 왔던 백 군데도 넘는 천문대들은 거의 비명을 지르듯 소란스러워지기 시작했고, 한 세계가 파괴되는 진기하고 놀라운 광경을 기록하고자 모두들 사진 촬영 장비와 분광기 등을 찾아 황급하게 이리저리 뛰어다녔다. 지구보다 훨씬 큰, 태양계에 함께 속한 자매 행성이 갑자기 불덩이로 확 타오르며 죽는 종말을 맞았기 때문이다. 그렇게 끝이 난 행성은 해왕성으로, 외계에서 온 미지의 행성과 정통으로 부딪혔고, 그 열기와 충격 때문에 두 천체는 삽시간에 합쳐져 하나의 거대한 백열 덩어리가 되었다. 그날 온 세계는 새벽이 오기 두 시간 전에 거대하고 창백한 별을 목격했다. 태양이 뜨면서 비로소 그 별은 빛을 잃고 천천히 서쪽 하늘로 퇴장했다. 세상의 모든 사람들이 놀랐지만, 먼 바다에 나가 있어서 별달리 소식을 들을 수 없었던 뱃사람들이 가장 놀랐다. 습관적으로 하늘을 관찰해 왔던 그들은 갑자기 하늘에 또 하나의 작은 달이 나타나 밤 내내 머리 위에 걸려 있다가 밤이 지나며 서쪽으로 지는 모습을 보았던 것이다.

그리고 유럽에 그 별이 다시 뜰 때가 되자 모든 언덕 비탈, 지붕, 공터에 사람들이 모여들어 새롭고 커다란 별의 출현을 기다리며 동쪽 하늘을 응시했다. 백열처럼 눈부신 하얀 섬광을 앞세우며 별은 다시 나타났고, 이미 전날 밤에 그 별을 목격했던 사람들은 울부짖듯 소리쳤다. "더 커졌어." 사람들은 외쳤다. "더 밝아졌어!" 사실 서쪽으로 지고 있는 상현달이 새로이 나타난 그 낯선 별의 겉보기 크기보다 훨씬 더 컸지만, 그별은 크기는 작아도 둥그런 원에서 나오는 밝기는 훨씬 더 밝았다.

"더 밝아졌어!" 사람들은 거리마다 떼 지어 모여 소리쳤다. 그러나 천문대의 어두운 관측실에 있던 사람들은 숨을 죽이고 서로를 바라보았다. 그 사람들은 말했다. "가까워지고 있어. 더 가까워졌어!"

목소리들 하나하나가 계속 되풀이해 말했다. 전신 기계들이 철컥거리며 '가까워지고 있다'는 말을 받아썼고, 전화선을 따라서도 역시 같은 말이 전해졌다. 수천 개의 도시들에서 식자공의 때 묻은 손가락들이 똑같은 말을 활자로 짰다. '가까워지고 있다.' 사무실에서 일하는 사람들은 그 낯선 말의 의미를 깨닫고 펜을 내던졌고, 수천 곳에서 사람들이 모여 이야기를 나누다가 갑자기 그 말의 기괴한 가능성을 인식했다. '가까워지고 있다.' 그 말은 거리들을 잠에서 서둘러 깨웠고, 서리가 내려앉은 조용한 마을마다 울려 퍼졌으며, 현관의 노란 조명 아래에서 텔레프린터*의 테이프를 읽은 사람들은 지나가는 사람들에게 외쳤다. "가까이 오고 있대요." 화사하고 빛나게 치장하고 댄스파티에 참석한 예쁜 여인들은 그 뉴스를 실감하지 못하면서도 짐짓 지적으로 흥미를 느끼는 척하며 익살스럽게 말했다. "가까워진대! 정말로. 얼마나 놀라워! 그런 걸알아내는 사람들은 틀림없이 아주, 아주 똑똑한 사람들일 거야!"

겨울밤을 떠돌던 집 없는 방랑자들은 스스로를 위로하고자 하늘을 쳐다보며 웅얼거렸다. "더 가까이 와야지. 이 밤은 자선을 베푸는 손길만큼이나 차가우니까. 더 가까워졌다지만 똑같은걸. 따뜻해지려면 아직 멀었어."

죽음을 눈앞에 둔 한 여인은 눈물을 흘리며 말했다. "새 별이 온들 내게 무슨 소용이 있나?"

시험을 치는 날이라 일찍 일어난 소년은 서리꽃이 핀 창밖에서 밝게 빛나는 하얗고 큰 별을 보면서 그 수수께끼를 혼자서 풀어 보려 했다. 소년은 손으로 턱을 괴고 말했다. "원심력, 구심력. 행성의 운동을 정지

---

*당시에는 전신으로 신호를 받아 자동으로 문자로 인쇄해 주는 텔레프린터로 통신을 했다.

시켜 원심력을 제거하면? 구심력이 작용해서 마침내 태양으로 떨어지고 말아! 그리고……!"

"우리가 충돌 코스에 있는 거야? 나는 그게……"

낮의 빛은 그 동기의 전철을 밟았고, 낯선 별은 서리 내린 어둠 속에서 전날보다 늦은 시각에 다시 떠올랐다. 그 별이 어찌나 밝은지, 보름을 향해 차오르며 일몰 뒤의 밤하늘에 걸려 있던 달은 창백한 노란색 유령으로밖에 보이지 않았다. 남아프리카의 한 도시에서는 어떤 위대한 인물의 결혼식에 때맞춰 거리마다 환한 조명이 신부와 함께 돌아온 신랑을 환영했다. 아첨꾼들이 말했다. "하늘도 빛을 내리고 있군요." 염소자리 아래에선 흑인 연인 둘이 들판의 야수와 어둠의 악령도 두려워하지 않고 개똥벌레들이 날아다니는 사탕수수 덤불 안에 웅크리고 앉아 사랑을 속삭였다. "저건 우리의 별이야." 둘은 속삭였고 그 빛이 주는 달콤한 광휘에 묘한 포근함을 느꼈다.

자기 방에 앉아 있던 수학의 대가는 종이들을 밀어 치웠다. 이미 계산은 끝났다. 기나긴 나흘 밤 동안 그 수학자를 깨어 있게 하고 활력을 유지하게 했던 조그만 하얀색 약병에는 아직도 약간의 약이 남아 있다. 하루하루, 언제나처럼 맑고 또렷하고 끈기 있게, 수학자는 학생들 앞에서 강의를 했고 돌아와서는 즉시 이 중대한 계산 작업에 몰두하곤 했다. 굳은 수학자의 얼굴은 약 기운 때문에 약간 긴장하고 붉어진 상태였다. 한동안 수학자는 골똘히 생각에 잠긴 듯했다. 그러고는 창가로 가서 찰칵하고 블라인드를 올렸다. 도시의 다닥다닥 붙어 선 지붕들, 굴뚝들, 첨탑들 위로 하늘 중간쯤에 그 별이 떠 있었다.

수학자는 용감한 적수를 보는 듯한 눈길로 그 별을 응시했다. 한동안 침묵을 지키던 수학자가 말했다. "넌 나를 죽일 수도 있지. 하지만 난 너를 꽉 잡고 있어. 이 광활한 우주에서, 너는 이 작은 두뇌 안에 잡혀 있는 거야. 난 변하지 않을 거야. 심지어 지금 같은 상황에서도."

수학자는 작은 약병을 바라보았다. "이제 더는 잠들 필요가 없겠군." 수학자가 말했다. 이튿날 정오, 정확히 시간에 맞추어 수학자는 계단강의실로 들어가 습관대로 모자를 책상 한구석에 내려놓고 주의 깊게 커다란 분필 한 조각을 골라 들었다. 학생들 사이에서는 그 수학자가 만지작거릴 분필이 없다면 강의를 하지 못할 것이라는 농담이 떠돌았고, 실제로 한번은 학생들이 분필통을 감추는 바람에 그 수학자는 강의를 제대로 하지 못했다. 수학자는 강단에 서서 층층이 줄지어 앉은 학생들의 젊고 생기에 찬 얼굴들을 회색 눈썹 아래로 응시하고는, 몸에 밴 진부한 말투로 말을 시작했다.

"환경이 대항하기 시작했어. 환경이 내 통제를 벗어났어." 수학자는 잠시 말을 끊었다가 다시 이었다. "그 때문에 내 강의 계획에 차질이 빚어질 듯하군. 여러분, 그건 말이지, 간단명료하게 말하자면, 인간은 그동안 헛되게 살아온 거야."

학생들은 어리둥절하여 서로를 바라보았다. 제대로 들은 걸까? 정신이 이상해졌나? 다들 눈썹을 치키고 싱글거렸지만, 그중에 한둘은 교수의 차분한 회색빛 얼굴에 여전히 집중했다. 수학자가 말했다. "재미있을 거야. 오늘 수업을 자세한 설명에 투자하는 것도 말이야. 내가 이런 결론을 내리게 된 계산을 자네들이 알아들을 수 있게 최대한 쉽게 설명해 보도록 하지. 자아, 이렇게 가정해 보자고……"

수학자는 늘 그렇듯 익숙하게 머릿속으로 도형을 그리면서 칠판을 향해 돌아섰다. "헛되게 살았다니, 무슨 말이지?" 누군가 옆 사람에게 속삭였다. "들어 보자고." 다른 학생이 강단 쪽으로 고갯짓을 하며 대꾸했다.

그리고 학생들은 이내 그 말뜻을 이해하기 시작했다.

* * * * *

그날 밤, 별은 더 늦게 떠올랐다. 사자자리와 처녀자리를 가로질러 동쪽으로 이동했기 때문이다. 그 별은 너무나도 밝아서 밤하늘 전체가 푸른색으로 빛났고, 천정 근처의 목성, 카펠라, 알데바란, 시리우스, 곰자리의 지극성 등 몇 개를 제외하고는 대부분의 별들이 자취를 감추었다. 그 별은 아주 하얗고 아름다웠다. 그날 밤 지구상의 도처에서는 그 별을 감싼 창백한 빛무리를 볼 수 있었다. 별은 똑똑히 지각할 수 있을 정도로 커져 있었다. 열대지방의 맑고 굴절이 잘되는 밤하늘에서는 그 크기가 거의 달의 4분의 1에 이르렀다. 영국에선 아직 거리에 서리가 남아 있었지만, 지구상 대부분에는 한여름의 월광처럼 강렬한 빛이 내리쬐었다. 누구든지 그 차갑고 밝은 빛 아래서 아무런 곤란 없이 책을 읽을 수 있었고, 도시의 가로등들은 노랗고 힘없이 타올랐다.

그날 밤, 온 세상 구석구석이 다 깨어 있었고, 기독교를 믿는 시골 지역에서는 히스 덤불 속에서 벌들이 웅웅거리는 듯한 음울한 중얼거림이 차가운 공기 중에 퍼져 나갔다. 중얼거리는 소란은, 도시에서는 뗑그렁 뗑그렁하는 소리로 자라났다. 수백만 개의 종탑과 뾰족탑의 종들이 요란스레 울리면서 더 이상 잠자지 말고, 더 이상 죄악을 저지르지 말고 교회로 와서 기도를 드리라고 사람들을 불러들였다. 그리고 지구가 자전을 하고 밤이 지나가면서 머리 위에서 이글거리는 그 별은 점점 더 커지고 점점 더 밝아졌다.

이제 모든 도시의 거리와 집들이 환하게 밝혀졌으며, 조선소들도 별빛 아래 환했고, 고지대로 이르는 모든 길들은 밤 동안 내내 사람들로 북적거렸다. 문명 세계 근처의 모든 바다에 있는 배들은 사람과 동식물을 가득 싣고 쉼 없이 엔진을 고동치게 하며 돛을 한껏 부풀려 북쪽으로 향했다. 수학의 대가가 한 경고가 전보를 통해 이미 전 세계로 전달되었고 백여 가지의 언어로 번역되었기 때문이다. 단단하게 하나로 합쳐진 미지의 행성과 해왕성은 태양을 향해 빠르게, 빠르게 사정없이 돌진해 오고 있었다. 그 무시무시한 천체는 초당 수백 마일의 속도로 공간을 가로질렀고, 매 순간 그 무시무시한 속도는 더 빨라졌다. 사실 이대로라면 그 천체는 지구에서 1억 마일 정도 떨어진 곳을 지나쳐 가야 했고, 결과적으로 지구에 미치는 영향은 적을 터였다. 그러나 거의 변화가 없는 그 천체의 진로에는 웅장하게 태양 둘레를 공전하고 있는 거대한 목성과 그 달들이 있었다. 그리고 그 불타오르는 별과 가장 커다란 행성 사이 인력은 매 순간 커져 갔다. 그 결과는? 목성은 기존의 궤도를 이탈하여 새로운 타원 궤도를 돌 게 분명하고, 불타는 별의 태양으로 향하는 진로는 구부러져 '곡선'을 그리게 되어 어쩌면 지구와 충돌할 수도 있었고, 적어도 지구와 아주 근접한 거리를 통과할 게 확실했다. "지진이 일어나고, 화산들이 분출하고, 태풍과 해일과 홍수가 일어나며, 기온이 계속 올라갈 것이다. 얼마나 올라갈지는 나도 알 수 없다." 수학의 대가는 이렇게 예언했다.

그리고 그 말을 입증이라도 하려는 듯, 고독하고 냉엄하면서도 활활 불타오르는 그 별은 종말을 몰고 다가오고 있었다.

그날 밤, 눈이 아프도록 하늘을 바라본 사람들은 보고 있는 사이에도 그 별이 점점 더 다가오고 있음을 분명히 확인할 수 있었다. 그리고 바로 그날 밤부터 기후가 변해서, 중부 유럽과 프랑스와 영국을 뒤덮었던 서리가 녹기 시작했다.

그러나 밤새 교회에서 기도를 올리고 배를 타고 해외로 나가고 높은 고지대로 피신했던 사람들을 내가 언급했다고 해서, 이미 온 세상이 그 별로 인해 공포에 휩싸였을 것이라 생각해서는 안 된다. 사실 세상은 아직 평온한 상태였다. 새로이 나타난 밝은 별의 장관을 보고 잠시 한담들이 오가기는 했지만, 열 명 중에 아홉은 평소와 다름없이 분주한 일상을 살았다. 한두 군데를 제외하면 모든 도시의 상점들은 정해진 시간에 문을 열고 닫았고, 의사나 사업가들은 여느 때와 다름없이 업무를 처리했으며, 노동자들은 공장에서 일하고, 군인들은 훈련하고, 학자들은 연구하고, 연인들은 짝을 찾아 헤매고, 도둑들은 숨어서 기회를 노리거나 도망치고, 정치가들은 계획을 입안했다. 신문사의 인쇄기들은 밤새 으르렁대고, 여기저기 교회에선 닥쳐올지도 모르는 바보스러운 공황에 대비해 교회 건물을 지키고자 사제들이 문단속을 했다. 신문들은 서기 1000년의 교훈을 되풀이해서 알렸다. 그 당시에도 사람들은 세상의 종말이 왔다고 생각했다. 다가오는 별은 사실 별이 아니라 단순한 가스 덩어리, 혜성이었다. 그리고 설사 별이라 해도 지구와 충돌할 리가 없었다. 그런 전례가 없었다. 이렇게 상식은 여전히 어디서나 건재했고, 별의 공포에 떠는 사람들을 멸시하고 놀리고 심지어는 약간은 박해하려는 경향까지 있었다. 그날, 그리니치 표준시로 7시 15분에 그 별은 목성과 가장 근접할 예정이었다. 그러면 온 세상은 별의 진로 변화를 지켜보면 될 터였다. 많은 사람들은 수학의 대가가 한 음울한 경고를 단순히 자기과시로만 여겼다. 약간의 논쟁을 거치기는 했지만 상식은 결국 사람들을 여느 때처럼 잠자리로 인도함으로써 그 흔들림 없는 확신이 여전함을 보여 주었다. 이미 이 새로운 사태에 싫증이 나버린 미개하고 야만스러운 세계들도 평소 밤에 하던 일들로 돌아갔고, 이따금 이곳저곳에서 긴 울음을 토하는 개들을 제외하곤 짐승들의 세계도 더는 그 별에 관심을 기울이지 않았다.

그리고 이튿날, 유럽 각국의 관측자들은 다시금 떠오른 그 별이 정말로 한 시간 늦게 뜨기는 했지만 전날 밤보다 더 커지지 않았음을 확인했고, 수많은 사람들이 깨어 있다가 이제는 그 별로 인한 위험이 완전히 지나간 것처럼 수학의 대가를 비웃었다.

그러나 웃음은 곧 멎고 말았다. 별은 커졌다. 별은 한 시간 한 시간 착실히 커졌으며, 시간이 갈수록 점점 자라나며 심야의 천정에 가까워졌고, 시간이 갈수록 점점 밝아지며 밤을 또 하나의 낮으로 바꾸어 놓았다. 만약 그것이 휘어진 경로를 따라오는 대신 지구에 곧장 왔다면, 목성에 의해 속력이 줄지 않았다면, 지구까지 오는 데 하루면 충분했을 터였다. 하지만 실제로는 우리 행성까지 오는 데 닷새가 걸렸다. 이튿날 밤 영국인들은 그 별이 지기 직전에 달의 3분의 1 크기가 된 것을 목격했고, 해빙은 확실히 진행되었다. 미국에서 그 별은 거의 달만 한 크기가 되어 떠올랐지만 너무 밝아 똑바로 바라볼 수 없었고, 뜨겁기도 했다. 그 별이 뜨면서 더운 바람이 일어나 점점 힘을 더하며 세력을 넓혀 갔고, 버지니아와 브라질, 세인트로렌스 계곡 유역에서는 천둥을 동반한 구름과 번쩍이는 보라색 번개와 전례 없이 심한 우박 사이로 그 별이 간간이 환한 모습을 드러냈다. 매니토바에서는 얼음이 녹으면서 엄청난 홍수가 났다. 그날 밤부터 지구상의 모든 산꼭대기마다 눈과 얼음이 녹아내리기 시작했고, 고지에서 흐르는 강들은 혼탁한 물줄기를 흘려보냈고, 곧 그 물이 닥치는 대로 집어삼킨 나무와 짐승과 사람들의 시체들이 소용돌이쳤다. 강물들은 유령같이 창백한 별빛 아래 꾸준히 불어났고, 마침내 조금씩 둑을 넘더니 도망치는 계곡 사람들을 덮쳤다.

아르헨티나의 해안과 남대서양에선 유사 이래 기록된 적이 없을 정도로 높은 조수가 들어왔고, 폭풍이 몰고 온 물은 내륙으로 수십 마일씩이나 들어가 도시들 전체를 침수시켰다. 밤 사이에 증가한 열기는 너무도 강렬하여 오히려 태양이 뜨자 그늘이 드리워진 듯이 여겨질 정도였다. 북극권에서 혼 곳까지 미주 대륙 전체에 걸쳐 지진이 일어났다. 산비탈은 무너져 내리고 곳곳의 땅이 커다랗게 갈라졌으며 집과 벽들은 주저앉았다. 코토팍시 화산은 한 번의 거대한 분화로 전체가 무너져 내렸고, 뿜어 나온 액체 용암은 너무도 높고 넓고 빠르게 퍼져 나가 단 하루 만에 바다까지 닿았다.

빛이 바래 버린 달을 거느린 채 하늘을 차지한 그 별은 마치 가운 자락을 끌듯 뇌우를 동반하고 태평양 하늘을 가로질러 행진해 갔고, 그 뒤로 거품 이는 광포한 해일이 섬들 위로 쏟아져 지상의 인간들을 휩쓸어 버렸다. 이윽고 눈부신 백색광과 용광로 같은 열기 속에서 끔찍한 파도가 빠르게 밀어닥쳤고, 50피트도 넘는 물의 장벽이 굶주린 듯 울부짖으며 아시아의 긴 해안을 덮치고, 중국 내륙의 평원을 쓸었다. 이제 태양보다 더 뜨겁고 밝고 큰 그 별은 사람들의 대지 위로 무자비한 광휘를 내리쏟았다. 그리고 잠을 이루지 못한 수백 만의 사람들은 도시와 마을, 탑, 나무, 길, 경작지에서 속수무책으로 공포에 질려 작열하는 하늘을 바라보았다. 낮게, 그러나 점점 더 커다랗게 홍수의 중얼거림이 들려왔다. 호흡이 곤란할 정도로 뜨거워진 열기로 인해 기진맥진해진 수백만 사람들의 몸 위로, 순식간에 하얀 벽 같은 홍수가 밀어닥쳤다. 그러고는 모두 죽음을 맞이했다.

중국은 백열로 달구어졌지만 일본과 자바, 동아시아의 섬들에선 별이 흐릿한 붉은색 구체로 보였다. 화산에서 분출된 증기와 연기와 재들이 앞장서 별을 마중 나왔기 때문이다. 공중에는 용암과 뜨거운 가스와 재들이 날아다녔고, 그 펄펄 끓는 유체 아래의 지구 전체는 지진의 충격으로 요동치며 울렸다. 태곳적부터 쌓여 있던 티베트와 히말라야의 눈들이 녹아내리며 버마와 힌두스탄 평원에 크고 작은 계곡들을 수없이 새겼다. 인도 밀림의 뒤엉킨 산꼭대기들 수천 군데에서 불길이 타오르고, 세찬 물줄기 아래에선 이미 숯덩이가 다 된 생물들이 붉은 불길의 혓바닥에서 벗어나려는 속절없는 마지막 저항의 몸부림을 쳤다. 혼란에 빠져 우왕좌왕하는 남녀의 무리가 넓은 강물을 따라 인류의 마지막 희망인 바다로 향했다.

  별은 놀라운 속도로 다가오며 점점 더 커지고 뜨거워지고 밝아졌다. 열대의 바다는 푸른 인광을 잃었고, 폭풍에 휩쓸린 배들이 군데군데 얼룩처럼 붙어 있는 광포하고 시커먼 파도에선 증기가 유령 무리처럼 피어올랐다.

  그러고는 경이로운 일이 일어났다. 유럽에서 별이 뜨는 것을 기다리던 사람들에겐 지구가 자전을 멈추어 버린 듯한 느낌이었다. 홍수와 산사태, 무너지는 집 더미를 피해 이리저리 도망다니던 사람들은 수천 군데의 공터에 제각기 모여 속절없이 별이 뜨는 것을 기다렸다. 한 시간, 또 한 시간. 긴장 속에 시간이 흘렀지만 별은 떠오르지 않았다. 다시금 사람들은 예전의 낯익은 별자리들, 영원히 다시 보지 못하리라 여겼던 별들에 시선을 맞추었다. 영국에선 비록 대지는 울림을 멈추지 않았지만 머리 위 공기는 뜨겁고 맑았으며, 열대지방에서는 시리우스와 카펠라와 알데바란이 증기의 베일 사이로 모습을 드러냈다. 마침내 열 시간 늦게 그 거대한 별이 떴을 때, 가까이에 태양이 떠올랐고, 태양은 백열 가운데에서 검은 원반이 되었다.

아시아에서 그 별은 하늘의 움직임을 따라가지 못하고 뒤처지기 시작하더니 인도 하늘에서 갑자기 멈추고는 장막에 가려지듯 빛을 잃었다. 그날 밤 인더스 강 하구에서 갠지스 강 하구까지 인도의 모든 평원들은 광활하게 펼쳐진 얕고 빛나는 물에 잠겨 있었고 그 위로 사원과 궁전, 낮은 언덕과 구릉, 그리고 점점이 사람들이 솟아 있었다. 물 위로 나온 탑들마다 사람들이 꽉꽉 들어차 있었고, 간혹 열기와 공포를 못 이긴 사람들이 하나둘씩 혼탁한 물속으로 떨어지곤 했다. 나라 전체가 하나의 거대한 절규였다. 그런데 갑자기 그 절망의 용광로 위로 그늘이 드리워졌고, 한 줄기 시원한 바람이 불어와 공기가 식으면서 구름들이 생겨났다. 사람들은 거의 멀어 버린 눈을 들어 별을 보았다. 밝은 빛을 가로질러 검은 원반이 지나가는 게 보였다. 달이었다. 달이 지구와 별 사이에 끼어든 것이다. 사람들이 그 잠깐의 은총에 신의 이름을 부르며 감사드릴 즈음, 동쪽으로부터 불가사의할 정도로 빠르게 태양이 떠올랐다. 그러고는 별과 태양, 달이 나란히 하늘을 가로질러 빠르게 지나갔다.

유럽의 관찰자들은 별과 태양이 가까이 붙어서 빠른 속도로 떠올랐다가 점점 느려지고, 이윽고 하늘의 한 점에서 정지하더니 하늘의 천정 부근에서 하나의 불꽃으로 합쳐지는 모습을 보았다. 달은 더 이상 별을 가리지 못하고 눈부신 하늘의 광채에 모습을 감추고 말았다. 그리고 그 광경을 목격한 생존자들은 대부분 허기와 피로, 열기, 절망으로 정신이 멍한 상태였지만, 일부는 자신이 목격한 현상이 어떤 의미인지를 이해했다. 별과 지구는 서로 가장 가까이 접근했으며, 그 결과 서로의 궤도에 조금씩 영향을 미치게 되었다. 그리고 이제 별은 점점 더 빠르게 빠르게 멀어져 가며 태양을 향한 저돌적인 행진의 마지막 단계에 접어들고 있었다.

구름들이 다시 몰려와 하늘을 점점이 수놓기 시작했고, 천둥과 번개가 촘촘히 전 세계를 둘러쌌다. 전례 없이 엄청난 폭우가 쏟아지고, 구름 모자 아래에서 붉게 타오르던 화산에는 진흙이 억수처럼 쏟아져 내렸다. 폭우는 진흙 범벅의 폐허만 남기며 지구 곳곳을 휩쓸었고, 지구는 폭풍의 강타를 맞은 해변처럼 사방이 부유물, 사람, 짐승, 그리고 짐승의 새끼와 사람의 아이 시체로 가득했다. 물은 며칠 동안을 흘러 내륙에서 물러가면서 토양과 나무, 집들을 휩쓸었고, 거대한 둑을 쌓는가 하면 한편으로는 거대한 골짜기들을 파놓았다. 눈부신 별과 열기의 날들이 지나가자 한동안 암흑의 나날이 계속되었다. 그 기간 내내, 그리고 몇 주와 몇 달이 지나도록 지진은 계속되었다.

그러나 어쨌든 별은 지나갔다. 사람들은 허기에 지칠 대로 지친 채 간신히 기운을 그러모아서 폐허가 된 도시로, 휩쓸린 곡창지대로, 질퍽한 들판으로 기어갔다. 천행으로 폭풍을 피해 갔던 몇 척의 배들은 조심스럽게 수로를 헤쳐 나가면서 만신창이가 된, 그러나 한때는 친숙했던 항구의 새로운 여울목과 지형으로 돌아갔다. 폭풍이 잦아들면서 비로소 사람들은 모든 곳의 날씨가 옛날보다 더 따뜻해진 걸 깨달았다. 태양은 예전보다 더 커졌고, 달은 그 전의 3분의 1 크기로 줄어들고 차고 이지러지는 주기는 80일로 늘어났다.

그러나 사람들 사이에 곧 새로이 자라나기 시작한 형제애, 법률과 책과 기계들을 구해 낸 일, 아이슬란드와 그린란드, 배핀 민 해안에 찾아온 낯선 변화(그곳들에 간 뱃사람들은 그 땅들이 초록색이 되고 풀이 무성해진 것을 보았는데, 직접 보고도 자기 눈을 믿지 못했다) 따위에 대해선 이 글에서 얘기하지 않겠다. 지구가 전체적으로 더워짐에 따라 남북극 쪽으로 시작된 인류의 대이동에 대해서도 얘기하지 않겠다. 이 글은 오직 그 별이 왔다가 지나간 얘기만을 다룬다.

화성의 천문학자들은 당연히 이 사건에 깊은 관심을 보였다(화성인들은 지구 인류와는 완전히 다른 존재지만, 천문학자는 있었다). 물론 그 천문학자들은 자신들의 관점에서 사태를 관찰했다. 그 가운데 누군가가 기록했다. '우리 태양계를 가로질러 태양으로 뛰어 들어간 그 천체의 질량과 온도를 고려해 보면, 그것이 매우 가까이 스쳐 지나갔음에도 불구하고 지구가 위치를 이탈하지도 않고 그토록 적은 피해만을 입었다는 사실은 놀랍다. 기존 대륙들의 윤곽이나 바닷물의 양은 변함이 없으며, 오로지 변화한 것은 양 극지의 (아마도 얼어붙은 물로 짐작되는) 하얀 막이 좀 줄어들었다는 것뿐이다.' 이 기록은 인류가 아무리 엄청난 천재지변을 겪더라도 수백만 마일 밖의 우주에서 보면 그 재해는 하잘 것없는 일에 지나지 않음을 보여 준다.

기적을 행하는 남자
The Man Who Could Work Miracles

산문체로 쓴 판토움*

   그 능력이 잠재되어 있었는지는 확실하게 말할 수 없다. 내가 보기에는 그 능력이 그에게 갑작스럽게 생긴 것 같다. 사실, 그는 서른 살이 되기까지 기적을 믿지 않는 무신론자로 살아왔다. 그리고 여기니까 하는 말이지만, 그는 키는 땅딸막했고, 두 눈동자는 짙은 간색이고, 붉은 머리털은 아주 뻣뻣했으며, 손가락으로 콧수염의 양 끝을 말아 올렸고, 얼굴은 주근깨투성이였다. 그의 이름은 조지 매퀴터 포더링게이 씨였으며(아

---

*판토움은 시의 한 형식으로, 4행으로 이루어진 각 연의 둘째, 넷째 행이 다음 연의 첫째, 셋째 행에서 반복된다. 마지막 연까지 이 규칙은 이어지고, 동시에 마지막 연에서는 시의 첫째 행이 마지막 행이 되며 첫째 연의 셋째 행이 마지막 연의 둘째 행이 된다.

무리 봐도 기적 비슷한 것을 기대하게 하는 이름은 아니다) 곰숏 회계 사무소의 점원으로 일했다. 포더링게이 씨는 자기 주장을 고집스럽게 내세우며 논쟁 벌이기를 무척 즐겼다. 포더링게이 씨가 그 초월적인 능력을 처음 엿보인 것도, 그가 기적이란 있을 수 없다고 강력하게 주장하고 있을 때였다. 이 독특한 논쟁은 '롱 드래곤'이라는 이름의 술집에서 벌어졌고, 포더링게이 씨의 주장에 대한 반대 의견을 이끌고 있었던 건 토디 비미시로, 비미시는 그저 "그건 당신 생각이고……"라는 말을 되풀이할 뿐이었지만, 그 전략은 꽤나 효과적으로 먹혀들어서, 포더링게이 씨는 슬슬 인내심이 바닥나기 시작하고 있었다.

그들 곁에는 먼지투성이인 자전거 애호가이자 지주인 콕스 씨와 얌전하고 약간 뚱뚱한 롱 드래곤 바의 웨이트리스 메이브리지 양이 있었다. 메이브리지 양은 포더링게이 씨에게서 등을 돌리고 서서 유리잔을 씻고 있었고, 다른 사람들은 다들 포더링게이 씨의 독선적인 주장이 별 효과를 거두지 못하고 반박되는 상황에 조금씩 흥미를 느끼며 그 둘을 바라보고 있었다. 비미시 씨의 토레스 베드라스 전략* 때문에 부아가 치민 포더링게이 씨는 수사학적으로 새로운 시도를 해보기로 마음먹었다. 포더링게이 씨가 말했다. "이봐요, 비미시 씨. 기적이란 게 무언지 우리 분명하게 정의해 봅시다. 기적이란 의지력에 의해 자연법칙을 거슬러서 발생하는 무언가이니, 특별한 의지가 없이는 발생하지 않았을 일들이라고 할 수 있을 겁니다."

"그건 당신 생각이고……" 비미시 씨가 반박하듯 말했다.

---

*영국의 웰링턴 장군은 나폴레옹 군을 방어하기 위해 포르투갈의 토레스 베드라스에 전선을 형성했는데, 농토를 모두 파괴하고 식량을 모두 전선 안쪽으로 들인 다음 요새 안에서 무기한으로 버티면서 프랑스군이 식량 부족으로 인해 스스로 물러나길 기다렸다. 즉 상대가 제풀에 지치길 기다리는 전략이다.

포더링게이 씨는 여지껏 가만히 논쟁을 지켜만 보던 자전거 애호가 콕스 씨에게 동조해 달라고 호소했고, 콕스 씨는 헛기침을 하며 비미시를 향해 머뭇거리는 듯한 눈빛을 보내더니, 포더링게이 씨의 말에 공감한다는 뜻을 표시했다. 사실 콕스 씨는 아무런 주장도 표시하지 않을 생각이었다. 자신의 정의에 대해 뜻밖의 의미 있는 동의를 얻은 포더링게이 씨가 비미시를 향해 시선을 돌렸다.

포더링게이 씨가 잔뜩 고무된 목소리로 말했다. "예를 들어, 여기서 기적이 일어난다고 생각해 봅시다. 자연법칙에 의해서라면 이 램프는 위에서 아래를 향해서는 타오를 수 없을 거예요. 비미시 씨, 그렇죠?"

"그야 당신이 그럴 수 없다고 말하고 있는 거죠." 비미시가 말했다.

포더링게이가 물었다. "그럼 당신은? 당신은 그런 일이 벌어질 수도 있다는 말인가요?"

비미시가 마지못해 대답했다. "아니, 아니요, 그런 일은 있을 수 없죠."

포더링게이 씨가 말했다. "좋아요. 그런데 여기에 누군가가 들어와요. 뭐 저일 수도 있겠죠. 쭉 따라 들어오다가 여기쯤에서 멈춰 섭니다. 그러고는 저 램프를 향해 이렇게 말해요. 바로 제가 하는 것처럼 이렇게, 모든 의지력을 모아서요. 위아래가 뒤집혀라! 바닥에 떨어지지 말고! 그리고 계속 타올라라! 그리고, 앗!"

그리고, 모든 사람들이 '앗!' 하고 소리칠 만한 일이 벌어졌다. 불가능하고 도저히 믿을 수 없는 일이 모두의 눈앞에서 펼쳐졌다. 램프가 허공에 뒤집혀 떠 있었고 불꽃은 아래를 향한 채로 조용히 타올랐던 것이다. 그 램프는 분명 의심할 여지 없이 예전부터 써왔던 롱 드래곤 술집의 평범한 램프였다.

포더링게이 씨는 그 순간이 불러일으킬 엄청난 반향을 예견한 듯 미간을 찌푸리고 검지를 뻗은 채로 멍하니 서 있었다. 자전가 애호가는 램프 곁에 앉았다가 홱 몸을 피하며 카운터 반대편으로 달아났다. 기겁하며 펄쩍 뛴 건 누구도 예외가 아니었다. 메이브리지 양은 돌아서서 비명을 질렀다. 램프는 거의 3초 가까이 그 상태로 가만히 떠 있었다. 정신적 충격을 받은 포더링게이 씨는 나지막이 신음을 내뱉었다. 포더링게이 씨가 말했다. "이거 더 이상은 못 버티겠어." 포더링게이 씨는 휘청거리며 뒤로 물러섰다. 뒤집혀 떠 있던 램프는 갑자기 빛을 번쩍 내뿜더니 바모서리에 떨어졌고, 옆으로 몇 번 튀다가 마룻바닥에 쾅 하고 떨어지더니 곧 불이 꺼졌다.

램프 받침대가 쇠로 되어 있었기에 망정이지 그렇지 않았더라면 사방이 온통 불에 휩싸였을 것이다. 처음으로 입을 연 것은 콕스 씨였는데, 그의 반응은 결국 까놓고 말하자면, 포더링게이 씨는 바보 멍청이라는 것이었다. 포더링게이 씨는 그런 원초적인 비난에 대해서조차 이의를 제기할 수 없는 상태였다! 포더링게이 씨는 조금 전 눈앞에서 벌어진 사건 때문에 이루 말할 수 없이 크게 놀랐다. 이후로 대화가 계속됐어도 포더링게이 씨 일이 어찌 된 영문인지 알 수 없기는 마찬가지였다. 대부분의 사람들은 콕스 씨와 비슷한 수준을 넘어 아주 혹독한 반응을 보였다. 모두들 포더링게이 씨에게 비열한 속임수를 썼다고 비난하며, 평화롭고 아늑한 분위기를 깬 장본인이라고 몰아붙였다. 포더링게이 씨는 너무나도 정신이 혼란스러웠기에 사람들의 비난을 순순히 받아들였다. 포더링게이 씨는 당장 꺼져 버리라는 사람들의 요구에 저항을 하기는 했지만, 별 효과는 없었다.

포더링게이 씨는 얼굴이 화끈 달아오른 채 집으로 돌아갔다. 양복 깃은 구겨졌고 두 눈은 따끔거렸으며 두 귀는 시뻘겠다. 포더링게이 씨는 길을 가며 가로등을 지나칠 때마다 번번이 신경을 곤두세웠고 열 개나 되는 가로등을 매번 하나하나 살펴보았다. 처치 로에 있는 조그만 침실로 돌아와 완전히 혼자만 있다는 것을 확인하고 나서야 포더링게이 씨는 방금 일어난 일들에 대해 진지하게 기억을 되짚어 볼 수 있었다. 포더링게이 씨는 스스로에게 물었다. "대체 어떻게 된 일이야?"

양복과 부츠를 벗은 포더링게이 씨는 주머니에 양손을 찔러 넣고 침대에 앉아 열일곱 째로 변명을 되뇌었다. "그렇게 엉뚱한 짓을 벌여 사람들을 당황시킬 생각은 정말 없었어." 바로 그때, 포더링게이 씨는 자신이 램프에 명령을 내렸던 바로 그 순간에 자기가 무심코 그걸 소원하고 있었으며, 허공에 떠 있는 그 램프를 보았을 때 그 상태가 지속될지 않을지가 자신에게 달려 있다고 느꼈다는 사실을 깨달았다. 물론 어떻게 그런 일이 행해졌는지는 분명치 않았지만 말이다. 포더링게이 씨는 정신세계가 그렇게 복잡한 사람이 아니었다. 복잡하게 생각하는 사람이었다면, 포더링게이 씨는 자발적 행동이라는 너무나 심오한 문제들을 포함하는 '무심코 소원하기'란 주제에서 한동안 헤어 나오지 못하고 고민했을 것이다. 하지만 포더링게이 씨는 그저 자신의 막연한 추측이 꽤 만족스럽기만 했다. 그래서 몇 가지 실험을 실시했다(이 실험에 논리적 타당성은 없다는 사실을 밝혀 둬야만 하겠다).

바보 같은 짓이라는 느낌도 들었지만, 포더링게이 씨는 단호하게 초를 가리키면서 정신을 집중했다. "떠올라라." 포더링게이 씨가 말했다. 그러자 바보 같은 짓이라는 느낌이 곧 사라졌다. 초가 떠오르더니 허공에 한순간 정지했던 것이다. 포더링게이 씨가 놀라 숨을 멈춘 순간, 초는 화장대 위에 쾅 하고 떨어졌다. 포더링게이 씨는 어둠에 휩싸였고, 스러져 가는 불빛만이 어둠 속에서 빛났다.

한동안 포더링게이 씨는 어둠 속에서 꼼짝도 않고 가만히 앉아 있었다. 포더링게이 씨가 말했다. "아무튼, 실제로 벌어진 일인 건 분명해. 하지만 어떻게 설명해야 좋을지는 모르겠네." 포더링게이 씨는 무겁게 한숨을 내쉰 다음 주머니에서 성냥을 찾기 시작했다. 하지만 찾을 수가 없어서 자리에서 일어나 화장대를 더듬기 시작했다. 포더링게이 씨가 말했다. "성냥 하나만 있었으면." 양복을 뒤졌지만 성냥은 없었다. 그때, 성냥에 대해서도 기적이 일어날 수 있으리란 생각이 뇌리를 스쳤다. 포더링게이 씨는 한 손을 뻗고 어둠 속에서 그 손을 노려보았다. 그러고는 말했다. "이 손에 성냥이 있으라." 순간 어떤 가벼운 물체가 손바닥 위로 떨어지는 게 느껴졌고, 손가락은 성냥 한 개비를 들고 있었다.

성냥에 불을 붙이려고 몇 번이나 시도했다가 결국 실패한 뒤에야 포더링게이 씨는 이게 안전성냥이란 걸 깨달았다. 포더링게이 씨는 성냥을 내던졌지만, 곧 성냥에 불을 붙도록 의지를 모으면 될 거라는 생각이 들었다. 그렇게 했더니 이번에는 화장대 덮개 한가운데서 성냥이 타오르기 시작했다. 포더링게이 씨는 허겁지겁 성냥을 집어 들고 불을 꺼버렸다. 포더링게이 씨는 자신이 할 수 있는 일에 대해 점차 여러 가지 생각이 들기 시작했고, 손으로 더듬어 촛대의 초를 갈아 끼웠다. "자, 이제 빛을 내라!" 포더링게이 씨가 말하자 초에 불이 붙었다. 포더링게이 씨는 화장대 덮개에 생긴 작고 검은 구멍에서 가늘게 솟아오르는 연기를 바라보았다. 한동안 연기와 촛불을 번갈아 가며 물끄러미 바라보던 포더링게이 씨는 눈을 들어 거울에 비친 자신의 모습을 바라보았다. 불빛 덕에 포더링게이 씨는 잠시 동안 깊은 정적 속에서 자기 자신과 마주할 수 있었다.

"그럼 이제 기적이란 건……?" 깊은 생각 끝에 포더링게이 씨가 마침내 입을 열었다.

　뒤이어 명상에 잠긴 포더링게이 씨는 심각하고도 혼란스러운 결론에 도달했다. 지금까지의 일로 보건대 기적은 순전히 자신의 의지에 달려 있었다. 그때까지 기적과 관련한 경험들을 생각해 보면 더는 좀처럼 기적을 시험해 보고 싶지 않았지만, 일단 자신의 능력에 대해 좀 더 고민해 본 뒤 마음을 바꿨다. 포더링게이 씨는 종이를 공중에 띄우고, 유리잔에 담긴 물을 분홍색으로 바꿨다가 또 초록색으로 바꿨으며, 달팽이를 창조했다가 기적을 행해서 그 달팽이를 없앴고, 불가사의하게 새것인 자기 칫솔을 만들어 냈다. 약간의 시간이 흐른 뒤에 포더링게이 씨는 자신이 매우 특별하고도 강력한 능력을 지니게 된 것이 틀림없다는 결론에 도달했다. 물론 그 결론을 내리기 전에도 어렴풋이 그런 사실을 깨닫긴 했지만, 그때는 완전하게 확신까진 못했었다. 능력을 처음 발견했을 때에 가졌던 두려움과 혼란스러움은 이제 비범한 능력의 증거들을 보면서 생겨난 자부심으로, 그리고 그로 인해 뭔가 이득을 얻을 것 같은 기대감으로 변해 갔다. 포더링게이 씨는 새벽 1시를 알리는 교회 종소리를 들었고, 이제 곰숏 회계 사무소에 매일같이 출근해야 할 필요도 없을 거라는 생각이 아직은 떠오르지 않았기에, 어서 잠자리에 들려고 서둘러 옷을 벗기 시작했다. 셔츠를 낑낑대며 머리 위로 끌어 올리다가 문득 기막힌 아이디어가 떠올랐다. "침대로!"라고 말하자 어느새 포더링게이 씨는 침대 속에 있었다. "옷은 벗고!"라고 포더링게이 씨는 덧붙였다. 그러자 차갑게 식은 침대 시트가 느껴져 황급히 덧붙였다. "잠옷을 입고, 아니지, 아주 멋지고 부드러운 모직 잠옷을 입고. 아히!" 포더링게이 씨는 무척이나 신이 난 목소리로 말했다. "그리고 이젠 아주 편안하게 잠들게 해줘……"

포더링게이 씨는 평소 일어나던 시간에 자리에서 일어났고, 아침 식사를 하는 동안 간밤에 벌어진 일들이 단지 유난히 생생했던 꿈은 아니었을까 생각했다. 결국 포더링게이 씨는 다시 조심스레 기적을 실험해 보았다. 예를 들어, 포더링게이 씨는 아침 식사로 알 세 개를 먹었는데, 하숙집 여주인이 내준 두 개는 맛있긴 했지만 싸구려였고, 나머지 하나는 맛있고 신선한 오리알이었는데, 포더링게이 씨가 초월적인 능력을 사용하여 창조하고 요리해 식탁에 올린 것이었다. 포더링게이 씨는 벅차오르는 흥분을 조심스럽게 감추고서 곰슷 사무소로 서둘러 갔고, 그날 저녁 하숙집 여주인이 세 번째 알 껍질은 무어냐고 묻는 말을 듣고서야 아침의 기적을 겨우 생각해 냈다. 자신에 대한 이 새롭게 놀라운 발견 때문에 근무시간 내내 포더링게이 씨는 아무 일도 손에 잡히지 않았지만, 퇴근하기 10분 전에 기적을 일으켜서 일을 다 끝내 버렸기에 곤란한 일은 전혀 일어나지 않았다.

　롱 드래곤 바에서 쫓겨난 일은 여전히 기억하기 싫었고, 그날의 일에 대한 소문들이 왜곡되면서 동료들도 놀려 댔지만, 시간이 흐르면서 포더링게이 씨의 마음은 신기함에서 뿌듯함으로 바뀌어 갔다. 당연히, 쉽게 깨질 물건들을 들어 올릴 때는 조심해야 했지만, 그것만 제외하면 포더링게이 씨의 능력은 점점 더 많은 것들을 가져다주었다. 포더링게이 씨는 눈에 띄지 않는 창조 행위를 통해 그 무엇보다 재산을 늘리고 싶었다. 포더링게이 씨는 참으로 눈부신 다이아몬드 장식 단추 한 쌍을 존재하게 만들었다가 얼른 다시 소멸시켰다. 곰슷 회계 사무소 사장의 아들이 사무실을 가로질러 포더링게이 씨의 책상으로 왔기 때문이다. 포더링게이 씨는 자신이 어떻게 그런 걸 손에 넣었는지 젊은 곰슷이 궁금해할까 봐 겁이 났기에 그것을 얼른 없애 버린 것이다. 포더링게이 씨는 재능을 발휘할 땐 신중하고 조심해야 한다는 걸 명명백백하게 깨달았지만 그 능력을 쓰는 일은 자전거 타기보다 힘들 게 없었다. 포더링게이 씨가 저녁을 먹은 뒤 가스 공장 뒷골목으로 들어간 것은, 아마도 자신이 롱 드래곤에서 환영받지 못할 거란 느낌 외에도 혼자 몇 가지 기적을 연습해 보고 싶은 마음이 크게 작용했던 듯하다.

기적을 시험하려는 포더링게이 씨의 노력에는 아마도 자신의 독자성을 증명하려는 욕구가 있었을 것이다. 포더링게이 씨는 기적을 일으키는 특별한 능력을 제외하면 평범한 인간이었기 때문이다. 포더링게이 씨는 모세가 지팡이로 일으킨 기적을 떠올렸지만, 이미 밤이 깊은 시간에 기적으로 거대한 구렁이를 창조해서 이래라저래라 하는 건 내키지 않았다. 잠시 후 포더링게이 씨는 예전에 필하모닉 오케스트라의 공연 프로그램 뒷면에서 읽었던 〈탄호이저〉의 줄거리를 생각해 냈다. 매력이 넘치면서도 해로울 것도 없는 내용 같았다. 포더링게이 씨는 자신의 지팡이(아주 근사한 푸나 페낭 변호사*였다)를 인도에 접한 잔디에 꽂고서 그 마른 나무에 꽃이 피도록 명령했다. 이내 공기 중에는 장미꽃 향기가 가득해졌고, 성냥을 켠 그는 아름다운 기적이 실현된 것을 알게 되었다. 그러나 어디선가 다가오는 발소리가 들리자 포더링게이 씨의 만족감은 사라져 버렸다. 능력이 발각되는 게 두려워진 그는 꽃이 핀 지팡이를 향해 황급히 명령했다. "돌아가!" 물론 그가 의도했던 건 '원상태로 변해라!'라는 것이었다. 하지만 당황해서 그렇게 말해 버린 것이었고, 지팡이가 빠른 속도로 뒤쪽으로 날아가자, 다가오던 사람이 천박한 목소리로 분노의 외침과 욕설을 내뱉었다. 다가오던 자가 외쳤다. "가시 관목을 던

---

*동아시아 지역에서 주로 자라는 야자나무로 만든 지팡이를 일컫는 별칭이다.

진 게 누구야? 내 정강이에 맞았다고!"

"죄송합니다." 포더링게이 씨가 말했다. 자초지종을 제대로 설명하면 상황이 얼마나 이상해질지를 깨달은 포더링게이 씨는 긴장한 듯 콧수염을 만지작거렸다. 다가오는 사람은, 이머링에 있는 세 명의 경관 중 하나인 윈치였다.

경관이 말했다. "대체 무슨 꿍꿍이였던 거야? 오호! 자네구먼! 그 롱 드래곤 바에서 램프를 박살냈던 양반!"

"다른 뜻은 없었어요. 전혀요." 포더링게이 씨가 말했다.

"그럼 지금 하는 짓은 대체 무슨 속셈인데?"

"참 나, 그만 좀 하세요!" 포더링게이 씨가 말했다.

"귀찮다 이거야? 자네 그 지팡이가 얼마나 아픈지 알아? 대체 그걸로 뭔 짓을 하려던 거였어, 어?"

그 순간 포더링게이 씨는 자기가 무슨 이유에서 그랬는지 생각해 낼수가 없었다. 그리고 그 침묵이 윈치 씨의 성질을 건드렸다. "자넨 경찰을 폭행한 거야, 젊은이. 자네가 한 짓은 바로 그거라고."

포더링게이 씨가 반쯤은 귀찮은 듯 반쯤은 당황한 듯 말했다. "있잖습니까, 윈치 씨, 정말 죄송한데요, 실은……"

"실은 뭐?"

포더링게이 씨는 사실대로 털어놓는 것 외에 다른 방법을 생각할 수가 없었다. "저는 기적을 행하고 있었어요." 포더링게이 씨는 아무 일도 아닌 것처럼 말해 보려고 애썼지만, 그러려고 하면 할수록 오히려 그럴수가 없었다.

"기적을……! 참 나, 사람 놀리지 말라고. 기적을 행한다고? 기적을? 그거 진짜 재밌네! 자넨 기적 같은 건 안 믿는다고 하지 않았던가? 그러니까 결국 자네가 또 한 번 그 멍청한 속임수 마술을 쓴 거군! 바로 그 짓을 한 거야. 내 분명히 말해 두겠는데……"

하지만 포더링게이 씨는 원치의 말을 들을 수가 없었다. 자신이 비밀을 폭로해 버렸다는 것을 깨달았기 때문이었다. 소중히 지켜져야 할 비밀이 사방으로 불어 대는 바람을 타고 날아가 버린 것이다. 순간 격렬한 분노가 치민 포더링게이 씨는 당장 행동을 시작했다. 포더링게이 씨는 성난 얼굴로 경관을 홱 돌아보았다. 포더링게이 씨가 말했다. "자, 그만하면 됐습니다! 당신에게 그 멍청한 속임수 마술을 한 번 보여 드리지요! 지옥으로 꺼져! 지금 당장!"

포더링게이 씨는 혼자가 되었다!

그날 밤 포더링게이 씨는 더 이상 기적을 행하지 않았다. 꽃이 핀 지팡이가 어디에 있고 어떻게 되어 있는지도 보고 싶지 않았다. 포더링게이 씨는 겁에 질린 채로 입을 꽉 다물고서 시내를 지나 자신의 침실로 돌아와서 말했다. "맙소사! 이건 강력한 능력이야. 정말로 강력해. 그렇게까지 하려던 건 정말로 아니었어. 정말로 아니었는데…… 지옥이 어떤 곳인지 궁금하군!"

포더링게이 씨는 부츠를 벗고 침대 위에 앉다가 순간 유쾌한 아이디어가 떠올랐고, 원치를 샌프란시스코로 옮겨 버렸다. 더는 신경 쓰이는 것 없이 편안한 기분이 된 포더링게이 씨는 차분히 잠자리에 들었다. 그리고 꿈속에서 불같이 화를 내는 원치를 보았다.

이튿날 포더링게이 씨는 두 개의 흥미로운 소식을 들었다. 하나는 어떤 사람이 룰라버러 로드에 있는 곰숏 씨의 집 벽에 세상에서 가장 아름다운 담쟁이 장미를 심었다는 것, 그리고 다른 하나는 사람들이 원치 경관을 찾으려고 그 먼 롤링 제분소까지 강을 수색했다는 것이었다.

포더링게이 씨는 하루 종일 멍하니 생각에 잠겼고, 원치를 위해 생필품 약간을 마련해 준 것과 직장 일을 완벽하고도 정확하게 끝낸 것 외에는 아무런 기적도 행하지 않았다. 하지만 머릿속에서는 온갖 생각이 벌 떼처럼 윙윙거렸다. 포더링게이 씨는 유난히 멍하고 기력이 없어 보여서 여러 사람들의 눈에 띄었으며, 일부는 그를 두고 수군거리며 놀려 댔다. 하지만 포더링게이 씨는 대부분의 시간 동안 원치의 일을 고민했다.

일요일 저녁 포더링게이 씨는 교회에 갔다. 초자연적인 사건들에 특별한 관심을 보여 온 메이디그 씨는 마침 그날 예배에서 '율법에 어긋나는 것들'을 주제로 설교했다. 포더링게이 씨는 사실 꼬박꼬박 교회에 나가는 교인은 아니었다. 하지만 이미 내가 암시했던 그의 단호한 무신론 체계가 이제는 심하게 흔들린 상태였다. 그런 그에게 설교의 내용은 자신의 고귀한 능력에 대해 완전히 새로운 빛을 던져 주었고, 포더링게이 씨는 예배가 끝나자 문득 메이디그 씨를 찾아가 상담을 받기로 마음먹었다. 일단 그러기로 마음을 먹고 나자 자기가 왜 진작에 그런 생각을 하지 못했는지 알 수가 없었다.

메이디그 씨는 말랐으며 손목과 목이 특히나 가늘고 다혈질이었는데, 종교적인 문제에 무관심한 걸로 마을에서 유명한 청년이 자신에게 면담을 요청했다는 사실이 만족스러웠다. 목사는 적당히 뜸을 들이고 나서 포더링게이 씨를 교회와 연결된 목사관의 서재로 안내했고, 편히 앉으라고 한 뒤 자신은 밝은 벽난로 불빛 앞에 섰다. 목사의 두 다리가 맞은편 벽 위로 로도스 섬의 아치처럼 그림자를 그렸다. 목사는 포더링게이 씨에게 자초지종을 얘기해 보라고 했다.

처음에 포더링게이 씨는 그 문제에 대해 어떻게 이야기를 시작해야 할지 몰라서 당황했다. "메이디그 목사님, 제 말을 못 믿으실지도 모르겠지만요……" 그리고 약간의 시간이 흘렀다. 마침내 포더링게이 씨는 질문을 해보기로 했고, 메이디그 씨에게 기적에 대해 어떻게 생각하는지 물었다.

메이디그 씨는 무척이나 비판적인 목소리로 "흠," 하는 소리를 낼 뿐이었다. 그때 포더링게이 씨가 끼어들었다. "평범하기 짝이 없는, 가령 저 같은 인간이 여기 지금 이렇게 앉아 있어요. 그런데 그 사람 내부에서 무슨 일인가가 일어나서 그로 인해 그 사람이 자기 뜻대로 뭐든 할 수 있게 되었다는 걸, 믿지는 못하시겠죠?"

메이디그 씨가 말했다. "가능해요. 아마도 가능할 겁니다."

포더링게이 씨가 말했다. "제가 만일 이 서재에 있는 아무 물건이나 마음대로 사용할 수 있다면 목사님께 간단한 실험을 하나 보여 드릴 수 있을 거라고 생각합니다. 자, 예를 들어, 테이블 위에 있는 저 담배통을 써보기로 하죠. 제가 알고 싶은 건 말입니다, 제가 이걸로 보여 드릴 일을 기적이라고 말할 수 있는가 없는가 하는 문제입니다. 잠깐만 기다려 보세요, 목사님."

포더링게이 씨는 담배통을 가리키고 미간을 찡그리며 말했다. "제비꽃이 피어 있는 꽃병이 되어라!"

담배통은 포더링게이 씨가 명령한 대로 변했다.

메이디그 씨는 변한 담배통을 보고는 깜짝 놀랐고, 벌떡 일어나서 마술사와 꽃이 담긴 꽃병을 번갈아 쳐다보기 시작했다. 메이디그 씨는 아무 말도 하지 않았다. 이윽고 메이디그 씨는 조심스레 테이블로 몸을 기울이더니 제비꽃의 향기를 맡았다. 꽃들은 방금 꺾은 것처럼 아주 싱싱했다. 이윽고 메이디그 씨는 포더링게이 씨를 물끄러미 바라보았다.

"대체 어떻게 한 건가요?" 메이디그 씨가 물었다.

포더링게이 씨는 콧수염을 살짝 잡아당겼다. "그냥 말을 했죠. 그랬더니 보신 것과 같습니다. 이건 기적인가요? 아니면 흑마술인가요? 대체 뭔가요? 목사님 생각에는 제게 무슨 문제가 있는 것 같습니까? 그게 제가 묻고 싶은 질문입니다."

"이건 정말로 놀랍군요."

"딱 일주일 전만 해도 저도 제가 이런 일을 할 수 있을 줄 꿈에도 생각해 보지 못했습니다. 목사님과 전혀 다를 바가 없었어요. 이 능력은 참으로 갑자기 생겨났답니다. 제가 짐작하기엔 제 의지력에 이상한 일이 생긴 것 같습니다. 제가 짐작할 수 있는 건 그게 전부입니다."

"그게…… 전부라. 저거 말고 다른 일들도 할 수 있나요?"

포더링게이 씨가 말했다. "물론입니다! 어떤 것이든지요." 포더링게이 씨는 잠시 생각을 하더니 문득 자기가 예전에 봤던 마술 쇼를 떠올렸다. "자, 물고기들이 있는 사발로 변해라. 아니, 그건 아니고, 금붕어들이 헤엄치고 물이 가득한 어항으로 변해라. 이게 더 낫군! 자, 보셨죠, 목사님?"

"놀라워요. 믿을 수가 없군요. 당신은 매우 특별…… 하지만 아니……"

포더링게이 씨가 말했다. "다른 무엇으로도 바꿔 놓을 수 있습니다. 무엇이든지요. 자! 비둘기가 되어라!"

곧 푸른 비둘기 한 마리가 푸드득거리며 방을 날아다녔고, 메이디그 씨는 비둘기가 근처에 다가오기만 하면 황급히 머리를 숙였다. "자, 이제 그만 멈춰." 포더링게이 씨가 말하자 비둘기는 갑자기 꼼짝도 않은 채로 허공에 떠 있었다. "저걸 다시 꽃병으로 바꿀 수도 있습니다." 포더링게이 씨가 말하고는 뒤이어 비둘기를 테이블 위에 놓인 꽃병으로 바꾸는 기적을 행했다. "이제 파이프에 담배를 좀 채우고 싶어지시겠죠." 포더링게이 씨가 말했고, 다시 담배통으로 바꿔 놓았다.

메이디그 씨는 이를테면 절규하는 듯한 침묵 속에서 이 후반부의 변화들을 바라보았다. 메이디그 씨는 포더링게이 씨를 물끄러미 바라보다가 극히 조심스러운 자세로 담배통을 집어 들고서 찬찬히 훑어본 뒤 다시 테이블 위에 올려놓았다. 메이디그 씨는 "허 참!" 하고 탄성을 내뱉을 뿐이었다.

"이젠 저에게 일어난 일들을 설명하기가 훨씬 쉽겠군요." 포더링게이 씨가 말했다. 그러고는 램프 사건부터 시작해서 자신의 기이한 경험들을 장황하고 복잡하게 늘어놓기 시작했다. 윈치에 대해서는 끝까지 변죽만 울려 이야기를 더 복잡하고 뒤얽히게 만들었다. 포더링게이 씨는 경악을 금치 못하는 메이디그 씨의 표정 때문에 잠시 우쭐했지만 이야기를 하면서 그러한 우쭐함은 곧 사라졌다. 포더링게이 씨는 다시 일상에서 만날 수 있는 평범한 모습의 포더링게이 씨로 되돌아왔다. 메이디그 씨는 한 손에 담배통을 든 채로 주의 깊게 귀를 기울였고, 이야기가 계속되어 가면서 메이디그 씨의 태도도 조금씩 변해 갔다. 마침내 세 번째 알의 기적에 대해 포더링게이 씨가 말하는 동안 목사는 손을 뻗어 휘휘 내저으면서 말을 끊었다.

메이디그 씨가 말했다. "가능해요. 있을 수 있어요. 물론 놀라운 일임에는 틀림없지만, 기존의 수많은 기적과 부합해요. 기적을 일으키는 힘은 하느님의 선물이지요. 천재들이나 예언자들이 지닌 것과 같은 특수한 능력이죠. 그러므로 그 능력은 아주 드물고 또한 각별한 사람들에게만 찾아온답니다. 하지만 이 경우에는…… 저는 항상 마호메트, 요가 수행자, 블라바츠키 부인의 기적들을 미심쩍어했어요. 하지만, 물론…… 예, 이건 온전히 하느님의 선물이에요! 이건 저 위대한 사상가의 논증을 아름답게 확증해 주고 있어요." 메이디그의 목소리가 가라앉았다. "그 영광의 아귈 공작의 논증을요. 여기서 우리는 평범한 자연법칙보다 훨씬 더 심오한 원리를 이해할 수 있어요. 네, 네, 계속하세요!"

포더링게이 씨는 원치와 관련된 그 불행한 사건에 대해 이야기를 이어 갔다. 메이디그 씨는 이제 더 이상 무서워하지도 겁을 집어먹지도 않았으며, 도리어 팔다리를 휘두르며 이야기 중간중간에 감탄사를 툭툭 내뱉었다. 포더링게이 씨가 계속 말했다. "저를 가장 당황스럽게 하는 게 바로 이겁니다. 제가 가장 절실하게 조언을 구하고 싶은 부분이 바로 이겁니다. 원치는 물론 지금 샌프란시스코에 있습니다. 샌프란시스코가 어디 붙어 있는지는 모르지만요. 하지만 어쨌든, 이건 저희 두 사람 모두에게 불편한 상황입니다. 저는 원치가 자기에게 벌어진 일을 어떻게 받아들일지 짐작도 안 갑니다. 아마도 원치는 당황하고 또 매우 심하게 화가 났으며, 저에게 오려고 애쓰고 있을 겁니다. 계속해서 애쓰고 있을 겁니다. 그런 생각이 들면 저는 몇 시간마다 기적을 행해서 원치를 있던 곳으로 돌려보냅니다. 물론 원치는 이 일을 이해할 수 없을 테고 엄청 짜증스러워할 테죠. 그리고 만약 원치가 이곳으로 오려고 매번 표를 산다면 엄청나게 많은 돈을 써야 할 겁니다. 저는 원치를 위해서 최대한 배려를 해주고 있습니다만, 물론 원치가 제 입장을 이해해 주길 바랄 수는 없겠지요. 나중에 저는, 원치를 샌프란시스코로 옮겨 놓기 전에 원치의 옷들이 다 불에 그을렸을지 모른다는 생각을 했습니다. 저승이 정말로 우리가 생각하는 그런 곳이라면 그렇게 되었을 테죠. 정말 그런 일이 벌어졌다면 샌프란시스코 사람들이 원치를 구치소에 가뒀을지도 모른다는 생각이 들더군요. 그래서 저는 원치가 새 옷을 입게 했습니다. 하지만 목사님께서도 보시다시피 저는 이미 혼란한 상황의 소용돌이 속에 빠져들고 있습니다."

메이디그 씨는 심각해 보였다. "혼란스러운 상황에 처해 있다는 건 알겠어요. 예, 아주 난감한 상황이겠죠. 어떻게 그걸 끝낼 수 있을까요……" 메이디그 씨는 혼란스럽고 확실한 결론이 없어 보였다.

"하지만 윈치의 일은 잠시 제쳐 두고 좀 더 큰 문제에 대해 얘기해 보기로 하죠. 제가 생각하기에 당신이 하는 일은 흑마술 같은 건 아닌 듯해요. 범죄 의도 같은 게 보이지도 않고요. 당신이 뭔가 중요한 사실들을 숨기는 게 아니라면 분명히 그래요. 그러니 이건 기적이에요. 순전한 기적이죠. 이렇게 말해도 좋다면, 아주 최상급의 기적이에요."

목사는 벽난로 깔개로 천천히 걸어가면서 몸짓을 섞어 가며 이야기를 하기 시작했다. 포더링게이 씨는 테이블 위에 올린 팔로 머리를 괴고 걱정스러운 표정을 짓고 있었다. "저는 윈치 일을 어떻게 해야 좋을지 모르겠습니다." 포더링게이 씨가 말했다.

메이디그 씨가 말했다. "기적을 행하는 능력, 그것도 아주 강력한 능력이 틀림없으니 윈치의 일에 대해서도 분명 방도를 찾아낼 거예요. 걱정하지 마세요. 선생, 선생께서는 지금 세상에서 가장 중요한 인물, 가장 놀라운 가능성을 지닌 인물이 되었어요. 당신이 해낸 기적의 증거를 보세요! 그리고 또 당신이 앞으로 해낼 수 있는 기적들을……"

포더링게이 씨가 말했다. "예, 저도 한두 개 정도 생각해 보았습니다. 하지만 그것 중에 어떤 건 좀 사악한 것들이에요. 아까 나타난 물고기는 목사님도 처음 보셨죠? 그건 있어서는 안 되는 어항이었고 있어서는 안 되는 물고기입니다. 저는 다른 누군가에게 의견을 묻고 싶어졌습니다."

메이디그 씨가 말했다. "잘 생각하셨어요. 아주 잘 생각하셨어요. 모든 게 다 제대로 된 길을 따라가네요." 메이디그 씨는 멈춰 서서 포더링게이 씨를 바라봤다. "그건 그야말로 무제한적인 능력이에요. 당장 당신의 능력을 시험해 보기로 하죠. 만약 그 능력이 정말로…… 만약 정말로 우리 눈에 보이는 그대로라면요."

1896년 11월 10일 일요일 저녁, 조합 교회 뒤쪽 조그만 집에서 그야말로 두 눈을 의심케 하는 실험들이 벌어졌다. 메이디그 씨의 권유와 부추김을 받은 포더링게이 씨는 기적을 행하기 시작했다. 어떤 독자는 이 날짜에 특히나 관심을 보일 터이다. 그 독자는 만일 앞서 언급했던 종류의 일들이 실제로 벌어졌다면 아마 당시 신문들에 모두 실려 있을 거라고 지적하면서 이 이야기의 일부 내용은 일어날 수 없는 일이라며 반대의견을 보일 것이다. 아니 어쩌면 이미 반대하고 있을지도 모르겠다. 그리고 이제부터 말하려는 기적의 구체적인 내용들은 더더욱 용납할 수 없을 것이다. 왜냐하면 무엇보다 그 기적 중에는, 이 이야기에 의심을 품고 있는 독자들을 1년여 전에 전례 없이 잔인한 방식으로 죽이게 된 기적이 포함되어 있기 때문이다. 불가능해 보이지 않는 기적이란 기적이 아니다. 그리고 의심을 품고 있는 독자들은 실제로 1896년에 잔인하고도 전례 없는 방법으로 살해당했다. 이제부터 할 이야기들은 완벽하게 분명하고 믿을 만한 것이므로, 올바른 정신과 이성을 지닌 독자들은 모두 납득할 수 있을 것이다. 하지만 이 이야기는 절대로 여기서 끝이 아니며 이제 절반을 조금 더 지났을 뿐이다. 포더링게이 씨가 처음에 행한 기적은 조금은 작고 사소한 것들이었다. 포더링게이 씨가 컵이나 거실 용품들을 가지고 행한 기적들은 접신론자들이 일으키는 기적만큼이나 대수롭지 않은 것들이었지만 포더링게이 씨의 협력자가 된 목사는 외경의 눈으로 그 일들을 받아들였다. 포더링게이 씨는 윈치의 일을 당장 처리해 버리고 싶었지만 메이디그 씨는 포더링게이 씨가 그렇게 하도록 내버려 두지 않았다. 하지만 사소한 기적들을 여남은 번 행하고 나자, 둘은 그 힘이 얼마나 큰지 깨달았고, 기적에 대한 기대감으로 흥분한 기색을 보이기 시작했으며, 포부도 점점 커졌다. 그러다 둘은 배고픔 그리고 메이디그 씨의 가정부인 민친 부인의 게으름을 계기로 좀 더 큰 기적을 행하게 되었다. 목사가 포더링게이 씨에게 마련해 준 식사는 부지런히 기적을 행한 두 남자가 기운을 차리기에는 무척이나 형편없고 충분치 못했다. 하지만 자리에 앉은 뒤 메이디그 씨에게서 분노라기보다 속상한 마음에서 나온 가정부에 대한 험담을 듣고 있노라니, 포더링게이 씨는 자신의 능력으로 뭔가 해낼 수 있을 듯하다는 생각이 들었다. 포더링게이 씨가 말했다. "어떻게 생각하세요, 메이디그 씨? 주제넘은 행동이 아니라면……"

"아, 포더링게이 씨! 물론이죠! 전혀 주제넘은 행동이 아니에요!"

포더링게이 씨는 손을 흔들었다. "뭘 먹을까요?" 포더링게이 씨가 자신감 넘치는 목소리로 쾌활하게 말했고 메이디그 씨의 주문대로 저녁 식사는 완벽하게 바뀌었다. 메이디그 씨가 주문한 음식들을 바라보면서 포더링게이 씨가 말했다. "목사님을 위한 겁니다. 저는 언제나 흑맥주 한 잔에 치즈 토스트가 최고랍니다. 저는 그걸로 주문하죠. 부르고뉴 와인은 별로 마시고 싶지 않군요." 그리고 포더링게이 씨가 주문한 대로 흑맥주와 치즈 토스트가 즉각 나타났다. 둘은 마치 친구처럼 이야기를 나누면서 오랫동안 만찬을 즐겼고, 포더링게이 씨는 이제 자신들이 곧 행할 모든 기적들에 놀라움과 만족감을 느끼며 말했다. "그리고, 그런데 말이죠 메이디그 씨, 제가 목사님을 도와 드릴 수도 있겠어요. 집안일 쪽으로요."

"무슨 말인지 잘 못 알아듣겠군요." 메이디그 씨가 기적으로 빚은 오래된 부르고뉴 와인을 유리잔에 따르면서 말했다.

포더링게이 씨는 치즈 토스트를 한 접시 더 만들어 한입 가득 베어 물고는 말했다. "제 생각엔 말입니다, 그러니까 제가 아마도 (쩝쩝) 민친 부인에게 (쩝쩝) 기적을 행할 수도 있겠다 싶어요."

메이디그 씨는 잔을 내려놓고는 의심스러운 눈빛으로 포더링게이 씨를 바라보았다.

"민친 부인은……, 부인은 누가 간섭하는 걸 끔찍하게도 싫어합니다. 이미 아시겠지만요, 포더링게이 씨. 그리고 11시도 훨씬 지난 시간인걸요. 아마도 지금쯤 침대에서 자고 있을 겁니다. 당신 생각에는 부인을 정말로……"

포더링게이 씨는 목사의 이 반대 의견을 되짚어 보았다. "저는 민친 부인이 자는 동안 하지 말아야 할 이유를 모르겠네요."

메이디그 씨는 한동안 반대를 했지만, 결국 포더링게이 씨의 의견을 받아들였다. 포더링게이 씨는 명령을 내렸고, 그 두 신사 양반들은 약간은 불편한 마음으로 식사를 계속했다. 메이디그 씨는 이튿날부터 가정부가 이러이러하게 변했으면 좋겠다며 자기의 바람을 상세히 설명했는데, 그건 포더링게이 씨가 만든 저녁 식사에 비춰 봐도 약간 억지스럽고 열정적으로 들렸다. 그때 위층에서 시끄러운 소리들이 들려오기 시작했다. 두 사람은 눈빛으로 서로 무슨 일이냐고 물었고, 곧 메이디그 씨가 황급하게 방을 떠났다. 포더링게이 씨는 메이디그 씨가 가정부를 부르는 소리, 그리고 가만히 가정부에게 다가가는 발걸음 소리를 들었다.

1분쯤 뒤에 목사가 돌아왔다. 목사의 발걸음은 가벼웠고, 얼굴은 기쁨으로 빛나고 있었다. "굉장해요!" 목사가 말했다. "그리고 감동적이구요!

정말 감동적이에요!"

메이디그 씨는 벽난로 깔개 위를 왔다 갔다 했다. "문틈으로 보니 부인이 회개를, 가장 감동적인 회개를 하고 있더군요. 그 가엾은 부인이요! 정말 대단한 변화였어요! 제가 올라가니 부인은 이미 깨어 있었어요. 부인은 기적이 일어난 즉시 침대에서 일어났던 게 분명해요. 부인은 나중에 마시려고 상자에 몰래 숨겨 둔 브랜디 병을 깨기 위해 일어난 거예요. 그러고는 그 사실을 제게 고백했어요. 그야말로 우리에게 놀라운 가능성의 세계가 열린 거예요. 만약 우리가 이 기적적인 변화를 부인에게 일으켰다면……"

포더링게이 씨가 말했다. "일단 기적의 가능성은 무제한적인 듯합니다. 원치에 대해서도……"

"완벽히 무제한적이죠." 벽난로 깔개에 선 메이디그 씨는 고생하는 원치의 생각은 제쳐 두고, 아래층으로 내려오는 동안 생각해 낸 멋진 제안들을 주욱 펼쳐 보였다.

그 제안들이 무엇이었는지는 이 이야기의 핵심과는 별 상관이 없다. 그저 그 제안들은 한없는 자비심에 기초했으며 맛있는 음식을 배부르게 먹은 뒤에 보이는 자비심이었다는 정도, 그리고 원치의 문제는 해결되지 못한 채로 남아 있었다는 것만 알면 충분하다. 그 일련의 제안들이 얼마나 성과를 이루어 냈는지 설명하는 것도 필요 없으리라. 놀랄 만한 변화들이 있었던 것은 물론이다. 메이디그 씨와 포더링게이 씨는 마술의 환희에 휩싸여 달빛 아래 고요한 텅 빈 시장과 광장을 몇 시간이나 누비며 다녔고, 메이디그 씨는 팔을 퍼덕이고 온갖 몸짓을 취했으며, 포더링게이 씨는 더는 자신의 위대함이 어색하지 않게 생각되면서 다소 퉁명하고 뻣뻣하게 움직였다. 둘은 의회 구역에 있는 모든 술꾼들을 회개시켰으며, 모든 맥주와 술을 물로 바꿔 버렸다(메이디그 씨가 포더링게이 씨에게 그런 기적을 행하라고 압박했다). 둘은 나아가 지역 철도 노선을 크게 개선시켰고, 플린더 늪의 물을 다 빼버렸으며, 원 트리 힐의 토질을 비옥하게 했고, 십일조 수납 사제의 사마귀를 치료했다. 그러고는 둘은 사우스브리지의 허물어진 교각을 어떻게 하면 좋을지 보러 가는 중이었다. 메이디그 씨가 숨을 헐떡이며 말했다. "그곳은 내일이면 예전과는 완전히 달라져 있을 거예요. 모든 사람들이 얼마나 놀라고 또 감사할까요!" 그리고 바로 그때, 교회 종이 3시를 알렸다.

포더링게이 씨가 말했다. "새벽 3시예요! 이제 그만 가봐야겠어요. 출근 시간이 8시거든요. 게다가 윔스 부인이……"

"겨우 시작일 뿐입니다." 포더링게이 씨의 무한한 능력에 기분이 잔뜩 좋아진 목사가 말했다. "우리는 이제 겨우 시작일 뿐이에요. 우리가 하고 있는 선한 일들을 생각해 보세요. 사람들이 잠에서 깨어났을 때……"

"하지만……" 포더링게이 씨가 말했다.

메이디그 씨는 갑자기 포더링게이 씨의 팔을 붙잡았다. 메이디그 씨의 두 눈은 흥분으로 반짝였다. 메이디그 씨가 말했다. "친애하는 동료여! 서두를 필요 없어요. 봐요." 메이디그 씨는 하늘 높이 떠오른 달을 가리키며 말했다. "여호수아!"

"여호수아요?" 포더링게이 씨가 말했다.

메이디그 씨가 말했다. "여호수아요. 안 될 게 뭐가 있나요? 멈춰 봐요."

포더링게이 씨는 달을 쳐다보았다.

"그건 좀 지나치군요." 잠시 뒤 포더링게이 씨가 말했다.

메이디그 씨가 말했다. "안 될 게 뭐가 있나요? 물론 달이 멈추는 건 아니에요. 아시겠지만 지구의 자전을 멈추는 거예요. 그럼 시간이 멈추는 거죠. 우리가 뭔가 잘못된 짓을 하는 게 아니라고요."

포더링게이 씨가 말했다. "흠! 글쎄요." 포더링게이 씨가 한숨을 내쉬었다. "한번 해보겠습니다. 자!"

포더링게이 씨는 재킷 단추를 잠그고는 자기 능력에 대해 자신감을 가지고 지구에게 말을 걸었다. "회전을 멈춰 주지 않겠어?"

말이 떨어지자마자 포더링게이 씨는 분당 십수 마일의 속도로 언덕을 넘어 허공으로 날아가고 있었다. 포더링게이 씨는 매초 수없이 많은 원을 그리며 회전하는 중에도 생각을 모았다. 생각이란 놀라운 것이어서, 때로는 밀물과 썰물처럼 느릿느릿하다가도 때로는 빛처럼 빠른 속도로 오고가는 법이기 때문이다. 포더링게이 씨는 한순간 생각을 했고, 뜻을 모았다. "나를 안전하게 가만히 내려보내 줘. 무슨 일이 벌어지든 간에 나를 안전하게 땅 위로 내려가게 해줘."

빠른 속도로 허공을 날았던 탓에 옷이 이미 타들어 가기 시작한 걸 보면 포더링게이 씨는 아슬아슬한 상황에서 소원을 빈 것이었다. 포더링게이 씨는 강제적으로, 하지만 어떤 흉터나 화상도 입지 않은 채로 흙이 갓 뒤집힌 언덕에 내려앉았다. 시장 광장 중앙의 시계탑처럼 터무니없이 커다란 금속과 석조 건축물들이 포더링게이 씨의 곁에 떨어지고 스쳐 지나갔으며, 폭탄이 터진 것처럼 돌 조각들과 벽돌과 콘크리트 조각들이 날아다녔다. 맹렬히 날아가던 암소 한 마리가 커다란 돌덩어리와 부딪혀서 달걀처럼 으깨졌다. 포더링게이 씨가 지금껏 경험했던 그 어떤 강력한 충돌도 그저 먼지 정도로밖에 느껴지지 않을 정도로 격렬한 충돌이 일어났고, 그보다 조금 덜한 충돌들도 계속해서 뒤를 이었다. 엄청나게 센 바람이 온 천지에서 세차게 불어왔고, 포더링게이 씨는 머리를 들어 주위를 둘러볼 수도 없었다. 한동안 포더링게이 씨는 숨조차 쉬지 못할 만큼 크게 놀라서, 자기가 지금 어디에 있으며 주위에서 무슨 일이 벌어지고 있는지 살펴볼 수도 없었다. 포더링게이 씨가 맨 처음 한 동작은 자기 머리통이 여전히 몸에 붙어 있는지, 흩날리는 머리털도 여전히 자기 머리통에 붙어 있는지 만져 보는 것이었다.

"이런!" 포더링게이 씨는 숨을 몰아쉬었다. 세찬 바람 탓에 좀처럼 말을 할 수가 없었다. "정말 간신히 살아남았어! 대체 뭐가 잘못된 거야? 폭풍에 천둥이라니! 겨우 1분 전까지만 해도 아주 고요한 밤이었잖아. 이런 일을 하라고 부추긴 사람은 메이디그였어. 바람이 너무 세잖아! 이런 식으로 계속 멍청하게 시간을 보내다가는 벼락이라도 맞고 말거야!"

"메이디그는 어디 있지?"

"난리도 이런 난리가 없군!"

바람에 펄럭거리는 재킷 사이로 포더링게이 씨는 최대한 멀리까지 주위를 둘러보았다. 사물들이 온통 낯설어 보였다. 포더링게이 씨가 말했다. "어쨌든 하늘은 제대로군. 제대로 된 건 하늘뿐인 것 같아. 그리고 심지어 하늘에서조차 소름 끼치도록 엄청난 돌풍이 불고 있어. 하지만 달은 그대로 머리 위에 떠 있어. 좀 전과 마찬가지로 한낮처럼 밝게. 하지만 나머지 것들은 어떻게 된 거야? 마을은 어디로 간 거지? 전부 다 어디로 가버린 거야? 그리고 대체 이 바람은 어떻게 생겨난 거지? 난 바람을 일으키라고 명령한 적이 없는데."

포더링게이 씨는 두 다리로 버텨 보려 했지만 소용없었다. 그리고 몇 번의 실수 끝에 결국 바닥에 두 손 두 발을 짚고 간신히 몸을 지탱했다. 재킷 끄트머리가 머리 위로 나부끼는 상황에서 포더링게이 씨는 바람이 불어 가는 쪽으로 몸을 돌려 달빛이 비춰 주는 세상을 살펴보았다.

포더링게이 씨가 말했다. "뭔가 심각하게 잘못된 거야. 하지만 대체 뭐가 어떻게 된 건지 도무지 모르겠군."

눈부신 섬광에 휩싸인 세상과 만물을 찢어 버릴 듯한 돌풍이 일어나는 먼지바람 속에서 전후좌우로 아무것도 보이지 않았으며, 뒹구는 흙덩이들과 막 무너진 폐허의 잔해 덩어리들만 있을 뿐 나무도, 집도, 익숙한 사물들은 전혀 보이지 않았고, 광대하게 무질서한 세상이 끝내 천지를 가르는 회오리바람 기둥과 넓게 뻗은 먼지구름, 세차게 몰아치는 폭풍 속의 천둥 번개 저편 어둠 속으로 사라져 갈 뿐이었다. 포더링게이 씨 곁에는 한때 느릅나무였던 듯한 것이 뿌리부터 줄기까지 박살나서 파편 덩어리가 되어 나뒹굴었고, 더 멀리에는 구름다리의 일부였던 게 분명한 강철 들보가 비틀린 채 겹겹의 혼돈을 뚫고 튀어나와 있었다.

여러분은 포더링게이 씨가 지구의 회전을 멈췄을 때에 지표면 위에 있는 움직일 수 있는 온갖 사물들에 대해서 아무런 조건도 제시하지 않았었다는 것을 알고 있다. 그리고 지구는 매우 빠르게 회전하기 때문에 실제로 적도는 거의 시속 천 마일이 넘는 속도로 움직이고, 이곳의 위도에서도 그 절반 이상의 속도로 움직인다. 그렇기에 마을과 포더링게이 씨와 메이디그 씨, 그리고 모든 사람들과 모든 사물들이 거의 초속 9마일이 넘는 속도로 갑자기 앞으로 끌어당겨진 것이며, 대포에서 쏘아질 때보다 훨씬 더 강력한 충격을 받게 된 것이다. 모든 인류, 살아 있는 모든 생명체들, 모든 집들과 모든 나무들, 우리가 알고 있는 지구상의 모든 사물들이 갑자기 매우 급격하게 움직였고, 박살났으며, 결국 완전히 파괴되었다. 그게 전부였다.

물론 포더링게이 씨의 머리로는 이런 일들을 완벽히 헤아릴 수 없었다. 하지만, 자신의 기적이 뭔가 예상치 못한 결과를 낳았다는 점은 분명히 인식했고, 그러자 기적에 대한 커다란 혐오감이 생겨났다. 구름들이 휩쓸듯 지나가면서 얼핏얼핏 보이던 달빛마저도 가려 버렸기에 이제 포더링게이 씨는 암흑 속에 있었고, 주위는 고통받는 유령처럼 발버둥치는 우박의 발작으로 가득했다. 바람과 물이 굉음을 내며 땅과 하늘을 뒤덮었다. 포더링게이 씨는 자기 쪽으로 날아오는 먼지바람과 진눈깨비 때문에 손차양을 하고 바람이 불어오는 쪽을 살폈고, 번쩍이는 번갯불 속에서 물로 된 거대한 벽이 다가오는 걸 발견했다.

"메이디그!" 온 천지를 울리는 엄청난 굉음 사이로 포더링게이 씨가 가냘픈 목소리로 외쳤다. "여기예요! 메이디그!"

"멈춰!" 포더링게이 씨가 다가오는 파도를 향해 외쳤다. "아, 제발 좀 멈추라고!"

"잠깐." 포더링게이 씨는 천둥과 번개를 향해서도 말했다. "내가 생각을 정리하는 동안 좀 멈추고 있어 봐…… 이제 대체 뭘 어째야 좋지?" 포더링게이 씨는 계속 중얼거렸다. "뭘 어째야 하지? 맙소사! 메이디그가 어떻게 됐는지 좀 알았으면 좋겠는데……"

잠시 후 포더링게이 씨가 말했다. "아무튼, 이번에는 제대로 해봐야겠어!"

포더링게이 씨는 여전히 땅바닥에 두 손 두 발을 짚고 엎드린 채 바람을 맞고 있었으며, 모든 것을 제대로 해놓겠다고 굳게 다짐했다.

포더링게이 씨가 말했다. "아! 내가 '그만!'이라고 말할 때까지는 내 명령 중 그 무엇도 일어나면 안 돼. 그래, 진작에 이 생각을 해낼걸!"

포더링게이 씨는 폭풍우에 맞서서 자신의 작은 목소리를 크게 높였고, 자기가 하는 말을 자기 귀로도 들어 보려고 목소리를 더 크게 키웠지만 소용없었다. "자, 이제 시작하겠어! 지금부터 내가 하는 말 잘 새겨

들어! 우선 첫 번째로, 내가 말한 것들이 다 실행되고 나면 그다음엔 기적을 일으키는 내 능력도 없애 버려. 날 다른 사람들과 다를 바 없는 평범한 사람이 되게 하란 말이야. 이런 위험한 기적들은 멈춰야 해. 기적 같은 건 일으키지 못했던 쪽이 더 나아. 앞으로도 영원히 말야. 이게 첫 번째 명령이야. 그리고 둘째로는, 나를 기적이 시작되기 직전으로 돌려놔 줘. 기적으로 램프가 뒤집히기 직전이랑 모든 것들이 완벽하게 똑같아져야 해. 뭐 큰일이긴 하지만, 어쨌든 이제 마지막이야. 내 말 알아들었어? 더는 기적은 없어. 모든 게 예전 그대로여야 해. 롱 드래곤 바에서 술을 반 파인트 마시기 직전의 나로 돌려보내 달라는 거야. 그거면 돼!"

포더링게이 씨는 흙바닥을 손가락으로 쓰다듬으면서 두 눈을 감고 말했다. "그만!"

사방이 완벽히 조용해졌다. 포더링게이 씨는 자기가 똑바로 서 있다는 걸 깨달았다.

"그건 당신 생각이고." 목소리가 들려왔다.

포더링게이 씨는 두 눈을 떴다. 포더링게이 씨는 롱 드래곤 바에서 토디 비미시와 기적에 대해 논쟁하고 있었다. 포더링게이 씨는 뭔가 대단한 것이 찰나에 지나가 버려서 기억이 안 나는 듯한 모호한 기분을 느꼈다. 당신도 알겠지만, 기적을 일으키는 능력이 사라진 것 외에는 모든 것이 예전 그대로로 되돌아갔고, 따라서 포더링게이 씨의 마음과 기억은 이 이야기가 시작된 순간과 완전히 똑같은 상태로 되돌아갔다. 포더링게이 씨는 지금까지 여기서 말한 것에 대해 아무것도 알지 못했으며, 오늘까지도 여전히 모르고 있다. 그리고 무엇보다, 포더링게이 씨는 기적을 믿지 않았던 이전의 상태로 돌아갔다.

포더링게이 씨가 말했다. "당신이 믿건 말건, 기적이란 절대로 일어날

수 없다고 저는 단언합니다. 저는 당신에게 철저하게 증명해 보일 준비
가 되어 있습니다."

토디 비미시가 말했다. "그건 당신 생각이고. 할 수 있다면 한번 증명
해 보시지요."

포더링게이 씨가 말했다. "이봐요, 비미시 씨. 기적이란 게 무언지 우리
분명하게 정의해 봅시다. 기적이란 의지력에 의해 자연법칙을 거슬러서
발생하는 무언가이니……"

최후의 심판의 광경
A Vision of Judgment

I

브루-아-아-아.

나는 귀 기울였지만, 이해하진 못했다.

와-라-라-라.

"하느님 맙소사! 이 무슨 극악무도한 소동이지!" 나는 여전히 비몽사몽인 채로 말했다.

라-라-라-라-라-라-라-라-라 타-라-르아-라.

내가 말했다. "이제 그만. 일어날 테니……" 그리고 나는 별안간 말을 멈췄다. 여기가 어디지?

타-르아- 라라. 소리는 점점 더 커졌다.

"무슨 새로운 발명……"

투라-투라-투라! 귀가 멀 것 같았다!

나는 내 목소리를 듣기 위해 큰 소리로 말했다. "그만! 그건 최후의 날의 나팔이잖아."

투우우-르아아!

II

마지막 음에 나는 낚시에 걸린 피라미처럼 내 무덤에서 벌떡 일어났다.

나는 내 무덤을 보았고(다소 작고 형편없었고, 난 이게 누구 짓인지 알고 싶어졌다), 늙은 느릅나무와 바다 풍경이 연기처럼 사라지더니, 사방에 너무 많아 그 누구도 셀 수 없는 국가들, 민족들, 왕국들 출신의 사람들과 온갖 나이의 아이들까지 하늘만큼 광대한 원형극장식 공간에 나타났다. 우리 위로는, 눈부시게 빛나는 하얀 구름의 왕좌에 주께서 앉아 수많은 천사들을 거느리고 계셨다. 나는 그 검음을 보고 아즈라엘*을 알아보았고, 칼을 보고 미카엘도 알아보았으며, 나팔을 분 대천사는 아직도 나팔을 반쯤 치켜든 채 서 있었다.

*탄생과 죽음을 기록하는 천사.

내 옆의 조그만 남자가 말했다. "신속하군요. 아주 신속해요. 책 든 저 천사 보여요?"

남자는 머리를 숙였다 들었다 하며, 우리 주위에 몰려선 영혼들의 위와 아래와 사이를 보려 했다. 남자가 말했다. "다들 여기 모였어요. 다들. 그리고 이제 우린 알게 될 거예요……"

남자가 갑자기 말을 돌렸다. "저기 다윈이에요. 다윈은 꾸지람을 들을 겁니다! 그리고 저기…… 보여요? 저 키 크고 중요해 보이는 사람, 주님과 눈을 마주치려 애쓰는 저 남자요. 저자가 그 공작이에요. 하지만 모르는 사람도 아주 많네요.

아! 프리글스, 그 출판업자가 저기 있네요. 전 출판업자들이 주문량보다 많이 찍어 낸 부수까지 돈을 받는 게 의도적인지 아닌지가 늘 궁금했죠. 프리글스는 똑똑한 남자였어요…… 하지만 우린 이제 프리글스에 대해서도 알게 되겠죠.

제 차례가 되기 전까지 재밌는 이야기를 모조리 듣게 되겠죠. 제 글자는 S거든요."

남자는 이 사이로 숨을 들이쉬었다.

"역사적인 인물들도 있어요. 보여요? 저게 헨리 8세예요. 증거가 엄청 많을걸요. 아, 젠장! 헨리 8세는 튜더 왕가예요."

남자는 목소리를 낮췄다. "이자를 주목해요, 우리 바로 앞에 있는 사람, 온통 털로 뒤덮인 사람요. 구석기시대 인이에요, 알겠죠? 그리고 지기에 또……"

하지만 나는 남자의 목소리를 귀담아듣지 않았다. 나는 주님을 보고 있었던 것이다.

IV

"이게 다냐?" 신께서 물었다.

책을 보던 천사는(그 책은 대영박물관 도서관의 색인 목록처럼 수없이 많은 책들 중 한 권이었다) 우리를 흘끗 보았고, 순간적으로 우리 수를 센 듯했다.

"이게 답니다." 천사는 말한 뒤 덧붙여 말했다. "오 주님, 아주 작은 행성이었습니다."

신의 눈이 우리를 훑어보았다.

"시작하자꾸나." 주께서 말씀하셨다.

V

천사는 책을 펼쳐 이름 하나를 읽었다. A로 가득한 이름이었고, 이름의 메아리가 가장 먼 곳까지 울렸다 되돌아왔다. 나는 그 이름을 명확히 듣지 못했는데, 내 옆의 작은 남자가 돌연 나를 확 잡아당기며 "방금 뭐랬죠?" 하고 물었기 때문이다. 그 이름은 내 귀엔 꼭 '아합'*처럼 들렸지만, 그래도 설마 성서에 나오는 그 아합일 리는 없다고 생각했다.

* 구약성서에서 이스라엘의 제7대 왕이자 오므리의 아들이다.

곧바로 작고 검은 누군가가 신 바로 발치에 있는 푹신한 구름으로 들어 올려졌다. 그 뻣뻣하고 작은 인물은 화려하고 이국적인 긴 가운을 입고 왕관을 썼는데, 팔짱을 끼고는 얼굴을 찌푸렸다.

"으흠." 신이 그 남자를 내려다보며 말했다.

우린 명예롭게도 그 남자의 대답을 들을 수 있었고, 우리가 있는 곳은 그 음향학적 특성이 참으로 놀라웠다.

"죄를 인정합니다." 작은 남자가 말했다.

"네가 무슨 짓을 했는지 저들에게 말하라." 주님께서 말했다.

작은 남자가 말했다. "전 왕이었습니다. 위대한 왕이었으며, 음탕하고 거만하고 잔인했습니다. 전쟁을 일으켰고, 여러 나라를 짓밟았고, 궁궐들을 지을 때 사람들의 피를 모르타르 삼았나이다. 들으소서, 오 주여, 제게 불리한 증언을 하는 목격자들이 당신께 복수해 달라고 소리 높여 외치고 있나이다. 증인들이 몇십만 명을 넘나이다." 남자는 두 손으로 우리 쪽을 가리켰다. "더 나쁜 짓도 했나이다! 예언자 한 명을 잡았나이다. 당신의 예언자들 중 한 명을요……"

"내 예언자들 중 하나를." 주께서 말했다.

"그리고 그 예언자가 제게 절하려 하지 않아서 그자를 나흘 밤낮으로 고문했고, 결국엔 그자가 죽었나이다. 그뿐이 아닙니다. 오 주여, 전 불경한 말을 했나이다. 당신이 받아야 할 명예를 당신에게서 훔쳤나이다……"

"내 명예를 훔쳤다고?" 주께서 말했다.

"당신 대신 제가 숭배받게 했나이다. 제가 일삼지 않은 아이 없었나이다. 제가 세 영혼을 물들이지 않은 잔학함이 없었나이다. 그리고 마침내 당신이 저를 쳤나이다, 오 주여!"

신은 양쪽 눈썹을 살짝 치켰다.

"그래서 저는 전투에서 죽임당했나이다. 그리고 그런 이유로 당신 앞에 섰고, 당신의 지옥 밑바닥에 딱 어울리나이다! 위대한 주님 앞에서 감히 한 치도 거짓을 고하지 아니하고 조금도 탄원하지 아니하며, 오직 모든 인류에게 제가 저지른 사악한 행위에 대한 진실을 말하나이다."

남자는 말을 멈췄다. 남자의 얼굴은 소름 끼치도록 하얗고 거만했지만, 묘하게 고귀해 보이기도 했다. 나는 밀턴의 사탄*이 떠올랐다.

"대부분이 오벨리스크에 나옵니다." 기록 담당 천사가 책장에 손가락을 댄 채 말했다.

"그렇습니다." 전제군주가 희미하게 놀란 기색을 띠며 말했다.

이윽고 갑자기 신이 앞으로 몸을 숙여 그 남자를 손바닥에 놓더니, 더 자세히 보려는 듯 손바닥을 들어 올렸다. 신의 손바닥에서 남자는 작고 검은 획 하나에 지나지 않았다.

"이자가 그 모든 일을 다 하였느냐?" 주께서 물었다.

기록 담당 천사는 손으로 책을 평평하게 폈다.

"어느 정도는요." 기록 담당 천사는 무심하게 말했다. 이제 나는 다시 작은 남자를 보았고, 남자의 얼굴은 매우 흥미롭게 바뀌어 있었다. 남자는 묘하게 우려하는 눈으로 기록 담당 천사를 보며 한 손을 입에 대고 떨며 어쩔 줄 몰라 하고 있었다. 근육이 덜덜 떨리고 있었고, 그 모든 위엄 있는 도전적 태도가 싹 사라졌다.

"읽으라." 주께서 말했다.

천사는 읽기 시작했고, 그 사악한 남자의 모든 사악한 행위들을 아주

---

*밀턴의 『실낙원』에서 사탄은 지옥에 떨어졌으나 굴하지 않고 신을 향해 복수의 투쟁을 벌인다.

신중하고 완전하게 설명했다. 상당히 지적인 다루기였다. 여기저기에서 살짝 '대담'하단 생각이 들긴 했지만, 물론 천국엔 천국만의 특권이 있는 법이다.

VI

다들 소리 내어 웃고 있었다. 사악한 남자에게 고문받았던 주님의 예언자마저도 얼굴에 미소를 띠었다. 사악한 남자는 사실은 터무니없는 소인배였다.

"그리고 어느 날," 기록 담당 천사는 얼굴에 웃음을 띠고 읽었고, 그 웃음에 우리 모두는 기대감으로 가슴이 설렜다. "과식 때문에 살짝 성말랐을 때, 아합은……"

사악한 남자가 외쳤다. "앗, 그 일은 안 됩니다. 그 일은 누구도 모릅니다."

사악한 남자는 큰 소리로 부르짖었다. "그 일은 알리지 마십시오. 제가 나빴습니다…… 제가 정말로 나빴습니다. 빈번히 나쁜 짓을 했지만, 그렇게 멍청한 짓은 또 없었습니다…… 그렇게 말도 못하게 멍청한 짓은……"

천사는 계속해서 읽었다.

사악한 남자가 외쳤다. "아, 주여! 사람들에게 알리지 말아 주십시오! 제가 회개하겠습니다! 사과하겠습니다……"

사악한 남자는 신의 손 위에서 춤추고 울기 시작했다. 갑자기 수치심에 사로잡혔다. 남자는 갑자기 거칠게 달려가 신의 새끼손가락 끝에서 뛰어내리려 했지만, 신이 손목을 능숙하게 돌려서 남자를 멈췄다. 이윽고 남자는 손바닥과 엄지손가락 사이 빈 공간으로 돌진했지만, 엄지손가락이 손바닥에 딱 붙어 버렸다. 그러는 동안에도 천사는 계속해서 읽고…… 읽었다. 사악한 남자는 신의 손바닥 안에서 이리저리 돌진했고, 이윽고 별안간 몸을 돌려 신의 소매 속으로 사라졌다.

나는 신이 남자를 도로 꺼낼 거라 생각했지만, 신의 자비는 끝이 없다.

기록 담당 천사가 읽기를 멈췄다.

"네?" 기록 담당 천사가 말했다.

"다음." 신이 말했고, 기록 담당 천사가 이름을 부르기도 전에, 더러운 넝마를 입은 털이 숭숭 난 자가 신의 손바닥에 섰다.

VII

"그럼 신의 소매 속에 지옥이 있는 건가요?" 내 옆의 작은 남자가 물었다.

"지옥이 있어요?" 나는 되물었다.

"눈치채셨는지 모르겠지만," 남자가 말했다. 그러고는 위대한 천사들의 발치 사이를 살폈다. "천국에 대한 언급은 딱히 없어요."

우리 근처의 작은 여자 한 명이 얼굴을 찡그리며 말했다. "쉿! 이 성자님 말씀 좀 듣자고요!"

VIII

성자가 외쳤다. "그자는 지구의 군주였지만, 저는 하늘의 신의 예언자였습니다. 그리고 모든 사람들이 제가 주는 신호에 경탄했습니다. 저는, 오 주여, 당신의 천국의 영광을 알았기에 고통도 없고, 고난도 없었으며, 칼에 깊이 베이고 가시들이 손톱 밑을 파고들고 살점이 길게 벗겨져 나가도, 모든 것이 신의 영광과 명예를 위한 것임을 알았습니다."

신은 싱긋 웃음 지었다.

"그리고 마침내 저는 누더기 차림에 욱신대는 몸으로 제 성스럽고 괴로운 일의 냄새를 맡고 갔습니다……"

가브리엘이 갑자기 웃음을 터뜨렸다.

"그리고 그자의 정문 밖에 누웠습니다. 신호로서, 경이로서……"

"완벽하게 성가신 존재로서." 기록 담당 천사가 말했다. 성자는 아직도 자신이 한 영광스럽고 불쾌한 일들을 읊으며 천국이 자신의 것이리라고 말하고 있었지만, 천사는 그 사실에 전혀 개의치 않고 책을 읽기 시작했다.

그리고 보라, 그 책에서 성자의 기록 역시 의외이며 놀라웠다.

10초도 안 되어 성자 역시 신의 거대한 손바닥 위를 이리저리 뛰어다니는 듯했다. 10초도 안 되어서! 그리고 마침내 성자 역시 무자비하고 냉소적인 폭로에 비명을 지르고 사악한 남자처럼 소매 그늘 속으로 도망쳤다. 우리는 소매 그늘 속을 볼 수 있도록 허락받았다. 사악한 남자와 성인은 모든 망상을 싹 벗은 뒤 신의 자비의 소매 그늘 속에 형제처럼 나란히 앉아 있었다.

그리고 내 차례가 되자 나 역시 그쪽으로 도망쳤다.

IX

"그리고 이제," 신은 말하며 소매를 흔들어 우리를 행성 위로 털어 냈다. 우리에게 살라고 줬던 행성, 푸른 시리우스를 태양 삼아 그 주위를 빙빙 도는 행성이었다. "이제 그대들은 나와 서로를 좀 더 이해하게 되었으니…… 다시 해보아라."

이윽고 신과 신의 위대한 천사들이 몸을 휙 돌리더니, 갑자기 사라졌고……

왕좌도 사라지고 없었다.

사방에 아름다운 땅이 펼쳐져 있었는데, 내가 이제까지 본 땅 중에 가장 아름다웠다. 황량하고, 준엄하고, 놀라웠다. 그리고 새롭고 깨끗한 육체에 깃든 일깨워진 영혼들이 사방에 가득했다……

지미 고글 신
Jimmy Goggles the God

볕에 탄 남자가 말했다. "누구나 신이 되진 않지요. 하지만 제게는 그런 일이 일어났답니다…… 하고많은 일들 중에서요."

나는 그 남자가 생색을 낸다는 것을 넌지시 알렸다.

"야망을 다 버릴 수는 없죠. 그렇잖아요?" 그 남자가 말했다.

"전 해양 개척자 호에서 살아 나온 사람들 중 하나였습니다. 맙소사! 시간이 어찌나 빠른지! 그게 벌써 20년 전 일이네요. 해양 개척자에 대해 뭐라도 혹시 기억하시나요?"

그 배 이름이 귀에 익어 나는 언제 어디서 그에 대한 기사를 읽었는지 기억하려 애썼다. 해양 개척자? 나는 모호하게 말했다. "사금과 관련된 이야기였던 것 같은데 정확하게는……"

남자가 말했다. "바로 그렇습니다. 그 배는 해적을 피하느라, 갈 일이 전혀 없는 더럽게 작은 해협으로 들어가야 했죠. 놈들이 배를 끝장내기 전에요. 그런데 그곳엔 화산인지 뭔지가 있었고, 바위들이 하나같이 다 삐뚤빼뚤했어요. 수나 근처였는데, 앞에 뭐가 있는지 알지도 못한 채 계속 바위들을 따라가야만 했어요. 그러다가 스무 길 아래로 가라앉았죠. 카드 패를 돌릴 시간도 안 되는 짧은 순간에 이런저런 형태의 금 5만 파운드어치를 실은 채 가라앉았다, 이런 말이 돌았죠."

"생존자는요?"

"셋입니다."

내가 말했다. "이제 그 사건이 생각납니다. 난파선 화물 구조에 대해 무슨 일이 있었다고 하던데……"

그런데 볕에 탄 남자는 난파선 화물 구조라는 말을 듣자 폭발하며 끔찍한 욕들을 내뱉었고, 나는 깜짝 놀라 기겁했다. 남자는 수위를 낮춘 욕을 계속 해대다가 문득 그만두고 말했다. "죄송합니다. 하지만…… 난파선 화물 구조라뇨!"

남자는 내게로 몸을 숙이더니 말했다. "전 부자가 되려고 그 일을 했습니다. 하지만 대신 신이 되었지요. 기분이 참……"

볕에 탄 남자가 말을 이었다. "신이 된다는 게 쉬운 일만은 아닙니다." 그러고는 잠시 간결하고도 보수적인 격언을 인용한 후, 다시 이야기를 계속했다.

"저와, 제이컵스란 선원과, 해양 개척자의 항해사인 올웨이즈가 그 일을 했습니다. 그 일이 시작된 건 올웨이즈 때문이었습니다. 우리가 작은 보트에 타고 있을 때 올웨이즈가 딱 한 문장으로 우리에게 그 일을 제안했던 게 기억나는군요. 올웨이즈는 남을 꾀는 데 재능이 있었죠. 올웨이즈가 말했어요. '그 배에 4만 파운드어치 금이 있고, 그 배가 정확히 어디에 가라앉아 있는지는 나만 알아.' 저는 생각하고 자시고 할 것도 없이 그 일에 뛰어들었죠. 그리고 처음부터 끝까지 올웨이즈가 대장이었습니다. 올웨이즈는 샌더스 형제와 그 형제의 두대박이 범선을 쥐고 흔들었습니다. 두대박이 범선의 이름은 바니어의 자부심이었으며, 올웨이즈는 그 배에 잠수복이 있다는 점을 높이 샀습니다. 잠수복은 중고였고, 펌프 대신 압축공기 장치가 달려 있었죠. 올웨이즈는 바다 밑으로 들어가면 메슥거리는 증상이 생겼는데, 그러지만 않았다면 직접 잠수까지 했을 겁니다. 그리고 다른 인양자들은 올웨이즈가 최대한 성실하게 날조한 해도에 속아, 해양 개척자가 가라앉은 곳에서 120마일은 떨어진 스타 레이스 주위를 배회했죠.

우리는 그 두대박이 범선에서 아주 행복했습니다. 내내 농담하고 술을 마시면서 희망찬 기대를 품고 있었죠. 모든 게 너무나 깔끔하고 정확하고 간단해 보였고, 거친 친구들이 '떼어 놓은 당상'이라 부를 만한 일이었죠. 그리고 우리는 다른 축복받은 무리, 그러니까 우리보다 이틀 먼저 출발한 공식 인양자들이 어떻게 하고 있을지를 추측하며 옆구리가 결릴 때까지 웃곤 했지요. 우린 샌더스 형제의 선실에서 다 함께 식사를 했는데, 흥미롭게도 그 배에 탄 사람들은 모두 자신이 해야 할 일에 대한 책임자였습니다. 그냥 선원인 사람은 아무도 없었죠. 그 배 안에 있는 잠수복은 때를 기다리고 있었습니다. 동생 샌더스는 익살스러운 친구였죠. 그 빌어먹을 잠수복의 커다랗고 우둔한 머리와 무언가를 바라보는 듯한 모양새도 우스웠고요. 동생 샌더스는 우리에게 그걸 보여주며 '지미 고글이야'라고 했습니다. 그 잠수복을 그렇게 부른 거죠. 그러면서 그것이 마치 사람이라도 되는 듯 말을 걸곤 했습니다. 결혼은 했냐, 고글 여사는 어떠냐, 아기 고글들은 다 잘 지내느냐, 이런 식으로요.

그때마다 우린 아주 포복절도를 했습니다. 그리고 우리는 날마다 지미 고글의 건강을 위해 럼주로 건배를 하면서 지미 고글의 눈을 돌려 뽑은 뒤 지미 안에 럼주를 한 잔 따르기도 해서, 결국 그 잠수복에선 지독한 고무 방수포 냄새 대신 기분 좋은 럼주 통 냄새가 나게 되었죠. 정말로 즐거운 나날이었습니다. 그 불쌍한 친구들은, 앞으로 닥칠 일에 대해선 거의 아무런 의심도 없었답니다!

우린 너무 서두르다가 기회를 날려 버리고 싶지는 않았습니다. 그래서 해양 개척자가 가라앉은 곳까지의 수심을 재는 데 하루를 온통 바쳤습니다. 해양 개척자는 물 밖으로 솟아오른 화산암들 사이에 가라앉아 있었습니다. 우린 거기서 반 마일 정도 떨어진 곳에 안전하게 배를 댄 후에, 누가 배 위에 남을 것인지를 두고 굉장한 말다툼을 벌였습니다. 해양 개척자의 돛대 꼭대기는 여전히 바다 위에 우뚝 서 있었습니다. 우리는 아무도 배에 남지 않고 모두 보트를 타고 해양 개척자에 다가가기로 결론짓고 말다툼을 끝냈습니다. 그리고 저는 금요일 아침 날이 밝자마자 잠수복을 입어 보았습니다.

얼마나 놀라웠는지 모릅니다! 그걸 입으니 모든 것이 달라 보였습니다. 잠수복 안으로 들어오는 빛을 통해 보는 세상은 정말이지 기묘했습니다. 사람들은 축복받은 열대지방에는 평평한 해변과 야자나무와 파도만 있다고 생각하죠. 하지만, 세상에, 그곳은 조금도 그런 곳이 아니었습니다! 돌들은 파도에 침식되는 평범한 돌들이 아니었고, 휘어진 큰 모래톱은 철공소의 잿더미 같았고, 초록색 진흙 위 여기저기에는 가시 관목 등이 흔들리고 있었고, 거울처럼 반반하고 차분한 물은 더러운 진회색이었고, 꼼짝 않고 빛나는 커다란 적갈색 잡초들 사이로는 온갖 것들이 기어 다니고 휙휙 날아다녔죠. 도랑과 웅덩이와 퇴적물들 너머 멀리에 있는 산의 측면에는 숲이 있었는데, 마지막 화산 폭발로 화재가 일어나 재가 함박눈처럼 내린 뒤 다시 자라는 중이었죠. 숲의 맞은편 역시 그랬는데…… 그걸 뭐라고 하죠? 원형 무대, 네, 검은빛과 녹빛 재가 쌓인 원형 무대가 솟아 있는 것 같았습니다. 제가 들어가 있는 바다는 그 숲 중간에 일종의 만처럼 움푹 파인 곳에 있었습니다.

동이 막 튼 상태라 사방은 아직 별 색깔을 띠지 않고 있었고, 해협 어디에도 우리 말고는 사람은 한 명도 보이지 않았습니다. 우리가 타고 온 바니어의 자부심만이 해안선 쪽 바윗덩어리들 너머에 놓여 있었습니다.

사람은 한 명도 보이지 않았습니다." 남자는 되풀이해 말하고는 잠시 말을 멈췄다.

"그래서 나중에 놈들이 나타났을 때, 도대체 어디에서 온 건지 저는 알 수가 없었습니다. 도무지요. 보트에 탄 우리는 너무나 안전하다고 느꼈기 때문에 제각각 따로 놀고 있었고, 불쌍한 동생 샌더스는 노래를 부르고 있었습니다. 전 헬멧만 벗고 여전히 지미 고글을 입고 있었죠. 올웨이즈가 말했어요. '서두를 거 없어. 저기 여전히 돛대가 보이잖아.' 제가 뱃전 너머로 그 유령 같은 해양 개척자의 돛대를 흘깃 본 순간 형 샌더스가 배의 방향을 돌렸습니다. 잠수복의 나사를 돌려 창들을 잠그고 모든 게 괜찮다고 확인되자, 저는 가라앉기 쉽도록 공기 호스의 밸브를 잠근 후, 발을 내밀어 배 밖으로 뛰어내렸습니다. 우리에겐 사다리가 없었거든요. 배가 앞뒤로 흔들거렸고, 다들 물속에 들어간 저를 바라보는 동안, 제 머리는 돛대 주위의 잡초와 어둠 속으로 가라앉았습니다. 세상에서 가장 조심성 많은 사람이라 해도, 그렇게 황량한 곳으로 들어갔을 때 주위를 살피는 사람은 없을 겁니다. 고독의 냄새가 코를 찔렀거든요.

물론 제가 잠수에 완전 초짜란 건 당연히 알아주셔야 합니다. 우리

중 누구도 잠수를 해본 적이 없었습니다. 우리는 잠수복의 사용법을 알아내려고 그것을 한참 만지작거려야 했고, 제가 바다 깊이 들어간 것도 그때가 처음이었습니다. 아주 끔찍한 기분이 든답니다. 귀가 미친 듯이 아프고요. 하품이나 재채기를 하다가 귀가 아파 본 적이 있으신지 모르겠지만, 딱 그렇게 아프지요. 단지 그 열 배 정도 더 아플 뿐이죠. 그리고 여기, 눈썹 위에 뻐개지는 듯한 통증이 느껴지고, 머리는 독감에 걸린 듯한 느낌이 들죠. 폐를 비롯해 다른 신체 부위도 천국에 와 있는 느낌은 아닙니다. 아래로 내려갈 때의 느낌은 처음엔 승강기를 타고 내려가는 느낌과 비슷한데, 끝도 없이 계속 내려가는 것이 승강기와는 다르죠. 그럴 때면 위에 뭐가 있는지 보려고 고개를 돌릴 수도 없고, 통증을 무릅쓰고 몸을 구부리지 않으면 발밑에서 무슨 일이 생기고 있는지도 볼 수 없어요. 바닷속 깊이 내려가면 밑바닥의 시꺼먼 재와 진흙은 말할 것도 없이, 사방이 깜깜하지요. 말하자면, 새벽에서 밤으로 내려가는 듯한 기분입니다.

돛대는 그 암흑 속에 유령처럼 솟아 있었고, 이윽고 전 수많은 물고기들과 나부끼는 수많은 빨간 해초들을 지나 둔하게 쿵 소리를 내며 해양 개척자의 갑판을 세게 쳤고, 시체를 먹던 물고기들이 여름날 동물 시체를 먹다 날아오르는 파리 떼처럼 위로 올라갔습니다. 저는 압축공기를 다시 켰습니다. 럼주 향에도 불구하고, 잠수복에선 결국 고무 방수포 냄새가 났기 때문이죠. 전 몸을 세우고 냉정을 되찾았습니다. 바다 밑은 좀 쌀쌀했기에, 숨 막히는 듯한 기분을 좀 떨쳐 내는 데 도움이 됐습니다.

기분이 좀 편해지자 저는 주위를 둘러보기 시작했습니다. 놀라운 광경이었습니다. 빛조차 예사롭지 않은 불그스름한 황혼 빛이었는데, 배

양쪽에서 떠다니는 가늘고 긴 해초 때문이었습니다. 제 머리 위로는 그저 꿈결 같은 진청록색만 있었습니다. 배의 갑판은 우현이 살짝 기울어진 것을 빼고는 수평이었고, 잡초들 사이에 길게 누워 있는 배의 선수루 쪽은 깜깜한 어둠에 잠겨 보이지 않았지만, 전체적으로 배는 옆질하다가 부러진 돛대들을 빼면 깨끗한 상태였습니다. 갑판에 시체는 전혀 없어 뱃전을 따라 있는 잡초에 묻혔나 보다 생각했습니다. 하지만 잠시 후 선실에서 누워 있는 해골 두 구를 찾았습니다. 그 둘은 거기서 죽음을 맞은 거죠. 갑판에 서서 모든 걸 하나하나 보고 있으니 참으로 별난 기분이 들었습니다. 제가 별빛을 받으며 담배를 피웠던 난간 쪽도 보였고, 시드니 출신의 나이 든 동료가 그 배의 승객이던 과부와 시시덕거리곤 하던 구석 자리도 보였습니다. 겨우 한 달 전만 해도 보기 좋았던 한 쌍이었는데, 이젠 둘 중 누구도 아기 게의 먹이조차 되지 못하는 신세가 되어 있었습니다.

저는 철학적 성향이 좀 있기에 거의 5분을 그렇게 생각에 잠겨 있다가, 아래로 내려가 그 축복의 가루가 저장된 곳을 천천히 찾기 시작했습니다. 주위는 대체로 칠흑처럼 어두웠고, 갑판 지붕창으로 들어오는 어렴풋한 푸른빛은 저를 혼란스럽게 만들었습니다. 게다가 주위에서 뭔가가 돌아다녔는데, 한번은 제 잠수복의 창을 가볍게 쳤고, 또 한번은 제 다리를 꼬집었습니다. 아마 게였겠지요. 저는 저를 당황하게 만드는 많은 물건들을 차낸 후, 허리를 숙여 무언가를 집어 들었습니다. 그건 바로 등뼈였습니다! 한 번도 흥미롭다고 생각한 적 없던 등뼈가 거기 놓여 있었습니다. 그런 다음 저는, 우리가 금에 대해 얘기를 나눌 때 올웨이즈가 상세히 알려 줬던, 금이 들어 있다는 상자를 발견했습니다. 저는 그 상자의 한쪽 끝을 1인치 정도 들어 올렸습니다."

남자는 잠시 쉬었다 다시 말했다. "전 그 상자를 들어 올렸습니다. 내 손안에 4만 파운드어치의 순금이 있다니, 너무 기뻐 헬멧 안에서 환호하듯 소리쳤습니다. 헬멧 안에서 공명되는 제 소리에 귀가 아플 정도로요. 사실 전 그때쯤엔 숨이 막힐 정도로 지쳐 있었죠. 내려온 지 25분 이상은 된 상태였으니까요. 전 이 정도면 충분하다고 생각했습니다. 그래서 그 배의 갑판 지붕창으로 다시 올라갔는데, 마침 그때 엄청나게 큰 게가 히스테릭하게 껑충 뛰어 옆쪽으로 종종걸음 치는 모습이 보였습니다. 전 상당히 놀랐죠. 저는 갑판 위에 굳건히 서서 헬멧 뒤의 밸브를 잠갔습니다. 공기를 모아, 다시 위로 떠오르려고요. 그때 위에서 철썩하는 소리가 났습니다. 노로 물을 치는 소리 같았기에, 저는 굳이 고개를 들어 확인하려 하지 않았습니다. 일행이 저한테 올라오라는 신호를 보낸 거라고 생각했으니까요.

이윽고 무언가 무거운 것이 제 옆으로 내려오더니 두꺼운 나무 널에 꽂혀 진동했습니다. 동생 샌더스가 만지작거리던 기다란 칼이었습니다. 전 동생 샌더스가 칼을 떨어뜨렸다고 생각하고는 녀석을 바보라고 욕했습니다. 그 칼 때문에 제가 심하게 다칠 수도 있었으니까요. 전 위로 떠오르기 시작했고, 햇빛을 향해 부지런히 올라갔습니다. 해양 개척자의 돛대 꼭대기 정도까지 올라왔을 때, 저는 가라앉고 있는 무언가와 부딪혔습니다. 부츠가 제 헬멧 앞면을 친 것입니다. 곧이어 몸부림치는 또 다른 무언가가 나타났습니다. 뭔진 몰라도 저를 굉장한 무게로 짓누르며 이리저리 움직이고 몸을 비틀었습니다. 전 그게 커다란 문어나 그 비슷한 거라고 생각했을 겁니다. 부츠만 없었어도요. 하지만 문어가 부츠를 신었을 리는 없었죠. 물론 그 모든 게 한순간에 벌어진 일이었습니다.

전 제 몸이 다시 가라앉는 걸 느끼고는 팔을 이리저리 저어 제 위치

를 지키려 했고, 제 위에 있는 것은 옆으로 굴러떨어졌습니다. 제가 올라
가자 그 물체는 빠르게 밑으로 가라앉았는데 그때 전……"

남자는 잠시 침묵하더니 말을 이었다.

"전 동생 샌더스의 얼굴을 봤습니다. 누군가의 검은 맨어깨도 보았습
니다. 창 하나가 샌더스의 목을 관통해 물속에 잠긴 입과 목에서 마치
분홍색 연기가 뿜어져 나오는 듯했습니다. 둘은 서로를 단단히 쥐고 빙
빙 돌며 아래로 내려갔는데, 너무 깊이 가라앉자 서로 놓을 수도 없는
지경이 되었습니다. 그리고 다음 순간, 제 헬멧이 카누에 쾅 부딪혔고,
전 헬멧이 깨지는 줄 알았습니다. 그 카누에 탄 사람들은 흑인들이었습
니다! 카누 두 개에 가득 타고 있었습니다

정말이지 참으로 조마조마한 순간이었습니다. 올웨이즈는 몸에 창이
세 개 꽂힌 채 배 밖으로 떨어졌고, 제 주위에 있는 흑인 서너 명은 다
리로 물을 차고 있었습니다. 앞이 잘 안 보였지만, 저는 한눈에 만사가
틀어진 걸 알았고, 미친 듯이 밸브를 돌린 뒤 거품을 부글거리며 불쌍
한 올웨이즈 뒤를 따라 다시 물속으로 내려갔습니다. 충분히 상상이 가
시겠지만, 끔찍하게 놀라고 경악한 상태였죠. 제가 동생 샌더스를 지나
쳐 갈 때, 흑인은 다시 떠오르며 살짝 몸부림치고 있었고, 다음 순간 저
는 다시 어둑한 빛 속에서 해양 개척자의 갑판에 서 있었습니다.

전 생각했죠. 맙소사, 곤경에 빠졌어! 저 흑인들은 뭐야? 처음엔 아래
에서 숨 막혀 죽느냐 위에서 찔려 죽느냐 말곤 아무 생각도 안 났습니
다. 절 지탱해 줄 공기가 얼마나 있는지도 잘 몰랐지만, 그 아래에서 그
렇게 오래 버틸 순 없을 거라 느꼈습니다. 그 우울하고 겁나는 상황과
는 별도로, 더위와 심한 두통도 느껴졌습니다. 우린 그 야만적인 원주민
들, 더러운 파푸아 짐승들은 전혀 고려한 적이 없었습니다. 올라간다고

해도 좋을 게 하나도 없었지만, 그래도 뭔가를 해야만 했습니다. 저는 앞뒤 생각 없이 두대박이 범선의 옆면을 타고 넘어 잡초들 사이에 내린 뒤, 최대한 빠른 속도로 깜깜한 물속을 뚫고 갔습니다. 전 딱 한 번 멈춰서 무릎을 꿇고 헬멧 속에서 고개를 비틀어 위를 보았습니다. 저 멀리 위쪽은 너무나 비범한 밝은 청록색이었고, 아주 작아 보이는 카누 두 척과 보트는 비틀어 놓은 H자처럼 물 위에 떠 있었습니다. 그 배 세 척이 앞뒤로 양옆으로 흔들리는 게 무슨 의미일지를 생각하니 속이 메스꺼웠습니다.

그 어둠 속에서 머뭇거리며 저는 제 평생 가장 끔찍한 10분을 보냈습니다. 끔찍한 수압 때문에 모래 속에 파묻힌 것처럼 가슴에 통증을 느꼈고, 공포 때문에 토할 것 같고, 숨 쉬는 것도, 보기엔 아무렇지 않아도, 사실은 럼주와 고무 냄새 때문에 고역이었습니다. 끈적끈적하기도 했고요! 잠시 후 전 저도 모르게 좀 지나치게 기울어진 채 올라가고 있었습니다. 카누와 보트 쪽에 뭔가 보이는 게 있나 곁눈질하며 계속 올라갔습니다. 그러고는 수면 아래 1피트 정도 되는 곳에서 멈춰 서서 제가 어디로 가고 있는지 파악하려고 주위를 살펴봤지만, 굴절되어 보이는 바다 밑 말고는 아무것도 보이지 않았습니다. 잠시 후 마치 거울을 깨듯 머리로 수면을 치고 물 밖으로 나온 저는, 제가 숲 근처 해변에 와 있음을 알 수 있었습니다. 주위를 둘러보았지만 원주민들과 두대박이 범선은 크고 뒤틀린, 마치 작은 언덕 같은 큰 화산암 더미에 가려 보이지 않았죠. 제 안의 타고난 바보가 숲으로 달려가자고 제안했습니다. 전 헬멧은 벗지 않았지만 거기 달린 창 하나를 조심스레 연 뒤 헐떡이며 뭍으로 나왔습니다. 공기가 얼마나 깨끗하고 상쾌한 맛이었는지 당신은 상상도 못하실 겁니다.

물론 바다에 4인치의 납이 든 부츠를 신고, 축구공 크기만 한 구리 헬멧을 쓰고, 게다가 물속에 35분 동안 있었던 몸이면 아무리 열심히 달려도 신기록을 낼 순 없는 법이죠. 전 일하러 가는 농부처럼 달렸습니다. 그리고 나무들 있는 곳을 향해 반쯤 갔을 때, 열두 명도 넘는 흑인들이 입을 딱 벌리고 깜짝 놀란 채 절 맞으러 오는 것이 보였습니다.

전 발을 딱 멈췄고, 나야말로 런던 최고의 멍청이라며 자신을 욕했습니다. 제가 다시 바다로 얼른 돌아가 탈출에 성공할 가능성은 거북이가 탈출에 성공할 가능성과 얼추 비슷했습니다. 전 그저 제 창을 도로 잠가 두 손을 자유롭게 만들고 원주민들을 기다렸습니다. 달리 할 수 있는 일은 없었습니다.

하지만 원주민들은 아주 가깝게 다가오지는 않았습니다. 왜 그러는지 의심하기 시작했습니다. 저는 말했습니다. '지미 고글, 네 아름다움 때문이야.' 머리가 살짝 어지러웠습니다. 주위의 모든 위험과, 공기의 압력 변화 때문이었을 겁니다. '내가 뭘로 보여?' 전 마치 원주민들이 제 말을 알아들을 수 있을 거란 듯이 말했습니다. '날 뭐라고 생각하는데? 하기야 내가 너네들에게 이상한 존재로 보이지 않으면 목이 매달리고 말겠지.' 그러고는 비상 밸브를 돌린 뒤 호스를 열어 잠수복 안에 압축공기가 들어오게 했습니다. 이윽고 저는 배가 볼록한 개구리처럼 부풀어 올랐습니다. 분명 제 겉모습은 아주 이상적이었겠죠. 원주민들이 한 발만 더 다가오면 저는 끝장날 것 같았습니다. 잠시 후 한 명, 또 한 명, 원주민들이 양손과 무릎을 땅에 대고 넙죽 엎드렸습니다. 저라는 존재가 도무지 무엇인지 몰라서 극도로 공손하게 구는 현명하고 합리적인 행동을 취한 거죠. 저는 바다 쪽으로 슬금슬금 돌아가다가 확 튈까 고민했지만, 너무나 가망 없는 짓처럼 보였습니다. 제가 한 걸음 물러나면 원주민들도 절 따라올 것이 분명했으니까요. 자포자기 심정으로 저는 잠수복을 입어 뚱뚱해 보이는 두 팔을 위엄 있게 흔들며, 원주민들 쪽으로 느리고 묵직하게 걷기 시작했습니다. 속으로는 박새처럼 조그맣게 노래를 부르면서요.

하지만 역시나, 곤경에서 벗어나는 데는 인상적인 겉모습만 한 게 없었습니다. 전 그 전에도 그 후에도 그 사실을 알고 있었죠. 일곱 살 때 이미 잠수복을 본 우리 같은 사람들은 잠수복이 야만인들에게 끼치는 영향을 상상하기 어렵지만. 그 흑인들 중 한두 명은 허둥지둥 도망쳤고, 나머지는 황급히 땅에 머리를 박기 시작했습니다. 전 임시직 배관공처럼 우스꽝스러울 정도로 아주 느리고 진지하게 계속 걸어갔습니다. 제가 대단한 존재라도 되는 듯 교활한 속임수를 쓴 거죠. 원주민들은 분명 절 굉장한 존재로 여기고 있었으니까요.

이윽고 한 명이 벌떡 일어나더니 제 쪽으로 손가락질을 하며 이상한 몸짓을 했고, 나머지 원주민들은 저와 바다의 무언가를 번갈아 보았습니다. '무슨 일이지?' 그렇게 말하며 위엄 있게 천천히 몸을 돌렸더니, 불쌍한 우리 바니어의 자부심이 카누 두 대에 끌려오는 것이 보였습니다. 그 광경을 보자 속이 메슥거렸습니다. 하지만 원주민들은 제가 그 공로를 인정해 주길 기대했고, 그래서 전 인상적이지만 애매한 방식으로 두 팔을 흔들었습니다. 이윽고 전 몸을 돌려 다시 숲 쪽으로 성큼성큼 걸었습니다. 그때 제가 미친 듯이 반복하고 또 반복해 기도했던 게 기억납니다. '주여, 제가 이 곤경을 헤쳐 나가게 도와주소서! 주여, 제가 이 곤경을 헤쳐 나가게 도와주소서!' 위험이 뭔지 전혀 모르는 바보들만이 감히 그 기도를 비웃을 수 있을 겁니다.

하지만 흑인들은 제가 그런 식으로 사라지게 내버려 두지 않았습니다. 흑인들은 제 주위에서 일종의 절하는 춤을 추기 시작했고, 숲 속으로 난 길을 따라가도록 절 다소 강요했습니다. 흑인들이 절 뭘로 여기든, 영국 시민으로는 여기지 않는 게 분명했고, 제 쪽에서도 영국 시민이라 자백할 마음은 눈곱만큼도 없었습니다.

야만인들에 익숙하지 않다면 믿기 힘드시겠지만, 그 불쌍하고 미혹되고 무지한 생명들은 절 곧장 자기들의 우상이 있는 성소로 데려가 그 신성한 오래된 검은 돌 앞에 세웠습니다. 그때 전 그 원주민들이 얼마나 무지한지 깨닫고 있었기에, 그 신을 보자마자 감을 잡았습니다. 전 바리톤 음으로 울부짖기 시작했습니다. '아우, 아우.' 한 음을 아주 길게 끌었고, 두 팔을 아주 많이 저은 다음, 아주 천천히 그리고 격식을 차려 원주민들의 우상을 옆으로 눕힌 뒤 그 위에 앉았습니다. 전 지독히도 앉고 싶었습니다. 잠수복은 열대에선 그다지 입을 게 못되거든요. 달리 보자면, 전 제대로 충격적인 장면을 연출하고 있었던 겁니다. 제가 자기네 우상 위에 앉자 원주민들은 숨도 제대로 못 쉬었지만, 1분도 지나지 않아 마음을 정하고 열심히 절를 숭배하기 시작했습니다. 일이 그렇게 잘 풀리는 걸 보고 전 어깨와 발에 가해지는 무게에도 불구하고 좀 안도했답니다.

하지만 전 카누에 탄 자들이 돌아오면 절 어떻게 생각할지가 걱정이 됐습니다. 혹시라도 그 자들이 보트에서 바닷속으로 내려가기 전의 제 모습을 봤다면, 지난밤에 몰래 헬멧을 쓰기 전의 제 모습을 엿봤다면, 나머지 원주민들과 다른 시각으로 절 볼 가능성이 컸습니다. 전 그 때문에 카누가 도착할 때까지 몇 시간이나 지독하게 속을 끓였습니다.

그런데 카누에서 내린 흑인들도 절 받아들였습니다. 고맙게도 마을 전체가 절 신으로 받아들였습니다. 마치 이집트 좌상처럼 최대한 꼿꼿하고 근엄하게 거의 열두 시간을 앉아 있었던 대가로, 저는 난관을 극복할 수 있었습니다. 제가 얼마나 끔찍한 열기와 악취 속에 있었는지 당신은 상상도 못하실 겁니다. 원주민들 누구도 잠수복 안에 사람이 있을 거라곤 생각도 못했고, 저를 그저 물속에서 나타난 놀랍고 위대한 우상이라고 여겼습니다. 하지만 그 피로감이라니! 그 열기라니! 저는 럼주 냄새가 가득한 그 고무 방수포 안에서 숨이 막힐 것 같았습니다! 원주민들이 피우는 소란도 저를 피곤하게 만들었습니다! 원주민들은 제 앞에 화산암으로 만든 판 같은 것을 놓고 그 위에 불을 피운 후, 유혈이 낭자한 악취 나는 짐승들을 잔뜩 가져왔습니다. 그자들이 벌이는 축제 중 가장 최악의 부분이었습니다. 그리고 제게 경의를 표하려고 그것들을 모두 불태웠습니다. 전 조금 배가 고픈 상태였지만, 사방에 탄 제물 냄새가 진동하자 신들이 어떻게 먹지 않고 버티는지 알 수 있었습니다. 원주민들은 두대박이 범선에서 많은 물건들을 가져왔는데, 저는 무엇보다 압축공기 기구에 쓰는 기압식 펌프를 보고 살짝 안도했습니다. 이윽고 엄청나게 많은 남녀들이 제가 있는 성소로 들어와 제 주위에서 수치스러운 춤을 추었습니다. 그렇게 많은 사람들이 그렇게 다양한 방식으로 경의를 표할 수 있다는 게 참으로 놀라웠습니다. 제 주위에 손도끼만 있었어도, 그 원주민들을 맹렬히 공격했을 겁니다. 저는 그 정도로 화가 나 있었습니다. 그자들이 그러는 내내 저는 보병 중대처럼 바짝 긴장해서 뻣뻣하게 앉아 있었습니다. 달리 어찌해야 할지 몰라서요. 그러다 마침내 밤이 되자, 윗가지를 엮어 만든 성소가 원주민들이 보기엔 지나치게 어두워졌습니다. 아시죠? 거기 원주민들은 모두 어둠을 두려워한답니다. 제가 '무우' 하는 소리를 내자, 원주민들은 밖에 커다란 모닥불을 피우고는 저만 깜깜한 오두막에 남겨 두고 떠났습니다. 나사를 돌려 헬멧의 창들을 살짝 열자 생각을 할 수 있게 되어 좋았지만, 또한 기분이 나쁘기도 했습니다. 맙소사, 몸이 아픈 것이었습니다!

전 쇠약하고 배가 고픈 상태였고, 제 정신은 엄청나게 몸부림쳐도 제자리에 있을 수밖에 없는, 핀에 꽂혀 있는 딱정벌레 같았습니다. 저는 다른 친구들을 생각하며 비탄에 젖었습니다. 지독한 술고래들이긴 했어도, 그런 운명을 맞을 이유는 없었습니다. 목에 창이 꽂힌 동생 샌더스의 모습이 제 머리에서 떠나질 않았습니다. 저 바다 밑 해양 개척자 안에는 여전히 보물이 실려 있었습니다. 저는 그것을 손에 넣어 좀 더 안전한 곳에 숨겨 놓고 도망쳤다가 다시 돌아와 찾을 방법이 없을까 생각했고, 먹을 것은 어디서 구하지? 하는 생각도 했습니다. 두서없이 이 생각 저 생각 했던 거죠. 너무 인간처럼 행동하게 될까 봐 음식을 달라는 신호를 보내기가 겁이 났고, 그래서 거의 동이 틀 때까지 배를 주리며 앉아 있었습니다. 이윽고 마을이 좀 조용해지자 더는 참을 수가 없어서 밖으로 나가 아티초크 비슷한 것들을 그릇에 담고 시큼한 우유도 구했습니다. 먹고 남은 것은 제물들 사이에 놔뒀습니다. 원주민들에게 제 취향에 맞는 음식을 슬쩍 알려 주려고요. 아침이 되자 원주민들이 저를 숭배하러 제 오두막으로 왔습니다. 그러고는 전날 밤 자기들이 오두막을 떠날 때와 마찬가지로, 자기들의 먼젓번 신 위에 꼿꼿하고 멋지게 앉아 있는 제 모습을 보았습니다. 사실 저는 오두막 중앙에 있는 기둥에 등을 대고 잠들었던 거였습니다. 그렇게 해서 전 이교도들의 신이 되었습니다. 물론 불경한 가짜 신 신세였지만, 사람이 늘 자기 입맛대로 살 수는 없지 않습니까.

저는 제가 제 가치 이상의 신이었다고 자랑하고 싶지는 않지만, 제가 그 원주민들에게 신이었던 동안 그 원주민들이 유난히 번창했다는 점은 꼭 말씀드려야겠습니다. 아시겠지만, 그게 무슨 의미가 있다는 건 아닙니다. 당시 그 원주민들은 다른 부족과의 전쟁에서 승승장구했고, 그 바람에 전 원치 않는 제물들을 많이 받았습니다. 제가 신으로 있었던 동안에 그자들은 물고기도 많이 낚았고 포라라는 작물도 풍년이었습니다. 그리고 두대박이 범선을 빼앗은 일을 제게 입은 은혜 중 하나로 쳤습니다. 처음으로 신 노릇을 한 것치고 그 정도면 성공적이지 않나요? 안 믿어 주실지 모르겠지만, 그렇게 전 거의 넉 달 동안을 그 잔인한 야만인 부족의 신으로 살았답니다……

제가 달리 어쩔 수 있었겠습니까? 하지만 전 그 잠수복을 늘 입진 않았습니다. 저는 원주민들을 시켜 일종의 지성소를 만들게 했습니다. 그리고 제가 원하는 게 뭔지 이해시키느라 지독한 시간을 보냈습니다. 정말 엄청나게 힘들었습니다. 제 바람을 이해시키는 게요. 하지만 그렇다고 얘기하려고 원주민들의 뜻 모를 말을 엉망으로 따라 하거나 손을 휘젓는 동작을 취해 제 격을 낮출 수도 없었습니다. 그래서 저는 모래에 그림을 그린 후, 그림 옆에 앉아 마치 1시 정각을 알리는 소리 같은 괴성을 냈습니다. 원주민들은 제가 원하는 걸 가끔은 제대로 알아들었고, 가끔은 완전히 잘못 알아들었습니다. 하지만 늘 기꺼이 제 바람대로 해주려 했다는 건 확실합니다. 당시 저는 망가진 일을 어떻게 다시 실행할지 고민하기도 했습니다. 매일 동트기 전 잠수복을 제대로 갖춰 입고 해양 개척자가 가라앉아 있는 해협이 보이는 곳으로 나가곤 했고, 한번은 달빛 비치는 밤에 어둠 속의 잡초를 헤치고 바위를 넘으면서 해양 개척자를 향해 가다가, 정신을 잃기도 했습니다. 저는 한낮까지도 정신이 돌아오지 못했고, 마침내 깨어나 보니 어리석은 흑인들이 모두 해변에 나와 자신들의 바다의 신이 돌아와 주길 기도하고 있었습니다. 원주민들은 제가 나타나자 크게 환호했지만, 전날 밤 이리저리 헤매고 구르고 오르락내리락하느라 피곤했던 저는, 그 원주민들의 멍청한 머리를 갈겨 주고 싶은 심정이었습니다. 제가 그 요란한 의식을 좋아했다면 제가 미친 놈인 거죠.

어느 날 선교사가 왔습니다. 맙소사, 하필 선교사가요! 제가 바깥쪽 신전에 있는 원주민들의 오래된 검은 돌에 당당하게 앉아 있었던 어느 오후에 그자가 왔습니다. 시끌시끌한 웅성거림이 들리더니, 이윽고 통역에게 말하는 선교사의 목소리가 들렸습니다. '이자들은 가축과 돌을 숭배하고 있군요.' 선교사가 말했고, 저는 무슨 일이 벌어질지 대번에 알아차렸습니다. 편하게 있으려고 창들 중 하나를 열어 놓고 있었던 저는, 얼떨결에 크게 노래를 시작했습니다. '가축과 돌이라! 들어오라. 내가 그대의 머리에 엑서터 홀*만 한 구멍을 내줄 테니.'

잠시 침묵이 흐른 후 다시 웅성거리는 소리가 들리더니, 선교사가 신전으로 왔습니다. 선교사들이 무릇 그렇듯 손에 성경을 든 그자는, 모래색 머리에 자귀풀 심으로 만든 차양 모자를 쓴, 얼굴에 반점들이 있는 조그만 남자였습니다. 구리로 된 머리에 커다란 고글을 쓰고 그늘에 앉아 있는 내 모습에 선교사가 처음에 좀 놀랐을 거라 생각하니 우쭐해지더군요. 제가 말했습니다. '흠, 가위 무역은 잘되어 가나요?'** 전 선교사들을 인정하지 않기에 그렇게 말했습니다.

즉 저는 그 선교사를 놀려 댔습니다. 저에게 완전히 휘둘린 그 풋내기 선교사는 저에게 누구냐고 물었습니다. 저는 알고 싶으면 제 발치에 새겨진 글자들을 읽어 보라고 했죠. 사실 글자 따윈 없었습니다. 그런 게

*영국 런던의 회관으로 5천 명이 들어갈 수 있다.
**십자가와 가위 모양이 비슷한 점을 이용한 농담이다.

거기 왜 있겠어요. 하지만 선교사는 글자를 읽으려고 몸을 숙였고, 다른 원주민들만큼이나 미신적인 데다가 선교사를 가까이서 지켜보아 왔기에 더욱더 그런 선교사의 행동을 숭배의 행동으로 여긴 통역도, 번개처럼 풀썩 주저앉았습니다. 제 원주민들은 모두 승리의 아우성을 쳤고, 그 방문 이후로 제 마을에 선교사들 부류가 여행을 오는 일은 두 번 다시 없었습니다.

하지만 물론, 선교사를 그런 식으로 막으려 한 건 정말 바보짓이었습니다. 보물에 대해 솔직히 털어놓았다면 분명 그 친구는 저와 한패가 됐을 겁니다. 그 선교사가 제 잠수복과 실종된 해양 개척자의 관계를 쉽게 알아차릴 수 있다는 걸, 그때는 왜 생각하지 못했는지 모르겠습니다. 선교사가 떠난 지 일주일이 넘은 어느 날 아침 밖으로 나가 보니, 스타 레이스에서 그곳 해협까지 온 인양선 모성애의 선원들이 수심을 재는 모습이 보였습니다. 그 축복받은 게임이 끝나 버린 겁니다. 그간의 제 모든 고생이 헛수고가 된 겁니다. 맙소사, 제가 얼마나 화가 났겠습니까! 그 악취 나고 우스꽝스러운 잠수복 속에서 그 난리를 치며 넉 달이나 버텼는데요!"

볕에 탄 남자의 이야기는 다시 천박해지고 있었다. 남자는 아무런 수식도 없이 핵심만 말했다. "생각해 보세요. 4만 파운드어치 금이었어요."

"그 덩치 작은 선교사는 돌아왔나요?" 내가 물었다.

"네, 젠장! 그 선교사는 원주민들에게 그 신 같은 형체 안에 사람이 있다고 자기 명성을 걸고 맹세했고, 자신이 굉장한 의식으로 환영받을 줄 알았죠. 하지만 아니었어요…… 또 저에게 당한 겁니다. 저는 남부끄러운 일이 일어나 해명해야 하는 일이 생길까 봐, 선교사가 오기 한참 전에 이미 모든 걸 버리고 떠난 상태였거든요. 낮에는 수풀 속에 숨고 밤에는 마을들에서 음식을 훔치며 해변을 따라 바니어의 자부심으로 향했습니다. 들고 있는 창 하나가 유일한 무기였고, 옷도 돈도 없었습니다. 아무것도요. 격언처럼 체면도 운도 남아 있지 않은 상태였죠. 간신히 4만 파운드어치 금 중 제 몫인 5분의 1, 딱 8천 파운드어치의 금은 챙길 수 있었습니다. 하늘에 감사하게도 원주민들은, 자기네 운을 몰아낸 게 그 선교사라고 생각하고 난폭하게 그자를 베어 버렸습니다."

윈첼시 양의 사랑
Miss Winchelsea's Heart

　　윈첼시 양은 로마로 갈 계획이었다. 윈첼시 양이 한 달 동안 그 얘기만 하자, 로마에 간 적이 없거나 갈 가능성이 없는 상당수의 사람들이 윈첼시 양에게 반감을 품게 되었다. 일부는 로마가 소문만큼 멋진 곳은 아니라고 윈첼시 양을 헛되이 설득하려 했고, 또 어떤 이들은 등 뒤에서 윈첼시 양이 '그놈의 로마'를 가지고 지독하게 거드름을 피운다고 넌지시 말하기도 했다. 작은 릴리 하드허스트는 윈첼시 양이 "그놈의 로마에 가서 돌아오지 않는다 해도 자기(릴리 하드허스트 양)는 절대 슬프지 않을 것 같다"고 친구 빈스 씨에게 말했다. 또한 윈첼시 양이 호라티우스와 벤베누토 첼리니와 라파엘로와 셸리와 키츠에 대해 개인적 애정을 표현하는 방식(윈첼시 양이 셸리의 미망인이었더라도 셸리의 무덤에 그렇게까지 큰 관심을 보이진 않았을 것이다)에 모두들 경악을 금치 못했다.* 윈첼시 양은 재치 있는 판단력으로 실용적이지만 지나치게 '관광객 티'가 나지는 않는(윈첼시 양은 '관광객 티'를 풍기는 것을 극도로 겁냈다) 드레스를 마련했고, 베데커 여행 안내서의 번쩍이는 빨간 표지는 회색 종이로 싸놓았다. 마침내 로마로 출발하는 대망의 그날이 밝자, 조그만 윈첼시 양은 한껏 뽐내고 싶은 마음에도 불구하고 채링 크로스 역 승강장에서 즐겁게 새침을 떨었다. 날씨는 화창했고, 해협을 건널 일을 생각하니 즐거웠으며, 모든 징조도 좋았다. 그 유례없는 출발에는 너무도 즐거운 모험의 기운이 깃들어 있었다.

윈첼시 양의 동행은 교육대학 시절의 동창 둘로, 두 사람 모두 다정하고 정직했지만 윈첼시 양만큼 역사와 문학에 밝진 않았다. 친구들은 윈첼시 양을 무척이나 우러러보았지만, 물리적으로는 키 작은 윈첼시 양을 내려다볼 수밖에 없었고, 윈첼시 양은 즐거운 시간을 좀 할애해서 자신의 미적 역사적 열정의 정점까지 '친구들을 감동'시킬 생각이었다. 이미 자리를 잡고 있던 둘은 객차 문에서 윈첼시 양을 열렬히 환영했다. 친구들을 만나자마자 윈첼시 양은 비판 정신이 발동해, 패니는 '관광객 티'가 살짝 나는 가죽 허리띠를 맸고 헬렌은 양쪽에 주머니가 달린 서지 재킷에 굴복하고 말았음을 알아차렸다. 헬렌은 양쪽 주머니에 손을 찔러 넣고 있었다. 하지만 당시엔 여행의 기대로 너무나 행복했기에, 그런 사실을 언급하지는 않았다. 처음의 터질 듯한 기쁨이 사그라지자마자(패니의 열정은 살짝 소란하고 투박했고, 주로 "정말 멋져! 우리가 로마에 가, 얘들아! 로마!"를 힘주어 반복했다) 친구들은 서로에게 주의를 돌렸다. 헬렌은 한 칸을 자기들끼리 독차지하고 싶어 침입자들을 물리치

---

*영국의 시인 셸리와 키츠의 무덤은, 로마의 옛 개신교 공동묘지에 있다.

기 위해 밖으로 나가 발판 위에 단단히 섰다. 윈첼시 양은 뒤를 흘끔거리며 승강장에 모여드는 사람들에 대해 은밀히 이런저런 비평을 했고, 패니는 즐겁게 깔깔대며 웃었다.

이들은 토머스 건 관광단에 속해 있었다. 14파운드로 로마에서 14일이었다. 물론 개인적으로 관광 안내를 받는 무리에 속하지는 않았지만 (윈첼시 양은 그 점을 확실히 조처해 두었다), 준비의 편의를 위해 그 관광단과 함께 움직이기로 한 것이다. 그 관광단은 참으로 묘한 조합이라 놀랍도록 재밌었다. 얼굴이 벌게진 채 큰 소리로 수개 국어를 외쳐 대는 여행 가이드는 흰 점과 검은 점이 섞인 양복을 입고 있었고 긴 팔다리에는 힘이 넘쳤다. 여행 가이드는 큰 소리로 여러 선언들을 외쳤다. 사람들과 얘기하고 싶으면 한 팔을 쭉 뻗어 자기 목적을 달성할 때까지 잡고 있었다. 한 손에는 관광객들의 서류, 티켓, 부본 등을 가득 쥐고 있었다. 관광단에는 두 부류가 있었다. 가이드가 찾고 싶어 하지만 찾을 수 없는 사람들, 그리고 가이드가 찾고 싶어 하지 않지만 승강단까지 길게 줄을 이루며 끈질기게 가이드를 쫓아다니는 사람들이었다. 후자는 자기들이 로마까지 가는 유일한 방법은 가이드에게 딱 붙어 있는 거라고 생각하는 듯했다. 조그만 할머니 세 명은 유난히 원기 왕성하게 가이드를 쫓아다녔는데, 가이드는 결국 화가 나서 할머니들을 객차에 급히 처넣고 다시 나오기만 해보라고 을렀다. 남은 시간 동안, 할머니들은 가이드가 가까이 올 때마다 하나, 둘, 혹은 셋이 창밖으로 고개를 내밀고 '작은 고리버들 세공 상자'에 대해 큰 소리로 물어 댔다. 번쩍이는 검은 옷을 입은 아주 뚱뚱한 아내와 함께 온 아주 뚱뚱한 남자도 있었고, 나이 든 말구종 같은 자그마한 노인도 있었다.

윈첼시 양이 물었다. "저런 사람들이 로마에서 뭘 원할까? 로마가 저 사람들에겐 무슨 의미가 있을까?" 아주 작은 밀짚모자를 쓴 키가 무척 큰 부목사도 있었고, 기다란 카메라 받침대 때문에 거치적거려 하는 키가 무척 작은 부목사도 있었다. 그 사람들의 대조적인 모습에 패니는 무척 즐거워했다. 누가 "스눅스!"*라고 외치는 소리가 들리자, 윈첼시 양이 말했다. "저런 이름을 가진 사람은 소설 속에나 있는 줄 알았는데 정말로 있네. 놀라워! 스눅스라니, 누가 스눅스 씨일까 궁금한걸." 마침내 그들은 커다란 체크무늬 양복을 입은 무척 뚱뚱하고 단호하고 키 작은 남자를 골라냈다. "저 사람이 스눅스가 아니라면, 스눅스가 되어야 해." 윈첼시 양이 말했다.

이내 가이드는 헬렌이 객차 모퉁이에서 하는 행동을 보고 말했다. "이 객실에 다섯 명 더 들어오세요." 가이드가 손가락을 쫙 펴서 다섯 명이라 표시하며 고함쳤다. 네 명으로 이루어진 팀, 즉 어머니와 아버지와 두 딸이 모두 엄청나게 흥분한 채 머뭇거리며 들어왔다. "괜찮아요, 엄마…… 잠깐만요." 딸 중 하나가 선반에 핸드백을 놓으려 하다가 그만 핸드백으로 어머니의 보닛을 치고는 말했다. 윈첼시 양은 이리저리 부딪히며 어머니를 '엄마'라고 부르는 그 사람들이 너무나 싫었다. 그들 뒤로 어느 청년이 혼자 들어왔다. 윈첼시 양은 '관광객 티'가 전혀 안 나는 청년의 옷차림을 눈여겨보았다. 양쪽으로 당겨 여는 청년의 여행 가방은 질 좋은 가죽이었고, 룩셈부르크와 오스탕드**를 생각나게 하는 딱지들이 붙어 있었으며, 부츠는 갈색이긴 해도 저속하지 않았다. 청년은 팔에 외투를 들고 있었다. 그 사람들이 제대로 자리를 잡기도 전에 검표원이 나타나 쾅쾅 소리를 내며 문을 열었고, 보라! 이들이 탄 기차는 채링

---

* 'Snooks'는 '시시해!'란 뜻도 가지고 있다.
** 벨기에 북부의 유명한 해변 도시.

크로스 역을 미끄러져 나가 드디어 로마로 출발하고 있었다!

패니가 외쳤다. "멋져! 얘들아, 우리가 로마에 가다니 아직도 믿기지가 않아!"

윈첼시 양은 살짝 미소를 보내 흥분한 패니를 진정시켰고, '엄마'라고 불린 부인은 사람들에게 자기들이 왜 그렇게 역에 '촉박하게' 왔는지를 대충 설명했다. 두 딸은 몇 번이나 "엄마,"라고 부르며 요령 없지만 효과적인 방법으로 어머니의 수다를 진정시켰고, 결국 어머니는 투덜대며 여행 필수품이 담긴 바구니를 살폈다. 그러다가 곧 고개를 들었다. 어머니가 말했다. "이런! 내가 그것을 가져오지 않았구나!" 두 딸은 "아, 엄마!" 하고 말했다. 하지만, 다른 사람들은 '그것'이 뭔지 알 수가 없었다.

이내 패니는 헤어*의 『로마에서의 산책』을 꺼내 들었다. 로마 관광객들 사이에서 매우 인기 있는, 간략한 여행 안내서였다. 두 딸의 아버지는 티켓 묶음책을 상세히 들여다보기 시작했는데, 영어 단어가 없나 살피는 게 확실했다. 아버지는 그 티켓들을 똑바로 들고 오랫동안 바라보다가 거꾸로 돌렸다. 그러고는 만년필을 꺼내 거기에 아주 조심스럽게 날짜를 적었다. 함께 여행할 사람들을 드러나지 않게 살피던 청년은, 책을 꺼내 독서에 빠져들었다. 헬렌과 패니가 창밖으로 치즐허스트를 보는 동안(패니는 그곳이 불쌍한 프랑스 황후가 살았던 곳이라 흥미를 느꼈다), 윈첼시 양은 기회를 잡아 청년이 든 책을 관찰했다. 청년의 책은 여행 안내서가 아니라 작고 얇은 시집이었고, 장정본이었다. 윈첼시 양은 청년의 얼굴을 흘끗 보았다. 한눈에 봐도 세련되고 호감 가는 인상이었다. 청년은 작은 금색 코안경을 쓰고 있었다. "그 여자가 지금도 저기 살

*Augustus Hare(1834~1903). 영국의 작가이자 이야기꾼.

고 있을까?" 패니가 그렇게 말하자, 윈첼시 양은 청년을 조사하던 눈길을 거두었다.

그 뒤로 여행하는 내내 윈첼시 양은 거의 말이 없었고, 말을 하게 되면 최대한 싹싹하고 품위 있게 하려고 애썼다. 윈첼시 양은 원래부터 언제나 나직하고 분명하고 상냥하게 말했지만, 이번엔 특히 더 나직하고 분명하고 상냥하게 하려고 애썼다. 기차가 도버의 흰 절벽 아래를 지나자 청년은 시집을 치웠고, 마침내 기차가 보트 옆에 멈추자 청년은 신속하고 우아하게 윈첼시 양과 친구들의 짐을 들어 주었다. 윈첼시 양은 '허튼짓을 증오'했지만, 청년이 그녀들이 숙녀임을 곧바로 파악하고 도를 넘어선 친절을 보이지 않으면서 도와준 점이 기뻤다. 또한 청년은 이번에 정중하게 도와주는 것이 앞으로 주제넘게 나설 권리를 얻으려는 게 아니라는 점을 멋진 방식으로 보여 주었고, 윈첼시 양은 그 점도 마음에 들었다. 윈첼시 양과 친구들은 영국을 떠나는 게 처음이었기에, 다들 해협을 건너는 일에 흥분하여 살짝 긴장했다. 그들은 보트의 가운데쪽 명당에 다 함께 서 있었다. 청년이 윈첼시 양의 큰 여행 가방을 거기놓으며, 여기가 좋은 자리라고 말해 주었던 것이다. 그들은 앨비언*의하얀 기슭이 멀어져 가는 것을 지켜보며 셰익스피어를 인용하고, 동료여행자들을 영국식으로 조용히 놀려 댔다.

일행은 몸집 큰 사람들이 작은 파도를 경계하는 모습을 보면서 특히즐거워했다. 자른 레몬과 휴대용 술병들이 난무했고, 어떤 숙녀는 얼굴에 손수건을 덮고 갑판 의자에 길게 뻗었으며, 밝은 갈색의 '관광객 티'나는 양복을 입은 천박하고 단호한 한 남자는 영국을 출발해 프랑스에

---

*영국 즉 그레이트브리튼 섬을 지칭하는 가장 오래된 명칭.

도착할 때까지 내내 두 다리를 하느님이 허락하신 최대로 벌린 채 갑판을 돌아다녔다. 이런 모든 뛰어난 예방책들 덕분에 아무도 뱃멀미를 하지 않았다. 사적으로 가이드를 받는 관광단은 갑판에서 가이드를 졸졸 따라다니며 질문을 해댔는데, 헬렌의 눈에는 그런 그들이, 다소 저속한 표현을 쓰자면 베이컨 껍질 조각을 문 암탉들처럼 보였다. 마침내 가이드는 아래로 내려가 숨어 버렸다. 얇은 시집을 읽던 청년은 선미에 서서 점점 멀어지는 영국을 지켜보았는데, 윈첼시 양은 그 모습이 좀 외롭고 슬퍼 보인다고 생각했다.

이윽고 칼레의 떠들썩하고 새로운 광경이 다가오자, 청년은 윈첼시 양의 큰 여행 가방과 다른 소소한 물건들을 챙기는 것을 잊지 않았다. 세 여자 모두 정부 주관 프랑스어 시험을 적당한 성적으로 통과했음에도 불구하고 내심 자신들의 악센트를 창피하게 여겼는데, 그런 그들에게 청년은 아주 유용했다. 청년은 절대 주제넘게 굴지 않았다. 청년은 여자들을 편안히 객차에 태워 주고 모자를 들어 인사한 뒤 떠났다. 윈첼시 양은 최대한 예의 바르게 고맙다고 인사했다. 붙임성 있으면서 세련된 인사였다. 패니는 청년이 아직 부르면 들리는 거리에 있는데도 "멋지다"고 말했다. 헬렌이 말했다. "난 저 사람 정체가 궁금해. 저 사람도 이탈리아로 갈 거야. 내가 저 사람 티켓 묶음책에서 초록색 티켓들을 봤거든." 윈첼시 양은 친구들에게 그가 읽던 시집에 대해 말할까 하다가, 하지 않기로 마음먹었다. 곧 객차의 창문으로 보이는 풍경이 그들을 사로잡았고, 청년은 잊혀졌다. 가장 평범한 광고들도 프랑스어다운 프랑스어로 된 나라를 통과해 가고 있으니 그들은 자신들이 교양 있는 일을 하고 있다는 기분이 들었고, 윈첼시 양은 비애국적인 비교를 했다. 철로변에 영국처럼 경관을 해치는 거대한 광고판이 아니라 가냘프고 작은 게시판 광고들이 있었기 때문이다. 그러나 북프랑스의 풍경은 따분해서 잠시 후 패니는 헤어의 『로마에서의 산책』으로 돌아갔고, 헬렌은 점심 식사를 하기 시작했다. 윈첼시 양은 행복한 공상에서 깨어났다. 윈첼시 양은 자기가 정말로 로마로 가고 있음을 실감하려 애쓰는 중이라고 말했지만, 헬렌의 식사 권유를 받자 배가 고프단 걸 깨닫고 바구니에서 점심을 꺼내 아주 기분 좋게 식사를 했다. 오후가 되자 그들은 지치고 조용해졌고, 이윽고 헬렌이 차를 우렸다. 윈첼시 양은 살짝 졸았을지도 모르지만, 패니는 아예 입을 벌리고 잤다. 하지만 이제 그들 옆자리에 탄 사람들은 꽤 친절하긴 해도 비판적인 인상을 가진 나이를 알 수 없는 숙녀 두 명이었기에(그 둘은 프랑스어로 얘기할 수 있을 만큼 프랑스어에 능통했다), 윈첼시 양은 계속 패니를 깨웠다. 끈질기고 규칙적인 기차 소리와 빠르게 지나가는 바깥 풍경이 마침내 괴로워졌다. 그들은 밤이 되어 기차가 멈추기도 전에 이미 여행이 끔찍하게 지겨워졌다.

밤 정차 시간은 청년이 다시 나타나며 활기를 띠었고, 청년의 매너는 나무랄 데가 없었으며, 프랑스어 실력도 쓸 만했다.

청년의 쿠폰들은 윈첼시 양 일행과 같은 호텔에서 사용 가능했는데, 청년은 우연히(그렇게 보였다) 호텔 공동 식탁에서 윈첼시 양 옆자리에 앉았다. 로마에 대한 열정에도 불구하고 윈첼시 양은 지금과 같은 일이 벌어질 수도 있다는 가능성을 이미 곰곰이 생각해 본 상태였다. 청년이 여행이 지루하지 않냐고 묻자(수프와 생선을 먹은 뒤에 이 말을 했다), 윈첼시 양은 그 말에 그냥 동의하지 않고 다르게 대꾸했다. 둘은 곧 각자의 여행을 비교했고, 그 대화에서 헬렌과 패니는 잔인할 정도로 무시당했다. 둘은 서로 같은 여행을 하게 될 것임을 알게 되었다. 하루는 피렌체의 미술관들에서 보내고(청년이 말했다. "제가 들은 바에 의하면,

하루로는 정말 빠듯하다더군요.") 나머지는 로마에서 보낼 터였다. 청년은 참으로 즐겁게 로마에 대해 이야기했다. 상당히 박식한 게 분명했고, 소크라테스에 대한 호라티우스의 언급을 인용했다. 윈첼시 양은 대학입학 자격시험 때문에 그 언급이 담긴 책을 '읽은' 적이 있었기에, 자신 역시 그 책을 인용하며 즐거워했다. 대화가 이렇게 진행되자 단순한 잡담에 품위가 깃들게 되었다. 패니도 약간의 감정들을 내비쳤고 헬렌도 몇 가지 현명한 말로 끼어들었지만, 대부분은 윈첼시 양이 청년과의 대화를 주도했다.

　로마에 도착하기 전, 청년은 암묵적으로 일행이 되었다. 모두가 청년의 이름도 직업도 몰랐지만, 어딘가 모르게 청년은 교사처럼 보였고, 윈첼시 양은 예리한 감으로, 청년이 대학에서 공개 강의를 하는 강사일 것이라고 추측했다. 어쨌거나 청년은 부자도 아니고 불쾌하게 굴지도 않는, 신사적이면서 세련된 유의 사람이었다. 윈첼시 양은 청년이 옥스퍼드나 케임브리지 출신이 아닌지 한두 번 확인하려 해봤지만, 청년은 윈첼시 양의 소심한 시도들을 비켜갔다. 윈첼시 양은 청년이 그런 곳들로 '올라간다'는 표현 대신 '내려간다'는 표현을 쓰는지 보려고 그곳들에 대해 이야기하게 하려 해봤다. 그게 명문대 졸업생인지 구분하는 방법이란 걸 알았기 때문이다. 청년은 상당히 적절한 방식으로 (그냥 대학이 아니라) 명문대란 단어를 사용했다.

　그들은 허락된 짧은 시간 동안 러스킨* 씨의 피렌체를 최대한 많이 보았다. 청년은 피티 미술관에서 여자들을 만나 함께 돌아다니며 유쾌하게 이야기했고, 여자들이 자신을 인정해 주는 것을 무척이나 감사했

---

*John Ruskin(1819~1900). 영국의 비평가이자 라파엘전파 화가로, 피렌체를 본 경험에서 영감을 얻어 그린 작품들로 유명하다.

다. 청년은 미술 작품에 대해 굉장히 많이 알고 있었기에, 네 명 모두 그 날 아침을 마음껏 즐길 수 있었다. 오래 사랑받은 작품들을 알아보고 새로운 아름다운 작품들을 찾아내며 돌아다니니 기분이 좋았다. 특히 수많은 사람들이 난감해하며 베데커 여행 안내서만 만지작거리고 있으니 더욱더 그랬다. 하지만 저 청년은 도덕군자연하는 사람은 아니야, 하고 윈첼시 양은 말했다. 윈첼시 양은 그런 사람들은 싫어했다. 정말로 청년은, 가령 베아토 안젤리코*의 고전 작품들에 대해 말할 때 저속하지 않은 익살을 섞어 재미있게 이야기했다. 그러면서도 모든 말의 바탕에는 엄숙하고 진지한 기색이 있었고, 그림들의 도덕적 교훈을 빠르게 잡아냈다. 패니는 그 명화들 사이를 조용히 지나갔다. 패니는 "그림에 대해 아는 게 거의 없다"고 인정하면서, 자신에게 이 그림들은 "모두 아름다울 뿐"이라고 고백했다. 윈첼시 양은 패니의 '아름답다'라는 표현이 지루할 정도로 단조롭다고 생각했다. 윈첼시 양은 기차 안에서도 햇빛 비치는 알프스의 모습이 사라지자 상당히 기뻐했는데, 패니가 그 풍경에 스타카토 조로 감탄을 연발했기 때문이었다. 헬렌은 미술관에서 거의 말이 없었지만, 윈첼시 양은 그런 모습에 놀라지 않았다. 옛 시절의 미적 특징에 대한 헬렌의 소양이 부족하다는 것을 알기 때문이었다. 윈첼시 양은 청년이 주저하다가 던지는 세련된 농담에 가끔은 깔깔대며 웃고 가끔은 웃지 않기도 했으며, 가끔은 다른 관람객들의 옷차림을 응시하느라 주위의 작품들을 까맣게 잊은 것 같기도 했다.

로마에 도착해서도 청년은 때때로 윈첼시 양 일행과 함께 다녔다. 다소 '관광객 티'가 나는 청년의 친구가 이따금씩 청년을 데려갔다. 청년

*Beato Angelico(1395~1455). 중세 이탈리아의 화가.

은 윈첼시 양에게 익살스럽게 불평했다. "전 로마에서 2주밖에 있을 수 없습니다. 그런데 제 친구 레너드는 하루 종일 티볼리에서 폭포를 보자 네요."

"당신 친구 레너드는 무얼 하는 분이죠?" 윈첼시 양이 갑자기 물었다.

"제가 만나 본 사람 중에 가장 열정적인 산책 애호가죠." 청년이 대답했다. 윈첼시 양은 그 대답이 재밌기는 했지만 조금 불충분하게 느껴졌다.

그들은 참으로 멋진 시간을 보냈고, 패니는 청년이 없었다면 어쩔 뻔했나 생각하곤 했다. 로마에 대한 윈첼시 양의 관심과 패니의 감탄은 끝을 몰랐다. 그들은 절대로 지치지 않았다. 그림 전시실, 조각 전시실, 거대하고 붐비는 교회들, 폐허와 박물관들, 박태기나무들과 백년초들, 와인 카트들과 궁전들을 지나며, 그들은 수그러들지 않고 계속 감탄했다. 윈첼시 양 일행은 소락테 산을 잠깐 올라 보지도 않고서, 그곳의 스톤파인*이나 유칼립투스를 직접 보지도 않고서 그 이름을 말하며 감탄을 연발했다. 그들의 평범한 감탄은 상상 놀이에 의해 굉장해졌다. "여기서 카이사르가 걸었는지도 몰라." 그들은 이렇게 말하곤 했다. "라파엘로가 바로 이 지점에서 소락테 산을 봤을지도 몰라." 그들은 우연히 비불루스**의 무덤에 닿았다. "비불루스군요." 청년이 그렇게 말하자 윈첼시 양이 대꾸했다. "로마 공화국의 가장 오래된 기념물이죠!"

패니가 말했다. "내가 너무 몰라서 그러는데, 비불루스가 누구야?"

묘하고 짧은 침묵이 흘렀다.

"저 벽을 세운 사람 아냐?" 헬렌이 말했다.

---

* 지중해 연안에서 자라는 소나무의 일종.
* * Marcus Calpurnius Bibulus(?~BC 48?). 로마 공화정의 정치가.

청년은 재빨리 헬렌을 흘끗 보고는 웃음을 터트리며 말했다. "그건 발부스고요." 헬렌의 얼굴이 빨개졌다. 청년도 윈첼시 양도, 비불루스가 누구냐고 한 패니의 질문에 답을 해주지 않았다.

헬렌은 다른 세 명보다 말이 없었지만 한편으론 평소에도 늘 말이 없었고, 보통은 전차표며 이런저런 것들을 관리했고, 청년이 표를 가져가면 거기서 시선을 떼지 않으며, 청년이 둘을 만나고 싶어 하면 청년에게 지금 그 둘이 어디 있는지 말해 주었다. 그 젊은이들은 한때는 이 세상이었으나 이젠 유물이 된, 창백한 갈색의 청결한 도시에서 즐거운 시간을 보냈다. 그들의 유일한 슬픔은 시간이 짧다는 것이었다. 그들은 전차와 1870년대의 건물들, 그리고 고대 로마의 포럼을 노려보는 저 범죄적인 광고들 때문에 미적 감각에 말할 수 없는 충격을 받았다고 말했다. 하지만, 그것 역시 즐거움의 일부일 뿐이었다. 사실 로마는 너무나도 멋진 곳이었기에 윈첼시 양은 가끔 로마에 가면 꼭 보겠노라고 가장 정성들여 준비한 열정의 대상 중 일부를 잊을 때가 있었고, 헬렌은 불시에 함께 딸려 나가 생각지도 못한 것들의 아름다움을 돌연 인정하곤 했다. 패니와 헬렌은 영국인 지구에서 가게들을 구경하고도 싶었지만, 윈첼시 양이 다른 영국 관광객들에게 강경한 적대감을 보이는 바람에 그쪽으론 발도 들여놓지 못했다.

윈첼시 양과 박학한 청년의 지적, 미적 어울림은 서서히 좀 더 깊은 감정으로 발전했다. 원기 왕성한 패니는 열심히 "아름다워"를 외치기도 하고, 흥미로운 새 장소가 언급될 때마다 엄청나게 좋아하며 "아! 그럼어서 가야지"라고 말하면서 최선을 다해 그 둘의 난해한 방식의 감탄에 보조를 맞췄다. 그러나 헬렌은 여행이 끝나 갈수록 점점 더 그들에게 공감을 표시하지 않아 윈첼시 양을 살짝 실망시켰다. 헬렌은 바르베리니 미술관에 걸린 베아트리체 첸치*의 얼굴에서 '그 무엇'도 보길 거부했다. 셸리의 베아트리체 첸치였는데도 말이다! 어느 날, 그 둘이 전차에 대해 유감을 표시하자 헬렌이 다소 퉁명스럽게 말했다. "사람들은 어떻게든 돌아다녀야 하는데, 이 끔찍한 작은 언덕들을 넘으라고 말들을 고문하는 것보단 이쪽이 낫잖아." 헬렌은 로마의 일곱 언덕을 '끔찍한 작은 언덕들'이라고 표현한 것이었다!

팔라티노 언덕에 간 날, (윈첼시 양은 몰랐지만) 헬렌은 돌연 패니에게 이렇게 말했다. "그렇게 서둘러서 걷지 마, 얘. 쟤들은 우리가 자기네를 따라잡는 거 안 좋아해. 그리고 가까이 있어 봤자 쟤들은 우리가 원하는 말은 해주지 않잖아."

"따라잡으려던 거 아냐. 정말로 아냐." 패니는 그렇게 말하며 빠른 발걸음을 늦추고는 잠시 숨을 헐떡거렸다.

하지만 윈첼시 양은 이미 행복을 느끼고 있었다. 청년과 자신 사이에 이별이라는 비극이 예정되어 있음을 깨닫자, 삼나무 그늘이 진 유적을 거닐며 인간 정신이 가질 수 있는 최고급 정보와 세련된 감상을 교환했던 일이 얼마나 행복했는지 확실히 알 수 있었다. 아주 서서히 둘의 교류 속으로 감정이 스며들었고, 그 감정은 점차 밖으로 즐겁게 드러났으며, 결국 헬렌의 현대적 태도가 너무 빨랐던 건 아니게 되었다. 천천히, 둘의 관심은 주위의 멋진 것들에서 둘 간의 좀 더 친밀하고 사적인 감정으로 옮겨 갔다. 둘은 주뼛거리며 자신에 대한 정보를 제공했다. 윈첼시 양은 자신의 학교에 대해, 시험 성적이 좋았음에 대해, '벼락치기'해

---

*아버지의 폭력과 겁탈에 못 이겨 아버지를 살해한 여자로, 화가 귀도 레니가 〈베아트리체 첸치〉라는 작품으로 그녀를 형상화했으며, 그 그림을 보고 감명받은 시인 셸리가 그녀의 이야기를 담은 『베아트리체 첸치』라는 희곡을 썼다.

야 하는 날들이 끝났을 때 얼마나 기뻤는가에 대해 넌지시 말했다 남자는 자기 역시 가르치는 사람임을 분명히 했다. 둘은 자신들의 직업이 위대하다는 점, 그러나 그 지루한 세부 사항을 직시하면 연민이 든다는 점, 가끔 다소의 외로움을 느낀다는 점 등을 이야기했다.

둘은 이런 이야기를 콜로세움에서 했다. 그날 둘은 콜로세움보다 더 멀리 갈 수 없었다. 헬렌이 패니를 데리고 위쪽 관람석에 먼저 갔다가 돌아갔기 때문이다. 그러자 이미 충분히 생생하고 구체적이던 원첼시 양의 비밀스러운 상상의 장면들이 그 어느 때보다 실제처럼 떠올랐다. 원첼시 양은 이 호감 가는 청년이 너무나도 교화적인 방법으로 학생들에게 강연을 하는 모습을, 또한 청년의 지적인 짝이자 조력자로서의 자신의 모습을 조심스럽고도 분명하게 상상했다. 세련된 작은 집과 그 안에 있는 책상 두 개, 품격 있는 책들이 꽂힌 하얀 책꽂이, 로세티*와 번존스**의 단색 복제화들과 모리스의 벽지와 두들겨 편 구리 단지에 담긴 꽃들을 상상했다. 원첼시 양은 그 외에도 아주 많은 상상을 했다. 헬렌이 패니를 데리고 무로 토르토***를 보러 간 동안 둘은 핀치오 언덕에서 귀중한 몇 분을 보냈는데, 그때 청년이 곧바로 솔직해졌다. 청년은 둘의 우정이 지금이 시작이기를 바라며 이미 당신이라는 존재가 자신에게 아주 소중해졌다고, 실은 그 이상이라고 말했다.

청년은 긴장하기 시작했고, 마치 자기 감정 때문에 안경이 자꾸 떨어지려 한다는 듯 떨리는 손가락으로 안경을 밀어 올렸다. 청년이 말했다. "물론 전 당신에게 저에 대해 얘기해야 합니다. 제가 이런 얘기를 하

---

*Dante Gabriel Rossetti(1828~1882). 영국의 화가이자 시인.
**Edward Burne-Jones(1833~1898). 영국의 화가이자 설계사.
***로마에 있는 고대의 벽.

는 게 다소 이상하다는 건 압니다. 하지만 우연인지 인연인지 모를 이 만남을 저는 계속 유지하고 싶습니다. 로마를 혼자 여행하게 될 줄 알았는데…… 지금까지 정말 행복하고 또 행복했습니다. 아주 최근에야 전…… 감히 생각하길……"

그러다가 청년은 뒤를 흘끗 돌아보고는 발을 멈췄다. 청년은 아주 또렷하게 "젠장!" 하고 말했다. 남자들이 잘하는 그런 불경한 실수에 크게 신경 쓰지 않고 윈첼시 양 역시 뒤를 돌아보니, 청년의 친구 레너드가 다가오고 있었다. 레너드는 모자를 들고 이를 드러내 보이며 윈첼시 양에게 인사를 하더니 청년에게 말했다. "널 찾아 사방을 돌아다녔어, 스눅스. 30분 전에 피아차 계단에 있기로 약속했잖아."

스눅스라니! 윈첼시 양은 그 이름에 얼굴을 세게 맞은 듯한 충격을 받았다. 청년이 친구에게 뭐라고 대답했지만 윈첼시 양의 귀에는 아무 소리도 들리지 않았다. 나중에 윈첼시 양은, 그때 아마도 레너드가 자신을 넋 나간 여자라 여겼을 거라고 생각했다. 그리고 그 후에도 윈첼시 양은 그때 청년이 레너드에게 자신을 소개했는지, 자신이 레너드에게 뭐라고 말했는지 전혀 기억할 수가 없었다. 일종의 정신적 마비가 윈첼시 양을 덮쳤기 때문이었다. 하고많은 불쾌한 성 중에서…… 스눅스라니!

헬렌과 패니가 그들 곁으로 오자 정중한 인사가 오간 후 젊은 남자들은 떠났다. 윈첼시 양은 혼신의 힘을 다해 마음을 다잡고 친구들의 미심쩍은 눈길을 마주했다. 오후 내내 윈첼시 양은 그 이름 때문에 형언할 수 없는 분노에 사로잡힌 여주인공이 된 기분이었고, 친구들과 이야기를 하고 로마를 구경하면서도, 마음속으로는 '스눅스'라는 이름을 잘근잘근 씹었다. 그 이름이 처음 두 귀에 울린 순간부터, 윈첼시 양의 행복한 상상은 먼지가 되어 날아갔다. 그녀의 상상 속에 있던 그 모든 세련된 것들이 그 비속한 성으로 인해 망가지고 흉해져 버린 것이다.

단색 복제화들, 모리스 벽지, 두 개의 책상이 놓인 그 세련된 작은 집이 이제 윈첼시 양에게 무슨 의미가 있단 말인가? '스눅스 부인'이라는, 상상조차 할 수 없는 단어가 이글이글 불타며 그 집에 가로질러 새겨져 있었다. 독자에겐 사소해 보일지 몰라도, 윈첼시 양의 섬세한 품위를 생각해 보라. 더할 나위 없이 세련된 상태에서 자기 이름을 그렇게 적는다고 생각해 보라. '스눅스.' 윈첼시 양은 자기가 정말 안 좋아하는 사람들이 모두 자신을 스눅스 부인이라 부르는 걸 상상했고, 은근히 모욕의 기운이 섞인 그 성을 생각했다. 윈첼시 양은 회색과 은색 카드에 써 있는 '윈첼시'라는 이름이 큐피트의 화살표로 지워지고 대신 '스눅스'라는 이름이 적히는 것을 상상했다. 그것은 심약한 여성의 자존심 상하는 고백처럼 보였다! 윈첼시 양은 몇몇 여자 친구들에게, 그리고 자신이 점점 더 세련되어지면서 오래전에 소원해져 버린 몇몇 식품점 사촌들에게 받을 끔찍한 축하를 상상했다. 사촌들은 봉투에 그 이름을 날려 쓰고 비꼬며 축하할 것이다. 그 남자와 사는 게 아무리 즐거워도 어찌 그런 부분을 보상받겠는가? 윈첼시 양은 중얼거렸다. "불가능해. 불가능해! 스눅스라니!"

윈첼시 양은 청년에게 미안했지만, 그래도 자기 발등의 불이 더 뜨거웠다. 윈첼시 양은 청년에게 살짝 분개했다. 실은 내내 '스눅스'였으면서, 재수 없는 자기 성을 세련된 태도의 휘장 아래 숨기려고 그렇게 친절하고, 그렇게 세련되게 굴었다는 게 사기처럼 보였다. 감정 과학의 언어로 표현하자면, 윈첼시 양은 청년이 자기를 '속였다'고 느꼈다.

물론 몹시 흔들린 순간들, 거의 정열에 가까운 무언가가 세련됨 따위는 바람에 던져 버리라고 명령하는 때도 있었다. 또한 마음속의 무언가가, 아직 삭제되지 않은 비속함의 자취가, 스눅스도 그렇게까지 나쁜 이름은 아니라고 증명하려 몸부림쳤다. 그러나 패니가 파멸의 분위기를 풍기며 다가와 자기도 그 공포를 안다고 말하자, 그때까지 남아 있던 모든 망설임이 순식간에 사라져 버렸다. 스눅스라고 말할 때 패니는 완전히 속삭였다. 윈첼시 양은 마침내 보르게세 공원에서 청년과 잠시 함께 있게 되었을 때, 청년에게 아무 답도 주지 않으려 했다. 하지만 쪽지는 남기겠다고 약속했다.

윈첼시 양은 청년이 빌려 준 작은 시집에 쪽지를 넣어 건넸다. 처음에 둘을 하나로 묶어 주었던 그 책이었다. 윈첼시 양의 거절은 모호하고 암시적이었다. 윈첼시 양은 왜 자기가 청년을 거부하는지 더 이상 말해 줄 수가 없었다. 혹을 불구라고 얘기할 수 없는 것보다 더 심각했다. 청년 역시 자기 이름의 형언할 수 없는 특성의 뭔가를 느끼는 게 분명했다. 사실 청년은 이름을 말할 기회를 열 번도 더 피해 갔다고 이제 윈첼시 양은 느꼈다. 그래서 윈첼시 양은 '자신이 알릴 수 없는 장애물', 즉 '그가 말한 일이 불가능한 이유들'이라고 말했다. 윈첼시 양은 쪽지에 이름을 적으며 몸을 떨었다. 'E. K. 스눅스.'

상황은 예상보다 훨씬 더 나빴다. 청년은 설명해 달라고 부탁했다. 무슨 수로 설명해 준단 말인가? 로마에서의 마지막 이틀은 끔찍했다. 윈첼시 양은 크게 놀라고 당황한 청년의 모습을 머리에서 지울 수가 없었다. 윈첼시 양은 자신이 청년에게 둘이 잘될 거란 희망을 주었음을 잘 알고 있었지만, 그 사실을 인정할 용기가 나지 않았다. 청년은 분명 자기를 세상에서 가장 변덕스러운 사람이라고 생각할 것이었다. 하지만 윈첼시 양은 이제 완전히 발을 뺐기에, 편지를 교환하자는 청년의 암시조차 받아들이지 않았다. 하지만 청년은 윈첼시 양 눈에 섬세하면서 로맨틱해 보이는 일을 하나 했다. 패니를 연애의 중개인으로 삼은 것이다. 패니는 그 비밀을 지킬 수가 없었고, 그래서 그날 밤 조언이 필요하다는 빤한 핑계를 대며 윈첼시 양에게 와서 말했다. "스눅스 씨는 내게 편지를 쓰고 싶어 해." 패니가 말했다. "멋져! 난 어찌할 바를 몰랐어. 근데 그러라고 해도 될까?" 윈첼시 양과 패니는 그 일에 대해 오랫동안 열심히 이야기했지만, 윈첼시 양은 자기 마음에 대해선 조심스레 입을 다물었다. 윈첼시 양은 이미 청년의 암시를 무시한 걸 후회하고 있었다. 왜 가끔 그 사람 소식을 들으면 안 되나? 이름만 봐도 분명 고통스럽긴 하겠지만 말이다. 윈첼시 양은 허락해도 되겠다고 판단했고, 패니는 평소 같지 않게 흥분해 잘 자라고 키스했다. 패니가 간 뒤, 윈첼시 양은 조그만 자기 방의 창가에 오랫동안 앉아 있었다. 달빛이 비추었고, 거리에선 어떤 남자가 거의 마음이 녹아내릴 만큼 달콤하게 〈산타 루치아〉를 부르고 있었고…… 윈첼시 양은 정말 죽은 듯이 가만히 앉아 있었다.

윈첼시 양은 단어 하나를 아주 조용히 속삭였다. 그 단어는 '스눅스'였다. 이윽고 윈첼시 양은 땅이 꺼질 듯 한숨을 쉬며 일어나 침대로 갔다. 이튿날 아침, 청년은 윈첼시 양에게 의미심장하게 말했다. "당신 친구를 통해 당신 소식을 듣겠습니다."

스눅스 씨는 여전히 애처롭고 묻고 싶어 하며 당황하는 표정을 지은 채, 로마를 떠나는 윈첼시 양 일행을 배웅했고, 헬렌이 아니었다면, 윈첼시 양의 큰 여행 가방을 일종의 백과사전 같은 기념품으로 손에 계속 쥐고 있었을 것이다. 영국으로 돌아오며 윈첼시 양은 이런저런 여섯 번의 상황에서, 패니에게서 길어도 너무 긴 편지를 보내겠다는 약속을 받아 냈다. 패니는 스눅스 씨에게 상당히 가까이 있게 될 것처럼 보였으니 말이다. 패니의 새로운 수업은(패니는 늘 새로운 수업을 찾아 다녔다) 스틸리 뱅크에서 겨우 5마일 거리 떨어진 스틸리 뱅크 폴리테크닉에서 있었고, 스눅스 씨는 그 학교에서 1학년 수업 한두 개를 가르쳤다. 스눅스 씨는 패니를 가끔 볼 수도 있었다. 패니와 윈첼시 양은 그 사람에 대해 많이 얘기할 수는 없었다(둘은 늘 '그 사람'이라고 불렀고, 절대 스눅스 씨라곤 부르지 않았다). 헬렌이 스눅스 씨에 대해 매정한 말을 해댔기 때문이다. 그 옛날 함께 교육대학에 다니던 시절 이후로 헬렌의 성격이 무척 거칠어졌음을 윈첼시 양은 눈치챘다. 헬렌은 냉정하고 냉소적이 되어 있었다. 헬렌은 스눅스 씨가 연약한 얼굴을 하고 있다면서 자기 같은 부류의 사람들이 잘 그러듯 그 연약함을 세련됨으로 오인했다고 했고, 그의 성이 스눅스란 걸 알게 되자 그럴 줄 알았다는 식으로 말했다. 그 뒤로 윈첼시 양은 조심스레 감정을 숨겼지만, 패니는 덜 신중하게 굴었다.

세 여자는 런던에서 헤어졌고, 윈첼시 양은 인생의 새로운 즐거움을 안고 여자 고등학교로 돌아왔다. 지난 3년간 윈첼시 양은 그 학교에서 점점 더 귀중한 보조교사로 자리매김했다. 윈첼시 양이 찾은 새로운 즐거움이란 패니와 편지를 주고받는 것이었고, 윈첼시 양은 그녀에게 본을 보이고 격려도 하기 위해, 돌아와서 2주 만에 장황하고 묘사적인 편지를 써 보냈다. 하지만 패니는 맥 풀리는 답장을 보내왔다. 친구에게 글재주가 없는 걸 알고 한탄하게 된 건 윈첼시 양에게도 새로운 경험이었다. 심지어 혼자 안전하게 서재에 있을 때 패니의 편지에 대해 "허튼소리!"라고 큰 소리로 혹평하기까지 했다. 윈첼시 양의 편지처럼 패니의 편지에도 학교에 대한 구구절절한 내용만 적혀 있었다. 그리고 스눅스 씨에 대해선 딱 이만큼만 쓰여 있었다. '스눅스 씨에게서 편지를 한 통 받았어. 그 사람이 토요일 오후에 날 만나러 온 적도 두 번 있어. 로마와 너에 대한 얘길 하더라. 우린 둘 다 네 얘기를 했어. 분명 네 귀가 많이

간지러웠을 거야, 친구야……'

윈첼시 양은 더 명쾌하게 말해 달라고 요구하고 싶은 마음을 애써 억누르며, 다시 상냥하기 그지없는 긴 편지를 썼다. '너에 대해 모두 말해 줘, 친구야. 우리의 오랜 우정이 여행으로 더욱 공고히 다져졌으니, 너랑 정말 계속 연락하고 싶어.' 그리고 스눅스 씨에 대해선 다섯 번째 장에 간단히 이렇게만 썼다. '그 사람을 만났다니 기뻐. 혹시 그 사람이 친절하게도(밑줄 쫙) 내 안부를 묻지는 않았어?' 패니는 '오랜 우정'이란 말에 장단을 맞춰 교육대학 시절에 함께했던 여남은 가지의 멍청한 짓들만 상기시키는, 스눅스 씨에 대한 말은 단 한마디도 없는, 너무나 우둔한 답장을 보내왔다!

거의 일주일 동안, 윈첼시 양은 패니가 연애 중개인 역할을 제대로 못 하는 데 너무나 화가 나 편지를 쓸 수가 없었다. 이윽고 윈첼시 양은 '스눅스 씨는 만났어?'라고 단도직입적으로 묻는 감정적인 편지를 썼다. 패니는 예상외로 만족스러운 답장을 보내왔다. '스눅스 씨를 만났어'라며 줄줄이 스눅스 씨 이야기를 늘어놓은 것이다. 죄다 스눅스 씨 이야기였다. 스눅스 씨가 이랬다, 스눅스 씨가 저랬다 등등. 그중에서도 특히, 스눅스 씨가 공개 강의를 할 거라고 말했다. 처음엔 아주 만족하던 윈첼시 양은, 잠시 후 그 편지가 여전히 살짝 불만스럽다는 생각이 들었다. 그 편지엔 스눅스 씨가 윈첼시 양에 대해 한 말은, 창백하고 야위어 보였다든지 하는 말은 하나도 없었기 때문이다. 그런데 어라! 윈첼시 양이 답장을 하기도 전에, 패니에게서 같은 주제로 두 번째 편지가 날아왔다. 그 엉성하고 여성적인 손으로 장장 여섯 장에 걸쳐 쓴, 감정이 용솟음치는 편지였다.

그리고 윈첼시 양은 그 편지를 세 번이나 다시 읽고서야 뭔가 다소 이상한 점을 알아챘다. 패니의 타고난 여성성은 교육대학의 딱 떨어지고 분명한 전통조차도 맞서 이겼다. 패니는 태어날 때부터 m과 n과 u와 r과 e를 모두 비슷하게 쓰고, o와 a는 동그라미를 안 닫고 쓰고, i는 점을 찍지 않고 쓰는 부류였다. 단어 대 단어로 꼼꼼히 비교해 보고 나서야 윈첼시 양은 스눅스 씨가 정말로 '스눅스 씨'가 아니란 걸 확신했다! 패니의 감정이 용솟음치는 첫 번째 편지에서 그는 '스눅스Snooks' 씨였지만, 두 번째 편지에서는 '세녹스Senoks' 씨로 바뀌었다. 윈첼시 양은 편지지를 뒤집어 보고는 손을 심하게 떨었다. 이건 윈첼시 양에게 큰 의미가 있는 일이었다. 너무나 엄청난 대가를 치러야 하는 '스눅스 부인'이라는 이름을 피할 수 있는 가능성이 갑자기 나타난 것이다! 여섯 장의 편지지를 모두 뒤집어 보니, 울퉁불퉁하게 튀어나온 모두 그 중대한 이름, 어딜 봐도 s 다음의 첫 글자는 e의 형태를 띠고 있었다! 윈첼시 양은 손으로 가슴을 누른 채 한동안 방을 서성였다.

윈첼시 양은 하루 온종일 그 변화에 대해 생각하며, 어떻게 해야 분별 있으면서도 효과적인 질문을 편지에 쓸 수 있을지 고민했다. 답이 오면 어떤 행동을 취해야 하는가도 고민했다. 윈첼시 양은 그 바뀐 철자가 패니의 기이한 상상 이상의 것이라면 곧바로 스눅스 씨에게 편지를 쓰겠노라고 결심했다. 윈첼시 양은 이제 행동의 사소한 세련미는 사라지는 단계에 도달해 있었다. 아직 핑계는 꾸며 내지 못했지만 편지 쓸 주제는 확실하게 잡아 놓았고, 심지어 '당신과 얘기를 나누었던 이후로 제 인생의 상황은 아주 크게 달라져 버렸답니다'라는 암시의 수준까지 갔다. 그러나 윈첼시 양은 절대로 그 암시를 내비치지 않았다. 그때 변덕스러운 편지 친구인 패니로부터 세 번째 편지가 왔다. 첫 줄은 패니를 '살아 있는 여자 중에 가장 행복한 여자'라고 선언하고 있었다.

윈첼시 양은 갑자기 편지를 손으로 구겨 버리고(나머지는 읽지도 않았다), 정색을 하고 앉았다. 아침 수업 직전에 그 편지를 받고 막 펼쳤을 때, 2학년 학생들이 수학을 배우러 우르르 들어왔기 때문이다. 이내 윈첼시 양은 겉보기엔 아주 침착하게 다시 편지를 읽기 시작했다. 그러나 첫 번째 장 다음에 세 번째 장을 읽으면서도 두 번째 장을 건너뛴 줄도 몰랐다. '그 사람 성이 마음에 안 든다고 솔직하게 말했어.' 세 번째 장은 이렇게 시작했다. '그 사람은 자기도 자기 성이 싫다고 하더라…… 너도 아는, 그 사람 특유의 갑작스럽고 솔직한 방식으로.' 윈첼시 양은 한 장을 건너뛴 것을 정말로 모르고 있었다. '그래서 내가 말했어. '성을 바꿀 순 없었나요?' 그 사람은 처음엔 내 말을 못 알아들었어. 음, 친구야, 그 사람이 내게 그 성의 진짜 뜻을 말해 준 적이 있어. 원래는 세베노악스 Sevenoaks인데 그게 스눅스로까지 변질된 거래. 스눅스와 노악스, 둘 다 끔찍하게 저속한 성이긴 해도, 세베노악스가 심하게 닳아 바뀐 형태지. 그래서 내가 말했지(때론 나도 엄청나게 기똥찬 생각을 한다니까). '세베노악스에서 스눅스로 바뀐 거라면, 스눅스에서 세베노악스로 돌려놓는 게 어때요?' 결국, 친구야, 그 사람은 내 제안을 거부할 수 없었고, 그 즉시 새 강의를 홍보하는 게시물에서 자기 성의 철자를 세녹스로 바꿨어. 나중엔, 우리가 결혼하면, 우린 그 성에 아포스트로피를 더해서 세'녹스라고 쓸 거야. 보통 남자라면 화냈을 일인데도 내 말에 따라 주다니 정말 다정하지 않니? 하지만 완전히 그 사람다운 일이기도 하지. 그 사람은 똑똑한 만큼 다정하기도 하니까. 성이야 어떻든, 스눅스보다 열 배는 더 나쁜 성이었대도 나는 그 사람과 결혼하리란 걸 그 사람도 나만큼 잘 알고 있었어. 하지만 그럼에도 그 사람은 성을 바꿨단다.'

맹렬하게 종이가 찢기는 소리에 학생들이 깜짝 놀라 고개를 들었을 때, 윈첼시 양은 창백한 얼굴로 한 손에 잘게 찢어진 종이들을 꽉 쥐고 있었다. 몇 초간 학생들은 윈첼시 양이 응시하는 곳을 함께 바라보았고, 이윽고 윈첼시 양의 표정이 좀 더 낯익은 표정으로 돌아왔다. "3번 끝낸 사람?" 윈첼시 양이 차분한 목소리로 물었다. 윈첼시 양은 그 뒤로 내내 차분했다. 그러나 그날은 벌로 주는 과제가 좀 심한 것이었다. 그리고 윈첼시 양은 그 뒤로 이틀 저녁 동안 패니에게 보낼 편지를 여러 가지 종류로 써보았고, 결국 품위 있는 축하 인사를 찾아냈다. 윈첼시 양의 이성은, 패니에 대한 배신감과 절망적으로 싸웠다.

극도로 세련된 사람은 쓰라린 가슴을 묵묵히 안고 있기도 한다. 윈첼시 양도 그런 상태에 있으면서, 사람에 대한 무자비한 적개심에 휩싸였다. "그 사람은 나와 함께 있으면 완전히 제정신을 잃었지." 윈첼시 양이 말했다. "하지만 멋쟁이에 예쁘고 사근사근한 바보인 패니야말로 남자에겐 끝내주는 짝이지." 윈첼시 양은 패니에게 결혼 선물로 우아하게 장정된 조지 메러디스의 시집을 보냈고, 패니는 엄청나게 행복한 답장을 보내 시집이 '아름다움 그 자체'라고 말했다. 윈첼시 양은 언젠가 세녹스 씨가 그 얇은 책을 집어 들고 잠시 선물한 사람을 생각하게 되길 바랐다. 패니는 결혼 전후로 여러 차례 편지를 보내 '오랜 우정'이라는 그 다정한 전설을 계속 추구했고, 자신의 행복을 시시콜콜 전했다. 그리고 윈첼시 양은 로마 여행 이후 처음으로 헬렌에게 편지를 써서, 그 결혼에 대해선 아무 말 안 했지만 진심에서 우러나오는 따뜻한 감정들을 표현했다.

그들은 부활절 때 로마에 있었고, 패니는 8월 휴가 내 결혼했다. 패니는 윈첼시 양에게 수다스러운 편지를 썼고, 자신의 귀가에 대해, 그리고 자신들의 '조그마한' 작은 집의 놀랄 만한 준비에 대해 세세히 알렸다.

세'녹스 씨는 이제 윈첼시 양의 기억 속에서 사실과 전혀 상관없이 완벽하게 세련된 모습을 띠기 시작했고, 윈첼시 양은 팬시리 '조그마한' 작은 집에서 세'녹스 씨가 얼마나 교양 있고 탁월하게 행동할지를 상상하려 애썼다. '난 아늑한 모퉁이에 에나멜 칠을 하느라 바빠.' 패니는 세 번째 장 끝까지 마구 갈겨썼다. '그러니 좀 더 용서를 구할게.' 윈첼시 양은 패니의 집 꾸미기를 부드럽게 놀리는 한편 세'녹스 씨가 자신의 편지를 봐주길 강렬히 바라며 가장 멋진 필체로 답장을 썼다. 윈첼시 양은 오직 그 희망 덕분에 편지를 쓸 수 있었고, 11월과 크리스마스 때 온 편지에도 답장을 했다.

그 뒤로 두 통의 편지에서 패니는 크리스마스 휴가 때 스틸리 뱅크로 놀러 오라고 졸랐다. 윈첼시 양은 그 사람이 패니에게 그런 편지를 쓰라고 했을까 생각해 봤지만, 그랬다면 그건 패니처럼 말할 수 없이 선량한 사람에게도 지나친 부탁이었다. 윈첼시 양은 그가 이제 자신의 대실수에 괴로워하는 게 틀림없다고 믿을 수밖에 없었다. 윈첼시 양은 이내 그가 '사랑하는 친구에게'라고 시작하는 편지를 쓸 거라는, 희망 이상의 기대를 품었다. 이별에서 미묘하게 비극적인 그 무엇이 윈첼시 양에게 큰 지지대가 되어 주었다. 슬픈 오해였다. 차였다면 견딜 수 없었을 것이었다. 하지만 그는 한 번도 '사랑하는 친구에게'라고 시작하는 편지를 쓰지 않았다.

세베노악스 부인(패니는 두 번째 해에 완벽하게 세베노악스 부인이 되었다)이 계속해서 초청을 했는데도 2년 동안 윈첼시 양은 친구들을 보러 갈 수가 없었다. 그러다 부활절이 가까운 어느 날 윈첼시 양은 외로움을 느꼈고, 세상에 자신을 이해해 줄 영혼이 하나도 없음을 깨달았으며, 소위 플라토닉한 우정이란 것을 다시 한 번 생각하게 되었다. 패니는 새로 생긴 가사일 때문에 행복하고 바빴지만, 그 사람은 분명 외로운 시간을 보내고 있을 거라는 생각이 들었다. 그 사람도 로마에서의 날들, 이젠 돌이킬 수 없이 멀어져 간 그 시간들을 생각할까? 이제까지 그 사람만큼 윈첼시 양을 이해한 사람은 없었다. 이 세상 그 누구도. 다시 그와 얘기할 수 있다면 일종의 울적한 기쁨을 느낄 듯했다. 그래서 안 될 이유는 뭐란 말인가? 왜 자신을 억제해야 한단 말인가? 그날 밤 윈첼시 양은 소네트를 한 편 썼고, 여덟 줄 중 마지막 두 줄만 남기고 다 썼다. 두 줄은 도저히 써지지가 않았다. 그리고 이튿날, 윈첼시 양은 우아하고 짧은 편지를 써서 집으로 찾아가겠다고 패니에게 알렸다.

그리하여 윈첼시 양은 스눅스 씨를 다시 만나게 되었다.

스눅스 씨가 변했다는 건 첫 만남에서부터 극명했다. 그는 훨씬 뚱뚱해지고 덜 불안해 보였으며, 대화에서 예전의 우아함을 많이 잃었다는 게 금세 드러났다. 심지어, 그의 얼굴에 약함이 보인다는 헬렌의 말이 옳다고 여겨지기까지 했다. 특정한 빛에서 보면 정말로 약했다. 그는 자기 일로 바빠 여념이 없어 보였고, 윈첼시 양이 그저 패니를 위해 왔다고만 생각했다. 그는 저녁을 먹으며 패니와 지적인 방식으로 토론했다. 다 함께 제대로 길게 얘기한 건 딱 한 번뿐이었고, 그것도 수포로 돌아갔다. 그가 그 시간 동안 로마 얘기는 전혀 하지 않고, 자기가 교과서에 쓰려고 생각해 둔 아이디어를 훔쳐 간 어떤 남자 욕만 했기 때문이다. 그 아이디어는 윈첼시 양에겐 그렇게 멋지게 느껴지지 않았다. 그는 피렌체에서 함께 보았던 작품들의 화가 이름도 반 이상 잊어버린 상태였다.

슬플 정도로 실망스러운 주였고, 마침내 돌아갈 때가 되자 윈첼시 양은 기쁨을 느꼈다. 그 후로 윈첼시 양은 온갖 핑계를 대며 패니 집 방문을 피했다. 잠시 후 두 사람의 아들 두 명이 손님방을 차지하게 되자 패

니의 초대 편지도 오지 않게 되었다. 패니의 편지에서 친밀함이 사라진
지도 오래였다.

아마겟돈의 꿈

A Dream of Armageddon

얼굴이 하얀 그 남자는 럭비에서 기차에 올라탔다. 수화물 운반인의 재촉에도 아랑곳 않고 천천히 올랐는데, 나는 남자가 플랫폼에 가만히 서 있었을 때부터 그 남자가 아파 보인다고 생각했다. 남자는 한숨을 쉬며 내 앞 구석 자리에 털썩 앉았고, 여행용 숄을 정돈하려 했으나 잘 되지 않자 대충 놓고 뒤로 기대 꼼짝 않고 허공만 바라보았다. 이내 남자는 내가 보고 있다는 걸 느끼고 나를 한 번 보더니 힘없이 신문으로 손을 뻗었다. 그러고는 다시 내 쪽을 힐긋 보았다.

나는 책을 읽는 척했다. 의도하지 않았지만, 나 때문에 그자가 당황하고 있는 것은 아닐까 걱정이 되었기 때문이다. 하지만 곧이어 남사가 말을 걸어와 나는 깜짝 놀랐다.

"네? 뭐라고 하셨나요?" 내가 말했다.

남자는 가느다란 손가락으로 가리키며 다시 말했다. "그 책은 꿈에 대한 것이로군요."

"맞습니다." 내가 대답했다. 그 책의 표지에는 '포트넘 로스코의 꿈의 나라'라는 제목이 쓰여 있었다.

남자는 잠시 할 말을 찾는 듯 말을 멈추었다. 마침내 남자가 말했다. "그렇군요, 하지만 사람들은 꿈에 대해 별로 알려 주지 못할 겁니다."

나는 잠시 남자의 말을 알아듣지 못했다.

"모르니까요." 남자가 덧붙였다.

나는 남자의 얼굴을 좀 더 빤히 바라보았다.

남자가 말했다. "꿈이라는 건 온갖 종류가 있습니다." 나는 그런 종류의 문제에 대해선 절대로 반박하지 않는다. "선생도 당연히……" 남자는 망설였다. "꿈을 꾸시겠죠? 제 말은, 아주 생생한 꿈 말입니다."

내가 답했다. "전 거의 꿈을 꾸지 않습니다. 생생하게 기억나는 꿈이라면 한 해에 세 번이나 꿀까 싶군요."

"아!" 남자는 탄성을 내더니 잠시 자기 생각을 정리하는 듯했다.

갑자기 남자가 물었다. "꿈인지 기억인지 헷갈린다는 의심이 드는 경우는 없나요? 실제로 일어났던 일인가 아닌가 하고요."

"그런 경우는 거의 없습니다. 가끔 순간적으로 의심이 들 때는 있지만요. 그런 사람은 거의 없을 거 같네요."

"그 책 작가는……" 남자가 책을 가리켰다. "때로 그런 흔치 않은 경우가 있다면서, 인상의 강렬함에 대한 일반적인 설명을 하고 있나요? 선생은 그런 이론들에 대해 좀 아시는 것 같은데……"

"아는 바가 거의 없습니다. 단지 그런 이론들이 잘못되었다는 것 말고는요."

남자는 여윈 손으로 창문 손잡이를 잠시 만지작거렸다. 내가 다시 책을 읽을 자세를 취하자, 그 모습에 갑자기 자극을 받았는지 마치 날 만지기라도 할 것처럼 몸을 앞으로 숙이면서 말했다.

"혹시 거기에 연속적인 꿈…… 밤마다 이어지는 꿈에 대한 내용은 없나요?"

"있을 겁니다. 정신적인 문제를 다루는 책에는 대부분 그런 사례들이 있지요."

"정신적인 문제라! 네, 아마 그럴지도 모르죠. 그런 문제는 그런 책에 들어가야 마땅하죠. 하지만, 제 말은……" 남자는 야윈 손가락 마디를 살폈다. "그런 것들이 언제나 꿈일까요? 정말로 꿈일까요? 다른 것일 수도 있지 않을까요?"

남자의 얼굴에 근심스러운 기색만 없었어도 나는 끈질기게 얘기하려는 남자의 말을 끊어 버렸으리라. 초점을 잃은 듯 풀어진 눈과 멍든 듯 붉은 눈두덩이 지금도 기억난다. 아마 독자도 그 모습이 어떤 것인지 알리라.

남자가 말했다. "전 그저 사람들의 의견에 대해 논쟁하려는 게 아닙니다. 그게 제 목을 조르고 있습니다."

"꿈이요?"

"만약 그걸 꿈이라고 한다면요. 밤마다 계속됩니다. 생생해요! 너무나 생생하지요. 이건…… (남자는 창문 밖으로 흘러가는 풍경을 가리켰다) 그것에 비하면 비현실적으로 보일 정도지요! 전 제가 누군지, 제가 무슨 일을 하는지 기억해 낼 수가 없답니다……"

남자는 말을 멈추었다가 다시 말했다. "심지어 지금도……"

"꿈이 언제나 똑같단 말인가요?" 내가 물었다.

"끝났습니다."

"무슨 말인가요?"

"전 죽었습니다."

"죽어요?"

"두들겨 맞아 살해되었죠. 꿈에서의 저는 죽은 상태죠. 영원히요. 저는 다른 시간, 다른 세계에 사는 다른 사람이 된 꿈을 꿉니다. 밤마다 그 꿈을 꿉니다. 밤마다 그 다른 삶 속으로 빠져들었다가 깨어나지요. 생생한 광경과 사건들이 펼쳐지고…… 결국 마지막에는……"

"언제 죽었나요?"

"제가 죽었을 때요."

"그러면 그다음에는……"

남자가 말했다. "아뇨. 다행이죠! 그게 꿈의 마지막이었으니까요."

나는 그 꿈 이야기에 빠져들었다. 어쨌든 내게는 한 시간 정도 여유가 있었고, 날이 빠르게 어두워질수록 포트넘 로스코의 책은 따분해졌기 때문이다. 내가 말했다. "다른 시간에 산다는 건 다른 시대에 산다는 것을 말하는 겁니까?"

"네."

"과거인가요?"

"아니요. 다가올 시대입니다."

"예를 들어 서기 3000년, 이런 건가요?"

"그게 몇 년도인지는 모르겠습니다. 잠을 잘 때는, 꿈을 꾸는 동안에는 그때가 몇 년도인지 알지만, 깨어나면…… 모르게 됩니다. 꿈에서 깨어나면 잊어버리는 게 무척 많습니다. 그 사람들은 우리와 다른 방식으로 년도를 셌어요…… 그들이 그걸 뭐라고 했더라?" 남자는 이마를 짚고 생각에 잠겼다가 말했다. "모르겠습니다. 잊었습니다."

남자는 살짝 웃음을 지으며 앉아 있었다. 순간 나는 남자가 꿈 이야기를 하지 않으려고 하는 게 아닌가 걱정이 되었다. 나는 자기 꿈 이야기를 하는 사람을 싫어하는 편이지만, 이번에는 달랐다. 심지어 남자를 부추기기까지 했다. "그럼 꿈의 시작은……" 나는 살짝 이야기를 유도했다.

"꿈은 처음부터 아주 생생했어요. 돌연 꿈속에서 깨어나는 기분이었죠. 묘하게도, 그 꿈에 들어가면 지금 살고 있는 이 삶에 대해서는 전혀 기억나지 않습니다. 그 안의 삶만으로 충분했죠. 어쩌면…… 여하튼 최대한 기억을 되살려 꿈에 대해 이야기해 보겠습니다. 저는 바다가 내려다보이는 로지어* 같은 곳에 앉아 있는 저 자신을 발견했습니다. 졸고 있다가 갑자기 전혀 꿈 같지 않은 생생한 상태로 깨어난 것이었는데, 그 아가씨가 부채질을 멈췄기 때문이었어요."

"아가씨요?"

"네. 아가씨요. 말을 막지 마세요. 방해가 되잖습니까."

남자는 갑자기 말을 멈추었다. "제가 미쳤다고 생각하시는 건 아니죠?" 남자가 말했다.

내가 답했다. "아닙니다. 선생은 꿈을 꾼 거잖습니까. 꿈 이야기를 계속해 주십시오."

"말했듯이, 그 아가씨가 부채질을 해주다 멈추는 바람에 전 깨어났습니다. 이해하시겠지만, 그곳에 그런 식으로 있는 제 모습이 별로 놀랍지 않더군요. 갑자기 그 세계로 들어왔다는 느낌은 전혀 들지 않았어요. 그냥 거기 있는 걸 당연하게 받아들였습니다. 현재, 지금의 19세기 삶에 대

* 한쪽 벽이 없는 복도 모양의 방.

한 모든 기억은, 그 세계에서 깨어나면 희미해지다가 꿈처럼 사라졌어요. 저는 그 세계에서의 저 자신에 대해 모든 걸 알고 있었어요. 이름도 쿠퍼가 아니라 헤던이라는 것을 알고 있었고, 그 세계에서의 제 신분도 알고 있었습니다. 하지만 깨어나면 대부분 잊었습니다. 연결고리가 없어서 그랬지요. 하지만 꿈속에선 너무나 명료하고 생생한 사실이었습니다."

남자는 다시 머뭇거리더니 손가락으로 창문 손잡이를 잡고 얼굴을 앞으로 내밀며 애원하는 눈으로 나를 봤다.

"허튼소리처럼 들리나요?"

내가 외쳤다. "아뇨, 아뇨. 계속하세요. 그 로지어가 어떻게 생겼는지 말해 주세요."

"그건 사실 로지어가 아니었어요. 뭐라고 불러야 할지 모르겠군요. 그곳은 남쪽으로 향해 있었죠. 작았습니다. 하늘과 바다를 볼 수 있는 발코니 위쪽의 반원 그리고 그 아가씨가 서 있던 구석을 빼면 그늘진 곳이었어요. 저는 긴 의자에 앉아 있었어요. 밝은 줄무늬 쿠션이 놓인 금속 의자였죠. 여자는 제게 등을 보인 채 발코니에 기대어 있었어요. 떠오르는 해의 햇살이 그 아가씨의 귀와 볼에 내려앉았죠. 목은 예쁘고 하얬고, 조그맣게 물결치는 머릿결이 그 목을 따라 보기 좋게 흘러내리고, 그 아래 하얀 어깨가 햇살에 드러나 있었고, 그 아가씨의 우아함이 시원하고 푸른 그늘을 가득 채웠습니다. 그 여자가 입은 옷은…… 뭐라고 설명해야 할지. 낙낙하고 흘러내리는 듯한 옷이었어요. 그렇게 서 있는 모습이 무척 아름답고 매력적으로 보여, 마치 생전 처음 보는 여자처럼 느껴졌어요. 그러다가 제가 한숨을 내쉬며 몸을 일으키자 여자가 얼굴을 돌려 절 바라보았죠……"

남자는 말을 멈추었다.

"저는 이 세상에서 53년을 살았어요. 어머니가 있었고, 누이들과 친구들과 아내와 딸들도 있습니다. 저는 그 사람들의 얼굴과 표정을 모두 다 알죠. 하지만 그 아가씨의 얼굴이 제게는 더 현실적으로 다가옵니다. 제 기억 속에 넣어 왔기에 다시 볼 수 있죠. 그릴 수도 있습니다. 그리고……"

남자는 다시 말을 멈추었다. 하지만 나는 아무 말도 하지 않았다.

"꿈에서의 얼굴, 그 아가씨의 얼굴은 아름다웠어요. 성자처럼 두렵고 싸늘하고 경외감을 느끼게 하는 아름다움이나 열정을 불러일으키는 아름다움이 아니라, 햇살 같은 아름다움이었습니다. 미소에 젖은 부드러운 입술과 깊은 회색빛 눈을 가지고 있었고, 움직일 때는 우아함이 넘쳐흘렀죠. 세상의 온갖 기쁘고 우아한 것들은 모두 그 여자와 관계있는 듯이 여겨졌습니다."

남자는 말을 멈추고 고개를 숙였다. 그러고는 다시 고개를 들어 나를 보더니, 자기 이야기가 진실임을 믿게 하려는 시도는 없이 이야기를 계속했다.

"전 모든 계획과 야망을, 그때껏 해왔고 바랐던 모든 것을 버린 상태였습니다. 그 여자를 위해서요. 전 그 북쪽 지방에서 영향력과 재산과 명성을 가진 지도자였지만, 그 여자 옆에 있으면 그 어느 것도 의미가 없어 보였습니다. 그래서 전 제 인생에서 남은 날이라도 건지려고, 제가 가진 모든 것을 내버려 두고 그 여자가 있는 그 도시로, 햇살 같은 즐거움이 가득한 그곳으로 간 것이었습니다. 저는 그 여인과 사랑에 빠져 있었고, 그 여인이 제게 애정을 품고 있음을 알게 되기 전의 삶, 그 여인이 감히, 아니 우리가 감히 사랑하게 되리라 상상도 못했던 이전의 모든 제 인생은 헛된 것, 먼지이자 잿더미처럼 여겨졌습니다. 정말로 먼지이자 잿

더미였죠. 하루 또 하루 긴 시간을 보내면서 저는 제 영혼이 그 금지된 것을 향해 계속 나아가기를 기대하고 바랐습니다.

하지만 한 사람이 다른 사람에게 그런 감정과 느낌을 말로 설명하기란 불가능하죠. 그저 눈빛으로만 전달했습니다. 그러는 동안, 모든 것이 바뀌었습니다. 그런데 실은 저는, 위기에 처한 사람들을 모르는 척 버려두고 떠나온 것이었습니다."

"누구를 버렸다는 건가요?" 내가 의아해서 물었다.

"거기 북쪽 지방에 있는 사람들을요. 꿈에서, 어쨌든 전 대단한 인물이었습니다. 사람들이 믿고 따르는 그런 인물 말입니다. 저를 한번 본 적도 없는 수많은 사람들이, 절 믿는다는 한 가지 이유로 모든 위험에 맞설 태세를 했죠. 저는 몇 년 동안 아주 힘들고 결과를 가늠하기 어려운 게임을, 음모와 배신과 독설과 난동이 난무하는 끔찍한 정치적인 게임을 즐겼습니다. 엄청난 소용돌이에 휩싸인 세계였죠. 그러다가 결국 저는 갱에 대항하는 지도자가 되었죠. 갱이라 불린 그놈들은 비열한 음모와 천한 야망, 거대하고 어리석은 군중심리와 선전 문구 따위가 적당히 절충되어 나타난 부류였죠. 갱이 해가 갈수록 세상을 더 시끄럽고 암울하게 만들자, 모든 것이 끝도 없는 재난을 향해 표류해 갔습니다. 하지만 선생이 이해하길 기대하며 그해에 있었던 이런저런 기미나 복잡한 사건들을 말하지는 않겠습니다. 전 꿈속에서 그 모든 일들을 아주 작은 세세한 부분까지 다 보았습니다. 그 묘하고 새롭게 전개되던 국면들은, 눈을 비비며 꿈에서 깨어나도 희미한 윤곽으로 남아 있었습니다. 그런 더러운 일들을 본 덕분에 저는 신께서 햇살을 보내 주시는 것에 감사한 마음을 갖게 되었죠. 어쨌거나 전 벤치에 앉아서 그 여인을 바라보며 기쁨에 차 있었어요. 너무 늦기 전에 광란과 폭력, 혼동의 소용돌이에서 떠나온 것이 아주 기뻤죠. 이런 생각이 들었습니다. 인생이란 이렇게 사랑과 아름다움, 욕망, 기쁨 같은 것인데, 이 모든 것들을 버리고 막연하고 거대한 목적을 위해 비참하게 투쟁하는 것이 정말로 가치가 있을까? 그러면서 사랑하며 보낼 수도 있었던 날들을 지도자가 되기 위해 써버렸다고 자책했죠. 하지만 한편으로는 지난 세월을 금욕적이고 엄격하게 살지 않았더라면, 허영심 많고 가치 없는 여자들과 즐기느라 시간을 허비했을지도 모른다는 생각도 들더군요. 그런 생각에 이르자 저라는 존재는 그 아름다운 여인, 저항할 수 없는 매력으로 그 전의 삶을 제쳐 두게 한 그 여인에 대한 사랑과 애정에 푹 파묻히는 듯했습니다.

'당신은 그럴 만한 가치가 있어요.' 저는 그 여인이 듣기를 기대하지 않으며 말했습니다. '당신은 정말로 그럴 가치가 있어요, 내 사랑. 자부심과 찬사와 세상 모든 것의 가치가 있어요. 당신을 얻는 것은 그 모든 것만큼의 가치가 있어요. 내 사랑.' 제가 그렇게 중얼거리자 여자가 저를 돌아봤습니다.

'이리 와 보세요.' 그 여인이 외쳤습니다. 지금도 그 소리가 들리는 듯하군요. '저기 솔라로 산 위로 해가 뜨는 광경을 보세요' 하던 소리가.

지금도 기억이 납니다. 저는 벌떡 일어나 그 여인이 있는 발코니로 뛰어갔습니다. 그 여인은 하얀 손을 내 어깨에 얹고는 마치 살아 있는 듯 발그스름한 거대한 석회암이 있는 곳을 가리켰습니다. 전 그곳을 보았습니다. 하지만 그 전에 여인의 볼과 목선을 타고 올라와 얼굴에서 빛을 발하는 햇살이 먼저 눈에 띄었습니다. 우리 앞에 펼쳐졌던 그 광경을 당신에게 어떻게 설명해야 할지 모르겠군요. 우린 카프리에 있었는데……"

내가 말했다. "저도 가본 적이 있습니다. 솔라로 산에 올라가 정상에서 카프리산 포도주를 마셨죠. 그 포도주는 사과술처럼 뿌옜답니다."

얼굴이 하얀 그 남자가 말했다. "아! 그럼 선생이 제게 말해 줄 수 있 겠군요. 제가 말하고 있는 곳이 정말로 카프리인지를요. 전 이곳에 살 때는 한 번도 그곳에 간 적이 없거든요. 제가 한번 설명해 보지요. 그곳 에는 작은 방이 아주 많이 있었는데, 우린 그중 한 곳에 있었습니다. 아 주 시원하면서도 볕이 잘 드는 곳이었습니다. 곶처럼 생긴 석회암 속에 동굴처럼 파여 있는 곳으로, 해면에서 상당히 높은 위치였죠. 섬 전체가 하나의 거대한 호텔이었습니다. 설명할 수 없을 정도로 복잡하고 한 면 은 떠 있는 호텔들이 몇 마일에 걸쳐 펼쳐져 있었고, 날아다니는 기구가 내려앉을 수 있는 거대한 부유 정거장들이 있었습니다. 사람들은 그곳 을 환희의 도시라 하더군요. 물론 선생이 사는 시대, 말하자면 지금 이 시 대에는 그런 것이 없지요. 당연히요!

우리가 있는 방은 곶의 끝에 있었기에 동서 방향이 잘 보였어요. 동쪽 으로는 엄청난 낭떠러지가 있었죠. 높이가 아마도 천 피트 정도 되지 않 았나 싶어요. 부분적으로 금빛을 띠는 것 외에는 섬뜩한 회색빛이었어 요. 그리고 그 너머로 사이렌 섬이 보였고, 밑으로 펼쳐진 희미한 해안 은 뜨거운 햇살 속을 지나고 있었습니다. 서쪽으로 고개를 돌리니 가까 이에 작은 만과 아직 그림자에 잠긴 작은 해변이 뚜렷하게 보이더군요. 그림자를 벗어난 곳에 왕좌에 앉은 미인처럼 몸은 불그스레하고 꼭대기 는 금빛인 솔라로 산이 높이 우뚝 솟아 있었고, 그 뒤로는 하얀 달이 하 늘에 떠 있었습니다. 그리고 우리 앞에는 작은 돛단배들이 점점이 찍혀 있는 다채로운 색깔의 바다가 동서로 펼쳐져 있었습니다.

동쪽으로는 아주 작은 회색 배들이 또렷이 보였죠. 하지만 서쪽의 배 들은 반짝이는 금빛을 띠고 있어서 마치 작은 불꽃 같았어요. 그리고 우리가 선 바로 아래로 아치형 바위가 있었습니다. 파란 바닷물이 그

444

바위에 부딪혀 주위에 녹색 거품을 만들었고, 갤리선 한 척이 그 바위를 피해 미끄러져 나가고 있었죠."

내가 말했다. "그 바위를 압니다. 전 하마터면 그곳에서 익사할 뻔했죠. 파라글리오니라는 곳이지요."

"파라글리오니? 맞아요. 그 여자도 그걸 그렇게 불렀습니다." 얼굴이 하얀 남자가 대답했다. "거기에 얽힌 이야기가 있는데…… 하지만……"

남자는 다시 손으로 이마를 닦았다. 남자가 말했다. "아니, 잊어버렸군요.

지금 말한 것이 처음으로 기억나는 것들입니다. 처음 꾼 꿈이죠. 그늘진 작은 방, 아름다운 공기와 하늘, 사랑스러운 연인, 그 여인의 윤기 있는 팔과 우아한 가운, 앉아서 속삭이듯 나누던 대화. 속삭이듯 얘기한 건 누가 있어서 들을 것 같아서가 아니라, 서로 아직 마음이 설레는 상태라 자신의 생각을 말로 표현하는 게 두려워서 그랬던 것 같습니다. 그래서 아주 부드러운 말만 오갔습니다.

곧 배가 고파져 우리는 방에서 나갔고, 바닥이 움직이는 이상한 통로를 지나 넓은 조찬실로 갔습니다. 그곳에는 분수와 음악이 있었죠. 아주 유쾌하고 즐거운 곳이었습니다. 햇살이 들어오고 물이 철썩이고 현악기의 선율이 속삭이는 곳이었습니다. 우리는 앉아서 먹으며 서로에게 웃음 지었습니다. 가까이 있는 테이블에서 절 지켜보는 어떤 남자가 있었는데, 전 마음 쓰지 않았습니다.

그 뒤 우리는 무도회장으로 갔습니다. 그곳에 대해 어떻게 설명해야 할지 모르겠군요. 아주 넓은 곳이었으며, 아마 선생이 본 그 어느 건물보다 넓을 겁니다. 한쪽에는 카프리 섬의 오래된 문이 있었는데, 그 문은 머리 위 높이 있는 회랑의 벽에 박혀 있었습니다. 밝은색 대들보들이 있었고, 마치 분수처럼 여기저기 서 있는 기둥에서 잔가지와 금빛 실들이 이어져 나와 오로라처럼 천장을 가로질러 서로 엮여 있었습니다. 마술 같았달까요. 춤추는 용도의 거대한 원 주위로 아름다운 조각상들과 이상한 용들이 있었고, 또 조명들을 매단 정교하고 아름다운 괴물 상들이 있었어요. 무도회장은 아침을 무색케 할 정도로 밝게 인공조명이 되어 있었습니다. 우리가 사람들 사이를 지나갈 때, 사람들이 고개를 돌려 우리를 주시하더군요. 이름과 얼굴이 세상에 알려진 제가, 돌연 명예를 버리고 그곳에 오려 애쓴 걸 모두가 알았기 때문일 겁니다. 그리고 그 사람들은 제 곁에 있는 여인을 보았죠. 그 여인이 저에게 오게 된 사연의 절반 정도는 알려지지 않았거나 왜곡되어 있었죠. 그래서 제 이름이 먹칠되고 명예가 더럽혀졌음에도 불구하고, 그곳에 있는 몇몇은 저를 행복한 남자로 봐준다는 걸 알 수 있었습니다.

무도회장은 음악과 조화로운 향, 아름다운 동작들의 리듬으로 가득했습니다. 수천 명이나 되는 아름다운 사람들이 홀과 회랑, 뒤쪽 쉼터에 모여 앉아 있었습니다. 다들 화려한 색 옷을 입고 화관을 썼더군요. 고대 신들의 하얀 조각상 아래에서 수천 명이 커다란 원을 돌며 춤추고, 청년과 아가씨들의 아름다운 행렬이 오갔습니다. 우리 둘도 춤을 추었습니다. 선생의 시대, 그러니까 이 시대의 따분한 춤이 아니라, 거의 취할 정도로 아름다운 춤이었지요. 지금도 제 연인이 즐겁게 춤추던 광경이 눈에 선합니다. 그 여인은 진지한 표정을 지으며 위엄 있는 동작으로 춤을 추었지만 눈빛으로 저를 향해 웃어 보였고, 또한 눈빛으로 저를 어루만졌습니다."

남자가 중얼거렸다. "음악이 달랐습니다. 그게…… 설명을 할 수가 없군요. 하지만 제가 제정신으로 들은 그 어떤 음악보다 선율이 훨씬 풍성하고 다양했습니다.

　이윽고 우리가 춤을 다 추었을 때, 한 남자가 제게 말을 걸었습니다. 그 남자는 좀 야위고 결연해 보였으며, 그 장소와 어울리지 않는 무거운 옷차림을 하고 있었습니다. 전 그 사람이 조찬실에서부터 절 지켜보고 있었다는 걸 알고 있었습니다. 그래서 무도회장으로 건너갈 때 그 사람의 눈길을 피했죠. 그런데 우리가 정자에 앉아 햇살에 반짝이는 무도회장을 오가는 사람들을 보며 웃음 짓고 있을 때 그자가 와서 말을 걸었기에, 그 말을 듣지 않을 수가 없었습니다. 그자는 잠시 따로 이야기하고 싶다더군요.

　제가 말했죠. '싫습니다. 전 이 여성에게 비밀로 하고 싶은 게 없습니다. 무슨 말을 하고 싶으신 겁니까?'

　그자는 사소한 이야기라고, 숙녀가 듣기에는 재미없는 이야기일 거라고 하더군요.

　'제가 듣기에도 그럴지 모르죠.' 제가 말했습니다.

　그자는 거의 간청하는 듯한 눈으로 여인을 힐긋 보았습니다. 그러더니 갑자기 제게 그레셤이 보복을 하겠다고 선전포고를 했는데 혹시 그 소식을 들었느냐고 묻더군요. 그레셤은 제가 북쪽 지방에서 큰 당을 이끌 때 늘 제 바로 아래에서 지휘하던 자였습니다. 폭력적이고 혹독하고 요령 없는 그레셤을 통제하고 누그러뜨릴 수 있는 이는 저뿐이었죠. 사람들이 제가 물러나는 것을 막았던 이유도 꼭 제가 필요해서라기보다는 그자 때문이었다고 생각합니다. 그자의 말을 듣자 예전의 관심이 잠시 되살아나 의문이 나서 이렇게 물었습니다.

　'전 꽤 오랫동안 아무 소식도 듣지 못했습니다. 그레셤이 뭐라고 했습니까?'

그자는 거리낌 없이 말하기 시작했고, 솔직히 저조차도 그레셤이 거친 협박조로 말하며 내보인 무모한 어리석음에 놀랄 지경이었습니다. 사람들이 그자를 제게 보낸 건 그저 그레셤의 말을 전달하기 위해서가 아니라, 제 조언과 제가 필요하다는 사실을 알리기 위해서였습니다. 그자가 말하는 동안 제 연인은 앉은 자세에서 몸을 살짝 앞으로 기울여 저와 그의 얼굴을 지켜봤습니다.

체계를 세우고 조직하던 제 옛 버릇들이 다시 슬그머니 고개를 들려 했습니다. 심지어 북쪽으로 돌아가면 벌어질 모든 극적인 결과들이 눈에 선했습니다. 그자는 당이 분열되었다는 말만 했지 손상되었다는 말은 하지 않았습니다. 하지만 저는 떠났을 때보다 훨씬 더 강인해져서 돌아가야 한다는 걸 알고 있었어요. 이윽고 전 제 연인을 생각했습니다. 글쎄요, 어떻게 말해야 할지 모르겠군요. 우리 둘 관계에는 좀 특수한 부분들이 있었어요. 선생에게 설명할 필요는 없지만, 여하튼 제 연인과 함께 가는 것은 불가능한 상황이었죠. 그래서 북쪽에서 했던 일을 다시 하려면 제 연인을 공식적으로 포기하고 혼자 떠나야 했어요. 저와 제 연인에게 상황을 이야기하던 그자도 제 연인만큼이나 그 사실을 잘 알고 있었습니다. 제가 제 임무를 수행하려면 우선 제 연인과 떨어져야 하고, 그다음엔 버려야 한다는 것을. 생각이 거기까지 미치자 돌아갈 마음이 산산조각 났습니다. 그자가 자신의 유창한 말솜씨로 제 마음을 거의 돌렸다고 생각하고 있을 때, 저는 갑자기 그자의 말을 막았습니다.

'그런 일이 지금 저와 무슨 상관이라는 겁니까?' 저는 말했습니다. '이제는 저와는 아무 상관 없는 일입니다. 제가 고작 사람들을 감질나게 하려고 여기까지 왔다고 생각하시는 겁니까?'

그자가 말했습니다. '아뇨. 하지만……'

'왜 절 가만두지 않는 겁니까? 저는 이제 그런 일들과 상관없습니다. 이제는 그냥 한 개인일 뿐입니다.'

그자가 대답했습니다. '맞습니다. 하지만 생각해 보셨습니까? 그레셤은 지금 무모하고 잔인한 전쟁을 일으키겠다는 이야기를……'

저는 일어섰습니다.

제가 외쳤습니다. '저는 당신 말을 들을 생각이 없습니다. 저는 모든 점을 고려하고 고심한 뒤 떠나온 겁니다.'

그자는 절 계속 붙들 수 있는 가능성이 얼마나 될지 생각하는 듯했습니다. 그의 시선이 제게서 우리를 지켜보며 앉아 있던 제 연인에게로 옮겨졌습니다.

'전쟁은……' 그자는 마치 혼잣말하듯 그렇게 말하더니, 제게서 천천히 멀어져 갔습니다.

전 그자의 애원에 마음이 복잡해진 채 서 있었습니다.

그때 제 연인의 목소리가 들렸습니다.

제 연인이 말했습니다. '만약 그 사람들이 당신을 필요로 한다면……'

제 연인은 말을 끝내지 않고 그냥 그 상태로 있었습니다. 아름다운 연인의 얼굴을 보자, 제 마음의 평정이 깨지고 흔들렸습니다.

제가 말했습니다. '그자들은 자기들이 하지 못하는 일을 제게 맡기려는 겁니다. 만약 그자들이 그레셤을 믿지 못한다면 자신들이 직접 그 문제를 해결해야 해요.'

제 연인은 의심스러운 눈길로 저를 보았습니다.

'하지만 전쟁이……' 제 연인이 말했지요.

전 제 연인의 얼굴에서 전에 본 적이 있던 의혹의 빛을 보았습니다. 우리 둘에 대한 의혹, 끝내 우리가 영원히 헤어지고 말 거란 깨달음의 첫 번째 그림자가 완연하고 역력하게 드리워졌습니다.

전 제 연인보다 노련했습니다. 그래서 제가 바라는 대로 연인이 믿도록 만들 수 있었죠.

제가 말했습니다. '이런 문제들에 대해 고민할 필요 없어요. 전쟁은 없을 거예요. 분명히 전쟁은 일어나지 않아요. 전쟁의 시기는 이미 지났어요. 저와 제 판단을 믿어 주세요. 그 사람들은 저를 부를 권리가 없어요. 누구도 제게 이래라저래라 할 권리는 없어요. 전 제 인생을 선택할 자유가 있고, 지금의 이 삶을 선택했어요.'

'하지만 전쟁이……' 제 연인이 말했습니다.

전 제 연인 옆에 앉았습니다. 등을 팔로 안고 손을 잡았습니다. 의심을 없애려 애를 썼습니다. 연인의 마음을 다시 즐거움으로 채우려 했습니다. 거짓말을 했습니다. 그렇게 거짓말을 하면서 저 자신에게도 거짓말을 한 셈이지요. 그리고 제 연인은 언제나 절 믿었고 언제나 쉽게 근심을 잊었습니다.

곧 어두운 그림자는 다시 사라졌고, 우리는 서둘러 델 보보 마리노 동굴에 있는 목욕탕으로 갔습니다. 그곳에서 목욕을 즐기는 것이 우리의 하루 일과 가운데 하나였죠. 우리는 헤엄치고 서로에게 물을 끼얹고 즐겼습니다. 그 물에 들어가 있으면 전 인간보다 강인하고 가벼운 뭔가가 된 듯한 느낌이 들었습니다. 우리는 물을 뚝뚝 떨어뜨리며 흥에 겨워 바위 사이를 오가며 서로 쫓아다녔습니다. 그러고는 마른 옷으로 갈아입은 후 햇볕을 쬐려고 앉았습니다. 전 곧 머리를 연인의 무릎에 누이고 졸았고, 제 연인은 손을 제 머리에 얹고 부드럽게 두드렸습니다. 그리고 전 깜빡 잠이 들었습니다. 그런데 바이올린 줄이 긁히는 소리 같은 것이 났고, 그 소리에 깨어 보니 제가 바로 이 시대의 리버풀에 있는 제 침대에 누워 있는 게 아니겠습니까.

잠시 저는 그 생생한 순간들이 꿈에 불과했다는 것을 도저히 믿을 수가 없었습니다.

저를 둘러싸고 일어난 일들의 진지한 현실감 때문에 전 그것이 꿈이라는 사실을 믿을 수가 없었습니다. 저는 습관대로 샤워를 하고 옷을 입었습니다. 면도를 하면서 저는 생각했습니다. 하고많은 남자 중에 하필이면 왜 내가 사랑하는 여인을 떠나 험난하고 격렬한 북쪽의 가공할 만한 그 정치판으로 돌아가야 하는 거냐고. 설사 그레셤이 세상을 전쟁의 소용돌이로 몰고 간다 해도 그게 나와 무슨 상관이냐고. 나는 그냥 평범한 인간에 불과한데, 왜 세상 문제에 대해 신과 같은 책임감을 느껴야 하냐고.

뭐랄까, 평소 저의 방식, 문제들을 다루는 제 진짜 방식과는 사뭇 다른 태도였습니다. 저는 여기서 의식 있는 변호사로 일하고 있습니다.

꼭 알아주셔야 할 게, 그 꿈은 보통 꿈과는 달리 상당히 현실적이고 완벽해서 별로 중요하지도 않은 세부 사항들까지 계속 기억할 수 있었다는 점입니다. 심지어 조찬실에 있는 아내의 재봉틀에 놓인 책 표지 장식을 보자, 제가 버리고 떠난 당에서 보낸 연락원과 대화를 나누던 그 정자의 의자에 둘러져 있었던 금빛 테가 생생하게 떠오르더군요. 그처럼 생생한 꿈이 있다는 말을 들어 본 적이 있습니까?"

"그처럼이라니요?"

"꿈에서 깬 후에도 세세한 부분까지 기억나는 꿈이 있다는 말을 들어 본 적이 있느냐고요."

나는 생각했다. 전에는 한 번도 알아채지 못했지만, 생각해 보니 그런 말은 들어 본 적이 없었다.

내가 말했다. "아니요. 그런 꿈은 없을 것 같은데요."

남자가 대답했다. "그러시겠죠. 하지만 전 그런 꿈을 경험했습니다. 전 리버풀에서 변호사로 일합니다. 사무실에 앉아서 고객들과 얘기를 나누거나 사업상 문제로 사람들과 대화를 나눌 때, 제가 200년 후쯤 태어날 한 여인을 갑자기 사랑하게 되었고, 제 증증증증손자들의 정치 문제로 고민 중이라고 말한다면, 사람들이 어떻게 생각할까 몹시 궁금했죠. 전 어느 날 99년짜리 건물 임차 문제로 상당히 바빴습니다. 건물 주인은 건설업자였는데 굉장히 서둘렀고, 그래서 가능한 모든 방법을 써서 주인을 붙잡아 두려고 했습니다. 제가 그 사람과 면담을 했는데, 그 사람의 급한 성격 때문에 마음이 상해 그날 밤 잠자리에 들면서도 마음이 풀리지 않았습니다. 그런데 그날 밤에는, 이튿날까지 기억나는 꿈을 꾸지 않았습니다.

그러자 그 꿈이 현실일 거라는 확신이 사라졌습니다. 그래서 그건 그저 꿈이었다고 생각하기 시작했습니다. 그런데 다시 그 꿈을 꾸게 되었습니다.

거의 나흘 뒤에 꿈이 다시 시작되었는데 내용이 전혀 달랐습니다. 아마 꿈에서도 나흘이 지난 듯했습니다. 북쪽 지방에 많은 일이 일어나 그 일의 그림자가 다시 연인과 제 사이에 놓였는데, 이번에는 그것이 쉽게 물러가지 않았습니다. 저는 우울한 상념에 잠기기 시작했습니다. 도대체 왜 난 돌아가야 할까? 왜 내가 사랑하지도 않고 종종 경멸하기까지 하는 그 사람들을 전쟁의 압박감과 고통과 끝없는 혼란에서 벗어나게 해주려고 내 남은 생을 욕설이 난무하는 영원한 불만족의 세계에서 고스란히 보내야 한단 말인가? 게다가 결국 난 실패할 거다. 그 사람들은 모두 자신만을 위하는 삶을 추구하고 있는데, 왜 나는 그러면 안 되는 걸까, 왜 나도 그냥 한 인간으로 살아가면 안 된단 말인가. 그때 연인의 목소리가 들려 저는 눈을 뜨고 그 생각에서 빠져나오게 되었습니다.

우리는 환희의 도시 위에 있는 솔라로 산 정상 근처에서 만을 내려다보고 있었습니다. 늦은 오후였는데, 날씨가 아주 좋았습니다. 왼쪽 이스키아 섬 저 멀리 하늘과 바다 사이에는 금빛 안개가 끼어 있었고, 언덕들을 배경으로 한 나폴리는 차가울 정도로 하얗게 보였으며, 우리 앞에 있는 베수비오 산은 남쪽을 향해 가느다랗고 길게 나풀거리는 연기를 뿜고 있었고, 빛을 발하는 토레 델 안눈치아타와 카스텔람마레의 폐허도 가까이 있었습니다."

내가 갑자기 끼어들었다. "카프리에 가본 적이 있는 거죠?"

남자가 말했다. "꿈에서요. 오직 꿈에서요. 소렌토 저 너머 만에는 떠다니는 환희의 도시의 궁전들이 온통 정박해 있었습니다. 그리고 북쪽으로는 비행기를 착륙시키는 넓은 공간이 떠 있었어요. 비행기들은 매일 오후 카프리의 멋진 장소와 흥겨움을 느끼고자 지구 곳곳에서 찾아오는 행락객을 각기 수천 명씩 싣고 하늘에서 내려왔습니다. 그 모든 것들이 우리 아래에 쭉 펼쳐져 있었어요.

하지만 우리는 그날 저녁 예기치 않았던 광경을 보게 되었죠. 쓸모가 없어서 오랫동안 라인 강 어귀 격납고에서 잠자고 있던 전투기 다섯 대가 동쪽 하늘을 날아다니고 있었습니다. 그레셤이 그 전투기들은 물론 다른 것들도 내보내 여기저기 맴돌게 하며 세상을 경악시키고 있었습니다. 그레셤의 거대한 허풍 게임에 동원된 그것들에, 저도 놀라고 말았습니다. 그 인간은 재앙을 만들려고 하늘이 내려보낸 자처럼, 예측불허에다 멍청하고 에너지만 넘치는 자였습니다. 얼핏 보면 아주 훌륭해 보이지만, 상상력이나 창조력은 전혀 없는, 독선적이기만 한 우둔한 자였죠. 자신이 언제나 이길 수 있다는 '행운'을 광적으로 믿고 있을 뿐이었어요. 우린 꼭대기에 서서 멀리서 맴도는 비행기들을 바라보았고, 전 그 광경의 의미를 순식간에 파악했죠. 상황이 어떻게 펼쳐질지 확실히 깨달았습니다. 그때만 해도 그리 늦은 건 아니었습니다. 저는 돌아가서 세상을 구해야 했습니다. 북쪽 사람들은, 제가 그 사람들의 도덕적 기준 하나만 존중해 준다면 저를 따를 게 분명했습니다. 남쪽과 동쪽 사람들은 다른 북쪽 사람들을 믿지 못하는 만큼 저를 신뢰했습니다. 전 그 사실을 제 연인에게 알릴 수밖에 없었고, 제 연인은 저를 보내야 한다는 걸 알았습니다. 절 사랑하지 않아서 보내려 한 것은 아니었습니다!

문제는 제가 가고 싶지 않다는 것이었습니다. 제 마음이 반대하고 있었습니다. 얼마 전에 책임감이라는 악몽을 벗어던진 상태였습니다. 의무감 따위는 저버리고 새로 태어난 저는 여전히 그 기분에 젖어 있었기에, 제가 해야만 하는 일이라고 생각하면서도 마음은 꿈쩍도 하지 않았습니다. 제 마음이 원하는 건 연인과 함께 즐겁게 살며 연인을 행복하게 해주는 것이었습니다. 하지만 제가 무시한 거대한 의무감은 저를 움직이게 하진 못해도, 저를 침묵하게 하고 초조하게 할 수는 있었습니다. 그 때문에 제 삶의 밝은 빛은 반으로 줄어들었고, 결국 저는 밤의 침묵 속에서 깊은 명상에 빠지게 되었습니다. 제가 불길한 전조를 전하는 새들 같은 그레셤의 비행기들이 여기저기를 휩쓸고 지나는 광경을 보고 있을 때, 제 연인은 제 곁에서 저를 지켜보았습니다. 저는 제 고뇌의 정체를 확실히 알지 못했고, 연인은 그런 저를 묻는 듯한 눈으로 바라보며 당혹감으로 그늘진 표정을 짓고 있었습니다. 태양이 하늘 너머로 지고 있어서 연인의 얼굴은 회색으로 보였습니다. 제 연인은 제게 떠나라고 했고, 밤이 깊어지자 눈물을 흘리며 다시 떠나라고 했습니다.

결국, 제 기분을 풀어 준 것은 연인의 깊은 배려였습니다. 갑자기 저는 연인을 돌아보며 산 아래까지 달리기 시합을 하자고 했죠. '싫어요.' 이런 무거운 상황에는 맞지 않는 제안이라는 듯 제 연인은 거절했습니다. 하지만 전 그런 상황에서 벗어나기로 단단히 마음먹고 연인을 달리게 했습니다. 누구든 숨을 헐떡이게 되면 우울함이나 슬픔을 느낄 여유가 없어지니까요. 달리고 있던 연인이 휘청거리자 저는 연인의 팔을 잡고 뛰었습니다. 우린 두어 명을 지나쳐 뛰어 내려갔고, 사람들은 놀란 듯 뒤돌아 우릴 바라봤습니다. 제 얼굴을 알아본 것 같았습니다. 비탈을 반쯤 내려왔을 때 공중에서 철컥 쩔그렁, 철컥 쩔그렁하며 요동치는 소리가 들렸습니다. 멈춰 서서 언덕을 올려다보니 그 꼭대기에 전쟁 도구들이 하나씩 내려앉고 있었습니다.”

　남자는 그 광경을 묘사하려다가 잠시 주저하는 듯했다.

　“어떻게 생긴 거였죠?” 내가 물었다.

　남자가 말했다. “그것들은 한 번도 전투에 나온 적이 없는 것들이었는데, 마치 요즘의 철갑선처럼 생긴 것이었죠. 정말로 한 번도 전투에 사용된 적이 없는 것이었죠. 그 안에 타고 있는 흥분한 사람들이 무슨 일을 할지는 아무도 몰랐죠. 추측해 보려는 사람도 없었습니다. 거대한 창 머리처럼 생긴 그것은, 손잡이가 달려 있어야 할 부분에 프로펠러가 달려 있었습니다.”

　“강철이었나요?”

　“강철은 아니었습니다.”

　“알루미늄이었나요?”

　“아니, 아니요. 그런 종류가 아니었습니다. 아주 흔한 합금류, 예를 들면 청동처럼 흔한 것이죠. 뭐라고 하던데…… 어디 보자……” 남자는 손가락으로 이마를 꼬집었다. "잊어버렸습니다." 남자가 말했다.

"총도 있었나요?"

"작은 총인데 강력한 총알들을 발사했습니다. 뒤로 발사되는데, 말하자면 가늠자 바닥 밖으로 쏘고 총신으로 탄환을 넣었죠. 이론적으로 그렇다는 겁니다. 어쨌든 창 머리처럼 생긴 그 기계는 단 한 번도 전투에 사용된 적이 없어 무슨 일이 벌어질지 아무도 정확히 말할 수 없는 상황이었죠. 그 와중에 그것들이 공중에서 어린 제비처럼 날렵하고 쉽게 회전하며 날아가는 광경이 멋지다는 생각이 들었습니다. 전투기 지휘관들은 상황이 어떻게 돌아가는지 생각하지 않으려 애쓰는 듯 보였습니다. 그 날아다니는 전쟁 기계는 수도 없이 발명되는 전쟁 도구 가운데 하나로, 예전에 발명되었다가 오랜 평화의 시기 동안 잠들어 있던 물건이었습니다. 사람들은 그런 전쟁 도구들을 수도 없이 찾아내 닦고 윤을 냈죠. 끔찍하고 어리석은 발명품이죠. 한 번도 사용된 적이 없는 것들이었어요. 큰 엔진을 가진 무시무시한 폭탄이나 커다란 총 같은 것들을 만들어 내는 천재들은, 어리석게도 아무 생각 없이 그냥 그런 물건들을 만드는 겁니다. 강에 대한 아무런 지식 없이 댐을 쌓아 물줄기를 바꿔 홍수를 일으키는 비버들처럼요.

어스름 속에서 연인과 함께 구불구불한 길을 따라 다시 호텔로 내려오면서, 저는 모든 것을 예견할 수 있었습니다. 그런 것들이 어리석고 난폭하기 그지없는 그레셤 손에 들어갔으니 전쟁이 일어날 것이 확실했고 그 전쟁이 어떤 양상으로 전개될지도 어렴풋이 짐작되었습니다. 그리고 결정을 내리려면 지금이 마지막 기회라는 걸 알았지만, 여전히 다시 돌아갈 마음이 들지 않았습니다."

남자가 한숨을 쉬었다.

"그게 제 마지막 기회였습니다.

우리는 하늘에 별이 가득해질 때까지 도시로 들어가지 않았어요. 높은 곳에 있는 테라스를 걸어 다녔죠. 제 연인은 돌아가라고 계속 절 설득했습니다.

제 연인의 아름다운 얼굴이 저를 올려다보며 말했습니다. '내 사랑, 이건 죽음이에요. 당신이 이끄는 삶은 죽음이에요. 그 사람들에게 돌아가세요. 당신의 의무로 돌아가세요……'

제 연인은 제 팔을 붙잡고 울먹이며 말했습니다. '돌아가세요. 돌아가세요.'

그러더니 갑자기 말이 없어졌습니다. 연인의 얼굴을 보는 순간 무슨 생각을 하는지 짐작할 수 있었어요. 누구나 짐작할 수 있었을 겁니다.

'안 돼요!' 제가 말했습니다.

'안 된다니요?' 제 연인이 놀라며 물었고, 전 연인의 생각에 답을 하는 게 약간 두려웠습니다.

제가 말했습니다. '그 무엇도 절 돌려보내지 못할 거예요. 그 무엇도요! 전 사랑을 선택했어요. 이미 선택했다고요. 세상은 자기 갈 길을 가야 해요. 무슨 일이 일어난다 해도 전 이 삶을 살 겁니다. 당신을 위해 살 거예요! 그 무엇도 절 돌려놓을 수 없어요. 그 무엇도요. 설사 당신이 죽는다 해도. 만약 당신이 죽는다면……'

'네?' 제 연인이 부드럽게 속삭였습니다.

'그땐…… 저도 죽을 겁니다.'

그리고 제 연인이 다시 말을 꺼내기 전에 저는 장광설을 늘어놓았습니다. 제가 할 수 있는 한 사랑을 찬미하며 말하기 시작했죠. 우리가 살아가는 이 삶이 영웅적이고 영광스러운 삶이라고, 제가 버린 삶은 성가시고 천박했기에 버릴 만했다고. 저는 제 말에 신비로운 마력을 불어넣고자 온 마음을 다 바쳤어요. 제 연인뿐 아니라 저 자신의 마음도 바꾸려는 의도였죠. 우린 이야기를 나누었고, 제 연인은 자신이 생각하는 고귀한 삶과 달콤한 삶 사이에서 방황하며 제 팔을 꽉 쥐고 있었습니다. 마침내 저는 우리의 사랑을 영웅시하면서 이 세상에 두텁게 드리워진 재앙은, 우리 사랑에 던져진 영광스러운 배경일 뿐이라고 설득하는 데 성공했습니다. 어리석은 우리 두 영혼은 찬란한 환상에 취해, 그 영광스러운 환상에 젖어 고요한 별빛을 받으며 뽐내듯 걸었습니다.

그렇게 시간이 지났습니다.

그게 제 마지막 기회였습니다. 우리가 그곳을 그렇게 오갈 때에도 남쪽과 동쪽의 지도자들은 의지를 모아 그레셤의 허풍을 박살 낼 방법을 준비하고 있었습니다. 준비하라, 준비하라, 그런 메시지를 보내는 무선과 전신들이 아시아와 대양과 남쪽 지역을 오갔습니다.

살아 있는 누구도 전쟁이 어떻게 전개될지 몰랐습니다. 그 새로운 전쟁 무기들이 어떤 잔혹한 상황을 몰고 올지 아는 이는 아무도 없었습니다. 대부분의 사람들은 전쟁이라고 하면 여전히 군복과 함성과 돌격과 승리의 환호와 깃발과 군악대 등만 떠올렸으니까요. 곧, 만 마일이나 떨어진 곳으로부터 식량이 공급되기 시작했습니다."

얼굴이 하얀 남자는 말을 멈췄다. 나는 남자를 힐긋 보았고, 남자는 기차 바닥만 보고 있었다. 작은 기차역, 짐을 싣고 줄지어 선 트럭들, 신호기, 오두막 뒷마당들이 기차 창을 통해 스쳐 갔고, 기차는 철커덩거리면서 다리를 지나갔고, 요란한 기차 소음이 메아리가 되어 돌아왔다.

남자가 말했다. "그 뒤에도 꿈을 자주 꿨어요. 3주 정도는 꿈이 제 삶이었죠. 꿈을 꾸지 않는 밤이 제게는 최악이었고, 그럴 때면 이쪽 세상

삶을 증오하며 침대에 누워 몸을 뒤척였죠. 제게서 사라진 그곳에선 무슨 일이 일어나고 있었습니다. 중대하고도 끔찍한 일들이요. 전 밤의 삶을 살았어요. 깨어 있는 낮 시간, 제가 살아가는 지금 이 삶은 서서히 희미해져, 머나먼 꿈이자 시시한 배경이자 책의 표지에 지나지 않게 되었습니다."

남자는 생각에 잠겼다.

"꿈에 대해서는 세세한 것까지 모든 것을 선생께 말할 수 있습니다. 하지만 낮 시간에 제가 무엇을 했는지는 말할 수가 없습니다. 기억이 나지 않으니까요. 낮 시간은 제 기억에서 다 지워졌어요. 이 삶에서 무엇을 했는가는 제 머릿속에서 사라졌습니다."

남자는 몸을 앞으로 숙이더니 손으로 눈을 지그시 눌렀다. 한참 동안 아무 말이 없었다.

"그러고는요?" 내가 말했다.

"허리케인처럼 전쟁이 터졌습니다."

남자는 말할 수 없는 무언가를 앞에 둔 듯 잠시 말을 멈췄다.

"그러고는요?" 내가 다시 재촉했다.

남자는 혼잣말을 하듯 작은 목소리로 말했다. "비현실적인 사건이 일어났죠. 그게 악몽이었다면 좋으련만. 하지만 악몽이 아니었어요. 악몽이 아니었습니다. 천만에요!"

남자가 다시 한참 동안 아무 말이 없자 나는 나머지 이야기는 듣지 못하는 게 아닐까 하는 생각이 들었다. 하지만 남자는 다시 자문하는 듯한 작은 목소리로 이야기를 계속했다.

"도망치는 것 말고 뭘 하겠어요? 전 카프리에도 전쟁이 밀어닥치리라고는 생각하지 않았습니다. 제게 카프리는 그 모든 것에서 벗어난, 모든 상황과 반대에 있는 장소 같았으니까요. 하지만 이틀 밤이 지나자 카프리의 모든 곳에서 아우성치는 소리가 들리더니 여자는 거의 모두, 남자는 두 명에 한 명꼴로 몸에 표지를 달고 다녔습니다. 그레셤의 표지였습니다. 음악은 멎고 시끄러운 전쟁 노래만 계속 울려 퍼졌으며, 사방에서 남자들이 징병되고, 무도회장도 훈련장으로 바뀌었습니다. 온 섬이 소문에 휩싸였습니다. 전쟁이 시작되었다는 소문이 돌고 또 돌았습니다. 제가 예상치 못한 상황이었습니다. 막 기쁨 가득한 삶을 살기 시작한 터라 그 아마추어들이 그렇게 심한 공격을 하리라고는 예상치 못했던 겁니다. 그리고 저로 말하자면, 그 상황 밖에 있는 방관자였습니다. 저는 총이 발사되지 않도록 막을 수 있었던 사람이었지만, 시간을 놓쳐 아무것도 아닌 존재가 된 것입니다. 가슴에 표지를 달고 허풍에 들떠 있는 풋내기들이 저보다 더 중요한 존재로 취급받았습니다. 군중이 우리를 떠밀고 지나가며 소리를 질러 댔습니다. 그 듣기 싫은 노랫소리에 귀가 멀지경이었습니다. 어떤 여자가 제 연인의 가슴에 표지가 없다고 소리를 지르기도 했습니다. 우리 둘은 다시 지내던 곳으로 돌아왔지만, 그곳은 으스대는 사람들과 욕하는 사람들로 가득했습니다. 제 연인은 창백해져 말이 없었고, 전 분노에 치를 떨었습니다. 너무나 격분한 상태였기에, 만약 제 연인의 눈빛에서 조금이라도 절 비난하는 기색이 보였다면 아마도 저는 말다툼을 했을 겁니다.

제가 꿈꾸던 찬란한 삶은 사라지고 없었습니다. 전 우리가 거닐던 바위 동굴방을 오르내렸는데, 밖으로는 컴컴한 바다가 펼쳐져 있었고 남쪽으로 연신 섬광이 번득였습니다.

'우린 이곳을 빠져 나가야 해요.' 전 이 말을 하고 또 했습니다. '전 선택을 했어요. 전 이 문제에 절대 손을 대지 않을 거예요. 전 이 전쟁과 아무 상관도 없어요. 우린 여기서 빠져나가 목숨을 구해야 해요. 이곳은 우리에게 피난처가 되지 못해요. 가요.'

이튿날 온 세계를 뒤덮은 전쟁을 피해 우린 달아나고 있었습니다.

남은 선택은 도망뿐이었습니다. 정말로 도망뿐이었다."

남자는 음울한 표정을 지으며 생각에 잠겼다.

"도망치는 데 얼마나 걸렸습니까?"

남자는 답이 없었다.

"며칠이나 걸렸습니까?"

남자는 창백해진 얼굴을 찡그리더니 손을 꽉 쥐었다. 남자는 내 호기심엔 전혀 관심이 없었다.

나는 계속 질문을 던져 남자의 이야기를 끄집어내려 했다.

"두 분은 어디로 갔죠?" 내가 물었다.

"언제요?"

"카프리를 떠났을 때요."

"남서쪽으로요." 남자는 그렇게 말하며 잠시 나를 곁눈질했다. "배를 타고 갔습니다."

"저라면 비행기를 탔을 텐데요."

"비행기들은 징발당하고 없었으니까요."

나는 더는 질문하지 않았다. 나는 남자가 곧 다시 이야기를 시작하리라고 생각했다. 남자는 설명을 늘어놓듯 단조로운 억양으로 말을 이었다.

"하지만 왜 그런 일이 있어야 할까요? 삶이라는 게 정말로 전쟁, 살육, 스트레스로 이루어진 것이라면, 왜 우리는 즐거움과 아름다움을 갈망하는 걸까요? 피난처가 없다면, 평화로운 땅이 없다면, 조용한 곳을 찾는 우리의 꿈이 미친 짓이고 유혹에 불과하다면, 왜 우리는 그런 꿈을 꾸는 걸까요? 우리를 이런 상황으로 이끌어 온 것은 분명 부끄러운 욕망이나 천박한 의도가 아니었어요. 우리를 고립시킨 것은 바로 사랑이었어요. 사랑이 제 연인의 눈길에 담겨, 제 연인의 아름다움을 걸치고 생의 그 무엇보다도 더 영광스럽게 제게 왔고, 삶의 형상과 색채가 되어 절불러냈습니다. 저는 모든 목소리를 침묵시켰고, 모든 질문에 답을 했습니다. 저는 제 연인에게 온 것이었어요. 그런데 갑자기 전쟁과 죽음만 남게 된 겁니다!"

내 머릿속에서 뭔가 떠올랐다. 내가 말했다. "어쨌든 그건 꿈일 뿐이잖습니까."

"꿈이라니요!" 남자가 발끈해서 외쳤다. "꿈이라니…… 심지어 지금도……"

처음으로 남자에게서 생기가 흘렀다. 희미한 홍조가 남자의 볼에 살그머니 퍼져 나갔다. 남자는 손을 활짝 폈다가 다시 주먹 쥐곤 무릎 위에 올려놓았다. 그러고는 내게서 시선을 돌리고 말했고, 그 뒤 내내 내게서 시선을 돌리고 있었다. "우린 유령일 뿐입니다. 우리는 유령의 유령, 구름의 그림자 같은 욕망과 바람결에 소용돌이치는 지푸라기 같은 의지일 뿐입니다. 세월이 흐르고, 기차가 자신의 빛과 더불어 그림자를 안고 달리듯이 우리는 관습적으로 세월을 살아 나가는 거죠. 그렇잖습니까? 하지만, 한 가지 현실적이고 확실한 것, 한 가지 꿈이 아닌 것, 영원히 계속되는 것이 있습니다. 그게 바로 제 삶의 중심이며, 그 주위를 맴도는 다른 것들은 모두 그것에 부속되거나 헛된 것에 불과합니다. 저는 제 연인을 사랑했습니다. 꿈속의 그 여인을요. 그리고 제 연인과 저는 함께 죽습니다!

꿈이라니! 그게 어떻게 꿈일 수 있습니까. 그게 제 삶을 달랠 수 없는 슬픔으로 흠뻑 적시고 제 삶 속에서 아끼던 모든 것을 가치 없고 무의미하게 만드는데, 그게 어떻게 꿈일 수 있단 말입니까."

남자가 말했다. "제 연인이 죽던 바로 그 순간까지도, 전 우리가 그곳을 벗어날 기회가 여전히 있다고 믿었습니다. 카프리에서 살레르노까지 밤낮으로 바다를 가르며 가는 동안, 우리는 탈출에 대해 이야기를 나누었습니다. 우리는 희망으로 가득 차 있었고, 끝까지 그 희망을 버리지 않았습니다. 함께 살아가는 삶에 대한 희망을요. 모든 것에서 벗어나, 전투나 투쟁 등에서 벗어나, 거칠고 헛된 열정에서 벗어나, 세상에서 말하는 '넌 그래야 해'나 '넌 그러면 안 돼' 등의 공허한 독단에서 벗어나 함께 살아가는 삶에 대한 희망을 말입니다. 우린 한껏 부풀어 있었습니다. 마치 우리가 추구하는 서로에 대한 사랑이 성스러운 지상의 임무인 듯이요……

심지어 배에서 거대하고 아름다운 바위섬 카프리를 보고 있을 때조차 우리는 곧 닥쳐올 살육에 대해 전혀 짐작하지 못했습니다 카프리는 이미 요새화가 진행 중이어서 대포와 대피소를 설치하느라 여기저기에 흠집이 난 상태였으며, 뿌연 공기 중에 수백 곳에서 먼지구름과 연기가 일면서 광적인 전투 준비 상황이 벌어지고 있었는데도 말입니다. 하지만 사실 전 그걸 주제로 이미 이야기한 적이 있었죠. 카프리는 온통 흠집투성이가 되었지만 그래도 아름다운 바위섬이었어요. 헤아릴 수 없이 많은 창, 아치문, 길이 있었고, 그 거대한 회색 섬은 거의 천 피트 높이로 계단처럼 층층이 쌓여 있었죠. 테라스를 뒤덮은 포도 넝쿨, 레몬과 오렌지 나무 숲, 용설란, 부채선인장, 아몬드 꽃송이 등이 보였습니다. 그리고 피콜라 마리나 위에 세워진 아치문 아래로 다른 배들이 나오고 있었죠. 그리고 곶을 돌아 나와 본토가 보이기 시작했을 때, 바람을 타고 남서쪽으로 향하는 다른 배들도 보였죠. 잠시 후 더 먼 곳에 있는 배들도 잔뜩 보였는데, 동쪽 낭떠러지 그늘 아래에서 군청색 작은 점들처럼 보였습니다.

세가 말했습니다. '시랑 때문에 광적인 전쟁을 피해 달아나는 것은 합당한 이유가 돼요.'

곧 비행 중대가 하늘을 가로질러 날아갔지만 우린 마음 쓰지 않았습니다. 하늘에는 길게 줄지어 늘어선 점들이 보였고, 남동쪽 수평선 위에 있는 점들은 점점 많아지더니, 결국 그 지역 하늘은 파란 점들로 빽빽이 들어찼습니다. 이제 그것들은 모두가 가늘고 작고 파란 얼룩이 되었고, 하나씩, 그러다 곧 무수한 숫자로 태양을 따라잡고 짧게 섬광을 발했습니다. 그것들은 올라가기도 하고 내려가기도 하며 점점 더 커지더군요. 마치 갈매기나 떼까마귀나 뭐 그런 새들이 대단한 일체감을 보이며 떼 지어 날아가는 듯했고, 그것들은 점점 더 다가오더니 하늘 전체를 뒤덮었죠. 그리고 남쪽에 있던 것들이 태양을 가로지르는 화살 머리 모양 구름 속으로 밀고 들어갔습니다. 그러더니 갑자기 동쪽으로 방향을 바꿔 날아갔고, 점점 작아지며 하나씩 사라지더니 결국 하늘에서 모두 사라져 버렸습니다. 그 후 북쪽 나폴리 하늘에서 저녁 습지 위를 뒤덮는 모기 같은 그레섬의 전투 비행대가 보였죠.

새 떼들의 비행처럼, 전투기들의 비행도 우리에게는 아무 상관이 없는 일인 듯했죠.

심지어 멀리 남동쪽에서 나지막하게 들리는 총소리도 우리에겐 아무런 의미도 없는 듯했습니다……

매일 꿈이 계속되었어요. 우린 여전히 의기양양했고, 계속 우리가 살아가며 사랑을 나눌 수 있는 피신처를 찾아다녔죠. 피곤이 엄습해 왔고, 고통과 비참함이 느껴졌어요. 우리는 먼지투성이였고, 힘들게 걸어 다니느라 더러웠으며, 거의 굶주리다시피 했고, 또한 우리가 보았던 죽은 사람들 때문에 일어나는 공포감 그리고 농민들의 도주 행렬(정말 도주 열풍이 온 반도를 휩쓸고 있었어요)들로 머릿속이 복잡했지만, 그래도 도주해야겠다는 결심은 더욱 강해졌습니다. 오, 하지만 제 연인은 정말 용감했고 인내심이 강했어요! 평생 어려움을 겪어 본 적이 없었는데도 잘 버텨 냈으며 오히려 저에게 용기를 주었어요. 온 나라가 거대한 전쟁으로 인한 징병과 약탈 바람으로 출렁거리는 와중에도, 우리는 계속 출구를 찾아다녔습니다. 언제나 우리는 걸어 다녔어요. 처음에는 다른 도주자들도 있었지만 우린 그 사람들과 섞이지 않았습니다. 어떤 이들은 북으로 도주했고, 또 어떤 이들은 큰길을 따라 휩쓸고 다니는 소작농의 물결에 묻혀 버렸죠. 많은 사람이 군인들에게 잡혀 징용되어 북으로 보내졌어요. 많은 남자가 강제징집되었습니다. 그래도 우린 계속 그런 것들을 피해 다녔죠. 북으로 가려면 뇌물이 필요했는데 그럴 돈을 가져오지 못했습니다. 그리고 전 그 징용 무리에게 제 연인이 다칠까 두려웠어요. 우린 살레르노에 상륙했고, 카바에서 되돌아왔고, 알부르노 산의 협로를 넘어 타란토를 향해 질러가려고도 해보았습니다. 하지만 음식이 부족해 돌아와야 했습니다. 그래서 파에스툼 근처 습지들 사이로 갔습니다. 그곳에는 거대한 사원들만 덩그러니 서 있을 뿐이었어요. 파에스툼을 통해서 배나 뭐 그런 것을 구해서 바다로 더 나갈 수 있겠다는 생각이 막연히 들었습니다. 그리고 그곳에서 우리는 전투에 휘말리고 말았습니다.

제 영혼이 눈먼 것 같다고나 할까요. 솔직히, 전 우리는 완전히 포위당했다는 걸 알았습니다. 거대한 전투의 덫에 갇혀 있었죠. 북에서 내려와서 오가는 군대를 꽤 자주 만났고, 산에서는 무기를 옮기느라 길을 만들거나 대포를 설치하는 군인들을 저 멀리서 보기도 했습니다. 한번은 우리를 스파이로 오인한 듯한 군인들이 우리에게 총을 쏘았습니다. 총알이 우리 머리 위로 날아갈 땐 오싹하더군요. 우리는 공중을 선회하는 비행기를 피하느라 몇 번이나 숲에 몸을 숨기기도 했어요.

하지만 그 도피와 고통의 밤을 지나…… 마침내 우린 거대한 사원들이 모여 있는 파에스툼 근처 광장에 도착했습니다. 돌이 가득한 그 공터엔 뾰족한 풀이 드문드문 나 있었습니다. 텅 비어 있고 황폐하고 너무나도 평평했기에 저 멀리 유칼립투스 덤불의 아래쪽 끄트머리가 다 보일 정도였죠. 세상에 거기까지 다 보이다니요. 제 연인은 너무 힘들고 지쳐서 덤불 아래 앉아 잠시 쉬고 있었습니다. 저는 서서 총탄이 오가는 거리가 어느 정도인지 알아볼 수 있는지 살피고 있었습니다. 그자들은 여전히 거리를 두고 싸우고 있었습니다. 전에 사용한 적이 없는 새롭고 끔찍한 무기를 이용해서요. 포탄은 보이지 않는 곳까지 날아갈 수 있었고, 비행기도 그럴 수 있었죠. 그자들이 무슨 짓을 할지 아무도 예견할 수 없었죠.

우리는 두 부대 사이에 있었고, 전 그자들이 점점 더 다가오는 걸 알았습니다. 우리는 위험에 처해 있었습니다. 그곳에 머물거나 쉴 틈이 없었습니다!

그런 모든 생각이 제 머릿속을 맴돌았지만, 그자들은 아직 보이지 않는 곳에 있었지요. 실감이 나지 않았습니다. 그래서 저는 계속 제 연인만 생각했습니다. 마음이 비참하고 쓰라렸습니다. 제 연인은 처음으로 자신이 지쳤음을 인정하고 쓰러져 흐느꼈습니다. 뒤에서 연인이 흐느끼는 소리가 들렸지만, 한 번쯤 우는 것도 괜찮겠다는 생각이 들었고, 또한 날 위해 이 먼 길을 오랫동안 참아 왔다는 생각을 하니 차마 고개를 돌릴 수가 없더군요. 울면서 쉬고 나면 다시 힘든 길을 떠날 수 있을 테니 잘됐다는 생각도 들었습니다. 하지만 주위에서 벌어지는 일에 대해서 저는 아무런 눈치도 채지 못하고 있었습니다. 지금도 제 연인이 앉아 있던 모습이 눈에 선합니다. 어깨 위의 아름다운 머리털, 볼에 파인 깊은 보조개……

제 연인이 말했어요. '만약 우리가 헤어진다면, 제가 당신을 놓아준다면……'

'안 돼요. 저는 지금도 후회하지 않고 앞으로도 후회하지 않을 거예요. 저는 선택을 했고, 끝까지 그 선택을 지킬 겁니다.' 제가 말했습니다.

그리고……

머리 위 하늘에서 뭔가가 섬광을 내며 터졌습니다. 마치 콩 한 줌을 주위에 던진 듯이 사방이 총탄 소리로 가득했습니다. 총탄에 주위에 있는 돌들이 마구 부서지고, 벽돌 파편이 여기저기로 튀었습니다……"

남자는 손으로 입을 훔치고는 다시 입술을 적셨다.

"그 섬광에 전 뒤돌아보았죠……

제 연인이 서 있었습니다.

제 연인은 거기 서서 저를 향해 한 걸음 다가왔습니다……

마치 저에게 다가오고 싶은 것처럼요……

그리고 총알이 이미 제 연인의 심장을 꿰뚫은 상태였습니다."

남자는 말을 멈추고 나를 물끄러미 바라보았다. 흔히 영국인들이 그런 상황에서 느끼는 어리석은 무기력감이 내게 밀려들었다. 나는 잠시 남자와 눈을 마주치고는 다시 창밖으로 시선을 돌렸다. 한참 동안 우리 둘 다 말이 없었다. 다시 남자를 보았을 때, 남자는 구석에 등을 기대고 앉아 팔짱을 끼고 손마디를 잘근거리고 있었다.

남자는 문득 손톱을 깨물더니 물끄러미 손톱을 바라보았다.

남자가 말했다. "저는 제 연인을 팔에 안고 사원으로 갔습니다. 마치 그러면 뭔가 될 것처럼요. 왜 그랬는지는 모르겠습니다. 사원은 일종의 성지처럼 보였습니다. 뭐랄까, 그때까지 오랫동안 성하게 버텨 와서 그랬던 것 같습니다.

제 연인은 아마 즉사했을 겁니다. 하지만 저는 가는 내내 연인에게 말을 했죠."

다시 침묵이 이어졌다.

"저도 그런 사원을 본 적이 있습니다." 내가 불쑥 끼어들었다. 그 남자 덕분에 마모된 사암으로 만든 햇살 가득하고 조용한 아케이드가 생생하게 떠올랐기 때문이다.

"사원은 갈색 건물이었습니다. 커다란 갈색 건물이었습니다. 저는 무너진 기둥에 앉아 팔로 제 연인을 안았습니다…… 제 중얼거림이 멎자 주위가 조용해졌습니다. 잠시 뒤 도마뱀들이 기어 와서 주변을 돌아다녔습니다. 마치 아무 일도 없었다는 듯이, 아무것도 변한 게 없다는 듯이요…… 그곳은 엄청나게 고요했습니다. 해는 저 높이 떠 있었고 그늘진 곳은 고요했습니다. 신전 기둥의 수평 부분에 자란 잡초의 그늘조차도 적막함을 느끼게 했습니다. 하늘 저 위로는 쿵, 펑 하는 소리들이 들려왔지만요.

그 비행기들은 남쪽에서 왔고, 전투 현장이 서쪽으로 옮겨진 기억이 납니다. 비행기 한 대가 피격되어 뒤집혀 추락했습니다. 그 장면을 기억합니다. 물론 전 그 일에 전혀 관심이 없었지만요. 그건 제게는 아무런 의미도 없어 보였습니다. 마치 부상당한 갈매기가 물에서 잠시 파닥거리는 듯했죠. 그 모습이 사원 통로에서 보였습니다. 밝고 푸른 바다에 떨어진 까만 물체가요.

해변 주위에서 서너 번 폭탄이 터지더니 곧 멈추었습니다. 폭발음이 들릴 때마다 도마뱀들이 허둥지둥 안으로 들어와서 빈 곳으로 숨어들었습니다. 모든 것이 마치 장난 같았습니다. 단 한 번 어디선가 유탄이 날아와 옆에 있는 돌을 맞혀 밝은 빛이 번쩍했죠.

그림자가 점점 길어지면서 적막감은 더해지는 듯했습니다."

남자는 마치 잡담을 하는 사람처럼 말했다. "기이한 것은, 저는 아무 생각이 없었습니다. 저는 전혀 아무 생각이 없었습니다. 팔에 연인을 안고 돌 사이에 앉아 있었는데, 무기력하고 무감각했습니다.

그리고 그 꿈에서 깨어난 기억이 나지 않습니다. 그날 어떻게 옷을 입고 나갔는지도 기억나지 않고요. 어느 순간 보니 제가 사무실에 앉아 있고, 제 앞에는 편지들이 개봉된 채 펼쳐져 있더군요. 현실에서 팔에 죽은 연인을 안고 파에스툼 사원에서 꼼짝 않고 멍하니 앉아 있었는데 이제 사무실에 있다니 그 말도 안 되는 상황에 제가 얼마나 충격을 받았겠습니까. 전 기계적으로 편지를 읽었습니다. 그 편지들이 무슨 내용이었는지는 기억나지 않습니다."

남자는 말을 멈추었고 긴 침묵이 흘렀다.

우리가 탄 기차가 초크 팜에서 유스턴으로 가는 비탈길을 내려가고 있음을 갑자기 깨달았다. 시간이 이렇게나 빨리 흐르다니, 나는 깜짝 놀랐다. 나는 남자에게 '지금이 아니면 절대 안 된다'라는 어조로 거침없이 질문을 했다.

"다시 꿈을 꿨나요?"

"네."

남자는 이야기를 끝내려 애쓰는 듯했다. 목소리가 상당히 가라앉아 있었다.

"한 번 더 꿨지만 아주 잠시였습니다. 갑자기 상당히 무감각한 느낌에서 깨어나 보니 앉아 있는 자세로 있었고, 제 옆 돌 위에 시체가 누워 있었어요. 으스스한 시체였습니다. 더는 제 연인이 아니었습니다. 그렇게나 빨리…… 더는 제 연인이 아니었습니다.

그리고 목소리들을 들은 듯합니다. 잘 모르겠어요. 명확한 것은 사람들이 적막한 그곳으로 오고 있었고, 그것이 최후의 폭행이었다는 겁니다. 제가 일어서서 사원을 가로질러 가자 그 사람들의 모습이 보이더군요. 처음으로 제 눈에 들어온 사람은 얼굴이 노랬으며 파란색 장식을 한 더러워진 하얀 군복 차림이었고, 그 사람 뒤를 따라온 몇 명이 이미 사라져 버린 도시의 옛 벽 위로 올라와 웅크리고 앉더군요. 모두 햇빛을 받아 밝아 보였고, 손에 무기를 들고 조심스럽게 앞을 살피더군요.

그리고 저 멀리 또 다른 사람들이 보였고, 벽 안쪽 다른 지점에서 더 많은 사람들이 나타났어요. 마치 느슨한 긴 행렬이 산개해 나타나는 듯했어요.

곧 제가 처음 보았던 남자가 일어서더니 큰 소리로 명령했고, 그자의 부하들이 벽 아래로 내려오더니 키가 큰 잡초들을 뚫고 사원으로 향했죠. 그자도 아래로 내려오더니 부하들을 이끌고 오더군요. 제 쪽으로 다가오던 그자는, 저를 보자 걸음을 멈췄습니다.

처음에는 호기심에서 지켜보고 있던 저는, 그 사람들이 사원으로 들어오려 하자 그 사람들을 막아섰습니다. 그리고는 지휘자에게 외쳤습니다.

'당신은 이곳에 오면 안 됩니다.' 저는 소리쳤습니다. '제가 여기 있습니다. 제 죽은 연인과 함께요.'

그자는 물끄러미 날 보더니 알아듣지 못하는 말로 뭐라고 질문을 하더군요. 저는 다시 반복해 말했습니다.

그자가 다시 뭐라고 외쳤고, 저는 팔짱을 끼고 가만히 서 있었습니다. 곧 그자가 부하들에게 뭐라 말하더니 앞으로 나왔습니다. 칼을 들고 있더군요.

전 그자에게 저리 가라고 손짓했지만 그자는 계속 다가왔습니다. 저는 다시 그자에게 아주 차분하고 명확하게 말했습니다. '당신은 이곳에 오면 안 됩니다. 여긴 사원이고 저는 지금 죽은 제 연인과 함께 있습니다.'

그자가 더 가까이 다가오자 저는 그자의 얼굴을 명확히 볼 수 있었습니다. 탁한 회색 눈에 갸름한 얼굴이었고, 검은 턱수염을 길렀더군요. 윗입술에는 흉터가 있었고, 지저분하고 면도를 하지 않은 얼굴이었습니다. 그자는 계속 알아듣지 못할 말을 했습니다. 아마도 제게 질문을 하는 것 같았습니다.

그자가 그때 저를 두려워하고 있었다는 걸 지금은 알지만, 당시에는 그런 생각을 하지 못했습니다. 그자에게 계속 내 뜻을 설명하려 했지만, 그자는 명령하는 투로 제 말을 가로막았습니다. 옆으로 비켜서라고 하는 것 같았습니다.

그러고는 그자는 제 옆을 지나갔습니다.

제가 그자를 붙들자 그자의 안색이 변하더군요.

제가 외쳤습니다. '이 멍청이. 모르겠어? 저 여자는 죽었다고!'

그자는 놀라 움찔했습니다. 그러고는 잔인한 눈으로 저를 바라보았습니다.

그 눈에서 환희의 빛과 단호함이 엿보였습니다. 그러더니 갑자기 얼굴을 찡그리며 칼을 뒤로 젖혔다가 저를 찌르려 하더군요."

남자는 갑자기 말을 멈추었다.

기차의 움직임이 변하는 게 느껴졌다. 브레이크가 소리를 높였고, 객차가 귀에 거슬리는 소리를 내며 갑자기 덜컹했다. 현 세계가 자기의 존재를 알리며 요란한 소리를 낸 것이다. 증기로 뿌옇게 된 창밖으로 높은 기둥에 달려 있는 커다란 전등이 안개 속에서 아래를 비추는 모습이 보였고, 정지한 빈 객차가 옆으로 스쳐 갔으며, 그 뒤로 땅거미가 내려앉는 음울한 런던을 밝히고 있는 푸른빛과 붉은빛의 신호기가 보였다. 나는 다시 일그러진 남자의 얼굴을 보았다.

"그자는 제 심장을 향해 달려들었습니다. 하지만 칼이 제 몸 깊숙이 들어오는 걸 느꼈을 때 두려움이나 고통은 없었고, 그저 놀랐을 뿐입니다. 전혀 아프지 않았습니다. 전혀 아프지 않았습니다."

노란 플랫폼 불빛이 시야에 들어왔다. 처음에는 빠르게 지나가던 기차가 느려지더니 마침내 덜컥하고 멈췄다. 어슴푸레한 사람들 형체가 이리저리 오갔다. "유스턴입니다!" 외치는 소리가 들렸다.

"그 말은……?" 내가 물었다.

"고통이, 쓰라리거나 욱신거리는 아픔이 없었다고요. 놀라움에 이어서 암흑이 모든 것을 쓸어가 버렸습니다. 제 눈앞에 있는 열띠고 냉혹한 얼굴, 저를 막 죽인 남자의 얼굴이 서서히 멀어지는 듯했습니다. 그 존재가 휙 사라졌습니다……"

"유스턴입니다, 유스턴!" 밖에서 외치는 소리가 들렸다.

객차 문이 열리더니 소리가 밀려 들어왔고, 짐꾼 한 명이 우리를 보며 서 있었다. 문들이 쿵 하는 소리와 승객을 싣고 갈 마차의 말발굽 소리가 났고, 저 뒤 멀리서는 도로에 포장된 자갈들이 울리는 소리가 들렸다. 전등 빛이 플랫폼을 환히 밝히고 있었다.

"암흑, 암흑이 밀려오더니 모든 것을 하나씩 검게 물들여 갔습니다."

"짐이 있으십니까, 손님?" 짐꾼이 말했다.

"그게 끝인가요?" 내가 물었다.

남자는 망설이는 듯하다가, 곧 거의 들리지 않는 목소리로 대답했다. "아니요."

"그러면?"

"전 제 연인에게 갈 수가 없었습니다. 제 연인은 사원 저편에 있었습니다. 그러고는……"

내가 재촉하며 물었다. "그러고는요? 그러고는?"

남자가 큰 소리로 말했다. "악몽이었습니다! 정말로 악몽이었습니다! 맙소사! 커다란 새들이 다투어 제 연인의 시체를 찢어 대고 있었습니다."

거미 계곡
The Valley of Spiders

느지막한 아침 무렵, 한때는 급류였으나 이제는 말라 버린 물길의 굽이를 돈 세 명의 추적자 앞에 갑자기 거대하고 광활한 계곡이 펼쳐졌다. 오랫동안 도망자들을 추적하며 힘들게 따라가던 구불구불한 자갈 도랑이 넓은 비탈로 이어지자, 그들은 자연스레 길을 벗어나 올리브 나무들이 음산하게 서 있는 낮은 언덕으로 올라갔고, 은 징 박힌 굴레를 씌운 말을 타고 앞서 가던 지휘자가 언덕 위에 멈춰 서자 나머지 둘도 약간 뒤에서 멈추었다.

한동안 셋은 언덕 아래로 펼쳐진 광활한 대지를 찬찬히 둘러보았다. 끝없이 펼쳐진 대지에 말라 버린 노란 가시덤불만 듬성듬성 눈에 띄었으며, 이제는 물이 흐르지 않는 협곡의 흔적만 그 황량함을 약간이나마 덜어 주었다. 멀어지며 보라색이 된 협곡은 저만치 보이는 푸르른 언덕 비탈과 만났으며, 그 위로는 보이지 않는 무엇인가에 떠받쳐져 파란 하늘에 붕 떠 있는 듯 보이는 눈 덮인 산 정상들이 우뚝 솟아 있었고, 계곡 양쪽이 만나는 서북쪽으로 갈수록 산은 더 크고 더 가팔라 보였다. 서쪽으로는 계곡이 저 멀리까지 계속 이어지다가 숲이 있음을 알리는 어둠 속으로 사라졌다. 하지만 세 사람은 한결같이 동쪽도 서쪽도 보지 않았으며 오로지 계곡을 가로지른 방향으로만 시선을 고정했다.

입술에 흉터가 있는 야윈 남자가 먼저 말했다. "아무 곳에도 없군요." 그자는 실망스러운 한숨을 뱉으며 말했다. "하지만 어쨌든 놈들은 우리보다 하루 일찍 출발했으니까요."

"하지만 우리가 추적하고 있다는 사실은 모릅니다." 백마를 탄 키 작은 남자가 말했다.

"그 여자는 알고 있을 거야." 지휘자인 남자가 마치 혼잣말을 하듯 씁쓸하게 내뱉었다.

"그래도 그리 멀리 도망가지는 못했을 겁니다. 노새를 타고 가봤자 얼마나 가겠습니까. 그리고 그 여자는 오늘 하루 종일 발에서 피가 나고 있었습니다……"

은 징 굴레 말에 탄 남자가 화가 난 눈으로 재빨리 상대를 쏘아보며 으르렁거렸다. "내가 그걸 못 봤을 거라고 생각해?"

"어쨌든 발 때문에라도 그리 멀리 도망가지는 못했을 거라는 말씀입니다." 키 작은 남자가 속삭였다.

흉터가 있는 야윈 체격의 남자가 무표정한 얼굴로 말했다. "아직 계곡을 완전히 벗어나진 못했을 겁니다. 우리가 더 빨리 말을 몰면……"

그러면서 야윈 남자는 백마를 힐긋 보고는, 입을 다물었다.

"백마는 도대체 도움이 안 된다니까!" 은 징 굴레 말에 탄 남자가 그렇게 말하며 몸을 돌려 다른 이가 탄 백마를 훑어보았다.

키 작은 남자는 타고 있는 말의 우울한 두 귀 사이로 시선을 내리깔았다.

키 작은 남자가 말했다. "저는 최선을 다했습니다."

나머지 둘은 잠시 더 계곡 쪽을 물끄러미 바라보았다. 야윈 남자가 흉터 있는 입술을 손등으로 닦았다.

"이제 가지!" 은 징 굴레 말에 탄 남자가 말했다. 키 작은 남자는 말고삐를 당기기 시작했고, 그들이 오솔길로 돌아가는 동안 셋이 탄 말들의 발굽은 말라비틀어진 풀 위로 터벅터벅 걷는 희미한 소리를 무수히 냈다.

셋은 조심스레 말을 타고 긴 비탈을 내려왔고, 바위 사이로 뾰족하고 뒤틀린 덤불과 기묘하게 마른 가시나무 가지들이 자란 황무지를 통과해 아래의 평지로 내려왔다. 바닥에 흙이 별로 없어 도망자들의 흔적은 점점 희미해졌고, 땅바닥에 있는 풀이라고는 말라 죽은 지푸라기들뿐이었다. 하지만 셋은 거듭 말을 세우고 바닥을 찬찬히 살핀 끝에 도망자들의 흔적을 따라갈 수 있었다.

억센 풀들이 꺾이고 구부러진, 누군가 밟고 간 흔적이 꽤 선명하게 찍혀 있었다. 그리고 한번은 지휘자가 혼혈인 여자가 밟아 생긴 듯한 갈색 핏자국을 발견했다. 그걸 본 지휘자는 작은 목소리로 여자를 욕했다.

야윈 남자는 앞장선 지휘사를 따라가며 흔적을 확인했고, 그 뒤에 있는 백마를 탄 키 작은 남자는 공상에 젖은 채 말없이 따라왔다. 은 징 굴레 말에 탄 남자를 선두로 셋은 서로 한마디도 하지 않고 좁은 계곡을 일렬로 나아갔다. 그러던 중 백마 탄 키 작은 남자가 주위가 너무 조용하다는 걸 깨닫고 몽상에서 깨어났다. 셋이 탄 말과 장비에서 나는 소리를 빼면 거대한 계곡 전체는 마치 풍경화처럼 조용했다.

키 작은 남자 앞으로는, 왼쪽으로 상체를 기울인 주인과 야윈 남자가 말의 속도에 몸을 맡긴 채 나아가고 있었다. 길게 늘어져 끝이 가늘어지는 그 둘의 그림자는, 조용한 수행자들의 모습 같았다. 더 가까이에는 웅크린 듯한 열의 없는 모습이 있었는데, 그건 키 작은 남자의 그림자였다. 키 작은 남자는 주위를 둘러보았다. 주위가 달라진 느낌이었다. 이옥고 그는 계곡 양쪽에서 들리던 반향, 그리고 영원히 함께할 것만 같던 조약돌의 달가닥 소리를 기억해 냈다. 그리고 다른 것은……? 바람이 없었다. 그것이었다! 모든 것이 정지한 한낮의 단조로운 시간이라고 하기에는 주위가 지나칠 정도로 너무 조용했다. 계곡 위로 안개가 자욱이 낀 것을 제외하곤 하늘은 맑았다.

키 작은 남자는 등을 똑바로 펴고 고삐를 고쳐 잡은 뒤 휘파람을 불려고 입술을 내밀었지만 대신 한숨을 쉬었다. 남자는 안장에서 몸을 돌려 조금 전 지나온 골짜기의 어귀를 잠시 물끄러미 바라보았다. 황량했다! 양쪽 비탈에는 인적은 고사하고 덩치 큰 동물이나 나무의 흔적도 없었다. 무슨 땅이 이리 황량하단 말인가! 남자는 다시 몸을 돌려 앞으로 나아갔다.

눈앞의 검붉은색 막대가 꿈틀거리며 뱀이 되더니 갈색 흙 사이로 잽싸게 숨어들었다. 그러자 남자는 잠시나마 기분이 좋아졌다. 어쨌든 이 지옥 같은 계곡에도 생명체는 있다는 걸 확인했기 때문이다. 더욱이 작은 숨결이 남자의 얼굴을 스치고 지나갔다. 바람이 있다는 최초의 암시였다. 그 바람 덕분에 정상에 나 있는 검은 뿔 모양의 뻣뻣한 덤불들이 기억났다. 키 작은 남자는 바람을 느끼려고 손가락에 침을 묻혀 들어 보았다.

그러다가 키 작은 남자는 오솔길이 끊긴 곳에서 갑자기 말을 세운 야윈 남자와 충돌할 뻔했다. 서둘러 말을 멈춘 순간, 주인이 키 작은 남자를 쏘아보았다.

키 작은 남자는 다시 추적에 집중했고, 주인의 그림자와 모자와 어깨가 야윈 남자의 모습에 가려졌다 다시 나타났다 하는 모습을 지켜보았다. 그들은 나흘 동안 계속 도망자를 추적하느라 이 황량한 계곡까지 와 있었다. 그들이 챙겨 온 물은 이미 바닥이 났고, 남은 것이라곤 안장 안에 넣어 둔 육포뿐이었다. 지금 그들이 넘어가는 바위와 산들은 도망자들 말고는 누구도 지나간 적이 없을 게 확실했다. 그럼에도!

이 모든 것은 고집 센 여자 한 명 때문이었다! 마을을 쥐락펴락하는 주인에게는 말 한마디면 고분고분 명령에 따를 여자들이 잔뜩 있었다. 그런데 그 멍청한 여자의 어디가 그리 좋아서 포기를 못한단 말인가? 키 작은 남자는 그런 생각을 하며 세상을 향해 얼굴을 찡그리고는 시커메진 혀로 갈라진 입술을 핥았다. 그게 주인님의 방식이지. 키 작은 남자가 아는 건 그게 전부였다. 그 여자가 주인님을 피해 도망쳤다는 사실 하나만으로도……

키 작은 남자의 눈에 줄지은 수수 줄기들이 한꺼번에 휘어지는 게 보였고, 늘어져 있던 거미줄들이 그의 목 앞에서 펄럭이며 떨어졌다. 바람이 강해졌다. 뻣뻣한 채 꼼짝 않던 것들이 바람 때문에 움직이기 시작하는 것이 마음에 들었다.

"잠깐만요." 야윈 남자가 말했다.

셋 모두 말을 멈춰 세웠다.

"뭐지? 뭐야?" 주인이 물었다.

"저기 좀 보십시오." 야윈 남자가 손가락으로 계곡을 가리켰다.

"뭐?"

"우리 쪽으로 무언가가 다가오고 있습니다."

야윈 남자가 그렇게 말하는 동안 노란 동물이 산꼭대기를 넘어 세 사람 쪽으로 내려오고 있었다. 커다란 들개였다. 놈은 혀를 내민 채 바람처럼 빠르게 달려왔으며, 너무 열심히 달리느라 자신이 말 탄 사람들과 가까워지고 있음을 모르는 듯했다. 코를 허공으로 치켜들고 달려오는 자세로 보아, 분명 먹이 냄새를 쫓는 건 아니었다. 놈이 더 가까이 다가오자 키 작은 남자가 칼에 손을 갖다 댔다. "미친개군요." 야윈 남자가 말했다.

"고함을 질러야 합니다!" 키 작은 남자가 그렇게 말하며 고함을 질렀다.

들개가 다가왔다. 키 작은 남자는 이미 칼을 뽑아 놓고 있었는데, 들개는 방향을 바꿔 세 사람 옆을 살짝 비켜 지나갔다. 키 작은 남자는 눈으로 들개가 도망치는 방향을 쫓았다. "거품을 물고 있지 않은데요." 키 작은 남자가 말했다. 은 징 굴레 말에 탄 주인은 한동안 계곡을 물끄러미 바라보았다. 마침내 주인이 말했다. "자, 그만! 저런 건 신경 꺼!" 그러고는 주인은 다시 고삐를 당겨 말을 몰았다.

키 작은 남자는 바람처럼 나타났다가 사라진 들개가 어디에서 왔는지 궁금해하다가 아까 하던 인간사 생각으로 돌아갔다. 키 작은 남자는 속으로 생각했다. '자 그만!'이라는 말을 저렇게 난폭하게 하는 사람은 왜 늘 한 사람인 걸까? 저 사람은, 저 은 징 굴레를 씌운 말에 탄 사람은 평생 그 말을 하고 살아왔어. 만약 내가 그 말을 한다면……' 하지만 주인이 제아무리 터무니없는 명령을 내려도 사람들은 고분고분 따랐다. 키 작은 남자는 물론 모두가 그 혼혈 여자가 미쳤다고 생각했다. 거의 신성모독 수준이었다. 키 작은 남자는 입술에 흉터가 있는 야윈 남자를 주인과 비교해 보았다. 야윈 남자는 주인만큼이나 억세고 용감했다. 아니 실은 더 용감할지도 모르나 늘 충실하고 우직하게 복종할 뿐이었다.

손과 무릎에 이상한 감촉이 느껴져 키 작은 남자는 몽상에서 깨어나 현실로 다시 주의를 돌렸다. 키 작은 남자는 뭔가를 느꼈다. 남자는 야윈 남자 옆으로 말을 몰고 갔다. "말이 좀 이상한 거 같지 않아?" 키 작은 남자가 목소리를 낮춰 말했다.

야윈 남자는 무슨 말이냐는 듯한 표정으로 상대를 보았다.

"말들이 이 바람을 좋아하지 않는 거 같아." 키 작은 남자가 말했고, 은 징 굴레 말에 탄 남자가 뒤돌아보자 얼른 뒤로 빠졌다.

"아무 일 아닙니다." 야윈 얼굴의 남자가 말했다.

셋은 한동안 아무 말 없이 말을 타고 갔다. 앞의 둘은 고개를 숙이고 오솔길을 살피며 나아갔고, 맨 뒤의 키 작은 남자는 거대한 계곡을 채우고 있는 안개가 점점 가까이 다가오고 있는 모습을 보고 바람이 강해지고 있음을 깨달았다. 키 작은 남자는 왼쪽 멀리로 시커먼 물체들이 한 줄로 내려오고 있는 모습을 보았다. 멧돼지 같았지만 아무 말도 하지 않았고, 말들이 불안해하는 것에 대해서도 두 번 다시 언급하지 않았다.

이윽고 키 작은 남자는 거대한 엉겅퀴 관모처럼 생긴 크고 새하얗고 빛나는 공 같은 물체 하나가 바람에 실려 오는 것을 보았고, 또 하나가 둥실거리며 오솔길을 가로지르는 것을 보았다. 그 공들은 허공으로 높이 올랐다가 내려가기를 반복했고, 잠시 멈추는가 하면 다시 빠르게 움직였다. 그것을 본 말들은 더욱더 불안해했다.

이윽고 키 작은 남자는 공들이 더 많이 계곡을 둥둥 떠내려와 빠르게 다가오는 걸 알아차렸다.

그리고 꽥꽥거리는 소리가 들렸다. 거대한 멧돼지가 오솔길을 가로지르며 고개를 돌려 셋을 흘깃 보는가 싶더니 다시 계곡 아래쪽으로 도망쳤다. 셋은 말을 멈추고 안장에 앉아 자신들에게 다가오며 점차 짙어지는 안개를 물끄러미 바라보았다.

"만약 이게 엉겅퀴가 아니라면……" 주인이 입을 열었다.

그때 커다란 공 하나가 20야드도 안 되는 거리까지 날아왔다. 실은 전혀 둥그렇지 않았으며, 몸집이 크고 부드럽고 깔쭉깔쭉하며, 얇은 면을 접어 입체로 만든 듯한 박막성 물체로, 하늘을 날아다니는 해파리 같았으며, 앞으로 날아오며 계속 굴렀고, 뒤로는 거미줄 같은 실과 유광을 길게 자아냈다.

"엉겅퀴가 아니네요." 키 작은 남자가 말했다.

"마음에 안 드는군요." 야윈 남자가 말했다.

이제 셋은 서로를 바라보았다.

주인이 말했다. "젠장! 하늘이 이걸로 온통 뒤덮였군. 계속 이런 식이면 우리가 갈 길을 완전히 막아 버리겠는걸."

뭔가 알 수 없는 위험이 다가올 때 사슴 떼가 본능적으로 도망치듯이, 그들은 바람 부는 쪽으로 말 머리를 돌린 뒤 몇 걸음 앞으로 나아가면서 둥실둥실 떠서 다가오는 무리를 물끄러미 바라보았다.

그것들은 바람을 타고 매끄럽고 민첩하게 날아왔고, 위아래로 소리없이 오르내리고, 땅으로 가라앉는 듯하다가 다시 치솟듯 높이 튀어 올랐고, 차분하고 자신 있게 모두가 한몸처럼 움직였다.

세 사람의 양쪽으로 그 이상한 군대의 선봉이 지나갔다. 그 가운데 하나가 땅바닥에 구르더니 형체가 망가지며 천천히 긴 갈고리처럼 생긴 리본과 띠 모양을 이루자, 말 세 마리가 모두 기겁을 하며 뒤로 물러섰다. 주인은 참을 수 없이 화가 나서, 활기차게 날아다니는 공에 대고 욕을 퍼부었다. 그러고는 외쳤다. "출발해! 출발해! 이따위가 뭐라고? 문제될 리가 없잖아! 어서 다시 출발해!" 주인은 자기가 탄 말에 대고 욕을 하면서 입에 물린 재갈에 신호를 보냈다.

주인은 분통을 터트리며 호통쳤다. "난 계속 가겠어. 가자고. 그런데 길이 어디에 있는 거지?"

주인은 겁을 먹고 날뛰는 말의 고삐를 잡아당기며 풀 사이를 살폈다. 그때 주인의 얼굴에 길고 끈적끈적한 실이 달라붙었고, 말고삐를 잡은 팔에 잿빛 유광이 떨어졌으며, 주인의 뒤통수로는 다리가 무수히 달린 커다란 물체가 기어 내려왔다. 주인이 고개를 들어서 보니 수많은 회색 공들 중 하나가 자신의 머리 위에서 그 실들로 몸을 고정하고 있었다. 그 공은 마치 돛대가 바람에 흔들리듯, 하지만 아무 소리 없이 양끝을 펄럭이고 있었다.

주인은 마치 빽빽하게 모인 수많은 땅딸막한 몸집의 선원들이 자신에게 눈을 부라리면서, 길고 관절 많은 사지로 계류용 밧줄들을 당겨 그들의 머리 위에 있는 것을 자기 위로 내려놓으려 한다는 느낌을 받았다. 주인은 갈피를 못 잡고 서성이는 말을 노련한 솜씨로 고삐를 잡아 멈춘 뒤 한동안 그것을 예의 주시했다. 이윽고 주인은 칼등으로 자신의 등을 탁 쳤다가 칼날을 휘둘러 공중에 풍선처럼 떠 있는 거미줄을 잘랐고, 거미줄 뭉치는 부드럽게 둥둥 떠서 멀리 가버렸다.

야윈 남자가 외쳤다. "거미 떼다! 저것들은 거미 떼입니다! 보십시오, 주인님!"

은 징 굴레 말에 탄 남자는 멀어져 가는 거미 떼를 눈으로 쫓았다.

"보십시오, 주인님!"

주인은 칼에 맞아 두 동강 나서 땅에 떨어졌는데도 쓸모없는 다리를 여전히 버둥거리는 피범벅이 된 거미를 내려다보았다. 이윽고 야윈 남자가 또 다가오는 거미 떼를 가리키자 주인은 칼을 잽싸게 뽑았다. 계곡 위쪽의 안개는 이제 갈기갈기 찢어지고 있었다. 주인은 상황을 파악하기 위해 안간힘을 썼다.

키 작은 남자가 외쳤다. "앞으로 달리십시오! 얼른 이 계곡을 빠져나가야 합니다!"

그 뒤에 일어난 상황은 전쟁터를 방불케 했다. 은 징 굴레 말에 탄 주인은 키 작은 남자가 칼을 높이 들고 거미줄을 사정없이 내리치며 자신을 지나쳐 서둘러 가다가 야윈 남자가 탄 말과 부딪히는 바람에, 야윈 남자가 말에서 떨어지는 모습을 보았다. 키 작은 남자가 탄 말은 그리고도 여남은 걸음을 더 가고 나서야 겨우 세울 수 있었다. 키 작은 남자가 그 위험한 물체가 어디까지 따라왔나 확인하려고 고개를 들고 뒤돌아보니, 쓰러진 말 옆에 있던 야윈 남자가 일어나서 자신과 말을 덮치려 하는 그 연기 뿜는 펄럭이는 물체를 향해 칼을 마구 휘두르고 있었다. 그리고 거미들은 마치 7월의 바람 부는 황야의 엉겅퀴처럼 무더기로 빠르게 다가왔다.

키 작은 남자는 말에서 내려 있었지만 만약을 대비해 말고삐는 놓지 않고 있었다. 하지만 거미가 다가오자 한 팔로는 거미를 치고 칼을 든 다른 한 팔로는 앞뒤 가리지 않고 마구 칼을 휘둘렀다. 두 번째 거미의 촉수가 버둥거리다가 엉키자, 그놈은 천천히 가라앉았다.

주인은 이를 악물며 고삐를 잡은 손에 힘을 주고 머리를 숙인 채 말을 앞으로 몰았다. 땅에 쓰러져 있던 말이 몸을 뒤집자, 피범벅이 된 옆구리에 꿈틀거리는 무언가가 보였다. 야윈 남자는 죽은 말을 버리고 주인을 향해 달렸다. 그렇게 열 걸음쯤 갔을 때 회색의 무언가가 야윈 남자의 다리를 휘감아 걸음을 방해했다. 야윈 남자는 몸에 붙은 물체를 베어 내려고 칼을 휘둘렀지만 소용없었다. 회색 유광이 베일처럼 야윈 남자의 얼굴과 몸을 덮었다. 야윈 남자는 왼손으로 몸에 붙은 무언가를 쳐내려 하다가 갑자기 비틀거리며 쓰러졌다. 야윈 남자는 일어서려 하다가 다시 넘어지면서 돌연 공포의 비명을 질렀다. "아악, 아아악!"

주인의 눈에 야윈 남자와 땅에 쓰러진 말에게 달라붙은 거대한 거미들이 들어왔다.

주인이 공포에 질려 앞으로 나가려 하지 않는 말을 힘으로 제압하고는 버둥거리는 그 회색 물체에 다가가려 할 때, 말발굽 소리가 들렸다. 칼을 버린 키 작은 남자가 간신히 백마에 올라타 말갈기를 움켜잡은 채 주인 옆을 지나가는 것이었다. 그와 동시에 주인의 얼굴에도 회색의 끈끈한 거미줄이 다시 달라붙기 시작했다. 소리 없이 둥둥 떠다니는 거미줄들이 사방에서 머리 위로 점점 더 다가오는 듯했다⋯⋯

주인은 죽는 날까지도 그다음에 일어난 일은 전혀 기억하지 못했다. 자신이 말고삐로 말을 돌려 도망을 쳤는지, 아니면 말이 위험을 느끼고 앞서간 말을 따라 계곡을 달려 나간 건지 알 수 없었다. 어느 순간 주인은 머리 위로 칼을 마구 휘두르며 계곡 아래로 달리고 있었다고만 말해 두겠다. 그의 주위로 바람이 세지면서 거미들의 비행선, 비행 다발과 비행 판들 또한 그에 맞춰 빠르게 주인을 목표로 쫓아오는 듯했다.

따각, 따각, 쿵, 쿵. 은 징 굴레 말에 탄 남자는 앞을 보는 대신 공포에 질린 얼굴로 좌우를 둘러보았고, 언제라도 칼을 휘두를 준비를 했나. 몇백 야드 앞에서는 키 작은 남자가 백마를 타고 달리고 있었는데, 그 뒤로 미처 떨어지지 못한 찢어진 거미줄이 길게 늘어져 있었다. 키 작은 남자는 흔들리지 않고 안장에 앉아 있었지만, 불완전한 자세였다. 바람이 강하게 불어 그들 앞의 갈대숲이 흔들렸고, 주인이 뒤를 돌아보니, 거미줄들이 자신을 따라잡기 위해 서두르고 있었다.

주인은 거미줄에서 벗어나야 한다는 생각에 사로잡혀 말을 모는 데만 열중하는 바람에 말이 도약하려 자세를 갖춘 다음에야 전방에 협곡이 있다는 것을 깨달았다. 하지만 주인은 말의 의도를 잘못 파악하고 고삐를 당겼다. 이윽고 주인은 몸을 말 목 쪽으로 숙이고 앉았다가 뒤로 몸을 젖혔지만 이미 때는 늦었다. 그래서 주인은 도약에 실패한 말에서 떨어지고 말았지만, 다시 정신을 바짝 차렸다. 말은 쓰러져 경련하듯 발을 차대다가 멈췄지만, 주인은 어깨에 약간의 타박상만 입었을 뿐이었다. 하지만 주인의 칼은 단단한 땅에 끝이 박히면서 깨끗하게 뚝 부러졌고, 그 부러진 조각이 아슬아슬하게 그의 얼굴을 지나쳤다. 마치 행운의 여신이 더는 주인을 보호하지 않겠다는 신호를 보내는 것 같았다.

주인은 즉시 땅에서 일어나 헉헉거리며 자신에게 달려드는 거미줄을 훑어보았다. 처음에는 앞쪽으로 도망칠까 생각했지만 협곡이 있음을 기억하고 다시 몸을 돌렸다. 주인은 옆으로 몸을 피해 하늘을 날아 달려드는 공포를 피했고, 이윽고 절벽을 기어 내려가 간신히 돌풍의 위험에서 벗어날 수 있었다.

주인은 급류가 말라붙은 깊은 둑 아래에서 쭈그리고 앉아 바람이 잔잔해져 도망칠 수 있을 때를 기다리며 그 낯선 회색 덩어리들이 지나가는 모습을 지켜보았다. 주인은 그렇게 오랫동안 쭈그리고 앉아서 낯선 회색의 깔쭉깔쭉한 덩어리들이 자기 시야에 보이는 좁은 하늘을 가로질러 유광을 길게 늘어뜨리는 모습을 지켜보았다.

한번은 무리에서 벗어난 거미 한 마리가 협곡 속에 있는 주인 가까이에 떨어졌다. 다리 길이는 1피트에 몸통은 어른 손 반만 한 크기였다. 주인은 놀랍도록 기민하게 주변을 탐색하다가 도망치는 그 거미를 지켜보며 부러진 칼로 놈을 조각내고픈 유혹을 느끼다가, 욕을 퍼부으며 징이 박힌 부츠 뒤꿈치로 놈을 짓이겨 버렸다. 그러고는 한동안 또 떨어지는 거미가 없는지 주변을 살폈다.

협곡으로 떨어지는 거미가 더는 없으리라는 확신이 들자, 주인은 적당한 장소를 찾아 그곳에 앉아 버릇대로 손마디와 손톱을 깨물며 깊은 생각에 빠졌다. 그러다가 백마 탄 남자가 다가오는 소리가 들렸고 주인은 정신을 차렸다.

말발굽 소리, 비틀거리는 걸음 소리, 말을 달래는 소리를 통해 주인은 키 작은 남자가 보이기 전부터 그가 오는 걸 알고 있었다. 이윽고 키 작은 남자는 여전히 등 뒤에 회색 거미줄을 붙이고 너덜너덜한 행색을 드러냈다. 둘은 아무 말이 없었고, 인사도 하지 않았다. 키 작은 남자는 지쳐 있었고, 또한 곤경에 처한 동료를 버렸다는 생각에 부끄러웠으며, 마침내 멈추어 서서 앉아 있는 주인과 얼굴을 마주했다. 나무라듯이 쏘아보는 눈빛에 주인은 움찔했다. "어떻게 되었지?" 주인이 말했고, 그 목소리에 위엄이라고는 찾아볼 수 없었다.

"그 사람을 두고 오셨습니까?"

"말이 갑자기 달려 나갔어."

"압니다. 제 말도 그랬습니다."

그러고는 키 작은 남자는 주인을 음울한 표정으로 비웃었다.

"내 말이 갑자기 달려 나갔다니까." 한때 은 징 박힌 굴레를 씌운 말에 탔던 이가 말했다.

"우리 둘 다 겁쟁이로군요." 키 작은 남자가 말했다.

주인은 키 작은 남자를 바라보며 손마디를 깨물었다.

"나를 겁쟁이라고 부르지 마." 마침내 주인이 말했다.

"저와 마찬가지로 주인님도 겁쟁이입니다."

"겁쟁이일지도 모르지. 하지만 나는 자네와는 달리 인간이란 두려워할 수밖에 없는 존재라는 걸 마침내 배우게 되었지. 그게 우리 둘의 차이지."

"전 주인님이 그 친구를 버리실 줄은 꿈에도 생각하지 못했습니다. 바로 2분 전에 그 친구가 주인님의 목숨을 구했는데…… 어찌 당신이 우리의 주인이란 말입니까?"

주인은 다시 손마디를 깨물었다. 표정이 어두웠다.

주인이 말했다. "누구도 나를 겁쟁이라고 부를 수는 없어…… 부러진 칼이라도 없는 것보단 낫군…… 절름발이 백마가 우리 둘을 태우고 나 홀간 걷지는 못해. 나는 백마를 싫어하지만 지금과 같은 상황에서는 어쩔 수 없지. 무슨 말인지 알겠어? 자네는 자네가 본 일과 상상한 일을 소문내고 싶겠지. 내 명성을 더럽히고 싶어 하는 거 알아. 바로 자네 같은 부류가 왕을 몰아내지. 게다가 난 처음부터 자네가 마음에 안 들었어."

"주인님!" 키 작은 남자가 말했다.

"안 되지. 그런 일이 있으면 안 되지!"

키 작은 남자가 움직이자 주인도 벌떡 일어났다. 한동안 두 사람은 가만히 상대를 쏘아보았다. 두 사람의 머리 위로 거미 떼의 둥근 몸체들이 지나갔다. 그때 조약돌을 재빨리 밟고 지나가는 발걸음 소리가 들렸고, 그 뒤를 쫓는 발걸음 소리도 들렸다. 그러고는 절규와 헐떡거림과 때리는 소리가 들렸다……

밤이 가까워지자 바람이 잦아들었다. 평온함 속에 태양이 졌고, 한때은 징 굴레 말에 탔던 남자는 마침내 아주 조심스레 경사가 완만한 길을 따라 협곡을 내려왔다. 그가 탄 말은 키 작은 남자의 소유였던 백마였다. 남자는 은 징이 박힌 굴레를 찾으러 다시 계곡으로 갈까 생각해봤지만, 계곡에서 밤을 맞는 것도 거센 바람을 맞는 것도 두려웠다. 게다가 지금 탄 말이 거미줄에 칭칭 감겨 비참하게 먹히는 모습을 볼 수도 있었고, 그건 생각만 해도 끔찍했다.

남자는 거미줄, 위험했던 순간들, 자신이 살아남기 위해 한 행동들을 떠올리며 목에 건 성물함을 잠시 움켜쥐었고, 자신이 살아 있다는 사실에 감사했다. 그러면서 남자는 계곡 너머를 보았다.

남자가 말했다. "난 감정에 사로잡혀 여기까지 쫓아왔어. 그리고 그 여자는 분명 벌을 받았을 거야."

그리고 보라! 계곡 건너편 숲 비탈 저 멀리 떨어져 있는데도 석양빛 덕분에 그곳에서 연기가 가늘게 피어오르는 것이 또렷이 보였다.

연기를 보자 평정을 찾았던 그의 마음에 다시 분노가 치솟았다.

연기를 피워? 남자는 말 머리를 돌려 그쪽으로 향하려다가 멈칫했다. 그리고 그 순간, 주위 풀숲 속에서 바스락거리는 소리가 들렸다. 동시에 저 멀리 보이는 갈대숲에서 얇고 누덕누덕한 회색 거미줄이 출렁였다. 남자는 그 거미줄을 보다가 다시 연기가 나는 쪽으로 시선을 돌렸다.

"아마도 그놈들은 아닐 거야." 마침내 남자가 말했다.

하지만 남자는 그놈들임을 알았다.

남자는 한동안 연기 나는 쪽을 바라본 뒤, 백마에 올리탔다.

남자는 엉킨 거미줄을 헤치고 나아가야 했다. 이유는 알 수 없었지만 바닥에는 거미들이 많이 죽어 있었고, 살아 있는 거미들이 그것들을 뜯어 먹고 있었다. 남자가 탄 말의 말발굽 소리에 살아 있는 거미들이 달아났다.

그 거미들의 운은 이제 끝나 있었다. 아무리 독거미라 해도 바람이 잔잔해 날아다닐 수 없으면, 몸을 휘감을 얇은 막을 만들 수 없으면, 아무런 해도 끼치지 못했다.

남자는 거미들이 너무 가까이 다가오면 허리띠로 후려쳤다. 거미들이 잔뜩 몰려 있는 곳을 지날 때에는 말에서 내려 발로 짓밟고 싶은 충동이 일었지만, 꾹 참았다. 남자는 때때로 안장 위에서 몸을 돌려 연기가 나는 곳을 바라보았다.

남자는 계속 중얼거렸다. "거미 떼. 거미 떼. 좋아, 좋아…… 다음에는 내가 거미줄을 치고 네놈들을 기다리지."

새로운 촉진제
The New Accelerator

확실히, 핀을 찾다가 기니*를 찾은 이가 있다면, 그건 나의 좋은 친구 기번 교수이다. 목표를 넘어서는 성과를 거둔 연구자들 이야기는 전에도 들어 봤지만, 누구도 기번 교수만큼 해내진 못했다. 기번 교수는, 어쨌거나 이번만큼은 털끝만큼의 과장도 없이, 정말로 인간의 삶에 대변혁을 일으킬 뭔가를 찾아냈다. 기번 교수는 무기력한 사람들의 정신을 깨워서 압박이 심한 오늘날의 스트레스에 대처할 수 있게 할, 전반적 신경 자극제를 찾던 중이었다. 나는 이제 그 물질을 몇 번이나 맛보았고, 그것이 내게 미친 영향을 이보다 더 잘 설명할 수 없다. 새로운 감각들을 찾는 모든 이들을 놀라게 할 경험들이 있음이 곧 진실로 명백해질

*영국의 옛 금화.

것이다.

기번 교수는, 많이들 알고 있듯, 포크스턴에 살며 내 이웃이다. 내 기억이 맞다면, 온갖 나이 대의 기번 교수의 사진들이 《스트랜드 매거진》에 이미 실렸었다. 아마도 1899년 후반 같지만, 정확히 언제인지는 알지 못하겠다. 누군가에게 그 호를 빌려 줬다가 돌려받지 못했기 때문이다. 어쩌면 독자께선, 기번 교수를 메피스토펠레스처럼 보이게 만드는 그 높은 이마와 특이하게 길고 검은 눈썹을 기억할지도 모른다. 기번 교수는 어퍼 샌드게이트 로드의 서쪽 끝을 매우 흥미롭게 만드는, 여러 양식이 뒤섞인 저 작고 아름다운 단독주택들 중 하나에 산다. 기번 교수의 집에는 플랑드르풍 박공들과 무어인 양식의 주랑현관이 있고, 기번 교수는 아래층에 있을 때면 세로 중간틀들이 창을 나눈 내받이창이 있는 작은 방에서 일을 한다. 우리는 저녁이면 그 방에서 무척이나 자주 담배를 피우고 담소를 나눴다. 기번 교수는 농담을 참으로 잘하지만, 내게 자기 일 얘기를 하는 것도 좋아한다. 기번 교수는 말하다가 도움과 자극을 스스로 찾아내는 그런 유의 사람이고, 그래서 나는 새로운 촉진제의 착안을 아주 초기부터 계속 들을 수 있었다. 물론 기번 교수의 실험 대부분은 포크스턴이 아닌 가워 가에서, 병원 옆에 있는 멋진 새 실험실에서 이루어졌다. 그 실험실은 기번 교수가 처음으로 사용했다.

다들 알 듯이, 혹은 적어도 지성인은 모두 알 듯이 기번은 큰돈을 벌었고, 생리학자들 사이에서 마땅히 명성을 날릴 가치가 있는 그 특수 분야는 신경계에 대한 약의 작용이다. 나는 기번 교수가 수면제, 진정제, 마취제 쪽에서 그 누구도 따를 자가 없다고 들었다. 기번 교수는 또한 상당히 유명한 약제사이기도 하고, 나는 신경절 세포와 중쇠뼈 섬유를 둘러싼 난해하고 복잡하며 수수께끼 같은 정글에 기번 교수가 만들어 낸, 환히 밝혀진 작은 빈터들이 있다고 생각한다. 기번 교수가 연구 결과를 발표하기에 적당하다고 생각하는 때가 올 때까지는, 살아 있는 그 누구도 그곳들에 접근할 수 없겠지만 말이다. 또한 지난 몇 년간 기번 교수는 그 신경 자극제 문제를 특히 열심히 연구했고, 새로운 촉진제를 발견하기에 앞서 이미 그 연구에서 상당한 성공을 거두었다. 의학계는 필적할 수 없는 가치가 있으며 사람에게 쓰기에 절대적으로 안전하고 독특한, 적어도 세 종류의 강장제에 대해 기번 교수에게 감사해야 한다. 극도의 피로의 경우, 나는 기번의 B 시럽으로 알려진 조제약이 해변의 그 어떤 구명정보다도 더 많은 생명을 살렸다고 나는 생각한다.

기번 교수는 거의 1년쯤 전에 내게 말했다. "하지만 난 아직 이 사소한 것들에 한 번도 만족한 적이 없어요. 이것들은 신경에 영향을 주지 않으면서 중추신경계의 에너지를 증가시키거나, 그냥 신경 전도성을 낮춤으로써 이용 가능한 에너지를 높이는 겁니다. 다들 그 효과가 고르지 못하고 국부적이에요. 하나는 심장과 내장을 깨우지만 뇌를 멍하게 만들고, 하나는 뇌에 샴페인처럼 도달하지만 태양 신경총엔 아무 소용이 없고, 내가 원하는 건…… 현실적으로 가능하다면 내가 갖고 싶은 건…… 온몸을 자극하는 자극제랍니다. 한동안 사람을 머리끝부터 발끝까지 깨워서 남들이 하나 갈 때 그 사람은 둘, 어쩌면 셋까지도 가게 만드는 거지요. 그게 바로 내가 추구하는 겁니다."

"그럼 사람이 지칠 텐데요." 내가 말했다.

"당연하죠. 그리고 식사량이 두 배, 세 배로 늘게 될 겁니다…… 그럴 겁니다. 하지만 그게 어떤 의미일지 생각해 보세요. 이렇게 작은 약병 안에……" 기번 교수는 작은 초록색 유리병을 들어 올려 자기 말을 강조했다. "이 소중한 약병 안에 한정된 시간에 남보다 두 배로 빠르게 생각하고, 두 배로 빠르게 움직이고, 두 배로 많이 일할 수 있는 힘이 들어 있다면 어떻게 될지를 상상해 보세요."

"하지만 그런 게 가능할까요?"

"난 가능하다고 믿습니다. 가능하지 않다면, 난 1년 동안 시간만 낭비한 거죠. 가령, 이 온갖 하이포아인산염 조제약들은 그런 종류의 무언가가 가능하다는 걸 보여 주는 것 같습니다. 겨우 1.5배만 빠르다고 해도, 효과가 있는 거죠."

"정말로 그렇겠네요." 내가 말했다.

"가령 당신이 궁지에 몰린 정치가여서 시간에 쫓기고 있고 뭔가 긴급히 조치를 취할 필요가 있다면 어쩌시겠습니까?"

"그럼 이 비밀의 약을 먹을 수 있겠군요." 내가 말했다.

"그러면 시간을 두 배로 버는 거죠. 가령, 당신이 책을 끝마치고 싶은 경우도 생각해 보세요."

"보통은 시작하지 말 걸 그랬다고 생각하죠." 내가 말했다.

"혹은 정신없이 바쁘지만 좀 앉아서 환자의 병에 대해 생각해 보고 싶은 의사라면요. 혹은 법정 변호사, 혹은 시험 때문에 벼락치기하는 사람도 있겠죠."

내가 말했다. "한 방울에 1기니 아니 그 이상의 가치가 있겠군요. 그리고…… 그런 사람들에겐 더 큰 가치가 있겠고요."

기번 교수가 말했다. "결투의 경우도 있죠. 방아쇠를 당기는 속도에 모든 게 달려 있으니까요."

"혹은 펜싱에서요." 나도 뒤이어 말했다.

기번 교수가 말했다. "이제 감을 잡으시는군요. 몸 전체에 듣는 약으로 이걸 개발하게 되면, 정말로 몸에 전혀 해가 없을 겁니다. 아주 극미하게 좀 더 늙을 순 있을지 몰라도요. 그저 남들이 한 번 살 때 당신은 두 배로 살 게 되는 겁니다……"

나는 생각에 잠겼다. "제 생각인데…… 결투에서 그러면…… 그게 공평한 일일까요?"

"그건 부차적인 문제죠." 기번 교수가 말했다.

나는 이야기를 좀 더 거슬러 올라가 말했다. "그리고 그런 게 정말로 가능하다고 생각하시고요?"

"가능합니다." 기번 교수가 그렇게 말하고는 창 옆으로 진동하며 지나가는 뭔가를 흘끔 보았다. "모터 달린 합승 마차만큼이나 가능합니다. 사실……"

기번 교수는 말을 멈추고 내게 씨익 웃어 보이고는 초록색 약병으로 책상 가장자리를 천천히 톡톡 두드렸다. "난 내가 이 일에 대해 잘 안다고 생각합니다…… 이미 좀 실현도 됐고요." 얼굴에 어린 긴장된 웃음에서 그 고백의 진지성이 묻어났다. 기번 교수는 일이 거의 끝난 게 아니면 실제 실험에 대해선 좀처럼 말하지 않았다. "그리고 어쩌면, 어쩌면…… 그래도 전혀 이상할 게 없습니다만…… 어쩌면 두 배 이상의 효과를 낼 수도 있답니다."

"꽤 큰 건이 되겠군요." 나는 감히 말해 보았다.

"네, 꽤 큰 건이 될 것 같습니다."

하지만 나는 그럼에도 기번 교수가 그게 어떤 큰 건이 될지 정말로 알지는 못했다고 생각한다.

우리가 그 뒤로도 그 약에 대해 여러 차례 얘기했던 일이 생각난다. 기번 교수는 그 약을 '새로운 촉진제'라 불렀고, 매번 목소리는 점점 더 자신만만해졌다. 가끔 기번 교수는 그 약 때문에 예기치 못한 생리학적 결과가 나타날까 불안하다고 말했고, 그런 뒤엔 살짝 우울해졌다. 다른 때에는 그 조제약으로 돈을 벌고 싶다고 솔직히 털어놓기도 했는데, 그러면 우린 그 약이 상업적 이익을 낳을 수 있는 방법에 대해 길고 열심히 토론했다. 기번 교수가 말했다. "그 약은 멋진 물건, 굉장한 물건이 될 거예요. 내가 이 세상에 대단한 길 줄 거라고요. 그러니 그에 대한 대가를 기대하는 건 정당하다고 생각합니다. 과학자로서의 긍지도 좋지만, 나는 내가 그 약의 독점권을 10년은 가져야 한다고 생각해요. 왜 삶의 모든 즐거움이 아무것도 모르는 상인들 손에 들어가야 하는지 이해할 수가 없다니까요."

곧 나올 그 약에 대한 나의 관심은 시간이 가도 줄지 않았다. 시간과 공간의 패러독스라는 형이상학적인 문제에 늘 마음을 뺏겼던 내가 볼 때, 기번은 정말로 삶의 절대적 가속을 준비하고 있었다. 그것을 가능하게 하는 조제약을 반복적으로 먹는다고 생각해 보라. 진실로 활동적이면서 기록적인 삶을 살 수 있을 것이다. 하지만 우리는 마치 유대인이나 동양인처럼 열한 살 때 다 커서 스물다섯 살 때는 중년의 삶을, 서른이면 노쇠와 쇠퇴의 삶을 걸을 것이다. 나는 늘 사람을 미쳐 날뛰게 할 수도 있고, 진정시킬 수도 있고, 사람의 힘을 믿을 수 없이 세지게 할 수도 있고, 사람을 기민해지게 할 수도 무력한 통나무처럼 만들 수도 있고, 이 열정은 자극하고 저 열정은 가라앉힐 수도 있는 약의 경이로움에 감탄을 금치 못했다. 그런데 이제 의사들의 그 기묘한 병기고에 새로운 기적이 더해질 참이었다! 그러나 기번 교수는 자신의 기술적 논점에 지나치게 열을 올린 나머지 그 일을 보는 내 관점에 아주 열렬히 공감하지는 않았다.

8월 7일인가 8일인가에, 기번 교수는 약의 실패와 성공을 가름할 증류가 진행 중이라고 내게 말했다. 그리고 8월 10일, 기번 교수는 약이 다 만들어졌다고, 새로운 촉진제가 명백한 현실이 되어 세상에 나왔다고 말했다. 그때 나는 포크스턴을 향해 샌드게이트 언덕을 올라가다가 기번 교수를 만난 것이었다(나는 이발을 하러 가고 있었고, 기번 교수는 날 만나려고 서둘러 언덕을 내려오고 있었다). 아마도 기번 교수는 실험이 성공하자마자 내게 말해 주려고 내 집으로 오고 있었을 것이다. 기번 교수의 유별나게 반짝이던 눈과 상기된 얼굴, 민첩한 발걸음이 생각난다.

"끝났어요." 기번 교수가 외치며 내 손을 꽉 쥐었고, 뒤이어 아주 빠르게 말했다. "끝난 정도가 아니죠. 제 집으로 와서 보세요."

"정말로요?"

기번 교수가 외쳤다. "정말로요! 믿을 수 없을 정도예요! 와서 보세요."

"그럼 그 약은…… 두 배인가요?"

"그 이상, 훨씬 더 이상이에요. 겁이 날 지경이에요. 와서 직접 보세요. 맛보세요! 시험해 보세요! 이 세상에서 가장 놀라운 물질이에요." 기번 교수는 내 팔을 잡고 큰 소리로 외쳐 말하며 나까지도 종종거리게 만드는 속도로 언덕을 오르기 시작했다. 샤라방*에 가득 탄 사람들이 샤라방 승객 특유의 태도로 일제히 고개를 돌려 우리를 빤히 보았다. 포크스턴에서 흔한 뜨겁고 화창한 날이라, 모든 색깔이 놀랄 만큼 환하게 보이고 모든 윤곽선이 선명하게 보였다. 물론 산들바람도 불었지만, 그런 상황 하의 나를 시원하고 건조하게 해줄 만큼은 아니었다. 나는 제발 천천히 가자고 헐떡이며 사정했다.

*20세기 초 영국에서 흔하게 쓰인, 기다란 관광용 마차.

"전 빨리 걷고 있지 않은데요. 제가 빨리 가나요?" 기번 교수가 그렇게 외치며 발걸음을 빠른 행진 정도의 속도로 늦췄다.

"이미 그 약을 좀 드셨군요." 나는 숨을 헐떡이며 말했다.

기번 교수가 말했다. "비커에 아주 조금 남아 있던 약을 씻어 내고 묻은 물을 기껏해야 한 방울 정도 먹었으려나요. 그것도 어젯밤이요. 하지만 그것도 벌써 머나먼 과거의 일이네요."

"그래서 두 배의 효과가 나고 있나요?" 기번 교수의 집 현관에 가까워지자 내가 말했다. 고맙게도 땀이 흘렀다.

"천 배, 수천 배예요!" 기번 교수는 연극적인 몸짓으로 초기 영국 건축 양식의 떡갈나무 정문을 확 열며 외쳤다.

"휘유!" 나는 말했고, 기번 교수를 따라 현관문으로 갔다.

"약이 정확하게 몇 배까지 작용하는지는 모르겠어요." 기번 교수는 손에 바깥문의 열쇠를 쥔 채 말했다.

"그럼 당신은……"

"이 약은 신경 생리 기능에 온갖 빛을 비춰 주고, 시각 이론을 완전히 새로운 모습으로 바꿔 놔요! 그 효과가 몇 천 배가 될지 누가 알겠어요? 우리가 그걸 시험해 봐야죠…… 지금 그 약을 먹어 봐야죠."

"약을 먹어 보자고요?" 나는 그와 함께 복도를 걸어가며 말했다.

"아무렴요." 기번 교수가 서재에서 내게로 몸을 돌리며 말했다. "저 작은 초록색 약병에 그 약이 들어 있답니다! 설마 두려우신 건 아니겠죠?"

나는 천성적으로 조심스러운 사람이고, 오직 이론적으로만 모험을 즐긴다. 나는 두려웠다. 하지만 한편으로는 자존심이 있었다.

나는 입씨름을 했다. "흠, 벌써 먹어 보셨다고요?"

기번 교수가 말했다. "시험해 봤죠. 내가 그 약 때문에 잘못된 것처럼 보이진 않죠? 성말라 보이지도 않고, 느낌이……"

나는 자리에 앉았다. 내가 말했다. "약을 주세요. 최악의 경우라도, 이 발할 수고는 덜어 주겠죠. 이발은 문명인이 해야 하는 최고로 지긋지긋한 의무 중 하나잖아요. 이 약은 어떻게 먹는 건가요?"

"물과 함께 드세요." 기번 교수가 유리 물병을 쾅 내려놓으며 말했다.

기번 교수는 책상 앞에 서서 자기 안락의자에 앉은 나를 바라보았다. 기번 교수의 태도에 갑자기 할리 가 의사들 같은 분위기가 풍겼다. "아시다시피, 이건 럼주 같은 거랍니다." 기번 교수가 말했다.

나는 손짓을 했다.

"먼저 경고드리건대, 마시는 즉시 눈을 감고, 1분 정도 지난 뒤에 아주 조심해서 눈을 뜨세요. 여전히 볼 수는 있어요. 시각의 감각은 진동의 길이의 문제이지, 충격의 수의 문제가 아니에요. 하지만 망막에 일종의 충격이 있으니, 눈을 뜨면 순간적으로 심하게 현기증 나는 혼란을 느낍니다. 그러니 계속 눈을 감고 있어요."

내가 말했다. "눈을 감는다, 알겠습니다!"

"그리고 다음으로, 가만히 계세요. 뭘 해보려 하지 마세요. 그랬다간 뭔가를 지독하게 쳐버릴 수도 있어요. 이제까지보다 수천 배는 빨라질 거란 걸 꼭 기억하세요. 심장, 폐, 근육, 뇌…… 모든 게요. 그리고 자기도 모르게 세게 치게 될 겁니다. 정말 모르실 거예요. 딱 지금과 다를 바 없을 거예요. 오직 세상의 모든 것이 전보다 수천 배는 느려진 듯이 보일 겁니다. 그 때문에 아주 이상하게 느껴질 거예요."

내가 말했다. "이런, 그러니까 당신 말은……"

"곧 알게 될 겁니다." 기번 교수가 말하며 작은 계량컵을 꺼냈다. 교수는 책상 위의 그 물질을 흘끗 보았다. 기번 교수가 말했다. "유리잔이랑 물이 여기 다 있어요. 첫 시도에서 너무 많이 마시면 안 됩니다."

작은 약병은 그 소중한 내용물을 꿀럭꿀럭 뱉어 냈다. "내가 한 말을 잊지 마세요." 기번 교수는 말하며 위스키를 따르는 이탈리아인 웨이터 같은 태도로 계량컵의 내용물을 유리잔에 따랐다. 기번 교수가 말했다. "2분 동안 눈을 꼭 감고 완벽하게 꼼짝도 말고 앉아 계세요. 그런 뒤 내가 말씀드리겠습니다."

기번 교수는 각 잔에 담긴 약간의 약에 물을 1인치 정도씩 더했다.

기번 교수가 말했다. "말이 나왔으니 말인데, 잔을 내려놓지 마세요. 계속 손에 쥐고 무릎에 두세요. 네, 그렇게요. 자 그럼……"

기번 교수가 잔을 들어 올렸다.

"새로운 촉진제를 위하여." 내가 말했다.

"새로운 촉진제를 위하여." 기번 교수가 답했고, 우리는 잔을 쩽 부딪친 뒤 마셨다. 나는 곧바로 두 눈을 감았다.

사람이 '가스'를 마시면 빠지게 되는 텅 빈 무존재의 느낌을 알 것이다. 불명확한 시간 동안, 딱 그런 느낌이 들었다. 이윽고 기번 교수가 내게 깨어나라고 하는 말이 들렸고, 나는 꿈틀거린 뒤 눈을 떴다. 기번 교수는 아까 그대로 서 있었고, 손에는 여전히 잔을 들고 있었다. 잔이 빈 것, 그게 유일한 차이였다.

"으흠?" 내가 말했다.

"이상한 거 없어요?"

"전혀요. 살짝 흥분이 느껴지긴 하는데, 더는 없군요."

"소리는요?"

내가 말했다. "모든 게 조용합니다. 그러네요! 네! 모든 게 조용해요. 희

500

미하게 탁탁, 토닥토닥하는 것 같은 소리, 비가 서로 다른 것들에 떨어지는 것 같은 소리만 빼고요. 이게 뭐죠?"

"소리가 분해되어 들리는 거예요." 나는 기번 교수가 그렇게 말했다고 생각하지만, 확신은 없다. 기번 교수는 창문을 흘끗 보았다. "저런 식으로 커튼이 창에 고정되어 있는 걸 전에도 본 적이 있으신가요?"

기번 교수의 눈이 향한 곳을 쫓아 시선을 돌리니, 상쾌한 산들바람에 펄럭여 모서리가 높이 올라간 채 얼어붙은 듯한, 커튼 자락이 보였다.

나는 말했다. "아뇨. 이상하네요."

"그리고 여기도 보세요." 기번 교수가 그렇게 말하며 잔을 쥐고 있던 손을 펼쳤다. 당연히 나는 잔이 박살 날 거라 생각하며 주춤했다. 하지만 박살 나기는커녕, 잔은 꿈쩍도 안 했다. 그대로 공중에 떠 있었다. 꿈쩍도 않고. "대략 말씀드려서, 이 위도에서 사물은 1초 동안 16피트 떨어집니다. 따라서 이 잔은 지금 1초에 16피트씩 떨어지고 있습니다. 그런데 보시다시피, 이 잔은 아직 100분의 1초에 해당하는 정도밖에 안 떨어졌답니다. 이걸로 제 촉진제의 속도가 좀 이해가 되시겠지요." 기번 교수가 말했다.

그런 다음, 기번 교수는 천천히 가라앉고 있는 잔의 위아래로 손을 빙빙 돌리고 또 돌렸다. 마침내 기번 교수는 잔의 아래쪽을 잡고 끌어당긴 뒤 아주 조심스럽게 테이블에 놓았다. "아시겠죠?" 기번 교수는 내게 말하고 껄껄 웃었다.

"이제 괜찮은 것 같은데요." 나는 그렇게 말하며 아주 조심스레 의자에서 몸을 일으키기 시작했다. 몸 상태가 아주 가볍고 편안한, 완벽한 상태로 느껴졌고 마음속에 자신감도 넘쳤다. 나는 전반적으로 빠르게 작동하고 있었다. 가령 내 심장은 1초에 수천 번을 뛰었다. 하지만 그 때문에 불편한 점은 전혀 없었다. 나는 창밖을 보았다. 자전거에 탄 채 움직이지 않는 사람은 고개를 숙이고 있었고, 바퀴 뒤에서 피어오른 먼지는 얼어붙어 있었으며, 질주하는 샤라방도, 그것을 추월하려고 전속력으로 달리고 있는 자전거도 꼼짝도 하지 않았다. 나는 그 믿기지 않는 광경에 놀라 입을 딱 벌렸다. "기번." 나는 외쳤다. "이 말도 안 되는 약의 효과가 얼마나 오래가죠?"

기번 교수가 대답했다. "누가 알겠어요! 어제 약을 먹고 침대로 가서는 약효가 사라진 후에야 잠이 들었는데, 약효가 지속되는 동안에는 겁에 질려 있었지만, 그저 몇 분 동안이었을 거라고 생각합니다. 느낌엔 몇 시간 같았지만요. 하지만 약을 먹고 조금 지나면 갑작스레 약효가 감소할 겁니다."

나는 두려운 느낌이 안 들어 자랑스러웠다. 우리 둘뿐이었기 때문이리라. "밖에 나가면 안 되겠죠?" 내가 물었다.

"안 될 게 뭐가 있겠어요?"

"사람들이 우릴 볼 텐데요."

"못 봐요. 맙소사, 못 본다고요! 우리가 이제까지 세상에 존재했던 그 어떤 요술보다 천 배는 빠르게 갈 거니까요. 어서 나가요! 어느 쪽으로 갈까요? 창문? 문?"

우리는 창문으로 나갔다.

이제까지 내가 했거나 상상했던 이상한 일들보다, 혹은 책에서 읽은, 남들이 했거나 상상했던 이상한 일들보다, 새로운 촉진제에 취한 상태로 기번 교수와 함께 벌인 잠깐 동안의 포크스턴 리스 습격이 최고로 이상하고 미친 짓이었다. 우리는 기번 교수 집 정문을 통해 도로로 나가서, 도로를 달리고 있으나 우리 눈에는 조각상처럼 꼼짝 않고 서 있는 듯 보이는 마차들을 꼼꼼히 검사했다. 샤라방의 바퀴 윗부분과 그것을 끄는 말들의 다리 일부, 채찍 끝과 차장의 아래턱(그는 막 하품을 하던 참이었다)의 움직임은 감지되었지만, 그 탈것의 나머지는 너무 느릿느릿하게 움직여 정지한 듯 보였다. 그리고 한 남자의 목구멍에서 나는 희미하게 그르렁거리는 소리 외엔 참으로 고요했다. 또한, 얼어붙은 마부와 차장과 승객 열한 명은, 그 탈것의 일부 같았다! 그 주위를 걷자 우리는 미친 듯이 괴상한 기분을 느끼다가 결국 불쾌한 기분이 되었다. 우리와 비슷하면서도 동시에 비슷하지 않은 사람들이 동작을 하다 만 자세로 무심하게 얼어붙어 있었다. 어느 소녀와 남자는 서로를 보며 영원히 계속될 것만 같은, 곁눈질하는 웃음을 짓고 있었다. 펄럭이는 챙 넓은 모자를 쓴 여자는 난간에 팔을 올리고 영원히 깜박이지 않을 것 같은 시선으로 기번 교수의 집을 보고 있었다. 자기 콧수염을 쓰다듬고 있는 남자도, 모자를 고쳐 쓰려고 뻣뻣한 손가락을 모자로 뻗고 있는 피곤해 보이는 남자도, 모두 밀랍 인형처럼 보였다. 우리는 사람들을 응시하며 큰소리로 웃기도 하고 얼굴을 찌푸리기도 하다가, 이윽고 사람들에게 싫증이 나 돌아서서 자전거 타는 사람의 앞쪽을 돌아 포크스턴 리스 쪽으로 갔다.

기번 교수가 갑자기 외쳤다. "맙소사! 저길 보세요!"

기번 교수가 손가락으로 가리킨 것은, 유난히 느린 달팽이 같은 속도로 날개를 퍼덕이며 허공을 내려가는…… 꿀벌이었다.

이윽고 우리는 리스*로 나왔다. 그곳 상황은 그 어느 때보다 미친 듯이 보였다. 위쪽 야외 음악당에서 연주 중인 밴드가 내는 소리는, 낮게

*영국의 환경 보호 단체인 〈내셔널 트러스트〉가 보유한 공원.

쌕쌕거리고 덜거덕거리는 소리처럼 들렸다. 마치 오래 끄는 마지막 한숨이 엄청나게 큰 시계에서 나는 느리고 둔탁한 째깍째깍 소리로 변한 듯한 느낌이었다. 풀밭을 성큼성큼 걷던 중에 불안정하게 멈춰 선 사람들은, 자신을 의식하는 기이하고 조용한 마네킹이 된 것 같았다. 내가 뛰어오르다 성지한 작은 푸들의 니무도 느린 다리의 움직임을 보고 있을 때, 기번이 외쳤다. "맙소사, 여기 좀 봐요!" 우리는 옅은 줄무늬가 들어간 하얀 플란넬 옷에 하얀 신발을 신고 파나마모자를 쓴 근사한 사람 앞에 잠시 멈춰 섰다. 그 사람은 지나가다 몸을 돌려 화려하게 차려입은 여자 두 명에게 윙크하는 중이었다. 신중하고 천천히 관찰해 보니, 민첩하고 명랑한 기운이 빠진 윙크는 그리 매력적인 행동이 아니었다. 윙크하는 눈이 완전히 감기지 않아 내려온 눈꺼풀 아래로 눈알의 아래쪽과 약간의 흰 선이 보였다. "하늘에서 제게 기억이란 걸 주셨나니, 전 두 번 다시 윙크는 안 할 겁니다." 내가 말했다.

"웃는 것도요." 기번은 그 윙크에 이를 드러내는 미소로 답하는 여자를 쳐다보며 말했다.

내가 말했다. "어쨌거나 지독하게 덥네요. 좀 천천히 가죠."

"아, 어서 가요!" 기번 교수가 말했다.

우리는 산책로를 지나가는 환자들의 휠체어들 사이를 요리조리 지나갔다. 환자들의 무기력한 자세는 자연스러워 보였지만, 악단 연주자들의 뒤틀리고 시뻘게진 얼굴은 그리 자연스러워 보이지 않았다. 자그마한 신사는 바람에 맞서 신문을 다시 펼치려고 용을 쓰다가 보라색이 된 얼굴로 얼어붙어 있었다. 굼뜨게 움직이는 그 모든 사람들이 상당한 바람을 맞고 있다는 증거는 많았다. 우리의 지각으로는 바람을 감지할 수 없었지만. 우리는 산책로 밖으로 나가 조금 떨어진 곳까지 걸어가서 몸을 돌려 다시 사람들을 보았다. 그 많은 사람들이 한꺼번에 그림으로 변한 것을 보니, 말하자면 박진감 있는 밀랍 인형의 모습으로 갑자기 뻣뻣하게 굳은 것을 보니, 말할 수 없이 놀라웠다. 물론 터무니없어 보이기도 했다. 하지만 내가 더 잘나고 우월하다는 불합리하고도 의기양양한 느낌이 내 온몸을 휘감는 기분이기도 했다. 그 놀라운 느낌을 생각해 보라! 약이 내 혈관 속에서 작용하기 시작한 이후로 내가 했던 말들, 생각들, 행동들 모두가 저 사람들의 기준에선, 일반적인 세상의 기준에선 겨우 눈깜박할 사이에 일어난 일이었다. "새로운 촉진제는……" 내가 말하는데 기번 교수가 내 말을 끊고 끼어들었다.

"저기에 지긋지긋한 할머니가 있군요!" 기번 교수가 말했다.

"어떤 할머니라고요?"

기번 교수가 말했다. "옆집에 사는 할머닌데, 요란하게 짖어 대는 저 조그만 애완견의 주인이죠. 맙소사! 저 개를 처치하고 싶은 충동이 생기는군요!"

가끔 기번 교수는 애처럼 충동적으로 행동할 때가 있다. 그래서인지 내가 그러지 말라고 타이르기도 전에 보이지 않을 정도의 속도로 앞으로 돌진해, 그 불운한 동물을 와락 움켜쥐고 리스의 절벽을 향해 맹렬히 뛰어갔다. 참으로 놀라운 광경이었다. 그 작은 짐승은 짖거나 몸부림치지 않았다. 살아 있다는 표시를 털끝만큼도 보이지 않았다. 기번 교수는 그 졸리고 뻣뻣해 보이는 개의 목을 움켜쥐고 있었다. 꼭 나무로 만든 개를 들고 뛰는 것 같았다. 내가 외쳤다. "기번, 그거 내려놔요!" 나는 또다시 외쳤다. "기번, 그런 식으로 달리면 당신 옷에 불이 붙을 거예요. 당신의 리넨 바지는 벌써 갈색이 되고 있어요!"

기번 교수는 손으로 허벅지를 철썩 친 후 절벽 가장자리에서 주춤 섰다. "기번," 나는 다가가며 외쳤다. "그거 내려놔요. 열기가 너무 강해요! 우리는 1초에 2,3마일을 달리니까요! 공기 마찰이에요!"

"뭐라고요?" 기번 교수는 개를 흘끗 보며 말했다.

내가 외쳤다. "공기 마찰이라고요, 공기 마찰. 운석처럼 너무 빨리 달려 너무 뜨거워진 거예요. 그리고, 기번! 기번! 전 온몸이 따끔거리고 땀이 나요. 사람들이 살짝 움직이는 거 보이죠? 약효가 떨어지는 거 같아요! 그 개를 내려놔요."

"뭐라고요?" 기번 교수가 말했다.

내가 다시 말했다. "약효가 다하고 있다고요. 우린 너무 뜨겁고, 약효는 떨어지고 있어요! 난 온몸이 젖고 있어요."

기번 교수는 나를 물끄러미 보았고, 그다음 악단을 보았다. 쌕쌕거리고 덜그럭대는 그들의 연주 소리는 확실히 점점 빨라지고 있었다. 이윽고 기번 교수는 팔을 무시무시하게 휘둘러 개를 집어 던졌고, 개는 여전히 생기 없는 채로 빙빙 돌며 위로 날아가다가 결국 한 무리의 사람들이 모아 둔 양산들 위의 허공에 떴다. 기번 교수는 내 팔꿈치를 잡고 있었다. 기번 교수가 외쳤다. "젠장! 그런 거 같군요! 일종의 뜨거운 따끔거림, 그리고…… 네, 저 남자가 자신의 포켓치프*를 움직이고 있어요! 인지할 수 있을 정도로요. 우린 얼른 여기서 빠져나가야 해요."

하지만 우린 빠르게 빠져나갈 수 없었다. 어쩌면 그게 다행이었는지 모른다! 혹시라도 달렸다면, 만약에 달렸다면, 우린 분명 갑작스레 불길에 휩싸였을 것이다! 우리 중 누구도 그 점을 미리 생각하지 못했었다…… 우리가 달리기 시작하기도 전에 약효는 수십 분의 1초 만에 완

---

*양복 상의의 가슴 주머니에 꽂는 장식용 손수건.

전히 떨어졌다. 새로운 촉진제의 효과는 커튼을 치는 데 걸리는 짧은 순간에 사라진 것이다. 나는 끝없이 놀라는 기번 교수의 목소리를 들었다. "앉아요." 기번 교수가 그렇게 말하자 나는 풀밭에 털썩 주저앉았는데, 내 몸이 무척 뜨거운 느낌이 들었다. 그때 내가 앉았던 자리에는 아직도 풀이 탄 흔적이 있다. 내가 앉을 때 그 모든 침체했던 것들이 깨어나는 듯이 보였다. 낱낱이 해체되어 들렸던 악기 소리는 갑자기 떠들썩한 음악으로 변했고, 산책하던 사람들은 들고 있던 발을 내리고 계속 걸어갔으며, 신문들과 깃발들이 다시 펄럭이고, 웃음들이 말로 바뀌고, 윙크 중이던 남자는 윙크를 끝낸 뒤 만족하며 자기 길을 갔고, 앉은 채 굳었던 사람들도 다들 다시 움직이고 이야기를 이어 갔다.

온 세상이 다시 살아나 우리만큼 빠르게 가고 있었다. 아니, 우리가 세상과 같은 속도로 느려진 것이었다. 기차가 역으로 들어올 때 느려지듯이. 1, 2초 동안 모든 것이 빙빙 도는 것처럼 느껴졌고, 순간적으로 구역질도 났지만, 그게 다였다. 그리고 기번 교수에 의해 던져져 공중에 떠 있던 작은 개도 즉시 어느 숙녀의 양산을 뚫고 떨어졌다!

우리는 그렇게 그 상태에서 놓여났다. 하지만 환자용 휠체어에 앉아 있던 어느 뚱뚱한 노신사가 우릴 보고 깜짝 놀라며 수상하다는 듯한 눈길을 보내다가 간호사한테 우리에 대해 뭐라고 말했다. 아마도 우리가 사람들 속에서 갑자기 펑! 하고 나타났다고 말했을 것이다. 우린 정말로 그렇게 나타난 것이었다. 우리 몸에서 나던 연기는 거의 한순간에 멈췄지만, 잔디를 깔고 앉은 우리의 몸은 거북할 정도로 뜨거웠다. 모두(그들 중엔 처음으로 음을 틀린 오락 협회 악단 단원들도 있었다)의 관심이 그 놀라운 사실에 집중되었고, 다시 요란한 개 짖는 소리와 소동이 일었다. 야외 음악당 동쪽에서 조용히 자고 있던 뚱뚱하지만 잘생긴 애완견이, 갑자기 서쪽에 있는 어느 숙녀의 양산을 뚫고 떨어졌기 때문이다. 개는 극단적인 속도로 공중을 나느라 살짝 그슬린 상태였다. 하필이면 사람들이 온 마음을 다해 심령술을 믿고, 어리석게 굴고, 미신에 사로잡히려 애쓰는 이런 부조리한 시대에 이런 일이 벌어진 것이다! 사람들이 일어나 다른 사람들을 밟으며 뛰어가느라 의자들이 뒤집혔고, 리스의 경찰관이 달려왔다. 그 일이 어떻게 진정됐는지는 나도 모른다. 그 소동과 휠체어에 앉아 있는 노신사의 관심에서 벗어나고자 하는 마음뿐이었기 때문이다. 현기증과 메스꺼움과 정신적 혼란이 가라앉자, 우리는 곧장 일어나 사람들을 피해 기번 교수의 집을 향해 메트로폴 아래 도로를 따라갔다. 하지만 그 소란 속에서도 나는 찢어진 양산 주인인 숙녀 옆에 앉아 있던 신사가 협박조로 '관리'라 쓰인 모자를 쓴 의자관리인 중 한 명에게 하는 말을 아주 똑똑히 들었다. "당신이 개를 던진 게 아니라면, 누가 그랬단 말이오?"

움직임과 친숙한 소리들이 갑작스레 돌아오자 우리 자신에 대해 걱정해야 했기에(우리 옷은 여전히 지독하게 뜨거웠고, 기번 교수가 입은 흰바지의 허벅지 앞면은 우중충한 갈색으로 그슬려 있었다), 모든 일을 자세하게 관찰하고 싶은 바람은 뒷전이 될 수밖에 없었다. 돌아오는 길에도 과학적 가치가 있는 관찰은 하지 못했다. 물론 꿀벌도 사라진 상태였다. 어퍼 샌드게이트 로드로 들어오면서 자전거를 타던 남자도 찾아봤지만, 이미 떠났거나 자동차들에 가려졌는지 보이지 않았다. 이제 승객들이 모두 활기차게 살아난 샤라방은, 근처 교회를 향해 덜커덕거리며 질주하고 있었다.

우리가 집에서 나오며 발을 디뎠던 창턱은 살짝 그슬려 있었고, 길에 깔린 자갈에도 우리의 발자국이 유난히 깊게 파여 있었다.

그렇게 나는 새로운 촉진제를 처음으로 경험했다. 실제로 1초 정도밖에 안 되는 시간 동안, 우리는 주위를 뛰어다니며 그 모든 말과 행동을 한 것이다. 악단이 두 마디를 연주하는 동안 우리는 30분을 산 것이다. 하지만 그 약효 덕분에, 우리는 멈춰 선 세계를 자세히 관찰할 수 있었다. 특히 우리가 집에서 성급히 뛰쳐나가 모험을 벌인 걸 고려할 때, 그 경험은 훨씬 불쾌했을 수도 있었다. 그 일은, 그 조제약을 제어하기 쉬운 편리한 도구로 만들려면 배워야 할 게 아직 많다는 걸 기번 교수에게 분명하게 보여 주었다. 하지만 동시에 그 약의 가능성이 트집 잡을 수 없을 정도로 확실하다는 것도 보여 주었다.

　그 모험 이후로, 기번 교수는 꾸준히 약의 사용을 통제해 왔고, 나는 여러 차례 약을 먹었지만 기번 교수의 지시대로 정량만을 먹었기에 나쁜 결과는 조금도 겪지 않았다. 그러나 고백하건대, 나는 약을 먹었을 때는 두 번 다시 감히 집 밖으로 나가지 않았다. 나는 약을 먹고서 이 이야기를 앉은자리에서 그침 없이 끝까지 다 썼다. 중간에 한 딴짓은 초콜릿을 조금 갉아 먹은 게 전부다. 6시 25분에 시작했는데, 내 시계는 지금 거의 31분을 가리킨다. 약속으로 가득한 한낮에 길고 연속적으로 일할 시간을 확보하는 게 얼마나 편리한 건지는 두말하면 잔소리다. 기번 교수는 지금 자기 약의 대량생산에 몰두하는 중이고, 체질에 따라 달라지는 약효에 관해서도 연구 중이다. 또한 기번 교수는 촉진제의 다소 과도한 효력을 희석시키는 방법도 연구 중이고, 촉진제의 반대 효과를 내는 억제제도 개발 중이다. 그 억제제가 개발되면 그것을 투여받은 이는 몇 시간을 겨우 몇 초로 느끼게 될 것이기에 최고로 활기차고 자극적인 상황에서도 무심하고 꼼짝 않는 상태, 빙하 같은 상태를 유지할 수 있을 것이다. 두 약이 모두 세상에 나오면 문명화된 존재에 필연적으로 완전한 혁명이 일어날 것이다. 바로 그때부터 토머스 칼라일이 말하는 '시간의 옷'으로부터의 탈출이 시작될 것이다. 촉진제를 복용하면 극도의 감각과 활력이 필요한 순간 무시무시한 수준으로 전력을 다할 수 있는 반면, 억제제를 복용하면 무력하고 평온한 상태에서 무한한 곤란과 지루함을 헤쳐 나갈 수 있을 것이다. 어쩌면 아직 개발도 되지 않은 억제제에 대해 내가 좀 낙관적일 수도 있지만, 촉진제에 대해선 조금의 의심의 여지도 없다. 편리하고 통제 가능하고 흡수 가능한 형태의 촉진제가 시장에 나오는 것은 그저 한 달 뒤냐 두 달 뒤냐의 문제이다. 작은 초록색 병에 담긴 촉진제는 비싸긴 해도 그 비상한 특성을 생각하면 절대 지나친 가격이 아니며, 모든 약제사와 약 가게 주인들을 통해 구매할 수 있을 것이다. 약은 '기번 교수의 신경 촉진제'라 불리게 될 것이며, 교수는 200짜리, 900짜리, 2000짜리 이렇게 세 가지 강도로 약을 공급할 수 있길 바라고 있다. 각 약은 노란색, 분홍색, 하얀색으로 표시될 것이다.

이 약으로 대단히 비범한 일들이 많이 일어날 것임은 확실하다. 처벌받지 않고 빠져나가려고 시간의 틈 속으로 얼른 뛰어들어 숨는 사람들도 당연히 있을 것이기에, 주목할 만한 소송들이 이어질 것이고 필경 형사 소송에도 영향을 줄 것이다. 무릇 잘 듣는 약들이 모두 그렇듯, 이 약에도 오용의 여지가 있다. 하지만 그 부분에 대해 아주 철저히 토론한 결과, 우리는 그것은 순전히 법의학의 문제라고, 우리 영역 밖이라고 결론지었다. 우리는 촉진제를 생산해 팔 것이고, 결과에 관한 한…… 지켜볼 것이다.

파이크래프트의 진실
The Truth about Pyecraft

파이크래프트는 여남은 야드 정도밖에 안 떨어진 곳에 앉는다. 고개를 돌리면 파이크래프트가 보인다. 그리고 내가 그의 눈을 마주 보면(늘 그와 눈을 마주치게 된다) 파이크래프트는 표정이 담긴 눈으로 날 본다……

주로 애원하는 눈초리이다. 동시에 그 안에는 의심이 담겨 있다.

저 망할 놈의 의심! 파이크래프트에 대해 털어놓고 싶었다면 벌써 옛날에 그랬을 거다. 난 말하지 않았다. 정말 말하지 않았으니, 파이크래프트는 안심해야만 한다. 자기처럼 크고 뚱뚱한 건 뭐든 마음 놓아도 되는 것처럼! 내가 말한다고 누가 믿어 주기나 하겠는가?

불쌍한 파이크래프트! 파이크래프트는 런던에서 가장 뚱뚱한 클럽 회원이다.

파이크래프트는 클럽의 거대한 내받이창 불가 옆에 있는 테이블들 중 하나 앞에 앉아 끝없이 먹는다. 뭘 먹고 있지? 신중하게 흘끗 보니, 파이크래프트가 버터 바른 뜨거운 차과자 한 조각을 베어 물며 나를 바라보고 있다. 망할 놈, 왜 날 보며 먹어!

이길로 다 끝났어, 파이크래프트! 자네가 비굴해지려 하니까, 자네가 그 콕 박힌 두 눈으로 마치 날 명예도 모르는 사람인 양 대하며 행동하니까, 나도 그 일을 적겠어. 파이크래프트에 대한 명백한 진실을. 내가 도와주고 보호해 줬던 그 남자는 '말하지 마요' 하는 표정으로 끊임없이 호소하며 내 클럽을 견딜 수 없는 곳, 정말 견딜 수 없는 곳으로 만들고 있다.

게다가, 어째서 끊임없이 먹어 대는 걸까?

흠, 이제, 그 진실을, 모든 진실을 털어놓겠다. 오로지 진실만을!

파이크래프트…… 나는 바로 이 흡연실에서 파이크래프트를 알게 되었다. 나는 젊고 긴장한 신입 회원이었고, 파이크래프트는 그걸 알아차렸다. 내가 오롯이 혼자 앉아 회원들을 좀 더 알고 싶다고 소원하고 있는데, 갑자기 엄청나게 겹겹이 접힌 이중 턱과 배를 지닌 파이크래프트가 내게로 와 툴툴거리더니 내 바로 옆 의자에 앉아 잠시 씨근거렸고, 또 잠시 성냥을 가지고 씨름하다가 시가에 불을 붙인 뒤 내게 말을 걸었다. 파이크래프트가 그때 처음 뭐라고 했었는지는 이제 기억나지 않는다. 제대로 불이 붙지 않는 성냥에 대해 뭐라고 한 후 내게 뭔 이야기를 시작했는데, 그러면서도 지나가는 웨이터들을 한 명씩 다 불러 세워 특유의 가늘고 피리 같은 목소리로 성냥에 대해 말했다. 어쨌거나 우리는 그런 식으로 대화를 시작했다.

파이크래프트는 온갖 주제로 이야기를 하다가 게임에까지 대화가 미쳤다. 그리고 거기서부터 내 외모와 피부색까지 이야기하더니 말했다. "당신은 훌륭한 크리켓 선수가 돼야 해요." 나는 어떤 사람들은 깡말랐다고 할 정도로 홀쭉하고, 피부색은 다소 검다. 나는 힌두인 증조모를 둔 걸 부끄럽게 여기지 않지만, 그럼에도 불구하고, 우연히 만난 낯선 사람들이 첫눈에 내 증조모까지 꿰뚫어 보는 건 싫다. 그래서 나는 처음부터 파이크래프트에게 반감을 품었다.

하지만 파이크래프트가 나에 대해 말했던 건, 그저 자신에 대해 말하기 위해서였다.

파이크래프트가 말했다. "당신이 저보다 더 운동을 하진 않을 겁니다. 필시 저보다 더 적게 먹지도 않을 거고요."(과도하게 비만인 사람들이 무릇 그러하듯, 파이크래프트 역시 자기가 별로 먹지 않는다고 생각했다.) "하지만," 그러고는 파이크래프트는 모호한 웃음을 지었다. "우린 다르죠."

이윽고 파이크래프트는 자신의 비만에 대해 얘기하고 또 얘기하기 시작했다. 자기가 뚱뚱해서 하고 있는 일과 하려 하는 일을 모두 이야기했다. 비만을 없애려면 이렇게 하라고 다른 사람들이 해준 조언에 대해서도 말했고, 다른 뚱뚱한 사람들이 쓰는 방법도 들었는데 자기 방법과 비슷하더라는 말도 했다. 파이크래프트가 말했다. "선험적으로, 영양의 문제는 식이요법으로 해결되고, 소화 흡수의 문제는 약으로 해결된다고 생각하는 사람도 있죠." 숨이 막힐 것 같았다. 뚱뚱보 이야기라니. 파이크래프트의 말을 듣고 있으니 나까지 몸이 부풀어 오르는 기분이었다.

클럽에서 이따금 듣는 것이니 참을 수도 있다고 생각했지만, 느디어 내가 너무 참고 있다고 여겨지는 순간이 왔다. 파이크래프트가 지나치게 날 따라다녔기 때문이다. 파이크래프트가 내 쪽으로 담배 연기를 뭉

게뭉게 피우며 다가와서 나는 흡연실에 들어갈 수도 없었고, 가끔은 점심을 먹는 내 곁에 와서 주위를 빙빙 돌며 폭식을 하기도 했다. 때로는 내게 찰싹 달라붙어 있는 듯이 보였다. 파이크래프트는 접근을 제한해야 할 만큼 심하게 따분한 사람은 아니었지만, 처음부터 다른 누구도 제시하지 못한 이례적인 방법이 나에게 있으리라는 막연한 기대를 하는 것 같았다(마치 내가 그럴 수도 있다는 사실을 꿰뚫어 봤다는 듯이 굴었다).

"몸무게를 줄일 수만 있다면 뭐든 주겠어요. 뭐든지요." 파이크래프트는 그렇게 말하며 거대한 뺨 너머로 나를 응시하면서 숨을 헐떡이곤 했다. 참으로 불쌍해 보였다! 그러고는 벨을 울렸는데, 버터 바른 차과자를 더 주문하기 위해서였다!

그러던 어느 날, 파이크래프트는 진짜 하고 싶은 이야기를 꺼냈다. "우리 서양의 약전*은 전혀 의학의 결정판이라 할 수가 없어요. 듣자하니, 동양에선……"

파이크래프트는 말을 멈추고 나를 뚫어져라 보았다. 마치 수족관에도 온 것처럼.

나는 돌연 파이크래프트에게 상당히 화가 나서 말했다. "이봐요. 제 증조모의 비법이 있다는 말을 당신에게 해준 사람이 누구죠?"

"음." 파이크래프트는 대답을 얼버무렸다.

내가 말했다. "지난주에 우리가 만날 때마다…… 우린 상당히 자주 만났죠, 그때마다 당신은 제 비밀을 알고 있다고 노골적으로 암시하곤 했죠."

*의약품의 원료, 만드는 법, 순도, 성질 따위의 기준, 규격을 국가에서 정한 책.

파이크래프트가 말했다. "에, 이제 숨길 수가 없군요. 인정하죠. 네, 맞아요. 전 그 사실을……"

"패티슨에게 들었나요?"

"간접적으로요." 파이크래프트는 그렇게 말했지만, 나는 거짓말이라고 생각했다.

"패티슨은 자신의 위험을 감수하고 그걸 먹었어요." 내가 말했다. 파이크래프트는 입을 오므리고 고개를 숙였다.

내가 말했다. "증조모의 비법은 좀 묘해요. 아버지는 제게 약속까지 시키려 했죠……"

"약속을 안 시켰나요?"

"네. 하지만 제게 경고하셨어요. 본인이 써보셨대요…… 한 번요."

"아! ……하지만 당신 생각엔요……? 그러니까…… 그러니까 혹시라도……"

내가 말했다. "그 비법들은 정말 호기심을 끌죠. 그 냄새조차도…… 그만하죠!"

하지만 파이크래프트는 여기서 멈추면 안 된다고 단호하게 나왔다. 나는 파이크래프트의 인내심을 지나치게 시험했다간 파이크래프트가 갑자기 내 위에 쿵 내려앉아 날 질식시키는 게 아닐까 살짝 두려웠다. 내가 약했다는 거, 인정한다. 하지만 나는 파이크래프트가 귀찮기도 해서 '뭐, 그럼 위험을 감수해요!'라고 말하고 싶었다. 앞에서 언급한 패티슨이 가지고 있던 문제는 파이크래프트가 가진 문제와는 아주 달랐지만, 내가 알기로 패티슨에게 준 비법은 안전한 것이었다. 나머지 증조모의 비법들은 내가 잘 모르는, 안전성이 상당히 의심스러운 것들이었다.

하지만 파이크래프트가 독에 중독된다면……

파이크래프트의 중독이 대단한 일이 될 거라고 생각했음을 고백해야 겠다.

그날 저녁, 나는 묘한 냄새가 나는 기괴한 백단향 나무 상자를 금고에서 꺼내 바스락거리는 가죽 조각들을 뒤졌다. 내 증조모에게 비법을 써 준 신사는 분명 잡다한 출처의 가죽들에 사족을 못 쓰는 사람이었을 것이며, 그의 손글씨는 극도로 알아보기 힘들었다. 일부는 정말 읽을 수가 없었고 무엇 하나 쉽게 읽히지 않았다(그렇긴 해도 내 가족은 인도 행정국 협의회와 함께 힌두스탄의 지식을 대대로 보존해 왔다). 하지만 나는 곧 몸무게를 줄이는 것과 관련한 비법을 찾아냈고, 잠시 금고 옆 바닥에 앉아 그걸 들여다보았다.

"이봐요." 이튿날 나는 파이크래프트를 불렀고, 그가 비법이 적힌 가죽을 빼앗을까 봐 얼른 그것을 움켜쥐었다.

"제가 이해한 바로는, 이게 몸무게를 줄여 주는 비법입니다. ("아!" 파이크래프트가 말했다.) 절대적으로 확신할 수는 없지만, 이게 그거라고 생각합니다. 조언하자면, 이 비법은 쓰지 마세요. 왜냐하면, — 당신의 관심 때문에 제 핏줄의 명성을 더럽히게 되네요, 파이크래프트 — 제 조상들은 이쪽으로는 지독하게 수상한 자들이었으니까요. 알겠어요?"

"제가 써보게 해주세요." 파이크래프트가 말했다.

나는 의자 등받이에 몸을 기댔다. 그러고는 살이 빠진 파이크래프트의 모습을 상상해 보려 했지만 실패하고 말았다. "살이 빠지면 도대체 어떤 모습이 될 것 같나요, 파이크래프트?" 내가 물었다.

파이크래프트는 이성이란 게 통하지 않는 사람이었고, 그래서 나는 무슨 일이 벌어져도 다시는 그 구역질 나는 뚱뚱함에 대해 내게 한마디도 하지 않겠다고 약속하게 했다. 그런 뒤 나는 파이크래프트에게 그 작은 가죽 조각을 넘겨주었다.

"불쾌한 물건이에요." 내가 말했다.

"상관없어요." 파이크래프트는 그렇게 말하고는 가죽을 받아 들었다.

파이크래프트는 눈알을 희번덕거리며 비법을 보았다. "하지만…… 하지만……" 파이크래프트가 말했다.

파이크래프트는 비법이 영어로 써 있지 않다는 걸 막 발견한 것이다.

"최선을 다해 번역해 드리지요." 내가 말했다.

나는 최선을 다했다. 그 뒤로 우리는 2주일간 얘기하지 않았다. 파이크래프트가 다가올 때마다 나는 얼굴을 찡그리며 저리 가라는 손짓을 했고, 파이크래프트는 우리의 계약을 존중했지만, 2주일이 되는 날에도 여전히 뚱뚱했다. 이윽고 파이크래프트가 갑자기 내 대화에 끼어들어 말했다.

"약속을 깨는 일이지만, 말씀드리지 않을 수가 없네요. 뭔가 잘못됐어요. 제게 아무 소용이 없어요. 당신은 증조모를 공정하게 평가하지 않았군요."

"그 비법은 어디 있죠?"

파이크래프트는 심히 조심하며 수첩에서 비법을 꺼냈다.

나는 항목들을 읽어 보았다. "달걀을 썩혔나요?" 내가 물었다.

"아뇨. 그래야 하는 거였나요?"

내가 말했다. "그건 불쌍한 증조모의 모든 비법에 언급되어 있는 겁니다. 조건이나 특성을 구체적으로 따르지 않으면, 최악의 결과를 얻을 수밖에 없죠. 증조모의 비법은 극단적인 효과가 나타나거나 아무 효과도 없거나 둘 중 하나예요…… 그리고 여기 가능한 대안이 한두 개 적혀 있네요. 신선한 방울뱀의 독은 구했나요?"

"잠라크*의 가게에서 방울뱀을 구했어요. 가격이…… 가격이……"

"그건 당신 일이고요. 여기 적혀 있는 마지막 물건은……"

"제가 아는 사람이……"

"네. 흠. 좋아요, 제가 대안들을 적어 드리죠. 제가 이 언어를 아는 한, 이 비법의 철자법은 유난히 엉망이에요. 말이 나왔으니 말인데, 여기 개 라고 적힌 것은, 아마도 파리아 들개를 말하는 걸 겁니다."

그 뒤로 한 달 동안, 나는 클럽에서 빈번히 파이크래프트를 보았고, 파이크래프트는 여전히 뚱뚱하고 불안해했다. 파이크래프트는 우리의 약속을 지켰지만, 가끔 의기소침하게 고개를 흔듦으로써 그 정신을 깨 곤 했다. 그러던 어느 날, 파이크래프트가 화장실에서 말했다. "당신의 증조모는……"

"증조모에 대해 나쁜 말은 한마디도 하지 마요." 내가 그렇게 말하자 파이크래프트는 잠자코 침묵을 지켰다.

나는 파이크래프트가 단념했다고 생각했고, 어느 날 신입 회원 세 명 에게 자신의 뚱뚱함에 대해 얘기하는 모습을 보았다. 다른 비법을 찾는 듯했다. 그런데 정말 뜻밖에도 파이크래프트에게서 전보가 왔다.

"포멀린 씨!" 급사가 바로 내 코앞에서 고함쳤고, 나는 전보를 받아 당 장 뜯어보았다.

'제발 좀 와주십시오. —파이크래프트.'

"흠." 나는 말했고, 사실 그 전보는 분명 내 증조모의 평판이 회복될 징조였기에 나는 무척 기뻐하며 참으로 맛나게 점심을 먹었다.

나는 클럽 짐꾼에게서 파이크래프트의 집 주소를 받았다. 파이크래

---

*19세기 영국의 유명한 야생동물 판매업자.

프트는 블룸즈버리에 있는 어느 주택의 2층에 거주하고 있었고, 나는 커피와 트래피스틴 술을 다 마시자마자 그 집으로 갔다. 시가를 끝까지 다 피우지도 않고서.

"파이크래프트 씨 계십니까?" 나는 현관에서 말했다.

사람들은 파이크래프트가 아프다고 생각했다. 파이크래프트는 이틀 동안 두문불출했던 것이다.

"파이크래프트 씨가 절 기다리고 계실 겁니다." 나는 말했고, 사람들은 날 올라가게 해줬다.

나는 층계참의 격자문 앞에서 초인종을 울렸다.

"그 비법을 지키려고 제대로 노력하지도 않았을 거야." 나는 혼잣말을 했다. "사람이 돼지처럼 먹으면 모습도 돼지처럼 되는 게 당연하지."

무척이나 현숙해 보이는 여자가 대충 모자를 쓰고 걱정스러운 표정으로 문으로 와서 격자 사이로 나를 관찰했다.

나는 내 이름을 말해 주었고, 여자는 미심쩍은 태도로 날 들어오게 했다.

"저……?" 나는 여자와 함께 파이크래프트의 집에 속하는 층계참에 서서 여자에게 말했다.

"파이크래프트 씨가 선생님이 오시면 들여보내라고 했어요." 여자는 그렇게 말하더니 어디로 가란 손짓 하나 없이 가만히 날 보기만 했다. 이윽고 여자는 은밀히 말했다. "파이크래프트 씨는 문을 잠그고 안에 계세요, 선생님."

"문을 잠갔다고요?"

"어제 아침에 들어가서 문을 잠그더니 그 뒤로 누구도 못 들어오게 하고 계세요, 선생님. 그리고 이따금 욕을 하세요. 아, 맙소사!"

나는 여자가 눈짓으로 가리키는 문을 뚫어져라 보았다. "저 안에 있나요?" 내가 물었다.

"네, 선생님."

"무슨 일이 있었던 거죠?"

여자는 슬프게 고개를 저었다. "파이크래프트 씨는 계속 음식을 가져다 달라고 하세요, 선생님. '느끼한 음식'을 원한대요. 전 구할 수 있는 대로 가져다 드리고 있어요. 파이크래프트 씨는 돼지고기를 드셨고, 수에트 푸딩,* 소시지를 드셨고, 이제 빵을 드시고 계세요. 계속 드시고 계셨어요. 괜찮으시다면, 안에 들어가시는 걸 보지 않고 전 그만 가볼게요. 파이크래프트 씨는, 선생님, 뭔가를 엄청나게 계속 드시고 계세요."

그때 문 안쪽에서 피리 소리 같은 고함이 들렸다. "거기 포멀린?"

"거기 당신인가요, 파이크래프트?" 나는 그렇게 외치며 다가가 문을 쾅쾅 쳤다.

"그 여자보고 가라고 해요."

나는 그렇게 했다.

이윽고 문에서 흥미로운 또닥또닥 소리가 났다. 마치 어둠 속에서 손잡이를 찾아 더듬는 듯한 소리였다. 그리고 귀에 익은 파이크래프트의 끙끙거리는 소리가 들렸다.

내가 말했다. "이제 됐습니다. 그 여잔 갔어요."

하지만 문은 오랫동안 열리지 않았다.

나는 열쇠 돌아가는 소리를 들었다. 이윽고 파이크래프트의 목소리가 들렸다. "들어와요."

---

*쇠기름, 밀가루, 건포도, 양념을 섞고 찌거나 졸인 푸딩.

나는 문손잡이를 돌리고 문을 열었다. 당연히 나는 파이크래프트를 보게 될 거라 기대했다.

그런데 이것 참, 파이크래프트는 보이지 않았다!

내 평생 그렇게 큰 충격은 처음이었다. 거실은 난잡하게 흐트러져 접시들과 책들과 필기구들이 온통 뒤섞여 있고 의자들은 온통 뒤집힌 상태였다. 하지만 파이크래프트는……

"괜찮아요, 친구. 문을 닫아요." 파이크래프트가 말했고, 이윽고 나는 파이크래프트를 찾아냈다.

파이크래프트는 거기에, 문 옆 구석의 코니스 가까운 곳에 떠 있었다. 마치 누가 파이크래프트를 풀로 천장에 붙여 놓은 것 같았다. 얼굴은 불안하고 화난 표정이었다. 파이크래프트는 헉헉거리며 손짓을 섞어 이야기했다. "문을 닫아요." 파이크래프트가 말했다. "혹시라도 그 여자가 이걸 보면……"

나는 문을 닫았고, 파이크래프트에게서 떨어진 곳에 서서 그를 물끄러미 보았다.

"뭔진 몰라도 당신을 매달고 있는 게 끊어져서 당신이 떨어지기라도 하면, 목이 부러질 겁니다, 파이크래프트." 내가 말했다.

"차라리 그러면 좋겠어요." 파이크래프트는 헐떡이며 말했다.

"당신 같은 나이와 몸무게의 남자가 어떻게 이런 유치한 묘기를……"

"아녜요." 파이크래프트가 말했다. 그는 고뇌하는 듯이 보였다.

"제가 말씀드리죠." 파이크래프트가 몸짓을 섞어 가며 말했다.

"도대체 어떻게 그 위에 계속 매달려 계신 건가요?" 내가 말했다.

그러다 갑자기 나는 깨달았다. 파이크래프트는 매달려 있는 게 아니라, 저 위에 둥둥 떠 있는 것이었다. 부레에 가스를 채우면 딱 저렇게 떠 있을 듯했다. 파이크래프트는 천장에서 몸을 밀어내며 벽을 타고 내 쪽으로 기어 내려오려고 안간힘을 쓰기 시작했다. 파이크래프트는 헐떡이며 말했다. "그 약 때문이에요. 당신의 증조……"

파이크래프트는 그렇게 말하면서 판화가 든 액자를 다소 부주의하게 붙잡았고, 액자가 덜렁거렸다. 파이크래프트는 다시 천장으로 날아갔고, 판화는 떨어져 소파에 부딪히며 박살 났다. 파이크래프트는 천장에 쿵 부딪혔고, 나는 그제야 왜 파이크래프트의 몸의 모서리와 구부러진 부분이 죄다 흰색인지 알 수 있었다. 파이크래프트는 이번엔 좀 더 조심하면서 다시 벽난로 쪽으로 내려오기 시작했다.

정말이지 대단히 놀라운 광경이었다. 거대하고 뚱뚱하고 중풍 환자처럼 보이는 남자가 거꾸로 서서 천장에서 바닥으로 내려오려 하고 있다니. "그 약," 파이크래프트가 말했다. "효과가 지나치게 좋았어요."

"어떻게요?"

"몸무게가, 거의 다 빠졌어요."

잠시 후 나는 그 말뜻을 이해했다.

내가 말했다. "젠장, 파이크래프트! 당신에게 필요한 건 비만 치료법이었지만, 당신은 그걸 늘 몸무게 문제라고 말했죠."

어쨌거나 나는 대단히 기뻤다. 그때만큼은 파이크래프트가 몹시 좋았다. "제가 도와드리죠!" 나는 말했고, 파이크래프트의 손을 잡고 아래로 잡아당겼다. 파이크래프트는 어딘가에 발을 디디려고 사방을 찼다. 바람 부는 날에 깃발을 잡고 있는 것과 아주 흡사한 느낌이었다.

"저 테이블이요." 파이크래프트가 손가락으로 가리키며 말했다. "저 테이블은 마호가니 원목이라 아주 무거워요. 절 저 아래로 내려 주시면……"

나는 그 말대로 해주었고, 파이크래프트는 테이블 아래에서 손에 잡혀 있는 풍선처럼 허우적거렸다. 나는 이제 난로 앞 깔개에 서서 파이크래프트와 이야기했다.

"말씀해 보세요. 어떻게 된 건가요?" 나는 시가에 불을 붙이고 말했다.

"그 약을 먹었습니다." 파이크래프트가 말했다.

"맛이 어땠나요?"

"아, 지독했어요!"

증조모의 모든 약이 그럴 것 같았다. 원료든 예상되는 합성물이든 가능한 결과든 어느 쪽을 봐도, 내 눈에 증조모의 치료약이라는 것은 대부분이 적어도 엄청나게 거리껴졌다. 적어도 내 생각엔……

"처음엔 살짝 한 모금만 마셨어요."

"그리고요?"

"그리고 한 시간 뒤 몸이 훨씬 가벼워지고 기분이 좋게 느껴져서, 전그 약을 다 마시기로 결심했어요."

"맙소사!"

파이크래프트가 말했다. "코를 쥐고 마셨죠. 이윽고 몸이 점점 더 가벼워지고 또 가벼워지더니…… 어찌할 수가 없게 됐어요, 네."

파이크래프트는 갑자기 벌컥 화를 내며 말했다. "도대체 전 어쩌면 좋죠?"

내가 말했다. "해선 안 될 확실한 일이 하나 있군요. 문밖으로 나가면, 끝없이 위로 올라가게 될 겁니다." 나는 한 팔을 위로 흔들었다. "당신을 다시 아래로 데려오려면 산투스두몽*을 보내야 할걸요."

*Alberto Santos-Dumont(1873~1932). 브라질의 비행 선구자로, 라이트 형제보다 먼저 비행기를 제작했다고 한다.

"기다리면 약효가 떨어지지 않을까요?"

나는 고개를 저으며 말했다. "그걸 믿고 있을 순 없을 듯합니다."

이윽고 파이크래프트는 또다시 감정에 북받쳐 근처의 의자들을 발로 마구 차고 바닥을 쾅쾅거렸다. 파이크래프트는 크고 뚱뚱하고 제멋대로인 남자가 곤경에 처하면 딱 이렇겠다 싶게 굴었다. 다시 말해서, 아주 못되게 굴었다. 나와 내 증조모에 대해 지각없는 말을 퍼붓는 것이었다.

"전 한 번도 당신에게 그걸 마시라고 한 적이 없습니다." 내가 말했다.

나는 파이크래프트가 내게 퍼붓는 모욕들은 관대하게 무시하고 안락의자에 앉아 침착하고 다정하게 얘기하기 시작했다.

나는 그것이 파이크래프트가 자초한 곤경이며, 거의 사필귀정임을 지적했다. 파이크래프트는 너무 많이 먹었기 때문이다. 그러자 파이크래프트는 내 말을 반박했고, 우리는 잠시 논쟁을 벌였다.

파이크래프트가 목소리를 높이며 사나워졌기 때문에 나는 이 일에서 얻을 수 있는 교훈을 말해 주는 것을 단념해야겠다고 생각하며 말했다. "당신은 미사여구의 죄를 범했어요. 당신은 그 문제를 타당하고 불명예스러운 말인 비만이라고 표현하지 않고, 몸무게라고 표현했으니까요. 당신은……"

파이크래프트는 다 알겠다며 끼어들었다. "그래서 어째야 하는데요?"

나는 새로운 상황에 적응해야 한다고 말해 주었고, 우리는 정말 현명한 생각을 해내야 했다. 나는 두 손으로 천장을 걸어다니는 법을 배우는 게 그리 어렵지 않을 거라고 제안했다.

"잠을 잘 수가 없잖아요." 파이크래프트가 말했다.

하지만 그것도 큰 문제는 아니었다. 나는 스프링 매트리스 아래를 대대적으로 고쳐 틀 아래에 매트리스를 놓아 테이프로 고정하고, 담요와 시트와 이불을 옆면에 단추로 채우면 될 것 같다고 말해 주었다. 그리고 가정부에게 비밀을 털어놔야 할 거라고 말했다. 약간의 말다툼 뒤 파이크래프트는 그러기로 동의했다. (나중에 그 착한 여자가 침대를 굉장히 잘 뒤집어 놓은 걸 보니 참으로 기쁘기 그지없었다.) 식사는 도서관용 사다리를 타고 올라가 책꽂이 꼭대기에 놓아두면 됐다. 우리는 또한 파이크래프트가 바닥으로 내려올 수 있는 독창적인 방법도 고안해 냈다. 바로 『브리티시 백과사전』(제10판)을 열린 선반 꼭대기에 놓아두는 거였다. 백과사전을 두 권 꺼내서 들기만 하면 파이크래프트는 아래로 내려올 수 있었다. 또한 벽 밑부분에 돌아가며 철침을 박기로 했다. 파이크래프트가 방의 아래쪽을 돌아다니고 싶을 때 그 철침들을 붙잡을 수 있도록.

이렇게 일을 진척시키다 보니 나도 모르는 사이 그 일에 강한 흥미를 느끼게 되었다. 가정부를 불러 자세히 설명해 준 것도 나였고, 뒤집힌 침대를 설치하는 일도 거의 내가 다 했다. 사실, 나는 파이크래프트의 집에서 이틀을 꼬박 보냈다. 나는 드라이버를 들고 참견하길 좋아하는 손재주가 좋은 유형의 사람이기에, 파이크래프트를 위해 온갖 물건을 다 교묘하게 고쳐 주었다. 종이 손 닿는 곳에 있도록 줄을 끌어다 주고, 모든 전등을 아래가 아니라 위로 올려 주는 등등의 일들을 다 한 것이다. 그 모든 게 몹시 흥미롭고 재미있었다. 파이크래프트가 크고 뚱뚱한 금파리처럼 자기 방 천장을 기어 다니고 문 위쪽 가로대를 넘어가 이 방 저 방으로 다닐 것을 생각하니 재밌었고, 절대로 두 번 다시 클럽으로 돌아오지 않을 것을 생각하니 그것도 즐거웠다.

이윽고, 내 불길한 창의력이 내게 화근이 되었다. 나는 파이크래프트의 벽난로 가에 앉아 그의 위스키를 마시고 있었고, 파이크래프트는 코니스 장식 옆의 자기가 좋아하는 구석 자리에 떠서 터키 융단을 못으로 천장에 고정하고 있었다. 그때 갑자기 어떤 생각이 내 머리를 쳤다. 내가 말했다. "젠장할, 파이크래프트! 이 모든 게 완전히 불필요했어요."

나는 내 생각이 어떤 결과를 불러올지 완전히 알아채기도 전에 입 밖으로 말해 버리고 말았다. "납으로 된 내의예요." 나는 그렇게 말함으로써 내 손으로 재난을 일으키고 말았다.

파이크래프트는 거의 눈물을 흘리며 그 생각을 받아들이며 말했다. "다시 똑바로 서기 위해서라면 뭐라도 해야죠……"

나는 그것이 내게 어떤 결과를 불러올지 알기도 전에 그 비밀을 전부 말해 주고 말았다. "납판을 사세요. 원형으로 잘라요. 그리고 충분하다 싶을 때까지 당신 내의 여기저기에 꿰매세요. 구두창에도 납을 넣고, 납 덩어리가 든 가방을 들고, 그러면 되는 겁니다! 그러면 여기 갇혀 있는 대신, 다시 밖으로 나갈 수 있어요, 파이크래프트. 여행도 할 수 있어요……"

더 즐거운 생각이 또 떠올랐다. "당신은 배가 가라앉을 때에도 절대 두려워할 필요가 없어요. 옷을 조금 혹은 모두 벗고 손에는 필요한 만큼의 짐만 들면, 공중으로 붕 떠오를 테니까요……"

파이크래프트가 너무 흥분해 장도리를 떨어뜨리는 바람에, 하마터면 그것이 내 머리를 때릴 뻔했다. 파이크래프트가 말했다. "세상에! 클럽에도 다시 나갈 수 있겠어요."

내가 힘없이 말했다. "너무 놀라 심장이 다 멎을 뻔했어요, 젠장할! 네, 물론이죠…… 그럴 수 있죠."

파이크래프트는 그렇게 했다. 그렇게 하고 있다. 파이크래프트는 지금 클럽에서 내 뒤에 앉아, 버터 바른 차과자를 세 입째 우적우적 먹고 있다. (틀림없이 그러고 있을 것이다!) 그리고 전 세계의 그 누구도 (그의 가정부와 나만 빼고) 파이크래프트의 몸무게가 거의 영에 가깝다는 걸 모른다. 누구도 파이크래프트가 소화 흡수력이 있는 물질로 이루어진 지루한 덩어리일 뿐이고, 옷을 입은 구름에 지나지 않으며, 무無, 오誤이고, 인간 중에 가장 하잘것없는 존재란 것을 모른다. 파이크래프트는 내가 이 글을 다 끝마치기를 기다리며 내 뒤에 앉아 지켜보고 있다. 그러고 있다가, 기회가 생기면 날 기습할 것이다. 갑자기 내 위를 덮칠 것이다……

파이크래프트는 자신이 어떤 기분이고 어떤 기분은 안 드는지를, 가끔은 그런 느낌이 줄어들길 얼마나 바라는지를 또다시 전부 얘기할 것이다. 그러고는 다시 비만에 대한 이야기를 끝없이 늘어놓다가, 어느 순간 이렇게 말할 것이다. "비밀은 지켜 주세요, 알겠죠? 누구라도 그 일을 알게 되면…… 전 너무나 수치스러울 겁니다…… 한 사람을 완전 바보로 만드는 거예요, 아시죠? 제가 천장을 기어 다니고 또……"

그리고 이제, 언제나 나와 문 사이에서 전략적으로 훌륭한 위치를 차지하고 있는 파이크래프트에게서 도망칠 시간이다.

마술 가게
The Magic Shop

그 마술 가게를 멀리서 몇 번 본 적은 있었다. 마술 공, 마술 닭, 원뿔 모양의 진기한 물건들, 복화술 인형, 바구니 마술 재료, 보기엔 평범한 카드 등 온갖 종류의 매혹적인 작은 물건들이 전시된 그 쇼윈도 앞을 한두 번 지나간 적도 있었다. 하지만 그 가게 안으로 들어갈 생각은 한 번도 하지 않았는데, 갑자기 그날 깁이 내 손을 잡고 그 가게의 쇼윈도 바로 앞까지 끌고 가더니 안으로 들어가려 했고, 나는 어쩔 수 없이 깁을 데리고 안으로 들어갈 수밖에 없었다. 리젠트 가에 있는 그 가게는 정면이 적당한 크기였고, 화방과 특허를 받은 부화기에서 깨어난 병아리들이 돌아다니는 가게 중간에 끼어 있었다. 하지만 솔직히 나는 그 가게가 그곳에 있으리라고는 생각도 하지 못했다. 나는 그 가게가 서커스 근처나, 옥스퍼드 가 모퉁이나, 홀번에 있을 거라고 생각해 왔다. 그 가게는 길 건너편에 마치 신기루처럼 서 있고 약간은 접근이 불가능하다고 생각했었는데, 이제 보니 분명히 여기에 있었으며, 그곳을 가리키는 깁의 통통한 손가락 끝은 유리에 닿아 소리를 냈다.

'사라지는 달걀'이 있는 쪽 유리창을 톡톡 두드리며 깁이 말했다. "제가 부자라면 저걸 살 거예요. 그리고 저것도요." 그것은 사람을 똑 닮은 우는 아기 인형이었다. "그리고 저것도요." 그것은 정체불명의 수수께끼 같은 물건이었는데, 깔끔한 카드에 쓰여 있기로는 '하나 사서 친구를 놀라게 해주세요'라는 물건이었다.

깁이 말했다. "저 원뿔 아래로 들어가면 뭐든지 사라져요. 책에서 읽었어요.

그리고 아빠, 저건 사라지는 반 페니 주화인데, 이쪽으로 세워 놨기 때문에 어떻게 사라지는지 볼 수 없을 뿐이에요."

어머니의 교양을 물려받은 귀여운 아들 깁은, 가게 안으로 들어가고 말하거나 안달하지 않았다. 다만 자신도 모르게 내 손가락을 문 쪽으로 잡아당기며 자기 관심을 분명히 밝혔을 뿐이다.

"저거요." 깁은 마술 병을 가리켰다.

"저걸 가지면?" 내가 물었다. 이런 긍정적인 질문을 받자 깁은 갑자기 환해진 얼굴로 나를 올려다보았다.

"제시에게 보여 줄 거예요." 깁은 언제나처럼 다른 사람을 배려하는 걸 잊지 않았다.

"네 생일까지 백 일도 안 남았어, 기블스." 내가 말하며 가게 문손잡이를 잡았다.

깁은 아무 대답도 하지 않았지만 대신 내 손가락을 힘주어 잡았으며, 그렇게 해서 우리는 가게 안으로 들어갔다.

그곳은 평범한 가게가 아니었다. 마술 가게였다. 원하는 것이 평범한 장난감이었다면 집이 의기양양하게 선수를 쳤겠지만, 거기서는 그러지 못했다. 집은 대화를 하는 부담을 내게 맡겼다.

그곳은 작고 비좁고 별로 밝지 않았고, 우리가 들어가 문을 닫자 문에 달린 종이 우리 뒤에서 구슬픈 소리로 펑, 하고 울렸다. 우리 말고는 아무도 없어서 잠시 동안 주변을 둘러볼 수 있었다. 낮은 판매대를 덮은 유리 케이스 위에는 종이 찰흙으로 만든 호랑이 한 마리가 있었는데 순하면서도 위엄이 서린 눈을 갖고 있었고, 규칙적으로 머리를 흔들었다. 수정구 몇 개와 마술 카드를 쥔 도자기 손 한 개, 갖가지 크기의 마술 어항, 뻔뻔하게 용수철을 내보이고 있는 마술 모자도 있었다. 마룻바닥에는 마술 거울들이 있었는데, 길쭉하고 가늘게 보이게 하는 것도 있고, 머리는 부풀려 놓고 다리는 없어지게 하는 것도 있는가 하면, 맥주통처럼 땅딸막하고 뚱뚱하게 보이게 하는 것도 있었다. 우리가 그 거울들을 보며 웃는 동안 가게 주인이 들어온 듯하다.

그 남자는 판매대 뒤에 있었는데, 생김새가 어딘지 이상하고 창백하고 음침했으며, 한쪽 귀가 다른 쪽 귀보다 컸고, 턱은 구두 앞코 같았다.

"뭘 도와 드릴까요?" 남자는 길고 신비한 손가락을 유리 케이스 위에 펼치면서 물었다. 그래서 우리는 깜짝 놀라면서 남자가 거기에 있는 걸 알게 되었다.

내가 말했다. "제 아들에게 간단한 요술 장난감을 몇 개 사줄까 하는데요."

남자가 물었다. "요술 장난감? 복잡한 거요, 단순한 거요?"

"아무거나 재미난 걸로요." 내가 말했다.

"음!" 가게 주인은 생각이라도 하는 듯이 잠시 머리를 긁적였다. 이윽고, 아주 확실하게, 자기 머리에서 유리공을 빼냈다. "이런 것 말인가요?" 남자가 말하며 유리공을 내밀었다.

예기치 못한 행동이었다. 그것은 마술사들이 흔히 부리는 재주 가운데 하나로, 마술 쇼에서 수도 없이 봐왔지만, 여기에서 그런 것을 보리라고는 예상치 못했다. "그거 좋군요." 내가 소리 내어 웃으며 말했다.

"그렇죠?" 가게 주인이 말했다.

깁은 내 손을 잡지 않은 다른 손을 내밀어 그 물건을 잡았지만, 깁의 손에는 아무것도 없었다.

"네 주머니에 있단다." 가게 주인이 말했고, 정말로 주머니에 있었다!

"얼마입니까?" 내가 물었다.

가게 주인이 공손히 말했다. "유리공은 그냥 드립니다. 우리는 그걸……" 남자는 말하면서 자기 팔꿈치에서 또 다른 공을 꺼냈다. "거저 얻거든요." 그리고 목덜미에서 또 하나를 꺼내 판매대 위에 있는 공 옆에 놓았다. 깁은 자기 유리공을 자세히 바라보더니 판매대 위에 있는 유리공 두 개를 꼼꼼히 살폈고, 급기야 둥근 눈으로 가게 주인을 응시하자 주인은 싱긋 웃어 보였다. 주인이 말했다. "그 두 개도 가져도 돼. 그리고 너만 괜찮다면 내 입에서 나오는 것도. 자!"

깁은 잠시 말없이 내 눈치를 보다가 조용히 공 네 개를 챙긴 다음, 용기를 얻으려 내 손가락을 잡으면서 다음에 벌어질 사건에 대해 마음의 준비를 했다.

"여기 있는 조그만 장난감들은 다 이런 식으로 생긴답니다." 가게 주인이 말했다.

나는 농담에 동의하듯 소리 내어 웃었다. 내가 말했다. "도매상에 가는 대신에요? 당연히 그러시겠죠. 그게 더 쌀 테니까요."

가게 주인이 말했다. "어느 정도는요. 결국 값을 치르기는 하지만요. 하지만 그렇게 비싸지는 않지요. 사람들이 생각하는 것처럼은 말입니다. 좀 더 큰 마술용품이나 일상의 필수품 등등 우리가 원하는 것은 전부 저 모자로부터 나옵니다. 그리고 이렇게 말해도 언짢아하지 않으셨으면 합니다만, 진짜 마술 상품을 파는 도매상은 없답니다, 선생님. 혹시 저희가 밖에 설치한 '진짜 마술 상점'이라는 광고판을 보셨는지 모르겠습니다." 남자는 뺨에서 명함을 꺼내어 내게 주었다. 남자는 명함 위의 글자를 가리키며 "진짜"라고 말했고, 이어서 덧붙였다. "절대로 사기가 아닙니다, 선생님."

나는 남자가 아주 철저하게 농담을 한다고 생각했다.

남자는 아주 사근사근한 웃음을 지으며 깁을 바라보았다. "애야, 너는 바른생활 소년이구나."

나는 가게 주인이 그 사실을 안다는 것에 깜짝 놀랐다. 왜냐하면 훈육 관계 때문에 우리는 집에서조차 그 사실을 비밀로 하고 있었기 때문이다. 하지만 깁은 침묵 속에서 침착하게 남자를 응시하며 그 말을 받아들였다.

"저 문으로 들어올 수 있는 건 오로지 바른생활 소년뿐이지."

그러자 마치 실례를 보여 주기라도 하듯이 문이 덜컹거리며 앙앙 우는 작은 목소리가 어렴풋이 들려왔다. "시러! 드러가고 시퍼, 아빠. 드러갈래, 시러어!" 그리고 구슬리고 달래는 억눌린 목소리가 말했다. "문이 잠겼어, 에드워드."

"안 잠겼는데." 내가 말했다.

가게 주인이 말했다. "잠겼습니다. 저런 아이들에게는 언제나요." 그리고 주인이 그렇게 말할 때 어린애 하나가 마술에 걸린 창유리를 두드리는 것이 얼핏 보였다. 단것과 지나치게 맛난 음식만 먹어서 창백하고, 또 나쁜 마음을 품어 일그러져 있는, 인정머리 없고 자기만 아는, 얼굴이 작고 하얀 꼬마가 마법의 창을 툭툭 치고 있었다. 내가 도와주려고 문 쪽으로 움직이자 "소용없습니다, 선생님" 하고 가게 주인이 말했고, 곧 망나니 꼬마는 울부짖으며 사라졌다.

"어떻게 저렇게 한 건가요?" 나는 좀 더 마음 놓고 숨을 쉬며 물었다.

"마술이지요!" 가게 주인이 아무렇게나 손을 흔들며 말했고, 세상에, 형형색색의 불꽃이 그 남자의 손가락에서 날아가 가게의 그림자 속으로 사라졌다.

가게 주인이 깁에게 말했다. "넌 여기 들어오기 전에 '하나 사서 친구를 놀라게 해주세요' 상자를 갖고 싶었지?"

깁이 용기를 내어 말했다. "네."

"네 주머니에 들어 있단다."

그리고는 그 놀라운 남자는 판매대 위로 몸을 구부리고는(남자는 정말로 엄청나게 몸이 길었다) 전형적인 마술사들의 방식으로 물건을 내놓았다. 남자는 "종이"라고 말하면서 용수철이 달린 빈 모자에서 종이 한 장을 꺼냈다. 남자가 "끈"이라고 말하자 남자의 입이 끈통이라도 되는 듯 그 안에서 끊임없이 끈이 뽑혀져 나왔다. 남자는 그 끈으로 꾸러미를 묶은 뒤 이로 물어 끊었다. 마치 끈 뭉치를 하나 삼킨 듯이 보였다. 이윽고 남자는 복화술 인형들 가운데 하나의 코에 촛불을 켜더니 봉랍처럼 빨개진 손가락 하나를 불길 속에 집어넣었다가 꺼내 그걸로 꾸러미를 밀봉했다. 남자는 "사라지는 달걀도 있었지" 하면서 내 상의 가슴에서 사라지는 달걀 하나를 꺼냈고, 사람을 똑 닮은 울보 아기 역시 함께 꺼내 포장했다. 나는 꾸러미가 준비되는 대로 하나씩 깁에게 넘겨주었고 깁은 꾸러미들을 자기 가슴에 끌어안았다.

깁은 말은 별로 하지 않았지만 눈으로 충분히 말하고 있었다. 꾸러미를 끌어안은 두 팔로도 충분히 말했다. 깁의 마음속에서는 형언할 수 없는 감정이 뛰어놀았다. 그것은 진짜 마술이었다.

그때, 나는 내 모자 속에서 뭔가 움직인다는 것을 알고 깜짝 놀랐다. 뭔가 부드럽고 실룩이는 것이 있었다. 얼른 모자를 벗으니 깃털을 곤두세운 비둘기 한 마리(가게 주인과 한패인 게 분명했다)가 모자에서 나와 판매대 위를 달려가 종이 찰흙으로 만든 호랑이 뒤편의 마분지 상자 안으로 들어가 버렸다.

가게 주인이 재빨리 내 모자를 빼앗으며 말했다. "쯧쯧! 버릇없는 새들이지요. 보금자리를 찾는 중이에요."

남자가 내 모자를 흔들자 커다래진 그의 손 안으로 알 두세 개, 커다란 구슬 한 개, 시계 하나, 이제는 안 생기는 게 더 놀라운 유리공 반 다스, 구겨지고 주름진 종이들이 쏟아졌고, 그 외의 물건들도 자꾸자꾸 쏟아졌다. 그동안 남자는 사람들이 모자 밖은 물론이고 안쪽도 제대로 털지 않는다며 특정한 누군가를 가리키는 듯한 어조로 정중하게 말했다. "물건이란 늘어나게 마련이지요. 특별히 선생님을 가리켜 말하는 건 물론 아니지만…… 거의 모든 손님들이…… 가지고 다니는 물건들을 보면 전 정말 깜짝 놀란다니까요……" 구겨진 종이들이 판매대 위에 점점 더 많이 쌓이고 굽이치듯 부풀어오르며 남자의 모습이 완전히 가려졌지만, 남자의 목소리는 여전히 계속되었다. "인간의 그럴듯한 겉모습 속에 무엇이 감춰져 있는지는 아무도 알지 못하지요, 선생님. 우리 모두가 겉만 그럴듯하게 단장한 하얀 무덤에 지나지 않는 건 아닐까요……"

남자의 목소리가 멈췄다. 마치 벽돌을 던져서 이웃의 축음기를 맞힌

듯, 갑작스러운 침묵이 찾아왔다. 바스락대던 종이 소리도 멈췄고, 모든 게 조용해졌다……

"제 모자에 볼일은 다 끝났습니까?" 잠시 뒤 내가 말했다.

아무 답이 없었다.

나는 깁을 바라보았고, 깁은 나를 바라보았으며, 마술 거울 속에서 우리 모습은 찌그러져 보였다. 아주 기이하고 침통하고 조용한 모습이었다.

내가 말했다. "이제 가야겠습니다. 이게 전부 얼마죠?"

나는 좀 더 큰 목소리로 말했다. "여기 보세요. 계산을 해주세요. 제 모자도 돌려주시고요."

종이 더미 뒤에서 코웃음 치는 소리가 들린 것 같았다.

내가 말했다. "판매대 뒤를 살펴보자, 깁. 가게 주인이 우리를 놀리려는 모양이야."

나는 깁을 데리고 고개를 까닥이는 호랑이를 돌아서 갔는데, 판매대 뒤에 누가 있었으리라 생각하는가? 아무도 없었다! 바닥에는 단지 내 모자, 그리고 마술사들이 흔히 갖고 있는 귀가 늘어진 흰 토끼 한 마리가 생각에 빠진 채, 마술사들의 토끼만이 보일 수 있는 멍청하고 쭈그러진 자세를 하고 있었다. 내가 내 모자를 집어 들자, 토끼는 비실거리는 걸음으로 길을 비켜 주었다.

"아빠!" 깁이 죄지은 듯이 속삭였다.

"왜 그래, 깁?" 내가 말했다.

"이 가게가 정말로 마음에 들어요, 아빠."

나는 생각했다. '갑자기 판매대가 저절로 커지면서 문을 가로막지만 않는다면 나도 이 가게가 마음에 들 것 같아.' 하지만 굳이 깁에게 그 말을 하지는 않았다. 깁은 토끼가 비실거리며 우리 앞을 지나가자 한 손을 토끼에게 뻗으며 말했다. "고양이, 고양이로 변신해 봐!" 그러더니 깁의 두 눈은 좀 전까지만 해도 분명 보이지 않았던 문 사이로 빠져나가는 토끼 뒤를 쫓았다. 이윽고 그 문이 활짝 열리더니 한쪽 귀가 큰 주인이 다시 나타났다. 그 남자는 여전히 웃고 있었지만 즐거움과 반항 섞인 눈으로 내 눈을 보았다. "저희 전시실도 보고 싶으실 겁니다, 선생님." 남자가 순수하고 온화하게 말했다. 깁이 내 손가락을 앞으로 잡아당겼다. 나는 판매대를 힐긋 보고 가게 주인과 다시 시선을 마주쳤다. 나는 그 남자의 마술이 어쩐지 너무 진짜 같다고 생각하기 시작했다. "시간이 별로 없어서요." 내가 말했다. 하지만 어찌 된 영문인지 내가 말을 끝내기도 전에 우리는 전시실에 들어와 있었다.

가게 주인이 유연한 손을 비비며 말했다. "모두가 같은 질의 물건들입니다. 그리고 저게 최고입니다. 이곳에 있는 것은 모두가 진짜 마술이고 아주 괴이한 것임을 보장합니다. 잠시만요, 선생님!"

남자가 내 상의 소매에 붙은 뭔가를 잡아당긴 느낌이 들어서 살펴보니 남자는 꿈틀거리는 조그맣고 빨간 괴물의 꼬리를 잡고 있었고(그 작은 괴물은 남자의 손을 물려고 덤비고 있었다), 잠시 뒤 남자는 그 괴물을 판매대 뒤로 아무렇게나 던져 버렸다. 괴물은 비틀린 탄성고무로 만들어진 게 분명할 터였다. 하지만 잠시나마 나는……! 남자가 방금 취했던 동작도 물려고 대드는 작고 위험한 진짜 동물을 다루는 듯한 동작이었다. 깁을 힐긋 보니, 마술 흔들 목마를 보고 있었다. 깁이 좀 전의 장면을 못 봐서 다행이었다. 나는 깁과 붉은 괴물을 눈으로 기리키며 남자에게 낮은 목소리로 물었다. "여기에 저런 것이 많지는 않겠지요?"

"저희 것이 아닙니다! 아마 선생님을 따라온 모양이지요." 가게 주인 역시 낮은 목소리로, 전보다 더 활짝 웃으며 말했다. "사람들이 자기도 모르게 지니고 다니는 것을 보면 놀랍지요!" 그리고 깁에게 말했다. "여기에 네가 상상하던 것이 있니?"

그곳에는 깁이 상상하던 것이 많이 있었다.

깁은 믿음과 존경심이 뒤섞인 눈으로 그 놀라운 가게 주인을 돌아보며 말했다. "저건 마술 검인가요?"

"마술 장난감 칼이란다. 휘지도 않고 부러지지도 않고 손가락을 베지도 않아. 이 칼을 가진 이는 열여덟 살이 안 된 사람과 싸울 때에는 무적이 되지. 크기에 따라 반 크라운에서 7실링 6펜스가량이야. 여기 마분지 갑옷과 투구들은 무예 수업을 하는 젊은 기사용인데, 아주 쓸모가 있어. 모든 걸 막아 내는 방패, 신으면 빨리 갈 수 있는 샌들, 몸을 안 보이게 해주는 헬멧이지."

"와, 아빠!" 깁이 숨을 헐떡였다.

나는 그것들이 얼마인지 알아보려 했지만, 가게 주인은 내게 관심을 주지 않았다. 남자는 이제 깁을 사로잡았다. 남자는 내 손가락을 잡고 있던 깁을 데려갔다. 깁은 뒤죽박죽되어 있는 재고품들을 살펴보기 시작했으며, 그 무엇도 깁을 막을 수 없었다. 이윽고 나는 불신으로 인한 불안감과 질투심 비슷한 감정을 느끼면서, 깁이 평소 내 손가락을 잡을 때처럼 그 사람의 손가락을 잡고 있는 것을 보았다. 나는 그 남자가 물론 재미난 사람이며, 재미나게 꾸며 낸 물건들, 정말 좋은 위조품들을 많이 갖고 있다고 생각했다. 하지만……

나는 별말 없이 그 마술사를 주시하면서 둘 뒤를 따라 이리저리 걸었다. 어쨌든 깁은 재미있어했다. 그리고 갈 때가 되면 우리는 아주 쉽게 갈 수 있을 터였다.

그곳은 사방으로 어수선하게 뻗어 있는 긴 화랑으로, 장식대와 진열대와 기둥들로 나뉘어 있었으며, 사람들을 현혹시키는 거울과 커튼들이 있었고, 다른 방들로 통하는 아치 통로들이 있었는데, 그 다른 방들 안에는 아주 이상하게 생긴 점원들이 빈둥거렸고, 그 가운데 한 명이 우리를 빤히 바라보았다. 솔직히, 그곳은 너무나 혼란스러워 나는 곧 우리가 어느 문으로 들어왔는지 분간할 수 없게 되었다.

가게 주인은 신호만 맞춰 놓으면 증기나 태엽 장치 없이도 달리는 마술 기차, 뚜껑을 열고 뭐라고 말하면 바로 살아 움직이는 아주아주 귀중한 병정 상자들을 깁에게 보여 주었다. 나는 말을 빨리 알아듣지 못하는 편인 데다가 주인이 혀짤배기라서 주인이 병정에게 하는 소리를 잘 알아듣지 못했지만, 엄마를 닮아 귀가 밝은 깁은 금방 그 말을 배웠다. 가게 주인이 병정들을 아무렇게나 상자에 넣고 깁에게 넘겨주며 말했다. "브라보! 이제 해보렴." 그러자 깁은 곧 그 병정들을 다시 살려 냈다.

"저 상자도 가져가시겠습니까?" 가게 주인이 물었다.

내가 말했다. "가져가겠습니다. 제값을 다 받지 않으신다면요. 제값을 다 내려면 외상계의 거물이라도 데려와야 할 겁니다……"

"어이쿠! 아닙니다!" 가게 주인이 작은 병정들을 다시 상자에 쓸어 담고 뚜껑을 닫은 뒤 공중에서 그 상자를 흔들자, 상자가 갈색 종이 포장이 되어 끈으로 묶여 있었고, 종이에는 깁의 이름과 주소가 적혀 있었다!

가게 주인은 내 놀란 모습을 보고 웃었다.

가게 주인이 말했다. "이건 진짜 마술입니다. 진짜라고요."

"제가 보기에는 좀 지나칠 정도로 진짜처럼 보이는군요." 내가 말했다.

그 뒤 가게 주인은 갖가지 이상한 마술들을 아주 이상한 방식으로 깁에게 보여 주기 시작했다. 남자는 그 마술들을 설명해 주기도 하고 순서를 바꿔 보여 주기도 했는데, 귀여운 아들 녀석은 조그만 고개를 바쁘게 끄덕거리며 제법 똑똑하게 알아들었다.

나는 제대로 주의를 기울이지는 않았다. "짜잔!" 하는 마술 가게 주인의 외침과, 작고 또렷한 아들의 "짜잔!" 하는 소리가 들리곤 했다. 하지만 나는 다른 일들로 심란했다. 그곳이 아주 괴상한 곳이라는 생각이 들기 시작했기 때문이다. 그곳에는 괴상함이 넘쳐흘렀다. 심지어는 내부 시설, 천장이나 바닥, 아무렇게나 흩어져 있는 의자들까지 전부 어딘가 괴상했다. 내가 그것들을 똑바로 바라보고 있지 않을 때면 그것들이 내 등 뒤에서 흩어져 소리 없이 숨바꼭질 놀이를 하는 것 같은 이상한 느낌이 들었다. 그리고 벽의 코니스에 장식된 뱀 모양 가면들은, 평범한 석고로 만들었다고 생각하기엔 믿을 수 없을 정도로 표정이 풍부했다.

그러다가 나는 갑자기 이상하게 생긴 점원 한 명을 주목하게 되었다. 나와 좀 떨어져 있는 그 남자는 분명 내가 있는 걸 모르고 있었는데(아치 너머 장난감 더미 위로 그자 몸의 4분의 3 정도가 보였다), 한가한 자세로 기둥에 기대서서 자기 얼굴에 대고 아주 끔찍한 짓을 하고 있었다! 특히 코로 제일 끔찍한 짓을 하고 있었다. 마치 할 일이 없어서 재미로 그런다는 듯이. 짧고 뭉툭한 코를 갑자기 망원경처럼 앞으로 쑥 내밀자, 그 코가 앞으로 쭉 뻗어 나가 점점 가늘어지더니 마침내 기다랗고 부드러운 빨간 채찍처럼 되어 버리는 것이었다. 마치 악몽에서나 나올 법한 광경이었다! 그자는 코를 잡고 흔들다가 마치 제물낚시꾼이 낚싯줄을 내던지듯 코를 앞으로 내던졌다.

그 순간, 나는 깁이 그자를 봐서는 안 된다는 생각이 들었다. 뒤돌아보니 깁은 가게 주인에게 푹 빠져 사악한 것을 느끼지 못하고 있었다. 둘은 나를 보며 속삭이고 있었다. 깁은 조그만 걸상 위에 올라서 있었고, 가게 주인은 큰 북 같은 것을 들고 있었다.

깁이 외쳤다. "숨바꼭질해요, 아빠! 아빠가 술래예요!"

그리고 내가 말릴 틈도 없이, 가게 주인이 아이 머리 위에서 큰 북을 쳤다.

나는 그게 무슨 꿍꿍이인지 금방 알아차렸다. 내가 외쳤다. "그것 좀 치우세요. 당장요! 아이가 놀라잖습니까. 치워요!"

짝짝이 귀인 가게 주인은 아무 말 없이 내 말대로 하더니 속이 빈 큰 북을 내게 보여 주었다. 조그만 걸상은 비어 있었다. 내 아들이 순식간에 사라진 것이다!

아마도 여러분은 불길한 무언가가 보이지 않는 곳에서 손처럼 불쑥 튀어나와 심장을 얼어붙게 하는 느낌을 알 것이다. 그러면 긴장이 되어서 평소와 달리 더디지도 성급하지도 않는, 화나지도 두렵지도 않는 신중한 상태가 된다. 내가 바로 그런 상태였다.

나는 싱글거리는 가게 주인에게 가서 걸상을 한쪽으로 찼다.

내가 말했다. "이런 바보 같은 짓은 관둬요. 아이는 어디에 있습니까?"

남자는 여전히 북의 안쪽을 보여 주며 말했다. "보세요, 속임수 따윈 전혀 없습니다."

내가 남자를 움켜잡으려 손을 뻗치자 그자는 민첩하게 나를 피했다. 내가 다시 움켜잡으려 하자, 그자는 내게서 돌아서더니 도망치려고 문을 밀었다. "멈춰!" 내가 말했지만 그자는 소리 내어 웃으며 뒤로 사라졌다. 나는 그자를 쫓아 칠흑 같은 암흑 속으로 몸을 날렸다.

쿵!

"어이쿠, 깜짝이야! 선생이 오시는 걸 미처 보지 못했습니다!"

나는 리젠트 가에 있었고, 품위 있어 보이는 노동자와 부딪힌 것이었다. 그리고 1야드쯤 떨어진 곳에 깁이 살짝 당황한 표정을 짓고 있었다. 그 노동자와 나는 서로 사과의 말을 주고받았고, 깁은 마치 잠깐 동안 나를 놓쳐 버렸다는 듯이 귀엽게 활짝 웃으며 내게로 다가왔다.

그리고 깁은 팔에 꾸러미 네 개를 안고 있었다!

깁은 곧 내 손가락을 잡았다.

나는 잠시 어리둥절했다. 마술 가게의 문을 찾으려고 주위를 둘러봤지만, 세상에, 가게는 그곳에 없었다! 문도, 가게도, 아무것도 없었다. 화방과 병아리들이 있는 창 사이에는, 단지 평범한 벽기둥만 있었다!

나는 그런 정신적 혼란 상태에서 할 수 있는 유일한 일을 했다. 보도 끝까지 걸어가 마차를 세우기 위해 우산을 든 것이다.

"이륜마차를 타요." 깁이 매우 즐거운 목소리로 말했다.

나는 깁을 마차에 태우고 간신히 집 주소를 말해 주고는 나 역시 안에 탔다. 뭔가 이상한 것이 내 연미복 주머니 속에 있기에 뒤져 보니, 유리공이었다. 나는 짜증스러운 표정을 지으며 그것을 길에 버렸다.

깁은 아무 말도 하지 않았다.

잠시, 우리 둘 다 말이 없었다.

마침내 깁이 말했다. "아빠, 그곳은 좋은 가게였어요!"

나는 그 말을 듣고 여태까지 일어난 일이 아이에게는 어떻게 보였을까 하는 문제를 다시 생각하게 되었다. 깁은 아무런 상처도 없이 멀쩡한 듯했다. 현재까지는 좋았다. 깁은 놀라거나 동요하지 않았고, 그저 오후에 즐긴 오락에 아주 만족하며 팔에 네 개의 꾸러미를 안고 있을 뿐이었다.

젠장! 저 안에는 뭐가 들어 있을까?

내가 말했다. "음! 애들은 저런 가게에 날마다 가면 안 돼."

아이는 평소처럼 내가 또 금욕주의를 강조하고 있다고 받아들였고, 잠시 나는 엄마가 아니라 아빠라서 마차 안에서 사람들 눈을 신경 쓰지 않고 아이에게 키스를 해줄 수 없다는 게 유감스러웠다. 나는 생각했다. 어쨌든 그렇게 아주 나쁜 일은 아니었어.

하지만 정말로 안심한 건, 그 꾸러미들을 열어 안에 든 것들을 확인하고 나서였다. 세 개의 꾸러미에는 병정 상자들이 들어 있었는데, 그저 평범한 납 병정이었지만 품질이 아주 훌륭해서 깁은 원래 그것들이 마술 병정이었다는 것을 까맣게 잊은 것 같았다. 네 번째 꾸러미에는 건강도 식욕도 성질도 다 괜찮은 조그맣고 하얀 진짜 고양이가 들어 있었다.

그래서 나는 그 꾸러미 속 물건들을 지켜보며 한동안 안심했다. 아이의 놀이방에서 터무니없이 오랜 시간을 어슬렁거리기는 했지만……

그게 여섯 달 전 일이었다. 그리고 이제 나는 모든 게 괜찮아졌다고 생각하고 있었다. 새끼 고양이도 다른 고양이들과 다를 바 없는 타고난 매력만 가지고 있었고, 병정들도 어떤 대령이 봐도 마음에 들어 할 만큼 평범해 보였다. 그리고 깁은……?

현명한 부모라면 내가 깁을 신중히 대해야 한다는 사실을 알고 있으리라.

하지만 어느 날 나는 좀 과한 질문을 하고 말았다. "깁, 네 병정들이 살아서 자기들끼리 행진할 수 있어?"

깁이 말했다. "제 것은 그럴 수 있어요. 뚜껑을 열기 전에 제가 알고 있는 말 한마디만 하면 돼요."

"그러면 자기들끼리 행진을 한단 말이야?"

"당연하죠, 아빠. 그렇지 않다면 제가 그것들을 좋아할 리가 없잖아요."

나는 그 말을 듣고도 상황에 어울리지 않을 정도의 놀란 모습은 보이지 않았다. 그 뒤로 병정들과 함께 있는 깁을 몰래 한두 번 살펴보았지만, 여태까지는 병정들이 마술을 부리는 것을 보지 못했다.

알아내기가 참으로 어렵다.

돈 문제 또한 풀어야 할 숙제이다. 나는 항상 계산은 철저한 편이다. 그 가게를 찾으러 리젠트 가를 몇 번이나 다녀왔으니, 이제 내 명예는 지켰다고 생각하고 싶으며 또한 그 사람들이 누구인지는 모르지만 여하튼 깁의 이름과 주소를 알고 있으니, 자기네들이 편할 때 청구서를 보내리라 생각하고 싶다.

개미 제국

The Empire of the Ants

　　게릴레아우 함장은 새 포함 뱅자맹 콩스탕을 몰고 과라마데마의 바테모 지류에 있는 바다마로 가서 그곳 주민들이 개미로 인한 재난에 맞서는 걸 도우라는 지시를 받자, 상부에서 지금 자길 놀리는 게 아닌가 의심부터 했다. 게릴레아우 함장의 진급은 로맨틱하고 파격적이었는데, 저명한 브라질 여자의 애정과 그의 촉촉한 눈이 진급 과정에 영향을 미쳤기 때문이며, 그래서 〈디아리오〉와 〈오 푸투로〉는 통탄스러울 만큼 경멸조로 그에 대한 논평을 했던 것이다. 게릴레아우 함장은 그 경멸에 원인을 더 제공하게 되겠다고 느꼈다.

　　게릴레아우는 크리올*이었는데, 예절과 규율의 개념은 순수 혈통의

---

*식민지에서 태어난 유럽인의 자손, 또는 유럽인과 원주민의 혼혈을 말한다.

포르투갈식이었고, 보트를 타고 건너온 자신의 영어 연습 상대자인(게릴레아우의 'th' 발음은 심히 불분명했다) 랭커셔 출신의 공학자 홀로이드에게만 흉금을 터놓았다.

"실은 그 일 때문에 어이없어 죽겠어! 사람이 개미를 상대로 뭘 하란 말야? 그거뜰Dey은 왔다가 다시 간다고."

홀로이드가 말했다. "그것들They*이라고 말해야죠. 이번 개미들은 가지 않는대요. 함장님이 삼보**라고 알려 주신 자가……"

"잠보. 일종의 혼혈이야."

"삼보. 그 사람 말로는 사람들이 떠나고 있대요!"

함장은 잠시 성마르게 담배를 피웠다. 마침내 함장이 말했다. "그건 그냥 일어나는 일들이야. 그게 뭐? 개미나 뭐가 괴롭히는 일은 신의 뜻이라고. 트리니다드***에도 재난이 있었어. 작은 개미들이 오렌지 나무와 망고 나무들의 잎을 몽땅 가져갔지! 그게 뭐 어때서? 개미들은 종종 집에도 들어가. 그런 건 전투개미들이지. 자네가 집에서 나오면 그것들이 들어와 집을 청소해 놓지. 그런 뒤 자넨 집으로 돌아가는 거야. 그럼 집은 깨끗해져 있지. 마치 새집처럼! 바닥에 바퀴벌레도, 벼룩도, 진드기도 없고."

"그 삼보 친구 말이, 그건 또 다른 종류의 개미래요." 홀로이드가 말했다.

함장은 어깨를 으쓱하며 집중해서 담배를 피웠다.

그러고는 다시 아까의 주제로 돌아갔다. "내 친구 홀로이드, 내가 그

---

*th 발음을 못하는 게릴레아우가 They를 Dey로 발음하자 홀로이드가 그것을 고쳐주기 위해 의도적으로 They라는 표현을 쓴 것.
**흑인과 인디언의 혼혈을 일컫는 말로, 스페인어 발음으로는 잠보라고 한다.
***서인도제도에 있는 섬.

지독한 개미들을 어쩌면 좋겠어?"

함장은 생각에 잠겼다가 말했다. "웃기군." 하지만 오후가 되자 함장은 제복을 완전히 차려입고 뭍에 올랐고, 잠시 후 배로 들어오는 단지들과 상자들 뒤로 함장의 모습이 보였다. 홀로이드는 시원한 저녁 공기 속에 갑판에 앉아 담배를 깊이 빨며 브라질에 감탄했다. 아마존을 엿새째 항해 중인 그들은 바다에서 몇백 마일이나 떨어져 있었으며, 동쪽과 서쪽으로는 바다처럼 보이는 수평선이 있었고, 남쪽으로는 덤불들이 자라는 모래톱 섬 하나만 있었다. 강물은 늘 수문에 갇힌 물처럼 흘렀다. 흙으로 탁해진 강물에는 악어가 헤엄치고 있었고, 지칠 줄 모르고 나무줄기들을 먹어 치우는 새들이 날고 있었다. 그 강의 버려진 황무지가 홀로이드의 영혼을 채웠다. 지난날 풍요로웠던 도시 알렘케르는 이제 초라한 교회와 집으로 쓰이는 초가지붕 헛간만 있는 페허가 되어, 이 야생의 자연 속에서 길을 잃은 작은 무언가처럼 보였다. 말하자면 사하라 사막에 떨어진 6펜스짜리 은화였다. 젊은 홀로이드는 이곳에서 처음으로 열대 지방을 봤다. 산울타리와 도랑과 배수 설비가 갖춰져 있는, 자연이 완벽하게 인간에게 복종하는 영국에 있다가 이곳으로 와서, 인간이 얼마나 하찮은 존재인지를 느닷없이 알게 된 것이다. 엿새 동안 그들은 바다에서 여기까지 인적이 드문 수로들을 통해 올라왔다. 사람이 희귀종 나비만큼이나 드물었다. 하루는 누가 카누 하나를 봤고, 또 하루는 멀리 떨어져 있는 거주지를 봤고, 그 이튿날은 전혀 인간을 보지 못했다. 홀로이드는 여기서 인간은 이 땅을 불안정하게 지배할 뿐인 정말로 희귀한 동물임을 인지하기 시작했다.

홀로이드는 그 사실을 날이 갈수록 점점 더 분명히 인식했고, 바테모까지 우회하며 나아갔다. 큰 포 하나를 관리하는 탁월한 지휘관과 함께

였고, 무기 낭비는 금지되어 있었다. 홀로이드는 열심히 스페인어를 배우고 있었지만 아직도 현재 시제와 명사 단계에 있었고, 영어를 조금이라도 아는 사람은 게릴레아우 외에 흑인 화부 하나뿐이었는데, 그 흑인은 모든 영어를 잘못 알아들었다. 부함장은 포르투갈인인 다 쿠냐였는데, 프랑스어를 했지만 홀로이드가 사우스포트에서 배운 프랑스어와는 다른 종류의 프랑스어였고, 둘의 교류는 예의를 차리고 날씨에 대해 간단한 진술을 하는 게 전부였다. 그리고 날씨는 이 굉장한 신세계의 모든 게 다 그러하듯 인간적인 면이 전혀 없어 밤마다 덥고, 낮마다 덥고, 공기는 푹푹 찌고, 바람마저 뜨거운 증기였으며, 썩어 가는 식물 냄새가 났다. 악어들과 이상한 새들, 온갖 종류와 온갖 크기의 파리들, 딱정벌레들, 개미들, 뱀들과 원숭이들은, 햇빛에 전혀 기쁨이 없고 밤에도 전혀 서늘함이 없는 기후 속에서, 인간들이 도대체 무슨 짓을 하고 있는지 궁금해하는 듯 보였다. 옷을 입어도 견딜 수가 없었고, 옷을 벗어도 낮에는 살갗이 타고 밤에는 모기들에게 물어뜯길 곳만 더 많이 제공할 뿐이었다. 낮에 갑판에 나가면 강렬한 햇빛에 눈이 멀었고, 갑판 아래에 있으면 숨이 막혔다. 그리고 낮에는 특정한 파리들이 날아다녔다. 무척이나 똑똑하고, 사람의 팔목과 발목에 해를 끼치는 놈들이었다. 게릴레아우 함장은 홀로이드에게 있어 이 육체적 고통에서 기분을 전환시켜 주는 유일한 대상이었지만, 그는 점차 심하게 따분한 사람이 되어 갔다. 매일같이 자신의 진실된 사랑인 익명의 여자들에 대한 단순한 이야기를 반복했던 것이다. 마치 묵주를 돌리며 기도를 하는 것 같았다. 가끔 게릴레아우 함장이 심심풀이로 악어를 잡자고 하면 게릴레아우와 홀로이드는 총으로 악어들을 쏘았고, 아주 드물게 광막한 숲 속에 모여 사는 인간들을 만나면 하루 정도 머물며 술을 마시고 빈둥거렸다. 어느 날 밤엔 크리올 여자들과 춤을 추었는데, 여자들은 과거 시제도 미래 시제도 없는 홀로이드의 빈약한 스페인어도 자기네들 목적엔 충분하다고 여겼다. 그러나 그런 일은 끊임없이 흘러가는 긴 회색 강을 따라 엔진을 쿵쿵대며 여행하다 마주치는 빛나는 틈새들일 뿐이었다. 입구는 작고 몸은 큰 유리병 같은 모양을 한 관대한 이교도 신이 이제까지 유혹했고, 아마 앞으로도 그럴 터였다.

게릴레아우는 여기저기에서 배를 멈출 때마다 개미에 대해 점점 더 많은 것들을 배웠고, 자신의 임무에 흥미를 느끼게 되었다.

게릴레아우가 말했다. "새로운 종류의 개미야. 우린…… 그걸 뭐라고 하지? ……곤충학가? 그런 게 되어야 해. 크다더군. 5센티미터래! 더 큰 것들도 있대! 어처구니가 없어. 우린 원숭이와 비슷해. 곤충들을 잡아 오라고 보내진 원숭이…… 하지만 그 개미들이 거길 완전히 먹어 치우고 있어."

그러다가 게릴레아우는 벌컥 화를 냈다. "갑자기 유럽에서 말썽이 생긴다고 생각해 봐. 그런데 난 네그루 강에 있어. 내 대포도 여기 있고. 내 대포가 여기에 와서 썩고 있다고!"

게릴레아우는 무릎을 어루만지며 생각에 잠겼다.

"어느 날 춤추러 갔던 사람들이 집에 돌아와 보니 가진 걸 모두 잃었더래. 오후에 그 개미들이 그 집에 들어왔던 거지. 그래서 다들 달아났어. 개미들이 오면 어떻게 해야 하는지 자네도 알지? 모두 달아나야 해. 집 위로 올라가야 해. 그냥 있다간 개미들에게 먹히거든. 알겠지? 사람들은 이내 다시 돌아와서 '개미들은 갔어요' 했어. 하지만 개미들은 가지 않은 상태였어. 그래서 아들이 집에 들어가자 개미들이 공격했어."

"그 아이한테로 몰려들었어요?"

"걔를 물었어. 그래서 그 아인 비명을 지르며 달려 나와서 사람들을 지나 강으로 달려갔어. 왜 그랬는지 알겠지? 개미들을 익사시키려고 그런 거야." 게릴레아우는 잠시 말을 멈추고 촉촉한 눈을 홀로이드의 얼굴 가까이 가져가더니 손가락 관절로 홀로이드의 무릎을 톡톡 쳤다. "그날 밤 걘 죽었어. 꼭 뱀독에 중독된 것처럼."

"중독이라니…… 개미 때문에요?"

게릴레아우는 어깨를 으쓱해 보였다. "누가 알겠어? 어쩌면 개미들이 그 아이를 너무 심하게 물어서 아이가 죽었는지도 모르지. 하지만 어쨌거나 난 사람들과 싸우려고 입대했어. 개미들은 왔다가 가버려. 그런 개미들과 싸우는 건 남자가 할 일이 아냐."

그 뒤로 게릴레아우는 홀로이드에게 자주 그 개미 이야기를 했고, 저 광막하게 펼쳐진 물과 햇빛과 멀리 떨어진 나무들 속에서 우연히 조금이라도 인간과 마주치게 되면 그때마다 홀로이드는 점차 발전하는 언어 지식 덕분에 이야기에 자주 등장하는 사우바*라는 단어를 인지할 수 있었다. 이 단어가 점점 더 완전하게 전체를 지배하고 있었다.

게릴레아우는 개미들에게 흥미를 느꼈고, 목적지에 가까이 가면 갈수록 흥미는 커져 갔다. 게릴레아우는 거의 한순간에 예전의 주제들을 버렸고, 포르투갈인인 부함장은 입담가로 변했다. 부함장은 잎을 자르는 가위개미에 대해 좀 알고 있었는데 그에 대해 열심히 이야기해 주었다. 게릴레아우는 가끔 홀로이드에게 얘기해 줘야 할 말들을 통역해 주기도 했다. 게릴레아우는 떼 지어 다니고 싸우는 작은 일개미들과 명령하고 지배하는 큰 일개미들에 대해 이야기했고, 큰 일개미들이 어떻

*남아메리카의 가위개미.

게 늘 목으로 기어 올라와 깨물어 피가 나게 만드는지를 이야기했다. 또 그 개미들이 어떻게 잎을 자르고 곰팡이를 양식하는지도 얘기했고, 카라카스*에 있는 가위개미집들은 때로 직경이 100야드에 이른다는 말도 했다. 세 남자는 개미에게 눈이 있는지를 놓고 이틀 동안 말다툼을 했다. 이틀째 오후가 되자 토론은 위험할 정도로 가열되었고, 홀로이드는 보트를 타고 뭍에 가서 개미를 잡아 와 보여 줌으로써 상황을 위기에서 구해 냈다. 홀로이드는 온갖 표본들을 잡아서 돌아왔는데, 일부는 눈이 있고 일부는 눈이 없었다. 셋은 개미가 무느냐 쏘느냐로도 논쟁했다.

게릴레아우는 농장 일꾼들의 오두막에서 정보를 수집한 뒤 말했다. "그 개미들은 눈이 크대. 또 마구잡이로 돌아다니지 않는다는군. 대부분의 개미들과는 다르게! 그 개미들은 구석으로 들어가 사람들이 어떻게 하는지를 지켜본대."

"그리고 쏜대요?" 홀로이드가 물었다.

"응. 그 개미들은 쏜대. 그리고 침에 독이 있대." 게릴레아우는 생각에 잠겼다. "인간이 개미를 상대로 뭘 할 수 있을지를 모르겠어. 개미들은 왔다가 가잖아."

"하지만 그 개미들은 가지 않잖아요."

"가게 될 거야." 게릴레아우가 말했다.

타만두를 지나면 아무도 살지 않는 80마일의 길고 낮은 해변이 나오고, 그다음엔 강의 본류와 바테모 지류가 합쳐져 거대한 호수처럼 보이는 지점이 나오고, 그다음엔 숲이 점점 가까워지다가 결국은 밀접하게 가까워진다. 수로는 성격이 바뀌어 주위 물속에 나무들이 잠겨 있고, 뱅

---

* 베네수엘라의 수도.

자맹 콩스탕은 그날 밤 거무스름한 나무들 그늘 아래에 정박했다. 여러 날 만에 처음으로 그들은 시원함을 만끽했고, 홀로이드와 게릴레아우는 늦게까지 안 자고 앉아서 시가를 피우며 그 유쾌한 기분을 즐겼다. 게릴레아우의 머릿속은 온통 개미와 앞으로 할 일들로 가득했다. 게릴레아우는 마침내 자기로 마음먹고 갑판 위의 매트리스에 누웠고, 절망적으로 혼란에 빠진 게릴레아우는 이미 잠든 듯이 보이는 상태에서 마지막으로 과장되게 좌절하며 질문을 뱉었다. "사람이 개미를 어떻게 할 수 있을까? ……모든 게 다 우스꽝스러워."

홀로이드는 물린 양쪽 손목을 긁으면서 혼자 생각에 빠졌다.

홀로이드는 현창에 앉아 살짝살짝 변하는 게릴레아우의 숨소리에 귀 기울였고, 이윽고 게릴레아우가 완전히 잠들고 나자 강의 철썩이는 잔물결에 마음이 홀렸다. 처음 파라에서 배에 올라 강을 따라간 뒤로 점점 자라난, 무한한 공간에 관한 느낌이 되살아났다. 이 모니터함*에 지금은 작은 등 하나만 켜져 있었고, 대화 소리도 사라져 곧 정적이 깔렸다. 홀로이드의 시선은 강기슭 쪽에 있는 포함 중간 부분의 침침하고 검은 윤곽선에서, 사람을 압도하는 신비로운 검은 숲으로 이동했다. 이따금 개똥벌레가 숲을 밝혔고, 이국적이고 신비로운 움직임들이 내는 희미한 소리들 때문에 숲이 침묵하는 일은 절대 없었다.

홀로이드는 이 땅의 초인적인 광대함에 놀라고 압도당했다. 이제 홀로이드는 하늘엔 사람이 전혀 없다는 것, 별들은 엄청나게 광막한 공간에서 작은 얼룩들일 뿐이라는 것을 알았다. 또한 바다는 거대하고 길들일 수 없다는 것을 알았지만, 영국에서는 땅을 인간의 것이라 생각했다. 영

*연안 항해용 포함.

552

국에서 땅은 정말로 인간의 것이고, 야생의 것들은 인간이 눈감아 주기 때문에 그 땅을 빌어 자라며, 사방에는 도로와 울타리와 절대적 안전이 있다. 지도책에서도 땅은 인간의 것이고, 모든 곳이 색칠되어 있어서 그 곳에 대한 인간의 소유권을 보여 준다. 바다가 독립적이고 균일하게 파란색인 것과는 강렬하게 대조된다. 홀로이드는 언젠가는 지구 전역에 경작된 땅과 문화, 경전차 궤도와 훌륭한 도로들, 질서 잡히고 안전한 상태가 보편화되는 날이 올 거라고 당연하게 여겨 왔다. 하지만 이제, 홀로이드는 그 생각에 의심을 품었다.

이 숲은 끝이 없었고, 정복이 불가능하다는 분위기를 풍겼으며, 인간은 기껏해야 드물고 불안정한 침입자로 보였다. 거대한 나무들과 질식시킬 듯 졸라 대는 덩굴식물들과 독단적인 꽃들의 꼼짝 않는 조용한 투쟁 속을 몇 마일 나아가면, 사방에서 악어, 거북, 그리고 무한히 다양한 새들과 곤충들이 편안한 모습을 보였고, 누구도 바꿔 놓을 수 없는 확고한 자리를 지켰다. 하지만 인간, 인간은 잘해야 분개하는 개간지에 발 디딜 자리를 유지할 뿐이고, 황량하기 그지없는 그 발판을 위해 잡초들과 싸우고, 야수들, 곤충들과 싸우고, 뱀과 짐승, 곤충과 열병에 당하고, 곧 목숨을 빼앗겼다. 강을 따라 많은 곳에서 인간은 명백히 쫓겨났고, 인적 없는 이 후미 또는 저 후미에 집의 이름이 남았을 뿐이며, 여기저기에 폐허가 된 하얀 벽들과 박살 난 탑들이 그 교훈을 강조했다. 퓨마, 재규어가 여기선 훨씬 더 주인이었다.

누가 진짜 주인이었을까?

이 숲에서 몇 마일 안쪽에 있는 개미가 전 세계에 있는 인간의 수보다 더 많을 게 확실했다! 홀로이드에게 이는 완벽히 새로운 사실로 느껴졌다. 인간은 몇천 년 만에 미개한 상태에서 문명 단계로 접어들었고,

그 때문에 자신들이 미래의 지배자이자 지구의 주인이라 느꼈다! 하지만 인간과 마찬가지로 진화하고 있는 개미들은 어떻게 막을 것인가? 수천 마리가 작은 공동체를 이루며 산다고 알려진 그런 개미들은 더 큰 세계에 맞서려고 서로 협력하지는 않았다. 하지만 개미에게도 언어와 지능이 있었다! 다른 것들이 인간보다 더 오래 미개한 상태에 머물러 있어야 할 이유가 뭐란 말인가? 인간들이 책과 기록으로 지식을 모았듯이 개미들이 곧 지식을 모으기 시작하고 무기를 사용하고 거대한 제국들을 만들고 계획적이고 조직화된 전쟁을 치른다면?

지금 다가가고 있는 개미들에 대해 게릴레아우가 수집한 정보들이, 홀로이드의 머릿속에 다시 떠올랐다. 그 개미들은 뱀독 같은 독을 쓰고 가위개미들처럼 더 큰 지도자들에게 복종했다. 그 개미들은 육식성이고, 도착지에서 계속 살았다······

숲은 아주 조용했다. 강물은 끊임없이 기슭에 철썩거렸다. 머리 위 랜턴 주위에는 유령 같은 나방들이 소리 없이 소용돌이쳤다.

게릴레아우는 어둠 속에서 뒤척이며 한숨 쉬었다. "사람이 개미를 어떻게 할 수 있겠어?" 게릴레아우는 그렇게 중얼거리고는 몸을 돌리더니 다시 조용해졌다.

홀로이드는 모기의 윙윙거림 때문에 불길해지고 있던 명상에서 퍼뜩 깨어났다.

II

이튿날 아침, 홀로이드는 바다마에서 40킬로미터 거리까지 왔음을 알게 되었고, 강기슭에 대한 관심이 증폭되었다. 홀로이드는 기회 있을 때마다 주위를 조사하러 뭍으로 올라갔다. 인간이 거주하는 기미는 전혀 보이지 않았고, 오직 모주에서 잡초투성이의 폐허가 된 집과 앞면이 초록색으로 얼룩진 오래전에 버려진 수도원을 본 게 다였다. 숲의 나무 하나가 뻥 뚫린 창으로 솟아 나와 있었고, 거대한 덩굴식물들이 빈 입구들을 그물처럼 덮고 있었다. 그날 아침, 반투명 날개를 퍼덕이는 기묘한 노란 나비 여러 무리가 강을 건너가던 도중 모니터함에 앉았다가, 여러 마리가 사람들 손에 죽었다. 오후가 가까워지자, 사람들은 버려진 쿠베르타*를 우연히 발견했다.

그 배는 처음엔 버려진 것으로 보이지 않았다. 돛은 모두 고정된 채 오후의 잔잔함 속에 느슨히 늘어져 있었고, 남자 하나가 배에 실어 놓은 노 옆 선수판에 앉아 있었다. 또 다른 남자 한 명은 그 커다란 카누의 중앙부 상갑판에 있는 일종의 세로 선교**에 얼굴을 박고 자는 듯이 보였다. 하지만 방향타가 흔들리는 모습과 배가 포함의 진로로 떠내려오는 모습에서, 배의 뭔가가 고장 났음이 분명해졌다. 게릴레아우는 쌍안경으로 배를 관찰했고, 앉아 있는 남자가 원래는 얼굴이 불그스름한 것 같은데 묘하게 시꺼메 보이며 또한 코가 없다는 점에 흥미를 느꼈다. 남자는 앉아 있다기보다는 웅크리고 있는 쪽에 가까웠고, 오래 보면 볼수록 더는 보기가 싫어졌는데, 그러면서도 쌍안경을 눈에서 떼기가 힘들었다.

그러나 함장은 마침내 쌍안경을 내리고 조금 걸어가 홀로이드를 불렀다. 함장은 다시 돌아가 쿠베르타에 스치쳐 인사했고, 다시 한 번 인사

*지붕 있는 큰 카누로, 아마존 강에서 물건을 나를 때 많이 쓴다.
**선장이 항해나 통신 따위를 지휘하는 곳.

했지만, 쿠베르타는 함장을 지나쳐 갔다. 그때 산타로사라는 배 이름이 선명하게 보였다.

배는 모니터함 옆을 지나 항적으로 들어오며 살짝 뒷질했고, 웅크린 남자는 마치 모든 관절이 꺾인 듯이 돌연 무너졌다. 남자의 모자가 떨어지자 드러난 머리는 과히 보기 좋지 않았고, 몸은 풀썩 쓰러지더니 현창 뒤로 굴러가 보이지 않게 되었다.

"카람바!"* 게릴레아우가 외치며 즉시 홀로이드에게 도움을 청했다.

홀로이드는 갑판 승강구를 반쯤 올라와 있었다. "저거 봤어?" 함장이 말했다.

홀로이드가 말했다. "죽었군요! 봤습니다. 저 배로 보트를 한 척 보내는 게 좋겠군요. 뭔가 잘못됐어요."

"혹시…… 저 사람 얼굴 봤어?"

"얼굴이 어땠는데요?"

"얼굴이…… 어우! 표현할 수가 없어." 그러고는 홀로이드에게서 등을 돌린 함장은, 적극적이고 날카로운 지휘관으로 변했다.

포함은 바람이 불어오는 쪽으로 뱃머리를 돌려 카누의 불규칙한 진로와 평행하게 달려갔다. 다 쿠나 부함장과 수병 세 명이 카누에 오르려고 보트를 내렸다. 부함장이 보트에 오르는 동안, 함장은 호기심에 포함을 가까이 몰고 가 카누와 거의 나란하게 댔다. 그래서 홀로이드도 산타로사의 전부를, 갑판과 선창까지 볼 수 있었다.

홀로이드는 이제 그 배의 유일한 선원인 죽은 남자 둘을 똑똑히 볼 수 있었는데, 얼굴은 보이지 않았지만 살이 온통 너덜너덜해진 채 쭉 뻗

---

*스페인어로 놀람을 표현하는 감탄사.

은 손들을 보니, 그들이 기묘하고 이례적인 부패 과정을 겪고 있음을 알수 있었다. 잠시 홀로이드는 더러운 옷과 아무렇게나 내던져진 팔다리들로 이루어진 저 불가해한 덩어리 두 개에 관심을 집중했고, 이윽고 앞쪽을 보자 열린 선창에 여행 가방들과 서류 가방들이 높이 쌓여 있었으며, 선미를 보자 납득할 수 없게도 작은 선실이 텅 빈 채 문이 열려 있었다. 이제 홀로이드는 중갑판의 판자들에 움직이는 까만 점들이 점점이흩어져 있다는 걸 깨달았다.

홀로이드는 그 점들에서 눈을 뗄 수가 없었다. 점들은 투우장에서 흩어져 나오는 사람들처럼(그 이미지가 홀로이드의 마음속에 저절로 솟아났다), 쓰러진 남자에게서 방사상으로 퍼지며 걸어 나오고 있었다.

홀로이드는 옆에 게릴레아우가 온 것을 알아차렸다. 홀로이드가 말했다. "카포,* 지금 쌍안경 있나요? 저 판자들에 최대한 가깝게 초점을 맞출 수 있어요?"

게릴레아우는 초점을 맞추려 애썼고, 툴툴대고는 홀로이드에게 쌍안경을 건넸다.

홀로이드는 잠시 배를 자세히 조사했다. "개미입니다." 영국인은 말했고, 초점을 맞춘 쌍안경을 게릴레아우에게 돌려주었다.

홀로이드는 저 커다란 검은 개미 떼가 크기만 빼면 일반 개미와 아주 흡사해 보인다고 생각했다. 그중에서도 특히 큰 놈들 일부가 일종의 회색 외피에 싸여 있었기 때문이다. 관찰 시간이 너무 짧아 아주 상세하게보지는 못했다. 다 쿠나 부함장의 머리가 쿠베르타의 뱃전 위로 나타났고, 짧은 대화가 이어졌다.

* '대장'이라는 뜻의 이탈리아어.

"자네는 배에 올라가야 해." 게릴레아우가 말했다.

부함장은 저 배엔 개미가 가득하다며 반대했다.

"자넨 부츠를 신었잖나." 게릴레아우가 말했다.

부함장은 화제를 바꿨다. "저놈들이 어떻게 저 사람들을 죽였을까요?" 부함장이 말했다.

게릴레아우 함장은 홀로이드에겐 이해되지 않는 의견을 내놓기 시작했고, 두 남자는 점점 더 맹렬하게 논쟁을 벌였다. 홀로이드는 쌍안경으로 다시 카누를 면밀히 살피기 시작했고, 먼저 개미들을 보았고 그다음 선체 중앙에 있는 죽은 남자를 보았다.

홀로이드는 나중에 내게 그 개미들에 대해 아주 상세히 설명해 주었다.

이제까지 본 개미 중에 가장 컸으며, 색은 검었고, 기계적이고 소란하게 움직이는 보통 개미와는 아주 달리 절도 있고 신중하게 움직였다고 했다. 스무 마리 중 한 마리 꼴로 동료들보다 훨씬 큰 개미들이 있었는데, 특히 머리가 컸다. 그놈들을 보자 홀로이드는 곧바로 가위개미들을 지배한다는 지도자 일개미들을 떠올렸다. 그 개미들이 지도자 일개미들처럼 전반적 움직임을 지시하고 조정하는 듯이 보였다. 개미들은 마치 앞발을 쓰듯 굉장히 독특한 방식으로 몸을 뒤로 젖혔다. 이윽고 홀로이드는 멀리 있어 자세히는 볼 수 없는 그 두 부류의 개미들이 군장을 하고 금속실 같은 밝은 하얀색 끈으로 온몸에 물건들을 매어 놓고 있는 재미있는 모습을 상상했다.

홀로이드는 갑자기 쌍안경을 내렸다. 함장과 부하 간의 규율 문제가 심각해졌다는 것을 깨달았던 것이다.

함장이 말했다. "이건 자네 임무야. 배에 올라타. 이건 명령이야."

부함장은 거부하기 직전처럼 보였다. 흑백 혼혈인 수병들 중 한 명의 머리가 부함장 옆에 나타났다.

"제 생각엔 저 사람들은 개미들에게 살해당한 것 같습니다." 홀로이드가 돌연 영어로 말했다.

함장의 화가 폭발했다. 함장은 홀로이드에겐 대꾸도 하지 않았다. 함장은 포르투갈어로 부하에게 소리쳤다. "난 자네에게 배에 오르라고 명령했어. 즉시 배에 오르지 않으면, 그건 반란이 된다. 하극상이야. 반란이자 비겁한 행동이라고! 우리의 기운을 북돋아 주는 용기는 어디에 있나? 거부하면 수갑을 채우고, 개처럼 쏴버릴 테다." 함장은 욕과 저주를 퍼붓기 시작했고, 이리저리 껑충대며 두 주먹을 흔드는 등 마치 분노로 제정신을 잃은 듯했다. 창백해진 부함장은 가만히 서서 함장을 바라보았다. 승무원들이 놀란 얼굴로 앞으로 나왔다.

반란이 잠시 멈춘 사이, 부함장은 영웅적 결단을 내리고 경례를 한 뒤 정신을 집중하고 쿠베르타의 갑판으로 기어 올라갔다.

"아!" 게릴레아우는 그렇게 외치더니 입을 덫처럼 콱 닫았다. 홀로이드는 개미들이 다 쿠나의 부츠를 피해 후퇴하는 것을 보았다. 그 포르투갈인은 쓰러진 남자에게로 천천히 걸어갔고, 허리를 숙이고 머뭇거리다가 남자의 상의를 꽉 쥐고 남자를 뒤집었다. 검은 개미 떼가 옷에서 우르르 몰려나왔고, 다 쿠나는 아주 잽싸게 뒤로 물러나 갑판을 두세 번 쾅쾅 짓밟았다.

홀로이드는 쌍안경을 들었다. 홀로이드는 침입자의 발 주위에 흩어진 개미들을 보았는데, 그 개미들이 이전까지 개미들에게서 한 번도 본 적이 없는 짓을 하는 것을 깨달았다. 그 개미들은 보통 개미들이 하는 바구잡이 행동은 전혀 하지 않았다. 그 개미들은 다 쿠나를 지켜보고 있었다. 마치 집결한 사람들이 자신들을 흩어 놓은 엄청난 크기의 괴물을 바라보는 것만 같았다.

"그자가 어떻게 죽었나?" 함장이 외쳤다.

홀로이드는 시체가 너무 많이 먹혀서 식별이 안 된다는 그 포르투갈인의 말을 알아들을 수 있었다.

"전방에 있는 건 뭐지?" 게릴레아우가 물었다.

부함장은 몇 걸음 걸어가더니 포르투갈어로 대답하기 시작했다. 그러다 갑자기 말을 멈추고는 다리에서 뭔가를 쳐냈다. 다 쿠나는 보이지 않는 뭔가를 짓밟으려는 듯 몇 번 괴상하게 발을 디뎠고, 재빨리 뱃전 쪽으로 갔다. 이윽고 다 쿠나는 자제력을 되찾고 몸을 돌려 선창을 향해 앞으로 신중하게 걸어갔고, 노를 저을 수 있는 앞 갑판을 향해 기어 올라갔다. 다 쿠나는 두 번째 남자 위로 잠시 몸을 숙였다가 이쪽까지 들릴 만큼 크게 신음하더니, 아주 엄숙한 걸음걸이로 선미의 선실로 향했다. 다 쿠나는 몸을 돌려 함장과 대화하기 시작했는데, 양쪽 모두 목소리가 차갑고 정중했다. 불과 몇 분 전에 격분하여 무례하게 굴던 것과 심히 대조적이었다. 홀로이드는 그 대화의 요지를 아주 조금만 알아들었다.

홀로이드는 다시 쌍안경을 들었고, 밖으로 드러난 갑판에서 개미들이 모두 사라진 것을 보고 깜짝 놀랐다. 갑판 널 아래 그늘 쪽으로 시선을 돌렸더니, 그늘 안에 지켜보는 눈들이 가득하다는 인상을 받았다.

사람들은 그 쿠베르타가 버려졌단 점에 동의했지만, 개미가 너무 많아 거기 올라가 앉거나 잘 수는 없었다. 그 배는 견인해야 했다. 부함장은 밧줄을 받아 조정하려고 앞으로 나왔고, 보트에 탄 남자들은 부함장을 도우려고 일어났다. 홀로이드는 쌍안경으로 카누를 조사했다.

홀로이드는 미세하긴 해도 엄청나고 비밀스러운 일이 벌어지고 있다는 사실을 점점 더 통감했다. 다수의 거대한 개미들(길이가 거의 2인치는 되어 보였다)이 무슨 용도인지 짐작도 안 가는 묘하게 생긴 짐들을 지고 어두컴컴한 곳에서 또 다른 어두컴컴한 곳으로 황급히 움직이고 있는 걸 알아차렸기 때문이다. 개미들은 노출된 곳을 지날 때는 줄지어 가지 않고 간격을 두고 산개해서 움직였는데, 묘하게도 포화의 세례 속에 돌진하는 현대적 보병대를 연상시켰다. 많은 개미들이 죽은 남자의 옷을 엄폐물 삼아 그 아래로 들어갔고, 다 쿠나가 곧 가야 할 곳 위의 뱃전을 따라 지독히 많은 개미 떼가 모여들고 있었다.

홀로이드는 포함으로 돌아오는 부함장을 향해 개미들이 돌격하는 모습을 실제로 보지는 못했지만, 개미들이 일제히 달려들었다는 점에는 한 치의 의심도 품지 않았다. 부함장은 갑자기 소리를 지르고 욕을 하며 다리를 두드렸다. "쏘였어요!" 부함장이 그렇게 외치며 증오하고 비난하는 얼굴로 게릴레아우를 보았다.

이윽고 부함장은 뱃전 너머 보트 안으로 떨어진 뒤 곧장 물속으로 뛰어들었다. 홀로이드는 첨벙하는 소리를 들었다.

보트에 타고 있던 세 남자가 부함장을 끌어내 배 위로 옮겼지만, 부함장은 그날 밤 죽었다.

III

홀로이드와 함장은 부풀고 뒤틀린 부함장의 시체가 누워 있는 선실에서 나왔고, 모니터함의 선미에 함께 서서 뒤에서 끌려오는 불길한 배를 응시했다. 찌는 듯이 덥고 깜깜한 밤이었고, 막전幕電만이 유령처럼 깜박이며 주위를 밝혔다. 어렴풋이 보이는 검은 삼각형의 쿠베르타는 이 증기선의 항적 속에서 이리저리 흔들렸고, 까닥거리고 펄럭이는 증기선의 돛들 위로 이따금씩 빛이 번쩍이면 검은 굴뚝 연기가 나부끼는 것이 보였다.

게릴레아우는 속으로, 부함장이 마지막으로 열이 한참 올랐을 때 했던 매정한 말들을 자꾸만 되뇌고 있었다.

게릴레아우가 항의했다. "다 쿠나는 내가 자길 죽였다고 했어. 정말 말도 안 돼. 누군가는 배에 '올라야만' 했다고. 그럼 우리가 그 어처구니없는 개미들이 나타날 때마다 도망쳐야 하겠어?"

홀로이드는 아무 말도 하지 않았다. 홀로이드는 작고 검은 개미들이 햇빛 비추는 갑판 널을 가로질러 규율 있게 돌진하던 모습을 생각하고 있었다.

"다 쿠나는 자기가 가야 할 곳으로 갔어." 게릴레아우는 같은 말을 하고 또 했다. "다 쿠나는 임무 수행 중에 죽은 거야. 그런데 불평할 게 뭐가 있다고 그래? 내가 죽였다니! 그 불쌍한 친구는, 그걸 뭐라고 하지? 그래, 정신착란을 일으킨 거야. 제정신이 아니었어. 독 때문에 부풀어 올라서…… 음."

둘은 긴 침묵에 빠져들었다.

"저 카누를 가라앉히자. 태워 버리자고."

"그런 뒤엔요?"

그 말에 게릴레아우는 짜증을 냈다. 게릴레아우의 두 어깨가 위로 올라가고 양손이 몸에서 직각으로 휙 벌어졌다. "그럼 어째야 하는데?" 게릴레아우는 말했고, 목소리는 화가 나 새되어졌다.

"어쨌거나, 저 쿠베르타의 모든 개미들! 다 산 채로 불태워 버릴 거야!"

게릴레아우는 복수심에 불탔다.

홀로이드는 대화할 마음이 생기지 않았다. 멀리서 들리는 원숭이들의 울부짖음이 무더운 밤공기를 불길한 소리로 가득 채웠고, 포함이 시꺼멓고 불가사의한 강기슭에 가까워지자 우울한 개구리 울음소리마저 이 불길함을 한층 더했다.

"그럼 어떻게 해야 하는데?" 함장은 한참 뒤 다시 말했고, 갑자기 적극적이고 사납고 불경해지면서 더 지체하지 않고 산타로사를 불태우겠다고 결정했다. 배에 탄 모두가 그 생각에 기뻐했고, 열렬히 그 일을 도왔다. 사람들은 밧줄을 끌어당겨 자르고 보트를 내린 뒤 삼 부스러기와 등유로 쿠베르타에 불을 질렀고, 쿠베르타는 곧 광막한 열대야 속에서 딱딱 소리를 내며 신나게 활활 타올랐다. 홀로이드는 암흑을 배경으로 치솟는 노란 불길과 숲의 꼭대기 위로 왔다 갔다 하는 막전의 납빛 번쩍임들이 불길에 일시적으로 윤곽선을 드리우는 모습을 지켜보았다. 화부 역시 홀로이드의 등 뒤에 서서 그 광경을 지켜보고 있었다.

화부는 너무 흥분해 말까지 제대로 하지 못했다. "사우바, 펑, 펑 터져." 화부는 그렇게 말하더니 "야호" 하고는 쩌렁쩌렁 울리게 웃었다.

그러나 홀로이드는 카누 갑판에 있는 그 작은 생명체들에게도 눈과 뇌가 있다는 생각을 하고 있었다.

그 모든 게 믿을 수 없을 만큼 멍청하고 잘못됐다고 느껴졌다. 하지만…… 그럼 어떻게 해야 했는데? 이 질문은 포함이 마침내 바다마에 닿은 직후에, 엄청나게 강화되어 돌아왔다.

잎과 짚으로 덮인 집들과 헛간들이 있고, 덩굴식물에 침범당한 설탕 공장이 있고, 목재들과 줄기들이 작은 둑을 이룬 그곳은 뜨거운 아침 열기 속에 아주 조용했고, 살아 있는 사람의 기운이 하나도 느껴지지 않았다. 저 멀리 무슨 개미가 있든, 개미는 너무 작아 보이지 않았다.

게릴레아우가 말했다. "사람들은 모두 가버렸어. 그래도 우린 한 가지를 할 거야. 우린 소리를 지르고 휘파람을 불 거야."

그래서 홀로이드는 소리를 지르고 휘파람을 불었다.

이윽고 함장은 최악의 의심병에 빠졌다. 함장이 곧 말했다. "우리가 할 수 있는 일이 하나 있어." "그게 뭐죠?" 홀로이드가 물었다.

"다시 소리 지르고 휘파람을 불어."

사람들은 함장 말대로 했다.

함장은 갑판을 걸어 다니며 손짓을 섞어 가며 혼잣말을 했다. 함장은 생각이 많아 보였다. 입에서 말들이 단속적으로 나왔다. 함장은 스페인어 아니면 포르투갈어로 상상 속의 공개 법정에서 연설을 하는 듯이 보였다. 홀로이드의 발달하고 있는 귀가 병기에 대한 무슨 말을 감지했다. 함장은 갑자기 열중하던 데서 깨어나 영어로 외쳤다. "나의 친애하는 홀로이드! 하지만 사람이 도대체 어떻게 할 수 있겠어?"

함장과 홀로이드는 쌍안경을 가지고 보트에 탔고, 그곳을 조사하러 가까이 갔다. 둘은 수많은 큰 개미들을 알아봤고, 조잡한 승선장 가장자리에 점점이 보이는 개미들의 꼼짝 않는 태도는 사람들을 지켜보고 있다는 느낌을 줬다. 게릴레아우는 개미들을 권총으로 쏘려는 허튼 시도를 했다. 홀로이드는 가까운 집들 사이로 흥미로운 토목공사가 진행되고 있는 것 같다며, 이 인간 거주지를 정복한 곤충들의 작품일지도 모른다고 했다. 두 탐험가가 승선장을 지나가자, 그 둘의 눈에 허리에 두르는 간단한 옷을 입은 인간의 해골 하나가 보였다. 저 멀리 누워 있는 해골은 매우 하얗고 깨끗하고 반짝였다. 함장과 홀로이드는 그 광경을 보며 잠시 침묵했다……

"난 저 모든 사람들을 생각해야 해." 갑자기 게릴레아우가 말했다.

홀로이드는 고개를 돌려 게릴레아우를 물끄러미 보았고, 함장이 말한 모든 사람들이라는 게, 그저 여러 인종이 뒤섞인 포함의 승무원들이란 걸 서서히 깨달았다.

"상륙 팀을 보내는 건 불가능해. 그냥 불가능해. 독에 중독될 거고, 몸이 부풀어 오를 거고, 잔뜩 부은 뒤에 날 욕하겠지. 그러니 절대로 불가능해…… 상륙할 거라면 나 혼자, 혼자서 상륙해야 해. 두꺼운 부츠를 신어야 하고, 내 목숨은 내 손에 달리는 거야. 어쩌면 난 살아남을 거야. 혹은…… 상륙하지 않을지도 모르지. 모르겠어, 모르겠다고."

홀로이드는 자긴 알겠다고 생각했지만 아무 말도 하지 않았다.

게릴레아우가 갑자기 말했다. "저 자식들, 쭉 날 우스꽝스럽게 만들 속셈이었어, 저 자식들은!"

게릴레아우와 홀로이드는 노를 저어 돌아다니며 여러 각도에서 그 깨끗한 백골을 보았고, 이윽고 포함으로 돌아왔다. 이제 게릴레아우는 지독하게 우유부단해졌다. 증기가 올라갔고, 오후가 되자 모니터함은 누군가에게 뭔가를 물어보겠다는 분위기로 강을 올라갔으며, 해질 땐 다시 돌아와 닻을 내렸다. 먹구름이 몰려오더니 돌연 격렬하게 천둥 번개가 치고 폭풍우가 휘몰아쳤으며, 밤이 되어 더할 수 없이 서늘하고 조용해지자 다들 갑판에서 잠이 들었다. 게릴레아우만이 뒤척이고 뭐라 중얼거렸다. 새벽 무렵, 게릴레아우는 홀로이드를 깨웠다.

홀로이드가 말했다. "맙소사! 또 무슨 일이죠?"

"난 결심했어." 함장이 말했다.

"뭘…… 혹시 상륙해요?" 홀로이드가 즐거운 듯이 똑바로 앉으며 말했다.

"아니!" 함장은 그렇게 말하더니 잠시 수줍어했다. "난 결심했어." 함장은 되풀이해 말했고, 홀로이드는 성마른 신호를 보였다.

"음…… 난 저 포를 쏠 거야!" 함장이 말했다.

함장은 정말로 포를 쏘았다! 개미들이 함장의 생각을 어떻게 생각할진 아무도 모르지만, 함장은 정말로 발포했다. 함장은 엄청나게 엄숙한 태도로 격식을 차리며 포를 두 번 쏘았다. 모든 승무원이 솜을 넣어 귀를 막았고, 이는 이제 완전히 전투에 들어간다는 뜻이었다. 함장은 먼저 낡은 설탕 공장을 쏘아 부순 다음, 승선장 뒤의 버려진 가게를 박살냈다. 하지만 이윽고 게릴레라우는 필연적인 반발을 겪었다.

함장이 홀로이드에게 말했다. "이건 소용없어. 전혀 소용없어. 도대체 아무 소용이 없어. 우린 지시를 받으러 돌아가야 해. 이 무기를 썼다고 빌어먹을 소동이 나겠지…… 아! 빌어먹을 소동! 자넨 몰라, 홀로이드……"

함장은 잠시 끝없이 당황한 눈으로 세계를 바라보며 서 있었다.

"하지만 그 외에 할 수 있는 게 뭐가 있겠어?" 함장이 외쳤다.

오후가 되자 모니터함은 강을 다시 내려가기 시작했고, 저녁이 되자 상륙 팀이 부함장의 시체를 꺼내 강가에서 태웠다. 그곳에는 그 새로운 개미들이 아직 나타나지 않은 듯했다.

IV

내가 이 이야기를 홀로이드에게서 단편적으로 들은 지 아직 3주도 되지 않았다.

이 새로운 개미들은 홀로이드의 뇌리에 박혔고, 홀로이드는 그 개미들 때문에 '흥분한 사람들'에 대해 생각하며 '너무 늦기 전에' 영국으로 돌아왔다. 홀로이드는 그 개미들이 그들의 현재 활동 영역에서 1천 마일 정도밖에 안 떨어진 영국령 기아나를 위협할 수 있으니, 영국 식민성은 당장 개미 처리에 착수해야 한다고 말한다. 홀로이드는 엄청나게 열변을 토한다. "그 개미들은 지능이 뛰어나요. 그게 무슨 뜻일지 생각해 봐요!"

그 개미들이 심각한 해충이란 데는 의심의 여지가 없고, 브라질 정부는 깊은 고민 끝에 효과적인 개미 박멸 방법에 500파운드의 상금을 걸었다. 약 3년 전 바다마 너머 언덕들에 처음 나타난 이후로 그 개미들이 대단한 정복의 성과를 거두었다는 것도 분명하다. 바테모 강의 남쪽 기슭 전체, 거의 60마일에 달하는 지역을 개미들이 효과적으로 점령하고 있다. 개미들은 인간을 완전히 몰아내 버렸고, 농장들과 거주지들을 모두 점령했으며, 최소 배 한 척을 손에 넣었다. 심지어 개미들이 불가해한 방법으로 상당한 너비의 카푸아라나 지류를 건너 아마존 강까지 한참을 진출했다는 말까지 들린다. 그 개미들이 이제까지 알려진 어떤 종의 개미보다 훨씬 더 조리 있고 사회조직 또한 훨씬 발전했다는 점에는 의심의 여지가 거의 없다. 그 개미들은 뿔뿔이 흩어진 사회들에서 살지 않고, 실질적으로 하나의 국가로 조직화되어 있다. 그러나 그 개미들이 머지않아 우리에게 위협이 되는 이유는, 그놈들이 조직화되어 있어서가 아니라, 자기보다 큰 적에게 지능적으로 독을 쓰기 때문이다. 그 개미들의 독은 아무래도 뱀독과 아주 유사한 듯하고, 개미들이 실제로 직접 독을 만들어 내고 있을 가능성이 아주 크며, 그중 몸집이 큰 개체들은 인간을 공격할 때 바늘 모양의 독 결정을 가져와서 덤빈다.

물론 지구 주권을 놓고 다투는 새로운 경쟁자인 그 개미들에 대한 자세한 정보를 구하기란 극히 힘들다. 그놈들을 흘끗 본 홀로이드를 제외하면, 그 개미들의 활동을 직접 본 사람이 살아남은 경우가 없기 때문이다. 그 개미들의 용감함과 능력에 대한 대단한 전설들이 아마존 상류 지역에서 회자되고 있고, 그 침략자들의 꾸준한 전진이 공포를 통해 인간의 상상력을 자극하는 덕분에 전설도 날마다 커져 간다. 그 기묘하고 작은 생명체들은 이제 도구를 쓰고, 불과 금속에 대해 알고, 우리 북부인들이 놀라 뒤로 넘어갈 정도로 조직화된 토목공학의 위업까지 이루었다고 믿어질 뿐 아니라(이런 위업들은 리우데자네이루의 사우바들이 이룬 업적만큼이나 우리에게 생소하다. 리우데자네이루의 그 개미들은 1841년에 파라이바 강 아래에 터널을 뚫었는데, 그 터널이 뚫린 강 부분의 폭은 런던 다리가 있는 부분의 템스 강만큼이나 넓다), 또한 우리의 책과 비슷하게 조직화되고 정밀한 기록 및 통신 방법이 있다고 한다. 지금까지 그 개미들은 새로 침략하는 지역에 존재하는 모든 인간들을 패주시키거나 학살하면서 꾸준하고 점진적인 정착 활동을 해왔다. 그 개미들의 수는 급속히 늘고 있고, 홀로이드는 그 개미들이 적어도 열대 남미 전역에서 결국 인간을 쫓아낼 거라 굳게 믿고 있다.

그렇다면 개미들이 열대 남미에서 멈춰야 할 이유는 뭐란 말인가?

음, 개미들은 어쨌거나 그곳에 있다. 개미들이 계속 지금처럼 나아갈 경우 1911년 혹은 그 무렵이면, 놈들은 분명 카푸아라나 철도 연장선을 공격할 것이고, 어쩔 수 없이 유럽 자본가들의 관심을 끌게 될 것이다.

1920년이면 그 개미들이 아마존 강을 반 정도 내려올 것이다. 나는 개미들이 늦어야 1950년 혹은 1960년이면 유럽을 발견하리라 본다.

담장에 난 문
The Door in the Wall

I

겨우 석 달쯤 전, 허심탄회하게 이야기를 나누던 어느 저녁, 라이어넬 월리스는 '담장에 난 문' 이야기를 내게 해주었다. 그리고 그때, 나는 월리스가 말한 것이 적어도 자신에게는 진실이었다고 생각했다.

월리스는 너무나도 솔직담백하게 말했기에 나는 그 말을 믿지 않을 수가 없었다. 하지만 아침에 내 아파트에서 잠이 깨자 생각이 달라졌고, 나는 침대에 누워 지난밤 월리스가 내게 들려준 이야기를 떠올려 보았다. 월리스의 진지하고 느릿한 말투의 매력도 없고, 테이블을 일부만 분명하게 비추던 갓 씌운 램프 불빛이나 월리스와 나를 감쌌던 은은한 분위기도 없고, 일상의 현실과 단절된 밝고 작은 세계를 만들어 내던 테이블보와 냅킨, 디저트와 유리잔 등 기분 좋고 밝은 것들이 모두 사라지자, 나는 솔직히 그 말을 믿을 수가 없었다. 내가 말했다. "그 친구, 날 속였 군! 하지만 훌륭한 솜씨인걸! 다른 사람도 아니고 그 친구가 그렇게 멋 지게 이야기를 꾸며 낼 줄은 몰랐어."

잠시 뒤 나는 침대에서 일어나 앉아 차를 홀짝이며 월리스가 해준 믿 기 어려운 이야기를 떠올리면서, 그 친구의 회상에 어떻게든 현실감을 부여하려 애썼다. 그 이야기는 그런 방식이 아니면 달리 표현할 수 없는 어떤 체험을 암시하고 제시하고 드러내는 것이 아닐까, 어떻게 말해야 좋을지 모르겠지만 어쩐지 그런 생각이 들었다.

그러나 지금은 그렇게 설명하고 싶지 않다. 나는 한때 품었던 의심을 완전히 털어 버렸으며, 이야기를 들을 당시 그랬던 것처럼, 월리스가 자 신의 능력이 닿는 한 최선을 다해 나에게 진실을 들려주었다고 믿는다. 그러나 나는 여전히 잘 알 수가 없다. 그 친구가 정말로 그걸 봤는지, 아 니면 그저 보았다고 생각했을 뿐인지, 그 친구에게 엄청난 특권이 있었 던 건지 아니면 그저 환상적인 꿈에 의해 휘둘렸던 것인지, 나는 추측 하는 척도 못하겠다. 그리고 내 의혹을 영원히 의혹으로 남겨 버린 그의 죽음마저도 그 점에 아무런 단서도 제공하지 않는다.

그 판단은 독자가 해야만 한다.

그날 내가 어떤 말이나 비평을 했기에 그처럼 과묵한 사람이 자기 비 밀을 내게 털어놓게 됐는지는 이제 기억나지 않는다. 월리스는 당시 벌 어졌던 대규모 사회운동에서 뭔가 역할을 맡고 있었는데, 나는 그 운동 이 느슨한 데다 신뢰할 수 없는 것이라고 비판하며 그 친구에게 실망했 다고 말했고 월리스는 거기에 대해 뭔가 변명을 하고 있었던 것 같다. 그러다 월리스는 갑자기 그 이야기를 꺼냈다. "사실 내 마음을 사로잡고

570

있는 게 있어……"

잠시 뒤 월리스는 계속 말했다. "내가 태만했다는 건 나도 알아. 분명한 건, 내가 말하려는 것이 유령이나 허깨비 같은 건 아니라는 거야. 하지만 말하기가 참 애매하군, 레드먼드. 난 홀려 있어. 뭔가에 홀려 있어. 다른 건 모두 아무래도 상관없어지고, 완전히 그것 하나만 간절히 바라게 되어 버렸어……"

월리스는 이야기를 멈추었다. 뭔가 감동적이거나 진지하거나 아름다운 것에 대해 이야기할 때 우리 영국인들에게 종종 나타나는 특유의 수줍음 때문이었다. "자넨 세인트애설스탠 학교를 계속 다녔지." 월리스가 말했고, 나는 잠시 월리스가 생뚱맞은 이야기를 한다고 생각했다. "그런데……" 월리스는 말을 멈추었다. 그런 다음, 처음에는 무척 더듬거렸지만 차차 편안하게 자기 인생의 숨은 비밀을, 세상의 모든 흥미와 볼거리들을 지루하고 공허하고 허무하게 만들어 버리는, 마음속을 만족할 수 없는 동경으로 가득 채우는, 아름답고 행복이 충만한 잊을 수 없는 추억을 털어놓기 시작했다.

이제 그 이야기에 대한 실마리가 어느 정도 풀린 상황에서 생각해 보니, 그때 그 친구의 얼굴에 모든 게 뚜렷하게 나타나 있었던 것 같다. 나는 그 친구의 사진을 한 장 갖고 있는데, 그 사진에는 세상사에 초연한 듯한 그의 표정이 잘 나타나 있다. 그 사진을 보면 한때 그 친구를 몹시 사랑했던 어떤 여인이 그에 대해 했던 말이 생각난다. "그이는 갑자기 흥미를 잃어버려요. 앞에 상대가 있다는 사실조차 잊어버려요. 바로 눈앞에 있는 사람에게조차 관심을 안 둔답니다……"

그러나 월리스가 세상사에 늘 흥미가 없었던 것은 아니었으며, 어떤 일에 주의를 집중하기만 하면 대단한 능력을 발휘했다. 실제로 월리스의 인생은 갖가지 성공의 연속이었다. 윌리스는 오래전부터 나보다 훨씬 앞서 나갔고, 내 한참 위로 날아올라 나로서는 도저히 따라잡을 수 없는 출세가도를 달렸다. 윌리스는 당시 서른아홉 살에 불과했으며, 사람들은 만일 윌리스가 살아 있었다면 관직으로 갔을 거고 새 내각에서 각료로 임명되었을 것이라고들 한다. 학교 다닐 때에도 윌리스는 별 노력 없이도 항상 나보다 앞섰다. 아마 태어날 때부터 그렇게 타고난 것이리라. 우리는 웨스트켄징턴에 있는 세인트애설스탠 학교 시절 동안 거의 늘 함께했는데, 입학 당시에는 동급생에 불과했던 그는 곧 장학금이라는 광휘와 뛰어난 성적으로 나를 훨씬 앞질렀다. 물론 나도 남들 하는 만큼은 했다고 생각한다. 그리고 그 시절에 나는 '담장에 난 문'에 대해 처음 들었고, 윌리스가 세상을 뜨기 겨우 한 달 전에 두 번째로 그 얘기를 들었다.

적어도 윌리스에게는 그 '담장에 난 문'은 진짜였는데, 현실 세계의 담장을 지나 영원불멸의 진실에 이르게 하는 문이었다. 이제 나는 그 점에 대해 상당히 확신한다.

그 문은 윌리스의 삶에서 꽤 일찍, 그 친구가 다섯 살과 여섯 살 사이 어린아이였을 때 처음 등장했다. 윌리스가 그 얘기를 나에게 고백했을 때의 표정과 태도가, 엄숙하게 그때가 언제쯤이었는지를 천천히 생각하며 계산하던 모습이 떠오른다. 윌리스가 말했다. "거기엔 진홍색 미국담쟁이덩굴이 있었어. 맑은 호박색 햇살이 비치는 하얀 담장이었어. 이유는 기억나지 않지만 어쨌든 그런 기억이 분명히 남아 있어. 그리고 초록색 문 아래 깨끗한 도로 위에 마로니에 잎이 떨어져 있었지. 나뭇잎들은 갈색으로 변하거나 더럽지 않고 노랑과 초록으로 얼룩져 있었으니 아마 떨어진 지 얼마 안 되었을 거야. 그러니 아마 10월쯤이었겠지. 나는 해마다 마로니에 잎들이 어떻게 변하는지 유심히 관찰하고 있었거든. 그러니까 그게 맞을 거야.

만약 내 기억이 맞다면 나는 그때 다섯 살하고 4개월째였을 거야."

월리스의 말에 의하면, 그 친구는 꽤 조숙한 편이었다고 한다. 비정상적일 만큼 어린 나이에 말문이 트였고 무척이나 분별력 있는 소위 '애어른'이었기에, 일고여덟 살 어린아이들에게도 잘 주어지지 않는 행동의 자유가 허용되었을 정도였다. 월리스는 두 살 때 어머니를 잃었고, 그 뒤로는 유모의 보살핌을 받았는데, 당연히 유모는 어머니보다 주의를 덜 기울이고 덜 엄격하게 보살폈다. 아버지는 일에 빠져 지내는 변호사로, 엄격했으며, 월리스에게 특별히 관심을 기울이지는 않았으나 또 한편으로는 큰 기대를 걸고 있었다. 월리스는 두뇌가 명석했으나 이 세상이 따분하고 무미건조하다고 느꼈던 모양이다. 어느 날 그 친구는 집을 나와 길거리를 헤맸다.

월리스는 누가 어쩌다가 주의를 소홀히 한 탓에 집을 빠져나올 수 있었는지, 또는 웨스트켄징턴의 어떤 길로 걸어갔는지는 제대로 기억하지 못했다. 그 모든 것은 이제는 도저히 되살릴 수 없는 기억의 얼룩 속으로 희미하게 사라졌다고 했다. 그러나 하얀 담장과 초록색 문은 아주 뚜렷하게 기억한다고 했다.

그 어린 시절의 기억에 의하면, 월리스는 그 문을 처음 본 순간 다가가서 문을 열고 안으로 들어가고 싶은 이상한 감정, 끌림, 욕망을 느꼈다고 한다. 그러나 동시에 그런 유혹에 빠지는 것이 현명하지 못한, 또는 옳지 못한 행동이라는 뚜렷한 확신도 들었다(그 둘 중 어느 쪽이라고 정확하게 짚어 말하기는 어려웠다). 또한 기억이 만든 묘한 속임수에 놀아나는 것이 아니라면, 이상하게도 처음 본 순간부터 그 문이 잠겨 있지 않다는 것, 원하기만 하면 당장에라도 안으로 들어갈 수 있다는 것을 알 수 있었다고 주장했다.

어린 소년이 한편 마음이 끌리면서도 다른 한편 주저하는 모습이 내 눈앞에 선명하게 그려진다. 그리고 월리스는 이유는 분명하게 설명할 수 없지만, 그 문으로 들어가면 아버지가 무척 화를 낼 것이라는 생각이 뚜렷이 들었다고 했다.

월리스는 망설이고 주저했던 그 순간에 대해 매우 자세하게 이야기해주었다. 월리스는 그 문 앞을 그냥 지나쳤으며, 두 손을 호주머니에 넣고 서투른 휘파람을 억지로 불어 대면서 담장 끝까지 그대로 걸어갔다. 거기에는 보잘것없는 초라한 가게들이 여러 개 늘어서 있었는데, 그중 배관 겸 도배 가게에 토관, 함석판, 볼 탭,* 벽지 견본, 에나멜 통 등이 먼지가 수북이 쌓인 지저분한 모습으로 놓여 있었다. 월리스는 그 물건들을 구경하는 척하며 그 앞을 어슬렁거렸지만 머릿속에는 오로지 그 초록색 문 생각뿐이었다.

그리고 갑자기 월리스는 질풍 같은 감정에 휩싸였다고 했다. 월리스는 다시 망설이는 마음이 들기 전에 그 문을 향해 뛰어갔으며, 손을 내밀어 곧장 초록색 문을 열고 안으로 들어갔고, 등 뒤에서 문이 쾅하고 닫혔다. 그렇게 해서, 월리스는 평생 동안 자신을 사로잡았던 그 정원으로 들어간 것이다.

월리스는 자신이 들어섰던 정원에 대한 느낌을 내게 제대로 전하는 데 아주 애를 먹었다.

그 정원에는 사람을 기뻐 들뜨게 하는 분위기, 경쾌함과 행복, 여유

---

*가벼운 공을 이용해 물의 유입구를 개폐하는 장치.

있고 느긋한 느낌이 감돌았다. 또한 알 수 없는 무언가 때문에 모든 색이 또렷하고 완전하게 보이면서 미묘하게 빛이 났다. 거기에 들어서는 순간 월리스는 오직 기쁘기만 했다. 이 세상에 아주 드문, 어리고 즐거울 때에나 느낄 수 있는 그런 기쁨이었다. 그곳에서는 모든 것이 아름다웠다……

월리스는 잠깐 생각에 잠겼다가 다시 말을 이었다. "그런데 말이야……" 사람들이 믿기 어려운 얘기를 할 때 머뭇거리듯이, 그도 그런 태도로 말했다. "거기엔 커다란 퓨마가 두 마리 있었어. 점이 있는 퓨마였어. 그런데 나는 그 퓨마가 무섭지 않았어. 그곳에는 넓은 길이 길게 뻗어 있었고, 길 양쪽에는 대리석으로 가장자리를 두른 화단이 있었는데, 털가죽이 벨벳 같은 그 커다란 짐승 두 마리가 그 화단에서 공을 가지고 뛰놀았어. 그 가운데 한 마리가 호기심이 생겼는지 고개를 들어 나를 보더니 곧장 내게로 달려왔어. 내가 조그마한 손을 내밀자 거기에 자신의 부드럽고 둥근 귀를 비비면서 기분 좋게 가르릉거렸어. 그래, 그것은 마법의 정원이었어. 자신 있게 말할 수 있어. 크기? 아아! 사방으로 쭉 펼쳐져 있었어. 멀리 저쪽에는 언덕들이 있었던 것 같아. 웨스트켄징턴 따위는 어디론가 사라진 듯했어. 그런데 어찌 된 영문인지 난 꼭 집에 돌아온 것 같은 기분이었어.

문이 내 뒤에서 닫힌 그 순간부터 나는 마차와 장사꾼들의 손수레들이 다니는 마로니에 잎이 떨어져 있는 길은 깨끗이 잊어버렸어. 집의 규칙을 지키라고, 거기에 복종하라고 중력처럼 나를 끌어당기는 힘도 잊어버렸어. 망설임이나 두려움, 신중함이나 이 세상의 현실 따위는 싸늘하게 잊었어. 나는 그 순간 기쁨과 경이와 행복에 가득 찬 꼬마가 되었어. 다른 세상에 사는 꼬마였지. 그곳은 이 세상과는 완전히 다른 세계였어.

햇빛은 더 따뜻하고 깊숙이 스며들면서도 더 부드러웠고, 주위의 공기에는 투명하고 맑은 기쁨이 희미하게 배어 있었으며, 파란 하늘에는 구름이 햇빛에 밝게 빛나며 둥실 떠 있었지. 그리고 나를 반기듯 내 눈앞에 난 길고 넓은 길 양쪽으로는 잡초 하나 없는 화단이 있었고, 거기에는 사람이 가꾸지 않은 꽃들이 활짝 피어 있었고, 커다란 퓨마 두 마리가 있었어. 나는 전혀 무서워하지도 않고 내 작은 손으로 그 퓨마들의 부드러운 털과 동그란 귀와 귀 바로 아래 예민한 구석까지 쓰다듬어 주었고, 함께 뛰어놀았어. 퓨마들은 마치 내가 집에 돌아온 것을 환영하는 듯했어. 집에 돌아왔다는 생각이 강렬하게 드는 그때, 키가 큰 아름다운 여자가 길에서 나타나 내게 다가오더니 웃으면서 나에게 '안녕?' 하며 인사를 하곤 나를 들어 올려 키스를 한 다음 내려놓고는 손을 잡고 어디론가 데려갔어. 그때 나는 전혀 놀라지 않았어. 오히려 그 모든 것이 당연하다는 즐거운 느낌이었지. 그동안 무슨 이유론가 잊고 있었던 행복한 일들을 기억해 낸 느낌이라고나 할까. 뾰죽뾰죽 솟아오른 제비고깔 사이로 넓고 붉은 계단이 보였고, 그 계단을 올라가자 아주 울창한 고목들이 양쪽에 늘어선 대로가 나타났어. 벌겋게 갈라진 그 고목들이 늘어선 길을 따라 대리석으로 깎아 만든 귀빈석과 석상들이 놓여 있었고, 아주 온순하고 사람을 잘 따르는 흰 비둘기들도 보였어……

그 여자는 시원한 가로수 길을 따라 나를 데려갔고 나를 내려다보며 (그때 그 여자의 아름다운 얼굴선, 상냥한 얼굴의 섬세한 턱 모양을 지금도 기억해) 부드럽고 상냥한 목소리로 이것저것 묻기도 하고 또 무슨 얘기도 해주었어. 아주 재미있고 즐거운 이야기였던 건 분명한데, 그 내용은 전혀 기억이 안 나…… 그때 갑자기 털은 적갈색에 눈은 순한 담갈색인 아주 깔끔한 꼬리감기원숭이 한 마리가 나무에서 내려와 내 곁으

로 달려왔어. 원숭이는 나를 올려다보며 즐거운 듯 이빨을 온통 드러내
더니 금방 내 어깨로 뛰어 올라왔지. 그렇게 우리 둘은 무척 즐겁게 그
길을 걸어갔어."

월리스는 말을 멈췄다.

"그래서?" 내가 말했다.

"사소한 것들까지 기억나. 월계수 사이에서 생각에 잠겨 있는 어떤 노
인을 지났고, 작은 잉꼬들이 즐겁게 지저귀는 곳을 지났고, 넓고 그늘진
주랑을 지나 넓고 시원한 궁전에 이르렀는데, 그곳은 유쾌하게 물을 뿜
어내는 분수들과 온갖 아름다운 것들, 마음속으로 원했으나 상상만 했
던 것들로 가득했어. 또한 온갖 물건과 많은 사람들이 있었지. 어떤 사
람들은 지금도 생생히 기억나고 또 어떤 사람들은 좀 희미하게 기억나.
그러나 모두가 한결같이 아름답고 친절했어. 자세히 기억할 수는 없지
만, 아무튼 그 사람들 모두가 무척 친절하고 내가 온 것을 무척 기뻐한
다는 것만은 분명히 알 수 있었어. 몸짓, 나의 손을 부드럽게 어루만지
는 태도, 환영과 사랑의 뜻이 담긴 그 눈빛으로 인해 내 마음은 기쁨으
로 가득 찼지. 그래……"

월리스는 잠시 생각에 잠겼다. "거기서 놀이 친구들을 만났어. 난 무
척 기뻤어, 난 외톨이 꼬마였거든. 그 아이들은 꽃으로 주위를 두른 해
시계가 있는 잔디밭에서 즐겁게 뛰어놀았어. 함께 놀며 우리는 친해졌
지……

그런데, 이상하게도 내 기억에는 어떤 공백이 있어. 우리가 무슨 놀이
를 하고 놀았는지 전혀 기억이 나지 않아. 아무리 애써도 기억나지 않
아. 나중에 나는 몇 시간이고 눈물까지 흘리며 그 행복했던 놀이를 되
새겨 보려 했어. 어린애다운 짓이었지. 나는 내 방에서 그 놀이를 혼자

다시 해보고 싶었어. 하지만 그럴 수가 없었어! 기억나는 것은 오직 그 때의 행복감과, 나와 함께 즐겁게 놀았던 두 명의 친구뿐이었어…… 이 윽고 조금 있으니까 엄숙하고 창백한 얼굴에 꿈꾸는 듯한 눈을 한 검 은 피부의 여자가 나타났어. 그 여자는 연한 자줏빛 긴 가운을 입고 책 을 한 권 들고 있었는데, 손짓으로 나를 부르더니 홀 위에 있는 화랑으 로 데리고 갔어. 함께 놀던 친구들은 나와 헤어지기 싫어하며 놀이를 멈 추고 그 자리에 서서 여자가 나를 데려가는 모습을 지켜봤어. 친구들은 '돌아와! 빨리 돌아와야 해!' 하고 외쳤어. 나는 여자의 얼굴을 올려다봤 지만 여자는 친구들의 말에는 전혀 마음 쓰지 않는 것 같았어. 그 여자 의 얼굴은 매우 부드러웠지만 엄숙했어. 여자는 나를 화랑의 의자로 데 려갔고, 나는 옆에 서서 여자가 무릎 위에 책을 놓고 펼치는 것을 들여 다봤어. 여자가 펼친 책을 손가락으로 가리켰어. 나는 깜짝 놀랐어. 그 건 살아 있는 책이었고 거기에 내 모습이 있었거든. 그것은 바로 나 자 신에 관한 책이었어. 그 안에는 내가 세상에 태어난 이래 생겼던 일들이 모두 들어 있었어……

정말 이상한 일이었어. 그 책의 책장에 담겨 있는 것은 그림이 아니라 현실이었거든."

윌리스는 침착하게 말을 멈추고 자기 말이 믿기냐는 표정으로 나를 바라보았다.

"계속해. 무슨 말인지 알겠어." 내가 말했다.

"그것은 현실 그대로였어. 틀림없었어. 그 안에서 사람들이 움직이고 사물들이 나타났다가 사라지곤 했으니까. 내가 거의 잊고 있었던 사랑 하는 어머니, 엄격하고 강직한 아버지, 하인, 유모, 집에 있는 온갖 낯익 은 물건들이 보였어. 이윽고 현관과, 마차들이 바쁘게 오가는 부산한 거리의 모습도 나타났어. 나는 그것을 보며 정말 놀랐어. 그래서 반신반의하며 새삼스럽게 그 여자의 얼굴을 쳐다봤지. 그리고 다시 책장을 넘겨 여기저기 건너뛰면서 책을 조금이라도 더 보려고 했어. 결국 길고 흰 담장에 난 초록색 문 바깥에서 왔다 갔다 하면서 주저하고 있는 내 모습까지 보게 되었고 나는 그 갈등과 두려움을 다시 느끼게 되었지.

'그다음은?' 나는 그렇게 외치며 책장을 넘기려 했지만 그 엄숙한 여자의 차가운 손이 나를 막았어.

'그다음은?' 나는 고집을 부리며 있는 힘을 다해 그 여자의 손가락을 떼어 내려 애썼고, 마침내 여자는 양보를 했어. 책장이 넘어가자 그 여자는 마치 그림자처럼 몸을 굽히고 내 이마에 키스를 했어.

그러나 그다음 책장에는 그 황홀한 정원도, 퓨마도, 내 손을 붙잡고 인도해 준 여자도, 나와 헤어지기 싫어하던 친구들도 있지 않았어. 오직 웨스트켄징턴의 긴 잿빛 거리, 아직 등불이 켜지기 전 싸늘한 오후의 거리만 있었고, 바로 그곳에 내가 작고 초라한 몰골로 엉엉 울고 있었어. 나는 울음을 참으려 애썼지만 그만 소리 내어 엉엉 울어 버렸어. 내 등 뒤에서 '돌아와! 빨리 돌아와야 해'라고 소리치던 친구들 곁으로 다시 돌아갈 수 없는 것이 슬펐거든. 나는 그곳에 있었어. 그것은 책의 한 장이 아니라 냉혹한 현실이었어. 그 황홀하던 정원, 그리고 나를 가로막던 엄숙한 그 여자의 손도 모두 사라졌어. 도대체 다 어디로 가버린 걸까?"

월리스는 다시 말을 멈추었고, 불빛을 물끄러미 바라보며 계속 침묵을 지켰다.

"아! 돌아왔을 때의 그 끔찍함이란!" 월리스가 중얼거렸다.

"그래서?" 잠시 기다렸다가 내가 말했다.

"난 정말 가련하고 불쌍한 아이였어! 이 잿빛 세상으로 되돌아오다니!

무슨 일이 일어났는지 깨달은 나는 도저히 감당할 수 없는 슬픔에 잠기고 말았어. 게다가 나는 많은 사람들 앞에서 꼴불견으로 엉엉 울었다는 수치심과 굴욕감에 휩싸인 채 집으로 돌아가야 했어. 어떻게 된 일이냐면, 상냥해 보이는 금테 안경을 쓴 노신사가 걸음을 멈추고 들고 있던 우산으로 나를 쿡쿡 찌르면서 말을 걸었어. '딱하기도 하지. 길을 잃었니?' 다섯 살도 넘게 먹은 런던 토박이인 나를 보고 글쎄 길을 잃었냐니! 그 노신사는 친절한 젊은 경관을 불러왔고, 덕분에 사람들이 주위에 모여들어 함께 나를 집에까지 데려다 줬어. 그래서 결국 여러 사람의 눈길 속에서 겁에 질려 엉엉 울면서 그 황홀한 정원으로부터 우리 집 계단으로 돌아오게 된 거야.

그 정원, 아직도 나를 사로잡고 있는 그 정원에 대해 기억하는 것은 이게 전부야. 그리고 물론 나는 그 정원에 떠돌던 느낌을, 형언할 수 없을 정도로 생생했던 그 투명한 비현실성을, 보통 우리가 이 세상에서 경험하는 느낌과는 다른 그 특성을 제대로 전달할 방법이 없어. 그러나 그 일은, 그 일은 분명 일어났어. 만일 꿈이었다면, 대낮이 분명했으니 아주 별난 꿈이라고나 할까…… 물론 나는 나중에 고모, 아버지, 유모, 가정교사 등등 온갖 사람들에게서 이런저런 질문에 시달려야 했지.

나는 가족에게 사실대로 이야기했어. 하지만 아버지는 내가 거짓말을 한다며 난생처음으로 내 종아리를 때렸어. 나중에 고모에게도 그 이야기를 들려주려 했지만 계속 못된 고집을 부린다며 다시 벌을 받았어. 집안 사람들이 나에게 그 이야기를 듣는 것 자체가 금지됐어. 그래서 그 일에 대해서는 한마디도 할 수 없게 돼버렸지. 심지어 얼마 동안은 동화책마저 빼앗겼어. 내가 지나치게 '상상력이 풍부하다'는 이유였지. 뭐? 정말이라니까. 정말 책들을 압수당했어. 우리 아버지는 보수적이었거든. 결국 그 이야기는 나 혼자 마음에 간직할 수밖에 없었어. 어린 나는 눈물을 흘리며 내 베개에다 속삭이곤 했고, 속삭이는 내 입술에 닿은 축축한 베개에서는 짭짤한 맛이 나곤 했지. 그리고 나는 형식적이고 열성 없는 기도 다음에 한 가지 진심에서 우러나온 소원을 덧붙이게 되었어. '하느님, 제발 그 정원의 꿈을 꾸게 해주세요. 아! 제발 저를 그 정원으로 데려가 주세요!'라고 말이야. 그 정원이 나오는 꿈을 자주 꾸기도 했어. 그때마다 내가 원래 겪은 것과는 달리, 약간 더해지거나 좀 바뀐 꿈을 꾼 것 같아. 너도 짐작하겠지만, 지금 나는 단편적인 기억의 조각들을 가지고 아주 어렸을 때의 경험을 다시 구성하려 하고 있어. 그런데 그 정원에 대한 기억과 그 이후 내 어린 시절의 일관된 기억 사이에는 깊은 심연이 놓여 있어. 그러다 보니 내가 슬쩍 보았던 그 놀라운 환상을 다시 말하는 것 자체가 불가능해진 때가 왔어."

나는 빤한 질문을 했다.

윌리스가 말했다. "아니. 그 시절에는 그 정원으로 가는 길을 다시 찾으려 했던 기억이 없어. 지금 생각하면 참 이상한 일이지. 그 사고가 있은 뒤부터 내가 또 길을 잃을까 봐 가족들이 내 행동을 엄격하게 감시했을 가능성이 아주 커. 너를 알게 되기 전까지는 그 정원을 다시 찾으려는 노력은 하지 않았어. 그리고 지금 생각해 보면 믿기지 않을 정도이지만 한때는, 여덟 살인가 아홉 살 때는 그 정원을 완전히 잊어버린 적도 있어. 세인트애설스탠 학교에서의 내 어렸을 적 모습 기억나?"

"물론이지!"

"내가 그 무렵 무슨 비밀스러운 꿈을 간직하고 있는 것처럼 보이지는 않았지?"

월리스는 고개를 들고 갑자기 싱긋 웃어 보였다.

"북서 항로 놀이를 나와 한 적이 있던가? 없겠구나, 당연하지. 나랑 등 굣길이 달랐으니까!"

월리스가 계속 말했다. "그건 상상력이 풍부한 아이들이 하루 종일 하는 놀이였어. 핵심은 학교로 가는 '북서 항로'를 발견하는 것이었지. 물론 학교 가는 길이야 뻔하지. 그런데 그 놀이는 뻔하지 않은 다른 길 을 발견하는 게 목적으로, 보통 때보다 10분 일찍 전혀 엉뚱한 방향으 로 출발해서 익숙하지 않은 낯선 길로 학교까지 가는 놀이였어. 그런데 어느 날 난 캠프던 힐 맞은편의 다소 하층민이 사는 거리에서 그만 길 을 잃어버렸어. 그래서 놀이에도 지고, 학교에도 늦을 거라고 생각했지. 그런데 될 대로 되라는 심정으로 막다른 골목처럼 보이는 길을 끝까지 갔더니 다른 길이 새로 나오는 거야. 나는 다시 희망을 갖고 그 길을 서 둘러 걸어갔지. '아직 늦은 건 아니야,' 이렇게 중얼거리면서 걷다 보니 골목길 사이로 묘하게 낯익은 지저분한 가게들이 나타났어. 그리고 놀 랍게도 거기서 그 길고 하얀 담장과 나를 환상의 정원으로 이끌었던 초 록색 문이 나타난 거야!

난 정신이 번쩍 들었어. 역시 그 정원, 그 멋진 정원은 결코 꿈이 아니 었던 거야!"

월리스가 말을 멈췄다.

"하지만 그 초록색 문을 두 번째로 보았을 때 나는 초등학생의 바쁜 삶과 얼마든지 놀 시간이 있는 아이의 세계는 확연히 다르다는 걸 깨닫 게 되었지. 그리고 어쨌든 그때 난 그 문으로 곧바로 들어갈 생각은 없었어. 우선, 학교에 늦지 않게 가야 한다는 생각으로 가득했어. 개근 기록을 깨고 싶지 않았거든. 물론 그 문으로 들어가고 싶은 생각도 조금은 있었을 거야. 그래, 그건 분명해…… 하지만 학교에 가야 한다는 생각 때문에 오히려 그 문은 그저 어떤 방해물이나 유혹처럼 느껴졌던 것 같아. 물론 다시 한 번 초록색 문을 발견했기 때문에 무척이나 호기심을 느꼈어. 마음속에는 그 생각뿐이었지만 난 학교로 갔어. 그 생각 때문에 걸음을 늦추거나 하지는 않았어. 나는 뛰어가면서 시계를 꺼냈고, 아직도 10분가량 여유가 있다는 걸 알았어. 언덕을 내려가니까 눈에 익은 길이 나오더군. 나는 숨을 헐떡이며 학교에 도착했어. 땀으로 온몸이 흠뻑 젖기는 했지만 그래도 지각은 하지 않았지. 그리고 코트와 모자를 걸었던 것도 기억이 나…… 그렇게 난 그 문 바로 앞을 그냥 지나쳐 버렸던 거야. 이상하지 않아?"

월리스는 생각에 잠긴 표정으로 나를 바라보았다. "물론 그때는 그곳이 늘 거기에 있지 않으리라는 사실을 몰랐어. 초등학생의 상상력에는 한계가 있는 법이니까. 문이 거기 있고, 또 그리로 가는 길을 알았다는 것만은 아주 기뻤던 것 같아. 하지만 우선은 학교에 가야 했어. 난 그날 오전에 몹시 산만하고 정신 집중이 잘 되지 않았던 것 같아. 그 아름답고 신비로운 사람들과 금방 다시 만나게 될 거라고 생각했고, 그러면 그 사람들과 뭘 할지 이런저런 것들을 떠올리고 있었지. 참 이상한 일이지만, 나는 그 사람들이 나를 만나면 무척 기뻐하리라는 점을 추호도 의심하지 않았어…… 그래, 맞아. 그날 아침 나는 그 정원을 힘든 학교생활 중간에 가끔씩 찾아가 쉴 수 있는 장소로 생각한 게 분명해.

하지만 그날은 거기 가지 않았어. 이튿날이 반휴일이었고, 아마도 그 영향이 있었을 거야. 아니면 그날 수업에 산만했던 탓에 벌로 보충수업을 받아야 했기 때문에 거기까지 들를 시간이 없었는지도 몰라. 어느 쪽인지는 잘 모르겠어. 내가 분명히 기억하는 것은 그날 마법의 정원이 내 마음을 완전히 사로잡았다는 거야. 그래서 도저히 나 혼자만 그 비밀을 간직하고 있을 수는 없었어.

그래서 나는 말했어. 그 아이 이름이 뭐였지? 우리가 주정뱅이라고 부르던 족제비같이 생긴 아이 말이야."

"홉킨스를 말하는 거로군." 내가 말했다.

"그래, 홉킨스. 사실 그 녀석에겐 말하고 싶지 않았어. 홉킨스에게 그 얘길 하는 건 뭔가 잘못이라는 생각이 들었거든. 하지만 난 그 이야기를 했어. 집으로 가는 길 일부가 녀석과 같았거든. 그 녀석은 말이 좀 많은 편이어서 그 마법의 정원 이야기가 아니더라도 아마 무슨 다른 이야기를 하기는 했을 거고, 게다가 그때 나는 도저히 다른 주제는 생각할 수 있는 상황이 아니었어. 그래서 난 비밀을 털어놓았지.

음, 녀석은 내 비밀을 떠벌렸어. 이튿날 쉬는 시간이 되자 나보다 큰 놈들 대여섯 명이 날 둘러싸더군. 녀석들은 나를 놀리면서도 한편으로는 그 환상의 정원에 대해 무척 호기심을 느끼며 그 이야기를 더 듣고 싶어 했어. 거기에는 덩치 큰 포셋이란 녀석도 끼어 있었어. 그 녀석 기억나? 그리고 카너비, 몰리 레이놀즈도 있었지. 넌 거기 없었어. 네가 거기 있었다면 내가 잊을 리가 없지……

소년의 감정이란 참 묘한 거야. 난 속으로 나 자신이 혐오스러웠지만 또 한편으로는 그 덩치 큰 녀석들의 관심을 받아서 다소 우쭐했었거든. 크로쇼란 녀석이 칭찬할 때는 특히 기분이 좋았어. 너도 기억나지? 작곡가 크로쇼의 아들 말이야. 그 녀석은 내 이야기가 이제껏 들은 거짓말 가운데 최고라고 말했어. 하지만 동시에 나는 신성한 비밀을 얘기하고 말았다는 사실에 수치심이 밀물처럼 몰려왔어. 그 짐승 같은 포셋이란 놈이 초록색 문 안에 있던 여자에 대해 농담을 했거든……"

그 수치심에 대한 생생한 기억 때문에 월리스의 목소리가 낮게 가라앉았다. 월리스가 말했다. "난 못 들은 척했어. 그러자 카너비가 갑자기 나를 거짓말쟁이 꼬마라고 불렀고, 나는 정말이라고 우기면서 우리 둘은 옥신각신했어. 그리고 나는 그 초록색 문이 어디 있는지 알며, 10분이면 그곳에 데려갈 수 있다고 말했어. 내 말을 듣고 카너비는 터무니없을 정도로 정색을 하더니 그래야 할 거라고, 약속을 지키지 않으면 혼쭐이 날 거라고 말하더군. 카너비에게 팔을 비틀려 본 적 있어? 그렇다면 내가 그 말을 얼마나 두려워했는지 짐작할 거야. 나는 내가 한 이야기는 정말이라고 맹세했어. 크로쇼가 끼어들어 한두 마디 해주기는 했지만, 당시 학교에서는 누군가 카너비에게 당하고 있으면 그 누구도 나서서 도와줄 수가 없었어. 카너비는 아주 좋은 사냥감을 하나 잡은 거지. 난 흥분해서 귀가 빨개지고 겁도 났어. 난 정말 멍청한 꼬마처럼 행동했고, 그 결과 나 혼자서 그 마법의 정원에 가는 대신 길잡이를 했어. 뺨과 귀는 벌겋게 달아오르고 눈이 쑤시고 영혼은 비참하고 수치스러워 고통스러워하면서도, 결국 나는 나를 조롱하면서도 호기심에 차 있는, 나를 겁주는 애들 여섯 명을 이끌고 그 정원을 찾아갔어.

우리는 그 하얀 담장과 초록색 문을 찾아내지 못했어……"

"그 말뜻은……?"

"그곳을 찾을 수가 없었다고. 찾을 수 있었다면 어떻게든 찾았을 거야. 나중에 혼자 갔을 때도 찾을 수 없었어. 결코 찾아낼 수 없었어. 그 뒤에도 학교에 다니면서 계속 그곳을 찾아봤지만 한 번도 찾아내지 못했어. 단 한 번도."

"그 녀석들이…… 괴롭혔어?"

"끔찍할 정도로…… 카너비는 터무니없는 거짓말을 했다면서 날 어떻게 할지를 놓고 회의를 열었지. 그날 내가 엉엉 운 흔적을 감추려고 집에 몰래 들어가 위층으로 올라간 기억이 나. 다시 울다가 나는 마침내 잠이 들었지만, 그렇게 울었던 건 카너비 때문이 아니라 그 정원, 내가 원하던 아름다운 오후, 아름답고 상냥한 여자들, 나를 기다리는 놀이 친구들, 다시 한 번 배우고 싶은 그 놀이, 그 잊어버린 아름다운 놀이 때문이었어……

내가 말만 하지 않았더라도 그것들을 다시 볼 수 있었을 거라고 굳게 믿었지. 그 후로 난 힘든 시간을 보냈어. 밤에는 울고 낮에는 멍하니 공상에 빠졌지. 두 학기 동안 내내 게으름을 부려서 성적이 뚝 떨어졌지. 기억나? 물론 기억하고 있겠지! 수학에서 네가 나를 앞섰으니까. 덕분에 나는 다시 열심히 공부를 하게 되었어."

III

얼마 동안 내 친구는 빨갛게 타오르는 불길 한가운데를 물끄러미 바라보았다. 이윽고 월리스가 말했다. "열일곱 살이 될 때까지 나는 그곳을 다시는 보지 못했어.

그러다가 갑자기 세 번째 기회가 찾아왔어. 옥스퍼드 장학생 선발 시험을 보려고 마차로 패딩턴 역에 가던 중이었어. 그때는 아주 순간적으로 힐끗 보았을 뿐이야. 이륜마차 창문에 팔을 기대고 담배를 피우면서 내가 참 잘났다는 생각을 하던 중이었어. 그런데 갑자기 그 문과 담장이

586

나타났고, 그러자 결코 잊을 수 없었던, 손에 넣지 못했던 것에 대한 그리움이 솟구쳤어.

마차는 덜커덕거리며 길을 달리고 있었어. 나는 너무 놀라 그 길을 지나 모퉁이를 돌 때까지도 마차를 멈출 생각을 하지 못했어. 그리고 나는 내 의지가 둘로 나뉘어 서로 다른 방향으로 향하는 기묘한 순간을 경험했어. 나는 마차 천장의 조그만 문을 두드렸고 팔을 내려 시계를 꺼내려고 했어. 마차꾼이 금방 '네, 무슨 일이신데요?' 하고 묻더군. 나는 '아, 아니, 아무것도 아닙니다. 제가 뭔가 잘못 안 모양이네요! 시간이 별로 없어요! 그냥 가세요!'라고 소리쳤어. 마차는 그대로 계속 달려갔지……

난 장학금을 받게 되었어. 장학금을 받게 되었다는 통지를 받은 날 밤 나는 우리 집 2층에 있는 작은 내 서재의 벽난로 앞에 앉아, 좀처럼 칭찬하는 일이 없는 아버지가 해주는 칭찬과 유익한 충고들을 듣고 있었어. 그러는 동안 난 애용하는 파이프, 그러니까 청년들이 좋아하는 뭉뚝한 파이프로 담배를 피우며 그 길고 하얀 담장에 난 초록색 문을 생각했어. '만일 그때 마차를 세웠더라면 나는 틀림없이 장학금을 놓쳤을 거야. 그리고 옥스퍼드에도 들어가지 못했겠지. 그리고 내 앞에 놓인 멋진 출세의 길도 엉망이 되었을 거야! 그러고 보면 나도 이제 사리를 제법 판단하게 된 모양이야!' 나는 깊이 생각한 끝에 출세를 위해서라면 마법의 정원 따위는 당연히 희생시킬 수 있다는 결론을 내렸어.

정원의 친구들, 그리고 그 맑은 분위기들은 내게 무척 달콤하고 훌륭하지만 너무 멀리 떨어져 있는 존재 같았어. 그때부터 나는 현실에 집착하게 된 거지. 나는 다른 문, 즉 출세의 문이 열려 있는 걸 보았어."

윌리스는 다시 벽난로를 물끄러미 바라보았다. 붉은 난로 불빛이 윌리스의 얼굴에 떠오른 굳센 의지를 한순간 드러냈지만 그 표정은 곧 다시 사라졌다.

"그래." 월리스는 말하더니 다시 한숨을 쉬었다. "난 출세를 위해 노력했어. 많은 일을 했지. 어려운 일도 많았어. 그러나 나는 그 마법의 정원을 수천 번이나 꿈꾸었고, 그 뒤로도 비록 흘깃 본 것이기는 하지만 네 번이나 더 그 문을 보았어. 그래, 네 번이나. 한동안 나는 이 세상이 무척 눈부시고 흥미로웠고, 의미가 있고 훌륭한 기회로 가득 찬 것 같았어. 거기에 비해서 그 정원의 매력은 이미 절반쯤 사라진 데다 시시하고 거리가 멀게 느껴졌어. 아름다운 여인들과 유명 인사들을 만나러 만찬회에 가다가 퓨마 따위를 쓰다듬을 생각이 들겠어? 옥스퍼드를 졸업하자 나는 전도유망한 청년이 되어 런던에 진출했지. 꽤 성공했다고 할 수 있지. 하지만 어떤 것은 실망스럽기도 했고……

나는 두 번 사랑에 빠졌어. 거기에 대해선 자세히 말하지 않겠어. 하여튼 어떤 여인을 찾아가는 길이었지. 그 여인은 과연 내가 자기에게 접근할 만한 용기가 있는지 의심스러워하고 있었어. 나는 얼스 코트 근처에 있는, 사람들이 잘 다니지 않는 지름길을 걷고 있었는데, 거기서 뜻밖에도 그 하얀 담장과 낯익은 초록색 문을 발견했어. 난 혼잣말을 했어. '신기하네! 이 담장은 캠프던 힐에 있다고 생각했는데. 이 담장은 마치 스톤헨지*의 돌을 세는 방법처럼 도저히 찾을 수가 없어서 왠지 기묘한 백일몽에 나온 장소 같았는데.' 하지만 나는 눈앞의 목적에 정신을 쏟고 있었기에 그곳을 그냥 지나쳤어. 사실 그날 오후엔 그 장소가 나에게 전혀 매력적이지 않았어.

*영국 솔즈베리 근교에 있는 고대의 거석 기념물로, 그 돌의 개수를 셀 때마다 그 답이 다르게 나온다는 전설이 있다.

물론 문으로 들어가고픈 충동을 한순간 느끼긴 했어. 서너 걸음만 걸어가면 됐으니까. 게다가 나는 마음속으로 분명 그 문이 열릴 것이라고 확신했어. 하지만 만일 그렇게 하면 약속에 늦게 될 거고, 난 그 약속에 내 명예가 걸려 있다고 생각하고 있었어. 나중에 나는 시간을 너무 철저하게 지킨 것을 오히려 후회했어. 적어도 잠깐 들여다보면서 퓨마들에게 손이라도 흔들어 줄 수 있었을 텐데. 하지만 나도 그때쯤에는 이미 세상 일에 어느 정도 익숙해진 상태였기에, 열심히 찾아도 발견할 수 없는 것을 뒤늦게 다시 찾으려 하지는 않았어. 그래, 그때 그 순간이 무척 아쉬워……

　그 후 몇 년 동안 나는 열심히 일했고 그 문은 한 번도 보지 못했어. 그 문이 다시 내게 나타난 것은 아주 최근의 일이야. 그리고 그 문이 다시 나타나면서 내가 사는 이 세상은 옅게 변색되어 버린 느낌이 들었어. 나는 그 문을 다시 볼 수 없다는 사실이 무척 슬프고 비통하게 다가오기 시작했어. 아마 과로로 몸이 좀 약해졌기 때문인지도 모르지. 아니면 세상 사람들이 흔히 말하는, 사십대가 느끼는 그런 감정인지도 몰라. 모르겠어. 하지만 힘들게 일해도 힘든 줄 모르게 하던 생생하게 빛나는 뭔가가 최근에 사라진 것은 사실이야. 그런데 하필 지금은 정치에 온갖 새로운 변화가 나타나서 내가 열심히 일해야 할 때야. 참 묘한 일이지? 그런데 나는 인생이 몹시 고달프다는 것을 깨닫기 시작한 거야. 고생한 보상을 받을 시기가 됐는데 정작 그 보상이라는 것이 아주 보잘것없다는 걸 알게 된 거야. 얼마 전부터 난 그 정원을 간절히 원하게 되었어. 그리고 나는 그걸 세 번이나 봤어!"

　"그 정원을?"

　"아니. 그 문 말이야! 하지만 난 안으로 들어가지 않았어."

월리스는 테이블에서 내 쪽으로 몸을 기울였다. 말을 하는 그 친구의 목소리에는 절절한 슬픔이 담겨 있었다. "세 번이나 기회가 있었어. 세 번이나! 난 맹세를 했었어. 만약 초록색 문이 다시 내게 기회를 준다면 이 풍진 세상에서, 허영의 무미건조한 번쩍임으로부터, 이 고달프고 헛된 노력으로부터 벗어나리라고, 안으로 들어가서 절대로 돌아오지 않겠노라고, 이번에는 그곳에서 살겠노라고…… 그렇게 맹세를 했지만 정작 때가 왔을 때…… 난 그렇게 하지 못했어.

1년에 세 번이나 그 문을 지나치면서도 거기에 들어가지 않았어. 작년 한 해 동안 세 번이나 말이야.

첫 번째는 소작인 구제 법안을 놓고 여론이 분열되었던 날 밤이었어. 정부는 그 법안 표결에서 세 표 차로 간신히 이겼지. 너도 기억하지? 우리 편에서는 그날 밤에 토론이 결말 나리라고 예상한 이가 아무도 없었어. 아마 반대편에서도 그런 예상을 한 이는 거의 없었을 거야. 그리고 협상은 달걀 껍데기처럼 박살이 났지. 나는 호치키스, 그리고 호치키스의 사촌과 함께 브렌트퍼드에서 식사를 하고 있었어. 우리는 둘 다 표결에 참여하지 않았어. 그때 우리에게 전화로 호출이 왔어. 우리는 즉시 호치키스의 사촌 차를 타고 의사당으로 갔어. 우리는 간신히 시간 안에 도착했는데, 가는 도중에 그 담장과 문을 지나쳤던 거야. 달빛을 받아 검푸른 색이었고 자동차 불빛을 받은 곳은 노랗게 얼룩져 있었지만, 분명히 그 담장의 문이었어. '맙소사!' 하고 나는 소리쳤지. 호치키스가 '왜?' 하고 물었지. 나는 '아무것도 아니야!'라고 대답했고, 그 순간은 그렇게 지나갔어.

난 의사당에 들어가면서 원내총무에게 '전 지금 엄청나게 큰 희생을 치르고 왔습니다!'라고 말했어. 원내총무는 '그건 다들 마찬가지요'라고 말하더니 급히 가버리더군.

그때는 사실 달리 어떻게 할 수가 없었다고 생각해. 다음번은 엄격했던 아버지의 임종을 지켜보기 위해 가던 때였어. 그 역시 인간이라면 꼭 참석해야 하는 자리였기에 문을 그냥 지나쳐 갔어. 하지만 세 번째는 달랐어. 일주일 전에 일어났지. 지금 생각해도 너무 후회가 되는군. 그때 나는 거커, 그리고 랠프스와 함께 있었어. 내가 거커하고 이야기를 했다는 것은 이제 비밀도 아니니 뭐…… 우리는 프로비셔에서 식사를 하면서 이야기를 했고, 그 이야기는 둘 사이의 비밀스러운 내용으로 발전했지. 새 내각에서 내가 맡을 역할은 늘 토론에서 아슬아슬하게 빠졌어. 그래그래, 이제는 다 결정됐어. 아직 말하면 안 되지만 너한테야 감출 이유가 없지…… 그래, 고마워, 고마워! 하지만 내가 이야기를 마저 하게 해줘.

그런데 그날 밤에는 여러 가지 소문만 무성했어. 내 위치는 무척 미묘한 상태였어. 나는 거커로부터 확실한 얘기를 듣고 싶었지만, 랠프스가 합석하고 있어서 그게 쉽지 않았어. 나는 내가 하고 싶은 말을 너무 노골적으로 드러내지 않으면서 가볍고 자연스럽게 대화를 이끌어 가려고 열심히 머리를 굴렸어. 반드시 그렇게 할 필요가 있었어. 그 후 랠프스의 행동을 보더라도 당시 그렇게 조심한 것은 아주 잘한 일이었어…… 나는 랠프스가 켄징턴 하이 가를 지난 다음에 우리와 헤어지리라는 것을 알았어. 그러면 거커에게 단도직입적으로 이야기할 수 있을 거라 생각했지. 살다 보면 때로는 그렇게 잔머리를 굴려야 할 때가 있어…… 그런데 바로 그때 거리 저쪽, 내 시야 가장자리에 다시 한 번 그 하얀 담장과 초록색 문이 나타난 거야.

우리는 이야기를 하면서 그 앞을 지나갔어. 나는 그 문을 지나쳤어.

우리가 천천히 거기를 지나갈 때 나와 랠프스의 그림자 앞쪽으로 비치던 거커의 옆모습 그림자며, 거커가 오뚝한 코 위로 눌러쓴 오페라 모자와 여러 겹으로 두른 목도리까지 눈앞에 선해.

나는 그 문에서 20인치도 떨어지지 않은 곳을 지나갔어. '만약 내가 여기서 저 둘에게 작별 인사를 한다면, 저 문을 열고 안으로 들어간다면 무슨 일이 벌어질까?' 하고 나는 혼잣말을 했어. 그리고 나는 거커에게 그 말을 하고 싶어 안절부절못했어.

하지만 다른 문제들로 머리가 복잡했던 나는 그 질문에 대답할 수가 없었어. 나는 생각했어. '이 친구들은 내가 미쳤다고 생각할 거야. 만약 내가 지금 사라진다면 어떻게 될까? 전도유망한 정치인의 실종에 다들 놀라겠지!' 그런 생각들이 내 마음을 압박했어. 그 중요한 순간에 수천 가지 사소하고 세속적인 생각들이 내 마음을 압박한 거야."

이윽고 월리스는 슬픈 웃음을 머금고 내게로 몸을 돌리더니 천천히 말했다. "그래서 난 지금 여기 있는 거야!"

월리스는 되풀이해 말했다. "그래서 난 지금 여기 있는 거야! 그리고 기회는 사라지고 말았어. 1년 동안 세 번이나 그 문이 내게 다가왔어. 꿈도 꿀 수 없는 평화와 기쁨과 아름다움으로 가는, 이 세상에서는 결코 맛볼 수 없는 친절함에 이르는 그 문이 말이야. 그리고 난 그걸 거부한 거야, 레드먼드. 그래서 그 문은 내게서 사라지고 말았어."

"어떻게 그걸 알아?"

"난 알아, 알고 있다고. 기회가 왔지만 나는 내 일에 발목을 붙잡혔고, 이제 나는 그 일을 할 수밖에 없어. 넌 내가 성공했다고 말하겠지. 하지만 성공이란 놈은 천하고 값싸고 성가시며, 사람들의 시기심만 받는 존재야. 내가 바로 그런 놈을 가지고 있는 거야." 월리스는 커다란 손으로 호두를 쥐고 있었다. "만약 이게 내 성공이라면……" 월리스는 그렇게 말하더니 호두를 부수어 내게 내밀어 보였다.

"아직 말할 게 남아 있어, 레드먼드. 그 기회를 놓친 일 때문에 나는 망가지고 있어. 지난 두 달 동안, 아니 거의 10주 동안이나 나는 꼭 필요하고 시급한 일들 외엔 아무 일도 하지 못하고 있어. 내 마음은 어떻게도 달랠 수 없는 후회로 가득해. 사람들이 날 알아볼 가능성이 적은 밤에 나는 밖으로 나가 헤매고 다녀. 그래, 사람들이 이 사실을 알면 어떻게 생각할까 궁금해. 정부 부처 가운데서도 가장 중요한 부처를 책임진 각료가 홀로 방황하는 모습을 본다면, 거의 소리 내어 흐느끼기까지 하는 모습을 본다면 어떻게 생각할까? 겨우 문 하나, 정원 하나 때문에 말이야!"

IV

나는 지금도 월리스의 다소 창백한 얼굴과 그 친구의 눈에 보이던 낯설고 음울한 번쩍임이 눈에 선하다. 오늘 밤 월리스의 모습이 아주 생생히 떠오른다. 나는 월리스의 마지막 말과 말투를 떠올리며 앉아 있고, 소파에 놓인 어제 날짜 석간신문 〈웨스트민스터 가제트〉에는 월리스의 사망 기사가 실려 있다. 오늘 점심 때는 클럽이 온통 그 친구의 사망 얘기로 시끄러웠다. 온통 그 주제뿐이었다.

어제 이른 새벽 이스트켄징턴 역 근처 깊은 웅덩이에서 월리스의 시체가 발견되었다. 그곳은 철도를 남쪽으로 확장하기 위해 파놓은 두 개의 갱도 가운데 하나다. 일반인들의 출입을 막기 위해 큰길에다 판자로 임시 울타리를 쳐놓았지만 그쪽 방향에 사는 노동자들이 다니기 편하도록 울타리 판자에 조그만 문을 달아 놓았다. 그런데 작업반장 둘 사이에 오해가 생겨 그 문이 잠겨 있지 않았을 때, 월리스가 바로 그 문으로 들어간 것이다……

이런저런 의문과 수수께끼로 내 마음은 무겁다.

그날 밤 월리스는 의사당을 나와 계속 걸었던 듯하다. 지난 회기 동안에도 월리스는 걸어서 집으로 간 일이 자주 있었다. 밤늦게 텅 빈 거리의 어둠 속을 골똘히 생각에 잠겨 걸어가는, 외투를 걸친 그 친구의 모습을 마음속으로 그려 본다. 정거장 근처의 창백한 전등불이 거친 울타리 판자를 하얗게 보이게 했을까? 그리하여 거기 달린 잠기지 않은 문이, 숙명적으로 어떤 기억을 되살린 걸까?

어쨌든 그 초록색 문이 달린 하얀 담장이 과연 있기는 했을까?

나는 알 수 없다. 나는 월리스가 내게 해준 이야기를 그대로 말했을 뿐이다. 드물기는 하지만 전례가 없지는 않은 유형의 환상과 부주의하게 설치되어 있던 덫이 우연히 동시에 나타나는 바람에, 월리스가 희생되었다고 생각할 때도 있다. 하지만 내 본심은 그렇게 믿지 않는다. 원한다면 내가 미신적이거나 어리석다고 비웃어도 좋다. 하지만 나는 월리스에게 진짜로 비상한 재능과 감각이, 꼭 집어 말할 수 없는 무언가가 있어서, 바로 그것이 이 세상보다 훨씬 아름다운 다른 세상으로 탈출하는 비밀스럽고 독특한 출구의 모습으로 그 친구 앞에 나타났다고 반 이상 확신한다. 어쨌든 그 출구는 그 친구를 배신하지 않았느냐고 말할 사람도 있을 것이다. 그러나 그것이 정말 배신일까? 바로 이 지점에서 여러분은 몽상가들, 환상과 상상력을 가진 사람들의 가장 깊은 비밀에 다가가게 된다. 우리는 세상을 규칙과 상식으로 보고, 그에 따르면 그 출구는 임시 울타리와 구덩이일 뿐이다. 우리의 환한 대낮 같은 기준으로 본다면, 월리스는 분명 안전한 세계에서 나가 어둠과 위험과 죽음을 향해 걸어 들어간 것이다.

하지만 월리스도 그렇게 생각했을까?

눈먼 자들의 나라
The Country of the Blind

불모의 에콰도르 안데스 산맥의 침보라소 산에서 300마일 이상, 눈 덮인 코토팍시 산에서 100마일 이상 떨어진 곳에, 인적이 닿지 않는 신비한 산골짜기가 있었다. 세상과 완전히 단절된 눈먼 자들의 나라였다. 아주 오래전에 그 골짜기는 세상과 소통했고, 무서운 골짜기와 얼어붙은 고갯길을 지나면 그 나라의 평온한 들판으로 들어올 수 있었다. 실제로 몇몇이 그곳에 왔다. 사악한 스페인 지도자의 탐욕과 폭정을 피해 달아난 페루 혼혈 일가족 같은 이들이었다. 그러고 나서 민도밤바의 화산이 무시무시하게 폭발해서 키토는 17일 동안 어둠에 잠겼고, 야구아치에서는 물이 끓어올라 죽은 물고기들이 과야킬까지 떠내려갔다. 태평양 연안에서는 사방에 산사태가 나면서 순식간에 눈이 녹아 홍수가 났고, 아라우카의 오래된 산꼭대기의 한쪽 산마루는 천둥 같은 소리를 내며 무너져 내렸다. 그래서 눈먼 자들의 나라로 들어가는 길은 진취적인 사람들의 발길 앞에서 완전히 닫혀 버렸다. 하지만 이 무서운 대변동의 순간에 그곳의 초기 정착자 가운데 한 명이 우연히 골짜기 이쪽에 있었고, 그자는 부득이 골짜기 위쪽에 두고 온 아내와 자식들, 친구들, 재산을 포기하고 아래 세계에서 새로운 삶을 시작해야만 했다. 그 남자는 다시 시작했지만 병에 걸려 눈이 멀었고, 광산에서 혹사당하다가 죽었다. 하지만 그 남자가 사람들에게 들려준 이야기는 전설로 되살아나 오늘날까지도 안데스 산맥 일대에 전해진다.

그 남자는 자신이 왜 위험을 무릅쓰고 그 산속의 요새에서 나오는 모험을 감행했는지를 설명했다. 남자는 어렸을 때 거대한 가재도구 더미와 함께 야마 등에 묶여 처음 그곳에 도착했다. 남자의 말에 따르면, 그 골짜기에는 사람이 원하는 것들이 다 있었다. 시원한 물, 목초지, 평온한 날씨, 맛 좋은 과일이 열리는 관목이 자라는 진갈색 비옥한 흙으로 덮인 비탈이 있었다. 한쪽에 우뚝 선 넓은 소나무 숲은 눈사태를 막아 주었다. 삼면을 둘러싼 거대한 회녹색 절벽들 위에는 만년설이 높게 덮여 있었다. 그렇지만 빙하에서 흘러나오는 물은 골짜기 쪽이 아니라 반대쪽으로 흘러갔고, 골짜기 쪽으로는 가끔 거대한 얼음덩이들만 떨어질 뿐이었다. 골짜기에는 눈도 비도 오지 않았지만, 풍부한 샘들 덕분에 목초지에는 푸른 풀이 무성하게 자랐고 골짜기의 전 지역에 물이 공급되었다. 그곳에 정착한 사람들은 아주 행복하게 살았다. 가축들은 아주 잘 자랐고 그 수가 늘어갔다. 하지만 단 한 가지가 사람들의 행복에 그늘을 드리웠다. 단 하나였지만 행복을 망쳐 놓기에 충분했다. 사람들 사이에 이상한 병이 퍼져 그곳에서 태어난 모든 아이들, 심지어 몇몇 어른들까지 눈이 멀게 된 것이다. 그 남자는 바로 그 눈이 머는 병에 대한 해독제나

부적을 찾기 위해, 위험을 감수하며 고되고 어렵게 그 골짜기를 내려온 것이었다. 당시에는 그런 일이 생기면 그 원인이 세균이나 감염이 아니라 죄라고 생각했다. 그리고 그 남자는 골짜기에 들어와서 정착한 사람들이 예배당 하나 짓지 않고 사제도 없이 게으르게 살아서 그런 고통을 당하게 되었다고 생각했다. 남자는 단정하고 기본적이고 적당한 예배당을 골짜기에 짓고 싶었고, 거기에 둘 성물이나 그와 유사한 효력을 가진 종교적 물건들, 즉 축성받은 물건들이나 신비한 성패, 기도문을 얻기를 원했다. 남자의 지갑에는 제련하지 않은 은 덩어리가 있었는데, 남자는 그에 대해서는 사람들에게 설명하려 하지 않았다. 남자는 서투른 거짓말쟁이처럼 골짜기에는 은이 없다고 계속 주장했다. 그 위에서는 돈이나 보석이 필요 없었기 때문에 자신들의 병을 고쳐 줄 하늘의 도움을 사기 위해 그곳 사람들이 돈과 장신구를 모았다고 남자는 말했다. 나는 야위고 햇볕에 검게 타고 초조하고 시력이 약하며 아래 세상의 관습에 낯선 젊은 산사람이 모자챙을 꽉 쥔 채, 눈이 예리하고 주의 깊은 사제에게 그런 이야기를 하는 모습을 떠올려 본다. 그 병에 대한 신성하고 확실한 치료법을 가지고 당장 골짜기로 돌아가는 그 남자의 모습을 그려 본다. 그리고 골짜기로 통하던 길이 거대한 산사태로 막혀 버린 것을 보고 그 남자가 얼마나 고통스러웠을까도 상상해 본다. 하지만 오랜 시간이 흐른 뒤 그 남자가 비참한 죽음을 맞이했다는 것 말고는, 그 뒤 그자가 어떤 불행을 겪었는지는 모른다. 먼 곳에서 떠나와 떠돌던 가엾은 이! 예전에 골짜기를 이루던 시내는 이제 바위 동굴에서 흘러나오고, 띄엄띄엄 전해진 그 남자의 이야기는 저 '위쪽' 어딘가에 사는 눈먼 이들에 대한 선설이 되어 오늘날에도 들을 수 있게 되었다.

소수의 사람들만 사는 고립되고 잊힌 그 골짜기에서 병은 계속 퍼졌다. 노인들은 반쯤 눈이 멀어서 손으로 더듬으며 다녔고, 젊은이들은 앞이 보이기는 했으나 희미하게만 볼 수 있었으며, 새로 태어난 아이들은 아무것도 보지 못했다. 하지만 눈으로 에워싸이고 세상에 알려지지 않은 그 분지에서의 삶은 아주 쉬웠다. 그곳에는 가시나 가시덤불이 없었고, 해로운 벌레도 없었으며, 골짜기의 좁은 강바닥을 따라 밀거나 끌고 온 온순한 야마만 있을 뿐 사나운 동물들도 없었다. 볼 수 있는 사람들은 시력이 아주 서서히 나빠져서 눈이 멀고 있음을 거의 알아차리지 못했다. 그 사람들은 앞 못 보는 아이들을 여기저기 사방으로 안내하고 다녔고, 그래서 아이들은 골짜기 구석구석을 놀랄 만큼 잘 알게 되었다. 그래서 시력이 남아 있던 마지막 사람이 죽고 난 이후에도 눈먼 이들은 잘 살아갔다. 적응할 시간이 충분했기에, 그 사람들은 심지어는 눈이 먼 상태로도 불을 다룰 수 있어 돌화덕에 조심스레 불을 피웠다. 처음에 그 사람들은 단순하고 글자도 모르고 스페인 문명을 겨우 접한 이들이었으나, 고대 페루의 예술적 전통과 사라진 철학이 아직 조금 남아 있었다. 한 세대가 가고 다음 세대가 뒤를 이었다. 그 사람들은 많은 것을 잊었지만, 많은 것을 새로 고안해 냈다. 그 사람들이 뒤로하고 온 더 넓은 세계에서 존재하던 전통은 신화의 색채를 띠며 희미해졌다. 시력을 제외한 모든 면에서 그 사람들은 강하고 유능했고, 곧 출생과 유전을 통해 설득력 있게 말할 줄 아는 참신하고 똑똑한 이가 나타났고, 나중에 그런 사람이 한 명 더 나타났다. 그 둘이 죽고 난 뒤에도 그 영향이 남았고, 작은 공동체는 인구가 늘고 현명해졌으며 거기서 일어나는 사회적, 경제적인 문제들을 해결했다. 한 세대가 가고 다음 세대가 뒤를 이었다. 그러다가 신의 도움을 구하기 위해 은 덩어리를 들고 골짜기를 나갔다가 다시 돌아가지 못한 그 조상과 15세대 차이가 나는 아기가 태어났다. 그리고 그때 한 남자가 바깥세상에서 그 공동체로 들어오는 일이 벌어졌다. 그리고 이것은 그 남자의 이야기이다.

그 남자는 키토 근교 출신의 산사람으로, 바다까지 가서 세상을 보았고, 자기 식으로 책을 읽었으며, 예리했고, 모험을 좋아했다. 에콰도르에 등반 온 영국인 산악 원정대가 그 남자를 고용했다. 원정대 안내원이던 스위스인 세 명 중 하나가 병으로 쓰러져서 그 자리를 대신한 것이다. 남자는 산 여기저기를 등반했고, 마지막으로 안데스 산맥의 마터호른이라 할 수 있는 파라스코토페틀 등반을 시도했다. 그때 그 남자는 바깥 세상에서 사라졌다. 그 사고에 대한 이야기가 여남은 번이나 쓰여졌다. 가장 훌륭한 것은 포인터의 이야기이다. 포인터는 작은 원정대가 어떻게 수많은 난관을 뛰어넘어 마지막 가장 큰 절벽 밑까지 거의 수직으로 기어 올라갈 수 있었는지, 절벽의 작은 돌출부 위 눈 속에서 어떻게 야영을 준비했는지를 이야기했고, 또 생생하고 극적인 효과를 넣어 가면서, 누네스가 돌연 사라진 걸 어떻게 알게 되었는지를 말했다. 사람들은 그날 밤을 뜬눈으로 지새우며 소리 지르고 호루라기를 불어 봤지만, 아무런 대답이 없었다.

해가 뜰 무렵 사람들은 누네스가 추락한 흔적을 발견했다. 누네스는 한마디 말도 할 수 없었던 듯했다. 누네스는 동쪽으로, 산에서 잘 알려지지 않은 비탈로 미끄러졌다. 가파른 만년설을 따라 추락했으며, 만년설 가운데에 미끄러진 흔적이 남아 있었다. 흔적은 곧 무시무시한 낭떠러지 가장자리에 닿았고, 그 너머로는 아무것도 보이지 않았다. 사람들은 까마득히 아래에 있는 사방이 막힌 좁은 골짜기에서 자라는 나무들을 보았다. 눈먼 자들의 잊혀진 나라였다. 하지만 사람들은 그곳이 눈먼 자들의 잊혀진 나라라는 것을 몰랐고, 위쪽 계곡의 다른 협소한 고지와의 차이를 알지 못했다. 그 불행한 사고로 인해 사람들은 용기를 잃어 오후 등반을 포기했고, 다시 등반이 시도되기 전에 포인터는 전쟁에 불려 나갔다. 오늘날까지 파라스코토페틀을 정복한 이는 아무도 없으며, 아무도 찾지 않은 포인터의 야영지는 눈 속에서 허물어져 가고 있다.

그렇지만 추락한 그 남자는 살아 있었다.

누네스는 비탈 끝에서 다시 1천 피트 이상을 추락하다가 위쪽 비탈보다 더 가파른 비탈의 눈 더미 위에 떨어졌다. 누네스는 기절해 의식을 잃고 밑으로 굴러떨어졌지만 뼈 하나 부러지지 않은 채 완만한 비탈에 도착했고, 결국 자신과 함께 떨어져 추락의 충격을 덜어 주고 목숨을 구해 준 부드러운 눈 더미 속에서 꼼짝 않고 누워 있었다. 누네스는 아파서 침대에 누워 있다고 막연히 생각하며 정신이 들었다. 이윽고 산사람다운 감각으로 상황을 파악한 누네스는 잠시 가만히 있으면서 휴식을 취한 뒤 눈을 헤치고 나왔고, 나와 보니 별들이 보였다. 누네스는 잠시 배를 대고 엎드린 채 쉬면서 자신이 어디에 있는지, 무슨 일이 벌어진 건지 생각해 보았다. 누네스는 차분하게 팔다리를 만져 보았고, 단추 몇 개가 떨어지고 외투가 머리 위로 뒤집힌 것을 알게 되었다. 주머니에 있던 칼이 없어졌고, 턱 밑에 끈까지 묶었던 모자도 사라지고 없었다. 누네스는 자신이 피신처 벽을 쌓기 위해 돌을 찾고 있었다는 게 떠올랐다. 얼음 깨는 도끼도 보이지 않았다.

누네스는 자신이 추락한 게 분명하다는 결론을 내렸다. 그리고 위를 올려다보면서, 점점 떠오르는 달이 비추는 으스스한 빛 속에서 자신이 겪은 무시무시한 추락을 더욱 과장해 상상했다. 잠시 누네스는 누운 채로 깎아지른 듯 우뚝 솟은 창백하고 넓은 절벽을 한참 동안 넋 놓고 바라보았다. 절벽은 썰물 같은 어둠에서 나와 시시각각 높아지는 듯했다.

누네스는 그 환영처럼 신비롭고 아름다운 모습에 잠시 사로잡혔고, 이윽고 흐느끼는 듯한 웃음을 발작적으로 터뜨렸다.

상당한 시간이 지난 뒤에야, 누네스는 자신이 눈의 맨 아랫부분 근방에 있다는 사실을 알게 되었다. 달빛 아래로 내려갈 만한 껌껌한 비탈이 언뜻언뜻 보였다. 바위들이 여기저기 흩어진 풀밭이었다. 누네스는 가까스로 일어났다. 삭신이 쑤셨지만, 누네스는 주변에 쌓인 눈을 헤치고 힘겹게 내려갔다. 풀이 무성한 땅에 도착할 때까지 계속 내려갔고, 그곳 커다란 바위 옆에 쓰러지다시피 누워 안주머니에서 물통을 꺼내 물을 마신 뒤 곧바로 잠이 들었다.

멀리 아래쪽 나무에서 새 우는 소리에 누네스는 잠에서 깼다.

일어나 앉은 누네스는, 자신이 거대한 절벽 밑의 작은 돌출부에 있다는 것을 깨달았다. 누네스가 눈과 함께 굴러떨어진 협곡이 그 절벽 가운데로 나 있었다. 반대쪽에 또 다른 절벽이 하늘을 향해 우뚝 솟아 있었다. 그 두 절벽 사이에 동서로 나 있는 골짜기에 아침 햇살이 가득했고, 서쪽 끝에는 무너진 산이 경사진 골짜기를 가로막으며 햇빛에 빛났다. 아래쪽으로도 가파른 낭떠러지가 있는 듯했고 협곡의 눈 뒤쪽에는 구멍처럼 생긴, 물이 똑똑 떨어지는 틈이 있었다. 누네스처럼 급한 상황에 처한 이라면 가볼 만한 곳이었다. 그곳으로 가는 것이 보기보다 쉽다는 것을 깨달은 누네스는, 마침내 또 다른 황량한 돌출부에 도착했다. 누네스는 별 어려움 없이 바위를 타고 넘어 나무로 뒤덮인 가파른 비탈에 도착했다. 누네스는 주위를 살펴보다가 골짜기 위로 시선을 돌렸다. 그 골짜기가 푸른 풀밭으로 이어져 있었기 때문이다. 이제 이상한 형태의 석조 오두막집들이 분명하게 보였다. 때때로 누네스는 담벼락을 기어오르는 자세를 취하며 앞으로 나아갔고, 얼마 뒤 떠오르는 해가 더는 골짜기에 햇살을 비추지 않았다. 새들의 노랫소리가 멎고 공기는 차가워졌으며 주위는 어두워졌다. 하지만 집들이 서 있는 먼 골짜기는 더욱 환히 빛났다. 누네스는 곧 비탈에 도착했고, 바위틈에서 낯선 양치류를 발견했다(누네스는 관찰력이 좋았다). 그 양치류는 바위를 움켜쥔 힘센 녹색 손가락처럼 보였다. 누네스는 거기서 작은 잎사귀 몇 개를 땄고, 그 줄기를 씹어서 약간의 양분을 섭취했다.

정오쯤에 누네스는 마침내 골짜기 입구에서 나와 햇빛 아래 평지에 도착했다. 온몸이 뻐근하게 지쳐 있었다. 누네스는 바위 그늘에 앉아 물통에 샘물을 담아 마시며 잠시 쉬었다가 집들을 향해 출발했다.

누네스가 보기에 집들은 아주 이상했고, 그뿐 아니라 자세히 살펴보니 골짜기 전부가 이상하고 낯설었다. 계곡은 짙은 초록색 풀이 무성했고 여기저기 아름다운 꽃이 잔뜩 피었는데, 세심하게 물을 댄 듯했으며, 조금씩 체계적으로 심은 흔적이 역력했다. 훨씬 위쪽에 있는 성벽이 고리처럼 계곡을 에워싸고 있었고 성벽 주위를 따라 일종의 수도관 같은 것이 있었는데, 거기에서 풀밭의 식물들에게 공급되는 시냇물이 조금씩 흘러나오고 있었다. 그보다 더 높은 비탈에서는 야마 떼가 드문드문 난 풀을 뜯고 있었다. 성벽 위로 여기저기에 헛간들이 보였는데, 야마 우리나 야마에게 먹이를 주는 곳으로 쓰이는 듯했다. 관개용 물들은 모두 중앙 수로로 모여 계곡 한가운데로 내려갔고, 수로 양쪽으로는 가슴까지 올라오는 벽이 쳐져 있었다. 그것 때문에 이 고립된 장소는 도시적인 분위기를 풍겼고, 흰색과 검은색 돌로 포장되고 양옆에는 희한한 갓돌들이 놓인, 질서정연하게 여러 방향으로 뻗은 길들이 그러한 분위기를 더욱 배가시켰다. 중앙 마을의 집들은 누네스가 아는 산악 마을의 되는대로 촌락을 이룬 집들과는 달랐다. 그 집들은 놀라울 정도로 깨끗한 중앙 길을 따라 양옆으로 나란히 이어져 있었다. 색상이 다양한 건물 정면 여기저기에 문이 나 있었지만 창문은 하나도 없었다. 집들은 이상하게 불규칙적으로 알록달록했는데 여기는 회색, 저기는 황갈색 회반죽을 발랐거나 청회색 또는 짙은 밤색을 바른 곳도 있었다. 이렇게 대담한 회반죽 색깔들을 본 누네스는 '눈먼'이라는 단어가 제일 먼저 머리에 떠올랐다. 누네스는 생각했다. '이렇게 색을 칠하다니, 박쥐처럼 눈이 멀었을 거야.'

누네스는 가파른 비탈을 내려가 계곡을 에워싼 성벽과 수로에 도착했다. 근처 수로에서 나오는 가느다란 물줄기가 골짜기 깊은 곳까지 흘러갔다. 누네스는 그 가느다란 물줄기가 넘실거리며 폭포를 이루는 곳에 도착했다. 저 멀리 건초 더미 위에서 낮잠을 자듯 쉬고 있는 몇몇 남녀가 보였고, 마을 근처에 누워 있는 아이들도 몇 보였으며, 가까운 곳에는 세 남자가 보였다. 세 남자는 물지게를 지고 성벽에서 집으로 이어지는 오솔길을 따라 물동이를 옮기고 있었다. 그 남자들은 아마 털로 만든 옷을 입고 가죽 부츠에 가죽 허리띠를 했으며 귀와 목을 가리는 천 모자를 쓰고 있었다. 한 줄로 서서 천천히 걷고 있는 그들 셋은, 마치 밤을 새운 사람처럼 하품을 했다. 셋의 태도에는 넉넉함과 위엄이 배어 있었다. 그래서 누네스는 잠시 망설이다가 자신의 모습이 되도록 잘 보이게 바위 위에서 앞으로 나아간 뒤 계곡이 울릴 만큼 큰 소리로 세 사람을 불렀다.

세 남자는 걸음을 멈추더니 마치 주위를 돌아보듯 얼굴을 이리저리 돌렸다. 그래서 누네스는 거침없이 손짓을 했다. 하지만 누네스가 아무리 손짓을 해도 세 남자는 누네스를 보지 못한 듯했고, 잠시 뒤 멀리 오른쪽에 있는 산 쪽으로 돌아서서 대답하듯 소리를 질렀다. 누네스는 다시 소리치며 또 한 번 부질없이 손을 휘저었고, 그러는 동안 '눈먼'이라는 단어가 또 떠올랐다. 누네스가 말했다. "저 멍청이들은 눈이 먼 게 분명해."

한참을 고함치며 상당히 화가 난 누네스는 마침내 시내 위의 작은 다리를 건너고 성문을 지나 그 남자들에게 다가갔고, 세 명의 눈이 멀었다는 것을 확실히 알게 되었다. 누네스는 이곳이 전설로 내려오는 그 눈먼 자들의 나라임을 확신했다. 그러자 남이 부러워할 만한 위대한 모험을 할 것 같은 느낌이 들었다. 세 남자는 나란히 서 있었고, 누네스를 향해 눈이 아니라 귀를 돌리며 낯선 발소리를 통해 누네스를 판단하려고 했다. 셋은 약간 겁에 질린 것처럼 딱 붙어 있었고, 누네스는 셋이 눈을 감고 있으며 마치 눈꺼풀 아래의 눈동자가 수축하여 사라진 것처럼 눈이 푹 꺼진 것을 알아차렸다. 셋의 얼굴엔 두려움에 가까운 표정이 서려 있었다.

한 명이 거의 알아들을 수 없는 스페인어로 말했다. "사람이야, 사람. 사람 아니면 유령이야. 바위에서 내려왔어."

누네스는 삶과 마주하려는 젊은이답게 자신 있게 앞으로 걸어갔다. 누네스는 눈먼 자들의 나라라는 사라진 골짜기에 대한 오래된 이야기들이 모두 생각났다. 그리고 옛 속담이 후렴구처럼 머릿속에 자꾸만 맴돌았다.

눈먼 자들의 나라에서는 애꾸가 왕이다.

눈먼 자들의 나라에서는 애꾸가 왕이다.

누네스는 아주 정중하게 남자들에게 인사했다. 누네스는 이야기를 하며 자기 눈을 이용했다.

한 명이 물었다. "저자는 어디서 왔지, 페드로 형?"

"바위에서 내려왔어."

누네스가 말했다. "저는 산 너머에서 왔습니다. 산 너머 나라, 볼 수 있는 사람들이 사는 곳에서요. 수십만 명이 사는 보고타 근처입니다. 보고타 시는 눈으로 다 볼 수 없을 정도로 끝없이 넓지요."

페드로가 중얼거렸다. "본다고? 본다고?"

두 번째 눈먼 이가 말했다. "저자는 바위에서 나왔어."

누네스는 셋이 입은 외투의 천이 이상하게 꿰매진 것을 알아차렸다. 각기 다른 방식으로 바느질이 되어 있었다.

셋은 손을 내밀며 누네스 쪽으로 동시에 움직였고, 누네스는 깜짝 놀랐다. 누네스는 손가락을 쫙 편 그 손들이 앞으로 다가오는 것을 보고 뒷걸음질쳤다.

"이리 오십시오." 세 번째 이가 말하더니 손을 내밀어 누네스를 잡았다.

그리고 셋이 함께 누네스를 잡더니 아무 말 없이 손으로 그를 더듬어 보았다.

"조심하세요." 손가락 하나가 눈을 찌르자 누네스는 그렇게 소리 질렀고, 그 사람들이 깜빡이는 자기 눈꺼풀을 이상하게 여긴다는 것을 깨달았다. 셋은 여전히 누네스를 더듬었다.

페드로라 불린 남자가 말했다. "이상한 생물이야, 코레아. 머리털이 얼마나 뻣뻣한지 한번 느껴 봐. 꼭 야마 털 같아."

코레아가 수염을 깎지 않은 누네스의 턱을 부드럽고 약간 촉촉한 손으로 더듬으며 말했다. "이 사람은 자기가 나온 바위처럼 거칠어. 자라면서 부드러워질지도 몰라." 누네스는 더듬는 손길에 약간 몸부림을 쳤지만, 셋은 누네스를 꽉 붙잡았다.

"조심하세요." 누네스가 다시 말했다.

세 번째 남자가 말했다. "말을 하네. 분명 사람이야."

"윽!" 누네스가 걸친 외투의 거칠거칠함을 손으로 느낀 페드로가 말했다.

"그러니까 당신은 세상으로 나온 겁니까?" 페드로가 물었다.

"세상에서 왔지요. 산과 빙하 너머에서요. 바로 저 너머 태양에 반쯤 다가간 곳에서 왔습니다. 저 아래 크고 넓은 세상에서요. 바다 쪽으로 여남은 날을 걸어가면 나오는 곳에서요."

셋은 누네스의 말을 귀담아듣는 것 같지 않았다. 코레아가 말했다. "조상님들께서는 인간은 자연의 힘으로 생긴다고 하셨지. 사물의 온기와 습기와 부패를 통해. 부패를 통해서."

"이자를 장로들에게 데려가자." 페드로가 말했다.

"먼저 크게 외쳐. 어린아이들이 두려워하지 않게 말이야…… 이건 놀라운 일이야." 코레아가 말했다.

그래서 셋은 소리를 질렀고, 페드로가 누네스의 손을 잡고 집 쪽으로 앞장섰다.

누네스가 손을 빼며 말했다. "전 볼 수 있습니다."

"볼 수 있다?" 코레아가 말했다.

"네, 볼 수 있습니다." 누네스가 코레아 쪽으로 돌아서서 말하다가 페드로의 물동이에 발이 걸려 넘어질 뻔했다.

"이자는 아직 감각이 완전하지 않아. 발이 걸려 넘어지고 의미 없는 말을 하니 말이야. 이 사람의 손을 잡고 안내해."

"원하시는 대로 하십시오." 누네스는 그렇게 말하며 소리 내어 웃고는 안내를 받았다.

셋은 본다는 게 무슨 뜻인지조차 모르는 듯했다.

누네스는 때가 되면 자신이 가르쳐 줘야겠다고 생각했다.

누네스는 사람들의 비명을 들었다. 자신이 지나가는 마을 한가운데 길로 사람들이 모여들고 있었다.

눈먼 자들의 나라 사람들과 만나면서, 누네스는 생각보다 더 많은 용기와 인내가 필요함을 깨달았다. 가까이 갈수록 마을은 훨씬 넓어 보였고, 회반죽 칠을 한 벽들은 더욱 이상해 보였다. 어린아이들과 남녀들이 그들 넷을 에워쌌다(누네스는 비록 이들이 눈이 감겼고 눈 부위가 푹 꺼지기는 했어도 몇몇 여자와 소녀들은 매우 아름답다는 것을 알고 기뻤다). 사람들은 누네스에게 달라붙어 부드럽고 민감한 손으로 누네스를 만지고, 냄새를 맡았으며, 누네스가 하는 말들을 하나도 빼놓지 않고 귀담아들었다. 하지만 몇몇 처녀나 아이들은 겁에 질린 듯 멀리 떨어져 있었고, 사실 누네스의 목소리는 부드러운 이곳 사람들의 목소리에 비하면 거칠고 무뚝뚝했다. 사람들이 누네스 주위로 몰려들자, 세 안내인들은 자신들에게 소유권이 있다는 듯 누네스에게 딱 달라붙어 계속 이렇게 말했다. "바위에서 온 야만인입니다."

누네스가 말했다. "보고타에서 왔다니까요. 산꼭대기 너머에 있는 보고타에서요."

페드로가 말했다. "야만인입니다. 야만스러운 단어를 쓰지요. 보고타라는 말을 들었죠? 이 사람은 아직 지능이 제대로 발달하지 않았습니다. 이제 막 말문이 트이기 시작했습니다."

소년이 누네스의 손을 꼬집었다. "보고타!" 소년이 누네스를 흉내 내 말했다.

"맞아요! 저는 큰 세상에서 당신들이 사는 마을에 온 겁니다. 그곳에서는 사람들에게 눈이 있고 볼 수 있어요."

"이 사람 이름이 보고타군요." 사람들이 말했다.

코레아가 말했다. "이 사람은 발이 걸려 넘어졌어요. 이곳으로 오는 동안 두 번이나 발이 걸렸어요."

"이자를 장로들에게 데려가요."

그러더니 사람들은 갑자기 누네스를 무슨 방으로 밀어 넣었다. 방 안은 칠흑처럼 새까맸는데, 안쪽에 희미한 불이 하나 켜져 있을 뿐이었다. 등 뒤에서 사람들이 계속 다가와 바깥의 햇빛이 거의 다 가려져 버렸고, 중심을 잡지 못한 누네스는 앉아 있는 어떤 사람의 발 위로 곤두박질치는 와중에 팔로 그 사람의 얼굴을 때리고 말았다. 누네스는 부드러운 얼굴 윤곽을 느꼈고, 분노한 비명을 들었으며, 잠시 자신을 붙잡은 여러 손에 저항해 몸부림을 쳤다. 상대가 되지 않는 싸움이었다. 이윽고 어떻게 된 상황인지 어렴풋이 눈치챈 누네스는 저항을 멈추고 가만히 누웠다.

누네스가 말했다. "제가 넘어졌습니다. 이 안이 너무 깜깜해서 아무것도 보이지 않거든요."

누네스를 둘러싼 앞을 보지 못하는 사람들은 마치 그 말을 이해하려고 애쓰는 듯 잠시 침묵을 지켰다. 잠시 뒤 코레아가 말했다. "이자는 생긴 지 얼마 안 되었어요. 걸을 때 잘 넘어집니다. 말할 때는 무슨 뜻인지 전혀 모를 단어를 섞어 씁니다."

다른 이들도 각자 자신의 생각을 말했는데, 누네스가 말을 제대로 알아듣지 못한다는 내용이었다.

"앉아도 될까요? 여러분에게 다시는 대항하지 않을 겁니다." 누네스가 주저하며 말했다.

사람들은 의논을 한 뒤 누네스를 앉혔다.

노인들의 목소리가 누네스에게 질문하기 시작했고, 누네스는 어둠 속에 앉은 노인들에게 자신이 이곳에 떨어지기 전에 살았던 넓은 세상과 하늘, 산, 본다는 것 등등에 대해 설명하려 애썼다. 하지만 노인들은 누네스의 말을 이해하지 못했고 믿지도 않았다. 누네스가 전혀 예상하지 못한 상황이었다. 심지어 사람들은 누네스가 쓰는 단어의 상당수를 이해하지 못했다. 그 사람들은 14세대 동안 눈이 먼 채로 사는 동안 눈으로 볼 수 있는 세상과 완전히 단절되었던 것이다. 그래서 시각과 관련된 모든 이름이 사라졌거나 바뀌어 있었다. 그들에게 외부 세상의 역사는 동화나 마찬가지여서 둥근 성벽 위로 솟은 바위 비탈 너머의 세상에 대해선 관심이 없었다. 그곳에서 태어난 맹인 천재들은 조상들에게 시력이 있던 그 옛날의 신앙과 전통들을 의심하여 그것들을 꾸며 낸 이야기로 취급하면서 자신들이 이해할 수 있는 더 그럴듯한 설명으로 대체했다. 그 사람들의 상상력 상당 부분은 시력과 함께 말라 버렸고, 그래서 그들은 아주 예민한 귀와 손가락 끝을 이용해서 다른 상상력을 만들어 냈다. 누네스는 자신의 바람과는 반대로, 그 사람들이 자신의 출신과 능력에 놀라서 경의를 표하는 일은 없을 거라는 사실을 서서히 깨달았다. 본다는 것을 설명하려는 자신의 노력이 이제 갓 생긴 사람의 혼란스러운 설명으로 치부되자, 누네스는 약간의 굴욕을 느끼며 체념 상태로 그 사람들의 말에 귀를 기울였다. 눈먼 이들 가운데 가장 나이 많은 노인이 누네스에게 인생과 철학과 종교를 설명했다. 세상(그러니까 그들이 사는 골짜기)은 처음에는 바위들 틈에 있는 텅 빈 구멍이었는데, 이윽고 제일 먼저 영혼도 없고 만지는 능력도 없는 것들이 나타났고, 그 뒤 야마와 지능이 낮은 다른 생물들이, 또 그 뒤에 인간들이, 마지막으로 천사들이 나타났는데, 사람들은 천사들의 노랫소리와 날갯짓 소리를 들을 수 있었지만 아무도 손으로 만질 수는 없었다고 말했다. 이 이야기를 들은 누네스는 몹시 어리둥절해하다가 새들을 떠올렸다.

노인은 누네스에게 계속해서 말하길, 시간은 더위와 추위로 나뉘고 (눈먼 이들은 낮과 밤을 이렇게 나누었다), 따뜻할 때는 잠을 자는 게 좋고 추울 때는 일하는 게 좋으며, 그래서 지금 누네스가 오지 않았다면 눈먼 자들의 마을 전체는 아마도 잠에 빠져 있었을 거라고 말했다. 노인은 누네스가 자신들이 습득한 지혜를 배우고 그 지혜에 이바지하기 위해 특별히 창조된 게 분명하며, 비록 누네스가 지능이 떨어지고 잘 넘어지기는 하지만 용기를 내서 지혜를 배우는 데 최선을 다해야 한다고 말했다. 문가에 모인 사람들은 노인의 말이 옳다고 중얼거렸다. 노인은 벌써 밤(눈먼 이들은 낮을 밤이라 불렀다)이 깊으니 모두 돌아가서 잠자리에 드는 게 좋겠다고 말했다. 노인은 누네스에게 자는 법을 아느냐고 물었고, 누네스는 안다고 대답하면서 자기 전에 뭘 좀 먹어야 할 것 같다고 말했다.

사람들은 누네스에게 먹을 것을 가져다주었다. 그릇에 담긴 야마 젖과 거칠고 짭짤한 빵이었다. 그런 뒤 사람들에게 들리지 않는 외딴 곳으로 누네스를 데려가 식사를 하게 했다. 그러고는 산 위로 어둠이 내려와 추워지는, 하루를 시작하는 시간까지 자라고 했다. 하지만 누네스는 한숨도 잘 수가 없었다.

대신 누네스는 사람들이 자신을 두고 간 곳에 앉아 휴식을 취하면서 자신이 마주한 이 뜻밖의 상황을 생각하고 또 생각했다.

가끔씩 누네스는 소리 내어 웃었는데, 가끔은 재미있었고 가끔은 화가 났다.

누네스가 말했다. "미숙한 정신? 미숙한 감각? 저 사람들은 하늘에서 지배자이자 주인으로 보내 준 왕을 모욕했다는 걸 몰라. 내가 저 사람들에게 이치를 깨닫게 해줘야 해. 어쩌면 좋을지 생각을 해보자, 생각을."

누네스는 해가 질 때까지 열심히 생각을 했다.

누네스는 아름다운 것을 알아보는 눈이 있었고, 사방에서 골짜기를 내려다보는 눈밭과 빙하에 반사된 빛은 지금껏 본 어떤 것보다 더 아름다웠다. 누네스의 눈은 접근할 수 없는 그 눈부신 영광에서 빠르게 어둠에 잠기는 아래쪽 마을과 관개가 잘된 들판으로 옮겨 갔고, 누네스는 갑자기 감격하여, 볼 수 있게 해준 신께 진심으로 감사했다.

마을에서 누네스를 부르는 소리가 들렸다. "어이, 보고타! 이리 와봐!"

그 말에 누네스는 웃으며 일어났다. 누네스는 시력 덕택에 인간이 어떤 일을 할 수 있는지 단번에 보여 줄 작정이었다. 마을 사람들은 누네스를 찾으려 할 테지만 찾지 못할 터이다.

"움직이지 마, 보고타." 목소리가 말했다.

누네스는 소리 없이 웃으며 몰래 옆으로 두 걸음 비켜섰다.

"풀을 밟으면 안 돼, 보고타. 그건 금지된 일이야."

누네스의 귀에는 자신이 풀 밟는 소리가 거의 들리지 않았다. 누네스는 깜짝 놀라 동작을 멈췄다.

목소리의 주인이 얼룩덜룩한 오솔길을 따라 달려왔다.

누네스가 오솔길로 돌아갔다. "저 여기 있습니다." 누네스가 말했다.

눈먼 이가 말했다. "왜 내가 불렀을 때 안 온 거지? 혹시 아이처럼 내가 손을 잡아 줘야 하는 거야? 자네가 걸을 때 오솔길에서 니는 소리가 안 들려?"

누네스가 소리 내어 웃고는 말했다. "저는 길이 보입니다."

눈먼 이는 잠시 침묵을 지키다가 말했다. "'보이다'라는 단어는 존재하지 않아. 바보 같은 소리 그만하고 내 걸음 소리를 따라오라고."

누네스는 약간 짜증을 내며 따라갔다.

"때가 되면 알 겁니다." 누네스는 말했다.

눈먼 이가 말했다. "자네는 배우게 될 거야. 세상에는 배워야 할 게 아주 많아."

"'눈먼 자들의 나라에서는 애꾸가 왕이다'라는 말을 들어 본 적이 없나요?"

"'눈먼'은 또 무슨 말이야?" 눈먼 이는 어깨 너머로 전혀 관심 없다는 듯 말했다.

나흘이 지나고, 닷새째 되는 날에도 눈먼 이들의 왕은 여전히 자기 백성들 사이에서 서투르고 아무 쓸모 없는 이방인으로 살며 잠행 중이었다.

누네스는 자신의 신분을 공표하는 것이 생각보다 훨씬 어렵다는 사실을 깨달았고, 그래서 쿠데타를 계획하는 한편, 사람들이 시키는 일을 했고, 눈먼 자들의 나라의 관습과 습관을 배웠다. 누네스는 밤에 일을 하고 돌아다니는 게 특히 힘들었고, 그래서 제일 먼저 이 관습을 바꿔야겠다고 생각했다.

이곳 사람들은 단순하고 근면하게 살았고, 인간이 이해할 수 있는 선함과 행복의 모든 요소를 갖추고 있었다. 눈먼 이들은 일을 했지만 지나칠 정도는 아니었다. 필요한 음식과 옷이 충분했기 때문이다. 그리고 휴일과 쉬는 시기가 있었다. 음악과 노래를 아주 좋아했고, 서로 사랑했고 아이들을 사랑했다.

이 사람들은 질서정연한 자신들의 세계에서 놀랄 만큼 자신 있고 정확하게 돌아다녔다. 모든 것이 이 사람들의 필요에 맞게 지어졌기 때문이다. 골짜기 전 지역에 방사상으로 난 오솔길은 다른 길들과 일정한 각도를 이루며 뻗어 있었고, 연석에 난 특별한 홈으로 다른 길들과 구별이 가능했다. 길과 들판에 있던 장애물과 불규칙한 것들은 이미 오래전에 제거된 상태였다. 즉 이곳 사람들의 방법과 기준들이 이들의 특별한 필요에 따라 자연스레 생겨난 것이다. 이들의 감각은 놀랄 만큼 날카로웠다. 여남은 걸음 떨어진 곳에 있는 사람의 작은 움직임도 알아듣고 판단할 수 있었고, 심장 박동 소리까지 들었다. 오래전부터 그들의 음색이 얼굴 표정을 대신했고, 접촉이 몸짓을 대신했다. 이들은 괭이나 삽, 쇠스랑을 가지고 마치 정원 손질하듯 쉽고 자신 있게 일했다. 또한 후각이 아주 예민해서 개처럼 냄새로 사람들의 차이를 즉각 알아차렸고, 위쪽 바위들 사이에서 살다가 성벽 근처로 먹이와 피신처를 찾으러 내려오는 야마들도 쉽사리 잘 돌볼 수 있었다. 누네스가 마침내 자기 권리를 주장하려 했을 때는 이곳 사람들이 얼마나 쉽고 확실하게 움직일 수 있는지를 이미 깨달은 뒤였다.

누네스는 설득하려고 일단 시도해 본 뒤에야 반란을 일으켰다.

누네스는 우선 마을 사람들에게 시력에 대해 여러 번 반복해서 말하려 애썼다. 누네스가 말했다. "여러분, 제게는 여러분이 이해하지 못하는 것들이 있습니다."

한두 명은 두어 번 가만히 누네스의 이야기에 귀를 기울였다. 사람들은 고개를 숙인 채, '본다'는 것이 무엇을 의미하는지 최선을 다해 설명하는 누네스 쪽으로 영리하게 귀를 내밀고 가만히 앉아 있었다. 이야기를 듣는 이 가운데 아가씨도 한 명 있었는데 다른 이들보다 눈꺼풀이 덜 붉고 덜 들어가서 그저 수줍게 눈을 내리깔고 있는 게 아닐까 하는 생각이 들 정도였고, 누네스는 특히 그 여자를 설득하고 싶었다. 누네스는 본다는 것의 아름다움, 장관을 이룬 산, 하늘과 일출을 묘사했고, 그 말을 믿지 않지만 재미있게 듣던 이들은 곧 반론을 제기했다. 사람들은 산이라는 것은 존재하지 않고 야마들이 풀을 뜯는 바위들이 끝나는 곳이 세상의 끝이라고 누네스에게 말했다. 그리고 그 지점에서 우묵한 우주의 덮개가 튀어나왔고, 그 덮개에서 이슬과 눈이 떨어진다고 했다. 그리고 누네스가 자신들이 상상하는 것과는 달리 이 세상은 끝도 없고 지붕도 없다고 계속 고집스레 주장하자, 사람들은 그 생각이 사악하다고 말했다. 누네스는 하늘, 구름, 별들을 최대한 멋지게 묘사하려 애를 썼지만, 이 사람들에게는 자기들이 매끄러운 지붕이 있다고 믿는 자리에 끔찍한 허공이 있다는 인상만 준 것 같았다. 사람들은 동굴 지붕이 손으로 만지면 아주 매끄러울 거라고 굳게 믿었다. 누네스는 자신이 사람들에게 충격을 준 것 같아 그 부분에 대해서는 완전히 포기하고, 본다는 것의 실제적 가치를 증명하기로 했다. 어느 날 아침, 누네스는 페드로가 17번이라 불리는 오솔길을 따라 마을 중심의 집들로 오는 걸 보았고, 냄새나 소리로 알아채기엔 그가 아직 멀리 있을 때 사람들에게 이 상황을 알렸다. 누네스가 예언했다. "잠시 뒤 페드로가 여기에 올 겁니다." 노인 하나가 페드로가 17번 오솔길로 올 이유가 없다고 말했다. 그리고 마치 이 말을 확인해 주듯, 페드로는 옆길인 10번 오솔길로 가로질러 가더니 재빨리 외벽 쪽으로 갔다. 페드로가 오지 않자 사람들이 누네스를 놀렸고, 그 뒤 자신을 변호하려고 누네스가 페드로에게 직접 물어보자 페드로는 부정하며 도전하는 듯한 태도를 보였고, 이후로 누네스에게 적대심을 보였다.

그뒤 누네스는 상냥한 사람 한 명과 함께 저 멀리 성벽을 향해 풀이 무성한 긴 비탈을 올라가게 해 달라고 마을 사람들을 설득했고, 함께 간 사람에게는 집들 사이에서 일어난 일을 모두 묘사하겠노라고 설명했다. 누네스는 몇몇 사람이 오가는 것을 보았지만, 실제적으로 그 사람들에게 중요한 일, 즉 그 사람들이 누네스의 주장을 시험해 보기 위해 했던 모든 일은 창문이 없는 집 안이나 집 뒤편에서 일어났기 때문에 누네스는 아무것도 볼 수 없었고, 말할 수도 없었다. 자신의 시도가 실패로 돌아가고 사람들이 대놓고 비웃고 나서야 누네스는 자신의 물리력에 의지했다. 누네스는 삽을 꽉 쥐고 갑자기 두 사람을 삽으로 쓰러뜨려서 야외에서 눈으로 볼 수 있는 이점이 어떤 것인지 증명하자고 생각했다. 누네스는 그와 같은 결심을 실행에 옮기기 위해 삽을 움켜잡기까지 했지만 그때 자신에 대해 새로운 사실 하나를 깨달았다. 냉혈한이 되어 눈먼 사람을 공격할 수 없다는 것이었다.

누네스는 주저했다. 그리고 자신이 삽을 쥐었다는 것을 모든 사람이 안다는 사실을 깨달았다. 사람들은 머리를 한쪽으로 숙이고 귀를 누네스 쪽으로 향한 채 다음 행동을 기다리며 경계했다.

"그 삽을 내려놓으십시오." 한 명이 말했다. 그러자 누네스는 절망적인 공포를 느껴 거의 그 말에 따를 뻔했다.

이윽고 누네스는 삽을 든 채 한 명을 난폭하게 집 벽으로 밀쳐 버리고 그 사람을 지나 마을 밖으로 달아났다.

누네스는 풀을 밟은 자국을 길게 남기며 마을 들판을 가로질러 가서 어느 오솔길 가장자리에 앉았다. 싸움을 시작하는 사람은 누구나 그러하듯 자신감을 느꼈지만 불안감이 더 컸다. 누네스는 자신과 정신적 토대가 전혀 다른 이 사람들과는 기꺼이 싸우는 것조차 불가능하다는 걸 깨닫기 시작했다. 저 멀리서 삽과 몽둥이를 든 남자 몇몇이 주거지의 길에서 나와 각자가 맡은 오솔길을 따라 한 줄로 퍼져서 누네스가 있는 쪽으로 다가왔다. 그 사람들은 종종 서로 이야기를 하며 천천히 걸었고, 비상선을 친 사람 모두가 이따금 걸음을 멈추고 호흡을 가다듬으며 귀를 기울였다.

이런 행동을 보고 처음에 누네스는 소리 내어 웃었다. 하지만 그 뒤에는 웃을 수가 없었다.

한 명이 누네스가 풀밭에 남긴 흔적을 발견하고 다가오더니 몸을 숙이고 손으로 더듬으며 흔적을 따라왔다.

누네스는 비상선이 천천히 길어지는 것을 5분 동안 지켜보았고, 뭔가를 해야 한다는 막연한 생각이 차츰 격렬해졌다. 누네스는 벌떡 일어나 성벽 쪽으로 두어 걸음 움직였다가 돌아서 다시 몇 걸음 되돌아왔다. 마을 사람들은 초승달 모양으로 늘어서서 꼼짝 않고 귀를 기울였다.

누네스 역시 삽을 두 손으로 단단히 잡고 꼼짝 않고 서 있었다. 저들을 공격해야 할까?

귓속에서 맥박 뛰는 소리가 '눈먼 자들의 나라에서는 애꾸가 왕이다'라는 말처럼 들렸다.

저들을 공격해야 할까?

누네스는 매끄럽게 회칠을 해서 기어오를 수는 없지만 작은 문이 여러 개 나 있는 높은 성벽을 뒤돌아보았고, 자기를 찾아 점점 더 가까이 다가오는 대열을 보았다. 그리고 그 뒤로는 다른 사람들이 집에서 나오고 있었다.

저들을 공격해야 할까?

한 명이 외쳤다. "보고타! 보고타! 어디 있어?"

누네스는 더욱 힘껏 삽을 쥐었다. 그리고 풀밭을 따라 주거지 쪽으로 걸어 내려갔다. 누네스가 움직이자마자 사람들은 누네스 주위로 모였다. 누네스가 다짐했다. "날 건드리면 때려 버릴 거야. 제길, 그렇게 할 거야!" 누네스가 크게 외쳤다. "내 말 잘 들어. 이 골짜기에서 난 내가 하고 싶은 대로 할 거야. 내 말 들었어? 내가 하고 싶은 대로 하고 내가 가고 싶은 곳으로 갈 거야."

사람들은 손으로 더듬으며 재빨리 다가왔다. 마치 술래잡기를 하는 것 같았다. 다만 모두 눈을 가리고 한 사람만 눈을 떴을 뿐이었다. "잡아!" 누군가가 외쳤다. 누네스는 자신이 느슨하게 호를 이룬 추격자들 속에 갇힌 걸 깨달았다. 갑자기 누네스는 결단력 있게 행동해야 한다고 느꼈다.

"당신들은 날 이해하지 못해." 누네스가 소리쳤다. 누네스는 자신의 목소리가 크고 단호하게 들리길 바랐지만 정작 나오는 목소리는 떨렸다. "당신들은 눈이 멀었어. 난 볼 수 있어. 날 그냥 내버려 둬!"

"보고타! 삽을 내려놓고 풀숲에서 나와!"

도시에서 아주 익숙한 금지 사항을 기괴하게 연상시키는 이 마지막 명령에서 누네스의 분노가 폭발했다.

누네스는 흥분해 흐느끼며 말했다. "당신들을 해칠 거야. 제길, 해치겠어. 날 좀 가만히 내버려 둬!"

누네스는 자신이 어디로 가는지도 모르는 채, 제일 가까이 있는 눈먼이에게서 달아났다. 자신이 그 사람을 때릴지도 모른다고 생각하자 겁이 났기 때문이다. 누네스는 멈추었다가 좁혀 오는 대열을 피하기 위해 다시 돌진했다. 누네스는 대열에서 간격이 넓은 곳을 향했다. 하지만 누네스가 다가오는 걸음 소리를 재빨리 감지한 양쪽 사람들이 누네스를 향해 달려들었다. 누네스는 앞으로 뛰었고, 잡힐 것 같다는 생각이 들었을 때 휙! 삽을 휘둘렀다. 손과 팔에서 둔탁한 소리가 나는 것을 느꼈고 이미 한 명이 바닥에 쓰러져 고통의 비명을 질렀지만, 누네스는 포위망을 빠져나갔다.

빠져나왔어! 누네스는 다시 집들 사이에 난 길 근처에 있었고, 눈먼 이들은 황급히 삽과 막대기들을 휘두르며 침착하게 이리저리 달렸다.

누네스는 등 뒤에서 나는 발소리를 듣고서, 키 큰 남자가 자기 쪽으로 삽을 휘두르며 달려오는 것을 제때에 알아차렸다. 누네스는 용기를 잃고 상대에게서 1야드 정도 떨어진 곳으로 삽을 던지고는 돌아섰고, 다른 사람을 피해 소리를 지르며 달아났다.

누네스는 제정신이 아니었다. 누네스는 필사적으로 이리저리 달렸고 피할 것이 없는데도 몸을 피했고, 사방을 동시에 보려다가 발이 걸려 비틀거렸다. 누네스는 잠시 땅에 쓰러졌고 사람들이 그 소리를 들었다. 아주 멀리 있는 성벽에 난 작은 문은 천국으로 통하는 문 같았고, 누네스는 온 힘을 다해 그곳을 향해 달렸다. 추격자들을 둘러볼 생각조차 하지 못한 채 그곳에 도착한 누네스는 비틀거리며 다리를 건너 바위 사이로 기어올랐고, 그 모습을 본 어린 야마 한 마리가 놀라 껑충껑충 뛰면서 시야에서 사라졌다. 마침내 누네스는 땅에 누워 가쁘게 숨을 몰아쉬었다.

이렇게 해서 누네스의 쿠데타는 끝이 났다.

누네스는 먹을 것도 몸을 피할 곳도 없이 이틀 낮 이틀 밤을 눈먼 자들의 골짜기 성벽 밖에 머물렀고, 예상 밖으로 전개된 일을 곰곰이 생각해 보았다. 그리고 그 일을 생각하면서 누네스는 이미 믿을 수 없게 된 속담을, 점점 더 비웃는 것 같은 어투로 자꾸 되풀이하곤 했다. '눈먼 자들의 나라에서는 애꾸가 왕이다.' 누네스는 이 사람들과 싸워서 이길 방법을 주로 고민했지만, 그런 방법이 전혀 없다는 게 분명해졌다. 누네스에게는 무기가 없었고, 이제 무기를 구하기는 어려울 터였다.

비록 누네스가 보고타에서 부패한 문명의 영향을 받기는 했지만 그렇다고 눈먼 이를 죽이러 갈 정도로 타락하지는 않았다. 물론 그렇게 한 명을 죽이고 나면 모두를 죽여 버리겠다고 위협해서 눈먼 이들을 지배할 수 있을 터였다. 하지만 누네스는 결국 잠을 자야만 할 터였다!

누네스는 소나무들에서 뭐든 먹을 것을 구하려 했고 밤이 되면 소나무 가지 아래에서 서리를 피해 보려 했다. 그리고 크게 기대하지는 않았지만 야마를 잡을 방법을 궁리해 보기도 했다. 돌로 야마를 치면 될지도 몰랐다. 그러면 죽여 그 고기를 먹을 수 있을 터였다. 하지만 야마들은 누네스를 경계하여, 불신이 담긴 갈색 눈으로 누네스를 보았고, 다가가면 침을 뱉었다. 이틀째 되는 날 공포심이 일었고, 몸이 떨리는 발작에 결국 누네스는 모든 걸 포기했다. 마침내 누네스는 협상하기 위해 다시 비탈을 내려가 눈먼 이들의 나라 성벽에 도착했다. 누네스는 소리를 지르며 물길을 따라 걸었고, 마침내 눈먼 이 두 명이 누네스와 이야기하기 위해 문으로 나왔다.

누네스가 말했다. "저는 미쳤었습니다. 하지만 저는 이 세상에 갓 나왔습니다."

사람들은 누네스의 상태가 좋아졌다고 말했다.

누네스는 이제 자신이 더 지혜로워졌고 자신이 한 행동을 모두 후회한다고 알렸다.

이 순간 뜻밖에도 눈물이 흐르기 시작했다. 기운이 너무 없고 상태가 좋지 않았기 때문이지만 눈먼 이들은 이걸 좋은 신호라고 여겼다.

사람들은 누네스에게 아직도 볼 수 있다고 생각하는지를 물었다.

누네스가 말했다. "아니요. 그것은 어리석은 생각이었습니다. 그건 아무 의미 없는 말입니다. 아무것도 아닙니다!"

사람들은 머리 위에 뭐가 있는지 누네스에게 물었다.

"사람 키보다 열 배 정도 더 높은 곳에 바위로 된 세계의 지붕이 있습니다. 아주, 아주 매끄러운 지붕이요." 그러고는 누네스는 다시 병적으로 흥분한 울음을 터뜨렸다. "더 묻기 전에 먹을 걸 좀 주십시오. 안 그러면 전 죽고 말 겁니다."

누네스는 자신이 가혹한 벌을 받으리라고 생각했지만, 이 눈먼 이들은 관용을 알았다. 이들은 누네스의 반항이 그저 그의 전반적인 어리석음과 열등함에 대한 또 한 가지 증거라고 생각했다. 그래서 누네스에게 채찍질을 한 뒤 자기들이 하는 일 가운데 가장 단순하면서도 힘든 일을 시켰고, 달리 살아갈 방법이 없는 누네스는 이들의 말에 순순히 따랐다.

누네스는 며칠 동안 앓았는데, 사람들은 정성스레 누네스를 보살폈다. 이 일로 인해 누네스는 이 사람들에게 완전히 복종했다. 하지만 이들은 누네스에게 어둠 속에 누워 있기를 강요했고, 이건 정말 끔찍한 일이었다. 눈먼 현자 몇이 누네스에게 와서 그의 지적 능력이 사악하고 경솔하다고 말했으며, 자신들의 오목한 우주 냄비를 덮은 바위 뚜껑의 존재에 대해 누네스가 품은 의구심을 아주 효과적으로 비판했고, 때문에 누네스는 자신이 환각의 희생자여서 머리 위의 그 뚜껑을 볼 수 없는 게 아닌지 의심할 지경이 되었다.

그렇게 해서 누네스는 눈먼 자들의 나라 일원이 되었다. 누네스는 이 사람들을 한 무리가 아닌 각각의 개인으로 느끼기 시작했고 익숙해졌으며, 그러는 동안 산 저쪽 세상은 점점 더 멀어지고 더 비현실적으로 보였다. 누네스의 주인인 야콥은 화내지 않을 때에는 친절한 남자였고,

페드로는 야콥의 조카였다. 그리고 야콥의 막내딸 메디나사로테가 있었다. 메디나사로테는 눈먼 자들의 나라에서 별로 높게 평가받지 못했다. 눈먼 남자들이 이상적인 아름다움이라 생각하는 윤기가 흐르면서 매끈하고 균일한 얼굴이 아니라, 윤곽이 뚜렷한 얼굴이기 때문이었다. 하지만 누네스는 첫눈에 메디나사로테가 아름답다고 생각했으며, 이제는 모든 창조물 가운데 가장 아름답다고 생각했다. 메디나사로테의 눈꺼풀은 골짜기에 있는 사람들처럼 움푹 들어가지도, 붉지도 않았으며, 당장이라도 다시 뜰 것만 같았다. 그리고 속눈썹이 길었는데, 이곳에서는 그런 속눈썹이 흉하다고 생각했다. 그리고 큰 목소리도 마을 사람들의 예리한 청각에 적절하지 않았다. 그래서 메디나사로테에게는 애인이 없었다.

어느 순간 누네스는 이 여자를 아내로 맞을 수 있다면 남은 평생을 이 골짜기에서 살 수도 있다고 생각했다.

누네스는 메디나사로테를 눈여겨보았다. 도울 수 있는 작은 기회들을 놓치지 않았고, 그리고 곧 메디나사로테도 누네스가 자기에게 관심을 보인다는 것을 알게 되었다. 한번은 어느 휴일 모임에서 둘이 희미한 별빛 아래에 나란히 앉았고, 달콤한 음악이 흘렀다. 누네스는 용기를 내어 메디나사로테의 손을 잡았고, 상대도 수줍게 손에 힘을 주었다. 그리고 어느 날 어둠 속에서 식사를 하던 중 메디나사로테의 손이 부드럽게 자신을 찾는 것을 느꼈고, 그 순간 우연히 난롯불이 더 환히 타올라서 누네스는 메디나사로테의 부드러운 표정을 보았다.

누네스는 메디나사로테에게 말할 기회를 찾았다.

어느 날, 누네스는 여름의 달빛 아래 앉아 있는 메디나사로테에게 다가갔다. 달빛을 받아 메디나사로테는 은빛으로 신비하게 빛났다. 누네스는 상대의 발치에 앉았다. 그리고 사랑한다고 말했고, 상대를 얼마나 아름답게 느끼는지를 말했다. 누네스의 목소리는 사랑에 빠진 남자의 목소리였다. 누네스는 거의 경건할 정도로 공손하고 존경 어린 부드러운 목소리로 말했고, 메디나사로테는 그때까지 그런 사랑의 말을 들어 본 적이 없었다. 메디나사로테는 누네스에게 분명히 답을 하지는 않았지만, 누네스의 말을 듣고 기분이 좋은 게 분명했다.

그때부터 누네스는 기회가 있을 때마다 메디나사로테에게 말을 걸었다. 골짜기는 새로운 세상이 되었고, 이제 사람들이 햇빛 아래 사는 산 너머 세상은 어느 날 메디나사로테에게 이야기해 줄 동화 속 나라에 불과해 보였다. 누네스는 메디나사로테에게 아주 조심스럽고 수줍게 시력에 대해 이야기했다.

메디나사로테는 시력에 대한 이야기가 자신이 들어 본 것 중에 가장 시적으로 꾸며 낸 이야기라고 여겼으며, 누네스가 별과 산, 그리고 달빛에 환히 빛나는 자신의 사랑스럽고 아름다운 모습에 대해 하는 말을 마치 죄의식이 담긴 쾌락을 탐닉하듯 가만히 들었다. 메디나사로테는 누네스의 말을 믿지 않았고 일부분만 겨우 이해했지만, 이상하게도 그 이야기를 들으면 즐거웠고, 누네스가 볼 땐 메디나사로테가 전부 다 이해하는 것 같았다.

누네스의 사랑은 경외심을 떨치고 대담해졌다. 곧 누네스는 야콥과 장로들에게 메디나사로테와 결혼하겠노라고 말하려 했지만, 메디나사로테는 겁을 먹고 머뭇거리게 되었다. 야콥은 메디나사로테의 언니들 가운데 하나가 이야기해 줘서 누네스와 메디나사로테가 서로 사랑한다는 사실을 알았다.

누네스와 메디나사로테의 결혼은 곧 심한 반대에 부딪혔다. 사람들이 메디나사로테를 소중하게 생각했기 때문이라기보다는 누네스가 제멋대로 행동하고 바보에다가 무능력하며, 참아 줄 수 있는 한계보다 더 열등하다고 생각했기 때문이다. 언니들은 온 식구에게 불명예라며 결혼에 심하게 반대했다. 야콥 노인은 둔하고 순종적인 자신의 하인에게 일종의 애정이 있기는 했지만 고개를 저으며 결혼은 불가능하다고 말했다. 젊은이들은 자기 종족의 혈통을 더럽히는 짓이라고 한결같이 분노했고, 그 가운데 한 명은 누네스에게 와서 욕하고 때리기까지 했다. 누네스는 반항했다. 비록 황혼 빛 아래였지만, 볼 수 있다는 사실이 그에게 도움이 된 것은 이번이 처음이었고, 싸움이 끝나고 나자 이제 아무도 누네스에게 손댈 생각을 하지 못했다. 그러나 사람들은 계속 둘의 결혼은 있을 수 없다고 주장했다.

야콥 노인은 막내딸을 아꼈고, 막내딸이 자기 어깨에 기대어 흐느끼자 마음이 아팠다.

"얘야, 너도 알다시피 그자는 결함이 있어. 환각으로 고통받고 있어. 이 세상에서 아무것도 할 줄 몰라."

메디나사로테가 흐느끼며 말했다. "알아요. 하지만 지금은 예전보다 훨씬 좋아졌어요. 좋아지고 있어요. 아버지, 그리고 그 사람은 힘이 세요. 다른 어떤 남자보다 힘이 세고 친절해요. 그리고 저를 사랑해요. 아버지…… 저도 그 사람을 사랑해요."

야콥 노인은 슬픔에 잠긴 딸을 보자 고통스러웠고, 게다가 여러 이유로 누네스에게 호감이 있었기에 더욱더 고통스러웠다. 그래서 창문 없는 회의실로 가서 다른 장로들과 같이 앉아 회의가 진행되는 방향을 예의 주시하다가, 적당한 순간에 말했다. "그자는 이전보다 훨씬 좋아졌습니다. 아마 조만간 우리처럼 정신이 건강해질 겁니다."

그러자 장로 가운데 한 명인 위대한 사상가가 좋은 방법을 떠올렸다.

그 장로는 의사이자 병을 고치는 주술사였으며, 철학적으로나 창의적으로나 아주 수준이 높았고, 이상하게 행동하는 누네스를 치료해 보겠다는 생각이 들었다.

그 의사가 말했다. "보고타를 진찰해 봤는데, 나는 병의 이유를 뚜렷이 알아. 내가 그자를 치료할 수 있을 거라고 생각해."

"제가 늘 원하던 바입니다." 야콥 노인이 말했다.

"그자는 뇌가 병들었어." 눈먼 의사가 말했다.

장로들이 이 말에 동의하며 수군거렸다.

"그럼 대체 무엇 때문에 뇌가 병들었을까?"

"아!" 야콥 노인이 말했다.

의사가 자기 질문에 대답했다. "바로 이것. 보고타의 경우, 눈이라고 불리는 그 묘한 것들, 얼굴에 부드럽고 기분 좋게 들어간 부분을 만들어 내는 그 부위에 병이 들어서 뇌에 영향을 미치는 거야. 그 부분이 아주 크게 팽창했고, 눈썹이 있고 눈꺼풀이 움직이며, 그 결과 뇌가 계속 과민하고 산만해지는 거야."

야콥 노인이 말했다. "그래서? 그래서요?"

"내가 합리적으로 확실히 말할 수 있는 것은, 그자를 완벽하게 치료하려면 간단하고 손쉬운 수술만 하면 된다는 거야. 바로 이렇게 자극하는 부위를 제거하는 거지."

"그러면 정신이 건강해질까요?"

"완벽하게 제정신이 될 거고, 아주 훌륭한 시민이 될 거야."

"이런 과학이 있어 정말 다행이로군요." 야콥 노인이 말했고, 이 기쁘고 희망찬 이야기를 누네스에게 알려 주러 당장 밖으로 나갔다.

하지만 누네스는 이 좋은 소식을 냉담하게 받아들이며 몹시 실망했고, 그 바람에 야콥 노인은 깜짝 놀랐다.

야콥 노인이 말했다. "자네 말투만 들으면 자네가 내 딸을 전혀 중요하게 여기지 않는다고 생각할 수도 있겠어."

눈먼 의사에게 수술을 받으라고 누네스를 설득한 건 메디나사로테였다.

누네스가 말했다. "설마 당신도 제가 시력을 상실하길 원했어요?"

메디나사로테는 고개를 끄덕였다.

"시력은 제 세계입니다."

메디나사로테는 고개를 숙였다.

"세상에는 아름다운 것들, 작고도 아름다운 것들이 있어요. 꽃, 바위 사이의 이끼, 털가죽의 윤기와 부드러움, 구름이 떠가는 아득히 먼 하늘, 석양과 별이 있어요. 그리고 당신이 있어요. 당신이 있다는 것만으로도 시력은 그 가치가 있어요. 당신의 달콤하고 평온한 얼굴, 사랑스러운 입술, 살며시 포갠 고운 당신 손을 볼 수 있기 때문이지요…… 당신이 제 눈을 정복했어요. 이 눈이 당신과 저를 연결해 줘요. 그런데 저 멍청이들은 이 눈을 없애고 싶어 해요. 그렇게 되면 저는 당신을 보지 못하고 단지 당신을 만지고 목소리만 들을 수 있게 되는 거예요. 저 역시 바위와 돌, 어둠으로 이루어진 지붕, 그 아래에 당신들의 상상력이 구부정히 서 있는 그 끔찍한 지붕 아래로 가게 되겠지요…… 싫습니다! 제가 그렇게 되는 걸 당신도 원치는 않겠지요?"

누네스는 불쾌한 의심이 들었다. 누네스는 말을 멈추었고, 질문은 답을 얻지 못한 채 남아 있었다.

메디나사로테가 말했다. "전 가끔……" 그리고 말을 멈추었다.

"말해 보세요." 누네스가 약간 불안한 마음으로 물었다.

"전 가끔…… 당신이 그렇게 말하지 않았으면 좋겠어요."

"그렇게라니요?"

"전 그게 아름답다는 걸 알아요. 그건 당신의 환상이죠. 전 아주 좋아 해요. 하지만 지금은……"

누네스는 오싹한 느낌이 들었다. "지금은?" 누네스가 조그맣게 말했다.

메디나사로테는 아무 말이 없었다.

"당신이 하고 싶은 말은…… 당신 생각은…… 제가 좋아질 거라는 말 이군요. 만약 제가……"

누네스는 즉시 알아차렸다. 사실 누네스는 분노를, 어리석게 펼쳐져 가는 운명에 분노를 느꼈지만, 또한 자신을 이해하지 못하는 메디나사 로테에게 동정심을 느끼기도 했다. 연민에 가까운 동정이었다.

"사랑하는 이여." 누네스가 말했다. 그리고 창백한 얼굴을 보면서 메디 나사로테가 그간 얼마나 말 못하고 끙끙대며 힘들어했는지를 알 수 있 었다. 누네스는 메디나사로테를 포옹하고 귀에 입을 맞췄고, 둘은 한참 동안 말없이 앉아 있었다.

"만약 내가 승낙한다면요?" 마침내 누네스가 아주 낮은 목소리로 말 했다.

메니나사로테는 거칠게 눈물을 뚝뚝 흘리며 누네스의 품에 안겼다. 메디나사로테가 흐느꼈다. "오, 만약 당신이 그래 주기만 한다면, 그래 주 기만 한다면!"

* * * * *

열등한 노예 상태에서 눈먼 시민 계급으로 올라가게 해줄 수술이 있기 일주일 전부터 누네스는 잠을 잘 수 없었고, 햇빛이 환히 비치는 따뜻한 시간에 모두가 편안히 잠자는 동안, 앉아서 곰곰이 생각에 잠기거나 정처없이 돌아다니면서 이 딜레마를 해결할 방법을 찾아 보았다. 누네스는 대담했고 동의했지만 아직 확신이 서지 않았다. 마침내 일과를 마치자 황금빛 산 위로 눈부신 해가 높이 떴고, 누네스가 눈으로 볼 수 있는 마지막 날이 시작했다. 누네스는 메디나사로테가 잠자리에 들기 전에 함께 몇 분을 보냈다.

누네스가 말했다. "내일이면 전 더는 볼 수 없게 될 거예요."

"내 사랑!" 메디나사로테가 말하며 누네스의 손을 꼭 쥐었다.

메디나사로테가 말했다. "아프겠지만 많이는 아닐 거예요. 그리고 당신은 저를 위해 이 고통을 견디는 거예요. 저를 위해서요…… 소중한 이여, 가능하다면, 한 여인의 마음과 생명으로 당신에게 보답하겠어요. 제게 가장 소중한 이여, 목소리가 부드럽고 제게 가장 소중한 이여, 제가 보답을 할게요."

누네스는 메디나사로테와 자신에 대한 연민에 흠뻑 젖었다.

누네스는 메디나사로테를 품에 안고 그녀의 입술에 입을 맞추었다. 그리고 마지막으로 연인의 얼굴을 찬찬히 바라보았다. 누네스는 그 사랑스러운 모습을 보며 속삭였다. "안녕! 안녕!"

그리고 아무 말 없이 돌아서서 그곳을 떠났다.

메디나사로테는 멀어지는 걸음 소리를 들었고, 그 박자에 실린 무엇인가에 눈물 흘리며 서럽게 흐느꼈다.

원래 누네스는 하얀 수선화가 풀밭을 장식한 한적한 곳으로 가서 자신이 희생할 시간이 될 때까지 기다리려 했지만, 걸어가면서 고개를 들었고, 아침을 보았다. 비탈 위로 자신 있게 내려오는, 황금 갑옷을 입은 천사와 같은 아침을……

그런 눈부신 아침 앞에서 자기 자신, 골짜기에 있는 이 눈먼 세상, 자기 사랑, 모든 게 죄의 구덩이에 지나지 않는 것만 같았다.

누네스는 애초 계획과 달리, 옆으로 방향을 바꾸지 않았고, 대신 계속 앞으로 가서 성벽을 가로질러 밖으로 나가 바위 위로 올라갔고, 그동안 햇빛을 받아 환히 빛나는 얼음과 눈에서 눈을 뗄 수가 없었다.

누네스는 무한한 아름다움을 보았고, 누네스의 상상력은 그 아름다움의 위로 날아올라, 이제 영원히 포기할 것 너머에 있는 사물들까지로 높이 올라갔다.

누네스는 자신이 떨어져 나온 그 넓고 자유로운 세계를, 자신의 세계이던 그 세계를 생각했고, 저 멀리 다른 비탈들이, 한없이 멀고 먼 곳 보고타가, 다양한 형태의 감동적인 아름다움이 있는 그곳이, 대낮의 영광과 한밤의 휘황찬란한 신비함, 궁전과 분수와 조각상과 하얀 집들이 늘어선 그곳이 눈에 선했다. 누네스는 하루나 이틀 동안 길을 따라 내려가면, 사람들로 붐비는 분주한 도시의 거리들로 점점 더 다가갈 수 있던 일을 생각했다. 위대한 보고타에서 하루하루 강을 따라 더 넓은 세계를 향해 가던 일을 떠올렸다. 도시와 마을과 숲과 황량한 곳들을 지나가고, 날마다 힘차게 흐르는 강을 지나가고, 이윽고 강기슭에서 멀어져 거대한 증기선들이 물을 뒤흔드는 곳을 지나가고, 그러다 바다에, 그 끝도 없이 펼쳐진 바다에 도착하면, 수천 개의 섬들과 또 수천 개의 섬들, 그리고 넓은 세상을 따라 끝없는 이리저리 여행하는 배들이 멀리로 언뜻언뜻 보였었다. 그리고 거기에서는 산으로 가로막히지 않은 하늘, 하늘을 볼 수 있었다. 여기서 보듯이 둥근 원형이 아니라 무한히 푸른 아치형의 하늘, 순환하는 별들이 떠 있는 끝없이 깊은 그 하늘을……

누네스의 두 눈은 거대한 커튼 같은 산들을 찬찬히 살폈다.

예를 들어 저 작은 협곡을 올라 저 바위틈에 난 좁은 길로 간다면, 아마 저 높이 있는 바위 돌출부 주변에서 겨우 자라며 점점 더 골짜기를 따라 올라가 그 너머로 사라지는 저 소나무들 사이로 나갈 수 있으리라. 그다음에는? 저 급경사는 넘을 수 있을 것이다. 계속 오르면 눈 밑까지 이어지는 벼랑에 도착할 것이다. 그리고 만약 저 바위 사이 길이 목적지에 닿지 않는다면 더 동쪽에 있는 다른 길이 목적지에 닿게 해줄 수도 있으리라. 그런 다음에는? 그러고 나면 거기, 햇빛을 받아 호박색으로 빛나는 눈 위에 있게 될 것이고, 아름답게 고독에 잠긴 저 산꼭대기 중간까지 올라가 있을 것이다.

누네스는 마을 쪽을 힐긋 돌아보았다. 그러다가 완전히 몸을 돌려 마을을 물끄러미 바라보았다.

누네스는 메디나사로테를 생각했다. 연인은 작아지고 멀어졌다.

누네스는 아침이 내린 성벽 같은 산 쪽으로 다시 돌아섰다.

그리고 아주 조심스럽게 산을 오르기 시작했다.

석양이 찾아왔을 때, 누네스는 더는 산을 오르지 않았지만 멀리, 높은 곳까지 와 있었다. 더 높은 곳에도 가본 적이 있지만 지금 있는 곳도 여전히 높았다. 옷은 찢어졌고 팔다리에는 상처가 나고 여기저기 멍이 들었지만, 누네스는 너무나 기분 좋은 듯 누워 있었고 얼굴에는 웃음을 머금고 있었다.

누네스가 쉬고 있는 곳에서 보면 골짜기는 거의 1마일 깊이의 구덩이 같았다. 주변 산 정상들이 환하게 빛나고 붉게 타오르는데도 골짜기에는 이미 안개가 끼어 어둑어둑했다. 누네스를 둘러싼 산 정상들이 모두 환히 빛나고 붉게 타올랐고, 가까이에 있는 바위들은 아주 작은 부분까지도 아름다움에 흠뻑 젖어 있었다. 회색 바위를 가로지르는 초록색 광물의 줄, 여기저기서 번득이는 수정의 단면들, 작고 섬세하게 아름다운 주황색 작은 이끼가 누네스의 얼굴 바로 곁에 있었다. 골짜기에는 신비한 그림자가 짙게 드리워졌으며, 파랑색은 보라색으로 짙어졌고, 보라색은 눈부신 어둠이 되었고, 머리 위 높은 하늘은 끝없이 광대했다. 하지만 누네스는 그런 모든 것에 더는 관심을 두지 않았으며, 자신이 왕이 되고자 했던 눈먼 이들의 골짜기에서 달아난 것만으로도 행복한 듯 웃으며 가만히 누워 있었다.

석양의 붉은빛이 사라지고 밤이 되었지만, 누네스는 차갑고 맑은 별 아래 여전히 기분 좋고 평화롭게 누워 있었다.

아름다운 양복
The Beautiful Suit

　옛날, 어느 어머니가 키 작은 아들에게 아름다운 양복 한 벌을 지어 주었다. 양복은 초록색과 금색이었고, 천이 어찌나 섬세하고 훌륭하게 짜여졌는지 말로는 형용할 수가 없었고, 턱 아래에서 매는 푹신한 주황색 넥타이도 있었다. 단추들은 워낙 새것이라 별처럼 반짝였다. 남자는 자신의 양복이 대단히 자랑스럽고 만족스러웠다. 처음 그 양복을 걸치고 기다란 거울 앞에 섰을 때는 너무나 놀라고 기뻐서 거울 앞을 떠날 수가 없었다. 남자는 어디나 그 양복을 입고 가서 사람들에게 양복을 자랑했다. 남자는 이제까지 갔던 모든 장소와 이제까지 들은 모든 풍경들을 떠올리며, 이 멋진 양복을 입고 그 풍경들과 장소들에 간다면 어떤 느낌일까 상상해 보았다. 즉시 그 양복을 입고 풀이 기다랗게 자란 풀밭과 뜨거운 햇빛 속으로 나아가고 싶었다. 단지 그 양복을 입기 위해서! 하지만 어머니는 아들에게 "안 돼"라고 말했다. 어머니는 아들에게 양복을 아주 잘 간수해야 한다고 말했다. 이렇게 훌륭한 양복을 또 갖게 될 일은 없을 거라며. 아들은 양복을 아끼고 또 아껴야 했기에 드물게 큰 행사가 있을 때만 입었다. 어머니는 그 양복이 그의 결혼식 예복이라며 새것 특유의 반짝이는 광채가 바랠까 봐 단추를 모두 얇은 종이로 꼭꼭 싸놓고 소맷동과 팔꿈치 등 잘 닳는 부위에는 모두 작은 보호대를 붙였다. 남자는 그런 것들이 너무나 싫었지만, 어쩔 도리가 없었다. 마침내 어머니의 경고와 설득으로 인해 남자는 그 아름다운 양복을 벗어 조심스레 잘 개어 치워 두었다. 남자는 양복을 거의 포기한 듯 보였다. 하지만 속으로는 늘 단추를 싼 얇은 종이와 보호대를 모두 떼어 내고 전혀 조심하지 않으며 기쁘고 즐겁게 그 아름다운 양복을 입을 날들을 생각하고 있었다.

어느 날 밤, 남자는 버릇처럼 그 양복을 입는 꿈을 꾸다가, 꿈속에서 단추 하나의 종이를 벗겨 냈다. 그런데 단추의 광채가 살짝 바래져 있었다. 꿈속에서 남자는 심하게 스트레스를 받았다. 남자는 퇴색한 단추를 광내고 또 광냈지만, 단추는 더 흐릿해지기만 했다. 남자는 잠에서 깨어서도 바래진 단추를 계속 생각했고, (그게 뭐든) 큰 행사가 닥쳤을 때 단추가 한 개라도 처음보다 덜 반짝이게 될 가능성을 어떻게 하면 미리 알 수 있을까 고민했으며, 그때부터 날이면 날마다 그 생각에 괴로워했다. 이윽고 어머니가 다시 한 번 양복을 입게 허락해 주자, 남자는 얇은 종이를 아주 조금만 벗겨 내 단추들이 처음처럼 반짝이는지 보고 싶다는 유혹에 하마터면 굴복할 뻔했다.

남자는 말쑥한 모습으로 교회로 갔지만, 속으론 그 거친 욕망에 휩싸여 있었다. 알아 두어야 할 게, 남자의 어머니는 몇 번이나 거듭 신중하게 주의를 주고서야 때때로 아들이 양복 입는 걸 허락했는데, 가령 일요일에는 교회에 오갈 때만, 그것도 비나 먼지바람 등 양복에 해를 끼칠 요소가 전혀 없을 때만, 단추들이 종이에 싸이고 보호대들도 붙어 있는 상태로 입게 했고, 햇빛이 강한 날엔 양복 색이 바랠까 봐 손에 양산까지 들게 했다. 그리고 그 양복 입는 행사가 끝난 뒤에는, 남자는 양복을 잘 턴 뒤 어머니에게 배운 대로 섬세하게 접어 다시 치워 놓아야 했다.

이제 남자는 어머니가 정한 그 모든 제한들을 늘 지켰는데, 그러던 어느 수상한 밤, 잠에서 깬 남자는 창밖으로 달빛이 빛나는 것을 보았다. 남자는 달빛이 여느 때와 다르고 밤도 여느 밤 같지 않다는 묘한 확신 속에 한동안 비몽사몽 누워 있었다. 어둠 속에서 다정한 속삭임 같은 생각들이 겹쳐졌다. 이윽고 남자는 돌연 정신을 바짝 차리며 자신의 작은 침대에서 일어나 앉았고, 심장이 미친 듯이 뛰었으며, 머리끝부터 발끝까지 온몸이 떨렸다. 남자는 마음을 정했다. 이제 자신이 정한 규칙대로 양복을 입기로. 한 치의 의심도 품지 않고 그러기로 했다. 남자는 두려웠지만, 끔찍하게 두려웠지만, 기쁘고 또 기뻤다.

남자는 침대에서 나와 창가에 섰고 잠시 달빛에 잠긴 정원을 바라보며 자신이 하려는 일에 몸을 떨었다. 공중에는 귀뚜라미 소리와 나뭇잎 스치는 소리 같은 미세한 웅성임, 살아 있는 작은 것들의 극미한 외침들이 가득했다. 남자는 잠든 집을 깨울까 봐 삐걱거리는 마루를 아주 부드럽게 걸어가, 자신의 아름다운 양복이 개켜져 있는 크고 어두운 옷장으로 향했다. 남자는 다른 옷들을 하나하나 빼서 그 양복을 꺼낸 후 단추를 싼 종이들과 보호대들을 조용히, 그러나 아주 열렬히 찢었고, 마침내 양복은 어머니에게서 처음 받았을 때처럼 완벽하고 아름다운 상태가 되었다. 그때로부터 아주 오랜 시간이 지난 기분이었다. 남자의 사랑스러운 양복은 단추 하나 빛바래지 않고, 실 한 오라기 퇴색하지 않은 상태였다. 남자는 너무 기뻐 소리 없이 서둘러 옷을 입으며 눈물을 떨어뜨렸다. 이윽고 남자는 조용하고도 재빨리 정원이 내다보이는 창가로 돌아왔고, 잠시 창가에 서서 별처럼 반짝이는 단추들과 함께 달빛을 받다가 창턱을 넘어 집을 나간 뒤 최대한 덜 부스럭거리며 정원의 산책로로 기어 내려갔다. 그러고는 앞에 서서 집을 바라보니, 집은 하얬고 거의 낮처럼 선명하게 보였다. 남자의 방만 빼면 모든 방의 창문에는 블라인드가 잠든 눈처럼 감겨 있었다. 나무들은 벽에 복잡한 검은 레이스 같은, 조용한 그림자들을 드리우고 있었다.

달빛을 받은 정원은 낮의 정원과는 사뭇 달랐다. 산울타리에 엉켜 있는 달빛은 작은 나뭇가지에서 나뭇가지로 유령 거미집처럼 늘어져 있었다. 꽃들은 모두 하얀색 아니면 검붉은색으로 번득였고, 보이지 않는 숲 속 깊은 곳에서 날카롭게 들려오는 작은 귀뚜라미와 나이팅게일들의 노랫소리 때문에 공기가 진동했다.

이 세상에 암흑은 없지만, 따뜻하고 신비로운 그늘은 있었고, 잎과 이삭꽃차례마다 영롱한 이슬방울들이 또르르 맺혀 있었다. 밤공기가 평소보다 더 따뜻했고, 하늘은 어찌 된 일인지 신기하게도 훨씬 더 광대한 동시에 훨씬 더 가까웠으며, 거대한 상앗빛 달이 하늘을 지배하고 있는데도 하늘은 별로 가득했다.

작은 남자는 끝없는 기쁨에 가슴이 터질 것 같은데도 소리 지르거나 노래 부르지 않았다. 남자는 경외감에 휩싸인 사람처럼 잠시 서 있다가 작게 묘한 소리를 지르며 두 팔을 뻗더니, 마치 이 광대하고 둥근 세계를 한꺼번에 껴안으려는 듯이 내달렸다. 남자는 정원에 직각으로 난 말끔한 산책로로 가지 않고 화단으로 들어가 축축하고 키 크고 향이 나는 풀들 사이를 뚫고 비단향꽃무와 니코틴과 유령처럼 흰 당아욱꽃들을 통과하고, 서던우드와 라벤더 덤불들을 통과하고, 넓게 펼쳐져 있는 무릎까지 올라오는 목서초를 헤치고 지나갔다. 남자는 커다란 산울타리까지 오자 그대로 산울타리를 넘어갔다. 산울타리를 이룬 가시나무의 가시들이 남자를 깊이 할퀴고 아름다운 양복에서 올을 뜯어내고 가시 덤불과 왕바랭이와 야생 귀리가 달라붙어도 남자는 개의치 않았다. 남자는 그 모든 게 자신이 그토록 갈망하던 양복 입기의 일부란 걸 알았기에 전혀 개의치 않았다. 남자가 말했다. "내 양복을 입어서 기뻐. 내 양복을 걸쳐서 기뻐."

산울타리를 넘어간 남자는 오리 연못에, 혹은 적어도 낮에는 오리 연못이던 곳에 도착했다. 하지만 밤에 그곳은 은색 달빛이 가득 담기고 개구리 소리로 온통 시끄러운 거대한 사발이었고, 멋진 은색 달빛은 묘한 문양으로 뒤틀리고 굳어져 있었다. 작은 남자는 가느다란 검은색 골풀들 사이의 물속으로 뛰어내렸고, 무릎까지, 허리까지, 어깨까지 물에 들어가 양손으로 물을 세게 쳐서 검고 반짝이는 잔물결을 일으키고 또 일으켰다. 수면에 비친 연못가 나무들의 복잡한 모습 속에, 잔물결 속에, 별들이 걸려 있었다. 남자는 첨벙거리며 걷다가 수영을 시작했고, 연못을 건너가 맞은편 기슭으로 나왔다. 남자는 기는 식물 같은 것과 마주쳤다. 좀개구리밥은 아닌 듯했다. 은색의 길고 물이 뚝뚝 떨어지는 그 덩어리는 남자의 몸에 달라붙었다. 남자는 모양을 바꾸고 뒤엉켜 있는 분홍바늘꽃과, 열매를 맺었지만 아직 잘리지 않은 풀들 사이를 뚫고 지나갔다. 남자는 큰길에 들어서자 기뻐하며 헐떡거렸다. 남자가 말했다. "기뻐. 이런 상황에 꼭 맞는 옷을 입고 있어서 말할 수 없이 기뻐."

큰길은 마치 날아가는 화살처럼 일자로 쭉 뻗어 달 아래 남색 구덩이 같은 하늘 속으로 곧게 이어져 있었다. 남자는 노래하는 나이팅게일들 사이에 있는 하얗고 반짝이는 길을 따라가며 달리기도 하고 폴짝거리기도 했으며, 걸으면서 환호하기도 했다. 남자는 어머니가 지칠 줄 모르는 사랑의 손길로 만들어 주신 옷을 입고 있었다. 길은 먼지가 자욱했지만, 남자에겐 단지 부드러운 흰색으로만 보였다. 크고 칙칙한 나방 한 마리가 날아와, 젖어서 희미하게 반짝이는 모습으로 서둘러 가는 남자 주위에서 퍼덕거렸다. 남자는 처음에는 나방에 신경 쓰지 않다가 이윽고 물리치려 손을 젓더니, 머리 주위를 도는 그놈과 함께 일종의 춤을 추었다. 남자가 소리쳤다. "부드러운 나방이야! 사랑스러운 나방이야! 그리고 멋진 밤, 세상의 멋진 밤이야! 내 옷이 아름답다고 생각하지 않니, 사랑스러운 나방아? 내 옷도 네 비늘만큼, 그리고 땅과 하늘을 모두 감싼 이 은빛 옷만큼 아름답지 않니?"

그러자 나방이 좀 더 가깝게 다가와 남자 주위를 빙빙 돌았고, 마침내 벨벳처럼 부드러운 날개들이 남자의 입술을 스쳤다……

* * * * *

이튿날 아침, 사람들은 죽은 남자를 발견했다. 남자는 목이 부러져 돌구덩이 바닥에 있었고, 피투성이가 된 아름다운 옷은 연못의 좀개구리밥에 더럽혀져 냄새가 났다. 하지만 얼굴은 지극히 행복했다. 그 얼굴을 보면 남자가 얼마나 행복하게 죽었는지 알 수 있었다. 남자는 차갑게 흘러가는 은빛이 연못의 좀개구리밥이었다는 것은 전혀 모른 채 극도로 행복하게 죽었다.

과학의 상상력으로 문학을 하다
- SF의 거인, 웰스

　허버트 조지 웰스는 빅토리아 여왕의 통치가 한창인 1866년에 태어나서 제2차 세계대전이 끝난 이듬해인 1946년에 세상을 떴다. 웰스가 산 시대는 사회/문화/과학 전반에 걸친 격동기로, 웰스는 상업용 전기가 없던 시절에 태어나 그 탄생을 목격했으며, 물리학에서 가장 중요한 이론 가운데 하나인 전자기학의 통합 이후 그 발전 과정, 특수/일반 상대성 이론이 성립되는 과정과 양자역학이 태어나 코펜하겐 해석으로 결론지어지는 과정, 진화론의 발전과 원자력의 등장을 지켜봤다. 또한 웰스는 양차 대전을 겪었으며, 비행기와 탱크가 없던 시대에 태어나 그것들이 발명되는 과정, 그리고 그러한 것들이 어떻게 전쟁에 악용되는지를 생생히 목격했다(놀랍게도 웰스는 탱크가 발명되기 전에 이미 탱크에 대한 단편 「육상 철갑차The Land Ironclads」(1903)를 썼다).

이러한 격변의 시기를 살면서, 웰스는 방관자로 남아 있는 대신 평생에 걸쳐 이러한 변화를 더 나은 방향으로 이끌려 애썼고, 세상을 더 좋게 바꾸기 위해 끊임없이 노력하고 또한 글을 썼다. 노동당에 입당하여 하원 의원에 입후보한 행동이나 세계 군축회의를 취재하기 위해 워싱턴 DC를 방문한 일은 바로 그러한 노력의 일환이었다. 웰스는 사회주의자였으며, 사회주의자 그룹인 페이비언 소사이어티에도 가입하지만 그 단체가 행동 없이 이론만 따지는 모습에 실망하여 곧 탈퇴했다. 웰스는 또한 국제연맹 창설 위원회의 위원으로 활동했다. 그리고 웰스가 세상을 바꾸려 했던 이유 가운데 하나는 출생과도 관련이 있었다. 웰스는 강력한 계급사회였던 빅토리아 시대에 하인 계급에서 태어났다. 아버지는 정원사였고, 어머니는 업파크라는 한 시골 별장에서 하녀로 일했다. 웰스는 초등학교를 졸업하고 상업학교에 입학했지만 11세 때 아버지의 부상으로 가정 형편이 기울면서 결국 포목점의 점원으로 일한다. 하지만 웰스는 곧 포목점을 그만두고 공부에 뜻을 둔다. 그리고 장학금을 받아 과학 사범학교에 다니며 토머스 헉슬리 밑에서 생물학을 공부했고, 그 과정에서 과학과 지성에 대해 눈뜨게 되었다. 그리고 삼십대 중반에는 이미 존경받는 작가가 되었으며 자신이 태어났던 하인 계급에서 완전히 벗어나 있었다.

웰스는 부지런한 작가였고 풍속소설, 기사, 평론, 자서전, 과학 논문, SF(Science Fiction, 과학소설), 환상소설과 같이 다양한 장르의 글을 썼으며, 작품들로 대중의 사랑을 받았다. 웰스의 작품들은 아이디어가 뛰어났고, 풍자성이 강했으며, 사회의 구태에 분노하는 모습을 보였다. 예를 들어 『앤 베로니카』(1909)로는 성에 대한 낡은 관념을 비판하며 여성의 성 해방을 주장해 사회에 큰 논란을 불렀다. 『사랑과 루이셤 씨』

(1900), 『토노-번게이』(1909), 『킵스』(1905), 『폴리 씨의 생애』(1910) 같은 자전적 작품을 통해서는 억압된 중하류 계급의 고통과 욕망을 그렸다. 이러한 웰스의 소설들은 흥미롭고 재치가 번뜩였지만, 이제와 다시 읽어 보면 대부분의 작품이 시대에 크게 뒤졌음을 인정하지 않을 수 없다. 하지만 웰스의 작품 중에는 시대의 흐름에도 불구하고 전혀 낡지 않은 글들도 있으며, 독자들은 오늘날에도 웰스의 바로 그런 작품들을 끊임없이 찾고 다시 읽고 있다. 그리고 그 글은 풍속소설도, 기사도, 평론도, 자서전이나 논문도 아닌 SF와 환상소설이다.

호기심 넘치는 작가로서, 그리고 세상을 개혁하고 싶은 혁명가로서 웰스는 있는 그대로의 세상에 절대로 만족할 수 없었고, 그래서 소설을 통해 이 세상을 자신이 원하는 세상으로 변화시키고, 여행하고, 재창조했다. 웰스는 작가로서 가장 상상력이 뛰어났던 초기 시절에 이러한 SF와 환상소설을 썼다. 웰스의 대표작이자 발표 이래 100년이 지난 오늘날까지도 한 번도 절판된 적이 없는 『타임머신』(1895)을 필두로 『모로 박사의 섬』(1896), 『투명인간』(1897), 『우주 전쟁』(1898), 『달의 첫 방문자』(1901) 모두 웰스가 이십대 말에서 삼십대 중반에 쓴 작품들이다. 이 작품들이 중요한 건 단지 시대가 흘러도 뒤떨어지지 않는다는 이유만이 아니다. 웰스는 이 다섯 작품을 통해서 SF라는 장르를 만들어 냈으며, SF라는 이름이 있기도 전에 그 작품들을 썼다. 물론 웰스가 최초로 SF를 썼다고 단언할 수는 없다. 최초로 SF를 쓴 이가 누구인가라는 질문에는 여러 답이 나올 수 있으며, 19세기 중반에 나온 쥘 베른의 작품들이나 또는 그 이전에 메리 셸리가 쓴 『프랑켄슈타인 또는 현대의 프로메테우스』(1818), 조너선 스위프트의 『걸리버 여행기』(1726), 심지어 토머스 모어의 『유토피아』(1516)까지 거론하는 경우도 있다. 하지만 설사 웰스가 최초의 SF 작가가 아니라고 할지라도, SF라는 장르 자체를 만들었다는 데에 반론을 하는 사람들은 없을 것이다. 어떤 종류의 SF를 읽는다 할지라도, 그 원형은 이미 웰스의 글에 다 있다. 시간 여행을 다루는 모든 소설은 『타임머신』에서 유래하며, 스팀펑크에 속하는 모든 작품들 역시 어쩔 수 없이 『타임머신』을 그 원조로 둘 수밖에 없다. 스페이스 오페라나 밀리터리 SF는 『우주 전쟁』과 「아마겟돈의 꿈」에서, 유전자 조작과 나노 과학을 통한 인체 개조는 『투명인간』과 『모로 박사의 섬』과 「새로운 촉진제」에서, 신체 교환을 통한 영생은 「고 엘브스햄 씨 이야기」에서, 반중력은 『달의 첫 방문자』에서 그 근원을 찾아볼 수 있다. SF라는 용어가 없던 그 시절, 웰스는 자신이 쓴 이 작품들을 과학 로맨스 Science Romance라고 불렀다. 로맨스에는 우리가 생각하는 그 '로맨스' 말고 '소설'이라는 뜻이 있으며, 따라서 사실 웰스는 자기 작품을 SF라고 칭한 것이다. 웰스는 SF와 환상소설을 구별하지 않았지만, 당시 그리고 그 후로도 오랫동안 그 누구도 그러한 구분을 하지 않았다. 웰스에게 중요한 건 그러한 구분이 아니라, 과학에서의 새로운 발견을 어떻게 글로 녹여 넣을 수 있는가, 환상의 나래를 통해 우리가 새로이 무엇을 볼 수 있는가였다. 새로운 혜성이 나타나 지구로 돌진할 경우 인류의 운명은 어떻게 될 것인가(「별」), 새로 발견된 전자기장이 인간에게 끼칠 수도 있는 미지의 영향(「데이비드슨의 눈과 관련된 놀라운 사건」), 인간의 활동을 빠르게 할 경우 그에 따른 부작용(「새로운 촉진제」)처럼 원인과 결과를 논리에 따라 소설 속에 녹여 넣는가 하면, 「수정알」이나 「아마겟돈의 꿈」처럼 그런 모든 것은 고려하지 않고 아무 설명 없이 단지 환상의 한 단면을 보여 주는 경우도 있다.

어떤 독자들은 SF를 읽지 않는 이유로 SF의 배경이 '낯선 세계'란 점을 들기도 한다. 웰스의 세계는 낯설다. 웰스가 그리는 세계에서는 수정알을 통해 화성을 보기도 하고, 난초가 사람의 피를 빨기도 하며, 눈을 뜨고 육지를 걸으면서도 바닷속을 걷는 경험을 하는가 하면, 열다섯 세대 내내 눈먼 자들만 사는 마을이 있다. 하지만 의자 다리를 음란하다고 말하고 몸매를 위해 숨도 쉬기 어려운 코르셋을 조여 입고 아동 농장과 아편굴이 있으며 여성에게는 투표권이 없는 세계를 생각해 보라. 이런 세계와 웰스가 그리는 세계 가운데 어느 것이 더 낯선지는 독자가 선택할 일이다. 그리고 낯설다는 이유로 웰스와 그 후배 작가들이 그리는 세계를 외면한다면, 그러한 독자는 그 대가로 꿈과 환상과 통찰력과 액션과 스릴이 넘치면서도 문학성이 풍부한 글들을 놓치게 될 것이다. 그리고 이 책은 바로 그러한 모든 글들의 시작을 모아 놓은 단편집이며, 그 작가는 바로 허버트 조지 웰스이다.

1866   9월 21일, 영국 켄트 주 브롬리에서 조지프 웰스와 세라 닐의 넷째
        이자 막내로 태어남.

1874   토머스 몰리 상업 아카데미에 다니기 시작함. 다리가 부러짐. 이 때
        문에 시간을 보내기 위해 도서관에 다니기 시작하면서 책을 읽기
        시작함.

1877   아버지인 조지프 웰스가 대퇴골이 부러짐. 이로 인해 가정 형편이
        어려워짐.

1879   서머싯의 우키에 있는 초등학교에서 교생으로 일하게 되지만 같은

해 12월에 해고당함.

1880   토머스 몰리 상업 아카데미를 그만둠. 윈저의 포목점에서 수습 점원으로 일하지만 곧 쫓겨남. 서머싯의 시골 학교에서 교생으로 잠시 일함.

1881   미드허스트의 약국에 수습 점원으로 들어감. 미드허스트 중등학교에서 수업을 받기 시작함. 약국 일을 그만두고 사우스시의 포목점에서 수습 점원으로 일함.

1883   미드허스트 중등학교의 교생으로 고용됨. 독학의 범위를 넓혀 자연과학과 경제학 서적을 폭넓게 읽음. 과학 교육 분야에서 국가시험을 치를 준비를 함.

1884   런던의 사우스켄징턴에 있는 과학 사범학교에 정부 장학생으로 입학함.

1885   여름 시험에서 제1급 우등상을 받고 장학생 자격을 갱신함.

1886   관심 분야를 넓혀 소설은 물론이고 문학과 정치 문제에도 관심을 갖게 되었지만 정식 공부에 대한 열의는 급속히 줄어듦. 윌리엄 모리스의 집에서 열린 사회주의자 집회에 참석함. 사회주의에 관한 논문을 대학 토론회에 전달함. 《사이언스 스쿨 저널》을 창간, 편집함. 후에 아내가 될 사촌 누이 이사벨 메리 웰스를 만남.

1887	생물학과 물리학 시험은 통과했으나 지질학 시험에 낙제하여 장학생 자격을 잃고, 학위를 받지 못한 채 사범학교를 떠남. 웨일스 북부의 홀트 아카데미에서 교사 자리를 얻음. 교내 축구 시합에서 다른 선수와 충돌하여 신장 파열과 폐출혈을 일으킴. 이 사고로 홀트 아카데미를 그만둠. 어파크에서 병을 치료하면서 글쓰기에 몰두함
1888	런던의 헨리 하우스 학교에서 교사 자리를 얻음.《사이언스 스쿨 저널》에 「크로닉 아르고 호The Chronic Argonauts」를 연재함.
1890	런던 대학에서 이학사 시험을 치러 생물학에서는 제1급 우등으로, 지질학에서는 제2급으로 합격함. 동물학회 특별 회원으로 선출됨. 유니버시티 통신 교육대학에 채용되어 생물학 교사가 됨.
1891	「독특한 것의 재발견」이 그의 과학 평론으로는 처음으로 주요 잡지인《포트나이틀리 리뷰》에 실림. 10월, 사촌 누이 이사벨과 결혼함.
1892	제자인 에이미 캐서린 로빈스('제인')을 알게 됨.
1893	폐출혈 재발. 교사 일을 포기하고 집필에만 전념하기로 결심함. 소설과 연극 평, 진지하거나 경박한 주제에 대한 평론을 런던의 다양한 정기 간행물에 게재하기 시작함
1894	이사벨과 별거에 합의함. 제인과 사랑의 도피를 함. 나중에 『타임머신The Time Machine』이 될 일곱 가지 에피소드가 〈내셔널 옵서버〉에 발표됨. 세베노악스로 이사함.

1895	이사벨과 이혼, 제인과 결혼함. 워킹으로 이사함. 『타임머신』을 〈뉴 리뷰〉에 연재함. 단편집 『아저씨와의 대화와 두 개의 다른 추억 *Select Conversations with an Uncle and Two Other Reminiscences*』, 『도둑맞은 세균과 다른 사건들*The Stolen Bacillus and Other Incidents*』, 중편 『놀라운 방문 *The Wonderful Visit*』을 발표함.
1986	『모로 박사의 섬*The Island of Doctor Moreau*』, 『우연의 바퀴*The Wheels of Chance*』를 출간함.
1897	『투명 인간*The Invisible Man*』, 『플래트너 이야기와 다른 단편들*The Plattner Story and Others*』, 『개인적인 문제들*Certain Personal Matters*』을 출간함.
1898	폐출혈 재발. 남해안에서 요양함. 헨리 제임스, 조지프 콘래드, 포드 매덕스 포드, 스티븐 크레인을 만남. 『우주 전쟁*The War of the Worlds*』을 출간함.
1899	『잠자는 사람이 깨어날 때*When the Sleeper Wakes*』와 『공간과 시간 이야기들*Tales of Space and Time*』을 출간함.
1900	『사랑과 루이셤 씨*Love and Mr. Lewisham*』를 출간함. 켄트 주 샌드게이트에 '세이드 하우스'를 지음.
1901	첫아이인 조지 필립이 태어남. 『달나라 최초의 인간*The First Men in the Moon*』과 사회학적 연구서인 『예측*Anticipation*』을 출간함. 에세이 「기계와 과학의 발달이 인간의 삶과 사고에 미치는 영향에 대한 예

측Anticipations of the Relation of Mechanical and Scientific Progress upon Human Life and Thought」을 발표함.

1902   영국 과학 연구소에 초빙되어 연설. 소설 『바다의 여인*The Sea Lady*』과 논픽션 『미래의 발견*The Discovery of the Future*』을 출간함.

1903   둘째인 프랭크 리처드가 태어남. 사회주의자 모임인 페이비언 협회에 가입함. 『열두 가지 이야기와 하나의 꿈*Twelve Stories and a Dream*』과 논픽션 『형성 중인 인류*Mankind in the Making*』를 발표함.

1904   소설 『신들의 양식*The Food of the Gods*』을 출간함.

1905   어머니인 세라 웰스 사망. 소설 『현대의 유토피아*A Modern Utopia*』, 『킵스*Kipps*』를 출간함.

1906   소설 『혜성의 시대*In the Days of the Comet*』, 논픽션 『미국의 미래*The Future in America*』와 『사회주의와 가족*Socialism and the Family*』을 출간함.

1908   페이비언 협회를 탈퇴함. 소설 『공중 전쟁*The War in the Air*』, 논픽션 『구세계를 위한 신세계*New World for Old*』와 『첫 번째와 마지막 것들*First and Last Things*』을 출간함.

1909   소설 『토노-번게이*Tono-Bungay*』, 『앤 베로니카*Ann Veronica*』를 출간함.

1910   아버지인 조지프 웰스 사망함. 소설 『폴리 씨의 생애*The History of Mr.*

Polly』를 출간함. 엘리자베트 폰 아르님과 연애를 시작함.

1911   작품집 『눈먼 자들의 나라*The Country of the Blind*』와 『담장에 난 문*The Door in the Wall*』과 소설 『뉴 마키아벨리*The New Machiavelli*』, 논픽션 『플로어 게임*Floor Games*』을 출간함.

1912   소설 『결혼*Marriage*』을 출간함.

1913   소설 『열정적인 친구들*The Passionate Friends*』과 논픽션 『작은 전쟁들*Little Wars*』을 출간함. 레베카 웨스트와 연애를 시작함.

1914   레베카 웨스트가 웰스의 아들 앤서니 웨스트를 낳음. 소설 『해방된 세계*The World Set Free*』와 『아이작 하먼 경의 아내*The Wife of Sir Isaac Harman*』, 논픽션 『한 영국인이 세계를 보다*An Englishman Looks at the World*』와 『전쟁을 종식시킬 전쟁*The War That Will End War*』을 출간함.

1915   소설 『빌비: 휴일*Bealby: A Holiday*』, 『위대한 연구*The Research Magnificent*』, 논픽션 『세계 평화*The Peace of the World*』를 출간함.

1916   프랑스와 이탈리아의 전선을 여행함. 이 경험은 이후 몇몇 작품의 주요 소재가 됨.

1917   소설 『주교의 영혼*The Soul of a Bishop*』, 논픽션 『보이지 않는 왕, 하느님*God the Invisible King*』을 발표함.

1918	정보부에 징집되어 전쟁 선전물을 씀. 국제연맹 창설 위원회 위원이 됨. 『4년째: 세계 평화의 기대*In the Fourth Year: Anticipations of World Peace*』와 『영국의 국가주의와 국제연맹*British Nationalism and the League of Nations*』을 출간함.
1919	소설 『꺼지지 않는 불*The Undying Fire*』을 발표함.
1920	러시아를 방문, 레닌, 트로츠키, 고리키 등을 만남. 『그늘 속의 러시아*Russia in the Shadows*』와 『세계사 대계*The Outline of History*』를 출간함.
1922	『간추린 세계사*A Short History of the World*』와 개정된 『세계사 대계』, 소설 『심장의 은밀한 곳*The Secret Places of the Heart*』을 출간함. 노동당에 입당, 하원 의원에 입후보하지만 낙선함.
1923	하원 의원에 두 번째 입후보, 낙선함. 오데트 쾬을 만나 연애를 시작함. 소설 『신을 닮은 인간*Men Like Gods*』, 『꿈*The Dream*』, 논픽션 『사회주의와 과학적 동기*Socialism and the Scientific Motive*』, 『노동당의 교육 이념*The Labour Ideal of Education*』, 전기적 연구서인 『훌륭한 교장 이야기*The Story of a Schoolmaster*』를 출간함.
1924	『H. G. 웰스 전집*The Works of H. G. Wells*』을 출간함.
1925	소설 『크리스티나 앨버타의 아버지*Christina Alberta's Father*』와 논픽션 『세계 정세 예보*A Year of Prophesying*』를 출간함.

1926   『윌리엄 클리솔드의 세계*The World of William Clissold*』를 출간함.

1927   오데트 쾬과 함께 프랑스 그라스에 집을 지음.『H. G. 웰스 단편집』과 소설 『그동안*Meanwhile*』, 논픽션 『수정 중인 민주주의*Democracy Under Revision*』 출간함. 아내 제인 웰스 사망함.

1928   제인에 대한 경의의 표시로『캐서린 웰스의 책*The Book of Catherine Wells*』을 출간함. 논픽션 『세계가 나아가는 길*The Way the World is Going*』, 『공개된 음모*The Open Conspiracy*』, 소설 『램폴 섬의 블레트워시 씨*Mr. Blettsworthy on Rampole Island*』를 출간함.

1929   독일 의회에서 연설함. 이 연설은『세계 평화의 상식*Common Sense of World Peace*』으로 출간됨. 시나리오『왕이었던 왕*The King Who was a King*』과 소설『토미의 모험*The Adventures of Tommy*』을 출간함.

1930   『생명의 과학*The Science of Life*』을 출간함. 소설『파햄 씨의 독재정치*The Autocracy of Mr. Parham*』와 논픽션『세계 평화로 가는 길*The Way to World Peace*』을 출간함.

1931   오데트 쾬과 헤어짐. 이사벨 웰스 사망.

1932   소설『블럽의 벌핑턴*The Bulpington of Blup*』, 논픽션『인류의 노동과 부와 행복*The Work, Wealth, and Happiness of Mankind*』, 『민주주의 이후*After Democracy*』를 출간함.

1933	소설 『다가올 세계의 모습*The Shape of Things to Come*』을 출간함. 펜클럽 회장이 됨. 모우라 부드베르크와 연애를 시작함.
1934	소련과 미국을 방문, 각각 스탈린과 루스벨트를 만남. 『자서전의 실험*An Experiment in Autobiography*』을 출간함.
1935	영화감독 알렉산더 코르더와 함께 『다가올 세계의 모습』을 영화로 만듦(《다가올 세계*Things To Come*》라는 제목으로 제작).
1936	생일을 기념하는 펜클럽 만찬회가 열림. 논픽션 『좌절의 해부*The Anatomy of Frustration*』와 『세계 백과사전에 대한 견해*The Idea of a World Encyclopedia*』, 소설 『크로케 선수*The Croquet Player*』를 출간함.
1937	『태어난 별*Star Begotten*』, 『브린힐드*Brynhild*』, 『캠퍼드 방문*The Camford Visitation*』을 출간함.
1938	소설 『덜로리스에 관하여*Apropos of Dolores*』와 『형제들*The Brothers*』, 논픽션 『세계 두뇌*World Brain*』를 출간함.
1939	소설 『신성한 공포*The Holy Terror*』와 논픽션 『급진적인 공화주의자의 온수 찾기 여행*Travels of a Republican Radical in Search of Hot Water*』, 『호모 사피엔스의 운명*The Fate of Homo Sapiens*』, 『새로운 세계 질서*The New World Order*』를 출간함.
1940	독일의 런던 폭격 속에서도 런던에 머무름. 논픽션 『인간의 권리*The*

Rights of Man』, 『전쟁과 평화의 상식*The Common Sense of War and Peace*』, 『두 개의 반구냐 하나의 세계냐?*Two Hemispheres or One World?*』, 소설 『어두워지는 숲 속의 아기들*Babies in the Darkling Wood*』, 『아라라트로 가기 위해 전원 탑승*All Aboard for Ararat*』을 출간함.

1941   마지막 소설인 『조심하는 게 상책*You Can't Be Too Careful*』, 논픽션 『새로운 세계의 안내서*Guide to the New World*』를 출간함.

1942   논픽션 『과학과 세계정신*Science and the World Mind*』, 『시간 정복*The Conquest of Time*』, 『불사조*Phoenix*』를 출간하고, 동물학 박사 학위 논문 「고등한 후생동물, 특히 호모사퍼엔스의 경우 개별적인 삶이 계속된다는 착각의 본질에 관한 논문A Thesis on the Quality of Illusion in the Continuity of the Individual Life in the Higher Metazoa with Particular Reference to the Species homo Sapiens」을 발표함.

1943   이학 박사 학위를 받음. 「크룩스 안사타: 가톨릭교회에 대한 고발장: Crux Ansata: An Indictment of the Roman Catholic Church」을 발표함.

1944   에세이집 『1942년부터 1944년까지*'42 to '44*』를 발표함.

1945   『막다른 골목에 다다른 정신*Mind at the End of its Tether*』을 출간함.

1946   8월 13일 자택에서 별세.

세계문학 단편선을 펴내며

세상의 모든 이야기는 단편으로 시작되었다. 성서와 그리스 신화를 비롯해 인류의 많은 신화와 설화는 단편의 형식으로 사물의 기원, 제도와 금기의 탄생, 운명이라는 이름의 삶의 보편적 형식을 설명했다.

〈세계문학 단편선〉은 모든 산문의 형식 중 가장 응축적이고 예술성이 높은 단편소설에 포커스를 맞추어 세계문학을 바라보는 새로운 관점을 제시하고자 한다. 단편소설을 언급할 때 빼놓을 수 없는 작가들의 작품들은 물론이고, 한두 편의 장편소설로만 우리에게 알려진 세계적 작가들이 남긴 주옥같은 단편들을 통해 대가의 진면모를 총체적으로 바라볼 수 있게 할 것이다. 또한 우리에게 문학의 변방으로 여겨져 왔던 나라들의 대표적 단편 작가들도 활발히 소개할 것이며 이미 순문학과의 경계가 불분명해진 장르문학의 형성과 발전에 크게 기여한 작가들의 작품 역시 새롭게 조명해 나갈 것이다.

에드거 앨런 포는 문학작품은 독자가 앉은자리에서 다 읽을 수 있을 정도로 짧아야 한다고 했다. 바쁜 일상의 삶을 사는 현대인들에게 〈세계문학 단편선〉은 삶과 사회, 나아가 세계를 바라볼 수 있게 하는 더할 나위 없이 좋은 친구가 될 것이라 확신한다.

21세기인 현재에 이르기까지 단편소설은 그리스 신화가 그러했듯이 삶의 불변하는 조건들을 응축된 예술적 형식으로 꾸준히 생산해 왔다. 그리고 새로운 문학적 기법과 실험적 시도를 통해 단편소설은 현재도 계속 진화, 확장되고 있다. 작가의 치열한 예술적 열정이 가장 뜨겁게 반영된 다양한 개성으로 빛나는 정교한 단편들을 통해 문학의 진정한 존재 이유를 독자들이 느낄 수 있기를 소망하며 이번 〈세계문학 단편선〉을 펴낸다.

현대문학 편집부

허버트 조지 웰스

초판 1쇄 펴낸날 2014년 3월 10일
초판 4쇄 펴낸날 2022년 1월 31일

지은이 허버트 조지 웰스
옮긴이 최용준
펴낸이 김영정

펴낸곳 (주)**현대문학**
등록번호 제1-452호
주소 06532 서울시 서초구 신반포로 321 (잠원동, 미래엔)
전화 02-2017-0280
팩스 02-516-5433
홈페이지 www.hdmh.co.kr

ISBN 978-89-7275-665-1 04840
세트 978-89-7275-672-9

* 책값은 뒤표지에 있습니다.
* 파본은 구입처에서 교환해 드립니다.